W0220748

Ein Darkover-Roman

*»Weit entfernt in der Galaxis
und ungefähr 4000 Jahre in der Zukunft
gibt es einen Planeten
mit einer großen roten Sonne
und vier Monden.
Willst Du nicht mitkommen
und ihn mit mir erforschen?«*

Marion Zimmer Bradley

Von der Autorin sind außerdem erschienen:

Excalibur – Das Schwert von Avalon
Jenseits von Avalon

Eine Komplettübersicht aller Darkover-Romane finden Sie am Ende dieses Buches!

Über die Autorin:

Marion Zimmer Bradley, 1930 in den USA geboren, publizierte anfangs vor allem in Zeitschriften und Anthologien. Der Durchbruch gelang ihr 1962 mit *The Planet Savers – Retter des Planeten.* Mit dieser Geschichte war der Grundstein für die Romane um den Planeten *Darkover* gelegt, die innerhalb weniger Jahre zu einem der beliebtesten Fantasy-Zyklen einer riesigen Fangemeinde avancieren sollten. Seit 1962 hat Marion Zimmer Bradley über zwanzig *Darkover*-Romane und unzählige Kurzgeschichten geschrieben sowie eine Reihe Anthologien herausgegeben. 1983 wurde Marion Zimmer Bradley mit ihrem Roman *Die Nebel von Avalon* schließlich weltberühmt. Sie starb im September 1999 in ihrer Heimatstadt Berkeley, Kalifornien.

Marion Zimmer Bradley

Der verbotene Turm

Roman

Aus dem Amerikanischen von
Rosemarie Hundertmarck

Knaur

Die amerikanische Originalausgabe erschien 1977 unter dem Titel
»The Forbidden Tower« bei DAW Books, New York.

Der Verlag dankt Olaf Keith für die Unterstützung
bei der Vorbereitung dieses Buches.

Besuchen Sie uns im Internet:
www.droemer-weltbild.de

Vollständige Taschenbuchausgabe Oktober 2000
Droemersche Verlagsanstalt Th. Knaur, Nachf., München
Copyright © 1977 by Marion Zimmer Bradley
Copyright © 2000 der deutschsprachigen Ausgabe bei
Droemersche Verlagsanstalt Th. Knaur Nachf., München
Alle Rechte vorbehalten. Das Werk darf – auch teilweise –
nur mit Genehmigung des Verlages wiedergegeben werden.
Umschlaggestaltung: Agentur Zero, München
Umschlagabbildung: © Richard Hescox
via Agentur Schlück, Garbsen
Satz: Ventura Publisher im Verlag
Druck und Bindung: Clausen & Bosse, Leck
Printed in Germany
ISBN 3-426-60962-2

2 4 5 3 1

Für Diana Paxson,
deren Anregung den Anstoß für dieses Buch gab.
Und für Theodore Sturgeon,
der als Erster jene Fragen erkundet hat, die – direkt oder
indirekt – fast allem zu Grunde liegen,
was ich geschrieben habe.

1

Damon Ridenow ritt durch ein gereinigtes Land.

Den größten Teil des Jahres über hatte die große Hochebene der Kilghardberge unter dem bösen Einfluss der Katzenwesen gelegen. Ernten verdorrten auf den Feldern unter der unnatürlichen Dunkelheit, die das Licht der Sonne auslöschte. Die armen Leute der Gegend verkrochen sich in ihren Hütten, denn sie hatten Angst, sich in das verheerte Land hinauszuwagen.

Aber jetzt arbeiteten wieder Männer im Licht der großen roten Sonne von Darkover, brachten die Ernte ein und sorgten für den kommenden Winter vor. Es war ein früher Herbst, und das Korn war zum größten Teil schon eingefahren.

Die Große Katze war in den Höhlen von Corresanti erschlagen worden, und der riesige illegale Matrix-Stein, den sie gefunden und zu so fürchterlichem Zweck gebraucht hatte, war mit ihr vernichtet worden. Was an Katzenwesen übrig blieb, floh in die fernen Regenwälder jenseits der Berge oder fiel unter den Schwertern der Krieger, die Damon gegen sie geführt hatte.

Das Land war wieder rein und frei von Schrecken, und Damon, der die meisten seiner Leute nach Hause entlassen hatte, ritt ebenfalls heimwärts. Nicht zu dem von seinen Vorvätern vererbten Besitz in Serrais. Damon war ein unwichtiger jüngerer Sohn und hatte Serrais nie als seine Heimat betrachtet. Er ritt jetzt nach Armida und zu seiner Hochzeit.

Er hielt abseits des Weges und sah zu, wie sich die letzten Männer entsprechend ihren Zielen in Gruppen zusammenfanden. Da waren Gardisten, die nach Thendara wollten, in ihren grünen und schwarzen Uniformen, da waren ein paar Männer von den Domänen Ardais und Hastur, deren Weg nordwärts in die Hellers führte, und ein paar ritten nach Süden zu den Ebenen von Valeron.

»Ihr solltet zu den Männern sprechen, Lord Damon«, sagte ein kleiner, knorrig aussehender Mann neben ihm.

»Ich bin nicht sehr gut darin, Ansprachen zu halten.« Damon war ein schmaler, schlanker Mann mit einem Gelehrtengesicht. Bis zu diesem Feldzug hatte er sich nie für einen Soldaten gehalten, und er wunderte sich immer noch, dass er diese Männer erfolgreich gegen die letzten Reste der Katzenwesen geführt hatte.

»Sie erwarten es, Lord«, drängte Eduin. Damon seufzte. Er wusste, der andere hatte Recht. Damon war ein Comyn von den Domänen – kein Lord einer Domäne, nicht einmal ein Comyn-Erbe, aber immerhin ein Comyn. Er gehörte der alten telepathischen, mit Psi-Talenten ausgestatteten Rasse an, die die Sieben Domänen seit unbekannten Zeiten regierte. Die Tage waren vorbei, als man die Comyn wie lebende Götter behandelt hatte, aber Respekt, der beinahe schon Ehrfurcht war, gab es immer noch. Und Damon war dazu erzogen worden, die Verantwortung eines Comyn-Sohnes zu übernehmen. Seufzend lenkte er sein Pferd an eine Stelle, wo die wartenden Männer ihn sehen konnten.

»Unsere Arbeit ist getan. Dank euch Männern, die ihr meinem Ruf gefolgt seid, herrscht Frieden in den Kilghardbergen und in der Heimat eines jeden von uns. Mir bleibt nur noch, euch meinen Dank und mein Lebewohl zu entbieten.«

Der junge Offizier, der die Gardisten von Thendara gebracht hatte, kam zu Damon, als die anderen Männer davonritten. »Wird Lord Alton mit uns nach Thendara reiten? Sollen wir auf ihn warten?«

»Ihr würdet lange warten müssen«, antwortete Damon. »Er wurde in der ersten Schlacht mit den Katzenwesen verwundet. Es war eine kleine Wunde, aber das Rückgrat wurde unheilbar verletzt. Er ist vom Gürtel abwärts gelähmt. Ich denke, er wird niemals mehr irgendwohin reiten.«

Der junge Offizier blickte bestürzt drein. »Wer wird die Gardisten jetzt befehligen, Lord Damon?«

Es war eine nahe liegende Frage. Generationenlang hatte der Befehl über die Gardisten in den Händen der Altons gelegen: Esteban Lanart von Armida, Lord Alton, hatte sie viele Jahre lang kommandiert. Aber Dom Estebans ältester überlebender Sohn Lord Domenic war ein Jüngling von siebzehn. Obwohl ein Mann nach den Gesetzen der Domänen, besaß er für den Posten des Befehlshabers weder das Alter noch die Autorität. Der andere noch vorhandene Alton-Sohn, der junge Valdir, war ein Junge von elf, ein Novize im Nevarsin-Kloster, und wurde von den Brüdern von Sankt-Valentin-im-Schnee unterrichtet.

Wer würde dann die Garde kommandieren? Es war eine brennende Frage, dachte Damon, aber er kannte die Antwort nicht. Das sagte er auch, und er fügte hinzu: »Der Rat der Comyn wird es im nächsten Sommer entscheiden müssen, wenn er in Thendara zusammenkommt.« Auf Darkover hatte nie ein Krieg im Winter stattgefunden, und es würde nie einen geben. Im Winter gab es einen grimmigeren Feind, die grausame Kälte, die Schneestürme, die von den Hellers herab über die Domänen hinfegten. Keine Armee konnte im Winter gegen die Domänen ziehen. Selbst Räuber blieben dann zu Hause. Man konnte bis zum nächsten Ratstreffen auf die Ernennung eines neuen Befehlshabers warten. Damon ging auf ein anderes Thema über.

»Werdet Ihr Thendara vor dem Dunkelwerden erreichen?«

»Wenn sich unterwegs nichts Besonderes ereignet, ja.«

»Dann lasst mich Euch nicht länger aufhalten.« Damon verbeugte sich. »Ihr habt den Befehl über diese Männer, Verwandter.«

Der junge Offizier konnte ein Lächeln nicht verbergen. Er war sehr jung, und dies war sein erstes Kommando, wenn es auch nur für kurze Zeit galt. Versonnen beobachtete Damon den Jungen, als dieser seine Männer versammelte und mit ihnen davonritt. Das war der geborene Offizier, und da Dom Esteban invalide war, konnten fähige Offiziere mit Beförderungen rechnen.

Damon selbst hatte sich, auch wenn er diesen Feldzug angeführt hatte, nie als Soldat gesehen. Wie alle Comyn-Söhne hatte er im Kadettenkorps gedient und zum gegebenen Zeitpunkt sein Offizierspatent erhalten, aber seine Begabung und sein Ehrgeiz lagen auf völlig anderem Gebiet. Mit siebzehn war er als Telepath in den Arilinn-Turm zugelassen und in den alten Matrix-Wissenschaften von Darkover ausgebildet worden. Viele, viele Jahre lang hatte er dort gearbeitet, an Kraft und Geschicklichkeit gewonnen und den Rang eines Psi-Technikers erreicht.

Dann war er aus dem Turm weggeschickt worden. Es sei nicht seine Schuld, hatte seine Bewahrerin ihm versichert. Er sei nur zu empfindsam, und die Gesundheit seines Körpers und sogar seines Geistes könne durch die fürchterliche Anstrengung der Matrix-Arbeit zu Grunde gehen.

Innerlich rebellierend, aber gehorsam war Damon gegangen. Das Wort einer Bewahrerin war Gesetz: Man stellte es nicht in Frage, und man lehnte sich nicht dagegen auf. Damon sah sein Leben zerstört, seine Hoffnungen in Scherben liegen. Er hatte versucht, bei der Garde von neuem anzufangen, obwohl er kein Soldat war und das wusste. Eine Zeit lang war er Kadettenmeister gewesen, dann Lazarettoffizier, Versorgungsoffizier. Und bei diesem letzten Feldzug gegen die Katzenwesen hatte er gelernt, selbstbewusst aufzutreten. Aber er hatte nicht den Wunsch, den Befehl zu führen, und er war froh, dass er ihn nun niederlegen konnte.

Er sah den davonreitenden Männern nach, bis sich ihre Gestalten im Staub der Straße verloren. Jetzt nach Armida, nach Hause ...

»Lord Damon«, sagte Eduin neben ihm, »es sind Reiter auf der Straße.«

»Reisende? Zu dieser Jahreszeit?« Es schien unmöglich. Der Schnee des Winters war noch nicht gefallen, aber jeden Tag konnte der erste Wintersturm von den Hellers herabfegen und die Straßen tagelang blockieren. Es gab ein altes Sprichwort: Nur der Wahnsinnige oder der Verzweifelte reist im Winter. Damon strengte seine Augen an, um die fernen Reiter zu erkennen, aber er war seit seiner Kindheit ein wenig kurzsichtig und konnte nur verschwommene Flecken ausmachen.

»Eure Augen sind besser als meine. Was meint Ihr, Eduin, sind es bewaffnete Männer?«

»Ich glaube nicht, Lord Damon. Es reitet eine Dame mit ihnen.«

»Zu dieser Jahreszeit? Das kann man sich kaum vorstellen«, antwortete Damon. Was konnte eine Frau veranlassen, in die Unsicherheit des sich nähernden Winters hinauszuziehen?

»Es ist ein Hastur-Banner, Lord Damon. Aber Lord Hastur und seine Dame würden Thendara zu dieser Jahreszeit nicht verlassen. Wenn sie aus irgendeinem Grund nach Burg Hastur ritten, würden sie auch nicht diese Straße nehmen. Ich kann es nicht verstehen.«

Doch noch bevor er den Satz beendete, war Damon klar, welche Frau ihm mit der kleinen Eskorte von Gardisten und Begleitern entgegenritt. Nur eine Frau auf Darkover würde allein unter einem Hastur-Banner reiten, und nur eine Hastur hatte Grund, diesen Weg zu nehmen.

»Es ist die Lady von Arilinn«, erklärte er schließlich widerstrebend und sah die Verwunderung und Ehrfurcht in Eduins Gesicht.

Leonie Hastur. Leonie von Arilinn, Bewahrerin des Arilinn-Turms. Damon wusste, die Höflichkeit erforderte, dass er seiner Verwandten entgegenritt und sie willkommen hieß. Und doch blieb er wie erstarrt auf seinem Pferd sitzen und rang nach Selbstbeherrschung. Die vergangene Zeit schien ausgelöscht. In einer gefrorenen, zeitlosen, widerhallenden Kammer seines Geistes stand ein jüngerer Damon zitternd vor der Bewahrerin von Arilinn und beugte den Kopf unter den Worten, die sein Leben zerstörten:

»Es ist nicht so, dass du uns enttäuschst oder mein Missfallen erregt hättest. Aber du bist viel zu empfindsam für diese Arbeit, zu verletzlich. Wärst du als Mädchen geboren, könntest du Bewahrerin werden. Aber wie die Dinge liegen ... Ich habe dich jahrelang beobachtet. Diese Arbeit wird deine Gesundheit, deinen Verstand zerstören. Du musst uns verlassen, Damon, zu deinem eigenen Besten.«

Damon war ohne Widerspruch gegangen, denn er hatte ein Gefühl der Schuld. Er hatte Leonie geliebt, geliebt mit all der verzweifelten Leidenschaft eines einsamen Mannes, aber in Keuschheit, ohne ein Wort oder eine Berührung. Denn Leonie hatte wie alle Bewahrerinnen gelobt, Jungfrau zu bleiben. Kein Mann durfte sie mit einem sinnlichen Gedanken ansehen, kein Mann durfte sie je berühren. Hatte Leonie das irgendwie erkannt? Hatte sie gefürchtet, eines Tages werde er die Beherrschung verlieren und sich ihr – auch wenn es nur in Gedanken war – auf eine Weise nähern, die gegenüber einer Bewahrerin verboten war?

Damon war geflohen, vernichtet. Jetzt, Jahre später, schien ein Lebensalter zwischen dem jungen Damon, der in eine unfreundliche Welt hinausgestoßen wurde, um sich ein neues Leben aufzubauen, und dem heutigen Damon zu liegen, der volle Kontrolle über sich selbst hatte und Veteran dieses erfolgreichen Feldzugs war.

Die Erinnerung war noch lebendig in ihm – der Schmerz würde ihm bis zum Tod bleiben –, aber Damon wappnete sich, als Leonie näher kam, mit dem Gedanken an Ellemir Lanart, die ihn in Armida erwartete.

Ich hätte sie heiraten sollen, bevor ich ins Feld zog. Er hatte es gewollt, aber Dom Esteban hielt eine so hastig geschlossene Ehe für unschicklich unter Adligen. Er wollte seine Tochter nicht in aller Eile ins Brautbett geleitet sehen, als sei sie eine schwangere Dienstmagd! Damon hatte dem Aufschub zugestimmt. Die Existenz Ellemirs, seiner versprochenen Braut, sollte jetzt auch die schmerzlichsten Erinnerungen bannen können. Indem er die in seinem ganzen Leben errungene Willenskraft zusammenraffte, ritt Damon schließlich vorwärts. Eduin hielt sich an seiner Seite.

»Ihr erweist uns Gnade, Verwandte«, sagte er ernst und verbeugte sich im Sattel. »Es ist für eine Reise in den Bergen spät im Jahr. Wohin wollt ihr?«

Leonie erwiderte die Verbeugung mit der steifen Förmlichkeit einer Comyn-Dame in Gegenwart von Außenseitern.

»Ich grüße dich, Damon. Ich reite nach Armida – unter anderem, um an deiner Hochzeit teilzunehmen.«

»Es ist mir eine Ehre.« Die Reise von Arilinn war lang und zu keiner Zeit des Jahres ohne Mühsal. »Aber sicher ist es nicht nur meiner Hochzeit wegen, Leonie?«

»Nicht nur. Doch die Wahrheit ist, dass ich dir alles Glück wünsche, Cousin.«

Zum ersten Mal trafen sich – ganz kurz – ihre Augen, aber Damon blickte weg. Leonie Hastur, Lady von Arilinn, war eine hoch gewachsene Frau, schmal gebaut und mit dem flammend roten Haar der Comyn, das jetzt unter der Kapuze ihres Reitmantels einen Anflug von Grau zeigte. Sie war vielleicht einmal sehr schön gewesen; Damon würde nie im Stande sein, darüber ein Urteil abzugeben.

»Callista sandte mir die Nachricht, dass sie von ihrem Gelübde gegenüber dem Turm entbunden werden und heiraten möchte.« Leonie seufzte. »Ich bin nicht mehr jung; ich hatte mir gewünscht, mein Amt als Bewahrerin niederzulegen, wenn Callista ein wenig älter geworden sei und es hätte übernehmen können.«

Damon verbeugte sich schweigend. Das war ausgemacht gewesen, seit Callista als Mädchen von dreizehn in den Arilinn-Turm gekommen war. In Callistas erstem Jahr dort war Damon Psi-Techniker gewesen, und als solcher hatte er sein Urteil abgeben müssen, ob man sie zur Bewahrerin ausbilden solle.

»Doch jetzt möchte sie uns verlassen, um zu heiraten. Sie hat mir berichtet, dass ihr Liebhaber ...« – Leonie benutzte die höfliche Endung, die dem Wort die Bedeutung »versprochener Gatte« gab – »... ein Außenweltler ist, einer der Terraner, die bei Thendara ihren Raumhafen gebaut haben. Was weißt du über die Sache, Damon? Mir kommt sie verstiegen, phantastisch vor wie eine alte Ballade. Wie hat sie diesen Terraner überhaupt kennen gelernt? Sie nannte mir seinen Namen, aber ich habe ihn vergessen ...«

»Andrew Carr«, sagte Damon. Sie ritten Seite an Seite auf Armida zu. Ihre Begleiter und Leonies Dame folgten in achtungsvoller Entfernung. Die große rote Sonne hing niedrig am Himmel und warf trübes Licht auf die Gipfel der Kilghardberge hinter ihnen. Im Norden begannen sich Wolken zu sammeln, und ein kühler Wind blies von den fernen, unsichtbaren Höhen der Hellers herab.

»Ich bin mir auch heute noch nicht sicher, wie alles begann«, antwortete Damon nach einer Pause. »Ich weiß nur, als Callista von den Katzenwesen entführt wurde und voller Angst als Gefangene allein in den dunklen Höhlen von Corresanti lag, konnte keiner ihrer Verwandten ihren Geist erreichen.«

Leonie erschauerte und zog sich die Kapuze fester ums Gesicht. »Das war eine schreckliche Zeit.«

»Das war es. Und irgendwie geschah es, dass Andrew Carr, dieser Terraner, eine gedankliche Verbindung zu ihr herstellte. Bis zu diesem Tag kenne ich nicht alle Einzelheiten, aber er allein konnte ihr in ihrem Kerker Gesellschaft leisten, er allein konnte ihren Geist erreichen. Und so kamen sie sich mit Herz und Verstand näher, obwohl sie sich im Fleisch niemals gesehen hatten.«

Leonie seufzte. »Ja, solche Bande können stärker sein als die Bande des Fleisches. Und so lernten sie sich lieben, und als sie gerettet worden war, trafen sie sich –«

»Das meiste hat Andrew zu ihrer Rettung getan«, berichtete Damon, »und jetzt haben sie sich einander angelobt. Glaub mir, Leonie, das ist keine Phantasterei, die aus der Furcht eines eingekerkerten Mädchens oder dem Begehren eines einsamen Mannes geboren wurde. Callista erzählte mir, bevor ich ins Feld zog, sie werde, sollte sie ihres Vaters und deine Zustimmung nicht erringen können, Armida und Darkover verlassen und mit Andrew zu seiner Welt gehen.«

Leonie schüttelte kummervoll den Kopf. »Ich habe die terranischen Schiffe auf dem Raumhafen bei Thendara liegen sehen. Und mein Bruder Lorill, der dem Rat angehört und mit den Terranern zu tun hat, sagt, sie scheinen in jeder Beziehung Menschen wie wir zu sein. Aber eine Ehe, Damon? Ein Mädchen von diesem Planeten, ein Mann von irgendeinem anderen? Selbst wenn Callista keine Bewahrerin wäre und kein Gelübde abgelegt hätte, wäre eine solche Ehe befremdlich und ein Risiko für beide.«

»Ich glaube, das wissen sie, Leonie. Und trotzdem sind sie entschlossen.«

»Ich habe immer die sehr starke Überzeugung gehabt«, meinte Leonie mit einer Stimme, die wie von weit her klang,

»dass eine Bewahrerin niemals heiraten sollte. So habe ich mein ganzes Leben lang empfunden, und danach habe ich gelebt. Wäre dem nicht so gewesen ...« Sie sah kurz zu Damon hoch, und der Schmerz in ihrer Stimme erschreckte ihn. Er versuchte, sich dagegen abzuschirmen. *Ellemir*, dachte er, als sei der Name ein Schutzzauber. Doch Leonie fuhr seufzend fort: »Trotzdem, ich würde Callista nicht zwingen, sich nach meinem Glauben zu richten, wenn sie von tiefer Liebe zu einem Mann ihres eigenen Clans und ihrer eigenen Kaste erfüllt wäre. Dann würde ich sie bereitwillig freigeben. Nein ...« Leonie unterbrach sich. »Nein, nicht bereitwillig, weil ich weiß, welche Schwierigkeiten auf eine Frau warten, die als Bewahrerin eines Matrix-Kreises ausgebildet und konditioniert ist. Nicht bereitwillig. Aber freigegeben hätte ich sie, und da mir dann nichts anderes übrig bliebe, hätte ich sie dem Bräutigam mit Anstand übergeben. Aber wie kann ich sie einem Fremden übergeben, einem Mann von einer anderen Welt, der nicht einmal auf unserm Boden, unter unserer Sonne geboren ist? Der Gedanke erfüllt mich mit eisigem Entsetzen, Damon! Mich schaudert es dabei.«

Langsam antwortete Damon: »So habe ich anfangs auch empfunden. Aber Andrew ist kein Fremder. Mein Verstand weiß, dass er auf einer anderen Welt geboren ist, die um die Sonne eines anderen Himmels kreist, um einen fernen Stern, der von hier aus nicht einmal ein Lichtpünktchen an unserm Himmel ist. Dennoch ist er nicht unmenschlich, ist kein Ungeheuer, das sich als Mensch maskiert. Er ist in Wahrheit einer von unserer eigenen Art, ein Mann wie ich. Er mag uns fremd sein, aber fremdartig ist er nicht. Ich sage dir, Leonie, ich weiß es. Sein Geist ist mit meinem verbunden gewesen.« Unbewusst legte Damon seine Hand auf den Matrix-Kristall, den auf Psi-Kräfte reagierenden Stein, den er in einem isolierenden Beutel um den Hals trug. Er setzte hinzu: »Er hat *Laran*.«

Leonie sah ihn erschreckt, ungläubig an. *Laran* war die Psi-Kraft, die die Comyn der Domänen über das gewöhnliche Volk hinaushob, die erbliche Fähigkeit, die in das Comyn-Blut hineingezüchtet worden war. »*Laran!*«, rief sie beinahe zornig aus. »Das kann ich nicht glauben.«

»Glauben oder Unglauben ändert eine einfache Tatsache nicht, Leonie«, sagte Damon. »Ich habe *Laran* gehabt, seit ich ein Junge war, ich bin in einem Turm ausgebildet, und ich sage dir, dieser Terraner hat *Laran.* Ich habe meinen Geist mit dem seinen zusammengeschlossen, und ich versichere dir, er unterscheidet sich in nichts von einem Mann unserer eigenen Welt. Es gibt keinen Grund, Callistas Wahl mit Entsetzen oder Abscheu zu betrachten. Er ist ein Mensch wie wir.«

Leonie sagte: »Und er ist dein Freund.«

Damon nickte. »Mein Freund. Und um Callista zu retten, schlossen wir uns zusammen – durch die Matrix.« Es war nicht nötig, mehr zu sagen. Es war das stärkste bekannte Band, stärker als Blutsverwandtschaft, stärker als das Band zwischen Liebenden. Es hatte Damon und Ellemir zusammengebracht, und ebenso Andrew und Callista.

Leonie seufzte. »Ist das so? Dann nehme ich an, ich muss es akzeptieren, mögen seine Geburt und seine Kaste sein, was sie wollen. Da er *Laran* hat, ist er ein passender Gatte, wenn irgendein lebender Mann überhaupt ein passender Gatte für eine als Bewahrerin ausgebildete Frau sein kann.«

»Manchmal vergesse ich, dass er keiner von uns ist«, gestand Damon. »Und manchmal wieder kommt er mir merkwürdig, beinahe fremdartig vor, aber der Unterschied ist allein in den Sitten und in der Kultur begründet.«

»Auch das kann einen großen Unterschied bedeuten«, entgegnete Leonie. »Ich denke daran, wie Melora Aillard von Jalak von Shainsa entführt wurde und was sie zu erdulden hatte. Es hat noch nie eine Ehe zwischen den Domänen und den Trockenstädten ohne Tragödie gegeben. Und ein Mann von einer anderen Welt und einer anderen Sonne muss uns noch ferner stehen.«

»Dessen bin ich mir nicht so sicher«, meinte Damon. »Auf jeden Fall ist Andrew mein Freund, und ich werde seine Werbung unterstützen.«

Leonie sank im Sattel zusammen. »Du würdest mit einem Unwürdigen weder Freundschaft schließen noch dich mit ihm durch eine Matrix verbinden. Aber selbst wenn alles, was du sagst, wahr ist, wie kann eine solche Heirat etwas anderes als eine Katastrophe sein? Selbst wenn er einer von uns wäre und voll begriffe, welchen Einfluss der Turm auf Leib und Seele einer Bewahrerin hat, wäre es nahezu unmöglich. Hättest du so viel gewagt?«

Damon antwortete nicht gleich. Sie konnte nicht gemeint haben, was er dachte.

Man lebte nicht mehr in den Tagen vor dem Zeitalter des Chaos, als die Bewahrerinnen verstümmelt, ja sogar zu Neutren, zu weniger als Frauen gemacht wurden. O ja, Damon wusste, Bewahrerinnen wurden immer noch unter schrecklicher Disziplin dazu erzogen, ein von den Männern abgesondertes Leben zu führen. Dazu wurden in Körper und Gehirn Reflexe eingebaut. Aber verändert wurden Körper und Gehirn nicht mehr. Und bestimmt wusste Leonie nicht ... andernfalls, dachte Damon, wäre er der eine Mann gewesen, dem sie jene Frage niemals gestellt hätte. Sicher war das in aller Unschuld geschehen, sicher wusste sie es nicht.

Er wappnete sich gegen Leonies Unschuld, er zwang sich, sie anzusehen und mit ruhiger Stimme zu sagen: »Mit Freuden hätte ich es gewagt, Leonie, wenn ich geliebt hätte, wie Andrew liebt.«

Sosehr er sich mühte, fest und leidenschaftslos zu sprechen, teilte sich etwas von seinem inneren Kampf Leonie doch mit.

Sie blickte auf, schnell und nur für eine Sekunde oder weniger. Ihre Augen trafen sich, und Leonie wandte ihre ab.

Ellemir, erinnerte Damon sich verzweifelt. *Ellemir, meine Liebste, meine versprochene Frau.* Aber seine Stimme war ruhig. »Versuche, Andrew ohne Vorurteil gegenüberzutreten, Leonie, und du wirst feststellen, er ist ein Mann, dem du Callista bereitwillig zur Ehe geben kannst.«

Leonie hatte ihre Selbstbeherrschung zurückgewonnen. »Ich will deinem Rat gern folgen, Damon. Aber auch wenn alles, was du sagst, wahr ist, widerstrebt es mir trotzdem.«

»Ich weiß.« Damon blickte die Straße entlang. Sie waren jetzt in Sichtweite der großen Eingangstore von Armida, dem Erbsitz der Domäne Alton. Zu Hause, dachte er, und Ellemir wartet auf mich. »Aber auch wenn alles, was du sagst, Leonie, wahr ist, wüsste ich nicht, was wir tun könnten, um Callista an der Heirat zu hindern. Sie ist kein törichtes junges Mädchen, das sich einer Schwärmerei hingibt. Sie ist eine erwachsene Frau, im Turm ausgebildet, tüchtig, daran gewöhnt, ihren eigenen Willen zu haben. Ich bin überzeugt, sie wird ihren Willen auch durchsetzen, ohne Rücksicht auf uns alle.«

Leonie seufzte. »Ich möchte sie nicht mit Gewalt zurückholen, wenn sie nicht will. Die Bürde einer Bewahrerin ist zu schwer, um sie ohne innere Zustimmung zu tragen. Ich habe sie ein Leben lang getragen, ich weiß Bescheid.« Diese Bürde hatte sie müde gemacht, lastete auf ihr. »Aber an Bewahrerinnen kommt man nicht leicht. Wenn ich sie für Arilinn retten kann, dann, Damon, weißt du, dass ich sie retten muss.«

Damon wusste es. Die alten Psi-Gaben der Sieben Domänen, die hunderte oder tausende von Jahren lang in den Genen der Comyn-Familien herangereift waren, verflüchtigten sich jetzt, starben aus. Telepathen waren seltener als je zuvor. Es verstand sich nicht mehr von selbst, dass die Söhne und Töchter der direkten Nachkommen jeder Domäne die ererbte Psi-Kraft des betreffenden Hauses hatten. Und viele legten gar keinen Wert mehr darauf. Damons älterer Bruder, Erbe der Ridenow-Familie zu Serrais, hatte kein *Laran*. Damon selbst war der Einzige der Brüder, der *Laran* in voller Stärke besaß, und er war deswegen in keiner Weise besonders geehrt worden. Im Gegenteil, seiner Arbeit im Turm wegen hatten seine Brüder ihn verachtet, als sei er kein ganzer Mann. Es war schwer, Telepathen zu finden, die der Turmarbeit gewachsen waren. Einige der alten Türme waren geschlossen worden und standen dunkel. Dort gab es keinen Unterricht, keine Übungen, keine Arbeit mit den alten Psi-Wissenschaften von Darkover mehr. Außenseiter, solche mit nur wenigen Tropfen Comyn-Blut, waren zu den geringeren Türmen zugelassen worden, obwohl Arilinn sich an die alten Sitten hielt und nur jene aufnahm, die nahe Blutsverwandte der Domänen waren. Und wenige Frauen mit der Kraft, der Psi-Gabe, dem Durchhaltevermögen, konnten gefunden werden. Dazu mussten sie den Mut und den Willen haben, beinahe alles zu opfern, was einer Frau von den Domänen das Leben lebenswert machte, mussten sich der schrecklichen Disziplin der Bewahrerinnen unterwerfen. Wen würden sie finden, um Callistas Platz neu zu besetzen?

Also führten beide Wege zur Tragödie. Arilinn musste eine Bewahrerin verlieren – oder Andrew eine Frau, Callista einen Mann. Damon seufzte tief und sagte: »Ich weiß, Leonie«, und schweigend ritten sie auf die großen Tore von Armida zu.

2

Andrew Carr, der sich im äußeren Hof von Armida aufhielt, sah die sich nähernden Reiter. Er rief Stallknechte und Diener herbei, die sich um die Pferde kümmern sollten, und ging in die Haupthalle, um ihr Kommen anzukündigen.

»Damon kommt zurück!«, rief Ellemir aufgeregt und lief in den Hof hinaus. Andrew folgte langsamer. Callista hielt sich dicht an seiner Seite.

»Es ist nicht Damon allein«, sagte sie, und Andrew wusste, ohne zu fragen, dass sie ihr Psi-Wahrnehmungsvermögen benutzt hatte, um die Identität der Reiter festzustellen. Er war jetzt daran gewöhnt, und es erschien ihm nicht mehr unheimlich oder Angst einflößend.

Sie lächelte zu ihm auf, und von neuem war Andrew ergriffen von ihrer Schönheit. Er neigte dazu, diese Schönheit zu vergessen, wenn er sie nicht ansah. Bevor er das erste Mal seine Augen auf sie richtete, hatte er ihren Geist und ihr Herz, ihre Sanftheit, ihren Mut, ihr schnelles Verstehen kennen gelernt. Er wusste ihren Wert, ihre Fröhlichkeit und ihren Witz schon zu schätzen, als sie noch allein und verängstigt in der Dunkelheit von Corresanti eingekerkert war.

Aber sie war auch schön, sehr schön, eine schlanke, langgliedrige junge Frau mit kupferigem Haar, das ihr in losen Zöpfen über den Rücken hing, und grauen Augen unter geraden Brauen. Während sie mit ihm dahinschritt, stellte sie fest: »Es ist Leonie, die *Leronis* von Arilinn. Sie ist gekommen, wie ich sie gebeten habe.«

Er nahm ihre Hand leicht in seine, obwohl das immer ein Risiko war. Er wusste, sie war durch Methoden, die er sich nicht einmal vorstellen konnte, darauf konditioniert worden, auch die leiseste Berührung zu vermeiden. Aber diesmal ließ sie ihre Hand, wenn sie auch bebte, in der seinen liegen. Das schwache Zittern verriet, dass in ihrem Inneren, unter der anerzogenen Ruhe, ein Sturm sie schüttelte. Andrew konnte auf den schlanken Händen und Handgelenken eine Anzahl winziger Narben erkennen, die nach verheilten Schnitten oder Brandwunden aussahen. Einmal hatte er sie danach gefragt. Sie hatte es mit einem Schulterzucken abgetan. »Sie sind alt und lange verheilt. Sie waren ... Stützen für mein Gedächtnis.« Sie war nicht bereit gewesen, weiter darüber zu sprechen, aber er konnte erraten, was sie meinte, und von neuem schüttelte ihn das Entsetzen. Würde er diese Frau jemals richtig kennen lernen?

»Ich dachte, *du* seist die Bewahrerin von Arilinn, Callista«, bemerkte er nun.

»Leonie war schon Bewahrerin, bevor ich geboren wurde. Ich wurde von Leonie ausgebildet, um eines Tages ihren Platz einzunehmen. Ich hatte bereits begonnen, als Bewahrerin zu arbeiten. Ihre Sache ist es, mich freizugeben, wenn sie will.« Wieder war da das schwache Erschauern, der schnell zurückgezogene Blick. Welche Macht hatte diese fürchterliche alte Frau über Callista?

Andrew sah, dass Ellemir auf das Tor zurannte. Wie ähnlich war sie Callista – die gleiche hoch gewachsene Schlankheit, das gleiche kupferig-goldene Haar, die gleichen grauen Augen, dunklen Wimpern, geraden Brauen – und doch unterschied sich Ellemir so stark von ihrer Zwillingsschwester! Mit einer Traurigkeit, so tief, dass er sie nicht als Neid erkannte, beobachtete Andrew Ellemir, die zu Damon eilte. Er sah ihn aus dem Sattel gleiten und sie auffangen, sie umarmen und lange küssen. Würde Callista jemals so frei werden?

Callista führte ihn zu Leonie, der einer ihrer Begleiter vorsichtig aus dem Sattel geholfen hatte. Callistas schlanke Finger lagen immer noch in seiner Hand als Geste des Trotzes, als absichtlicher Bruch des Tabus. Er wusste, sie wollte, dass Leonie es sah. Damon stellte der Bewahrerin gerade Ellemir vor.

»Ihr erweist uns Gnade, meine Dame. Willkommen in Armida.«

Leonie schob ihre Kapuze zurück, und Andrew sah sie forschend an. Da er sich auf eine grässliche, herrschsüchtige alte Schachtel gefasst gemacht hatte, war es ein Schock für ihn, nur eine zarte, dünne, alternde Frau zu erblicken, deren Augen unter den dunklen Wimpern immer noch liebreizend waren und deren Gesicht Spuren früherer bemerkenswerter Schönheit trug. Sie sah nicht streng oder einschüchternd aus. Freundlich lächelte sie Ellemir an.

»Du siehst Callista sehr ähnlich, Kind. Deine Schwester hat mich gelehrt, dich zu lieben; ich freue mich, dich endlich kennen zu lernen.« Ihre Stimme war hell und klar und sehr weich. Dann wandte sie sich Callista zu und streckte ihr begrüßend die Hände entgegen.

»Geht es dir wieder gut, *Chiya*?« Es war eine ziemliche Überraschung, dass irgendwer die hoch gewachsene Callista »kleines Mädchen« nannte. Callista ließ Andrews Hand los. Ihre Fingerspitzen streiften nur eben die Leonies.

»O ja, ganz gut«, antwortete sie lachend, »aber ich schlafe immer noch wie ein Wickelkind mit einem Licht in meinem Zimmer, damit ich nicht in der Dunkelheit aufwache und glaube, wieder in den verfluchten Höhlen der Katzenwesen zu sein. Schämst du dich meiner, Verwandte?«

Andrew verbeugte sich förmlich. Er kannte die Sitten von Darkover gut genug, dass er die *Leronis* nicht direkt ansah, aber er fühlte Leonies graue Augen auf sich ruhen. Callista sagte mit ein wenig Herausforderung in der Stimme: »Das ist Andrew, mein versprochener Gatte.«

»Still, *Chiya*, du hast noch nicht das Recht, so zu sprechen«, verwies Leonie sie. »Wir wollen später darüber reden. Jetzt muss ich erst meinen Gastgeber begrüßen.«

So an ihre Pflichten als Gastgeberin erinnert, ließ Ellemir Damons Hand los und führte Leonie die Stufen hinauf. Andrew und Callista folgten. Doch als er nach Callistas Hand fasste, entzog sie sie ihm – nicht absichtlich, sondern mit langjähriger geistesabwesender Gewohnheit. Er merkte, sie wusste nicht einmal mehr, dass er da war.

Die Große Halle von Armida war ein enormer Raum mit Steinfußboden, in der alten Art mit eingebauten Bänken entlang der Wände und ehrwürdigen Bannern und Waffen über dem großen steinernen Kamin eingerichtet. Am einen Ende der Halle war ein Tisch fest eingemauert. In seiner Nähe lag Dom Esteban Lanart, Lord Alton, von Kissen gestützt auf einem fahrbaren Bett. Er war ein großer, schwerer Mann mit breiten Schultern und dichtem, lockigem rotem Haar, das reichlich mit Grau gesprenkelt war. Als die Gäste eintraten, befahl er gereizt: »Dezi, Junge, richte mich für meine Gäste hoch.« Ein junger Mann, der auf einer der Bänke saß, sprang auf, stopfte ihm geschickt Kissen in den Rücken und hob den alten Mann in sitzende Position. Damon hatte anfangs gedacht, der Junge sei einer von Estebans Leibdienern, doch dann bemerkte er die starke Familienähnlichkeit zwischen dem alten Comyn-Lord und dem Jüngling, der ihm behilflich war.

Er war noch ein Junge, dünn wie eine Peitschenschnur, mit lockigem rotem Haar und Augen, die eher blau als grau waren, aber die Gesichtszüge waren beinahe die von Ellemir.

Er gleicht Coryn, dachte Damon. Coryn war Dom Estebans erstgeborener Sohn gewesen, von seiner längst toten ersten Frau. Viele Jahre älter als Ellemir und Callista, war er Damons geschworener Freund geworden, als sie beide junge Burschen waren. Aber Coryn war seit vielen Jahren tot und begraben.

Und er war nicht alt genug geworden, um einen Sohn in diesem Alter zu hinterlassen – nicht ganz alt genug. *Trotzdem ist der Junge ein Alton,* dachte Damon. *Aber wer ist er? Ich habe ihn noch nie gesehen!*

Leonie schien ihn jedoch sofort wieder zu erkennen. »Dann hast du also einen Platz für dich gefunden, Dezi?«

Der Junge antwortete mit gewinnendem Lächeln: »Lord Alton hat nach mir geschickt, damit ich mich hier nützlich mache, meine Dame.«

Esteban Lanart sagte: »Sei gegrüßt, Verwandte. Verzeih mir, dass ich mich nicht erheben kann, um dich in meiner Halle willkommen zu heißen. Du erweist mir Gnade, *Domna.«* Er bemerkte, in welche Richtung Damon blickte, und setzte ungezwungen hinzu: »Ich hatte vergessen, dass du unsern Dezi noch nicht kennst. Sein Name ist Deziderio Leynier. Es wird angenommen, dass er der *Nedestro*-Sohn eines meiner Cousins ist, doch der arme Gwynn starb, bevor er sich dazu aufgerafft hatte, ihn zu legitimieren. Wir haben ihn auf *Laran* getestet – er war ein paar Monate in Arilinn –, aber als ich jemanden brauchte, der sich ständig um mich kümmert, fiel Elemir ein, dass er inzwischen nach Hause gekommen war, und so schickte ich nach ihm. Er ist ein guter Junge.«

Damon war empört. Wie gleichgültig, fast brutal hatte Dom Esteban in Dezis Anwesenheit von seinem Status als Bastard und armer Verwandter gesprochen! Dezis Mund war schmal geworden, aber er blieb ruhig, und Damon fühlte Sympathie für ihn. Also hatte der junge Dezi auch erfahren, was es bedeutet, erst die Wärme und Geborgenheit eines Turmkreises kennen zu lernen und dann ausgestoßen zu werden!

»Verdammt noch mal, Dezi, das sind genug Kissen! Hör auf, mich zu betütteln!«, befahl Esteban. »Ja, Leonie, das ist keine Art, dich nach so vielen Jahren unter meinem Dach willkommen zu heißen. Aber du musst den guten Willen für die Tat nehmen und dich als gebührend mit Verbeugungen und allen Höflichkeiten bedacht betrachten, wie ich sie dir zukommen lassen müsste und zukommen lassen würde, wenn ich mich von diesem verfluchten Bett erheben könnte!«

»Ich brauche keine Höflichkeiten, Cousin.« Leonie trat näher. »Es tut mir nur Leid, dich so wieder zu finden. Ich hatte gehört, dass du verwundet worden bist, aber ich wusste nicht, wie ernst es war.«

»Das wusste ich auch nicht. Es war eine kleine Wunde – ich habe schon tiefere und schmerzhaftere von einem Angelhaken gehabt –, aber klein oder groß, das Rückgrat war verletzt, und wie mir gesagt wird, werde ich nie wieder gehen können.«

Leonie meinte: »Das ist oft so bei Rückgratverletzungen. Du hast noch Glück, dass du deine Hände gebrauchen kannst.«

»O ja, ich glaube auch. Ich kann in einem Sessel sitzen, und Damon hat eine Stütze für meinen Rücken erfunden, so dass ich nicht umfalle wie ein Baby, das noch zu klein für sein hohes Stühlchen ist. Und Andrew hilft mir, das Gut und den Viehbestand zu beaufsichtigen, während Dezi Botengänge für mich erledigt. Ich kann immer noch von meinem Sessel aus regieren, und so bin ich wohl glücklich zu nennen, wie du sagst. Aber ich war Soldat, und jetzt ...« Er brach ab und zuckte die Schultern. »Damon, mein Junge, wie ist dein Feldzug verlaufen?«

»Da gibt es wenig zu erzählen, Schwiegervater«, antwortete Damon. »Die Katzenmänner, die nicht tot sind, haben sich in ihre Wälder geflüchtet. Ein paar leisteten noch einmal Widerstand, aber sie starben. Sonst war nichts.«

Esteban lachte trocken. »Man erkennt gleich, dass du kein Soldat bist, Damon! Auch wenn ich Grund zu der Annahme habe, dass du kämpfen kannst, wenn du musst. Eines Tages, Leonie, wird man überall erzählen, wie Damon mein Schwert gegen die Katzenmänner nach Corresanti trug, im Geist durch die Matrix vereinigt – aber dafür ist ein anderes Mal Zeit. Ich glaube, wenn ich jetzt Einzelheiten über den Feldzug und die Schlachten wissen will, muss ich Eduin fragen; er weiß, was ich hören möchte! Und du, Leonie, bist du hergekommen, um mein törichtes Mädchen wieder zur Vernunft zu bringen und sie nach Arilinn mitzunehmen, wo sie hingehört?«

»Vater!«, protestierte Callista. Leonie lächelte schwach.

»So leicht ist das nicht, Cousin, und ich bin überzeugt, das weißt du auch.«

»Verzeih mir, Verwandte.« Esteban blickte betreten drein. »Ich lasse es an Gastfreundlichkeit fehlen. Ellemir wird dir deine Räume zeigen – verdammt sei das Mädchen, wohin ist sie verschwunden?« Er hob seine Stimme zu dem Ruf: »Ellemir!«

Ellemir trat hastig durch die Tür an der Rückseite. Sie wischte sich die mehlbestäubten Hände an ihrer langen Schürze ab. »Die Mädchen riefen mich, ihnen beim Backen zu helfen, Vater – sie sind jung und unausgebildet. Verzeiht mir, Verwandte.« Sie schlug die Augen nieder und versteckte ihre mehligen Hände. Leonie sagte freundlich: »Entschuldige dich doch nicht dafür, eine gewissenhafte Haushälterin zu sein, mein Mädchen.«

Ellemir bemühte sich, ruhig zu sprechen. »Ich habe ein Zimmer für Euch herrichten lassen, meine Dame, und ein zweites für Eure Begleiterin. Dezi wird für die Unterbringung Eurer Eskorte sorgen. Willst du so gut sein, Cousin?« Damon stellte fest, dass Ellemir mit Dezi wie mit einem Familienangehörigen sprach; er hatte auch bemerkt, dass Callista es nicht tat. Damon sagte: »Wir beide werden dafür sorgen, Ellemir«, und ging mit Dezi hinaus.

Ellemir führte Leonie und ihre Begleiterin (ohne eine solche wäre es für eine Frau von Comyn-Blut skandalös gewesen, eine so weite Reise zu machen) die Treppe hinauf und durch die breiten Korridore des alten Hauses. Leonie fragte: »Führst du diesen großen Haushalt ganz allein, Kind?«

»Nur in der Zeit, wenn der Rat tagt«, antwortete Ellemir, »und unser *Coridom* ist alt und sehr erfahren.«

»Aber du hast keine verantwortliche Frau, keine Verwandte oder Gesellschafterin? Du bist zu jung, eine solche Bürde allein zu tragen, Ellemir.«

»Mein Vater hat sich noch nicht beschwert«, entgegnete Ellemir. »Ich habe für ihn den Haushalt geführt, seit meine ältere Schwester heiratete; damals war ich fünfzehn.« Sie sprach mit Stolz, und Leonie lächelte.

»Ich habe dir nicht die Fähigkeit abgesprochen, kleine Cousine. Ich meinte nur, dass du sehr einsam sein musst. Wenn Callista nicht bei dir ist, müsste meiner Meinung nach eine Freundin für eine Weile zu Besuch kommen. Du bist bereits überlastet, jetzt, wo dein Vater so viel Fürsorge braucht, und wie willst du fertig werden, wenn Damon dich sofort schwängert?«

Ellemir errötete schwach. »Daran hatte ich nicht gedacht ...«

»Nun, eine Jungvermählte muss früher oder später daran denken«, sagte Leonie. »Vielleicht könnte eine von Damons Schwestern herkommen und dir Gesellschaft leisten – Kind, *das* ist mein Zimmer? Ich bin an solchen Luxus nicht gewöhnt!«

»Es war die Suite meiner Mutter«, erklärte Ellemir. »Nebenan ist ein Zimmer, wo Eure Dame schlafen kann, aber ich hoffe, Ihr habt Eure eigene Zofe mitgebracht, denn Callista und ich haben keine, die wir Euch zur Verfügung stellen könnten. Die alte Bethiah, die unsere Kinderfrau war, starb bei dem Überfall, als Callista entführt wurde, und uns war das Herz zu schwer, als dass wir bisher eine andere an ihre Stelle gesetzt hätten. Dann sind nur noch die Küchenmädchen und dergleichen auf dem Gut.«

»Ich halte keine Zofe«, sagte Leonie. »Im Turm ist das Letzte, was wir uns wünschen, Außenseiter in unserer Nähe zu haben. Das wird dir Damon sicher erzählt haben.«

»Nein, er spricht nie von seiner Zeit im Turm«, antwortete Ellemir, und Leonie fuhr fort: »Jedenfalls halten wir keine menschlichen Diener, auch wenn der Preis ist, dass wir für uns selbst sorgen müssen. Deshalb werde ich sehr gut zurechtkommen, Kind.« Ellemir stieg die Treppe hinab und dachte erstaunt: *Sie ist freundlich; – ich mag sie!* Aber vieles, was Leonie gesagt hatte, beunruhigte sie. Langsam wurde ihr klar, dass es manches gab, was sie von Damon nicht wusste. Sie hatte es als selbstverständlich hingenommen, dass Callista keine Dienerinnen um sich haben mochte, und ihrer Zwillingsschwester nicht in ihre Angelegenheiten hineingeredet. Aber nun erkannte sie, dass Damons Jahre im Turm, diese Jahre, von denen er niemals sprach – und sie hatte gelernt, dass es ihn unglücklich machte, wenn sie danach fragte – immer wie eine Barrikade zwischen ihr und Damon liegen würden.

Und Leonie hatte gesagt: »Wenn Callista nicht bei dir ist.« Wieso? Konnte Callista tatsächlich nach Arilinn zurückgeschickt, gegen ihren Willen dazu überredet werden, dass ihre Pflicht dort lag? Oder – Ellemir erschauerte – war es möglich, dass Callista gezwungen würde, ihre Drohung wahr zu machen, falls Leonie sie nicht freigab, Armida, ja, Darkover zu verlassen und mit Andrew zu den Welten der Terraner davonzulaufen?

Ellemir wünschte, sie hätte auch nur eine Spur der gelegentlichen Vorausschau, die hin und wieder bei denen von Alton-Blut auftrat. Aber der Blick in die Zukunft war ihr verschlossen. Sosehr sie sich mühte, ihre Gedanken vorauszuwerfen, sie konnte doch nichts sehen als ein beunruhigendes Bild von Andrew, der vorgebeugt das Gesicht mit den Händen deckte und weinte, und sein ganzer Körper wurde geschüttelt von unerträglichem Kummer. Nun machte sie sich Sorgen. Langsam ging sie in die Küche und suchte bei ihren vernachlässigten Kuchen Vergessen.

Ein paar Minuten später meldete sich die Begleiterin Leonies – eine trübe und farblose Frau namens Lauria – bei Callista und richtete ehrerbietig aus, die Lady von Arilinn wünsche allein mit Domna Callista zu sprechen. Widerstrebend erhob sich Callista und streckte Andrew ihre Fingerspitzen entgegen. In ihren Augen saß die Furcht, und er erklärte mit grimmigem Unterton: »Du brauchst ihr nicht allein gegenüberzutreten, wenn du nicht möchtest. Ich lasse es nicht zu, dass die alte Frau dich ängstigt! Soll ich mitkommen und ihr meine Meinung sagen?«

Callista ging auf die Treppe zu. Außerhalb des Zimmers, im Korridor drehte sie sich zu ihm um. »Nein, Andrew, das muss ich allein durchmachen. Du kannst mir jetzt nicht helfen.« Andrew wünschte, er könne sie in die Arme nehmen und trösten. Aber Andrew hatte unter Schmerz und Frustration gelernt, dass Callista so nicht getröstet werden konnte, dass er sie nicht einmal berühren durfte, ohne einen ganzen Komplex von Reaktionen heraufzubeschwören, die er bis heute nicht verstand, die aber Callista in Schrecken zu versetzen schienen. So sagte er nur liebevoll: »Mach es auf deine Weise, mein Herz. Aber lass dich von ihr nicht einschüchtern. Denke daran, ich liebe dich. Und wenn sie uns hier nicht heiraten lassen, dann gibt es immer noch eine ganze große Welt außerhalb von Armida. Und eine Menge Welten in der Galaxis außer dieser, falls du das vergessen haben solltest.«

Sie blickte zu ihm auf und lächelte. Manchmal dachte sie, wenn sie ihn zuerst auf normale Weise gesehen und nicht durch die Vereinigung ihrer Gedanken in der Matrix kennen gelernt hätte, dann wäre er ihr nie gut aussehend vorgekommen. Vielleicht hätte sie ihn sogar hässlich gefunden. Er war ein großer, breiter Mann, hellhaarig wie ein Trockenstädter, unordentlich, linkisch – und trotzdem, wie lieb war er ihr geworden, wie sicher fühlte sie sich in seiner Gegenwart! Sie wünschte mit Schmerzen, dass sie sich in seine Arme werfen und sich an ihn schmiegen könne, wie Ellemir es so zwanglos mit Damon tat, aber die alte Furcht lähmte sie. Doch sie legte ihre Fingerspitzen auf seine Lippen, was selten geschah. Er küsste sie, und sie lächelte. Sie sagte leise: »Und ich liebe dich, Andrew. Falls du *das* vergessen haben solltest.« Damit stieg sie die Treppe hinauf zu dem Zimmer, in dem Leonie auf sie wartete.

3

Die beiden Bewahrerinnen von Arilinn, die junge und die alte, standen sich gegenüber. Callista dachte über Leonies Erscheinung nach. Sie war vielleicht nie schön gewesen, abgesehen von den ausdrucksstarken Augen, hatte jedoch regelmäßige Gesichtszüge voll heiterer Ruhe. Ihr Körper war flach und schmächtig, geschlechtslos wie der einer *Emmasca,* das Gesicht blass und leidenschaftslos, wie aus Marmor gehauen. Ein leichter Entsetzensschauer überrieselte Callista, als sie erkannte, dass die Gewohnheit von Jahren, die Disziplin, die bis in die Knochen gegangen war, ihren eigenen Ausdruck abschliff und sie kalt und zurückhaltend machte wie Leonie. Das Gesicht der alten Bewahrerin schien ihr ein Spiegel ihres eigenen zu sein, über die vielen toten Jahre hinweg, die vor ihr lagen. *In einem halben Jahrhundert werde ich genau wie sie aussehen ... Aber nein! Nein! Ich will nicht, ich will nicht!*

Wie alle Bewahrerinnen hatte sie gelernt, ihre eigenen Gedanken abzuschirmen. Mit seltsamer Hellsichtigkeit erfasste sie, dass Leonie von ihr erwartete, sie werde zusammenbrechen und weinen, bitten und betteln wie ein hysterisches Mädchen. Und doch hatte Leonie selbst ihr vor Jahren mit dieser eisigen Kälte, dieser absoluten Selbstbeherrschung die nötige Rüstung gegeben. Sie war Bewahrerin, in Arilinn ausgebildet; sie würde sich nicht als ungeeignet erweisen. Ruhig legte sie die Hände in den Schoß und wartete, und schließlich musste Leonie als Erste sprechen.

»Es hat eine Zeit gegeben«, sagte sie, »als ein Mann, der eine Bewahrerin zu verführen suchte, mit Haken zerrissen wurde, Callista.«

»Das ist Jahrhunderte her«, erwiderte Callista mit ebenso

leidenschaftsloser Stimme wie Leonie. »Außerdem hat Andrew nicht versucht, mich zu verführen; er hat mir einen ehrenhaften Heiratsantrag gemacht.«

Leonie zuckte leicht die Schultern. »Das ist alles eins.« Sie schwieg lange Zeit. Das Schweigen wurde zu Minuten, und wieder spürte Callista, dass Leonie wollte, sie solle die Beherrschung verlieren und sie anflehen. Aber Callista wartete bewegungslos, und wieder war es Leonie, die das Schweigen brechen musste.

»Das ist dann also die Art, wie du deinen Eid hältst, Callista von Arilinn?«

Einen Augenblick lang schnürte der Schmerz Callista die Kehle zusammen. Der Titel stand nur einer Bewahrerin zu, dieser Titel, den sie um einen so schrecklichen Preis errungen hatte! Und Leonie sah so alt, so traurig, so müde aus!

Leonie ist alt, sagte sie zu sich selbst. *Sie möchte die Bürde abwerfen, möchte sie in meine Hände geben. Ich bin seit meiner Kinderzeit so sorgfältig ausgebildet worden. Leonie hat so geduldig gearbeitet und auf den Tag gewartet, an dem ich den Platz einnehmen könnte, den sie für mich vorbereitet hat. Was wird sie jetzt tun?*

Dann wurde der Schmerz von Zorn abgelöst, Zorn auf Leonie, weil sie auf diese Art mit ihren Gefühlen spielte. Callistas Stimme klang ruhig.

»Neun Jahre lang, Leonie, habe ich die Bürde des Bewahrerinneneides getragen. Ich bin nicht die Erste, die darum bittet, von ihm befreit zu werden, und ich werde auch nicht die Letzte sein.«

»Als ich Bewahrerin wurde, Callista, war es selbstverständlich, dass die Entscheidung für das ganze Leben galt. Ich habe meinen Eid mein Leben lang gehalten. Ich hatte gehofft, du seiest bereit, nicht weniger zu tun.«

Callista hätte gern geweint, hätte gern hinausgeschrieen

Ich kann nicht, hätte Leonie gern angefleht. Sie dachte mit seltsamer Objektivität, dass es besser wäre, wenn sie es tun könnte. Dann würde Leonie sie für ungeeignet halten und eher bereit sein, sie freizugeben. Aber man hatte sie Stolz gelehrt, und sie hatte darum gekämpft und sich damit gerüstet, und jetzt konnte sie ihn auch nicht mehr ablegen.

»Mir ist nie gesagt worden, Leonie, dass der Eid, den ich ablegte, für mein ganzes Leben gilt. Du warst es, die mir versicherte, die Bürde sei zu schwer, um ohne innere Zustimmung getragen zu werden.«

Mit steinerner Geduld antwortete Leonie: »Das ist wahr. Doch ich hätte dich für stärker gehalten. Nun, dann erzähle mir darüber. Hast du schon bei deinem Liebhaber gelegen?« Das Wort hatte einen verächtlichen Klang; es war das Gleiche, das sie zuvor mit der Bedeutung »versprochener Gatte« benutzt hatte, doch diesmal versah Leonie es mit der herabsetzenden Endsilbe, die ihm den Sinn von »Buhle« verlieh. Callista musste eine Pause machen und alle Kraft sammeln, bevor sie mit fester Stimme sprechen konnte.

»Nein. Ich bin bisher noch nicht von meinem Eid befreit worden, und er ist zu ehrenhaft, um es zu verlangen. Ich habe um Erlaubnis zu einer Heirat gebeten, Leonie, nicht um Absolution für Verrat.«

»Wirklich?« Leonie legte Unglauben in das Wort. »Da du dich entschlossen hattest, deinen Eid zu brechen, wundere ich mich, dass du auf meine Erlaubnis gewartet hast!«

Diesmal brauchte Callista all ihre Selbstbeherrschung, um nicht in eine wütende Verteidigung ihrer selbst und Andrews auszubrechen. Dann wurde ihr klar, dass Leonie sie herausforderte, dass sie prüfen wollte, ob ihre Schülerin wirklich die Kontrolle über ihre sorgfältig disziplinierten Emotionen verloren habe. Dies Spiel kannte sie aus ihren ersten Tagen in Arilinn, und die Erinnerung erleichterte sie so sehr, dass sie am liebsten gelacht hätte. Gelächter war in dieser ernsten Konfrontation ebenso unvorstellbar wie Tränen, aber Belustigung schwang in ihrer Stimme mit, und sie wusste, Leonie merkte es. »Wir haben eine Hebamme auf Armida, Leonie. Lass sie holen, wenn du willst, und meine Jungfräulichkeit bestätigen.«

Jetzt senkte Leonie die Augen. Schließlich sagte sie: »Das wird nicht nötig sein, Kind. Aber ich hatte mich, als ich hierher kam, darauf vorbereitet, der Tatsache ins Auge zu sehen, dass du vergewaltigt worden bist.«

»In der Gewalt der Nichtmenschen? Nein, ich musste Furcht, Kälte, Einkerkerung, Hunger und Misshandlung ertragen, aber eine Vergewaltigung ist mir erspart geblieben.«

»Es hätte im Grunde nichts zu bedeuten gehabt, weißt du«, sagte Leonie, und ihre Stimme war sehr sanft. »Natürlich braucht sich eine Bewahrerin im Allgemeinen nicht sehr vor einer Vergewaltigung zu fürchten. Du weißt ebenso gut wie ich, dass jeder Mann, der Hand an eine Bewahrerin legt, die so ausgebildet worden ist wie du, sein Leben riskiert. Aber möglich ist eine Vergewaltigung schon. Manche Frauen sind durch rohe Kraft überwältigt worden und hatten dann im letzten Augenblick Angst, jene Kraft, die sie schützen kann, zu aktivieren. Deshalb wollte ich dir unter anderem auch sagen: Selbst wenn du wirklich vergewaltigt worden wärst, hättest du immer noch die Wahl, mein Kind. Es ist nicht der körperliche Akt, der den Unterschied ausmacht, wie du weißt.« Callista hatte es *nicht* gewusst und war ein bisschen überrascht.

Leonie fuhr sachlich fort: »Wenn dich ein Mann ohne deine Zustimmung genommen hätte, wäre nichts weiter notwendig gewesen als eine kurze Zeit der Absonderung, um deine Ängste und Wunden zu heilen. Aber auch, wenn es keine Vergewaltigung war, wenn du dich aus Dankbarkeit oder

Freundlichkeit deinem Retter hingegeben hast, ohne gefühlsmäßig richtig beteiligt zu sein – was ja gut möglich ist –, selbst dann braucht es nicht unwiderruflich zu sein. Eine Zeit der Absonderung, der Neukonditionierung, und du könntest sein wie zuvor, unverändert, unbeschädigt, immer noch fähig, Bewahrerin zu sein. Das ist nicht allgemein bekannt; wir halten es aus offensichtlichen Gründen geheim. Aber du hast immer noch die Wahl, Kind. Ich möchte nicht, dass du denkst, du seist wegen einer Sache, die ohne deinen Willen geschehen ist, für alle Zeit aus dem Turm verstoßen.«

Leonie sprach immer noch ruhig, beinahe unbeteiligt, aber Callista wusste, dahinter stand ein Flehen.

Von Mitleid und Schmerz gefoltert, sagte Callista: »Nein, so ist es nicht, Leonie. Was zwischen uns geschehen ist ... Das ist etwas ganz anderes. Ich lernte ihn kennen und lieben, bevor ich in dieser Welt jemals sein Gesicht gesehen hatte. Aber er ist zu ehrenhaft, um von mir zu verlangen, ich solle einen gegebenen Eid brechen, ohne die Erlaubnis erhalten zu haben.«

Leonie hob die Augen, und der stahlblaue Blick war plötzlich wie ein gleißender Blitz.

»Liegt es daran, dass er zu ehrenhaft ist«, fragte sie hart, »oder daran, dass du zu viel Angst hast?«

Callista war es wie ein Stich ins Herz, aber ihre Stimme blieb fest. »Ich habe keine Angst.«

»Vielleicht nicht um dich selbst – das glaube ich dir. Aber auch nicht um ihn, Callista? Du kannst immer noch ohne Strafe, ohne Unbill nach Arilinn zurückkehren, doch wenn du nicht zurückkehrst – soll das Blut deines Liebhabers über dich kommen? Du wärst nicht die erste Bewahrerin, die einem Mann den Tod bringt!«

Callista hob die Hand und öffnete die Lippen zum Widerspruch, aber Leonie winkte ihr zu schweigen und fuhr erbarmungslos fort: »Bist du im Stande gewesen, auch nur seine Hand zu berühren?«

Callista fühlte sich von Erleichterung überflutet, einer so großen Erleichterung, dass sie wie körperlicher Schmerz war und ihr die Kraft nahm. Mit dem getreuen Erinnerungsvermögen des Telepathen ließ sie ein Bild in sich aufsteigen, und es war, als sei die Zeit, die zwischen dem Damals und dem Heute lag, ausgelöscht ...

Andrew hatte sie aus der Höhle getragen, wo die Große Katze tot lag, ein geschwärzter Leichnam neben der zerschmetterten Matrix, die sie entweiht hatte. Andrew hatte sie in seinen Mantel gewickelt und vor sich auf sein Pferd gesetzt. Von neuem fühlte sie, als sei es Wirklichkeit, wie sie sich an ihn lehnte, wie ihr Kopf an seiner Brust lag, in die Beugung seines Arms geschmiegt, wie sein Herz dicht an ihrer Wange schlug. Sicher, warm, glücklich, völlig im Frieden. Zum ersten Mal, seit sie zur Bewahrerin gemacht worden war, fühlte sie sich frei. Sie berührte und wurde berührt, sie lag in seinen Armen und war es zufrieden. Und während des ganzen langen Rittes nach Armida hatte sie dort gelegen, in seinen Mantel gewickelt, erfüllt von solchem Glück, wie sie es sich nie hatte vorstellen können.

Als Leonie das Bild in Callistas Gedanken auffing, veränderte sich das Gesicht der älteren Frau. Dann sagte sie mit sanfterer Stimme, als Callista je von ihr gehört hatte: »Ist das so, *Chiya*? Dann, wenn Avarra dir gnädig ist, möge es sein, wie du wünschst. Ich hatte es nicht für möglich gehalten.«

Und Callista empfand eine merkwürdige Unruhe. Ganz ehrlich war sie zu Leonie doch nicht gewesen. Ja, in dieser kurzen Zeitspanne hatte sie gebrannt vor Liebe, hatte sich warm, furchtlos, zufrieden gefühlt – aber dann war der alte nervöse Zwang nach und nach zurückgekommen, und jetzt fand sie es schon schwierig, seine Fingerspitzen zu berühren. Bestimmt war das nur die Gewohnheit, die jahrelange Gewohnheit, versicherte sie sich selbst. Bestimmt kam alles in Ordnung ...

Leonie fragte liebevoll: »Dann, Kind, würde es dich tatsächlich unglücklich machen, wenn du von deinem Liebhaber scheiden müsstest?«

Callista merkte, dass sie ihre ruhige Haltung verloren hatte. Sie sagte – und sie wusste, dass ihre Stimme brach und dass die Tränen aus ihren Augen stürzten –: »Ich würde nicht weiterleben wollen, Leonie.«

»So ...« Leonie sah sie mit schrecklicher, losgelöster Traurigkeit lange an. »Begreift er, wie schwer es sein wird, Kind?«

»Ich glaube – ich bin sicher, dass ich es ihm klarmachen kann«, meinte Callista zögernd. »Er hat versprochen, so lange zu warten, wie wir müssen.«

Leonie seufzte. Nach kurzem Schweigen sagte sie: »Nun, dann, Kind ... Kind, ich will nicht, dass du unglücklich wirst. Wie ich gesagt habe, der Eid einer Bewahrerin ist eine zu schwere Bürde, um ohne innere Zustimmung getragen zu werden.« Sie vollführte eine merkwürdige förmliche Geste: Sie streckte Callista ihre Handflächen entgegen, und die jüngere Frau legte die ihren dagegen. Leonie holte tief Atem. »Sei frei von deinem Eid, Callista Lanart. Vor den Göttern und vor allen Menschen erkläre ich dich für schuldlos und von der Fessel los, und dabei werde ich bleiben.«

Langsam trennten sich ihre Hände. Callista flog an allen Gliedern. Leonie nahm ihr Taschentuch und trocknete Callistas Augen. Sie flüsterte: »Ich bete darum, dass ihr beide stark genug sein werdet.« Sie schien noch etwas sagen zu wollen, unterließ es jedoch. »Nun, ich nehme an, dein Vater wird eine ganze Menge dazu zu sagen haben, mein Liebling. Deshalb wollen wir gehen und es uns anhören.« Lächelnd setzte sie hinzu: »Und dann, wenn er es alles gesagt hat, werden wir ihm berichten, was sein wird, ob es ihm gefällt oder nicht. Hab keine Angst, mein Kind; ich fürchte mich nicht vor Esteban Lanart, und du darfst es auch nicht tun.«

Andrew wartete in dem Gewächshaus, das sich hinter dem Hauptgebäude auf Armida erstreckte. Allein, wie er war, blickte er durch das dicke, wellige Glas auf die Umrisse der fernen Berge. Es war heiß hier, und es roch durchdringend nach Blättern und Erde und Pflanzen. Unter dem Licht der Sonnenkollektoren musste er die Augen zusammenkneifen, bis er sich daran gewöhnt hatte. Er schritt durch die Reihen der Pflanzen, die feucht waren vom Bewässern, und fühlte sich isoliert und schrecklich einsam.

Hin und wieder überkam ihn dies Gefühl. Meistens fühlte er sich hier zu Hause, mehr zu Hause als er sich je anderswo im Imperium gefühlt hatte, seit die Pferderanch in Arizona, wo er seine Kindheit verbracht hatte, schuldenhalber verkauft worden und er als Zivilangestellter des Imperiums in den Raum gegangen war. Damals war er achtzehn gewesen. Nach dem Willen der Administratoren und Computer war er von Planet zu Planet geschickt worden. Und hier hatte man ihn nach den ersten paar Tagen der Fremdheit willkommen geheißen. Als man hörte, er verstehe etwas über das Einbrechen und Trainieren von Pferden, was auf Darkover ein seltenes und hoch bezahltes Fachgebiet war, hatte man ihn als einen Mann, der seinen Beruf verstand, mit Achtung behandelt. Von den Pferden auf Armida hieß es, sie seien die Besten in den Domänen, aber die Trainer holte man sich für gewöhnlich aus Dalereuth weit im Süden.

Und so war er im Allgemeinen in den Wochen, seit er als Callistas versprochener Gatte hierher gekommen war, glücklich gewesen. Seine terranische Geburt war nur Damon und Dom Esteban, Callista und Ellemir bekannt. Die anderen hielten ihn einfach für einen Fremden aus dem Tiefland jenseits von Thendara. So unglaublich es war, er hatte hier eine zweite Heimat gefunden. Die Sonne war riesig und blutig rot, die vier Monde, die nachts über den merkwürdig violetten Himmel zogen, hatten ungewohnte Farben und trugen Namen, die er noch nicht kannte, aber trotz allem war das hier sein Zuhause geworden ...

Zuhause.

Und doch gab es Augenblicke wie diesen, Augenblicke, da er sich grausam isoliert fühlte, da er erkannte, nur Callistas Anwesenheit machte Armida zu einem Zuhause für ihn. Unter dem mittäglichen Glitzern des Gewächshauses überkam ihn diese Stimmung von neuem. Wonach sehnte er sich? Es gab nichts in der Welt, das man ihn gelehrt hätte, sein Eigen zu nennen, nichts in der trockenen und öden Welt des Terranischen Hauptquartiers, und er verlangte auch nach nichts. Aber konnte er hier Wurzeln schlagen, oder würde Leonie Callista wieder in die fremdartige Welt der Türme entführen?

Nach langer Zeit wurde ihm bewusst, dass Damon hinter ihm stand. Damon berührte ihn nicht – Andrew hatte sich inzwischen daran gewöhnt, dass das unter Telepathen nicht der Brauch war –, aber er war ihm nahe genug, dass er die Anwesenheit des älteren Mannes als Trost empfand.

»Mach dir darüber keine Sorgen, Andrew. Leonie ist kein Menschenfresser. Sie liebt Callista. Die Bande eines Turmkreises sind die stärksten, die wir kennen. Sie wird wissen, was Callista wirklich wünscht.«

»Gerade das fürchte ich«, würgte Andrew mit trockener Kehle hervor. »Vielleicht weiß Callista nicht, was sie wünscht. Vielleicht wandte sie sich mir nur zu, weil sie allein und verängstigt war. Ich fürchte den Einfluss dieser alten Frau auf sie. Die Macht des Turms – sie ist vielleicht zu stark.«

Damon seufzte. »Und doch kann sie gebrochen werden. Ich habe sie gebrochen. Es war schwer – ich kann dir gar nicht erzählen, wie schwer es war –, und doch habe ich mir schließlich ein neues Leben aufgebaut. Und solltest du Callista auf diese Weise verlieren, ist es besser jetzt als später, wenn es für sie zu spät für eine Rückkehr ist.«

»Es ist bereits zu spät für mich«, sagte Andrew, und Damon nickte mit beunruhigtem Lächeln.

»Auch ich möchte dich nicht verlieren, mein Freund.« Bei sich dachte Damon: *Du bist Teil dieses neuen Lebens, das ich mir mit so unendlicher Mühe aufgebaut habe. Du und Ellemir und Callista. Ich ertrage keine weitere Amputation mehr.* Aber Damon sprach es nicht aus, er seufzte nur und blieb neben Andrew stehen. Das Schweigen in dem Gewächshaus dauerte so lange, dass die rote Sonne vom Zenit herniederstieg und ihre Kraft verlor, und Damon ging schließlich, um die Sonnenkollektoren umzustellen. Andrew schleuderte ihm entgegen: »Wie kannst du so ruhig warten? Was sagt diese alte Frau ihr?«

Doch Andrew hatte bereits gelernt, dass das Belauschen der Gedanken eines anderen in der Kaste der Telepathen als schändlichstes Verbrechen galt. Er wagte nicht einmal einen Versuch, Callista auf diese Weise zu erreichen. In seiner Erregung lief er im Gewächshaus auf und ab.

»Ruhig, ruhig«, mahnte Damon. »Callista liebt dich. Das lässt sie sich von Leonie nicht ausreden.«

»Selbst dessen bin ich mir nicht mehr sicher!«, rief Andrew verzweifelt. »Sie lässt es nicht zu, dass ich sie berühre, dass ich sie küsse ...«

Freundlich erwiderte Damon: »Ich dachte, das hätte ich dir erklärt. Sie *kann es nicht*. Das sind ... Reflexe. Sie sitzen tiefer, als du dir vorstellen kannst. Eine jahrelange Gewohnheit lässt sich nicht in wenigen Tagen ablegen. Aber ich kann dir versichern, dass sie schwer darum kämpft, diese ... diese Konditionierung zu brechen. Du weißt, nicht wahr, dass sie in einem Turm nicht einmal daran denken würde, deine Hand zu ergreifen, wie ich es sie habe tun sehen, oder dir zu erlauben, ihre Fingerspitzen zu küssen. Hast du eine Vorstellung, welchen Kampf das gekostet hat?«

Gegen seinen Willen stieg in Damon die Erinnerung an die Zeit in seinem Leben hoch, als er sich unter Schmerzen selbst gelehrt hatte, sich *nicht* zu erinnern. Es war ein einsamer Kampf gewesen, und umso schlimmer, als er überhaupt nicht körperlich war. Er musste sein Bewusstsein von Leonies Anwesenheit unterdrücken, er musste sogar seine Gedanken unter Kontrolle halten. Sie durfte um keinen Preis erraten, was er verbarg. Nie hätte er eine Berührung der Fingerspitzen gewagt, wie Callista sie Andrew im Korridor gewährte, bevor sie zu Leonie hinaufging.

Erleichtert sah er, dass Ellemir das Gewächshaus betreten hatte. Sie schritt zwischen den Reihen grüner Pflanzen dahin und kniete vor einer mit schweren Trauben beladenen Weinrebe nieder. Befriedigt stand sie auf. »Wenn wir noch einen weiteren Tag Sonnenschein haben, werden sie zur Hochzeit reif sein.« Dann verblasste ihr Lächeln, als sie Damons verkrampftes Gesicht, Andrews verzweifelte Ruhe bemerkte. Sie ging zu Damon, hob sich auf die Zehenspitzen und legte die Arme um ihn. Sie spürte sein Verlangen nach dem Trost ihrer Nähe, ihrer Berührung. Auch Andrew hätte sie gern getröstet, als er niedergeschlagen sagte: »Und selbst wenn Leonie ihre Zustimmung gibt, was ist mit ihrem Vater? Wird *er* zustimmen? Ich glaube nicht, dass er mich besonders mag ...«

»Er mag dich bestimmt«, widersprach Ellemir, »aber du

musst verstehen, er ist ein stolzer Mann. Er war der Ansicht, ich sei zu gut für Damon, aber ich bin alt genug, nach meinem eigenen Willen zu handeln. Wenn er mich Aran Elhalyn angeboten hätte, der den Thron zu Thendara warm hält, wäre Vater immer noch der Meinung gewesen, er sei nicht gut genug. Für Callista kann kein vom Weibe geborener Mann gut genug sein, und wäre er so reich wie der Lord von Carthon und dazu der Bastardsohn eines Gottes! Und natürlich ist es auch heute noch eine große Ehre, ein Kind in Arilinn zu haben. Callista sollte Bewahrerin von Arilinn werden, und es wird ihn hart ankommen, darauf zu verzichten.« Andrews Herz sank. Ellemir sagte: »Mach dir keine Sorgen! Ich glaube, es wird alles gut werden. Sieh, da kommt Callista.«

Die Tür oben an der Treppe öffnete sich, und Callista stieg in das Gewächshaus hinunter. Blindlings streckte sie ihnen die Hände entgegen.

»Ich werde nicht nach Arilinn zurückkehren«, sagte sie, »und Vater hat seine Zustimmung zu unserer Heirat gegeben ...«

Schluchzend brach sie zusammen. Andrew breitete seine Arme aus, aber sie wandte sich von ihm ab und lehnte sich gegen die schwere Glaswand. Sie versteckte ihr Gesicht, und ihre schmalen Schultern hoben sich unter heftigem Weinen.

Andrew, der alles außer ihrem Elend vergaß, wollte sie an sich ziehen. Damon fasste seinen Arm und schüttelte entschieden den Kopf. Niedergeschlagen blieb Andrew neben der schluchzenden Frau stehen. Er konnte ihren Jammer nicht mit ansehen, und doch war es ihm nicht möglich, irgendetwas dagegen zu unternehmen.

Ellemir trat zu ihrer Schwester und drehte sie sanft zu sich um. »Stütze dich nicht an die alte Wand, Liebes, wenn hier drei sind, die Schultern haben, an denen du dich ausweinen kannst.« Sie trocknete ihrer Schwester die Tränen mit ihrer langen Schürze. »Erzähle es uns. War Leonie sehr grässlich zu dir?«

Callista schüttelte den Kopf und blinzelte mit den geröteten Augen. »O nein, sie hätte nicht gütiger sein können ...«

Skeptisch meinte Ellemir: »Ja, warum heulst du dann wie ein Unheil verkündender Geist? Hier warten wir voller Qual, weil wir die Nachricht fürchten, du würdest uns entrissen und zurück zum Turm gebracht, und wenn du kommst und uns sagst, alles sei gut, und wir uns mit dir freuen wollen, fängst du an zu plärren wie eine schwangere Dienstmagd!«

»Sprich nicht so!«, rief Callista. »Leonie ... Leonie war freundlich, ich glaube wirklich, sie versteht mich. Aber Vater ...«

»Arme Callie«, sagte Damon leise. »Ich habe seine scharfe Zunge oft genug zu spüren bekommen.«

Andrew vernahm den Kosenamen mit Überraschung und einem plötzlichen, scharfen Stich der Eifersucht. Die hübsche Abkürzung ihres Namens war ihm unbekannt, und dass Damon sie so selbstverständlich benutzte, deutete auf eine Intimität hin, die seine eigene isolierte Stellung unterstrich. Er dachte daran, dass Damon schon seit Callistas frühester Kindheit ein Freund des Hauses gewesen war.

Callista hob die Augen und erklärte ruhig: »Leonie entband mich von meinem Eid, Damon, ohne Wenn und Aber.« Damon spürte den qualvollen Kampf hinter ihrer erzwungenen Ruhe und dachte: *Ich glaube, wenn Andrew sie unglücklich macht, werde ich ihn töten.* Laut sagte er nur: »Mit deinem Vater war es dann natürlich eine andere Geschichte. Er war also fürchterlich?«

Zum ersten Mal lächelte Callista. »Ja, sehr fürchterlich, aber Leonie ist noch sturer als er. Sie sagte, eine Wolke könne man nicht in Fesseln schlagen. Und Vater ging auf mich los. Oh, Andrew, er sagte schreckliche Sachen. Du habest seine Gastfreundschaft missbraucht, du habest mich missbraucht, du habest mich verführt ...«

»Verdammter alter Tyrann!«, rief Damon wütend aus. Andrew verzog nur zornig den Mund. »Wenn er glaubt, dass ...«

»Er glaubt es jetzt nicht mehr.« In Callistas Augen glomm ein Schimmer ihrer alten Fröhlichkeit auf. »Leonie erinnerte ihn daran, dass ich keine dreizehn Jahre mehr bin, dass er, als die Tore von Arilinn sich damals hinter mir schlossen, jedes Recht abgetreten habe, mir die Heirat zu erlauben oder zu verbieten, dass selbst in dem Fall, wenn Leonie mich ungeeignet gefunden und aus dem Turm weggeschickt hätte, bevor ich mündig und zur Frau erklärt war, es *ihr* und nicht sein Recht gewesen wäre, einen Gatten für mich zu suchen. Sie hatte noch mehr solcher Wahrheiten für ihn, die er gar nicht gern hörte.«

»Evanda sei gepriesen, dass du wieder lachst, Liebling!«, rief Ellemir. »Wie nahm Vater diese unfreundlichen Wahrheiten auf?«

»Nun, sie passten ihm nicht, wie du dir vorstellen kannst«, antwortete Callista. »Doch am Ende konnte er nichts anderes tun, als sie zu akzeptieren. Ich glaube, er war sogar froh, dass er mit Leonie streiten konnte. Wir haben uns, seit er verwundet wurde, alle viel zu sehr nach seinen Launen gerichtet. Allmählich handelte er wieder wie sein altes Selbst, und vielleicht fühlte er sich auch ein bisschen mehr wie sein altes Selbst. Als er dann murrend zugestimmt hatte, legte es Leonie darauf an, ihn zu bezaubern. Sie erzählte ihm, wie glücklich er sei, zwei voll erwachsene Schwiegersöhne zu haben, die das Gut für ihn bewirtschaften, so dass Domenic seinen Platz im Rat einnehmen kann, und zwei Töchter, die hier leben und ihm Gesellschaft leisten. Endlich sagte er, Leonie habe es ja klargemacht, dass *ich* seinen Segen nicht brauche, um zu heiraten, aber er bittet dich, zu ihm zu kommen und seinen Segen in Empfang zu nehmen.«

Andrew war immer noch zornig. »Wenn der alte Tyrann meint, ich gebe einen Pfifferling um seinen Segen – oder auch um seinen Fluch ...«, begann er. Damon legte die Hand auf sein Handgelenk und unterbrach ihn.

»Andrew, das bedeutet, dass er dich als Sohn in seinem Haus aufnimmt, und um Callistas willen solltest du es mit Würde über dich ergehen lassen. Callie hat bereits eine Familie verloren, als sie sich deinetwegen entschloss, nicht nach Arilinn zurückzukehren. Nur wenn du ihn so hasst, dass du nicht in Frieden mit ihm unter einem Dach leben kannst ...«

»Ich hasse ihn überhaupt nicht«, entgegnete Andrew, »aber ich kann für meine Frau in meiner eigenen Welt sorgen. Ich will nicht ohne einen Pfennig zu ihm kommen und seine Mildtätigkeit annehmen.«

Damon sagte leise: »Die Mildtätigkeit, Andrew, liegt auf deiner und meiner Seite. Er kann noch viele Jahre leben, aber er wird nie wieder einen Fuß auf den Boden setzen. Domenic muss seinen Platz im Rat einnehmen. Sein jüngerer Sohn ist ein Kind von elf. Wenn du ihm Callista nimmst, überlässt du ihn der Gnade von bezahlten Fremden oder von entfernten Verwandten, die aus Habgier kommen und zusehen, welche Knochen sie aufsammeln können. Wenn du aber hier bleibst und ihm hilfst, das Gut zu verwalten, und ihm die Gesellschaft seiner Tochter lässt, gibst du ihm weit mehr, als du empfängst.«

Andrew dachte darüber nach und kam zu dem Schluss, dass Damon Recht hatte. »Doch wenn Leonie ihm die Zustimmung gegen seinen Willen abgerungen hat ...«

»Nein, dann hätte er nie seinen Segen angeboten«, widersprach Damon. »Ich kenne ihn mein ganzes Leben lang. Wenn er immer noch grollte, hätte er etwas gesagt wie: Da, nimm sie, und zur Hölle mit euch beiden! Stimmt das nicht, Callista?«

»Damon hat Recht. Vater ist schrecklich im Zorn, aber kein Mann, der seinen Groll nährt.«

»Dazu neigt er weniger als ich«, pflichtete ihr Damon bei. »Esteban hat einen Zornausbruch, und dann ist alles wieder gut, und er wird dich so aufrichtig an sein Herz ziehen, wie er dich einen Augenblick vorher fortgestoßen hat. Wahrscheinlich werdet ihr wieder einmal streiten, denn er ist von aufbrausendem Temperament und reizbar. Aber er wird dir nie einen alten Groll wie abgestandenen Haferbrei auftischen.«

Als Damon und Ellemir gegangen waren, sah Andrew Callista an. »Ist es wirklich das, was du willst, meine Liebste? Ich habe nichts gegen deinen Vater. Ich war nur wütend, weil er dich eingeschüchtert und zum Weinen gebracht hat. Wenn du hier bleiben möchtest ...«

Sie sah zu ihm hoch, und die alte Verbundenheit hüllte sie ein, die sie einander nahe gebracht hatte, bevor sie sich begegneten. Der geistige Kontakt hatte für ihn mehr Realität als die zögernde und ängstliche körperliche Berührung, die alles war, was sie ihm erlauben konnte. »Wenn zwischen dir und Vater keine Übereinstimmung möglich wäre, würde ich dir an jeden beliebigen Ort auf Darkover oder in eurem Sternen-Imperium folgen. Aber nur mit einem Kummer, den ich nie würde ausloten können. Dies ist meine Heimat, Andrew. Der innigste Wunsch meines Herzens ist, dass ich sie nie wieder verlassen muss.«

Er zog ihre Fingerspitzen behutsam an seine Lippen und sagte leise: »Dann soll es auch meine Heimat sein, Geliebte. Für immer.«

Als Andrew und Callista dem anderen Paar in das Hauptgebäude folgten, fanden sie Damon und Ellemir auf einer Bank neben Dom Esteban sitzen. Nun stand Damon auf und kniete vor dem alten Mann nieder. Er sagte etwas, das Andrew nicht hören konnte, und der Lord von Alton erwiderte lächelnd: »Du hast dich mir viele Male als Sohn erwiesen, Damon, mehr braucht es nicht für mich. Nimm meinen Segen.« Er legte seine Hand für einen Augenblick auf Damons Kopf. Der jüngere Mann erhob sich, beugte sich vor und küsste Dom Esteban auf die Wange.

Dom Esteban blickte mit ernstem Lächeln über Damons Kopf hinweg. »Bist du zu stolz, für meinen Segen niederzuknien, Ann'dra?«

»Nicht zu stolz, Sir. Wenn ich jetzt oder zu anderen Zeiten gegen den Brauch verstoße, bitte ich Euch, Lord Alton, darin nur meinen Mangel an Kenntnis dessen, was als schicklich gilt, zu sehen, und keine bewusste Verletzung der Sitten.«

Dom Esteban winkte das Paar zu einem Platz neben Damon und Ellemir. »Ann'dra ...« – er benutzte immer noch die darkovanische Abwandlung des Namens – »... ich weiß nichts wirklich Schlechtes von deinen Leuten, aber ich weiß auch wenig, das gut ist. Ich nehme an, sie sind wie die meisten Menschen, einige gut und einige schlecht, und die meisten werden weder das eine noch das andere sein. Wärst du ein schlechter Mann, so hätte meine Tochter wohl nicht den Wunsch, dich gegen alle Sitten und den gesunden Menschenverstand zu heiraten. Aber du kannst es mir nicht übel nehmen, wenn ich nicht besonders glücklich dabei bin, mein geliebtestes Kind einem Außenweltler zu geben, sei es auch einer, der sich als ehrenhaft und tapfer erwiesen hat.«

Andrew, der neben Ellemir auf der Bank saß, spürte, dass sie die Hände fest ballte, als er von Callista als seinem geliebtesten Kind sprach. Es war grausam, dachte Andrew, das in ihrer Gegenwart zu tun. Schließlich war es Ellemir gewesen, die als pflichtgetreue und gehorsame Tochter all diese Jahre zu Hause geblieben war. Die Empörung über die Taktlosigkeit des alten Mannes machte seine Stimme kühl.

»Ich kann nur sagen, Sir, dass ich Callista liebe und versuchen will, sie glücklich zu machen.«

»Ich glaube nicht, dass sie unter deinen Leuten glücklich sein wird. Hast du die Absicht, mit ihr fortzugehen?«

»Wenn Ihr unserer Heirat nicht zugestimmt hättet, Sir, wäre mir keine andere Wahl geblieben.« Aber hätte er dies empfindsame Mädchen, das unter Telepathen aufgewachsen war, wirklich in die Terranische Zone bringen können, wo sie zwischen hohen Gebäuden und Maschinen gefangen war? Hätte er sie den Leuten zur Schau stellen sollen, die sie wie eine exotische Missgeburt betrachteten? Ihr *Laran* hätte man ihr schon als Geisteskrankheit oder Scharlatanerie ausgelegt. »Wie die Dinge stehen, Sir, will ich mit Freuden hier bleiben. Vielleicht kann ich Euch beweisen, dass Terraner nicht so fremdartig sind, wie Ihr denkt.«

»Das weiß ich bereits. Hältst du mich für undankbar? Ich weiß ganz genau: Wärst du nicht gewesen, dann wäre Callista in den Höhlen gestorben, und das Land würde immer noch unter der verfluchten Dunkelheit liegen!«

»Ich glaube, das waren mehr Damons Taten als meine, Sir«, erklärte Andrew fest.

Der alte Mann lachte kurz und trocken auf. »Und nun ist es so wie im Märchen, dass ihr beiden mit der Hand meiner Töchter und der Hälfte meines Königreichs belohnt werden solltet. Nun, ich habe kein Königreich zu verschenken, Ann'dra, aber du hast hier den Platz eines Sohnes, solange du lebst, und wenn du es wünschst, deine Kinder nach dir.«

Callista liefen die Augen über. Sie glitt von der Bank und kniete sich neben ihren Vater. Sie flüsterte »Danke«, und seine

Hand ruhte für einen Augenblick auf ihren kupfrig glänzenden Zöpfen. Über ihren gebeugten Kopf sprach er: »Nun komm, Ann'dra, knie nieder und empfange meinen Segen.« Die harte Stimme klang freundlich.

Mit einem Gefühl der Verwirrung, das zur Hälfte Verlegenheit, zur Hälfte unauslöschbare Fremdheit war, kniete Andrew neben Callista. An der Oberfläche seines Geistes schwammen Zufallsgedanken, zum Beispiel, wie verdammt blöde das im Hauptquartier wirken würde, und »wenn du in Rom bist ...«, aber tiefer unter der Oberfläche erwärmte sich etwas in ihm für die Geste. Er fühlte die breite, schwielige Hand des alten Mannes auf seinem Kopf, und sein neues telepathisches Bewusstsein, mit dem er seinen Frieden noch nicht ganz gemacht hatte, empfing eine merkwürdige Mischung von Emotionen: Böse Vorahnungen, überblendet von einer versuchsweisen, spontanen Sympathie. Er war überzeugt, das, was er wahrnahm, empfand der alte Mann für ihn, und zu seiner eigenen Überraschung war es dem, was er selbst für den Comyn-Lord empfand, nicht allzu unähnlich.

Er versuchte, mit ruhiger Stimme zu sprechen, obwohl er ganz sicher war, dass der alte Mann wiederum seine Gedanken lesen konnte: »Ich bin dankbar, Sir. Ich werde versuchen, Euch ein guter Sohn zu sein.«

Dom Esteban knurrte: »Du siehst selbst, dass ich zwei gute Söhne brauchen kann. Aber hast du die Absicht, mich für den Rest deines Lebens *Sir* zu nennen, Sohn?«

»Natürlich nicht, Verwandter.« Er benutzte jetzt die vertrauliche Form des Wortes, wie Damon es tat. Sie konnte »Onkel« oder sonst einen nahen Verwandten aus der Generation des Vaters bedeuten. Er erhob sich, und als er zurücktrat, fing er den seltsam starren Blick des Jungen Dezi auf, der schweigend hinter Esteban stand. Dieser Blick war voll zorniger Intensität – ja, und Andrew spürte Groll und Neid.

Armes Kind, dachte er. *Ich komme als Fremder her, und man behandelt mich wie einen Familienangehörigen. Er gehört zur Familie – und der alte Mann behandelt ihn wie einen Diener oder einen Hund! Kein Wunder, dass das Kind eifersüchtig ist!*

4

Es war entschieden worden, dass die Hochzeit in vier Tagen stattfinden sollte, eine stille Feier, der nur Leonie als Ehrengast und ein paar Nachbarn, die auf nahe gelegenen Gütern lebten, beiwohnen sollten. Die kurze Zwischenzeit gestattete es gerade noch, Domenic, Dom Estebans Erben, eine Nachricht nach Thendara zu schicken und einem oder mehreren von Damons Brüdern die Gelegenheit zu geben, von Serrais herzukommen, wenn sie es wünschten.

Am Abend vor der Hochzeit lagen die Zwillingsschwestern noch lange wach. Sie waren in dem Zimmer, das sie als Kinder geteilt hatten, bevor Callista nach Arilinn ging. Endlich sagte Ellemir ein wenig traurig: »Ich hatte mir immer vorgestellt, an meinem Hochzeitstag werde es ein großes Festessen geben und feine Kleider, und alle unsere Verwandten würden mit uns feiern. Stattdessen ist es eine hastige Sache mit ein paar Landleuten. Nun, wenn ich Damon zum Mann bekomme, kann ich auf all das andere verzichten, aber trotzdem ...«

»Mir tut es auch Leid, Elli, ich weiß, es ist meine Schuld«, antwortete Callista. »Du heiratest einen Comyn-Lord von der Ridenow-Domäne, und so gibt es keinen Grund, warum du nicht durch *di Catenas* verheiratet werden solltest, mit allen Feiern und Lustbarkeiten, die du dir wünschen kannst. Andrew und ich haben dir das verdorben.« Eine Comyn-Tochter konnte nicht ohne Erlaubnis des Comyn-Rates *di Catenas*, nach der alten Zeremonie, heiraten, und Callista wusste, es bestand nicht die geringste Aussicht, dass der Rat sie einem Fremden, einem Niemand – einem Terraner geben würde. Deshalb hatten sie die schlichtere Form gewählt, die als Freipartner-Hochzeit bekannt war. Dazu genügte eine einfache Erklärung vor Zeugen.

Ellemir hörte die Traurigkeit aus ihrer Schwester Stimme heraus und meinte: »Nun, wie Vater so gern sagt, die Welt wird gehen, wie sie will, und nicht, wie du oder ich es gern hätten. Damon hat versprochen, dass wir zum nächsten Ratstreffen nach Thendara reisen, und dort wird es genug Lustbarkeiten für jeden geben.«

»Und bis dahin«, setzte Callista hinzu, »hat meine Ehe mit Andrew schon so lange bestanden, dass niemand mehr etwas daran ändern kann.«

Ellemir lachte. »Und ich hätte Pech, wenn ich dann ein Kind erwartete und die Feste nicht genießen könnte! Das heißt, natürlich betrachte ich es nicht als Pech, wenn ich Damons Kind sofort bekäme.«

Callista schwieg. Sie dachte an die Jahre im Turm, wo sie ohne Bedauern, weil sie nichts davon wusste, alle Dinge beiseite geschoben hatte, von denen ein junges Mädchen träumt. Da sie diese Dinge nun in Ellemirs Stimme hörte, fragte sie zögernd: »Möchtest du sofort ein Kind?«

Wieder lachte Ellemir. »O ja! Du nicht?«

»Ich habe nicht darüber nachgedacht«, antwortete Callista langsam. »Es waren so viele Jahre, in denen Gedanken an Ehe oder Liebe oder Kinder mir fern lagen ... Ich vermute, Andrew wird früher oder später Kinder haben wollen, aber mich dünkt, ein Kind sollte ich für mich selbst wünschen, nicht weil es meine Pflicht gegenüber unserm Clan ist. In der Zeit im Turm habe ich immer nur an die Pflichten gegenüber anderen gedacht, und jetzt glaube ich, ich muss ein wenig Zeit haben, nur an mich zu denken. Und an ... an Andrew.«

Das war für Ellemir verwirrend.

Wie konnte eine Frau an ihren Mann denken, ohne dass ihr Wunsch, ihm ein Kind zu schenken, im Vordergrund stand? Aber sie spürte, dass es bei Callista anders war. Jedenfalls, dachte sie mit unbewusstem Hochmut, war Andrew kein Comyn; es war nicht besonders wichtig, ob Callista ihm gleich einen Erben gebar.

»Vergiss nicht, Elli, ich habe so viele Jahre geglaubt, ich werde überhaupt nicht heiraten ...«

Ihre Stimme war so traurig und seltsam, dass Ellemir es nicht ertragen konnte. Sie sagte: »Du liebst Andrew, und du hast deine Wahl aus freiem Willen getroffen«, aber es deutete sich darin eine Frage an. Hatte Callista sich entschlossen, ihren Retter zu heiraten, nur weil dies das Einfachste zu sein schien?

Callista folgte dem Gedanken und erklärte: »Nein, ich liebe ihn. Ich liebe ihn mehr, als ich dir sagen kann. Aber es gibt da ein altes Sprichwort, von dem ich erst heute weiß, wie wahr es ist: Keine Wahl bleibt ganz ohne Reue. Jede Entscheidung wird an Freude und Leid mehr bringen, als wir vorhersehen können. Mein Leben kam mir unveränderbar vor und bereits klar geregelt. Ich würde Leonies Platz in Arilinn übernehmen und dort dienen, bis der Tod oder das Alter mich von der Last befreite. Und das schien mir auch ein gutes Leben zu sein. Liebe, Heirat, Kinder – das waren nicht einmal Tagträume für mich!«

Ihre Stimme zitterte. Ellemir stand auf und setzte sich zu ihrer Schwester auf die Bettkante. In der Dunkelheit ergriff sie ihre Hand.

Callista machte eine unbewusste, automatische Bewegung, um die Hand wegzuziehen, und dann sagte sie kläglich mehr zu sich selbst als zu Ellemir: »Ich glaube, ich muss lernen, das nicht mehr zu tun.«

Ellemir antwortete sanft: »Es würde auch Andrew nicht gefallen.«

Sie spürte, dass Callista unter diesen Worten zusammenzuckte. »Es ist ... ein Reflex. Es ist ebenso schwer, ihn mir abzugewöhnen, wie es war, ihn zu lernen.«

Impulsiv rief Ellemir aus: »Du musst sehr einsam gewesen sein, Callista!«

Callistas Antwort schien aus einer verschütteten Tiefe heraufzukommen. »Einsam? Nicht immer. Im Turm sind wir uns näher, als du dir vorstellen kannst. Wir sind alle Teile eines Ganzen. Doch auch in diesem Kreis war ich als Bewahrerin immer abgesondert von den anderen, getrennt durch eine ... eine Barriere, die niemand überschreiten konnte. Es wäre leichter gewesen, in Wahrheit allein zu sein.«

Ellemir merkte, dass ihre Schwester gar nicht mit ihr sprach, sondern zu fernen, nicht mitteilbaren Erinnerungen, und etwas in Worte zu fassen versuchte, über das sie niemals hatte sprechen wollen.

»Die anderen im Turm konnten ... konnten dieser Nähe Ausdruck verleihen. Sie konnten sich berühren. Sich lieben. Eine Bewahrerin erfährt doppelte Einsamkeit. Im Matrix-Kreis ist sie jedem Geist näher als die Übrigen, und trotzdem ist sie für sie nie ... nie ganz wirklich. Sie ist keine Frau, sie ist nicht einmal ein lebendes, atmendes menschliches Wesen. Nur ... nur ein Teil der Schirme und Relais.« Sie hielt inne, in Gedanken wieder in jenem seltsamen, abgeschirmten, einsamen Leben, das sie geführt hatte.

»So viele Frauen versuchen es und versagen. Irgendwie geraten sie in Beziehung zu der menschlichen Seite der anderen Männer und Frauen im Turm. In meinem ersten Jahr in Arilinn sah ich sechs junge Mädchen mit der Ausbildung zur Bewahrerin anfangen und versagen. Und ich war stolz, weil ich das Training aushielt. Es ist ... nicht leicht.« Ihr war bewusst, wie lächerlich unangemessen diese Formulierung war. Sie ließ nichts von den Monaten eiserner körperlicher und geistiger Disziplin erkennen, bis ihr Gehirn unglaubliche Kräfte erworben hatte, bis ihr Körper die unmenschlichen Flüsse und Drücke ertragen konnte. Callista schloss leise und bitter: »Jetzt wünschte ich, ich hätte auch versagt!« Sie hörte ihre eigenen Worte, entsetzte sich über sie und verstummte.

Ellemir flüsterte: »Ich wünschte, wir hätten uns nicht so weit voneinander entfernt, *Breda.*« Beinahe zum ersten Mal benutzte sie das Wort für »Schwester« in der vertraulichen Form; es konnte auch »Liebling« bedeuten.

Callista antwortete eher auf den Ton als auf den Inhalt. »Es war ja nicht so, dass ich ... dass ich dich nicht mehr liebte oder nicht mehr an dich dachte, Ellemir. Aber man lehrte mich – oh, du kannst dir nicht vorstellen, wie! –, mich jeden menschlichen Kontaktes zu enthalten. Und du warst meine Zwillingsschwester – ich hatte dir am nächsten gestanden. In meinem ersten Jahr weinte ich mich abends in den Schlaf, weil ich mich so nach dir sehnte. Aber dann ... dann bist du mit dem Rest meines Lebens, das vor Arilinn lag, verschmolzen, warst wie jemand, den ich nur in einem Traum gekannt habe. Später, als mir erlaubt wurde, dich hin und wieder zu sehen, dich zu besuchen, versuchte ich deshalb, dich fern von mir zu halten, dich als Teil des Traums zu sehen, damit ich nicht von jeder neuen Trennung wieder zerrissen wurde. Unsere Lebensbahnen liefen verschiedene Wege, und ich wusste, es musste so sein.«

Die Traurigkeit in ihrer Stimme war schlimmer als Tränen. Um sie zu trösten, legte sich Ellemir impulsiv neben ihre Schwester und nahm sie in die Arme.

Callistas Körper wurde steif, doch dann seufzte sie und blieb still liegen. Ellemir spürte die Anstrengung, die es ihre Schwester kostete, sich ihr nicht zu entwinden. Mit heftigem Zorn dachte sie: *Wie konnten sie ihr das antun? Es ist eine Deformierung, als hätten sie aus ihr einen Krüppel oder eine Bucklige gemacht!*

Sie drückte die Schwester an sich. »Ich hoffe, wir können wieder einen Weg zueinander finden.«

Callista ließ sich die Umarmung gefallen, wenn sie sie auch nicht erwiderte. »Das hoffe ich auch, Ellemir.«

»Mir kommt es schrecklich vor, dass du nie verliebt warst.«

Ihre Schwester antwortete leichthin: »Oh, so schlimm ist das nicht. Wir standen uns im Turm so nahe, dass ich glaube, auf die eine oder andere Art waren wir immer verliebt.« Es war zu dunkel, um Callistas Gesicht zu erkennen, aber Ellemir spürte ihr Lächeln, als sie hinzusetzte: »Und wenn ich dir nun erzähle, dass Damon noch in Arilinn war, als ich dort anfing, und dass ich mir kurze Zeit einbildete, in ihn verliebt zu sein? Bist du sehr eifersüchtig, Ellemir?«

Ellemir lachte. »Nein, nicht sehr.«

»Er war fertig ausgebildeter Techniker, und er lehrte mich das Überwachen. Natürlich war ich für ihn keine Frau, ich war nur eins der kleinen Mädchen, die er unterrichtete. Es gab für ihn überhaupt keine Frau, ausgenommen Leonie –« Sie unterbrach sich und sagte schnell: »Das ist natürlich lange vorbei.«

Ellemir lachte laut heraus. »Ich weiß, dass Damons Herz ganz mir gehört. Wie könnte ich auf eine Liebe eifersüchtig sein, die ein Mann einer Bewahrerin entgegenbringt, die das Gelübde der Jungfräulichkeit abgelegt hat?« Ellemir erschrak über ihre eigenen Worte. »Oh, Callista, ich habe nicht gemeint –«

»Doch, das hast du gemeint«, widersprach Callista sanft, »aber Liebe ist Liebe, auch wenn nichts Körperliches dabei im Spiel ist. Wenn ich das nicht schon vorher gewusst hätte, hätte ich es in den Höhlen von Corresanti gelernt, als ich meine Liebe zu Andrew entdeckte. Es war Liebe, und sie war wirklich, und wenn ich du wäre, würde ich nicht verächtlich auf Damons Liebe zu Leonie hinabsehen, als wäre es die Schwärmerei eines grünen Jungen gewesen.« Sie dachte, sprach es jedoch nicht aus, dass diese Liebe genug an Realität gehabt hatte, um Leonies Frieden zu stören, auch wenn niemand außer Callista je etwas davon geahnt hatte.

Sie hat recht getan, Damon wegzuschicken ...

»Mir kommt es merkwürdig vor, ohne Begehren zu lieben«, sagte Ellemir, »und, was du auch sagst, nicht ganz wirklich.«

»Männer haben mich begehrt«, erwiderte Callista ruhig, »ungeachtet des Tabus. Das kommt vor. Meistens hat es in mir gar nichts erregt, es gab mir nur das Gefühl, als ob ... als ob schmutzige Insekten über meinen Körper kröchen. Aber es gab Fälle, in denen ich mir beinahe wünschte, ich wüsste, wie ich dies Begehren erwidern könne.«

Plötzlich brach ihre Stimme. Ellemir hörte einen wilden Unterton heraus, der ganz wie Entsetzen klang. »Oh, Ellemir, Elli, wenn ich selbst vor deiner Berührung zurückschrecke – vor der Berührung meiner Zwillingsschwester – was werde ich Andrew antun? Oh, gnädiger Avarra, wie tief werde ich ihn verletzen?«

»*Breda,* Andrew liebt dich, sicher wird er verstehen ...«

»Vielleicht ist es nicht genug, dass er versteht! Oh, Elli, selbst wenn es jemand wie Damon wäre, der die Gebräuche der Türme kennt, der weiß, was eine Bewahrerin ist, hätte ich Angst! Und Andrew weiß oder versteht es nicht, und es gibt keine Worte, es ihm zu sagen! Und auch er hat die einzige Welt verlassen, die er je kannte, und was kann ich ihm dafür geben?«

Ellemir beschwichtigte sie: »Aber du bist von dem Bewahrerinneneid entbunden worden.« Die Gewohnheit vieler Jahre, das war ihr klar, konnte nicht in einem Tag durchbrochen werden, doch sobald Callista sich von ihren Ängsten befreit hatte, würde sicher alles gut werden. Sie drückte Callista an sich und sagte zärtlich: »Die Liebe ist nichts, wovor man sich zu fürchten hat, *Breda,* auch wenn sie dir seltsam oder erschreckend vorkommen mag.«

»Ich wusste, du würdest es nicht verstehen.« Callista seufzte. »Im Turm waren andere Frauen, die nicht nach den Gesetzen für Bewahrerinnen lebten, die frei waren, der Verbundenheit, die uns alle umschlang, Ausdruck zu geben. Es war so viel ... so viel Liebe unter uns, und ich wusste, wie glücklich es sie machte, zu lieben oder auch nur das Verlangen zu befriedigen, wenn es keine Liebe war, sondern nur ... Bedürfnis – und Freundlichkeit.« Sie seufzte noch einmal. »Ich bin nicht unwissend, Ellemir«, erklärte sie mit eigentümlicher, verlorener Würde. »Unerfahren, ja, weil ich bin, was ich bin, aber nicht unwissend. Ich habe gelernt, mir dessen nicht ... nicht sonderlich bewusst zu sein. Es war auf diese Weise einfacher, aber ich wusste Bescheid, o ja. Ebenso wie ich zum Beispiel weiß, dass du Liebhaber vor Damon gehabt hast.«

Ellemir lachte. »Ich habe nie ein Geheimnis daraus gemacht. Wenn ich zu dir nicht darüber sprach, dann nur, weil ich die Gesetze kenne, unter denen du lebtest – sie wenigstens so gut kannte, wie sie ein Außenstehender kennen kann –, und das schien eine Mauer zwischen uns zu sein.«

»Aber du musst doch erkannt haben, dass ich dich darum beneidete«, sagte Callista. Ellemir setzte sich im Bett hoch und sah ihre Zwillingsschwester überrascht und schockiert an. Sie konnten sich nur undeutlich sehen. Eine kleine grüne Mondsichel hing blass vor ihrem Fenster. Stockend fragte Ellemir: »Beneiden ... mich? Ich dachte ... ich war überzeugt, eine Bewahrerin, die ihr Gelübde abgelegt hat, würde mich verachten oder es als Schande ansehen, dass ich – dass eine *Comynara* auch nicht anders ist als eine Bauersfrau oder ein Tierweibchen in Hitze.«

»Dich verachten? Niemals!«, versicherte Callista. »Wenn wir Bewahrerinnen nicht viel darüber sprechen, dann nur aus Furcht, wir könnten nicht im Stande sein, unsere Andersartigkeit zu ertragen. Sogar die anderen Frauen in den Türmen, die unsere Isolation nicht teilen, betrachten uns als fremdartig, als beinahe nichtmenschlich ... Absonderung, Stolz wird unsere einzige Verteidigung. Es ist, als wollten wir eine Wunde verbergen, unsere eigene ... Unvollständigkeit verbergen.«

Ihre Stimme bebte. Ellemir dachte, dass das Gesicht ihrer Schwester in dem trüben Mondlicht tatsächlich nichtmenschlich leidenschaftslos aussah, als sei es in Stein gehauen. Ihr war, als sei Callista herzzerreißend fern von ihr, als sprächen sie über eine große, schmerzende Kluft hinweg.

Ihr ganzes Leben lang hatte Ellemir gelernt, von einer Bewahrerin als einer weit über ihr stehenden Person zu denken, die verehrt, beinahe angebetet werden musste. Sogar ihre eigene Schwester, ihr Zwilling, war wie eine Göttin, weit außer Reichweite. Einen Augenblick lang hatte sie die schwindelnde Vorstellung, es sei umgekehrt, und das erschütterte ihre Überzeugungen. Jetzt war es Callista, die zu ihr aufblickte, sie beneidete, Callista, die auf gewisse Weise jünger war als sie und viel verwundbarer, nicht mehr in die ferne Majestät Arilinns gekleidet, sondern eine Frau wie sie, zerbrechlich, unsicher ... Sie flüsterte: »Ich wünschte, ich hätte das über dich früher gewusst, Callie.«

»Ich wünschte, ich hätte es über mich selbst gewusst.« Callista lächelte traurig. »Wir werden nicht ermutigt, viel über diese Dinge nachzudenken oder über anderes außer unserer Arbeit. Ich fange erst an, mich als Frau zu entdecken, und ich ... weiß nicht recht, wie ich damit anfangen soll.« Für Ellemir klang das wie ein unglaublich trauriges Geständnis. Nach einer Pause sprach Callista leise in die Dunkelheit: »Ellemir, ich habe dir von meinem Leben berichtet, was ich kann. Erzähle mir etwas von deinem. Ich will dich nicht drängen, aber du hast Liebhaber gehabt. Erzähle mir darüber.«

Ellemir zögerte, spürte jedoch, dass hinter der Frage mehr stand als einfache sexuelle Neugier. Die war auch da, und in

Anbetracht der Art, wie Callista gezwungen worden war, in der Zeit als Bewahrerin diese Seite ihres Wesens zu unterdrücken, war es ein gesundes Zeichen und eine gute Vorbedeutung für ihre Ehe. Aber da war noch mehr, da war der Wunsch, an Ellemirs Leben in den Jahren ihrer Trennung teilzunehmen. Diesem Verlangen impulsiv entsprechend, sagte sie: »Es war in dem Jahr, als Dorian heiratete. Hast du Mikhail überhaupt kennen gelernt?«

»Ich habe ihn bei der Trauung gesehen.« Ihre ältere Schwester Dorian hatte einen *Nedestro*-Cousin von Lord Ardais geheiratet. »Er kam mir wie ein freundlicher, redegewandter junger Mann vor, aber ich habe nicht mehr als ein paar Dutzend Worte mit ihm gewechselt. Ich hatte Dorian seit unserer Kindheit so selten gesehen.«

»Es war in jenem Winter«, fuhr Ellemir fort. »Dorian bat mich, den Winter bei ihr zu verbringen. Sie war einsam und bereits schwanger und hatte unter den Bergfrauen wenige Freundinnen gefunden. Vater gab mir die Erlaubnis, sie zu besuchen. Und später im Frühling war Dorian so schwer geworden, dass es ihr kein Vergnügen mehr machte, Mikhails Bett zu teilen. Da waren er und ich aber schon so gute Freunde geworden, dass ich ihren Platz dort einnahm.« Sie kicherte ein wenig in Gedanken daran.

»Du warst nicht älter als fünfzehn!«, rief Callista erschrocken.

Ellemir antwortete lachend: »Das ist alt genug zum Heiraten. Dorian war nicht älter gewesen. Ich wäre auch verheiratet worden, wenn Vater nicht gewünscht hätte, dass ich zu Hause blieb und die Wirtschaft führte.«

Wieder spürte Callista den grausamen Neid, die verzweifelte Entfremdung. Wie einfach war es für Ellemir gewesen, und wie richtig! Und wie anders für sie! »Hat es andere gegeben?«

Ellemir lächelte in der Dunkelheit. »Nicht viele. Ich lernte bei Mikhail, dass es mir gefiel, bei einem Mann zu liegen, aber ich wollte nicht, dass über mich geklatscht werde wie über Sybil-Mhari, von der man sich skandalöse Geschichten erzählt. Hast du gehört, dass sie sich Liebhaber unter den Wachtposten oder sogar den Dienern sucht? Und ich wollte kein Kind austragen, das großzuziehen man mir nicht erlauben würde, wenn auch Dorian versprach, sollte ich Mikhail ein Kind gebären, werde sie es als ihres annehmen. Ebenso wenig wollte ich in aller Eile mit jemandem verheiratet werden, den ich nicht mochte, was Vater im Falle eines Skandals bestimmt veranlasst hätte. Deshalb gibt es nicht mehr als zwei oder drei Männer, die sagen könnten, wenn sie wollten, sie hätten von mir mehr gehabt als einen Handkuss in der Mittsommernacht. Und Damon hat geduldig gewartet ...«

Sie lachte leise, erregt. Callista streichelte das weiche Haar ihrer Zwillingsschwester.

»Jetzt ist das Warten fast vorbei, Liebes.«

Ellemir schmiegte sich eng an ihre Schwester. Sie spürte Callistas Ängste, den Widerstreit ihrer Gefühle, doch immer noch missverstand sie deren Natur.

Sie hat das Gelübde der Jungfräulichkeit abgelegt, dachte Ellemir, *sie hat ein von Männern abgesondertes Leben geführt. Da ist es kein Wunder, dass sie sich fürchtet. Aber einmal wird sie begreifen, dass sie frei ist, und Andrew wird freundlich und geduldig sein, und so wird auch sie ihr Glück finden ... ein Glück wie meines ... und Damons.*

Sie standen in lockerem Rapport, und Callista folgte Ellemirs Gedanken, doch sie wollte ihre Schwester nicht beunruhigen, indem sie ihr sagte, dass es längst nicht so einfach war.

»Wir sollten schlafen, *Breda*. Morgen ist unser Hochzeitstag, und morgen Nacht«, setzte sie neckend hinzu, »wird Damon dich vielleicht nicht viel schlafen lassen.«

Lachend schloss Ellemir die Augen. Callista lag ruhig da.

Der Kopf ihrer Zwillingsschwester ruhte an ihrer Schulter. Sie starrte in die Dunkelheit. Dann spürte sie, dass der Faden des Rapports zwischen ihnen dünner wurde und Ellemir in Träume davonglitt. Ihre Schwester schlief. Leise glitt Callista aus dem Bett und trat ans Fenster. Sie blickte hinaus auf die vom Mondlicht erhellte Landschaft. So stand sie da, bis sie verkrampft und kalt war, bis die Monde untergingen und ein dünner, feiner Regen die Fensterscheibe trübte. Die jahrelange strenge Disziplin ermöglichte es ihr, nicht zu weinen.

Ich kann es hinnehmen und ertragen, wie ich so vieles ertragen habe. Aber was ist mit Andrew? Kann ich ertragen, was es ihm antun wird, was es seiner Liebe antun mag? Stunde auf Stunde stand sie so, aber sie spürte ihren Körper nicht mehr. Ihr Geist hatte sich in eins der Reiche jenseits der Gedanken zurückgezogen, das man Zuflucht vor quälenden Vorstellungen gezeigt hatte. Den verkrampften, eiskalten Körper, den zu verachten sie gelehrt worden war, ließ sie zurück.

In der Morgendämmerung ging der Regen in dünnen Schneematsch über, der an die Scheibe prasselte. Ellemir bewegte sich, fühlte im Bett nach ihrer Schwester, setzte sich verwirrt hoch und entdeckte Callista bewegungslos am Fenster. Sie stand auf und lief zu ihr, sie rief ihren Namen, aber Callista hörte sie nicht und rührte sich nicht.

Vor Angst schrie Ellemir auf. Callista, die weniger die Stimme als die Angst in Ellemirs Gedanken hörte, kam langsam in die Wirklichkeit zurück. »Es ist alles in Ordnung, Ellemir.« Liebevoll blickte sie in das ihr zugewandte furchtsame Gesicht.

»Du bist so kalt, Liebes, ganz steif und kalt. Komm wieder ins Bett, lass mich dich wärmen«, drängte Ellemir. Callista ließ es zu, dass ihre Schwester sie zum Bett führte, sie warm zudeckte und fest an sich drückte. Nach langer Zeit gestand sie, beinahe flüsternd: »Ich habe es falsch gemacht, Elli.«

»Falsch? Was denn, *Breda?*«

»Ich hätte in Andrews Bett gehen sollen, gleich nachdem er mich aus den Höhlen geholt hatte. Nach der langen Zeit allein im Dunkeln, nach all der Angst war meine Abwehr schwach.« Mit schmerzlicher Reue erinnerte sie sich, wie er mit ihr aus Corresanti davongeritten war, wie sie warm und furchtlos in seinen Armen geruht hatte. »Dann war hier so viel Aufregung, Vater war zum Krüppel geworden, das Haus war mit Verwundeten gefüllt. Wie dem auch sei, damals wäre es leichter gewesen.«

Ellemir war geneigt, dem zuzustimmen. Doch Callista war nicht die Art Frau, die so etwas ohne Rücksicht auf die Gefühle ihres Vaters und ihren Bewahrerinneneid hätte tun können. Und Lord Alton hätte es so sicher erfahren, als ob Callista es vom Dach hinuntergeschrien hätte.

»Du warst selbst krank, Liebes. Andrew hat das bestimmt verstanden.«

Aber Callista fragte sich: War die lange Krankheit, die auf ihre Rettung folgte, vielleicht eine Reaktion auf ihr Versagen gewesen? Vielleicht hatten sie eine Gelegenheit versäumt, die niemals wiederkam. Sie hätten zusammenkommen können, als sie beide vor Leidenschaft brannten und es keinen Raum gab für Zweifel und Ängste. Sogar Leonie hatte es für wahrscheinlich gehalten, dass sie es getan hatte.

Warum habe ich es nicht getan? Und jetzt, jetzt ist es zu spät ...

Ellemir gähnte. Dann lächelte sie strahlend.

»Es ist unser Hochzeitstag, Callista!«

Callista schloss die Augen. *Mein Hochzeitstag. Und ich kann Ellemirs Freude nicht teilen. Ich liebe ebenso wie sie, und doch bin ich nicht froh ...* Sie fühlte den wilden Drang, sich mit ihren Nägeln zu zerfleischen, sich mit ihren Fäusten zu schlagen, die Schönheit zu bestrafen, die ein so leeres Versprechen war, den Körper, der ganz wie der einer begehrenswerten Frau aussah – und doch nur eine hohle Schale war. Aber Ellemir sah sie besorgt und fragend an, und so zwang sie sich, fröhlich zu lächeln.

»Unser Hochzeitstag.« Callista küsste ihre Zwillingsschwester. »Bist du glücklich, Liebling?«

Und für eine kleine Weile gelang es ihr, in Ellemirs Freude ihre eigenen Ängste zu vergessen.

5

An diesem Morgen half Damon Dom Esteban in den für ihn angefertigten Rollstuhl. »So könnt Ihr aufrecht sitzend an der Hochzeit teilnehmen und braucht nicht wie ein Invalide flach auf dem Bett zu liegen!«

»Es ist ein seltsames Gefühl, sich wieder in der Senkrechten zu befinden.« Der alte Mann hielt sich mit beiden Händen fest. »Mir ist schwindelig, als wäre ich bereits betrunken.«

»Ihr habt zu lange auf dem Rücken gelegen«, stellte Damon sachlich fest. »Bald werdet Ihr Euch daran gewöhnt haben.«

»Nun, besser, ich sitze, als ich bin auf Kissen hochgestützt wie eine Frau im Kindbett! Und wenigstens sind meine Beine noch da, wenn ich sie auch nicht fühlen kann.«

»Sie sind noch da«, versicherte Damon ihm, »und wenn jemand Euren Stuhl schiebt, könnt Ihr zu ebener Erde überall hin.«

»Das wird eine Erleichterung sein«, sagte Esteban. »Ich habe es satt, diese Decke anzusehen! Wenn der Frühling kommt, werde ich Arbeiter bestellen und sie ein paar Räume im Erdgeschoss für mich umbauen lassen. Ihr beiden ...«, setzte er hinzu und winkte Andrew, sich ihnen anzuschließen, »... könnt für euch und eure Frauen jede der großen Suiten oben haben.«

»Das ist großzügig, Schwiegervater«, bedankte sich Damon, doch der alte Mann schüttelte den Kopf.

»Ganz und gar nicht. Kein Raum im oberen Stockwerk wird für mich je wieder den geringsten Nutzen haben. Ich schlage vor, dass ihr jetzt geht und euch die Zimmer aussucht. Lasst meine alten Räume für Domenic, wenn er sich eine Frau nimmt, aber unter allen anderen habt ihr die Wahl. Wenn ihr das gleich tut, können die Frauen in ihr eigenes Heim ziehen, sobald sie getraut sind.« Lachend setzte er hinzu: »Und während ihr das erledigt, soll Dezi mich hier unten umherfahren, damit ich mich wieder an den Anblick meines Hauses gewöhne. Habe ich dir dafür schon gedankt, Damon?«

Im oberen Geschoss suchten Damon und Andrew Leonie auf. Damon sagte: »Ich wollte dich außer Hörweite etwas fragen. So viel weiß ich, Dom Esteban wird niemals mehr gehen können. Aber wie ist sein Zustand sonst, Leonie?«

»Außer Hörweite?« Die Bewahrerin lachte leise. »Er hat *Laran,* Damon; er weiß alles, obwohl er sich vielleicht weise zu begreifen weigert, was es für ihn bedeutet. Die Fleischwunde ist natürlich lange verheilt, und die Nieren sind nicht verletzt, aber das Gehirn steht nicht mehr mit Beinen und Füßen in Verbindung. Er hat noch einigermaßen Kontrolle über seine Körperfunktionen, aber zweifellos wird er sie mit der Zeit, wenn der untere Teil seines Körpers dahinschwindet, verlieren. Die größte Gefahr besteht im Wundliegen. Du musst dich vergewissern, dass seine Leibdiener ihn alle paar Stunden auf die andere Seite legen, denn da er kein Gefühl hat, empfindet er auch keinen Schmerz, und deshalb merkt er es nicht, wenn eine Falte in seiner Kleidung oder etwas der Art Druck auf seinen Körper ausübt. Die meisten Gelähmten sterben, wenn sich solche Wunden infizieren. Der Prozess kann mit großer Sorgfalt aufgehalten werden, wenn man seine Glieder durch Massage geschmeidig hält, aber früher oder später werden die Muskeln schrumpfen und absterben.«

Damon schüttelte bekümmert den Kopf. »Das weiß er alles?«

»Er weiß es. Aber sein Lebenswille ist stark, und solange das so bleibt, kannst du dafür sorgen, dass sein Leben gut ist. Eine Zeit lang. Vielleicht für Jahre. Danach ...« Ein leichtes, resigniertes Schulterzucken. »Vielleicht gewinnt er neuen Lebenswillen, wenn er Enkelkinder um sich hat. Nur ist er immer ein aktiver Mann gewesen, und ein stolzer Mann. Er wird sich mit Untätigkeit und Hilflosigkeit nicht leicht abfinden.«

Andrew sagte: »Ich werde seine Hilfe und seinen Rat dringend brauchen, wenn ich das Gut bewirtschaften soll. Ich habe versucht zurechtzukommen, ohne ihn zu belästigen –«

»Mit Eurer Erlaubnis, das ist falsch«, warf Leonie sanft ein. »Er muss die Versicherung haben, dass sein Wissen immer noch gebraucht wird, wenn auch seine Hände und sein Geschick nichts mehr nütze sind. Fragt ihn um Rat, sooft Ihr könnt, Andrew.«

Es war das erste Mal, dass sie ihn direkt anredete, und der Terraner sandte der Frau einen überraschten Blick zu. Er besaß genug telepathische Veranlagung, um zu erkennen, dass Leonie über ihn nicht glücklich war, und zu seinem Kummer spürte er, dass für sie jetzt eine neue Sorge dazukam. Als sie Leonie verlassen hatten, sagte er zu Damon: »Sie mag mich nicht, habe ich Recht?«

»Ich glaube nicht, dass man es so nennen kann«, antwortete Damon. »Sie würde bei jedem Mann, dem sie Callista zur Ehe geben muss, Unbehagen empfinden.«

»Nun, ich kann ihr nicht verübeln, dass sie denkt, ich sei nicht gut genug für Callista. Ich finde, das ist kein Mann. Aber solange Callista nicht diese Auffassung vertritt ...«

Damon lachte. »Ich nehme an, kein Mann fühlt sich an seinem Hochzeitstag seiner Braut würdig. Ich muss mich ständig selbst daran erinnern, dass Ellemir dieser Hochzeit zugestimmt hat. Komm, wir müssen die Zimmer für unsere Frauen aussuchen!«

»Sollten wir nicht ihnen die Wahl überlassen?«

Damon erinnerte sich daran, dass Andrew ihre Sitten nicht kannte. »Nein, es ist Brauch, dass der Mann ein Heim für seine

Frau vorbereitet. Aus Höflichkeit ermöglicht Dom Esteban es uns, das vor der Trauung zu tun.«

»Aber sie kennen das Haus doch!«

Damon erwiderte: »Ich auch. Als Junge habe ich hier viel Zeit verbracht. Dom Estebans ältester Sohn und ich waren *Bredin,* geschworene Freunde. Aber du – hast du in der Terranischen Zone keine Verwandten, keine Diener, die sich dir angelobt haben und deine Rückkehr erwarten?«

»Niemanden. Diener sind eine Erinnerung aus unserer Vergangenheit; kein Mann sollte einem anderen dienen.«

»Trotzdem müssen wir dir ein paar zuweisen. Wenn du das Gut für unsern Verwandten bewirtschaften willst ...« – Damon benutzte das Wort, das üblicherweise mit »Onkel« übersetzt wird ... »– hast du keine Muße, die Kleinigkeiten des täglichen Lebens selbst zu erledigen, und wir können von den Frauen nicht erwarten, dass sie selber putzen und flicken. Und wir haben keine Maschinen wie ihr in der Terranischen Zone.«

»Warum nicht?«

»Wir sind nicht reich an Metallen. Außerdem, warum sollten wir das Leben von Leuten sinnlos machen, weil sie ihren Haferbrei und ihr Fleisch nicht durch ehrliche Arbeit verdienen können? Oder glaubst du im Ernst, wir wären alle glücklicher, wenn wir Maschinen bauen und sie uns gegenseitig verkaufen würden, wie ihr es tut?« Damon öffnete eine vom Korridor abgehende Tür. »Diese Zimmer sind nicht mehr benutzt worden, seit Ellemirs Mutter starb und Dorian heiratete. Sie scheinen in gutem Zustand zu sein.«

Andrew folgte ihm in das geräumige, in der Mitte gelegene Wohnzimmer der Suite.

In Gedanken war er noch bei Damons Frage. »Ich habe gelernt, es sei entwürdigend, wenn ein Mann einem anderen dient – entwürdigend für den Diener und für den Herrn.«

»Ich würde es entwürdigender finden, mein Leben als Diener irgendeiner Maschine zu verbringen. Und wenn du eine Maschine besitzt, wirst du wiederum von ihr besessen und verbringst deine Zeit damit, dich um sie zu kümmern.« Er dachte an seine eigene Beziehung zur Matrix und die jedes Technikers auf Darkover, von der der Bewahrerinnen ganz zu schweigen.

Doch statt davon zu sprechen, öffnete er alle Türen in der Suite. »Sieh mal, zu beiden Seiten des mittleren Wohnzimmers liegt eine vollständige Wohnung mit Schlafzimmer, Wohnzimmer und Bad und dahinter Kammern für die Mädchen der Frauen, Ankleidezimmer und so weiter. Die Frauen werden gern nahe beieinander sein, und doch haben wir hier auch Zurückgezogenheit, wenn wir sie wünschen, und weitere kleine Räume in der Nähe, die wir eines Tages für unsere Kinder brauchen werden. Gefällt dir das?«

Es war weit mehr Platz, als einem jungen Paar im Hauptquartier zugewiesen worden wäre. Andrew drückte seine Zustimmung aus, und Damon fragte: »Willst du die Wohnung zur Linken oder zur Rechten haben?«

»Das ist mir ganz gleich. Sollen wir eine Münze werfen?«

Damon lachte herzlich. »Gibt es diesen Brauch bei euch auch? Aber wenn es dir gleich ist, lass uns die linke Wohnung. Ich habe bemerkt, dass Ellemir immer schon bei Sonnenaufgang wach und aufgestanden ist, während Callista es liebt, lange zu schlafen, wenn sie kann. Vielleicht wäre es besser, wenn euch die Morgensonne nicht in das Schlafzimmerfenster schiene.«

Andrew errötete in angenehmer Verlegenheit. Er wusste von Callistas Vorliebe, hatte den Gedanken aber nicht so weit ausgesponnen, dass er dabei schon die Zeit berührt hätte, wenn er morgens im gleichen Zimmer mit ihr aufwachte. Damon grinste kameradschaftlich.

»Du weißt, es sind nur noch Stunden bis zur Trauung. Und

wir werden Brüder sein, du und ich – auch das ist schön. Doch mir kommt es traurig vor, dass kein einziger Verwandter oder Freund von dir an deiner Hochzeit teilnimmt.«

»Ich habe auf diesem Planeten sowieso keine Freunde. Und lebende Verwandte habe ich nirgendwo.«

Damon blinzelte überrascht. »Du bist ohne Familie, ohne Freunde hierher gekommen?«

Andrew zuckte die Schultern. »Ich bin auf Terra aufgewachsen – auf einer Pferderanch in einem Land, das man Arizona nennt. Als ich etwa achtzehn war, starb mein Vater, und die Ranch war so verschuldet, dass sie verkauft werden musste. Meine Mutter lebte danach nicht mehr lange, und ich ging als Angestellter des Zivildienstes in den Raum. Im Zivildienst muss man aber mehr oder weniger dahin gehen, wohin man geschickt wird. Ich landete schließlich hier.«

»Ich dachte, bei euch gäbe es keine Diener«, meinte Damon, und Andrew geriet ganz durcheinander, als er dem anderen Mann den Unterschied zwischen einem Angestellten des Zivildienstes und einem Diener klarmachen wollte. Damon hörte skeptisch zu, und schließlich erklärte er: »Also ein Diener von Computern und Schreibtischarbeit! Ich glaube, dann wäre ich lieber ein ehrlicher Stallknecht oder Koch!«

»Gibt es keine grausamen Herren, die ihre Diener ausbeuten?«

Damon zuckte die Schultern. »Zweifellos, genau wie manche Männer ihre Reitpferde schlecht behandeln und zu Tode peitschen. Aber ein vernünftiger Mann mag eines Tages einsehen, dass er falsch handelt, und im schlimmsten Fall können andere ihn zurückhalten. Es gibt jedoch keine Möglichkeit, eine Maschine Weisheit nach Torheit zu lehren.«

Andrew grinste. »Weißt du was? Du hast Recht. Wir haben ein Sprichwort: Mit einem Computer kann man nicht streiten, er hat Recht, auch wenn er Unrecht hat.«

»Frage Dom Estebans Haushofmeister oder Ferrika, die Hebamme des Gutes, ob sie sich schlecht behandelt oder ausgebeutet fühlen«, schlug Damon vor. »Du bist genug Telepath, um zu erkennen, ob sie dir die Wahrheit sagen. Und dann wirst du vielleicht zu dem Schluss kommen, dass du einen Mann als deinen Leibdiener oder deinen Reitknecht auf ehrenhafte Weise sein Brot verdienen lassen kannst.«

»Das werde ich wohl«, lächelte Andrew. »Wir haben noch ein Sprichwort: Wenn du in Rom bist, verhalte dich wie ein Römer. Rom war, wie ich annehme, eine Stadt auf Terra. Sie wurde vor Jahrhunderten von einem Krieg oder Erdbeben zerstört. Nur das Sprichwort ist übrig geblieben ...«

»Wir haben ein ähnliches Sprichwort; es lautet: Versuche nicht, in den Trockenstädten Fisch zu kaufen«, sagte Damon. Er ging in dem Zimmer umher, das er als Schlafzimmer für sich und Ellemir ausgesucht hatte. »Diese Vorhänge sind seit den Tagen Regis des Vierten nicht mehr gelüftet worden! Ich werde die Diener beauftragen, sie zu wechseln.« Er zog an einem Klingelzug, und als der Diener erschien, gab er seine Anweisungen.

»Wir werden bis heute Abend damit fertig sein, mein Lord, so dass ihr und Eure Damen einziehen könnt, wann es Euch gefällt. Und, Lord Damon, ich soll Euch mitteilen, dass Lord Serrais, Euer Bruder, eingetroffen ist, um an Eurer Hochzeit teilzunehmen.«

»Sehr gut, danke. Wenn du Lady Ellemir finden kannst, bitte sie, herzukommen und sich anzusehen, welche Übereinkunft wir getroffen haben.« Als der Diener sich entfernt hatte, verzog Damon das Gesicht.

»Mein Bruder Lorenz! Das Wohlwollen, das er meiner Heirat entgegenbringt, könnte mir in die Augen geworfen werden, ohne mir Schmerz zu bereiten! Ich hatte zumindest auf meinen Bruder Kieran, vielleicht auch auf meine Schwester

Marisela gehofft, aber ich glaube, ich muss mich geehrt fühlen und Lorenz ein Wort des Dankes sagen.«

»Hast du viele Brüder?«

»Fünf«, antwortete Damon, »und drei Schwestern. Ich bin der jüngste Sohn, und mein Vater und meine Mutter hatten bereits zu viele Kinder, als ich geboren wurde. Lorenz ...« Er zuckte die Schultern. »Er ist sicher erleichtert, dass ich mir eine Frau aus guter Familie nehme, denn nun braucht er nicht wegen des Erbes und des Anteils eines jüngeren Sohns zu feilschen. Ich bin nicht reich, aber ich habe nie nach großem Besitz gestrebt, und Ellemir und ich werden für unsern Bedarf genug haben. Mein Bruder Lorenz und ich sind nie besonders gute Freunde gewesen. Kieran – er ist nur drei Jahre älter als ich – Kieran und ich sind *Bredin;* zwischen Marisela und mir ist nur ein Jahr Unterschied, und wir hatten die gleiche Pflegemutter. Was meine anderen Brüder und Schwestern betrifft, so sind wir sehr höflich zueinander, wenn wir uns beim Ratstreffen begegnen, aber ich vermute, keiner von uns würde übermäßig trauern, wenn wir uns niemals wieder sähen. Meine Heimat ist immer hier gewesen. Meine Mutter war eine Alton, und ich war hier in der Nähe in Pflege gegeben, und Dom Estebans ältester Sohn trat mit mir bei den Kadetten ein. Wir hatten den Eid der *Bredin* geschworen.« Zum zweiten Mal benutzte er dies Wort, das die vertrauliche oder Familienform von »Bruder« war. Damon seufzte und blickte in die Ferne.

»Du warst Kadett?«

»Ein sehr kläglicher«, gestand Damon, »aber kein Comyn-Sohn kann dem entrinnen, wenn er zwei gesunde Beine hat und sehen kann. Coryn war wie alle Altons der geborene Soldat und Offizier. Mit mir war es etwas ganz anderes.« Er lachte. »Es gibt im Kadettenkorps einen stehenden Witz über den Kadetten mit den zwei rechten Füßen und den zehn Daumen. Das war ich.«

»Immer zum Strafdienst eingeteilt, wie?«

Damon nickte. »In zehn Tagen wurde ich elf Mal bestraft. Ich bin Rechtshänder, siehst du. Meine Pflegemutter – sie war Hebamme bei meiner Mutter – pflegte zu sagen, ich sei verkehrt herum und mit dem Hintern nach vorn geboren worden, und seit diesem Augenblick habe ich alles auf diese Art getan.«

Andrew, der als Linkshänder in eine rechtshändige Gesellschaft hineingeboren war und nur auf Darkover die Dinge vom Essbesteck bis zum Gartenwerkzeug so gestaltet gefunden hatte, dass er sie ohne Schwierigkeit benutzen konnte, versicherte: »Das kann ich sehr gut verstehen.«

»Ich bin auch ein bisschen kurzsichtig, was es nicht besser machte, obwohl es mir von Vorteil war, als ich lesen lernte. Keiner meiner Brüder ist wissenschaftlich begabt, und sie bringen wenig mehr zu Stande, als einen Anschlagzettel auszubuchstabieren oder ihren Namen unter ein Dokument zu krakeln. Aber ich fühlte mich beim Unterricht so wohl wie ein Schneekaninchen im Winter. Deshalb ging ich, als ich aus dem Kadettenkorps entlassen wurde, nach Nevarsin und lernte dort ein oder zwei Jahre lang Lesen, Schreiben, Kartenzeichnen und dergleichen. Zu diesem Zeitpunkt entschied Lorenz, aus mir werde nie ein Mann werden. Als man mich in Arilinn annahm, bestätigte ihn das nur in seiner Meinung. Halb Mönch, halb Eunuche, pflegte er zu sagen.« Damon verstummte. Auf seinem Gesicht spiegelte sich seine Abneigung wider. Schließlich meinte er: »Aber trotzdem war er auch wieder nicht zufrieden, als man mich vor ein paar Jahren aus dem Turm wegschickte. Coryns wegen – Coryn war damals schon tot, der arme Kerl, bei einem Sturz von den Klippen verunglückt –, also, Coryns wegen nahm Dom Esteban mich in die Garde auf. Ein richtiger Soldat war ich jedoch nie, ich war ein oder zwei Jahre lang Lazarettoffizier und Kadettenmeister.« Er zuckte die Schultern. »Und das ist mein Leben, und ich habe genug darüber gesprochen. Hörst du, die Frauen kommen. Wir können ihnen die Wohnungen zeigen, bevor ich hinuntergehe und versuche, höflich zu Lorenz zu sein.«

Andrew sah zu seiner Erleichterung, dass die durch die Erinnerungen heraufbeschworene Traurigkeit von Damon abfiel, als Ellemir und Callista eintraten.

»Komm, Ellemir, sieh dir die Räume an, die ich für uns gewählt habe.«

Er führte sie durch eine Tür an der Rückseite, und Andrew konnte mehr spüren als hören, dass er sie küsste. Callista folgte ihnen mit den Augen und lächelte. »Ich freue mich, sie so glücklich zu sehen.«

»Bist du denn auch glücklich, mein Liebes?«

Sie sagte: »Ich liebe dich, Andrew. Ich finde das nicht so leicht, dass ich darüber jubeln könnte. Vielleicht bin ich von Natur ein bisschen schwerfälliger im Gemüt. Komm, zeig mir die Zimmer, die wir bewohnen werden.«

Sie war mit fast allem einverstanden, doch wies sie auf ein halbes Dutzend Sitzgelegenheiten, die, wie sie meinte, so alt seien, dass man sich nicht mehr ungefährdet darauf niederlassen könne, und beauftragte einen Diener, sie wegzubringen. Sie rief die Mädchen und gab ihnen Anweisungen, was an Leinen für Schlafzimmer und Bad aus den Schrankzimmern des Haushalts herbeigeschafft werden solle, und schickte eine der Dienerinnen, ihre Kleider zu holen und sie in dem ungeheuer großen Schrank ihres Ankleidezimmers zu verstauen. Andrew hörte schweigend zu, und schließlich rief er aus: »Du verstehst es, ein Heim einzurichten, Callista!«

Ihr Lachen entzückte ihn. »Das ist Vorspiegelung falscher Tatsachen. Ich habe Ellemir zugehört, das ist alles, weil ich vor ihren Dienstboten nicht unwissend scheinen will. Ich weiß sehr wenig von diesen Dingen. Ich habe nähen gelernt, weil mir nie erlaubt wurde, mit müßigen Händen dazusitzen, aber wenn ich Ellemir in der Küche beobachte, wird mir klar, dass ich vom Haushalt weniger verstehe als ein zehnjähriges Mädchen.«

»Mir geht es genauso«, gestand Andrew. »Alles, was ich in der Terranischen Zone gelernt habe, ist mir jetzt nichts mehr nütze.«

»Aber du verstehst etwas von Pferden ...«

Andrew lachte. »Ja, und in der Terranischen Zone wurde das als Anachronismus, als brotlose Kunst betrachtet. Ich habe früher immer die Reitpferde meines Vaters eingebrochen, aber als ich Arizona verließ, dachte ich, ich würde nie wieder reiten.«

»Dann gehen auf Terra alle Leute zu Fuß?«

Er schüttelte den Kopf. »Der Verkehr ist motorisiert, und es gibt Gleitbürgersteige. Pferde waren ein Luxus für reiche Exzentriker.« Er trat ans Fenster und blickte auf die sonnenbeschienene Landschaft hinaus. »Merkwürdig, dass ich unter allen bekannten Welten des Terranischen Imperiums diese hier gefunden habe.« Ein leichter Schauer überlief ihn, als er daran dachte, wie leicht er an dem hätte vorbeigehen können, was ihm nun als sein Schicksal, sein Leben, die wahre Bestimmung, für die er geboren wurde, vorkam. Er wünschte sich verzweifelt, die Arme auszustrecken und Callista an sich zu ziehen, aber als habe sein Gedanke sie irgendwie erreicht, wurde sie blass und verkrampfte sich. Er seufzte und trat einen Schritt von ihr zurück.

Sie sagte, als wolle sie einen Gedankengang abschließen, der sie nicht mehr besonders interessierte: »Unser Pferdetrainer ist schon ein alter Mann, und da Vater nichts mehr tun kann, wird wohl dir die Aufgabe zufallen, die jüngeren zu schulen.« Dann verstummte sie und sah zu ihm auf.

»Ich möchte mit dir reden«, erklärte sie abrupt.

Andrew war sich nie schlüssig geworden, ob ihre Augen blau oder grau waren; anscheinend veränderten sie sich mit dem Licht, und jetzt waren sie beinahe farblos. »Andrew, wird es zu schwer für dich werden? Ein Zimmer mit mir zu teilen, wenn wir – vorerst – das Bett noch nicht teilen können?«

Er war schon gewarnt worden, als sie das erste Mal über eine Heirat sprachen. Callistas Konditionierung ging so tief, dass es lange Zeit dauern mochte, bis sie ihre Ehe vollziehen konnten. Er hatte ihr damals aus eigenem Antrieb versprochen, er werde sie niemals drängen oder unter Druck setzen, er werde so lange warten wie notwendig. Jetzt berührte er leicht ihre Fingerspitzen. »Mach dir keine Sorgen darüber, Callista. Ich habe dir doch bereits mein Versprechen gegeben.«

Langsam stieg ein schwaches Rosa in ihre bleichen Wangen. »Ich habe gelernt, es sei ... schändlich, ein Begehren zu erwecken, das ich nicht befriedigen will. Aber wenn ich mich von dir fern halte und es *nicht* erwecke und wir nur in Gedanken verbunden sind, dann wird sich nie etwas ändern. Doch das wird vielleicht langsam geschehen, wenn wir zusammen sind. Nur für dich wird es so hart sein, Andrew.« Ihr Gesicht zuckte. »Ich möchte nicht, dass du unglücklich bist.«

Einmal, nur einmal – und mit großer Zurückhaltung – und kurz – hatte er darüber mit Leonie gesprochen. Jetzt, als er auf Callista niederblickte, kehrte die Erinnerung an die kurze Begegnung, die für beide Seiten schwierig gewesen war, zurück, als stehe er wieder vor der Comyn *Leronis*. Sie war zu ihm in den Hof gekommen und hatte ruhig verlangt: »Sieh mich an, Terraner.« Er hatte die Augen gehoben, unfähig, sich zu widersetzen. Leonie war so groß, dass ihre Augen auf einer Höhe waren. Mit leiser Stimme sagte sie: »Ich will sehen, welcher Art von Mann ich das Kind gebe, das ich liebe.« Ihre Blicke trafen sich, und während eines langen Augenblicks hatte Andrew Carr das Gefühl, jeder Gedanke seines ganzen Lebens werde von dieser Frau umgewendet und gelesen, es werde mit diesem einen Blick, der nicht einmal lange dauerte, sein Innerstes aus ihm herausgezogen und in der Luft hängen gelassen, dass es kalt werde und verdorre. Schließlich – es war nicht mehr als eine Sekunde vergangen, oder zwei, aber es schien ein Jahrhundert gewesen zu sein – seufzte Leonie und sagte: »Es sei. Du bist ehrlich und freundlich, und du meinst es gut. Aber hast du die geringste Ahnung, was die Ausbildung einer Bewahrerin zu bedeuten hat und wie schwer es für Callista sein wird, diese Konditionierung zu durchbrechen?«

Er wollte widersprechen, schüttelte aber stattdessen nur den Kopf und antwortete demütig: »Wie kann ich es wissen? Aber ich will versuchen, es ihr leicht zu machen.«

Leonies Seufzer stieg aus den untersten Tiefen ihres Seins hervor. »Nichts, was du in dieser oder der nächsten Welt tun könntest, würde es für sie leicht machen. Wenn du geduldig und vorsichtig bist – und Glück hast – machst du es vielleicht *möglich.* Ich will nicht, dass Callista leidet. Und doch bringt ihr die Wahl, die sie getroffen hat, viel Leid. Sie ist jung, doch nicht mehr so jung, dass sie ihre Ausbildung ohne Schmerzen abschütteln kann. Es dauert lange Zeit, bis eine Bewahrerin herangebildet ist, und man kann das nicht in kurzer Frist rückgängig machen.«

Andrew protestierte: »Ich weiß ...«, und Leonie seufzte von neuem. »Wirklich? Das frage ich mich. Es geht nicht nur darum, den Vollzug eurer Ehe um Tage oder vielleicht Monate zu verschieben. Das wird nur der Anfang sein. Sie liebt dich und sehnt sich nach deiner Liebe ...«

»Ich kann Geduld haben, bis sie bereit ist«, schwor Andrew. Leonie schüttelte den Kopf. »Geduld wird nicht genug sein.

Was Callista gelernt hat, kann man nicht ungelernt machen. Du wünschst nicht, darüber Bescheid zu wissen. Vielleicht ist es besser, wenn du nicht zu viel weißt.«

Von neuem beteuerte er: »Ich werde versuchen, es ihr leicht zu machen«, und wieder schüttelte Leonie den Kopf und seufzte. Noch einmal sagte sie: »Nichts, was du tun könntest, wird es leicht machen. Küken können nicht zurück in die Eier schlüpfen. Callista wird leiden, und ich fürchte, du wirst mit ihr leiden. Aber wenn du Glück hast – wenn ihr *beide* Glück habt, kannst du es ihr möglich machen, den Weg, den sie gegangen ist, zurückzugehen. Nicht leicht. Aber möglich.«

Da gewann seine Entrüstung die Oberhand. »Wie könnt ihr jungen Mädchen so etwas antun? Wie könnt ihr ihr Leben auf diese Weise zerstören?« Leonie antwortete nicht. Sie senkte den Kopf und bewegte sich geräuschlos von ihm fort. Nach seinem nächsten Lidschlag war sie verschwunden, schnell wie ein Schatten, so dass er an seinem Verstand zu zweifeln begann. Er fragte sich, ob sie überhaupt da gewesen sei oder ob seine eigenen Zweifel und Ängste eine Halluzination erzeugt hätten.

Jetzt stand Callista vor ihm in dem Zimmer, das sie ab morgen teilen würden. Sie hob langsam die Augen zu ihm auf und flüsterte: »Ich wusste nicht, dass Leonie diese Begegnung mit dir herbeigeführt hatte«, und er sah, dass sie die Hände zu Fäusten ballte, bis die kleinen Knöchel weiß hervortraten. Sie wandte den Blick von ihm ab. »Andrew, versprich mir eins.«

»Alles, meine Liebe.«

»Versprich mir, wenn du jemals ... irgendeine Frau begehrst, versprich mir, dass du sie nehmen und nicht unnötig leiden wirst ...«

Er explodierte. »Für welche Art von Mann hältst du mich?

Ich liebe dich! Warum sollte ich irgendeine andere Frau wollen?«

»Ich kann nicht erwarten … Es ist nicht richtig, nicht natürlich …«

»Sieh mal, Callista.« Er sprach wieder ruhig. »Ich habe lange Zeit ohne Frauen gelebt. Ich habe nie das Gefühl gehabt, dass mir das schadete. Es hat ein paar gegeben, hier und da, während ich im Imperium umherzog. Nichts Ernsthaftes.«

Sie blickte auf die Spitzen ihrer kleinen farbigen Ledersandalen nieder. »Das ist etwas anderes, Männer unter sich, die ohne Frauen leben. Aber hier, wenn du mit mir lebst, mit mir im gleichen Zimmer schläfst, mir die ganze Zeit nahe bist und dabei weißt …« Sie fand die richtigen Worte nicht. Er hätte sie gern in die Arme genommen und geküsst, bis der erstarrte, verlorene Blick verging. Schon legte er die Hände auf ihre Schultern, fühlte, wie sie sich unter der Berührung verkrampfte, und ließ die Hände fallen. Verdammt seien die, die auf diese Weise in einem jungen Mädchen pathologische Reflexe erzeugten! Aber auch ohne Berührung spürte er Kummer in ihr, Kummer und Schuldbewusstsein. Sie sagte leise: »Du hast mit deiner Frau kein gutes Geschäft gemacht, Andrew.«

Er erwiderte sanft: »Ich habe die Frau, die ich will.«

Damon und Ellemir traten ein. Ellemirs Haar war zerzaust, ihre Augen leuchteten; sie hatte den glasigen Blick, den Andrew mit erregten Frauen assoziierte. Zum ersten Mal, seit er die Zwillinge kannte, sah er Ellemir als Frau, nicht nur als Callistas Schwester, und er fand sie sexuell anziehend. Oder sah er in ihr für einen Augenblick die Callista, die sie eines Tages werden mochte? Er hatte ein flüchtiges Gefühl von Schuld. Ellemir war die Schwester seiner Braut. In wenigen Stunden würde sie die Frau seines besten Freundes sein, und deshalb war sie die Einzige unter allen Frauen, auf die er nicht mit Begehren blicken sollte. Er wandte sich ab.

Sie sagte: »Callie, wir müssen neue Vorhänge anbringen lassen, die hier sind weder gelüftet noch gewaschen worden, seit ... seit ...« – sie suchte nach einem bildhaften Ausdruck – »... seit den Tagen von Regis dem Vierten.« Andrew erkannte, dass sie in engem Kontakt mit Damon gewesen war, und lächelte vor sich hin.

Kurz vor Mittag hörte man Hufklappern im Hof, einen Aufruhr wie von einem kleinen Hurrikan, Reiter, Geräusche, Rufe, Lärm. Callista lachte: »Das ist Domenic! Niemand sonst trifft mit solcher Heftigkeit ein!« Sie zog Andrew in den Hof hinunter.

Domenic Lanart, Erbe der Domäne von Alton, war ein schmaler, rothaariger Junge, hoch aufgeschossen und sommersprossig, und er saß auf einem gewaltigen grauen Hengst. Er warf die Zügel einem Reitknecht zu, sprang aus dem Sattel, packte Ellemir und drückte sie begeistert an sich. Dann schlang er seine Arme um Damon.

»Zwei Hochzeiten auf einmal!«, rief er aus und zog sie mit sich die Treppe hoch. »Du hast dir für deine Werbung reichlich Zeit gelassen, Damon. Schon letztes Jahr wusste ich, dass du sie haben wolltest. Warum musste erst ein Krieg kommen, um dich zu dem Entschluss zu bringen, ihre Hand zu erbitten? Elli, willst du einen so zaudernden Mann überhaupt haben?« Er drehte den Kopf von einer Seite zur anderen und küsste beide, und dann riss er sich los und wandte sich Callista zu.

»Und du hast einen Liebhaber, der hartnäckig genug ist, dich dem Turm abzuringen! Ich brenne darauf, dies Wunder kennen zu lernen, *Breda«* Aber seine Stimme war plötzlich sanft geworden, und als Callista ihn Andrew vorstellte, verbeugte er sich. Trotz allen überschäumenden Lärmens und jungenhaften Gelächters hatte er die Manieren eines Prinzen. Seine Hände waren klein und breit und mit Schwielen bedeckt wie die eines Schwertkämpfers.

»Also du wirst Callista heiraten? Ich vermute, all die alten Damen und Grauköpfe im Rat werden es nicht billigen, aber es ist Zeit, dass wir frisches Blut in die Familie bekommen.« Er stellte sich auf die Zehenspitzen – Callista war eine hoch gewachsene Frau, und Domenic war zwar lang, aber, so dachte Andrew, doch noch nicht ganz erwachsen – und streifte ihre Wange leicht mit den Lippen. »Sei glücklich, Schwester; Avarra sei dir gnädig! Du verdienst es, wenn du es wagst, so zu heiraten, ohne Erlaubnis des Rates oder die *Catenas.«*

»Die *Catenas!*«, antwortete sie verächtlich. »Ebenso gut könnte ich einen Trockenstädter heiraten und in Ketten gehen!«

»Gut für dich, Schwester.« Er sprach zu Andrew, während sie in die Halle gingen. »Vater teilte mir in seiner Botschaft mit, dass du Terraner bist. Ich habe in Thendara mit Terranern gesprochen. Sie scheinen recht gute Leute zu sein, aber sie sind faul. Gute Götter, für alles haben sie Maschinen, um darauf zu gehen, um sich eine Treppe hinauftragen zu lassen, um das Essen auf den Tisch zu bringen. Sag mir, Andrew, haben sie auch Maschinen, die sie abputzen?« Er brüllte vor angeberischem, jungenhaftem Gelächter, und die Mädchen kicherten.

Er drehte sich zu Damon um. »Du kommst also nicht zur Garde zurück, Cousin? Du warst der einzige anständige Kadettenmeister, den wir in Jahrhunderten gehabt haben. Der junge Danvan Hastur versucht sich jetzt in dieser Rolle, aber es klappt nicht. Die Jungen vergehen zu sehr in Ehrfurcht vor ihm, und auf jeden Fall ist er zu jung. Dazu braucht es einen Mann mit einigen Jahren mehr. Hast du irgendwelche Vorschläge?«

»Versucht es mit meinem Bruder Kieran«, lächelte Damon. »Er spielt lieber Soldat, als ich es je getan habe.«

»Aber du warst ein verdammt guter Kadettenmeister«, versicherte Domenic. »Mir wäre es lieb, wenn du zurückkämst, wenn ich auch der Meinung bin, das ist keine Aufgabe für einen Mann – so eine Art Gouvernante über eine Bande halbwüchsiger Jungen zu sein.«

Damon zuckte die Schultern. »Ich war sehr froh, dass sie mich mochten, aber ich bin kein Soldat, und ein Kadettenmeister sollte seine Kadetten mit der Liebe zum Soldatenberuf erfüllen können.«

»Nicht mit zu viel Liebe«, warf Dom Esteban ein, der bei ihrem Näherkommen mit Interesse zugehört hatte, »denn dann verhärtet er sie und macht sie zu Bestien statt zu Männern. Bist du denn nun endlich da, Domenic, mein Junge?«

Der Junge lachte. »Nein, Vater, ich zeche immer noch in einer Kneipe in Thendara. Was du hier siehst, ist mein Geist.« Dann glitt die Fröhlichkeit von seinem Gesicht, als er seinen Vater daliegen sah, dünn, ergrauend, die nutzlosen Beine mit einem Wolfsfellmantel bedeckt. Er ließ sich neben dem Rollstuhl auf die Knie fallen. Er stammelte: »Vater, oh, Vater, ich wäre sofort gekommen, wenn du nach mir geschickt hättest, ehrlich ...«

Der Lord von Alton legte seine Hände auf Domenics Schultern. »Das weiß ich, lieber Junge, aber dein Platz war in Thendara, da ich nicht selbst dort sein konnte. Doch dein Anblick macht mein Herz froher, als ich sagen kann.«

»Mich auch.« Domenic stand auf und blickte auf seinen Vater hinab. »Ich bin erleichtert, dich so wohlauf und kräftig zu sehen. In Thendara wurde schon erzählt, du seist dem Tode nahe oder gar schon tot und begraben!«

»So schlimm ist es nicht«, lachte Dom Esteban. »Komm, setz dich neben mich, erzähl mir alles, was bei der Garde und im Rat vor sich geht.« Man konnte leicht sehen, dachte Andrew, dass dieser fröhliche Junge das Augenlicht seines Vaters war.

»Das tue ich gern, Vater, aber heute ist ein Hochzeitstag, und wir sind hier, um mitzufeiern, und an dem, was ich zu erzählen habe, ist so wenig Lustiges! Prinz Aran Elhalyn hält mich für zu jung, um den Befehl über die Garde zu übernehmen, und sei es nur für die Zeit, die du hier krank in Armida liegst, und das wispert er Hastur Tag und Nacht in die Ohren. Und Lorenz von Serrais – verzeih mir, wenn ich schlecht von deinem Bruder spreche, Damon ...«

Damon schüttelte den Kopf. »Mein Bruder und ich stehen nicht auf bestem Fuß miteinander, Domenic. Sag also, was du willst.«

»Also, Lorenz soll verdammt sein, weil er ein Ränke schmiedender Fuchs ist, und der alte Gabriel von Ardais, der den Posten für sein Großmaul von Sohn haben will, stimmt eifrig mit in den Chor ein, ich sei zu jung, um die Garde zu kommandieren. Sie bedrängen Aran Tag und Nacht mit Schmeicheleien und Geschenken, die beinahe schon Bestechungen sind, um ihn zu überreden, einen von ihnen zum Befehlshaber zu machen, solange du hier in Armida bist. Wirst du noch vor dem Mittsommerfest zurückkommen, Vater?«

Ein Schatten flog über das Gesicht des verkrüppelten Mannes. »Es wird sein, wie die Götter es wollen, mein Sohn. Meinst du, die Garde könne von einem Mann befehligt werden, der an einen Rollstuhl gefesselt ist und dessen Beine ihm nicht mehr nützen als Fischflossen?«

»Besser ein lahmer Kommandant als einer, der kein Alton ist«, erklärte Domenic mit heftigem Stolz. »Ich könnte die Befehle in deinem Namen geben und alles für dich tun, wenn du nur da wärst und das Amt innehättest, das die Altons seit so vielen Generationen ausgeübt haben!«

Sein Vater ergriff mit festem Druck seine Hände. »Wir werden sehen, mein Sohn. Wir werden sehen, was kommt.« Aber schon dieser Gedanke, erkannte Damon, hatte den Lord von

Alton mit einer plötzlichen Hoffnung erfüllt und ihm ein Ziel gegeben. Würde er tatsächlich im Stande sein, von seinem Rollstuhl aus mit Domenic an seiner Seite die Garde zu kommandieren?

»Wie schade, dass wir jetzt keine Lady Bruna in unserer Familie haben«, meinte Domenic fröhlich. »Sag, Callista, willst du nicht das Schwert nehmen, wie es Lady Bruna tat, und die Garde befehligen?«

Lachend schüttelte sie den Kopf. Damon sagte: »Diese Geschichte kenne ich nicht«, und Domenic erzählte sie lächelnd. »Es ist Generationen her – wie viele, weiß ich nicht –, aber ihr Name ist in die Rolle der Befehlshaber eingetragen. Lady Bruna von Leyniers Bruder, der damals Lord Alton war, fiel im Kampf und hinterließ einen erst neun Jahre alten Sohn. Da nahm sie die Mutter des Knaben, wie Frauen es dürfen, in einer Freipartner-Ehe unter ihren Schutz und regierte selbst die Garde, bis er alt genug war, das Kommando zu übernehmen. In den Annalen der Garde heißt es, sie sei dazu noch eine gute Kommandantin gewesen. Möchtest du nicht auch so berühmt werden, Callista? Nein? Und du, Ellemir?« Mit gespielter Traurigkeit schüttelte er den Kopf, als beide ablehnten. »O weh, was ist aus den Frauen unseres Clans geworden? Sie sind nicht mehr das, was sie in jenen Tagen waren!«

Die Familienähnlichkeit der Leute, die um Dom Estebans Stuhl standen, war überwältigend. Domenic glich Callista und Ellemir, obwohl sein Haar röter, seine Locken wilder, seine Sommersprossen dicke goldene Flecken statt schwacher Pünktchen waren. Und Dezi, der still und unbeachtet hinter dem Rollstuhl stand, war wie ein blasseres Spiegelbild von Domenic. Domenic blickte auf und sah ihn dort und schlug ihm freundlich auf die Schulter.

»Du bist also hier, Cousin? Ich hörte, du habest den Turm verlassen. Daraus mache ich dir keinen Vorwurf. Vor ein paar

Jahren habe ich vierzig Tage dort verbracht und wurde auf *Laran* getestet, und ich konnte nicht schnell genug wieder wegkommen! Hattest du auch die Nase voll, oder hat man dich hinausgeschmissen?«

Dezi zögerte und blickte zur Seite, und Callista griff ein. »Du hast dort nichts über unsere Formen der Höflichkeit gelernt, Domenic. Das ist eine Frage, die niemals gestellt werden darf. Sie geht nur den Telepathen und seine Bewahrerin an, und wenn Dezi nicht darüber sprechen mag, ist es eine unentschuldbare Grobheit, ihn zu fragen.«

»Oh, tut mir Leid«, entschuldigte Domenic sich gutmütig, und allein Damon bemerkte die Erleichterung in Dezis Gesicht. »Es ist nur so, dass ich darauf brannte, den Ort zu verlassen, und ich hätte gern gewusst, ob es dir ebenso gegangen ist. Manchen Leuten gefällt es dort. Sieh Callista an, sie hat es beinahe zehn Jahre ausgehalten.«

Damon, der die beiden Jungen beobachtete, dachte mit Schmerz an Coryn, der in diesem Alter Domenic so ähnlich gewesen war. Er fühlte sich zurückversetzt in die halb vergessenen Tage seiner eigenen Jugend, als er, der unbeholfenste aller Kadetten, wegen seiner beschworenen Freundschaft mit Coryn von den Übrigen akzeptiert worden war. Wie Domenic war Coryn der beliebteste, der tatkräftigste und lebhafteste Kadett gewesen.

Das war in der Zeit vor seinem Versagen und seiner hoffnungslosen Liebe gewesen, und die Demütigung hatte sich ihm tief eingebrannt ... aber, dachte er, es war auch gewesen, bevor er Ellemir kennen lernte. Er seufzte und umschloss ihre Hand mit seiner. Domenic, der Damons Augen auf sich fühlte, sah auf und lächelte, und Damon fühlte, wie die Bürde der Einsamkeit von ihm wich. Er hatte Ellemir, und er hatte Andrew und Domenic als Brüder. Isolierung und Einsamkeit waren für immer überwunden.

Domenic nahm in kameradschaftlicher Art Dezis Arm. »Hör zu, Cousin, wenn du es satt hast, hier um meines Vaters Fußschemel herumzuhängen, komm nach Thendara. Ich verschaffe dir einen Platz im Kadettenkorps – das kann ich tun, nicht wahr, Vater?«, fragte er. Als Dom Esteban nachsichtig nickte, setzte er hinzu: »Sie brauchen immer Jungen aus guter Familie, und jeder, der dich ansieht, erkennt, dass du Alton-Blut hast. So ist es doch?«

Dezi antwortete ruhig: »So hat man mir immer gesagt. Ohne es hätte ich den Schleier in Arilinn nie durchschreiten können.«

»Nun, bei den Kadetten kommt es nicht darauf an. Die Hälfte von uns sind Bastarde irgendeines Edelmanns ...« – wieder lachte er schallend – »... und die Übrigen von uns armen Teufeln sind die legitimen Söhne irgendeines Edelmanns, die viel leiden und schwitzen müssen, um sich ihrer Eltern würdig zu erweisen. Aber ich habe es drei Jahre lang ausgehalten, und das wirst du auch. Also komm nach Thendara, und ich finde etwas für dich. Bloß ist der Rücken dessen, der keinen Bruder hat, sagt man, und da Valdir bei den Mönchen in Nevarsin ist, werde ich froh sein, dich bei mir zu haben, Verwandter.«

Dezi errötete leicht. Er sagte mit leiser Stimme: »Ich danke dir, Cousin. Ich werde hier bleiben, solange dein Vater mich braucht. Danach wird es mir ein Vergnügen sein.« Er wandte sich schnell und beflissen Dom Esteban zu. »Onkel, was fehlt dir?« Denn der alte Mann war bleich geworden und in seinem Stuhl zurückgesunken.

»Nichts.« Dom Esteban erholte sich wieder. »Nur ein Augenblick der Schwäche. Vielleicht hat, wie man in den Bergen sagt, ein wildes Tier auf den Boden für mein Grab gepisst. Oder vielleicht liegt es nur daran, dass ich heute zum ersten Mal aufrecht sitze, nachdem ich so lange flach gelegen habe.«

»Dann lass mich dir ins Bett zurückhelfen, Onkel, damit du dich bis zur Trauung ausruhen kannst«, sagte Dezi, und Domenic fiel ein: »Ich helfe dir.« Während sie sich um ihn bemühten, fiel Damon auf, dass Ellemir sie mit seltsam beunruhigtem Blick beobachtete.

»Was ist, *Preciosa?*«

»Nichts, eine Vorahnung, ich weiß nicht.« Ellemir zitterte. »Als er sprach, sah ich ihn wie tot hier an diesem Tisch liegen ...«

Damon erinnerte sich, dass die Gabe des *Laran* bei den Altons hin und wieder von einem Anflug der Zukunftsschau begleitet war. Er hatte immer vermutet, dass Ellemir davon mehr besaß, als man ihr je erlaubt hatte zu glauben. Aber er verdrängte sein Unbehagen und sagte liebevoll: »Er ist ja kein junger Mann mehr, mein Liebling, und wir werden hier leben. So müssen wir damit rechnen, dass wir eines Tages sehen, wie er zur Ruhe gelegt wird. Lass es dir keinen Kummer machen, meine Geliebte. Und jetzt muss ich wohl meinem Bruder Lorenz meinen Respekt erweisen, da er sich entschlossen hat, meine Hochzeit mit seiner Anwesenheit zu ehren. Glaubst du, wir können ihn und Domenic daran hindern, sich zu schlagen?«

Und als Ellemir von neuem an die Gäste und die bevorstehende Feier dachte, verging ihre Blässe.

Damon wünschte, er hätte ihre Vorahnung geteilt. Was hatte Ellemir gesehen?

Andrew hatte, je näher die Trauung rückte, immer mehr ein Gefühl der Unwirklichkeit. Eine Freipartner-Heirat war eine einfache Erklärung vor Zeugen, und sie sollte am Ende des Festessens für die Gäste und die Nachbarn von den nahe gelegenen Gütern, die dazu eingeladen waren, stattfinden. Andrew hatte hier keine Verwandten oder Freunde, und obwohl er bisher diesen Mangel als unwesentlich betrachtet hatte, beneidete er, als der Augenblick kam, Damon sogar um die Anwesenheit des säuerlich dreinblickenden Lorenz, der an seiner Seite stand und auf die feierliche Erklärung wartete, die Ellemir nach Gesetz und Sitte zu Damons Frau machte. Wie lautete das Sprichwort, das Domenic zitiert hatte? »Bloß ist der Rücken dessen, der keinen Bruder hat.« In der Tat, sein Rücken war bloß.

Rund um den langen Tisch der Großen Halle von Armida, gedeckt mit dem feinsten Leinen und dem Feiertagsgeschirr, hatten sich alle Landwirte, Kleinbauern und Adligen versammelt, die in einem Umkreis von einem Tagesritt wohnten. Damon sah blass und angespannt aus, doch eindrucksvoller als sonst in einem Anzug aus weichem Leder. Er war reich bestickt in Farben, von denen Andrew gehört hatte, dass sie die seiner Domäne waren. Das Orange und Grün wirkte für Andrews Augen knallig. Damon streckte seine Hand Ellemir entgegen, und sie kam um den Tisch und gesellte sich zu ihm. Sie sah blass und ernst aus. Sie trug ein grünes Kleid, und ihr Haar war in einem Silbernetz zusammengerollt. Zwei junge Mädchen – sie hatte Andrew erzählt, dass es ihre und Callistas frühere Spielgefährten waren, eine Edelfrau aus einer nahe gelegenen Feste und ein Dorfmädchen von ihrem eigenen Gut – traten näher und stellten sich hinter sie.

Damon sprach mit fester Stimme: »Meine Freunde, edle Damen und Herren, wir haben euch zusammengerufen, um Zeugen unseres Gelöbnisses zu sein. So seid nun alle Zeugen, dass ich, Damon Ridenow von Serrais, der ich frei geboren und an keine Frau gebunden bin, diese Frau, Ellemir Lanart-Alton, mit der Zustimmung ihrer Verwandtschaft zur Freipartnerin nehme. Und ich verspreche, dass ihre Kinder zu legitimen Erben meines Körpers erklärt werden und mein Gut und Erbe, sei es klein oder groß, teilen sollen.«

Ellemir ergriff seine Hand. Ihre Stimme klang in dem riesigen Raum wie die eines Kindes. »Seid alle Zeugen, dass ich, Ellemir Lanart, Damon Ridenow mit der Zustimmung unserer Verwandtschaft zum Freipartner nehme.«

Applaus und Gelächter brandeten auf, es hagelte Glückwünsche, Umarmungen und Küsse für die Braut und den Bräutigam. Andrew fasste Damons Hände, doch Damon legte die Arme um Andrew und zog ihn, wie es hier der Brauch zwischen Verwandten war, an sich. Seine Wange berührte kurz die seines Freundes. Dann drückte sich Ellemir leicht gegen ihn, stellte sich auf die Zehenspitzen und legte ihre Lippen einen Augenblick auf seine. Andrew schwindelte es. Ihm war, als habe er den Kuss empfangen, den Callista ihm noch nicht gegeben hatte, und seine Gedanken verwirrten sich. Eine Sekunde lang war er sich nicht sicher, welche der Schwestern ihn tatsächlich geküsst hatte. Dann lachte Ellemir ihn an und sagte leise: »Es ist noch zu früh, um betrunken zu sein, Andrew!«

Das frisch verheiratete Paar ging weiter und nahm neue Küsse, Umarmungen und gute Wünsche entgegen. Andrew wusste, gleich war er an der Reihe, seine Erklärung abzugeben, aber er musste allein dastehen.

Domenic beugte sich nahe zu ihm und flüsterte: »Wenn du willst, stelle ich mich als dein Verwandter zu dir, Andrew. Damit nehmen wir eine Tatsache nur ein paar Augenblicke voraus.«

Das Anerbieten rührte Andrew, doch er zögerte, es anzunehmen. »Du weißt nichts von mir, Domenic ...«

»Oh, Callista hat dich gewählt, und das ist Zeugnis genug für deinen Charakter«, meinte Domenic leichthin. »Schließlich kenne ich meine Schwester.« Er erhob sich mit ihm, als halte er die Sache für geregelt. »Hast du das saure Gesicht von Dom Lorenz bemerkt? Man kann sich kaum vorstellen, dass er Damons Bruder ist, nicht wahr? Die Frau, die er geheiratet hat, hast du sicher noch nicht gesehen. Ich denke, er beneidet Damon um meine hübsche Schwester!« Während sie um den Tisch gingen, murmelte er: »Du kannst die gleichen Worte wie Damon benutzen oder irgendwelche anderen, die dir einfallen – es gibt keine feststehende Formel. Aber überlasse es Callista, eure Kinder für legitim zu erklären. Nichts für ungut, aber es steht dem Elternteil von höherem Rang zu, es zu tun oder zu unterlassen.«

Andrew flüsterte ihm seinen Dank für den Rat zu. Jetzt stand er am Kopf des langen Tisches vor den Gästen. Vage war er sich bewusst, dass Domenic hinter ihm stand, dass Dezi ihn vom unteren Ende her ansah, dass Callistas Augen mit festem Blick auf ihm ruhten. Er schluckte und hörte seine eigene raue, heisere Stimme.

»Ich, Ann'dra ...« – ein Doppelname zeigte auf Darkover zumindest einen der niedrigeren Adelstitel an; Andrew hatte keine Abstammung, die irgendeinem Anwesenden etwas bedeutet hätte – »... erkläre in eurer Gegenwart als Zeugen, dass ich Callista Lanart-Alton mit der Zustimmung ihrer Verwandtschaft zur Freipartnerin nehme ...« Ihm war, als müsse nun noch etwas kommen. Eine Sekte auf Terra fiel ihm ein, die auch auf diese Weise, vor Zeugen, ihre Ehen geschlossen hatte, und aus dieser undeutlichen Erinnerung heraus übersetzte er das Echo in seinen Gedanken:

»Ich gelobe, sie zu lieben und zu ehren, in guten und schlechten Tagen, in Armut und Reichtum, in Gesundheit und Krankheit, solange dies Leben währt. Das gelobe ich vor euch allen.«

Langsam kam sie um den Tisch zu ihm.

Sie trug ein Gewand aus leichtem, karminrotem Stoff, mit Gold bestickt. Andrew hatte gehört, dass Farbe und Kleid einer Bewahrerin vorbehalten waren.

Leonie hinter ihr war ähnlich gekleidet. Ihr Gesicht war feierlich und ohne Lächeln.

Trotzdem war Callistas Stimme die einer ausgebildeten Sängerin. So leise sie war, sie konnte im ganzen Raum gehört werden. »Ich, Callista von Arilinn ...« – und ihre Hand schloss sich beinahe krampfhaft um seine, als sie den rituellen Titel zum letzten Mal laut aussprach – »... die ich mit Zustimmung meiner Bewahrerin mein heiliges Amt für immer niedergelegt habe, nehme diesen Mann Ann'dra zum Freipartner. Weiter erkläre ich ...« – ihre Stimme zitterte – »... dass, sollte ich ihm Kinder gebären, sie vor Clan und Rat, nach Kaste und Erbberechtigung als legitim gelten sollen.« Sie setzte hinzu, und Andrew spürte den Trotz in ihren Worten: »Die Götter bezeugen es, und ebenso die heiligen Dinge zu Hali.«

In diesem Augenblick sah er Leonies Augen auf sich gerichtet. Sie waren voll unergründlicher Traurigkeit, aber er hatte keine Zeit, sich über den Grund Gedanken zu machen. Er beugte den Kopf, nahm Callistas Hände in seine und küsste sie leicht auf den Mund. Sie wich vor der Berührung nicht zurück, aber er wusste, dass sie sich dagegen abgeschirmt hatte, dass sie sie nicht wirklich erreichte. Irgendwie hatte sie es fertig gebracht, diesen zeremoniellen Kuss hier vor den Zeugen zu ertragen, nur weil sie wusste, eine Weigerung wäre als Skandal betrachtet worden. Der Jammer in ihren Augen war ihm eine Qual, doch sie lächelte und murmelte: »Deine Worte waren schön, Andrew. Sind sie terranisch?«

Er nickte, hatte jedoch keine Zeit für weitere Erklärungen, denn sie wurden in einen Wirbel von Umarmungen und Gratulationen gerissen wie Damon und Ellemir vor ihnen. Dann knieten sie alle für Dom Estebans und Leonies Segen nieder.

Sobald das Feiern begann, wurde es nur zu offensichtlich, dass für die Nachbarn der eigentliche Sinn des Festes war,

Dom Estebans Schwiegersöhne kennen zu lernen und zu beurteilen. Damon war ihnen allen natürlich dem Namen und dem Ruf nach bekannt: ein Ridenow von Serrais, ein Offizier der Garde. Andrew war angenehm überrascht, wie selbstverständlich aber auch er akzeptiert wurde und wie wenig Aufmerksamkeit er auf sich zog. Er vermutete – und später erfuhr er, dass er Recht hatte –, dass im Allgemeinen alles, was ein Comyn-Lord tat, für unanfechtbar richtig gehalten wurde.

Es wurde eine Menge getrunken, und bald fand er sich auch unter den Tanzenden. Alle nahmen am Tanz teil, sogar die gesetzte Leonie nahm für ein paar Takte den Arm von Lord Serrais. Man vergnügte sich mit lärmenden Spielen. Auch hier musste Andrew bei einem mitmachen, das unter unverständlichen Regeln eine große Küsserei vorsah. In einem ruhigen Augenblick am Rand der Runde gestand er Ellemir seine Verwirrung. Ihr Gesicht war gerötet; er argwöhnte, dass sie ziemlich viel von dem süßen, schweren Wein getrunken hatte. Sie kicherte. »Oh, es ist ein Kompliment für Callista, dass diese Mädchen zeigen, sie finden ihren Gatten begehrenswert. Und außerdem sehen sie von Mittwinter bis Mittsommer niemanden als ihre eigenen Brüder und Verwandten. Du bist ein neues Gesicht, und das ist aufregend für sie.«

Das war ganz einleuchtend, aber trotzdem, er kam sich einfach zu alt vor für Kussspiele mit betrunkenen kleinen Mädchen, von denen viele kaum über zehn waren. Er hatte sich sowieso nie viel aus dem Trinken gemacht, selbst unter seinen eigenen Landsleuten nicht, wo er alle gängigen Scherze kannte. Sehnsüchtig blickte er nach Callista, aber eins der ungeschriebenen Gesetze schien zu lauten, dass der Mann nicht mit seiner eigenen Frau tanzen durfte. Jedes Mal, wenn er in ihre Nähe kam, drängten sich andere zwischen sie und hielten sie auseinander.

Schließlich wurde das so auffällig, dass er Damon aufspürte und ihn darüber befragte. Damon lachte. »Ich hatte vergessen, dass du in den Kilghardbergen ein Fremder bist, Bruder. Du willst ihnen den Spaß doch nicht verderben? Es ist Sport bei Hochzeiten, Mann und Frau getrennt zu halten, damit sie nicht fortschlüpfen und ihre Ehe vollziehen können, bevor sie von der ganzen Gesellschaft zu Bett gebracht worden sind. Wenn das geschieht, kann sich jeder mit den Scherzen vergnügen, die hier bei Hochzeiten Tradition sind.« Er lachte vor sich hin, und in Andrew stieg plötzlich die Frage auf, was ihm noch bevorstehen mochte.

Damon folgte seinen Gedanken genau und erklärte: »Wenn die Hochzeiten in Thendara abgehalten worden wären – ja, dort ist man aufgeklärter und zivilisierter. Aber hier hält man sich an die ländlichen Sitten, und ich fürchte, sie sind von sehr derber Natürlichkeit. Mir selbst macht das nichts aus, aber ich bin auch hier aufgewachsen. Mich wird man meines Alters wegen noch ein bisschen extra aufziehen. Die meisten Männer heiraten, wenn sie etwa in Domenics Alter sind. Und Ellemir stammt auch aus den Bergen, und sie hat die Braut bei so vielen Hochzeiten geneckt, dass ich glaube, sie wird ebenso viel Spaß haben wie die Gäste. Aber ich wünschte, ich könnte es Callista ersparen. Sie war immer ... abgeschirmt. Und eine Bewahrerin, die ihr Amt niederlegt, ist eine zu gute Zielscheibe für schmutzige Witze. Ich fürchte, für sie hat man einen besonders handfesten Spaß bereit.«

Andrew sah zu Ellemir hinüber, die lachend und errötend unter den Mädchen stand. Auch Callista wurde umringt, aber sie sah in sich gekehrt und elend aus. Mit Erleichterung stellte Andrew jedoch fest, dass zwar viele Frauen mit roten Köpfen kicherten, lachten und kreischten, eine nicht unbeträchtliche Zahl von ihnen jedoch – hauptsächlich die jüngsten – wie Callista verschämt und schüchtern waren.

»Trink!« Domenic drückte Andrew ein Glas in die Hand. »Du kannst bei einer Hochzeit nicht nüchtern bleiben, das ist unhöflich. Wenn du dich nämlich nicht betrinkst, könntest du zu leidenschaftlich werden und deine Braut misshandeln, wie, Damon?« Er schloss seinen Witz über den Mondschein an, den Andrew nicht verstand, Damon jedoch vor verlegenem Lachen schnauben ließ.

»Ich sehe, du holst dir bei Andrew Rat für heute Nacht. Sag mir, Andrew, haben deine Leute auch dafür eine Maschine? Was, nicht?« Pantomimisch stellte er übertriebene Erleichterung dar. »Das ist ja immerhin etwas! Ich fürchtete schon, wir müssten eine spezielle Demonstration arrangieren.«

Dezi starrte Damon mit konzentrierter Aufmerksamkeit an. War der Junge bereits betrunken? Dezi sagte: »Ich freue mich, dass du die Absicht ausgesprochen hast, deine Söhne zu legitimieren. Oder willst du in deinem Alter mir erzählen, dass du noch keine Söhne hast, Damon?«

Bei einer Hochzeit durfte man indiskrete Fragen nicht übel nehmen, und so antwortete Damon mit gutmütigem Lächeln: »Ich bin weder ein Mönch noch ein *Ombredin,* Dezi, deshalb ist das nicht unmöglich, aber sollte es so sein, dann haben ihre Mütter versäumt, mich über ihre Existenz zu informieren. Aber ich hätte mich über einen Sohn gefreut, ob Bastard oder nicht.« Plötzlich berührten seine Gedanken die Dezis. In seiner Betrunkenheit hatte der Junge sich nicht abgeschirmt, und in der Flut von Verbitterung erfasste Damon den einen wesentlichen Punkt. Zum ersten Mal erkannte er, was der Grund für Dezis Verbitterung war.

Der Junge glaubte, Dom Estebans eigener, nie anerkannter Sohn zu sein. Hätte Esteban das wirklich irgendeinem seiner Söhne, ganz gleich, wie er gezeugt worden war, angetan?, fragte sich Damon. Er erinnerte sich daran, dass Dezi *Laran* hatte.

Später, als er es Domenic gegenüber erwähnte, erklärte dieser: »Das glaube ich nicht. Mein Vater ist ein gerechter Mann. Er hat seine *Nedestro*-Söhne, die er von Larissa d'Asturien hat, anerkannt und sie versorgt. Er ist zu Dezi so freundlich gewesen wie zu jedem beliebigen Verwandten, aber wenn Dezi sein Sohn wäre, hätte er es bestimmt gesagt.«

»Er hat ihn nach Arilinn geschickt«, wandte Damon ein, »und du weißt, dass dort niemand aufgenommen wird, der nicht von reinem Comyn-Blut ist. In den anderen Türmen ist es nicht so, aber in Arilinn ...«

Domenic zögerte. »Ich möchte über das Verhalten meines Vaters nicht hinter seinem Rücken sprechen«, erklärte er dann fest. »Komm mit und frag ihn selbst.«

»Ist das die richtige Zeit für eine solche Frage?«

»Eine Hochzeit ist die richtige Zeit, Fragen der Legitimität zu klären«, betonte Domenic, und Damon folgte ihm. Das sah Domenic ähnlich, dachte er, eine Frage zu klären, sobald sie sich erhob.

Dom Esteban saß am Rand des festlichen Treibens und sprach mit einem peinlich höflichen jungen Paar, das sich zum Tanzen entfernte, als sein Sohn herantrat.

Domenic fragte geradeheraus: »Vater, ist Dezi unser Bruder oder nicht?«

Esteban Lanart blickte auf das Wolfsfell nieder, das seine Knie bedeckte. »Das könnte durchaus sein, mein Junge.«

»Warum ist er dann nicht anerkannt worden?«, verlangte Domenic heftig zu wissen.

»Domenic, du verstehst diese Dinge nicht, Junge. Seine Mutter ...«

»Eine gewöhnliche Hure?«, fragte Domenic entsetzt und angeekelt.

»Was hältst du von mir? Nein, natürlich nicht. Sie war eine meiner Verwandten. Aber sie ...« Merkwürdig, der raue alte

Mann wurde vor Verlegenheit rot. Endlich sagte er: »Nun, das arme Ding ist jetzt tot und kann nicht mehr beschämt werden. Es war ein Mittwinterfest, und wir waren alle betrunken, und sie schlief diese Nacht mit mir – und nicht mit mir allein, sondern auch mit vier oder fünf meiner Cousins. Als es sich dann erwies, dass sie ein Kind erwartete, war keiner von uns willens, den Jungen anzuerkennen. Ich habe für ihn getan, was ich konnte, und es lässt sich nicht leugnen, dass er Comyn-Blut hat. Aber er könnte meins haben oder Gabriels oder Gwynns ...«

Domenics Gesicht war rot, doch er ließ nicht locker. »Trotzdem hätte ein Comyn-Sohn anerkannt werden sollen.«

Esteban fühlte sich nicht wohl in seiner Haut. »Gwynn sagte immer, er wolle es tun, aber er starb, ehe er sich dazu aufraffen konnte. Ich habe gezögert, Dezi diese Geschichte zu erzählen, weil ich glaube, sie würde seinen Stolz schlimmer verletzen als die einfache Tatsache seiner Illegitimität. Und schlecht behandelt ist er schließlich nicht worden«, verteidigte er sich. »Ich habe ihn hergeholt, ich habe ihn nach Arilinn gesandt. Er hat alles, was einem *Nedestro*-Erben zusteht, ausgenommen die offizielle Anerkennung.«

Damon dachte darüber nach, als er zum Tanz zurückging. Kein Wunder, dass Dezi empfindlich und beunruhigt war. Offenbar spürte er, dass ein Schandmal auf ihm ruhte, das mit illegitimer Abstammung nichts zu tun hatte. Für ein Mädchen aus guter Familie war Promiskuität dieser Art entehrend. Er wusste, Ellemir hatte Liebhaber gehabt, aber sie war diskret dabei vorgegangen, und wenigstens einer war der Gatte ihrer Schwester gewesen, und das war ein alter Brauch. Es hatte nie einen Skandal gegeben. Auch hatte sie es nicht riskiert, ein Kind zu gebären, das kein Mann anerkennen würde.

Als Damon und Domenic ihn verlassen hatten, versorgte

sich Andrew in düsterer Stimmung mit Wein. Mit einer gewissen Erbitterung dachte er, dass er in Anbetracht dessen, was heute Abend noch vor ihm lag, vielleicht gut daran tat, sich so schwer wie möglich zu betrinken. Auf der einen Seite die ländlichen Sitten, die Damon so lustig fand, und auf der anderen das Wissen, dass er und Callista ihre Ehe vorerst nicht vollziehen konnten – das würde eine Hölle von Hochzeitsnacht werden!

Doch bei genauerem Überlegen fand er, er müsse eine haarfeine Grenzlinie einhalten, betrunken genug sein, dass ihm die Peinlichkeit der Situation nicht so recht zu Bewusstsein kam, aber nüchtern genug, um sein Callista gegebenes Versprechen, sie nie unter Druck zu setzen oder zu drängen, nicht zu vergessen. Er begehrte sie – er hatte in seinem ganzen Leben nie eine Frau so begehrt –, aber er wünschte sie sich willig und sein eigenes Verlangen teilend. Er wusste ganz genau, dass er an einer Vereinigung, die auch nur die entfernteste Ähnlichkeit mit einer Vergewaltigung hatte, keine Freude haben würde. Und bei Callistas augenblicklicher Verfassung war etwas anderes nicht möglich.

»Wenn du dich nicht betrinkst, könntest du zu leidenschaftlich werden und deine Braut misshandeln.« Dieser verdammte Domenic und seine dummen Witze! Glücklicherweise wusste niemand außer Damon, der das Problem verstand, was er durchmachte.

Wenn sie es wüssten, würden sie es wahrscheinlich für komisch halten!, überlegte Andrew. Noch ein schmutziger Witz mehr auf Kosten des Brautpaars!

Plötzlich spürte er Unruhe, Verzweiflung ... Das war Callista! Callista war irgendwo in Schwierigkeiten! Er eilte in ihre Richtung, ließ sich von seiner telepathischen Empfänglichkeit leiten.

Er fand sie am einen Ende der Halle, von Dezi an die Wand

gedrängt. Er hatte seine Arme links und rechts von ihr aufgestemmt, so dass sie sich nicht ducken und ihm entfliehen konnte. Er beugte sich vor, um sie zu küssen.

Sie wand sich zur einen Seite und zur anderen, versuchte, seinen Lippen zu entgehen, und flehte: »Tu's nicht, Dezi, ich möchte mich nicht gegen einen Verwandten verteidigen müssen ...«

»Wir sind hier nicht im Turm, *Domna*. Komm jetzt, nur ein richtiger Kuss ...«

Andrew fasste den Jungen an einer Schulter und riss ihn weg. Dezi verlor den Boden unter den Füßen.

»Verdammt noch mal, lass sie in Ruhe!«

Dezi sah ihn verdrießlich an. »Das war doch nur ein Spaß zwischen Verwandten.«

»Ein Spaß, den Callista nicht zu würdigen scheint«, fuhr Andrew ihn an. »Verzieh dich! Oder ich werde ...«

»*Was* wirst du?«, höhnte Dezi. »Mich zu einem Duell fordern?«

Andrew blickte auf den schmächtigen Jungen hinab. Dezi war rot im Gesicht, wütend, offensichtlich betrunken. Sofort verflog sein Zorn. Die terranische Sitte, Unmündigen das Trinken von Alkohol zu verbieten, hatte schon etwas für sich, dachte er. »Dich herausfordern? Teufel!«, lachte er. »Ich werde dich übers Knie legen und durchhauen. Jetzt geh und werde wieder nüchtern und hör auf, die Erwachsenen zu belästigen!«

Dezi sandte Andrew einen mörderischen Blick zu, aber er ging, und Andrew kam zu Bewusstsein, dass er mit Callista zum ersten Mal seit der Erklärung allein war.

»Zum Teufel, was hatte er vor?«

Callista war so rot wie ihr leichtes Gewand, aber sie versuchte, den Vorfall als Scherz abzutun. »Oh, er sagte, jetzt sei ich keine Bewahrerin mehr, und da stehe es mir frei, der unwiderstehlichen Leidenschaft nachzugeben, die er, wie er überzeugt sei, in jeder weiblichen Brust erregen müsse.«

»Ich hätte den Fußboden mit ihm aufwischen sollen«, sagte Andrew.

Sie schüttelte den Kopf. »O nein. Ich denke, er ist einfach ein bisschen mehr betrunken, als er vertragen kann. Und schließlich ist er ein Verwandter. Es ist nicht unwahrscheinlich, dass er meines Vaters Sohn ist.«

Das hatte Andrew schon halb und halb erraten, als er Domenic und Dezi Seite an Seite sah. »Aber würde er ein Mädchen so behandeln, das er für seine Schwester hält?«

»Halbschwester«, berichtigte Callista, »und in den Bergen dürfen Halbbruder und Halbschwester miteinander schlafen, wenn sie wollen, und sogar heiraten, wenn es auch bei so naher Verwandtschaft für besser gehalten wird, wenn sie keine Kinder haben. Und schmutzige Witze und dumme Streiche sind Brauch bei einer Hochzeit, so dass Dezi nur grob und nicht schockierend war. Ich bin zu empfindlich, und dann ist er auch noch sehr jung.«

Sie war immer noch zitterig und aufgeregt, und Andrew dachte immer noch, er hätte mit dem Jungen den Fußboden aufwischen sollen. Dann, verspätet, fragte er sich, ob er zu hart gegen Dezi gewesen sei. Dezi war weder der erste noch der letzte Bengel, der mehr trank, als er vertragen konnte, und sich zum Narren machte.

Er sah in ihr müdes, angestrengtes Gesicht und sagte leise: »Es wird bald vorüber sein. Liebes.«

»Ich weiß.« Sie zögerte »Weißt du Bescheid ... der Brauch ...?«

»Damon hat es mir erzählt«, nickte er. »Wie ich es verstanden habe, stecken sie uns unter vielen rüden Witzen zusammen ins Bett.«

Sie nickte errötend. »Man nimmt an, dass es das Zeugen

von Kindern fördert, und in diesem Teil der Welt ist das für eine junge Familie sehr wichtig, wie du dir vorstellen kannst. Deshalb müssen wir einfach ... das Beste daraus machen.« Sie streifte ihn tief errötend mit einem Blick. »Es tut mir Leid. Ich weiß, das wird es noch verschlimmern.«

Er schüttelte den Kopf. »Das glaube ich nicht«, lächelte er. »Wenn dieser Brauch auf mich überhaupt eine Wirkung haben kann, dann die, mich zu ernüchtern.« Wieder sah er Schuldbewusstsein über ihr Gesicht huschen, und er sehnte sich sehr danach, sie zu trösten.

»Sieh mal«, fuhr er liebevoll fort, »du kannst es doch so betrachten: Lass sie ihren Spaß haben, wir können trotzdem tun, was wir wollen, und das wird unser Geheimnis sein, wie es gut und richtig ist. Wir warten den richtigen Zeitpunkt ab. Also können wir den ganzen Unsinn ruhig über uns ergehen lassen.«

Sie seufzte und lächelte ihn an. Leise sagte sie: »Wenn du wirklich so darüber denkst ...«

»Das tue ich, Liebste.«

»Ich bin so froh«, hauchte sie. »Sieh, Ellemir wird von allen Mädchen weggezerrt.«

Sie gewahrte seine Bestürzung und setzte schnell hinzu: »Nein, sie tun ihr nicht weh. Es ist nur Brauch, dass eine Braut sich ein bisschen zur Wehr setzt. Es geht auf die Zeit zurück, als Mädchen ohne ihre Zustimmung verheiratet wurden. Heute ist es nur noch ein Spiel. Vater ist schon von seinen Leibdienern fortgebracht worden, und Leonie wird sich auch bald zurückziehen, so dass das junge Volk so viel Lärm machen kann, wie es ihm gefällt.«

Aber Leonie zog sich nicht zurück. Sie kam zu ihnen und stand still und ernst in ihrem karminroten Gewand neben ihnen.

»Callista, Kind, möchtest du, dass ich bleibe? Vielleicht

werden die Witze in meiner Gegenwart ein bisschen zurückhaltender und schicklicher ausfallen.«

Andrew spürte, wie sehr Callista sich das wünschte, aber sie lächelte und streifte Leonies Hand mit der unter Telepathen üblichen federleichten Berührung. »Ich danke dir, Verwandte. Aber ich ... ich darf meine Ehe nicht damit anfangen, dass ich allen den Spaß verderbe. Es ist noch keine Braut an ihrer Verlegenheit gestorben, und ich bin sicher, ich werde nicht die Erste sein, der es passiert.« Und Andrew nahm sich bei diesen Worten vor, alles tapfer und ohne Klage hinzunehmen, was die Gesellschaft auch an obszönen Witzen für eine Bewahrerin, die ihre rituelle Jungfräulichkeit aufgab, in Bereitschaft halten mochte. Er dachte an das mutige Mädchen, das selbst in der Gefangenschaft der Katzenwesen, allein und verängstigt in den Höhlen von Corresanti, unerschrocken kleine Scherze gemacht hatte.

Deshalb liebe ich sie so sehr, sagte er zu sich selbst.

Leonie sagte sehr sanft: »Dann sei es, wie du willst, Liebling. Nimm meinen Segen.« Sie verbeugte sich feierlich vor ihnen beiden und ging.

Als habe ihr Weggang alle Schleusen geöffnet, brandete eine Flut von jungen Männern und Mädchen auf sie ein.

»Callista, Ann'dra, ihr verschwendet hier eure Zeit, die Nacht ist bald vorbei. Habt ihr nichts Besseres zu tun als zu reden?«

Gerade wurde Damon von Dezi fortgezerrt. Domenic ergriff Andrews Hand und riss ihn von Callista weg. Andrew sah, wie die ganze Bande junger Mädchen sich um Callista drängte und sie vor ihm verbarg. Jemand rief laut: »Wir werden dafür sorgen, dass sie für dich bereit ist, Ann'dra, damit du ihre heilige Robe nicht selbst zu entweihen brauchst!«

»Kommt, ihr beiden!«, rief Domenic in bester Laune. »Diese

Burschen würden sicher lieber die ganze Nacht hier bleiben und weitertrinken, aber jetzt müssen sie ihre Pflicht tun, eine Braut darf man nicht warten lassen.«

Andrew und Damon wurden die Treppe hinaufgezogen und in das Wohnzimmer der Suite geschubst, das sie heute Vormittag vorbereitet hatten. »Verwechselt die beiden jetzt bloß nicht!«, brüllte der Gardist Caradoc in seiner Trunkenheit. »Wenn die Bräute Zwillinge sind, wie soll da ein Gatte, noch dazu ein betrunkener, wissen, ob er in den Armen der richtigen Frau liegt?«

»Was wäre da der Unterschied?«, wollte ein fremder junger Mann wissen. »Das müssen sie unter sich ausmachen, meint ihr nicht? Und wenn die Lampe aus ist, ist eine Frau wie die andere. Wenn sie das Zimmer links und das rechts durcheinander bringen, wäre das denn weiter schlimm?«

»Wir müssen mit Damon anfangen. Er hat so viel Zeit verloren, dass er sich beeilen muss, seine Pflicht gegenüber seinem Clan zu erfüllen«, erklärte Domenic vergnügt. Schnell riss man Damon die Kleider ab und hüllte ihn in ein langes Gewand. Die Schlafzimmertür wurde mit aller Feierlichkeit geöffnet. Andrew konnte Ellemir sehen. Sie war in spinnenfeine Seide gekleidet, ihr kupferfarbenes Haar war gelöst und flutete über ihre Brüste. Ihr Gesicht war rot, und sie kicherte unbeherrscht, aber Andrew spürte, dass sie am Rand eines hysterischen Schluchzens stand. Es war genug, dachte er. Es war zu viel. Alle sollten gehen und sie allein lassen.

»Damon«, erklärte Domenic feierlich, »ich habe ein Geschenk für dich.«

Erleichtert stellte Andrew fest, dass Damon gerade genug betrunken war, um alles gutmütig hinzunehmen. »Das ist freundlich von dir, Schwager. Was ist es für ein Geschenk?«

»Ich habe dir einen Kalender gemacht, in dem die Tage

und die Monde eingetragen sind. Wenn du heute Nacht deine Pflicht tust, siehst du wohl, dann habe ich in Rot das Datum eingetragen, an dem dein erster Sohn geboren werden wird!«

Damon war rot vor ersticktem Gelächter. Andrew dachte, dass er Domenic den Kalender wahrscheinlich an den Kopf geworfen hätte, aber Damon nahm ihn entgegen und ließ sich mit allen Zeremonien zu Ellemir ins Bett helfen. Domenic sagte etwas zu Ellemir, woraufhin sie ihr Gesicht unter der Decke verbarg.

Dann führte Domenic die Zuschauer mit übertriebener Feierlichkeit zur Tür.

»Und jetzt, auf dass wir die Nacht in friedlichem Trinken verbringen können, ungestört durch alles, was jenseits dieser Türen vorgehen mag, habe ich noch ein weiteres Geschenk für das glückliche Paar. Ich werde einen telepathischen Dämpfer gleich innerhalb eurer Türen anbringen ...«

Damon setzte sich im Bett hoch und warf, schließlich doch die Geduld verlierend, ein Kissen nach ihm. »Genug ist genug!«, rief er. »Zum Teufel, macht, dass ihr hinauskommt, und lasst uns in Frieden!«

Als wäre es das, worauf sie gewartet hatten – vielleicht war es das auch –, zog sich die ganze Schar von Männern und Frauen schnell zu den Türen zurück. »Wirklich, Damon ...« – Domenic legte sein Gesicht in vorwurfsvolle Falten – »... kannst du deine Ungeduld nicht noch ein bisschen länger beherrschen? Meine arme kleine Schwester, gnadenlos dieser unschicklichen Hast ausgeliefert!« Aber er schloss die Tür, und Andrew hörte, wie Damon sie von innen verriegelte. Endlich war den als Brauchtum geltenden Witzen ein Ende gemacht, und Damon und Ellemir waren allein.

Aber jetzt kam er an die Reihe. Es war, dachte er finster, nur etwas Gutes an dieser Sache. Bis die betrunkenen Männer mit ihrer Alberei fertig waren, würde er für alles außer dem Schlafen zu verdammt wütend sein.

Sie stießen ihn in das Zimmer, wo Callista wartete, umringt von den jungen Mädchen, Freundinnen Ellemirs, ihren eigenen Dienerinnen, jungen Edelfrauen aus der Nachbarschaft. Sie hatten ihr ihr feierliches karminrotes Gewand ausgezogen und sie in ein dünnes Hemd wie das Ellemirs gesteckt, ihr das Haar gelöst und es ihr über die bloßen Schultern gelegt. Sie blickte schnell zu ihm auf, und Andrew kam es einen Moment so vor, als wirke sie irgendwie viel jünger als Ellemir: jung, verloren und verwundbar.

Er spürte, dass sie mit den Tränen kämpfte. Schüchternheit und Widerstreben waren Teil des Spiels, aber wenn sie im Ernst zusammenbrach und weinte, dann würde man ihr übel nehmen, dass sie den Spaß verdorben hatte. Man würde sie für ihre Unfähigkeit, an dem Spiel teilzunehmen, verachten.

Kinder konnten grausam sein, sagte Andrew zu sich selbst, und so viele dieser Mädchen waren noch Kinder. So jung sie aussah, war Callista eine Frau. Sie war vielleicht nie ein Kind gewesen; der Turm hatte ihr ihre Kindheit gestohlen ... Er wappnete sich gegen das, was kommen würde, und er wusste, sosehr es ihm gegen den Strich gehen mochte, für Callista war es schlimmer.

Ob ich die Meute aus dem Zimmer bekommen kann, bevor sie anfängt zu weinen und sich dafür hasst?, fragte er sich. *Warum muss sie diesen Unsinn über sich ergehen lassen?*

Domenic fasste ihn derb an den Schultern und drehte ihn um, weg von Callista.

»Paß auf!«, ermahnte er ihn. »Wir sind noch nicht fertig mit dir, und die Frauen haben Callista noch nicht ganz für dich vorbereitet. Kannst du nicht noch ein paar Minuten warten?« Und Andrew ließ Domenic seinen Willen, fest entschlossen, den Witzen, die er nicht verstand, höfliche Aufmerksamkeit zu zollen. Aber er sehnte den Zeitpunkt herbei, zu dem er und Callista allein sein würden.

Oder würde das noch schlimmer sein? Wie dem auch sein mochte, zuerst musste er das hier irgendwie durchstehen. Er ließ es zu, dass Domenic und die anderen Männer ihn ins Nebenzimmer führten.

6

Es gab Gelegenheiten, bei denen es Andrew schien, Damons Zufriedenheit sei sichtbar, ein Ding, das man sehen und messen konnte. Dann konnte sich Andrew, während die Tage länger wurden und der Winter in die Kilghardberge einzog, eines Gefühls bitteren Neides nicht erwehren. Nicht etwa, dass er Damon auch nur einen Augenblick seines Glücks missgönnte; es war nur, dass er sich danach sehnte, es zu teilen.

Auch Ellemir sah strahlend aus. Andrew krümmte sich manchmal innerlich bei dem Gedanken, dass die Diener auf Armida, Fremde und Dom Esteban selbst den Unterschied bemerkten und ihm die Schuld daran gaben, dass vierzig Tage nach ihrer Hochzeit Ellemir so fröhlich aussah, während Callista Tag für Tag bleicher und ernster, befangener und kummervoller wurde.

Es war nicht so, dass Andrew unglücklich gewesen wäre. Frustriert ja, denn es war manchmal nervenaufreibend, Callista so nahe zu sein, die gutmütigen Scherze und Anspielungen über sich ergehen zu lassen, die das Schicksal, so nahm er an, jedes frisch verheirateten Mannes in der Galaxis waren, und von seiner Frau durch eine unsichtbare Linie getrennt zu sein, die er nicht überqueren konnte.

Und wenn sie sich auf nicht so ungewöhnliche Weise kennen gelernt hätten, wäre ihnen auch eine lange Wartezeit beschieden gewesen. Er hielt sich vor, dass sie geheiratet hatten, als sie einander nicht einmal vierzig Tage lang kannten. Und jetzt konnte er doch viel mit ihr zusammen sein, konnte die Außenseite des Mädchens Callista ebenso gut kennen lernen, wie er ihr Inneres in Seele und Geist kennen gelernt hatte, als sie sich in den Händen der Katzenwesen befand, eingekerkert in den dunklen Höhlen von Corresanti. Damals, als sie aus irgendeinem seltsamen Grund keinen anderen Geist auf Darkover außer dem Andrew Carrs zu erreichen vermochte, hatten sich ihre Seelen so innig berührt, dass Jahre des Zusammenlebens kein festeres Band hätten schaffen können. Ehe er sie je in Fleisch und Blut erblickt hatte, liebte er sie schon, liebte sie für ihren Mut angesichts des Entsetzens, für alles, was sie gemeinsam durchgestanden hatten.

Jetzt begann er, sie auch äußerer Dinge wegen zu lieben, für ihre Anmut, ihre süße Stimme, ihren Charme und ihren schnellen Verstand. Sie konnte sogar über ihre augenblickliche frustrierende Trennung scherzen, was mehr war, als Andrew fertig brachte. Er liebte auch die Sanftmut, mit der sie jeden behandelte, angefangen von ihrem Vater, der verkrüppelt und oft missgelaunt war, bis zum jüngsten und ungeschicktesten Hausmädchen.

Auf etwas war er nicht vorbereitet gewesen, und zwar die Mühe, die es ihr machte, sich auszudrücken. Trotz ihres scharfen Verstandes und ihrer Schlagfertigkeit fand sie es schwierig, von Dingen zu sprechen, die wichtig für sie waren. Er hatte gehofft, sie könnten miteinander frei über die Schwierigkeiten diskutieren, denen sie gegenüberstanden, über die Art ihrer Schulung im Turm, die Methoden, mit denen sie gelehrt worden war, niemals auf sexuelles Begehren zu reagieren. Aber über dies Thema schwieg sie sich aus, und bei den wenigen Gelegenheiten, als Andrew versuchte, sie zum Sprechen zu bringen, wandte sie ihr Gesicht zur Seite, begann zu stammeln und verstummte, und ihre Augen füllten sich mit Tränen.

Er fragte sich, ob die Erinnerung so schmerzhaft war, und von neuem erfüllte ihn Entrüstung über die barbarische Art, mit der man das Leben einer jungen Frau deformiert hatte. Er hoffte, eines Tages werde sie sich frei genug fühlen, darüber zu sprechen; ihm fiel nichts ein, was ihr hätte helfen können, den Zwang abzuschütteln. Im Augenblick wartete er, denn er wollte sie zu nichts zwingen, nicht einmal zum Sprechen, wenn es ihr unangenehm war.

Wie sie es vorhergesehen hatte, war es nicht leicht, ihr so nah und doch so fern zu sein. Sie schliefen im gleichen Zimmer, obwohl sie das Bett nicht teilten, und er sah sie am Morgen verschlafen und rosig und schön in ihren Kissen. Er sah sie halb angezogen, das Haar über die Schultern hängend – und wagte doch nicht mehr als eine ganz beiläufige Berührung. Seine Frustration nahm seltsame Formen an. Einmal, als sie im Bad war, hatte er – er kam sich wie ein Trottel vor und konnte doch nicht widerstehen – ihr Nachtgewand genommen, es leidenschaftlich an die Lippen gepresst und den Duft ihres Körpers und des zarten Parfums, das sie benutzte, eingeatmet. Ihm war schwindelig, und er schämte sich, als habe er eine unaussprechliche Perversion begangen. Als sie zurückkam, konnte er sie nicht ansehen, denn ihre Gedanken lagen offen voreinander da, und sie wusste, was er getan hatte. Er war ihren Augen ausgewichen und schnell weggegangen, nicht fähig, das in ihrem Gesicht zu sehen, was er sich einbildete: Verachtung – oder Mitleid.

Er überlegte sich, ob es ihr lieber wäre, wenn er anderswo schliefe, aber als er sie fragte, antwortete sie schüchtern: »Nein, ich habe es gern, wenn du in meiner Nähe bist.« Dann dachte er wieder, dass diese Intimität, mochte sie auch nichts Sexuelles an sich haben, vielleicht der notwendige erste Schritt zu Callistas Wiedererweckung war.

Vierzig Tage nach der Hochzeit wurden die hohen Winde und Schneegestöber von schwerem Schneefall abgelöst, und Andrew verbrachte Tag für Tag seine ganze Zeit damit, die Pferde und anderen Tiere für den Winter zu versorgen. An geschützten Stellen musste den Tieren zugängliches Futter gestapelt werden, und er ritt in die Hochlandtäler zu den Hirten, deren Unterkünfte er inspizierte und mit Vorräten ausstattete. Tage hintereinander war er draußen. Die Tage verbrachte er im Sattel und die Nächte unter Schutzdächern im Freien oder auf einem der verstreuten Höfe, die Teil des großen Gutes waren.

In dieser Zeit ging ihm auf, wie klug Dom Esteban gewesen war, als er auf den Hochzeitsschmaus bestand. Damals war Andrew ärgerlich auf seinen Schwiegervater gewesen, dass er es nicht bei einer stillen Feier bewenden ließ, denn die Eheschließung wäre mit einem oder zwei Zeugen auch legal gewesen. Aber diese Nacht der dummen Streiche und derben Witze hatte ihn zu einem der Landleute gemacht. Jetzt war er kein Fremder von Nirgendwo mehr, sondern Dom Estebans Schwiegersohn, ein Mann, den zu verheiraten sie mitgeholfen hatten. Das hatte ihm Jahre des Bemühens erspart, sich einen Platz unter ihnen zu erobern.

Andrew erwachte eines Morgens und hörte das Prasseln des Schnees gegen das Fenster. Der erste Sturm des Winters hatte eingesetzt. Heute konnte er nicht hinausreiten. Er lag da und lauschte dem Wind, der um das alte Haus jammerte, und im Geist ging er noch einmal durch, in welchem Zustand die sich unter seiner Obhut befindlichen Tiere befanden. Diese Zuchtstuten auf der Weide unter den Zwillingsgipfeln – dort war Futter genug an windgeschützten Stellen gelagert, und ein Bach, der nie vollständig zufror, wie ihm der alte Pferdemeister erzählt hatte –, die Stuten also würden recht gut zurechtkommen. Er hätte die jungen Hengste aus der Herde aussondern sollen – es konnte zu Kämpfen kommen –, aber jetzt war es zu spät.

Vor dem Fenster war graues Licht, das durch einen weißen Schleier aus Schnee fiel. Heute würde es keinen Sonnenaufgang geben. Callista lag still in ihrem schmalen Bett auf der anderen Seite des Zimmers, den Rücken ihm zugedreht, so dass er nur die Zöpfe auf ihrem Kissen sehen konnte. Sie und Ellemir waren so unterschiedlich, Ellemir am frühen Morgen immer wach und munter, Callista in festem Schlaf, bis die Sonne hoch am Himmel stand. Bald würde er Ellemir in der anderen Hälfte der Suite herumwirtschaften hören, aber jetzt war es auch dafür noch zu früh.

Callista schrie im Schlaf auf. Es war ein Schrei voller Angst und Entsetzen. Wieder ein Albtraum von der Zeit, als sie Gefangene der Katzenwesen gewesen war? Mit einem großen Schritt war Andrew neben ihr, aber sie setzte sich auf, plötzlich völlig wach, und starrte an ihm vorbei, das Gesicht leer vor Schrecken.

»Ellemir!«, rief sie und rang nach Atem. »Ich muss zu ihr!« Und ohne ein Wort oder einen Blick für Andrew glitt sie aus dem Bett, riss einen Morgenrock an sich und rannte in den Mittelteil der Suite.

Andrew sah ihr beunruhigt nach. Er dachte an die Verbindung zwischen Zwillingen. Des telepathischen Bandes zwischen Ellemir und ihrer Schwester war er sich vage bewusst, aber selbst Zwillinge respektierten die Privatsphäre des anderen. Wenn Ellemirs Verzweiflungsruf Callistas Geist erreicht hatte, musste er durchdringend gewesen sein. Voll Sorge begann er sich anzukleiden. Er schnürte sich seinen zweiten Stiefel zu, als er Damon im Wohnzimmer der Suite hörte. Er ging hinaus zu ihm, und Damons lächelndes Gesicht verjagte seine Ängste.

»Du musst dir Sorgen gemacht haben, als Callista so schnell hinauslief. Ich glaube, Ellemir hatte für einen Augenblick auch Angst, doch hauptsächlich war sie überrascht. Viele Frauen haben überhaupt nicht darunter zu leiden, und Ellemir ist so gesund – aber ich glaube, von diesen Dingen weiß kein Mann viel.«

»Dann ist sie nicht ernstlich krank?«

»Wenn sie es ist, wird es mit der Zeit von selbst wieder gut werden«, lachte Damon, wurde aber schnell wieder ernst. »Natürlich, zurzeit geht es ihr schlecht, dem armen Mädchen. Ferrika sagt jedoch, diese Phase wird in zehn oder zwölf Tagen überwunden sein. Ich habe Ellemir Ferrikas Dienstleistungen und Callistas Trost überlassen. Es ist wenig, was ein Mann jetzt für sie tun kann.«

Andrew wusste, dass Ferrika die Hebamme des Gutes war, und nun war ihm klar, was Ellemirs Unpässlichkeit zu bedeuten hatte. »Entspricht es Brauch und Sitte, dir zu gratulieren?«

»Völlig.« Damons Gesicht leuchtete. »Aber noch mehr entspräche es Brauch und Sitte, Ellemir zu gratulieren. Sollen wir hinuntergehen und Dom Esteban erzählen, dass er einige Zeit nach Mitsommer ein Enkelkind zu erwarten hat?«

Esteban Lanart war entzückt über die Neuigkeit.

Dezi bemerkte mit boshaftem Grinsen: »Ich sehe, ihr seid alle ganz versessen darauf, euren ersten Sohn genau nach Plan zu produzieren. Hast du dich dem Kalender, den Domenic für dich machte, wirklich so verpflichtet gefühlt, Verwandter?«

Einen Augenblick lang dachte Andrew, Damon werde Dezi seine Tasse ins Gesicht werfen, aber Damon beherrschte sich. »Nein, ich hatte ganz im Gegenteil gehofft, Ellemir seien ein oder zwei von solchen Sorgen freie Jahre gegönnt. Es ist ja nicht so, als ob ich Erbe einer Domäne wäre und einen Sohn dringend brauchte. Aber sie wollte sofort ein Kind, und die Entscheidung darüber stand ihr zu.«

»Das sieht Elli ähnlich.« Dezi ließ die Bosheit sein und lächelte. »Sie hat jedes Baby, das auf diesem Gut geboren wird, in ihren Armen, bevor es zehn Tage alt ist. Ich werde sie besuchen und ihr gratulieren, sobald sie sich besser fühlt.«

Nun trat Callista ein, und Dom Esteban fragte: »Wie geht es ihr, Callista?«

»Sie schläft«, antwortete Callista. »Ferrika hat ihr geraten, solange sie sich noch schlecht fühlt, morgens möglichst lange im Bett zu bleiben, aber nach Mittag wird sie hinunterkommen.«

Sie glitt auf ihren Platz neben Andrew, doch sie wich seinen Augen aus, und er überlegte, ob es sie traurig mache, dass Ellemir bereits schwanger war. Zum ersten Mal kam ihm der Gedanke, dass sich Callista vielleicht ein Kind wünschte. Er nahm an, manche Frauen taten es, obwohl er selbst nie sehr viel darüber nachgedacht hatte.

Über zehn Tage lang wütete der Sturm mit schwerem Schneefall, dann wich er klarem Himmel und scharfen Winden, die den Schnee zu hohen, undurchdringlichen Verwehungen zusammenfegten. Und dann fiel wieder neuer Schnee. Alle Arbeit auf dem Gut ruhte. Unter Benutzung unterirdischer Tunnel versorgten ein paar der Hausdiener die Reitpferde und die Milchkühe, aber sonst konnte wenig getan werden.

Armida war viel zu ruhig, wenn Ellemir nicht früh am Morgen herumwirtschaftete. Damon, durch den Sturm zur Muße gezwungen, verbrachte viel Zeit an ihrer Seite. Es beunruhigte ihn, die sonst vor Temperament überschäumende Ellemir blass und kraftlos bis weit in den Vormittag hinein daliegen zu sehen, nicht bereit, Essen auch nur anzurühren. Er machte sich Sorgen um sie, aber Ferrika lachte ihn aus und sagte, so gehe es jedem jungen Ehemann, wenn seine Frau zum ersten Mal schwanger sei. Ferrika war die Hebamme auf Armida und für jedes Kind verantwortlich, das in den umliegenden Dörfern geboren wurde. Es war in der Tat eine riesige Verantwortung, und dazu eine, für die sie noch reichlich jung war. Doch sie war letztes Jahr ihrer Mutter in diesem Amt gefolgt. Sie war eine ruhige, bestimmte, rundliche Frau, klein und hellhaarig, und da sie wusste, sie war für diesen Posten zu jung, trug sie ihr Haar unter einer Haube verborgen und kleidete sich streng und nüchtern. Damit versuchte sie, älter auszusehen.

Ohne Ellemirs Tüchtigkeit war der Haushalt wie ein Schiff ohne Steuermann, obwohl Callista ihr Bestes tat. Dom Esteban beschwerte sich, dass das Brot stets ungenießbar sei, obwohl sie ein Dutzend Küchenfrauen hätten. Damon hatte den Verdacht, dass er nur Ellemirs fröhliche Gesellschaft vermisste. Er war verdrießlich und reizbar und machte Dezi das Leben schwer. Callista widmete sich ganz ihrem Vater, holte ihre Harfe und sang ihm Balladen und Lieder, spielte mit ihm Karten und andere Spiele, saß stundenlang neben ihm, ihre Handarbeit im Schoß, und lauschte geduldig seinen endlosen Erzählungen von früheren Schlachten und Feldzügen, als er noch Befehlshaber der Garde gewesen war.

Eines Morgens kam Damon spät hinunter und fand die Halle voll von Männern. Zumeist waren es jene, die bei besserem Wetter auf den weiter entfernten Feldern und Weiden arbeiteten. Dom Esteban in seinem Rollstuhl war der Mittelpunkt. Er sprach mit dreien, die immer noch schneebedeckt waren und dicke Schutzkleidung trugen. Ihre Stiefel waren aufgeschnitten worden, und Ferrika kniete vor ihnen und untersuchte ihre Hände und Füße. Ihr rundes, sympathisches junges Gesicht sah tief besorgt aus. Erleichterung klang aus ihrer Stimme, als sie aufblickte und Damon näher kommen sah.

»Lord Damon, Ihr wart Lazarettoffizier bei der Garde in Thendara, seht Euch das einmal an!«

Beunruhigt durch ihren Ton beugte sich Damon zu dem Mann nieder, dessen Füße Ferrika hielt. Dann rief er entsetzt: »Mann, was ist dir denn zugestoßen?«

Der Mann vor ihm, groß, verwildert, das lange, drahtige

Haar immer noch in gefrorenen Weichselzöpfen um die roten, zerrissenen Wangen hängend, berichtete in dem breiten Bergdialekt: »Wir waren in der Unterkunft unterhalb des Nordgrats neun Tage lang eingeschneit, Dom. Aber der Wind riss eine Wand nieder, und wir konnten unsere Kleider und Stiefel nicht trocknen. Wir waren am Verhungern, denn wir hatten nur für drei Tage Essen mit. Als nun das Wetter umschlug, hielten wir es für das Beste, einen Versuch zu machen, uns nach hier oder zu den Dörfern durchzuschlagen. Aber entlang dem Hügel unter dem Gipfel war eine Lawine niedergegangen, und wir verbrachten drei Nächte im Freien. Der alte Reino ist an der Kälte gestorben, und wir mussten ihn im Schnee begraben, der doch wieder auftaut, und konnten nur einen Steinhügel aufbauen. Darrill musste mich hertragen ...« Er wies stoisch auf die weißen, erfrorenen Füße in Ferrikas Händen. »Ich kann nicht laufen, aber ich bin nicht so schlimm dran wie Raimon oder Piedro hier.«

Damon war ganz entsetzt. »Ich werde für dich tun, was ich kann, Junge, aber versprechen kann ich nichts. Sind alle in so schlechtem Zustand, Ferrika?«

Die Frau schüttelte den Kopf. »Einige sind so gut wie gar nicht verletzt. Und einige, wie Ihr sehen könnt, sind schlimmer dran.« Sie zeigte auf einen Mann, dessen aufgeschnittene Stiefel herabhängende schwarze Fleischfetzen enthüllten.

Insgesamt waren es vierzehn Mann. Schnell untersuchte Damon einen nach dem anderen. Er sonderte die am wenigsten Verletzten ab, alle, die nur geringfügige Erfrierungen an Zehen, Fingern oder Wangen hatten. Andrew half den Dienern, ihnen heiße Getränke und heiße Suppe zu bringen. Damon befahl: »Gebt ihnen keinen Wein und keine starken alkoholischen Getränke, bis ich sicher weiß, in welcher Verfassung sie sind.«

Auf die am wenigsten verletzten Männer weisend, sagte er

zu dem alten Rhodri, dem Haushofmeister: »Bring diese Männer in die untere Halle und lass dir von ein paar Frauen helfen. Badet ihre Füße gründlich mit heißem Wasser und Seife, und ...« – er drehte sich zu Ferrika um – »... hast du Weißdornextrakt?«

»Es ist etwas im Destillierraum, Lord Damon; ich werde Lady Callista darum bitten.«

»Macht ihnen damit Umschläge um die Füße, und dann verbindet ihr sie mit viel Salbe. Haltet sie warm und gebt ihnen so viel heiße Suppe und Tee, wie sie möchten, aber keinerlei Alkohol.«

Andrew unterbrach: »Und sobald jemand von unsern Leuten durchkommen kann, müssen wir ihren Frauen Nachricht schicken, dass sie in Sicherheit sind.«

Damon nickte, und ihm fiel ein, dass das das Erste war, an das er hätte denken sollen. »Sorgst du bitte dafür, Bruder? Ich muss mich um die Verletzten kümmern.« Als Rhodri und die anderen Diener den weniger verletzten Männern in die untere Halle halfen, wandte er sich wieder den Übrigen zu, denen mit den schlimm erfrorenen Füßen und Händen.

»Was hast du für sie getan, Ferrika?«

»Noch nichts, Lord Damon; ich wartete auf Euren Rat. Ich habe seit Jahren nichts dergleichen gesehen.«

Damon nickte mit ernstem Gesicht. Ein starker Frost wie dieser hatte während seiner Kinderzeit in der Nähe von Corresanti die Hälfte aller Männer der Stadt mit fehlenden Fingern und Zehen, die nach schweren Erfrierungen abgefallen waren, zurückgelassen. Andere waren an den Folgeerscheinungen wie Infektionen und Brand gestorben. »Wofür würdest du dich entscheiden?«

Ferrika antwortete zögernd: »Es ist nicht die bei Erfrierungen übliche Behandlung, aber ich würde ihre Füße in Wasser baden, das ein bisschen mehr als Bluttemperatur hat, jedoch nicht heiß ist. Ich habe den Männern bereits verboten, ihre Füße zu reiben, weil sich sonst die Haut ablösen könnte. Der Frost sitzt tief im Fleisch. Sie werden von Glück sagen können, wenn sie nicht mehr als Haut verlieren.« Ein bisschen ermutigt dadurch, dass Damon nicht widersprach, setzte sie hinzu: »Ich würde ihnen heiße Packungen um die Körper machen, um die Blutzirkulation zu fördern.«

Damon nickte. »Wo hast du das gelernt, Ferrika? Ich fürchtete, ich würde dir die Anwendung der alten Hausmittel verbieten müssen, die mehr schaden als nützen. Das ist die in Nevarsin angewandte Behandlung, und ich musste darum kämpfen, sie in Thendara bei der Garde durchzusetzen.«

Ferrika erklärte: »Ich bin im Amazonen-Gildenhaus in Arilinn geschult worden, Lord Damon. Sie bilden dort Hebammen für alle Domänen aus, und sie wissen eine Menge über das Heilen von Krankheiten und Versorgen von Wunden.«

Dom Esteban runzelte die Stirn. »Weiberunsinn! Als ich ein Junge war, wurde uns eingeschärft, ein erfrorenes Glied niemals mit Hitze in Berührung zu bringen, sondern es mit Schnee zu reiben!«

»Aye«, fiel der Mann ein, dessen Füße formlos und geschwollen waren, »ich habe mir von Narron die Füße mit Schnee reiben lassen. Als mein Großvater sich unter der Regierung des alten Marius Hastur die Füße erfror ...«

»Ich kenne deinen Großvater«, unterbrach Damon ihn. »Er geht jetzt mit zwei Stöcken bis ans Ende seines Lebens, und mir sieht es ganz so aus, als habe dein Freund versucht, dir das gleiche Schicksal zu bereiten, Junge. Vertraue mir, und ich werde besser für dich sorgen.« Er wandte sich an Ferrika. »Mache die Umschläge nicht mit warmem Wasser allein, sondern mit einem sehr starken Schwarzdornaufguss. Das wird das Blut in die Glieder und zurück zum Herzen ziehen. Und gib ihnen auch etwas davon zu trinken, es regt den Kreislauf an.« Zu dem verletzten Mann sagte er aufmunternd: »Diese Behandlung wird in Nevarsin angewandt, wo das Wetter schlimmer als hier ist, und die Mönche behaupten, sie hätten schon Leute gerettet, die andernfalls fürs Leben lahm geblieben wären.«

»Könnt *Ihr* nicht helfen, Lord Damon?«, flehte der Mann namens Raimon, und Damon sah auf die gräulich blauen Füße und schüttelte den Kopf. »Ich weiß es nicht, ehrlich, Junge. Ich werde alles tun, was ich kann, aber das ist die schwerste Erfrierung, die ich gesehen habe. Es ist bedauerlich, aber ...«

»Bedauerlich!« Die Augen des Mannes flammten vor Schmerz und Wut. »Ist das alles, war Ihr dazu zu sagen habt, *Vai Dom*? Ist das alles, was es für Euch bedeutet? Es gibt kein Haus in Adereis und Corresanti, das nicht einen, vielleicht auch zwei oder drei Männer durch das verfluchte Katzenvolk verloren hat, und vom letzten Herbst her verdorrt die nicht eingebrachte Ernte auf den Feldern, so dass jetzt schon in diesen Bergen Hunger herrscht! Und nun ist mehr als ein Dutzend starker Männer auf Monate hinaus arbeitsunfähig, und vielleicht werden sie nie mehr laufen können! Und Ihr habt dazu nicht mehr zu sagen als: ›Es ist bedauerlich.‹« In seinem breiten Dialekt äffte er zornig Damons gewählte Sprache nach.

»Für Euresgleichen ist ja alles in bester Ordnung, *Vai Dom*, Ihr werdet keinen Hunger leiden, mag geschehen, was wolle! Aber was wird aus meiner Frau und meinen kleinen Kindern? Was aus meines Bruders Frau und ihren Kleinen, die ich zu mir nahm, als mein Bruder im Dunkelland wahnsinnig wurde und sich selbst umbrachte, so dass jetzt die Katzenhexen mit seiner Seele spielen mögen? Was wird aus meiner alten Mutter und ihrem Bruder, der auf dem Schlachtfeld von Corresanti ein Auge und ein Bein verlor? Es sind schon zu wenig gesunde Männer in den Dörfern, so dass sogar die kleinen Mädchen und die alten Frauen auf den Feldern arbeiten, es sind zu wenig Hände für die Ernte und die Tiere und für die Nachlese der Nussbäume, bevor der Schnee unsere Nahrung begräbt, und jetzt liegt hier mehr als die Hälfte der gesunden Männer von zwei Dörfern mit erfrorenen Füßen und Händen, vielleicht lahm fürs Leben – bedauerlich!«

Seine Stimme brach vor Zorn und Schmerz, und Damon schloss bestürzt die Augen. Das alles vergaß sich viel zu leicht. Dann endete der Krieg also nicht, wenn wieder Frieden im Land war? Er konnte gewöhnliche Feinde töten oder bewaffnete Männer gegen sie führen, aber gegen die größeren Feinde – Hunger, Krankheit, schlechtes Wetter, den Verlust arbeitsfähiger Männer – war er machtlos.

»Ich habe keine Gewalt über das Wetter, mein Freund. Was wünschst du, das ich tun soll?«

»Es hat eine Zeit gegeben – so erzählte mir mein Großvater –, als das Volk der Comyn, das Turmvolk, Zauberinnen und Zauberer, ihre Sternensteine benutzen konnten, um Wunden zu heilen. Eduin ...« – er wies auf den Gardisten an Dom Estebans Seite – »... hat gesehen, wir Ihr Caradoc heiltet, damit er sich nicht zu Tode blutete, als sein Bein vom Schwert eines Katzenwesens bis auf den Knochen durchgeschnitten war. Könnt Ihr so etwas nicht für uns tun, *Vai Dom?*«

Unbewusst schlossen sich Damons Finger um den kleinen Lederbeutel an seinem Hals, der den Matrix-Kristall enthielt. Man hatte ihm ihn in Arilinn gegeben, als er Psi-Techniker wurde. Ja, er konnte einiges von diesen Dingen tun. Aber da er aus dem Turm weggeschickt worden war – ihm wurde die Kehle eng vor Furcht und Widerwillen. Es war schwer, gefährlich, Angst erregend, auch nur daran zu denken, es außerhalb eines Turms zu tun, ungeschützt von dem elektromagnetischen Schleier, der die Matrix-Techniker vor eindringenden Gedanken und Gefahren abschirmte ...

Aber die Alternative war der Tod oder die Verkrüppelung dieser Männer, unbeschreibliches Leiden in den Dörfern, zumindest Hunger und Unterernährung.

Er sagte, und er merkte, dass seine Stimme zitterte: »Es ist so lange her, ich weiß nicht, ob ich es noch kann. Onkel ...«

Dom Esteban schüttelte den Kopf. »Derartige Fähigkeiten habe ich nie gehabt, Damon. In der kurzen Zeit, die ich dort verbrachte, habe ich auf dem Gebiet der Kommunikation an den Relais gearbeitet. Ich hatte gedacht, das meiste dieser Heilkunst sei im Zeitalter des Chaos verloren gegangen.«

Damon schüttelte den Kopf. »Nein, etwas davon wurde in Arilinn gelehrt, als ich dort war. Aber allein vermag ich nicht viel.«

Raimon stellte fest: »Die Domna Callista, sie war eine *Leronis* ...«

Das war nur zu wahr. Damon mühte sich, seine Stimme unter Kontrolle zu halten. »Ich will sehen, was wir tun können. Im Augenblick ist das Wichtigste, die Blutzirkulation auf natürliche Weise wiederherzustellen. – Ferrika«, sagte er zu der jungen Frau, die mit Phiolen und Flaschen voller Kräutersalben und Extrakten zurückgekehrt war, »ich überlasse jetzt dir die Pflege dieser Männer. Ist Lady Callista noch oben bei meiner Frau?«

»Sie ist im Destillierraum, *Vai Dom.* Sie hat mir geholfen, das hier zusammenzusuchen.«

Der Destillierraum lag an einem engen Durchgang neben der Küche. Es war ein schmaler Raum mit Steinfußboden, an dessen Wänden Regale standen. Callista, ein verblasstes blaues Tuch über das Haar gebunden, sortierte Bündel getrockneter Kräuter. Andere hingen von den Dachbalken oder waren in Flaschen und Krüge gestopft. Der stechende Kräutergeruch ließ Damon die Nase krausen. Callista drehte sich zu ihm um.

»Ferrika erzählte mir, dass du ein paar schlimme Fälle von Frostbeulen und Erfrierungen hast. Soll ich kommen und bei den heißen Packungen helfen?«

»Du kannst etwas Besseres tun«, erwiderte Damon, und wieder legte sich seine Hand unbewusst über seine isolierte Matrix. »Ich muss bei den schwersten Fällen eine Zellregeneration hervorrufen, oder Ferrika und ich werden letzten Endes ein Dutzend Finger und Zehen abschneiden müssen, wenn nicht noch Schlimmeres passiert. Aber ich kann es nicht allein tun; du musst die Überwachung übernehmen.«

»Natürlich«, sagte sie schnell, und auch ihre Hände hoben sich automatisch zu der Matrix an ihrem Hals. Sie begann bereits, die Krüge auf die Regale zurückzustellen. Dann drehte sie sich um – und erstarrte, die Augen in panischer Angst aufgerissen.

»Damon, ich kann es nicht!« Sie stand in der Tür, verkrampft, ein Teil von ihr im Begriff zu handeln, ein Teil in Erkenntnis der Situation entsetzt zurückweichend.

»Ich habe meinen Eid zurückgegeben! Es ist mir verboten!«

Damon sah sie voller Bestürzung an. Er hätte verstehen können, wenn Ellemir, die nie in einem Turm gelebt hatte und wenig mehr wusste als ein Außenseiter, diesen alten Aberglauben ausgesprochen hätte. Aber Callista, die eine Bewahrerin gewesen war?

»*Breda*«, sagte er sanft mit der federleichten Berührung ihres Ärmels, die unter den Leuten von Arilinn üblich war, »ich verlange von dir ja nicht die Arbeit einer Bewahrerin. Ich weiß, du kannst die großen Relais und Energon-Ringe nie mehr betreten – das ist für jene, die abgesondert leben und ihre Kräfte hinter der Abschirmung bewahren. Ich bitte dich nur um eine einfache Überwachungstätigkeit, wie sie jede Frau ausüben kann, die nicht nach den für eine Bewahrerin geltenden Gesetzen lebt. Ich würde ja Ellemir darum bitten, aber sie ist schwanger, und deshalb wäre es nicht klug. Du weißt doch, dass du diese Fähigkeit nicht verloren hast; du wirst sie nie verlieren.«

Sie schüttelte hartnäckig den Kopf. »Ich kann nicht, Damon. Du weißt, alle im Turm erlernten Tätigkeiten werden alte Gewohnheiten, alte ... Verhaltensmuster, die ich brechen muss, von neuem verstärken.« Regungslos stand sie da, schön, stolz, zornig, und Damon verfluchte innerlich die abergläubischen Tabus, die man sie gelehrt hatte. Wie konnte sie an diesen Unsinn glauben? Er wurde ärgerlich. »Machst du dir klar, was hier auf dem Spiel steht, Callista? Weißt du, zu welchen Leiden du diese Männer verdammst?«

»Ich bin nicht die einzige Telepathin in Armida!«, schleuderte sie ihm entgegen. »Ich habe Jahre meines Lebens dafür geopfert, jetzt ist es genug! Ich hätte gedacht, gerade du unter allen lebenden Menschen würdest mich verstehen!«

»Verstehen!« Zorn und Enttäuschung stiegen in ihm auf. »Ich verstehe, dass du selbstsüchtig bist! Willst du den Rest deines Lebens damit verbringen, Löcher in Leintüchern zu zählen und Gewürze für Kräuterbrot herzustellen? Du, die du Callista von Arilinn gewesen bist?«

»Lass mich!« Sie zuckte zusammen, als habe er sie geschlagen. Ihr Gesicht war schmerzverzerrt. »Was versuchst du mir anzutun, Damon? Meine Wahl ist getroffen, und es gibt keinen Weg zurück, selbst wenn ich es wollte! Ob zum Guten oder Schlechten, ich habe meine Wahl getroffen! Glaubst du, dass –« Ihre Stimme brach, und sie wandte sich ab, damit er sie nicht weinen sah. »Glaubst du, ich habe mich nicht selbst gefragt – immer wieder und wieder –, was ich da wirklich getan habe?« Mit verzweifeltem Aufstöhnen barg sie das Gesicht in den Händen. Sie konnte nicht sprechen, sie konnte nicht einmal mehr den Kopf heben, ihr ganzer Körper zuckte unter dem furchtbaren Kummer, der sie entzweiriss. Damon spürte die Todesqual, die sie zu überwältigen drohte und die sie nur mit verzweifelter Anstrengung in Schach hielt.

Du und Ellemir, ihr habt euer Glück, sie trägt bereits dein Kind. Und Andrew und ich, Andrew und ich ... ich bin noch nicht einmal fähig gewesen, ihn zu küssen, ich habe noch nie in seinen Armen gelegen, habe seine Liebe nicht kennen gelernt ...

Damon drehte sich um und lief blindlings aus dem Destillierraum. Hinter ihm brach sie in Schluchzen aus. Die Entfernung bedeutete keinen Unterschied, ihr Leid war *da,* in ihm, *innerhalb* von ihm. Er wurde davon überflutet und zerrissen, er kämpfte, eine Abschirmung aufzurichten, dies überscharfe Bewusstsein ihrer Pein abzuschneiden. Damon war ein Ridenow, ein Empath, und Callistas Empfindungen trafen ihn so tief, dass er, von ihrem Schmerz geblendet, durch den Korridor taumelte und nicht wusste, wo er war und wohin er ging.

Gesegnete Cassilda! dachte er. *Ich wusste, dass Callista unglücklich war, aber ich hatte keine Ahnung, dass es so ist ... Die Tabus, von denen eine Bewahrerin umgeben ist, sind so stark, und sie ist mit Geschichten über die Strafen aufgewachsen, die eine Bewahrerin ereilen, wenn sie ihren Eid bricht ... Ich kann nicht, ich kann nicht von ihr verlangen, etwas zu tun, das ihre Qualen auch nur um einen einzigen Tag verlängert ...*

Nach einiger Zeit gelang es ihm, den Kontakt zu unterbrechen, sich in sich selbst zurückzuziehen – oder hatte Callista ihre strenge Selbstbeherrschung zurückgewonnen? – und gegen alle Hoffnung zu hoffen, dass ihr Ausbruch Ellemir nicht erreicht hatte. Dann dachte er darüber nach, welche anderen Möglichkeiten er hatte? Andrew? Der Terraner war nicht ausgebildet, aber ein starker Telepath. Und Dezi – selbst wenn er nach ein paar Monaten oder so aus Arilinn weggeschickt worden war, musste er die grundlegenden Techniken kennen.

Ellemir war nach unten gekommen und half Dezi in der unteren Halle dabei, die Füße der weniger schwer verletzten Männer zu baden und zu verbinden. Die Männer stöhnten und schrien vor Schmerz auf, als die Blutzirkulation in ihren erfrorenen Gliedern wieder einsetzte, aber obwohl ihre Leiden schrecklich waren, wusste Damon, dass sie weit besser davongekommen waren als die anderen Männer.

Einer der Männer blickte mit schmerzverzerrtem Gesicht zu ihm auf und flehte: »Können wir denn keinen Schluck Alkohol bekommen, Lord Damon? Es mag ja unseren Füßen nichts helfen, aber es würde den Schmerz dämpfen.«

»Es tut mir Leid«, bedauerte Damon. »Ihr könnt so viel Suppe und heiße Speisen haben, wie ihr wollt, aber weder Wein noch Schnaps, denn das ist Gift für den Blutkreislauf. Bald wird Ferrika euch etwas bringen, das den Schmerz lindert und euch hilft zu schlafen.« Aber es würde mehr vonnöten sein, um den anderen Männern zu helfen, jenen, deren Füße ernste Erfrierungen hatten.

Er sagte: »Ich muss zurück und nach euren Kameraden sehen, denjenigen, die am schlimmsten dran sind. Dezi ...«

Der rothaarige Junge sah hoch, und Damon bat ihn: »Wenn du diese Männer versorgt hast, komm zu mir, damit wir etwas besprechen können, ja?«

Dezi nickte und beugte sich wieder über den Mann, dessen Füße er mit einer stark riechenden Salbe bedeckte und dann verband. Damon bemerkte, dass seine Hände geschickt waren und dass er schnell und sachverständig arbeitete. Damon blieb neben Ellemir stehen, die eine Binde um erfrorene Finger wickelte, und mahnte: »Sieh dich vor, dass du nicht zu schwer arbeitest, mein Liebling.«

Ihr Lächeln war schnell und fröhlich. »Oh, krank bin ich immer nur früh am Morgen. Wenn es später am Tag ist, so wie jetzt, habe ich mich nie besser gefühlt! Damon, kannst du etwas für die armen Kerle da drin tun? Darrill und Piedro und Raimon haben mit Callista und mir gespielt, als wir kleine Mädchen waren, und Raimon ist Domenics Pflegebruder.«

»Das wusste ich nicht«, gestand Damon erschüttert. »Ich werde alles für sie tun, was ich kann, Liebes.«

Er ging dahin zurück, wo Ferrika die am schlimmsten verletzten Männer behandelte, und begann nun ebenfalls, als erste Maßnahme Packungen und Verbände anzubringen und ihnen starke Drogen einzugeben, die den Schmerz betäubten oder zumindest abstumpften. Aber das war, wie er wusste, nur ein Anfang. Ohne bessere Hilfe, als Ferrika und ihre Kräutermedizinen ihnen bringen konnten, würden die Männer sterben oder fürs Leben verkrüppelt werden. Zumindest würden sie Zehen und Finger verlieren und monatelang hilflos und unbeweglich daliegen.

Callista hatte inzwischen ihre kühle Selbstbeherrschung zurückgewonnen und arbeitete mit Ferrika daran, Packungen zu machen. Die Anregung der Blutzirkulation war das einzige Mittel, bei dem einen oder anderen noch die Füße zu retten, und wenn das Gefühl in einen Teil ihrer Glieder zurückkehrte, war es ein Sieg. Damon beobachtete Callista mit dumpfer Traurigkeit. Einen Vorwurf machte er ihr im Grunde nicht. Es wurde ihm selbst schwer, seine eigene Unruhe zu ersticken, die ihn bei dem Gedanken überkam, zur Matrix-Arbeit zurückzukehren.

Leonie hatte ihm gesagt, er sei zu empfindsam, zu verwundbar, und wenn er mit der Arbeit fortfahre, werde sie ihn zerstören.

Sie hatte außerdem gesagt, wenn er eine Frau wäre, würde er eine gute Bewahrerin abgeben.

Er ermahnte sich streng, dass er das damals nicht geglaubt habe und dass er sich weigere, es jetzt zu glauben. Jeder gute Matrix-Mechaniker konnte die Arbeit einer Bewahrerin verrichten, hielt er sich vor. Doch er empfand kalte Furcht, es außerhalb der sicheren Mauern eines Turms zu tun.

Aber hier war der Ort, wo die Arbeit nötig war, und hier musste sie getan werden. Vielleicht war der Bedarf an Matrix-Mechanikern außerhalb eines Turms größer als drinnen ... Damon kam zu Bewusstsein, wohin seine Gedanken sich verirrten, und erschauerte wegen der Blasphemie. Die Türme – Arilinn, Hali, Neskaya, Dalereuth und die anderen über die Domänen verstreuten – waren der einzige Weg, auf dem die alten Matrix-Wissenschaften Darkovers nach ihrem schrecklichen Missbrauch im Zeitalter des Chaos sicher gemacht worden waren. Unter der Überwachung der Bewahrerinnen – durch Eid gebunden, abgeschlossen, jungfräulich, leidenschaftslos, unberührt von den politischen und privaten Spannungen der Comyn – wurde jeder Matrix-Arbeiter sorgfältig geschult und auf seine Vertrauenswürdigkeit hin überprüft, wurde jede Matrix überwacht und gegen Missbrauch geschützt.

Und wenn eine Matrix illegal benutzt wurde, außerhalb eines Turms und ohne seine Erlaubnis, dann kam es zu Katastrophen wie der, als die Große Katze Dunkelheit, Wahnsinn, Zerstörung und Tod über die Kilghardberge geworfen hatte ...

Damons Finger wanderten zu seiner eigenen Matrix. Er hatte sie außerhalb eines Turms benutzt, um die Große Katze zu vernichten und die Berge von ihrem Terror zu reinigen. Das war kein Missbrauch gewesen. Und auch das beabsichtigte Heilen war kein Missbrauch; es war legitim, geheiligt. Er war ein ausgebildeter Matrix-Arbeiter, doch er fühlte sich nervös und unbehaglich.

Endlich waren alle Männer, die leicht und die schwer verletzten, mit Salben, Verbänden und Essen versorgt und in den hinteren Räumen zur Ruhe gebracht worden. Die am schwersten Leidenden waren mit Ferrikas schmerztötenden Tränken betäubt, und Ferrika blieb mit einigen ihrer Frauen bei ihnen und wachte über sie. Aber Damon wusste, es würden sich wohl viele der Männer ohne weitere Behandlung als gute Pflege und heilende Öle erholen, einige jedoch nicht.

Mittägliche Stille hatte sich über Armida niedergesenkt. Ferrika wachte bei den verletzten Männern; Ellemir kam, um mit ihrem Vater Karten zu spielen, und auf Dom Estebans Bitten hin holte Callista ihre Harfe, legte sie auf ihren Schoß und begann, die Saiten zu stimmen. Damon, der sie scharf beobachtete, stellte fest, dass sie nur ruhig schien.

Ihre Augen waren immer noch rot und ihre Finger weniger sicher als sonst, als sie die ersten Akkorde anschlug.

Was dringt für ein Laut vom Moor herein?
Oh, gib Acht!
Hör, Mutter, hör, wie es saust und kracht! –
Der Wind an der Tür, mein Kind, wird es sein
im Dunkel der Nacht.

Klappern dort Hufe über den Stein?
Oh, gib Acht!
Hat das Geräusch ein Reiter gemacht? –
Die Zweige, die fallen aufs Dach, werden's sein
im Dunkel der Nacht.

War das ein Gesicht am Fenster dort?
Oh, gib Acht!
Ein dunkler Fremder ...

Damon stand leise auf und winkte Dezi, ihm zu folgen. Auf dem Korridor sagte er: »Dezi, ich weiß sehr gut, dass man niemals fragt, warum irgendwer einen Turm verlassen hat. Aber würde es dir etwas ausmachen, mir im strengsten Vertrauen zu sagen, warum du von Arilinn fortgegangen bist?«

Dezi sah missmutig drein. »Nein, das möchte ich nicht. Warum sollte ich?«

»Weil ich deine Hilfe brauche. Du hast gesehen, in welchem Zustand diese Männer sind, du weißt, dass wenigstens vier von ihnen bei einer Behandlung, die nur aus warmem Wasser und Kräutersalben besteht, niemals wieder laufen werden. Und zumindest Raimon wird sterben. Du weißt also, was ich werde tun müssen.«

Dezi nickte, und Damon fuhr fort: »Du weißt ebenfalls, dass ich jemanden brauche, der die Überwachung übernimmt. Und wenn du wegen Unfähigkeit entlassen wurdest, könnte ich es nicht wagen, dich einzusetzen.«

Lange herrschte Schweigen. Dezi starrte auf die schieferfarbenen Fliesen des Fußbodens, und aus der Großen Halle klangen die Töne der Harfe und Callistas Stimme:

Warum liegt mein Vater dort stumm und bleich?
Oh, gib Acht!
Vom Speer eines Feindes ums Leben gebracht ...

»Es war keine Unfähigkeit«, stieß Dezi hervor. »Ich weiß selbst nicht recht, warum sie den Entschluss fassten, ich müsse gehen.« Das klang aufrichtig, und Damon, der genug Telepath war, um zu wissen, wenn man ihn belog, sagte sich, wahrscheinlich sei es auch aufrichtig. »Ich kann mir nur denken, dass sie mich dort nicht leiden mochten. Oder vielleicht ... wussten sie, dass ich nicht einmal ein anerkannter *Nedestro* bin, nicht gut genug für ihr kostbares Arilinn, wo Blut und Abstammung alles bedeuten.«

Damon konnte es sich nicht vorstellen; auf diese Weise arbeiteten die Türme nicht. Aber er war sich nicht ganz sicher. Arilinn war nicht der älteste Turm, aber der stolzeste. Er rühmte sich mehr als neunhundert Generationen reinen Comyn-Blutes, und er rühmte sich außerdem, die erste Bewahrerin sei eine Tochter von Hastur selbst gewesen. Damon glaubte das nicht, denn zu wenig geschichtliche Kenntnisse hatten das Zeitalter des Chaos überlebt.

»Komm, komm, Dezi, wenn du den Schleier durchschreiten konntest, wussten sie doch, dass du Comyn oder von Comyn-Blut bist, und ich halte es für unwahrscheinlich, dass es ihnen auf eine formelle Anerkennung ankam.« Aber ihm war klar, nichts, was er sagte, konnte die verletzte Eitelkeit des Jungen durchdringen. Und Eitelkeit war eine gefährliche Schwäche bei einem Matrix-Mechaniker.

Die Turmkreise hingen völlig von dem Charakter der jeweiligen Bewahrerin ab. Leonie war eine stolze Frau. Sie war es gewesen, als Damon sie kannte, mit der ganzen Arroganz einer Hastur, und in den inzwischen vergangenen Jahren hatte sie nichts von diesen Eigenschaften eingebüßt. Vielleicht hatte sie persönlich daran Anstoß genommen, dass es Dezi an einem richtigen Stammbaum mangelte. Oder vielleicht hatte er Recht, und sie konnten ihn dort einfach nicht leiden ... Jedenfalls machte das hier keinen Unterschied. Damon hatte keine Wahl. Andrew war ein starker Telepath, aber im Wesentlichen ungeschult. Wenn Dezi auch nur ein halbes Jahr in einem Turm verbracht hatte, war er in den Grundbegriffen der Kunst mit äußerster Sorgfalt unterrichtet worden.

»Kannst du überwachen?«

Dezi sagte: »Prüfe mich.«

Damon zuckte die Schultern. »Na gut.«

In der Halle erhob sich Callistas Stimme klagend:

Was war dieser Schrei, den der Sturm verweht?
Oh, gib Acht!
Schwarze Verzweiflung hat ihn entfacht.
Einer Witwe Fluch, einer Waise Gebet ...

»Zandrus Hölle!«, explodierte Dom Esteban in voller Lautstärke. »Warum singst du ein so jammervolles Lied, Callista? Weinen und Trauern, Tod und Verzweiflung! Wir sind nicht bei einer Beerdigung! Sing etwas Fröhlicheres, Mädchen!«

Es gab einen kurzen Misston, als hätten Callistas Hände eine Dissonanz auf der Harfe gegriffen. Ihre Stimme schwankte. »Ich fürchte, ich bin nicht in der richtigen Stimmung zum Singen, Vater. Ich bitte dich, mich zu entschuldigen.«

Damon fühlte, wie etwas seinen Geist berührte, schnell und fachmännisch und so vollkommen abgeschirmt, dass er nie erraten hätte, wer es gewesen war, wenn er Dezi nicht beobachtet hätte. Er spürte das zarte, tiefe Eindringen. Dann sagte Dezi: »Du hast einen schiefen Backenzahn. Stört er dich?«

»Nicht mehr, seit ich ein Junge war«, antwortete Damon. »Tiefer?«

Dezis Gesicht wurde ausdruckslos, sein Blick glasig. Einen Augenblick später sagte er: »Dein Knöchel – der linke – ist an zwei Stellen gebrochen, als du noch ganz jung warst. Die Heilung muss lange Zeit gebraucht haben, denn da sind Narben, wo ziemlich viel später noch Knochensplitter ausgetreten sind. Ein feiner Riss ist in deiner dritten – nein, der vierten – Rippe vom Brustbein. Du dachtest, es sei nur eine Prellung, und sagtest es Ferrika nicht, als du im Herbst aus dem Krieg mit den Katzenwesen heimkehrtest, aber du irrtest dich, sie war gebrochen. An deiner Wade ist eine kleine Narbe – senkrecht, etwa vier Zoll lang. Sie wurde von einem scharfen Instrument gemacht, aber ich weiß nicht, ob von einem Messer oder einem Schwert. Letzte Nacht träumtest du ...«

Damon nickte lachend. »Genug! Du kannst tatsächlich überwachen.« Warum, im Namen Aldones, hatten sie Dezi gehen lassen? Er war ein Telepath mit überragenden Fähigkeiten. Nach einer dreijährigen Ausbildung in Arilinn wäre er dem Besten in den Domänen gewachsen gewesen! Dezi empfing den Gedanken und lächelte, und wieder hatte Damon einen unruhigen Augenblick. Nicht wegen Unfähigkeit, und auch nicht wegen Mangel an Selbstvertrauen. War es dann seine Eitelkeit?

Oder war ein persönlicher Zusammenstoß die Ursache? Hatte sich jemand dort befunden, der nicht im Stande oder nicht willens war, mit dem Jungen zu arbeiten? Die Turmkreise waren so intim, enger verbunden als Liebende oder Verwandte, dass die leichteste emotionale Dissonanz sich bis zur Folter zu steigern vermochte. Damon wusste, dass Dezi einem auf die Nerven gehen konnte. Er war jung, empfindlich, leicht beleidigt. Vielleicht war er einfach zur falschen Zeit in den Turm gekommen, in eine bereits sehr eng verbundene Gruppe, die keinen Außenseiter mehr aufnehmen konnte und einen weiteren Arbeiter nicht so dringend brauchte.

Es brauchte gar nicht Dezis Fehler gewesen zu sein, überlegte Damon. Vielleicht, wenn er sich bei dieser Arbeit bewährte, würde ein anderer Turm ihn nehmen. Es bestand ein schreiender Bedarf nach starken natürlichen Telepathen, und Dezi war begabt, zu begabt, um verschwendet zu werden. Damon sah das zufriedene Lächeln und erkannte, dass Dezi den Gedanken aufgefangen hatte, aber darauf kam es nicht an. Ein kurzer vorwurfsvoller Gedanke, dass Eitelkeit eine gefährliche

Schwäche für einen Matrix-Techniker sei – und Dezi fing auch diesen auf –, schien genug.

»Gut«, erklärte Damon, »wir werden es versuchen. Es ist keine Zeit zu verlieren. Glaubst du, du kannst mit mir und Andrew arbeiten?«

Dezi meinte verdrießlich: »Andrew kann mich nicht leiden.«

»Du bist immer zu schnell mit dem Verdacht bei der Hand, dass die Leute dich nicht leiden können«, schalt Damon ihn freundschaftlich. Es war schlimm genug für Dezi, zu wissen, dass er ihn gewählt hatte, weil Callista sich weigerte! Aber auf Callistas Leid musste er Rücksicht nehmen. Und Ellemir sollte so früh in ihrer Schwangerschaft diese Arbeit nicht tun. Das ungeborene Kind konnte dabei zu Schaden kommen, und so war Schwangerschaft fast das Einzige, was eine Matrix-Arbeiterin für einige Zeit außer Gefecht setzte. Und in den letzten ein oder zwei Tagen hatte er, mit Ellemir verbunden, die ersten schwachen Ausstrahlungen des sich entwickelnden Gehirns empfangen.

Es müsste einen Weg geben, auch das zu kompensieren, dachte er, einen Weg, das sich entwickelnde Kind zu schützen. Aber er kannte keinen, und er dachte nicht daran, Experimente mit seinem eigenen Kind zu machen! So waren es also er selbst, Andrew und Dezi.

Als Damon kurz darauf mit Andrew sprach, runzelte dieser die Stirn. »Ich kann nicht sagen, ich sei hellauf begeistert davon, mit Dezi zusammenzuarbeiten.« Doch auf Damons Vorhaltungen hin gab er zu, es sei eines Erwachsenen nicht würdig, einem Jungen etwas nachzutragen, das er in betrunkenem Zustand getan hatte.

»Und Dezi ist jung für sein Alter«, gab Damon noch zu bedenken. »Wäre er als *Nedestro* anerkannt worden, hätte er mit seinen Privilegien auch Verantwortung übertragen bekommen. Ein oder zwei Jahre bei den Kadetten hätten einen großen Unterschied bedeutet, oder auch ein Jahr harter, mönchischer Disziplin in Nevarsin. Es ist unsere Schuld, nicht die Dezis, dass er sich zu dem entwickelt hat, was er heute ist.«

Andrew widersetzte sich nicht länger, aber wohl war ihm auch nicht zumute. Ganz gleich, wessen Schuld es war, dass Dezi charakterliche Mängel hatte, Andrew war es unangenehm, mit ihm zu arbeiten.

Aber Damon musste wissen, was er tat. Andrew sah ihm bei den Vorbereitungen zu und rief sich ins Gedächtnis zurück, was er über den Gebrauch einer Matrix bereits gelernt hatte. Damals war Callista Teil der geistigen Verschmelzung gewesen, obwohl sie noch in den Höhlen gefangen lag und er sie mit körperlichen Augen noch nie gesehen hatte. Und jetzt war sie keine Bewahrerin mehr, jetzt war sie seine Frau ...

Damon hielt seine eigene Matrix in beiden hohlen Händen und erklärte mit verlegenem Lächeln: »Ich habe immer Angst, das außerhalb eines Turms zu tun. Nie verliere ich die Furcht, es sei nicht sicher. Das mag eine absurde Furcht sein, aber sie ist real.«

Dezi meinte leise: »Ich bin froh, dass du dich auch fürchtest, Damon. Ich bin froh, dass ich es nicht allein bin.«

Damons Stimme zitterte. »Meiner Meinung nach sollte jemand, der sich nicht davor fürchtet, diese Art von Energie zu entfesseln, auch keine Gewalt darüber haben dürfen. Die Kräfte wurden im Zeitalter des Chaos dermaßen missbraucht, dass Regis Hastur der Vierte ein Gesetz erließ, nach dem von diesem Tage an kein Matrix-Kreis mehr außerhalb der anerkannten Türme die großen Schirme und Relais benutzen durfte. Das Gesetz bezog sich nicht auf Arbeiten wie unsere hier, aber trotzdem hat man das Gefühl, ein Tabu zu verletzen.« Er wandte sich an Andrew. »Wie würde man Erfrierungen in *deiner* Welt behandeln?«

Andrew dachte nach. »Die beste Behandlung ist die arterielle Injektion von Nervenstimulanzien, Azetylcholin oder etwas Ähnliches. Vielleicht auch eine Transfusion, aber die Medizin ist wirklich nicht mein Fach.«

Damon seufzte. »Ich bin zu dieser Arbeit öfter gezwungen worden, als mir lieb war. Nun ja, fangen wir an damit.« Er ließ seine Gedanken tief in die Matrix sinken und begann, den Kontakt mit Andrew herzustellen. Sie hatten sich früher schon zusammengeschlossen, und der alte Rapport baute sich schnell von selbst auf. Für einen Augenblick war da eine schattenhafte Berührung von Ellemir, nur ein Hauch wie die schwache Erinnerung an einen Kuss. Auf Damons Ermahnung hin ließ sie sich schnell aus dem Rapport fallen. Sie musste jetzt an sich und ihr Kind denken. Ganz kurz erschien auch Callista in der alten Verbundenheit, und Andrew klammerte sich an den Kontakt. Schon so lange hatte sie nicht einmal mehr seine Hand berührt, und jetzt waren sie wieder miteinander verbunden, waren sich nahe – und dann riss sie sich mit hartem Ruck los und war verschwunden. Andrew fühlte sich leer und kalt ohne die Berührung ihrer Gedanken, und er nahm den herzzerreißenden Nachgeschmack von Kummer wahr. Froh war er nur, dass Dezi noch nicht im Rapport war. Dann reichte Damon mit seinem Geist hinaus, und Andrew spürte, dass Dezi sich ihnen beigesellte, abgeschirmt, aber ganz und gar *da,* kühl und fest wie ein Händedruck.

Die dreifache Verbindung blieb für einen Augenblick bestehen. Damon bekam ein Gefühl für die beiden Männer, mit denen er so eng verbunden arbeiten musste. Mit geschlossenen Augen, wie immer in einem Kreis, sah er hinter seinen Lidern die blaue kristalline Struktur des Matrix-Steins, der sie zusammenhielt, die elektronischen Resonanzen der einzelnen Gehirne verstärkte und hinaussandte und die Persönlichkeit eines jeden deutlich erkennbar machte. Andrew war stark wie ein Fels, ein Beschützer, und Damon stellte erleichtert fest, dass sein eigener Mangel an Kraft nicht entscheidend war ... Andrew hatte genug für sie beide. Dezi war pfeilschnelle Präzision, ein Bewusstsein, das hierhin und dahin schoss wie Lichtspiegelungen von einem Prisma. Damon öffnete die Augen und sah sie beide. Es war schwierig, die körperliche Anwesenheit mit dem mentalen *Gefühl* innerhalb der Matrix in Einklang zu bringen.

Dezi sah – äußerlich – Coryn, seinem lange toten Freund und geschworenen Bruder, sehr ähnlich. Zum ersten Mal stieg in Damon die Frage auf, wie viel seiner Liebe zu Ellemir aus dieser Erinnerung an den Bruder-Freund erwachsen war, den er so heiß geliebt, als sie Kinder waren, und dessen Tod ihn allein gelassen hatte. Ellemir war wie Coryn und doch anders, einzigartig, ganz sie selbst – er schnitt den Gedanken ab. Er durfte in dieser engen telepathischen Verbindung nicht an Ellemir denken, oder er würde sie hereinziehen, und dieser starke Rapport, dieser Energonenfluss konnte das sich entwickelnde Gehirn des Kindes überfluten und deformieren. Schnell nahm er den Kontakt mit Dezi und Andrew auf und begann, eine starke, undurchdringliche Mauer um sie zu visualisieren, sie auf der gedanklichen Ebene, auf der sie arbeiten würden, zu erschaffen. Keine andere Person auf Armida konnte jetzt von ihren Gedanken beeinflusst werden.

Um die Männer zu heilen, wollen wir sie einen nach dem anderen hinter diese Mauer holen, damit nichts durchsickert, was Ellemir oder dem Kind schaden, Callistas Frieden stören oder Dom Estebans Schlaf beunruhigen könnte.

Er wusste, es war nur eine psychische Schranke, überhaupt nicht mit dem elektromentalen Netz um Arilinn zu vergleichen, das stark war wie die Mauern des Turms selbst und Eindringlinge im Körper und im Geist fern hielt. Aber diese Schranke hatte auf der Ebene, wo sie arbeiten würden, ihre eigene Realität: Sie schirmte sie vor Störungen von außen ab und verhinderte so, dass irgendwer in Armida ihre Gedanken auffing und schwächte oder verzerrte. Außerdem fokussierte sie die heilende Kraft auf diejenigen, die sie brauchten.

»Bevor wir anfangen, wollen wir uns ganz klarmachen, was wir tun werden«, sagte Damon. Ferrika hatte einige recht gut gezeichnete anatomische Schaubilder. Sie hatte die Frauen des Dorfes in den Anfangsgründen der Hygiene unterrichtet, eine Neuerung, die Damons ungeteilten Beifall fand, und er hatte sich einige Tafeln von ihr entliehen. Die Bilder, die sie beim Unterricht von Schwangeren benutzte, hatte er zurückgelassen und sich auf Darstellungen des Blutkreislaufs beschränkt. »Seht her, wir müssen die Zirkulation und den heilenden Blutzufluss in die Beine und Füße wiederherstellen, die gefrorene Lymphe verflüssigen und das träge Blut beschleunigen. Dann werden wir versuchen, die von den Erfrierungen beschädigten Nervenfasern zu reparieren.«

Andrew hörte Damon von ihrem Vorhaben in ebenso sachlicher Weise sprechen, wie ein terranischer Mediziner eine intravenöse Injektion beschrieben hätte, und blickte voller Unbehagen auf die Matrix in seinen Händen. Er bezweifelte nicht, dass Damon alles tun konnte, was er zu können behauptete, und er hatte den besten Willen, ihm zu helfen. Aber er dachte doch, sie seien ein höchst unwahrscheinliches medizinisches Team.

Die Männer lagen in dem Raum, in den man sie gebracht hatte. Die meisten schliefen noch, von Drogen betäubt, aber Raimon war wach. Seine Augen glänzten vor Fieber, sein Gesicht war rot und schmerzgequält.

Damon sagte freundlich: »Wir sind gekommen, um für dich zu tun, was wir können, mein Freund.«

Er entblößte die Matrix in seinen Händen. Der Mann zuckte zusammen.

»Zauberei«, murmelte er. »Diese Dinge sind für die Hali'imyn...«

Damon schüttelte den Kopf. »Eine Fertigkeit, die jeder, dem die Begabung dazu angeboren ist, ausüben kann. Andrew hier ist weder als Comyn geboren noch von der Rasse Cassildas, und doch ist er zu dieser Arbeit fähig und hilft uns.«

Raimons fieberglänzende Augen hefteten sich auf die Matrix. Damon sah, wie sein Gesicht sich verzerrte. Trotz seines immer stärker werdenden euphorischen Rapports mit dem Stein gelang es ihm, sich so weit davon loszulösen, dass er dem anderen raten konnte: »Sieh nicht direkt in die Matrix, Freund, denn du bist darin nicht geschult, und sie wird deinen Augen und deinem Gehirn wehtun.«

Der Mann wandte die Augen ab und machte eine abergläubische Geste. Von neuem ärgerte Damon sich, aber er ließ es sich nicht anmerken. »Leg dich hin, versuche zu schlafen, Raimon«, sagte er, und dann befahl er: »Dezi, gib ihnen noch eine Dosis von Ferrikas Schlafmittel. Wenn sie schlafen, während wir arbeiten, können sie uns nicht dazwischenpfuschen.« Wenn sie schliefen, empfanden sie keine Angst, und ängstliche Gedanken konnten die behutsame, delikate Arbeit des Helfens stören.

Ein Jammer, dass Ferrika diese Arbeit nicht lernen konnte, dachte Damon. Er hätte gern gewusst, ob sie nicht doch eine Spur von *Laran* besaß. Wenn zu ihren medizinischen Kenntnissen noch die Fähigkeit käme, eine Matrix zu benutzen, würde sie für alle Menschen auf dem Gut von unschätzbarem Wert sein.

Das ist die Aufgabe, die Callista übernehmen sollte, statt sich um Dinge zu kümmern, die jede dumme Hausfrau tun kann!, dachte er.

Raimon schluckte das Schlafmittel und sank benommen in seine Kissen. Nun fasste Damon vorsichtig mit seinen Gedanken nach ihm und nahm die Fäden des Kontakts auf. Andrew, der seine Matrix im Rhythmus seines Atems aufleuchten sah, spürte, wie Damon zufasste und sein Bewusstsein auf ihn, Andrew, und Dezi richtete. Andrew hatte den subjektiven Eindruck – obwohl Damon sich nicht bewegte und die beiden anderen nicht berührte –, als stütze er sich auf sie und senke dann seine Wahrnehmungsfähigkeit in den Körper des Verletzten. Andrew nahm die Spannung in dem zerstörten Fleisch wahr, die zerrissenen Blutgefäße, das dicke, stockende Blut, das welke, breiige Gewebe, das wie gefrorenes und wieder aufgetautes Fleisch war. Er erlebte damit, wie Damon das alles erkannte, wie er es mit etwas Ähnlichem wie gedanklichen Fingern untersuchte, die durch Fasernbündel verlaufenden beschädigten Nerven in Knöcheln, Zehen, Flechsen, Sehnen ... *Da ist nicht viel zu machen.* Als lägen sie unter seinen eigenen Fingerspitzen, fühlte Andrew die angespannten Sehnen, fühlte, wie sie sich unter Damons Berührung lockerten, fühlte von neuem Impulse durch die zerrissenen Fibern strömen. Die Oberfläche der Fibern würden niemals mehr völlig verheilen, aber wenn sich wieder Impulse in ihnen bewegten, kehrte das Gefühl zurück. Damon zuckte unter dem Schmerz in den wiederhergestellten Nervenfasern zusammen. *Nur gut, dass ich Raimon das Schlafmittel habe geben lassen; in wachem Zustand hätte er die Qual nicht ausgehalten.* Dann begann er, mit leisen, rhythmischen Anstößen die Zirkulation in den von dickem Blut beinahe verstopften Arterien und Venen wieder in Gang zu setzen. Andrew spürte, dass Damon, voll konzentriert auf die delikate Arbeit in tiefen Zellschichten, zögerte und schwankte. Sein Atem ging stoßweise. Dezi griff ein und regulierte Damons Herzschlag. Andrew fühlte sich selbst hinauslangen – das Bild in seinem Geist war das eines Felsens, der hinter Damon stand und ihm eine Stütze bot, und er war sich bewusst, dass etwas sie umgab. Mauern? Dicke Mauern, die sie einschlossen? Kam es darauf an? Er dachte nur noch daran, Damon Kraft zu leihen, und mit geschlossenen Augen sah er, dass der geschwärzte Fuß langsam die Farbe veränderte, sich rötete, blass wurde. Endlich öffnete Damon aufseufzend die Augen. Bis auf einen dünnen, sie verbindenden Faden ließ er den Rapport fallen. Er beugte sich über Raimon, der in tiefem Schlaf lag, und berührte die Füße behutsam mit den Fingern. Die geschwärzte Haut löste sich in Fetzen. Darunter lag gerötetes Fleisch. Es hatte Striemen und Flecke, aber Andrew erkannte, dass es frei von Brand und Gift war.

»Er wird höllische Schmerzen haben.« Damon berührte eine der kleineren Zehen, an denen sich die Nägel mit der zerfetzten, geschwärzten Haut gelöst hatten. »Auch kann er immer noch eine oder zwei Zehen verlieren; in ihnen waren die Nerven tot, und ich konnte nicht viel machen. Aber er wird sich erholen, und er wird seine Füße und seine Hände gebrauchen können. Und er war der ernsteste Fall.« Die Schwere des Entschlusses hatte seinen Mund schmal und streng gemacht, und er schämte sich, als er sich bewusst wurde, dass er tief in seinem Inneren beinahe auf einen Fehlschlag gehofft hatte. Diese Art der Verantwortung war einfach zu viel. Aber die Fähigkeit hatte er, und da lagen andere Männer, die sich in der gleichen Gefahr befanden. Und jetzt, wo er wusste, dass er sie retten *konnte* ... Mit bewusster Barschheit sagte er zu Dezi und Andrew: »Worauf warten wir noch? Nehmen wir uns die anderen vor!«

Wieder spannten sich die Fäden des Rapports. Andrew hatte jetzt erfasst, worauf es ankam: Sobald Damon Zeichen von Schwäche verriet, musste er seine eigene Kraft auf ihn überfließen lassen. Sie arbeiteten als Team. Damon versenkte sein Bewusstsein in die Füße und Beine des zweiten Mannes, und mit einem kleinen Teil seines Ichs, das daran unbeteiligt blieb, nahm Andrew die sie einschließende Mauer wahr, die sie vor

Zufallsgedanken von außen abschirmte. Mit Damon stieg er langsam von Zelle zu Zelle hinab, durch die Schichten aus Fleisch und Haut und Nerven und Knochen, behutsam stimulierend, ablösend, wieder erweckend. Das war wirksamer als das Messer eines Chirurgen, dachte Andrew, aber welcher Preis wurde dafür bezahlt! Noch zweimal mussten sie in rohes, schwarzes, erfrorenes Fleisch eintauchen, bis Damon endlich die Verbindung löste, sie voneinander trennte. Andrew empfand es so, als seien sie aus einer schützenden Ummauerung, aus einem eingefriedeten Ort nach draußen gerutscht. Vier Männer lagen schlafend da, Beine und Füße roh, wund und verletzt – aber heilend. Es bestand keine Gefahr der Blutvergiftung oder Infektion mehr. Es waren saubere Wunden, die sich so schnell wie möglich schließen würden.

Sie baten Ferrika, in der Nähe der schlafenden Männer zu bleiben, und gingen in die untere Halle zurück. Damon taumelte, und Andrew fasste und stützte ihn mit seinen Armen. Jetzt wiederholte er in der körperlichen Welt, was er während des langen Rapports so oft in Gedanken getan hatte. Nicht zum ersten Mal hatte er das Gefühl, der so viel ältere Damon sei irgendwie jünger als er und müsse beschützt werden.

Damon saß auf der Bank. Er lehnte sich gegen Andrew, ganz eingehüllt in die Erschöpfung, die die Matrix-Arbeit mit sich brachte. Auf dem Tisch lagen noch Brot und Obst vom Abendessen. Damon nahm davon und kaute mit Heißhunger. Sein ausgelaugter Körper verlangte gebieterisch nach neuer Energie. Auch Dezi hatte eifrig zu essen begonnen.

Damon sagte: »Du solltest auch etwas zu dir nehmen, Andrew. Die Matrix-Arbeit verschlingt so viel Kraft. Du könntest zusammenbrechen.« Schon fast vergessen hatte er das Gefühl völligen Entleertseins, als sei das Leben selbst aus ihm geflossen. In Arilinn hatte er technische Erklärungen über die Energieströme im Körper gegeben, über die Kanäle, die sowohl physische als auch psychische Kraft weiterleiteten. Aber er war zu müde, um sich daran zu erinnern.

Andrew erklärte: »Ich habe keinen Hunger«, und Damon erwiderte mit dem Schatten eines Lächelns: »Doch. Du weißt es nur noch nicht.« Er streckte die Hand aus und hielt Dezi zurück, der sich ein Glas Wein eingießen wollte. »Nein, das ist gefährlich. Trink Wasser oder hole dir Milch oder Suppe aus der Küche, aber nimm nach einer Anstrengung wie dieser keinen Alkohol zu dir. Ein halbes Glas wird dich betrunken machen wie einen Mönch beim Mittwinterfest!«

Dezi zuckte die Schultern und verzog sich in die Küche. Er kehrte mit einem Krug Milch zurück, aus dem er allen eingoss. Damon sagte: »Dezi, du bist in Arilinn gewesen und brauchst deshalb keine Erklärungen. Aber Andrew will ich sagen, dass man etwa einen Tag lang doppelt so viel wie sonst essen muss, und wenn bei euch Schwindel, Übelkeit oder etwas dergleichen auftritt, kommt und sagt es mir. Dezi, ist *Kirian* im Haus?«

Dezi antwortete: »Ferrika stellt keinen her, und da Domenic und ich beide die Schwellenkrankheit hinter uns haben und Valdir in Nevarsin ist, glaube ich nicht, dass ihn irgendwer hier braucht.«

Andrew fragte: »Was ist *Kirian?*«

»Eine psychoaktive Droge, die in den Türmen und in Telepathen-Familien benutzt wird. Sie senkt den Widerstand gegen telepathischen Kontakt, aber sie hilft auch bei Überarbeitung und telepathischer Anspannung. Und viele Jugendliche, bei denen die telepathische Begabung in der Pubertät auftritt, sind physisch und psychisch sehr krank, weil alle Veränderungen sie gleichzeitig überfallen. Du bist schon zu alt für die Schwellenkrankheit, nicht wahr, Dezi?«

»Das möchte ich annehmen«, antwortete der Junge von

oben herab. »Ich hatte sie ausgewachsen, bevor ich vierzehn wurde.«

»Trotzdem – da du seit deinem Weggang von Arilinn keine Matrix-Arbeit mehr getan hast, könntest du nach einem neuen Anfang eine leichte Form der Schwellenkrankheit bekommen«, warnte Damon. »Und wie Andrew reagieren wird, wissen wir überhaupt nicht.« Er nahm sich vor, Callista zu bitten, dass sie *Kirian* herstelle. In jedem Telepathen-Haushalt sollte für Notfälle ein Vorrat vorhanden sein.

Er schob seine halb geleerte Tasse Milch zur Seite. Er war todmüde. »Geh und ruh dich aus, Dezi, mein Junge ... Du bist einer Ausbildung in Arilinn würdig, glaub es mir.« Er umarmte den Jungen kurz und sah ihm nach, als er davonging, um sein Zimmer neben dem von Dom Esteban aufzusuchen. Damon hoffte, der alte Mann werde die ganze Nacht durchschlafen, damit der Junge ungestört ruhen konnte.

Was auch Dezis Fehler sein mochten, dachte Damon bei sich, zumindest pflegte er den alten Mann, wie es ein anerkannter Sohn auch nicht fürsorglicher hätte tun können. War das Zuneigung oder Eigeninteresse?

Er ließ sich von Andrew stützen, als sie die Treppe hinaufstiegen, und er entschuldigte sich deswegen kleinlaut. Aber Andrew wollte davon nichts hören. »Vergiss es. Meinst du, ich wüsste nicht, dass du die ganze Last getragen hast?« So ließ Damon es geschehen, dass Andrew ihm die Stufen hinaufhalf, und er dachte: *Ich stütze mich auf dich jetzt ebenso wie in der Matrix ...*

Im gemeinsamen Wohnzimmer ihrer Suite blieb er einen Augenblick stehen. »Du bist nicht in einem Turm ausgebildet, deshalb sollte ich dich auf noch etwas aufmerksam machen: Nach der Matrix-Arbeit ... wirst du einen oder zwei Tage lang impotent sein. Mach dir keine Sorgen, es geht vorüber.«

Andrew zuckte mit bitterer Belustigung die Schultern. Sofort fiel Damon wieder ein, wie die Dinge zwischen Andrew und Callista standen. Doch jedes Wort der Entschuldigung hätte die Taktlosigkeit seiner Bemerkung nur noch schlimmer gemacht. Er fragte sich selbst, wie, zum Teufel, er so benommen hatte sein können, das zu vergessen.

In ihrem Zimmer lag Ellemir im Halbschlaf auf dem Bett, eingewickelt in einen flauschigen weißen Schal. Sie hatte die Zöpfe gelöst, und ihr Haar flutete wie Licht über das Kissen. Als Damon auf seine Frau niederblickte, setzte sie sich auf und blinzelte verschlafen. Doch wie immer war sie gleich darauf hellwach. Sie streckte ihm die Arme entgegen. »Oh, Damon, du siehst so müde aus! War es sehr schrecklich?«

Er sank neben ihr nieder und legte den Kopf an ihre Brust. »Nein. Nur bin ich an diese Arbeit nicht mehr gewöhnt, und sie ist doch so dringend nötig! Elli ...« Er fuhr in die Höhe und sah sie an. »So viele Leute hier auf Darkover sterben früher als nötig, leiden, werden verkrüppelt, sterben an geringfügigen Verletzungen. Das dürfte nicht sein. Wir haben nicht die Art medizinischer Fürsorge, von der Andrew mir erzählt, wie seine Terraner. Aber es gibt so vieles, was ein Mann – oder eine Frau – mit einer Matrix heilen kann. Nur kann man die Verletzten doch nicht immer nach Arilinn oder Neskaya oder Dalereuth oder Hali bringen, um sie in den Türmen dort behandeln zu lassen! Was kümmert es die Matrix-Kreise in den großen Türmen, ob ein armer Arbeiter Erfrierungen hat?«

»In den Türmen haben sie wohl andere Dinge zu tun.« Ellemir war verwirrt, versuchte aber, seinem Gedankengang zu folgen. »Wichtige Dinge. Kommunikation. Und ... und Erzabbau und all das. Sie hätten gar keine Zeit, sich um Wunden zu kümmern.«

»Das ist richtig. Aber hör zu, Elli, überall auf Darkover gibt es Männer wie Dezi und Frauen wie Callista oder dich. Frauen und Männer, die ihr Leben nicht in einem Turm, abgetrennt vom normalen Leben der Menschheit, verbringen können, nicht verbringen *wollen.* Und doch könnten sie all das tun.« Damon ließ sich wieder neben Ellemir niedersinken. Er war erschöpfter als nach der Schlacht, in der er zusammen mit der Garde gekämpft hatte. »Es braucht einer nicht Comyn zu sein oder enorme Fähigkeiten zu haben, um diese Dinge zu tun. Jeder mit einem bisschen *Laran* könnte dazu ausgebildet werden, zu helfen, zu heilen – und niemand tut es!«

»Aber Damon«, wandte Ellemir vernünftig ein, »ich habe immer gehört – auch Callista hat es mir erzählt –, dass es gefährlich ist, diese Kräfte außerhalb eines Turms einzusetzen.«

»Blödsinn!«, rief Damon aus. »Bist du so abergläubisch, Elli? Du bist selbst in Kontakt mit Callista gewesen. Hast du es so gefährlich gefunden?«

»Nein«, antwortete sie unsicher, »aber im Zeitalter des Chaos wurde mit den großen Matrix-Schirmen so Schreckliches getan, wurden so fürchterliche Waffen hergestellt – Feuer- und Windgeschöpfe, die Mauern und ganze Burgen niederrissen, und Kreaturen aus anderen Dimensionen, die im Land umherwanderten! Deshalb wurde doch damals das Gesetz erlassen, Matrix-Arbeit dürfe nur in den Türmen und nur unter Sicherheitsvorkehrungen getan werden.«

»Die Zeiten sind vorbei, Ellemir, und die meisten dieser grauenhaften illegalen Matrix-Waffen wurden im Zeitalter des Chaos oder in den Tagen Varzils des Guten zerstört. Glaubst du wirklich, nur weil ich die erfrorenen Füße von vier Männern geheilt und ihnen den Gebrauch ihrer Glieder zurückgegeben habe, sei es wahrscheinlich, dass ich ein Feuergeschöpf zur Verwüstung des Waldes aussende oder ein Höhlending rufe, das Mehltau über die Felder bringt?«

»Nein, nein, natürlich nicht!« Sie setzte sich auf und streckte die Arme nach ihm aus. »Leg dich hin, ruh dich aus, mein Liebster, du bist so müde.«

Er ließ sich von ihr beim Auskleiden helfen und legte sich neben sie, aber hartnäckig fuhr er in der Dunkelheit fort:

»Elli, an dem Gebrauch, den wir hier auf Darkover von unsern Telepathen machen, ist etwas falsch. Entweder müssen sie ihr ganzes Leben wohlbewacht in den Türmen verbringen und sind kaum noch menschlich – du weißt, dass es mich beinahe vernichtete, als ich aus Arilinn weggeschickt wurde –, oder sie müssen alles fortwerfen, was sie gelernt haben. Wie Callista – Evanda erbarme sich ihrer«, setzte er, der immer noch in lockerem Kontakt mit Andrew stand, hinzu. Denn Andrew blickte soeben auf die schlafende Callista nieder, deren Gesicht noch immer Tränenspuren zeigte. Damon fuhr fort: »Sie musste alles aufgeben, was sie je gelernt hat, alles, was sie je getan hat. Sie hat Angst, anders zu handeln. Es müsste eine Möglichkeit geben, Elli!«

»Damon, Damon!« Sie drückte ihn fest an sich. »So ist es immer gewesen. Die Turmleute sind weiser als wir; sie werden wissen, aus welchem Grund sie das verlangen!«

»Da bin ich mir nicht so sicher.«

»Jedenfalls können wir im Augenblick nichts dagegen tun, mein Liebster. Du musst dich jetzt beruhigen und schlafen, sonst wirst du *sie* aufregen.« Damit nahm sie Damons Hand und legte sie an ihren Leib. Damon wusste wohl, dass sie nur versuchte, ihn abzulenken, ging jedoch bereitwillig darauf ein. Lächelnd nahm er die formlosen, zufälligen Emanationen – noch nicht zu Gedanken geworden – des ungeborenen Kindes in sich auf. »*Sie,* sagst du?«

Ellemir lachte leise und glücklich. »Ich kann dir nicht sagen, woher ich es weiß, aber ich bin überzeugt davon. Vielleicht eine kleine Callista?«

Damon dachte: *Ich hoffe, ihr Leben wird glücklicher sein.*

Ich will nicht, dass Arilinn die Hand auf eine Tochter von mir legt ... Dann erschauerte er. In einer blitzartigen Vorausschau sah er eine schlanke rothaarige Frau in dem karminroten Gewand einer Bewahrerin von Arilinn ... Sie riss es vom Halsausschnitt bis zum Saum auf und warf es beiseite ... Damon blinzelte. Es war vorbei. Vorausschau? Oder war es eine Halluzination gewesen, eine Dramatisierung seiner eigenen Unruhe? Er zog seine Frau und sein Kind in seine Arme und versuchte, das Bild für alle Zeiten zu verbannen.

7

Die Männer mit den Erfrierungen erholten sich, aber solange sie krank waren, fiel Andrew mehr körperliche Arbeit als sonst zu. Das Wetter war milder geworden, Dom Esteban versicherte ihnen jedoch, das sei nur eine Pause, und dann würden erst die richtigen Winterstürme von den Hellers herabfegen und die Vorberge für Monate unter dicken Schneeschichten begraben.

Damon hatte sich erboten, mit Andrew nach Serrais zu reiten und von dort ein paar Männer zu holen, die während des Winters auf dem Gut arbeiten und zu Beginn des Frühjahrs bei der Feldbestellung helfen konnten. Die Reise würde mehr als zehn Tage dauern. An diesem Morgen machten sie in der Großen Halle von Armida Pläne. Ellemirs morgendliche Übelkeit hatte sich gelegt, und wie üblich war sie in der Küche und beaufsichtigte die Frauen. Callista saß neben ihrem Vater. Plötzlich fuhr sie mit bestürztem Gesicht in die Höhe. Sie rief: »Oh ... Elli, Elli ... o nein ...!« Doch noch ehe sie auf den Füßen war, krachte Damons Stuhl rückwärts zu Boden, und Damon rannte zur Küche. Gleichzeitig erklangen von dort Schreckensrufe.

Dom Esteban knurrte: »Was ist los mit diesen Frauen?«, aber keiner hörte ihm zu. Callista lief hinter Damon her. Kurz darauf tauchte Damon wieder auf und winkte Andrew.

»Ellemir ist ohnmächtig geworden. Ich möchte nicht, dass irgendein Fremder sie jetzt berührt. Kannst du sie tragen?«

Ellemir lag zusammengesunken auf dem Küchenfußboden, umringt von gaffenden Mägden. Damon scheuchte sie fort, und Andrew hob Ellemir auf. Ihre Blässe war Angst erregend, aber Andrew wusste nichts über schwangere Frauen, und er nahm an, eine solche Ohnmacht sei nicht sonderlich beunruhigend.

»Bring sie in ihr Zimmer, Andrew. Ich werde Ferrika holen.«

Als Andrew Ellemir auf ihr eigenes Bett legte, kam Damon schon mit der Hebamme. Seine Hände schlossen sich um Ellemirs. Er stellte den Rapport mit ihr her und suchte nach dem schwachen, formlosen Kontakt mit dem Ungeborenen. Die schmerzhaften Krämpfe, die Ellemirs Körper schüttelten, übertrugen sich auf seinen eigenen, und da wusste er, was geschah. Er flehte: »Kannst du denn nichts tun?«

Ferrika antwortete leise: »Ich werde tun, was ich kann, Lord Damon.« Über ihrem geneigten Kopf trafen sich Damons und Callistas Blicke. Callistas Augen standen voll Tränen. Sie sagte: »Ellemir ist nicht in Gefahr, Damon. Aber für das Baby ist es bereits zu spät.«

Ellemir umklammerte Damons Hände. »Verlass mich nicht«, flehte sie, und er murmelte: »Nein, Liebes. Niemals. Ich bleibe bei dir.« So war es der Brauch; kein telepathischer Comyn der Domänen ließ seine Frau bei der Geburt ihres Kindes allein oder fürchtete sich, ihre Schmerzen zu teilen. Und jetzt musste er Ellemir für den Verlust stärken, nicht für die Freude. Damon drängte seinen eigenen schrecklichen Kummer zurück, kniete sich neben sie, nahm sie in die Arme und drückte sie an sich.

Andrew war wieder nach unten zu Dom Esteban gegangen. Er konnte ihm noch nichts anderes mitteilen, als dass Damon und Callista bei Ellemir waren und dass Ferrika gekommen war. Den ganzen Tag fühlte er das Entsetzen, das über dem Gut lag. Sogar die Mägde scharten sich zu verängstigten Gruppen zusammen. Andrew hätte gern Kontakt mit Damon aufgenommen und versucht, ihm Kraft und Trost zu spenden. Aber was konnte er tun oder sagen? Einmal, als er die Treppe hinaufblickte, sah er Dezi aus der äußeren Halle kommen, und

Dezi fragte: »Wie geht es Ellemir?« Da gewann Andrews Antipathie gegen den Jungen die Oberhand.

»Was dich das schon kümmert!«

»Ich wünsche Ellemir kein Leid«, antwortete Dezi mit überraschender Ernsthaftigkeit. »Sie ist die Einzige hier, die mich je anständig behandelt hat.« Er drehte Andrew den Rücken und ging, und Andrew hatte den Eindruck, dass auch Dezi den Tränen nahe war.

Damon und Ellemir waren so glücklich über ihr Kind gewesen, und jetzt das! Wild fragte sich Andrew, ob sein eigenes Missgeschick ansteckend sei, ob die Probleme seiner eigenen Ehe sich irgendwie auf das andere Paar übertragen hätten. Doch das war Wahnsinn! Er stieg in das Gewächshaus hinunter und versuchte, sich abzulenken, indem er den Gärtnern Anweisungen gab.

Stunden später kam Damon aus dem Zimmer, wo Ellemir lag. Sie schlief jetzt und hatte durch eine von Ferrikas Drogen Schmerz und Leid vergessen. Die Hebamme blieb einen Augenblick neben ihm stehen und sagte leise: »Lord Damon, für das arme kleine Ding ist es besser jetzt, als deformiert geboren zu werden. Die Gnade Avarras nimmt seltsame Formen an.«

»Ich weiß, du hast getan, was du konntest, Ferrika.« Erschüttert wandte Damon sich ab. Er wollte nicht, dass die Frau ihn weinen sah. Sie verstand und stieg schnell die Stufen hinunter. Blindlings taumelte Damon den Korridor entlang. Es graute ihm davor, Dom Esteban Bescheid zu geben. Instinktiv lenkte er seine Schritte zum Gewächshaus und fand Andrew dort. Andrew kam ihm entgegen und fragte leise: »Wie geht es Ellemir? Ist sie außer Gefahr?«

»Würdest du mich hier sehen, wenn sie es nicht wäre?«, fragte Damon zurück, und dann sank er auf eine Kiste nieder, bedeckte das Gesicht mit den Händen und überließ sich seinem Kummer. Andrew stand neben ihm, die Hand auf des

Freundes Schulter, und versuchte, Damon ohne Worte sein Mitgefühl zu übermitteln und ihn aufzurichten.

»Das Schlimmste ist ... «– Damon hob sein verwüstetes Gesicht – »... dass Elli meint, sie habe mich enttäuscht, weil sie unsere Tochter nicht ins Leben bringen konnte. Wenn es dabei überhaupt eine Schuld gibt, dann trifft sie mich, der ich es zugelassen habe, dass sie diesen großen Haushalt allein führt. Auf jeden Fall trifft sie mich! Wir sind zu nahe miteinander verwandt, wir sind von zwei Seiten her Cousin und Cousine, und bei Heiraten innerhalb der Familie ist oft ein tödliches Erbteil im Blut. Ich hätte sie nie heiraten dürfen! Ich liebe sie, ich liebe sie, aber ich wusste, sie wünschte sich Kinder, und ich hätte wissen müssen, dass das nicht ohne Gefahr möglich war bei so nahen Verwandten ... Ich weiß nicht, ob ich es wage, sie den Versuch noch einmal machen zu lassen.« Damon beruhigte sich ein wenig, stand auf und erklärte müde: »Ich muss zurück. Wenn sie erwacht, wird sie mich an ihrer Seite haben wollen.« Zum ersten Mal, seit Andrew ihn kannte, sah er so alt aus, wie er wirklich war.

Und er hatte Damon um sein Glück beneidet! Ellemir war jung, sie konnten andere Kinder haben. Aber mit dieser Last an Schuld?

Später suchte er Callista in dem kleinen Destillierraum mit dem Steinfußboden auf. Sie hatte das verwaschene Tuch umgebunden, mit dem sie ihr Haar gegen die Kräutergerüche schützte. Ihr Gesicht, das sie ihm zuwandte, trug immer noch Tränenspuren. Hatte sie die Pein mit ihrer Zwillingsschwester geteilt? Aber ihre Stimme hatte die losgelöste Ruhe, die er an Callista gewohnt war, und irgendwie tat ihm das jetzt weh.

»Ich stelle etwas her, das die Blutung verringern wird; es muss frisch zubereitet sein, oder es wirkt nicht so gut, und sie muss es alle paar Stunden bekommen.« Callista zerrieb dicke, gräuliche Blätter in einem kleinen Mörser. Den Brei schabte sie in ein spitzes Glas und filterte es durch mehrere Schichten eines dicht gewebten Stoffes. Sorgfältig maß sie eine farblose Flüssigkeit ab und goss sie darüber.

»Nun muss es durchsickern, bevor ich weitermachen kann.« Sie drehte sich zu Andrew um und blickte zu ihm auf. Er fragte: »Aber Elli – wird sie sich erholen? Und kann sie später weitere Kinder haben?«

»O ja, ich glaube doch.«

Er wünschte sich, sie in seine Arme ziehen und über das Leid trösten zu können, das sie mit ihrer Zwillingsschwester trug. Aber er wagte es nicht einmal, ihre Hand zu berühren. Krank vor Frustration wandte er sich ab.

Meine Frau. Und ich habe sie noch nicht einmal geküsst. Damon und Ellemir haben ihr geteiltes Leid. Was habe ich mit Callista geteilt?

Voll Mitleid mit der Trauer in ihren Augen sagte er sanft: »Mein Liebes, ist es wirklich eine solche Tragödie? Es ist doch nicht so, als habe sie ein richtiges Kind verloren. Wenn es ein Kind kurz vor der Geburt gewesen wäre, ja, aber ein Fötus in diesem Stadium? Wie kann das so ernst sein?«

Er war nicht vorbereitet auf das Entsetzen und die Wut, mit der sie reagierte. Ihr Gesicht war weiß, ihre Augen loderten wie die Flamme unter der Retorte. »Wie kannst du so etwas sagen?«, flüsterte sie. »Wie kannst du es *wagen?* Weißt du nicht, dass Damon und Ellemir schon seit zwei mal zehn Tagen in Kontakt mit ... mit ihrem Geist standen, sie als wirkliches Wesen, als ihr eigenes Kind kennen gelernt hatten?« Andrew zuckte unter ihrem Zorn zusammen. Er war nie auf den Gedanken gekommen, dass ein ungeborenes Kind in einer Telepathen-Familie schon eine Persönlichkeit war. Aber so früh? So schnell? Und welche Art von Gedanken konnte ein Fötus nach kaum einem Drittel der Schwangerschaft hegen? – Callista nahm die Herabsetzung wahr, die in dieser Vorstellung lag. Bebend schleuderte sie ihm entgegen: »Willst du damit sagen, es sei keine Tragödie, wenn unser Sohn – oder unsere Tochter – sterben würde, bevor er oder sie die Kraft gewonnen hat, außerhalb meines Körpers zu leben?« Ihre Stimme zitterte. »Ist nichts wirklich, was du nicht sehen kannst, Terraner?«

Andrew hob den Kopf zu einer zornigen Antwort: *Es hat ganz den Anschein, als würden wir es nie erfahren; so wie die Dinge stehen, wirst du mir nie ein Kind gebären.* Aber ihr weißes, zerquältes Gesicht gebot ihm Einhalt. Er brachte es nicht über sich, Hohn mit Hohn zu vergelten. Das gedankenlos ausgesprochene Wort *Terraner* hatte ihn verletzt. Doch er hatte gelobt, er werde sie niemals drängen, niemals den geringsten Druck auf sie ausüben. Er schluckte die bösen Worte hinunter, und dann erkannte er an ihrem bestürzten Ausdruck, dass sie sie schon empfangen hatte. *Natürlich. Sie ist Telepathin. Eine gedachte Beleidigung trifft sie ebenso wie eine ausgesprochene.*

»Callista«, flüsterte er, »Liebling, es tut mir Leid. Verzeih mir. Ich wollte dich nicht …«

»Ich weiß.« Sie taumelte gegen ihn, hielt sich an ihm fest, den goldenen Kopf an ihn gelehnt. Zitternd lag sie in seinen Armen. »Oh, Andrew, Andrew, ich wünschte, wir hätten wenigstens *das* …«, hauchte sie und brach in Schluchzen aus.

Er hielt sie umfasst und wagte sich kaum zu rühren. Sie fühlte sich angespannt an, federleicht wie ein wilder Vogel, der ihm zugeflogen war und bei jedem Wort, bei jeder unvorsichtigen Bewegung wieder die Flucht ergreifen konnte. Dann wurde ihr Schluchzen leiser, und das Gesicht, das sie ihm zuwandte, war auf die gewohnte Art ruhig und resigniert. Sie zog sich so behutsam zurück, dass er es kaum spürte.

»Sieh, die Flüssigkeit ist fertig gefiltert. Ich muss die Medizin für meine Schwester fertig machen.« Callista legte in der alten Geste ihre Fingerspitzen leicht auf seine Lippen. Er küsste sie und wurde sich bewusst, dass dieser Streit sie einander auf merkwürdige Weise näher gebracht hatte.

Wie lange noch? Im Namen sämtlicher Götter, wie lange können wir so weitermachen? Und noch während ihm dieser Gedanke durch den Kopf schoss, war er sich nicht sicher, ob es sein eigener oder Callistas war.

Drei Tage später ritten Andrew und Damon wie geplant nach Serrais. Ellemir war außer Gefahr, und Damon konnte ihr mit seiner Anwesenheit nicht mehr helfen. Nichts, sagte sich Damon, konnte Ellemir jetzt noch helfen als die Zeit.

Andrew fühlte sich seltsam erleichtert, aus dem Haus fortzukommen, wenn er sich auch geschämt hätte, das einzugestehen. Er hatte bisher gar nicht gemerkt, dass die Spannung zwischen ihm und Callista, die Aura stummen Kummers in Armida auf ihm gelastet hatte.

Die weite Hochebene, die Berge in der Ferne, all das hätte die Pferderanch aus Andrews Kindheit in Arizona sein können. Doch er brauchte nur die Augen zu heben, um die große rote Sonne zu sehen, die wie ein blutdurchschossenes Auge durch den Morgennebel glomm. Dann wusste er, er war nicht auf Terra, er war an keinem Ort auf der Erde. Es war Mitte des Vormittags, aber zwei kleine schattenhafte Monde, einer von blassem Violett, der andere ein trübes Limonengrün, hingen noch niedrig über den Gipfeln, der eine beinahe voll, der andere eine schmale Sichel. Sogar der Geruch der Luft war fremdartig, und doch war das hier jetzt sein Zuhause für den Rest seines Lebens. Und Callista wartete auf ihn. Vor seinem geistigen Auge stand ihr blasses Gesicht, das ihm beim Abschied von der Treppe aus zugelächelt hatte. In der Erinnerung verweilte er bei diesem Lächeln. Er liebte sie dafür, dass sie bei allem Kummer, den ihre Ehe ihr bereitete, ihm immer noch zulächeln, ihm ihre Fingerspitzen zum Kuss reichen und ihm in der weichen Sprache, die er zu verstehen begann, wünschen konnte, mit den Göttern zu reiten.

Auch Damons Stimmung stieg beträchtlich, während die Meilen unter den Hufen der Pferde dahinschwanden. Die letzten paar Tage hatten Linien in sein Gesicht gegraben, die vorher nicht da gewesen waren, aber er sah nicht mehr alt und gramgebeugt aus.

Es wurde Mittag, und sie stiegen zum Essen ab. Ihre Pferde banden sie so an, dass sie das frische Gras fressen konnten, das kräftige Halme durch die Überreste des Schnees vom letzten Blizzard stieß. Ein trockener Baumstamm lud zum Sitzen ein. Er war umgeben von Blumen, die ihre Schneeschoten abgeworfen hatten und üppig Blüten und Blätter trieben, als sei es Frühling. Aber als Andrew sich danach erkundigte, antwortete Damon verblüfft: »Frühling? Bei Zandrus Hölle, nein, der richtige Winter ist ja noch gar nicht da, der kommt erst nach dem Mittwinterfest! Ach so, die Blumen?« Er lachte vor sich hin. »In unserem Klima blühen sie, wann immer es einen oder zwei Tage voll Sonne und Wärme gibt. Eure terranischen Wissenschaftler haben einen Ausdruck dafür: evolutionäre Anpassung. In den Kilghardbergen schneit es nur an wenigen Tagen im Hochsommer nicht, deshalb nutzen die Blumen jeden günstigen Tag. Wenn du den Anblick seltsam findest, dann geh einmal in die Hellers und sieh dir die Blumen und Früchte an, die rings um Nevarsin wachsen. Weißt du, dass wir hier keine Eismelonen anbauen können? Es ist zu warm – es sind Gletscherpflanzen.« Und tatsächlich, Damon hatte seinen Reitumhang aus Pelz abgenommen und saß in Hemdsärmeln da. Andrew jedoch war immer noch warm eingemummt, denn ihm schien es bitterkalt zu sein.

Damon wickelte das Essenspaket aus, das Callista ihnen für die Reise mitgegeben hatte, und fing an zu lachen. »Callista entschuldigt sich dauernd, dass sie nichts vom Haushalt versteht. Aber es ist unser Glück, dass sie noch nicht gelernt hat, welche Nahrungsmittel man Reisenden mitgibt!« Callista hatte ein kaltes Brathuhn eingepackt, das Damon mit seinem Gürtelmesser zerlegte, und einen Laib Brot, der noch ein bisschen warm vom Ofen war. Andrew verstand nicht, warum Damon lachte. Er sagte: »Was ist denn so komisch daran? Sie fragte mich, was ich auf dem langen Ritt gern essen würde, und ich sagte es ihr.«

Damon reichte Andrew ein großzügig bemessenes Stück des gebratenen Fleisches. Es duftete nach Gewürzen, die die Terraner noch nicht hatten identifizieren können. »Aus irgendwelchen Gründen – ich vermute, einfach, weil es Brauch ist – bekommt man auf einer Reise sonst fast nichts anderes als hartes Brot, gerolltes Trockenfleisch, Trockenobst, Nüsse und dergleichen mit.« Er sah Andrew zu, der sich Scheiben von dem Brot abschnitt und mit dem Fleisch ein kunstgerechtes Sandwich herstellte. »Das sieht gut aus, ich glaube, das versuche ich auch. Und – hören die Wunder überhaupt nicht auf! – sie hat uns frische Äpfel aus dem Keller eingepackt. Sieh sich einer das an!« Mit Appetit biss er in ein Hühnerbein. »Mir ist nie eingefallen, einen Einwand gegen die übliche Reiseverpflegung zu erheben, und Elli hätte nie daran gedacht, mich zu fragen, was ich gern hätte! Vielleicht können wir auf unserer Welt ein paar neue Ideen gut gebrauchen!«

Dann wurde er wieder ernst. Gedankenverloren sah er Andrew beim Essen von Fleisch und Brot zu. Er selbst hatte häretische Gedanken über Matrix-Arbeit außerhalb der Türme gehabt. Es müsste ein Weg gefunden werden. Aber wenn er das Leonie vortrug, würde sie sich so aufregen, als lebte man noch in den Tagen Regis des Vierten.

Natürlich wusste sie, dass er eine Matrix benutzte. Jede auf einen Comyn-Telepathen abgestimmte legitime Matrix wurde mit den großen Schirmen im Turm von Arilinn überwacht. Es war ihnen dort möglich, Damon über seine Matrix zu identifizieren – und Dezi auch und vielleicht, obwohl sich Damon nicht ganz sicher war, sogar Andrew.

Falls jemand die Schirme beobachtet hatte. Bei dem herrschenden Mangel an Telepathen war selten einer für so unwichtige Aufgaben wie das Überwachen der Matrix-Schirme frei. Wahrscheinlich hatte niemand etwas gemerkt. Aber die Monitorschirme waren da, und die Überwachung jeder einzelnen Matrix auf Darkover entsprach dem Gesetz. Selbst Menschen wie Domenic, die auf *Laran* getestet worden waren und eine Matrix erhalten hatten, konnten auf diese Weise aufgespürt werden, auch wenn sie die Matrix nie benutzten.

Das war ein weiterer Grund für Damons Überzeugung, ein so begabter Telepath wie Dezi dürfe nicht verschwendet werden. Selbst wenn seine Persönlichkeit ungeeignet für die Intimität eines Matrix-Kreises war – und Damon wollte gern zugeben, dass mit Dezi schwer auszukommen war –, konnte er immer noch als Schirmüberwacher eingesetzt werden.

Ich bin heute voll von Häresien, dachte er ironisch. Wer bin ich, dass ich die Entscheidungen Leonies von Arilinn in Frage stelle?

Er aß sein Hühnerbein auf und beobachtete gedankenverloren den Terraner. Andrew hatte zu einem Apfel gegriffen. Sein Blick hing an der fernen Bergkette.

Er ist mein Freund. Und doch kommt er von einem Stern so weit entfernt, dass ich ihn des Nachts nicht am Himmel sehen kann. Schon allein die Tatsache, dass es überall im Universum Welten wie unsere gibt, wird auf diesem Planeten Veränderungen hervorrufen.

Auch er sah nun zu den Bergen hin und dachte: *Ich will nicht, dass sich unsere Welt verändert,* und dann lachte er trübselig über sich selbst. Hier saß er und überlegte sich Möglichkeiten, wie der Gebrauch der Matrix-Steine auf Darkover umgestaltet und das bestehende System, nach dem auf vor Generationen festgelegte Weise die alten Matrix-Wissenschaften dieser Welt bewacht wurden, reformiert werden könne.

Er sagte: »Andrew, warum bist du hier? Auf Darkover?«

Andrew zuckte die Schultern. »Eigentlich durch Zufall. Es war ein Job. Und dann sah ich eines Tages Callistas Gesicht – und da bin ich.«

»Das meine ich nicht«, erwiderte Damon. »Warum seid *ihr* hier? Was hat Terra mit unserer Welt vor? Darkover ist kein reicher Planet, den man ausbeuten kann. Ich weiß genug über euer Imperium, um mir zu sagen, dass die meisten Welten, auf denen Terraner sich festsetzen, etwas zu bieten haben. Warum Darkover? Es ist eine Welt mit nur geringen Schwermetallvorkommen, eine isolierte Welt mit einem Klima, das eure Leute bestimmt unwirtlich finden. Was *wollen* die Terraner von uns?«

Andrew schlug die Hände um die Knie. »Auf meiner Welt gibt es eine alte Geschichte. Jemand fragte einen Entdecker, warum er einen Berg besteigen wolle. Und alles, was er antwortete, war: ›Weil er da ist!‹«

»Das scheint mir kaum ein ausreichender Grund zu sein, einen Raumhafen zu bauen«, meinte Damon.

»Ich weiß den wirklichen Grund nicht. Zum Teufel, Damon, ich bin kein Imperiumsgründer. Ich wäre viel lieber auf Dads Pferderanch geblieben. Soweit ich die Dinge durchschaue, geht es um die Lage Darkovers. Du weißt doch, dass die Galaxis die Form einer gigantischen Spirale hat?« Er hob einen Zweig auf und zeichnete damit in dem schmelzenden Schnee. »Dies ist der obere Teil der Spirale, und dies ist der untere Arm, und hier ist Darkover, das somit einen idealen Platz für die Kontrolle des Verkehrs und die Weiterbeförderung von Reisenden darstellt. Verstanden?«

»Aber«, wandte Damon ein, »uns ist es ganz egal, ob Bürger des Imperiums von einem Ende des Reichs zum anderen reisen können.«

Andrew zuckte die Schultern. »Ich weiß. Bestimmt hätte die Imperiumszentrale am Kreuzpunkt eine unbewohnte Welt bevorzugt, so dass man sich über irgendwelche Bewohner keine Gedanken zu machen brauchte. Aber nun ist es einmal Darkover.« Damons Stirnrunzeln ärgerte ihn. »*Ich* mache doch ihre Politik nicht, Damon. Ich bin mir nicht einmal sicher, ob ich sie verstehe. Das ist nur die Erklärung, die mir gegeben wurde.«

Damon lachte bitter auf. »Und ich bin darüber aus dem Häuschen geraten, dass Callista uns Brathuhn und frische Äpfel als Reiseproviant mitgegeben hat! Veränderungen sind relativ, glaube ich.« Er bemerkte Andrews bekümmerten Blick und zwang sich zum Lächeln. Nichts von all dem war Andrews Schuld. »Hoffen wir, dass alle Veränderungen zum Guten ausschlagen wie Callistas Brathuhn!« Er erhob sich von dem Baumstamm und vergrub das Apfelgehäuse sorgfältig in einer kleinen Schneerinne dahinter. Schmerz durchzuckte ihn. Wenn es anders gekommen wäre, hätte er diesen Apfelbaum vielleicht für seine Tochter gepflanzt. Andrew beugte sich mit der unheimlichen Empfindsamkeit, die dann und wann bei ihm zu Tage trat, neben ihm nieder, um sein eigenes Apfelgehäuse zu vergraben. Erst als sie wieder im Sattel saßen, sagte er leise: »Eines Tages, Damon, werden unsere Kinder Äpfel von diesen Bäumen essen.«

Sie blieben mehr als drei mal zehn Tage von Armida weg. In Serrais brauchte es seine Zeit, kräftige Männer zu finden, die bereit waren, ihre Dörfer und vielleicht auch ihre Familien zu verlassen und auf dem Armida-Gut unter Umständen ein ganzes Jahr lang zu arbeiten. Aber sie konnten nicht zu viele ledige Männer nehmen, weil sie sonst den Frieden der Dörfer in Gefahr brachten. Damon versuchte, Familien ausfindig zu machen, die durch Bande des Blutes oder der Pflegeelternschaft Beziehungen zu den Leuten auf dem Armida-Besitz hatten. Es gab viele von ihnen. Danach war es Damons Wunsch, seinen Bruder Kieran und seine Schwester Marisela samt ihren Kindern zu besuchen.

Marisela, eine sanfte, mollige junge Frau, die Damon sehr ähnlich war, nur dass sie helles statt rotes Haar hatte, war sehr bekümmert über die Nachricht von Ellemirs Fehlgeburt. Sie sagte freundlich, falls Damon und Ellemir in einem oder zwei Jahren noch kein Kind hätten, sollten sie eins von ihren eigenen in Pflege bekommen. Das Angebot erstaunte Andrew, aber Damon hielt es für selbstverständlich.

»Ich danke dir, Mari. Es mag dazu kommen, denn die Kinder von Eltern, die von zwei Seiten her Cousin und Cousine sind, gedeihen selten. Zwar bin ich nicht in dringender Verlegenheit um einen Erben, aber Ellemirs Arme sind leer, und sie trauert. Und es ist unwahrscheinlich, dass Callista sehr bald ein Kind haben wird.«

Marisela sagte: »Ich kenne Callista nicht besonders gut. Schon als wir alle noch kleine Mädchen waren, wusste jeder, dass sie für den Turm bestimmt war, und sie spielte nicht oft mit den anderen Kindern. Die Leute klatschen so viel!«, setzte sie heftig hinzu. »Callie hat das Recht, Arilinn zu verlassen und zu heiraten, wenn es ihr Wunsch ist. Aber es stimmt, dass es uns alle überraschte. Ich weiß, dass die Bewahrerinnen von anderen Türmen oft ihr Amt niederlegen, um eine Ehe einzugehen, aber in Arilinn? Und Leonie ist dort gewesen, seit ich mich erinnern kann, ja, seit unsere Mutter sich erinnern kann. Wir alle dachten, Callista werde in Leonies Schuhe treten. Es hat einmal eine Zeit gegeben, als die Bewahrerinnen von Arilinn ihren Posten nicht verlassen durften, wenn sie es wollten ...«

»Das ist hunderte von Jahren her«, warf Damon ungeduldig ein, aber Marisela ließ sich nicht aufhalten. »Ich wurde in Neskaya auf *Laran* getestet, als ich dreizehn war, und eins der Mädchen sagte mir, wenn man sie nach Arilinn schicke, werde sie sich weigern, weil dort die Bewahrerinnen zu Neutren gemacht würden. Sie seien keine Frauen mehr, sondern *Emmasca,* wie es in der Sage von Robardins Tochter heißt, die *Emmasca* war und durch die Liebe Hasturs zur Frau wurde ...«

»Das sind Märchen!«, lachte Damon. »Seit hunderten von Jahren wird das nicht mehr gemacht, Marisela!«

»Ich erzähle euch doch nur, was mir berichtet worden ist«, antwortete Marisela gekränkt. »Und Leonie sieht doch wahrhaftig beinahe wie eine *Emmasca* aus, und Callista – Callista ist dünner als Ellemir, und sie wirkt jünger, deshalb kannst du es mir nicht verübeln, wenn ich denke, vielleicht ist sie keine ganz richtige Frau. Aber auch dann bedeutet das nicht, dass sie nicht heiraten sollte, wenn sie gern möchte, obwohl die meisten nicht den Wunsch dazu haben.«

»Marisela, Kind, ich versichere dir, dass Andrews Frau keine *Emmasca* ist!«

Marisela wandte sich an Andrew. »Ist Callista schon schwanger?«

Andrew lachte und schüttelte den Kopf. Es hatte überhaupt keinen Sinn, böse zu werden. Die Begriffe über Diskretion klafften in unterschiedlichen Kulturen gewaltig auseinander. Warum sollte er es Marisela, die schließlich Callistas Cousine war, übel nehmen, dass sie sich nach etwas erkundigte, das jedermann von einer Jungverheirateten wissen wollte? Ihm fiel ein, was Damon über Ellemir gesagt hatte, und er wiederholte es.

»Ich bin es zufrieden, wenn ihr ein oder zwei sorglose Jahre gegönnt sind. Sie ist noch sehr jung.«

Später, als er mit Damon allein war, fragte er ihn: »Was in aller Welt ist eine *Emmasca?*«

»Früher bezeichnete man mit diesem Wort einen Angehörigen der alten Rasse aus den Wäldern. Sie mischen sich heutzutage nie mehr unter die Menschen, aber es soll *Chieri*-Blut in den Comyn sein, besonders in den Hellers; einige der Ardais und Aldaran haben sechs Finger an jeder Hand. Ich weiß nicht recht, ob ich es glauben soll – jeder Pferdezüchter kann dir sagen, dass ein Halbblut steril ist –, aber es wird erzählt, dass es in grauer Vorzeit zu Paarungen zwischen Menschen und *Chieri* gekommen ist. Man glaubte, ein *Chieri* könne einem Mann als Frau und einer Frau als Mann erscheinen, da er beides oder vielleicht keines sei. Deshalb sollen damals auch einige der Comyn *Emmasca* gewesen sein, weder Mann noch Frau, sondern Neutren. Nun, das ist sehr lange her, doch die Überlieferung geht dahin, dass diese, die weder Mann noch Frau waren, zu den ersten Bewahrern wurden. Später, als man Frauen das Amt der Bewahrerin übertrug, wurden sie auf chirurgische Weise zu Neutren, also *Emmasca* gemacht. Denn man hielt sie bei der Arbeit in den Schirmen für ungefährdeter, wenn sie nicht die Bürde der Weiblichkeit zu tragen hatten. Aber seit Menschengedenken – und ich, der ich die Gesetze von Arilinn kenne, weiß es genau – ist keine Frau mehr für die Arbeit in den Türmen zum Neutrum gemacht worden, nicht einmal in Arilinn. Die Jungfräulichkeit der Bewahrerinnen hat den Zweck, sie vor den Gefahren der Weiblichkeit zu schützen.«

»Ich verstehe immer noch nicht, warum das sein muss«, sagte Andrew, und Damon fuhr mit seinen Erklärungen fort: »Es ist eine Sache der Nervenausrichtung. Im Körper tragen die gleichen Nerven *Laran* und Sex. Du weißt doch, dass wir, nachdem wir mit den Matrices gearbeitet hatten, alle tagelang impotent waren. Die Nervenkanäle können eben nicht gleichzeitig beide Impulsreihen befördern. Eine Frau hat dies Sicherheitsventil nicht, so dass die Bewahrerinnen, die mit ungeheuerlichen Frequenzen umgehen und alle anderen Telepathen koordinieren, ihre Nervenkanäle ganz für das *Laran* freihalten müssen. Andernfalls könnten ihre Nerven überlastet werden und ausbrennen. Wenn es dich interessiert, zeige ich dir einmal diese Kanäle. Du kannst aber auch Callista darum bitten.«

Andrew verfolgte das Thema nicht weiter. Bei dem Gedanken an die Art, wie Callista konditioniert worden war, wurde er immer noch so wütend, dass es besser war, überhaupt nicht daran zu denken.

Der Rückweg nach Armida war lang. Dreimal mussten sie ihren Ritt wegen schlechten Wetters unterbrechen und Zuflucht in den unterschiedlichsten Quartieren suchen. Zuweilen wurden sie in luxuriösen Räumen untergebracht, und dann wieder teilten sie mit den jüngeren Kindern der Familie einen Strohsack auf dem Fußboden. Als Andrew auf der anderen Seite des Tals die Lichter von Armida erblickte, wurde ihm mit seltsamer Schärfe bewusst, dass er in Wahrheit unterwegs nach Hause war. Von der Welt, auf der er geboren war, trennte ihn eine halbe Galaxis, und doch lag jetzt dort sein Zuhause, und Callista war dort. Er fragte sich, ob alle Männer »Zuhause« auf diese Art definierten, wenn sie eine Frau gefunden hatten, die ihrem Leben Sinn verlieh: als den Ort, wo das geliebte Wesen auf sie wartete. Zumindest Damon schien das Gefühl zu teilen. Er freute sich ebenso darauf, nach Armida zurückzukehren, wie dreißig Tage früher, es zu verlassen. Andrew kam das große, weit ausgedehnte Steinhaus jetzt so vertraut vor, als habe er immer dort gelebt.

Als sie im Hof angekommen waren, lief Ellemir die Treppe hinunter, und Damon fing sie in seinen Armen auf und drückte sie fest an sich. Sie sah fröhlich und gesund aus, ihre Wangen zeigten frische Farbe, und ihre Augen funkelten. Aber Andrew hatte keine Zeit für Ellemir übrig, denn Callista wartete auf ihn oben an der Treppe, immer noch still und ernst. Als sie ihm ihr kleines Halblächeln schenkte, bedeutete ihm das mehr als Ellemirs übersprudelnde Fröhlichkeit. Callista reichte ihm beide Hände und ließ es zu, dass er sie eine nach der anderen an seine Lippen zog und küsste. Dann, ihre Hände immer noch in seinen liegend, führte sie ihn ins Haus. Damon beugte sich zu Dom Esteban nieder und begrüßte ihn wie ein Sohn mit einem Kuss auf die Wange, Dezi umarmte er. Der zurückhaltendere Andrew verneigte sich vor dem alten Mann, und Callista setzte sich dicht neben ihn, während er Dom Esteban Bericht über ihre Reise erstattete.

Damon erkundigte sich nach den Männern mit den Erfrierungen. Die weniger schwer verletzten hatten sich erholt und wurden jetzt von ihren Familien betreut. Die schwer verletzten, die er mit der Matrix geheilt hatte, waren auf dem Weg der Besserung. Raimon hatte zwei Zehen seines rechten Fußes verloren, und bei Piedro war das Gefühl in den äußeren Fingern seiner linken Hand nicht wieder zurückgekehrt. Aber sie waren nicht, wie zu fürchten gewesen war, ganz verkrüppelt worden.

»Sie sind immer noch bei uns«, erzählte Ellemir, »weil Ferrika ihre Füße jeden Morgen und Abend mit Heilsalben behandeln muss. Wusstest du, dass Raimon ein ausgezeichneter Musiker ist? Beinahe jeden Abend spielt er uns in der Halle zum Tanz auf. Die Mägde und Diener und Callista und Dezi und ich tanzen auch, aber jetzt, wo du wieder hier bist …« Sie schmiegte sich an Damon.

Callista folgte Andrews Blick und sagte leise: »Du hast mir gefehlt, Andrew. Ich kann das nicht so zeigen, wie es Elli tut. Aber ich bin froher, als ich dir sagen kann, dass du wieder bei uns bist.«

Nach dem Essen in der Großen Halle fragte Dom Esteban: »Gibt es heute keine Musik?«

»Ich lasse Raimon holen, ja?« Ellemir ging, die Männer zusammenzurufen, und Andrew bat leise: »Willst du für mich singen, Callista?«

Callista bat ihren Vater mit einem Blick um Erlaubnis. Er winkte ihr gewährend zu, und sie nahm ihre kleine Harfe und griff ein paar Akkorde.

Wie kam dies Blut an deine Hand,
Bruder, sage es mir ...

Dezi gab einen unartikulierten Protestlaut von sich. Ellemir, die gerade zurückkam, sah sein beunruhigtes Gesicht und sagte: »Callista, sing etwas anderes!« Auf Andrews überraschten, fragenden Blick hin erklärte sie: »Es bringt Unglück, wenn eine Schwester das vor den Ohren eines Bruders singt. Die Ballade handelt von einem Mann, der alle seine Verwandten bis auf eine Schwester erschlug, und sie war gezwungen, die Worte auszusprechen, die ihn zum Gesetzlosen machten.«

Dom Esteban blickte finster drein. »Ich bin nicht abergläubisch, und es sitzt kein Sohn von mir in dieser Halle. Sing, Callista.«

Callista beugte verstört den Kopf über die Harfe, aber sie gehorchte.

Wir kämpften zum Scherz, und wir hatten geschmaust,
Schwester, ich schwöre es dir,
Berserkerwahnsinn fuhr in meine Faust,
da erschlug ich sie alle hier.

Was soll aus dir werden, geliebtes Herz,
Bruder, sage es mir ...

Dezis Augen glommen düster, und Andrew, der es bemerkte, wurde aus Mitleid mit dem Jungen von einer Woge der Traurigkeit überschwemmt. Dom Esteban hatte Dezi grundlos beleidigt. Callista suchte Dezis Blick, als wolle sie sich entschuldigen, aber der Jüngling stand auf, verließ die Halle und knallte die Tür zu den Küchenräumen hinter sich zu. Andrew hatte das Gefühl, er müsse etwas tun, etwas sagen. Aber was?

Später kam Raimon an seinen Stöcken in die Halle gehinkt und begann, eine Tanzweise zu spielen. Die gespannte Stimmung löste sich, als die Männer und Frauen des Gutes sich in der Mitte des Raumes zusammenfanden. Die Männer bildeten den äußeren Ring, die Frauen den inneren, und die Figuren des Tanzes verwoben sie zu Kreisen und Spiralen. Einer der Männer brachte eine Sackpfeife an, ein ungewöhnliches Instrument, das, wie Andrew dachte, ein geradezu unheimliches Geheul von sich gab, und dazu vollführten zwei andere einen Schwerttanz. Danach bildeten sich Paare, doch Andrew bemerkte, dass die meisten der jüngeren Frauen unter sich tanzten. Callista spielte die Harfe, und Andrew verbeugte sich vor Ferrika und zog sie auf die Tanzfläche.

Später sah er Ellemir und Damon zusammen tanzen. Sie hatte die Arme um seinen Hals gelegt und hob lächelnd den Blick zu ihrem Mann. Es erinnerte ihn an seine Versuche, entgegen dem Brauch bei seiner Hochzeit mit Callista zu tanzen. Nun, jetzt war es ihm nicht mehr verboten. Er bahnte sich einen Weg zu Callista, die ihre Harfe einer der anderen Frauen überlassen hatte und mit Dezi tanzte. Als sie sich voneinander trennten, trat Andrew auf sie zu und breitete seine Arme aus.

Callista lächelte fröhlich und machte einen Schritt auf ihn zu, aber Dezi trat zwischen sie. Seine Stimme war so leise, dass sie in drei Fuß Entfernung nicht mehr gehört werden konnte, aber der Hohn und die Bosheit, die darin lagen, waren unverkennbar. »Oh, euch beide dürfen wir noch nicht zusammen tanzen lassen, oder wie ist es?«

Callistas Arme sanken schlaff nieder, und ihr Gesicht verlor alle Farbe. Andrew hörte irgendwo das Klirren von zerbrechendem Porzellan und Glas, und sein Geist empfing ihren schrecklichen stummen Schmerzensschrei. Offenbar hatte jeder im Saal, der auch nur einen Anflug von telepathischer Begabung hatte, ihren Ausbruch wahrgenommen. Andrew überlegte nicht erst. Seine Faust krachte in Dezis Gesicht und schickte den Jungen zu Boden.

Langsam raffte Dezi sich auf. Er wischte sich das von seiner Lippe strömende Blut ab. Aus seinen Augen flammte die Wut. Dann warf er sich auf Andrew, aber Damon packte ihn um die Mitte und hielt ihn mit Gewalt zurück.

»Zandrus Hölle, Dezi«, fuhr er ihn an, »bist du verrückt geworden? Wegen einer geringfügigeren Beleidigung als der, die du unserm Bruder zugefügt hast, ist schon eine drei Generationen andauernde Blutfehde ausgebrochen!«

Andrew sah sich umgeben von einem Kreis starrender, entsetzter Gesichter. Er entdeckte Callista, die Augen leer in einem verzerrten Gesicht. Plötzlich verbarg sie das Gesicht in den Händen, drehte sich um und eilte hinaus. Sie schluchzte nicht laut, aber Andrew spürte die Tränen, die sie nicht vergießen konnte, wie deutliche Schwingungen.

Das lange, peinliche Schweigen wurde von Dom Estebans zorniger Stimme gebrochen.

»Deziderio, die wohlwollendste Erklärung dafür ist noch, dass du wieder mehr getrunken hast, als du vertragen kannst! Wenn du nicht fähig bist, dich wie ein Mann zu beherrschen, sollltest du dich lieber wie die Kinder auf *Shallan* beim Essen beschränken! Entschuldige dich bei unserm Verwandten, und dann geh und schlafe deinen Rausch aus!«

Das war die beste Art, die Sache zu regeln, dachte Andrew. Die verwirrten Mienen der meisten Leute im Saal ließen darauf schließen, dass sie gar nicht wussten, was Dezi gesagt hatte. Sie hatten nur Callistas Verzweiflung aufgefangen.

Dezi murmelte etwas – Andrew nahm an, es sollte eine Entschuldigung sein. Er antwortete ruhig: »Es kümmert mich nicht, ob du mich beleidigst, Dezi. Aber was wäre ich für ein Mann, wenn ich es zuließe, dass du meine Frau angreifst?«

Dezi schielte über seine Schulter zu Dom Esteban. Wollte er sich vergewissern, dass sie außer Hörweite waren? Dann zischte er boshaft: »Deine Frau? Weißt du nicht einmal, dass eine Freipartner-Ehe nur durch den Vollzug gültig wird? Sie ist ebenso wenig deine Frau, wie sie meine ist!« Schnell ging er an Andrew vorbei und aus der Halle.

Der Abend hatte auch den letzten Anschein von Fröhlichkeit verloren. Ellemir dankte Raimon hastig für seine Musik und eilte davon. Dom Esteban winkte Andrew zu sich und fragte ihn, ob Dezi sich entschuldigt habe. Andrew antwortete verlegen mit abgewandtem Blick – der alte Mann war Telepath, wie konnte er ihn anlügen? –, das habe er, und zu seiner Erleichterung gab sich Dom Esteban damit zufrieden. Was hätte Andrew auch tun können? Es war ja ausgeschlossen, dass er dem Halbbruder seiner Frau, einem betrunkenen Halbwüchsigen mit einer Vorliebe für Beleidigungen, die unter der Gürtellinie trafen, Blutfehde erklärte!

Aber stimmte es, was Dezi gesagt hatte? Diese Frage stellte er Damon, sobald sie sich in ihrer eigenen Suite befanden. Damon schüttelte den Kopf, und doch sah er beunruhigt aus.

»Mein lieber Freund, mach dir darüber keine Sorgen. Niemand hat irgendeinen Grund, die Rechtmäßigkeit eurer Ehe in

Frage zu stellen. Deine Absichten sind klar, und kein Mensch kümmert sich um die Feinheiten des Gesetzes«, sagte er, aber Andrew spürte, dass Damon sich nicht einmal selbst überzeugte. Er hörte, dass Callista in ihrem Schlafzimmer weinte. Damon hörte es auch.

»Ich konnte unserem Dezi den Hals brechen!«

Andrew empfand ebenso. Mit ein paar gehässigen Worten hatte der Junge ihre Wiedervereinigung aller Freude beraubt.

Als Andrew das Schlafzimmer betrat, hatte Callista zu weinen aufgehört. Sie stand vor ihrem Ankleidetisch, löste langsam die Schmetterlingsspangen, mit denen ihr Kleid am Hals befestigt war, und ließ das Haar über die Schultern fallen. Sie wandte sich zu ihm um und befeuchtete die Lippen, als wolle sie etwas aussprechen, das sie sich viele Male im Geist abgehört hatte. »Andrew, es tut mir Leid ... es tut mir Leid, dass du dem ausgesetzt warst ... Es ist *meine* Schuld.«

Sie setzte sich vor den Tisch, griff zu ihrer geschnitzten Elfenbeinbürste und fuhr damit langsam über ihr Haar. Andrew kniete sich neben sie und wünschte sich verzweifelt, er könne sie in die Arme nehmen und trösten. »Deine Schuld, Liebste? Wie kannst du an der Bosheit dieses elenden Jungen schuld sein? Ich will dir nicht erst zureden, es zu vergessen – ich weiß, das kannst du nicht –, aber lass es dir keinen Kummer bereiten.«

»Aber es ist meine Schuld.« Nicht einmal im Spiegel wollte sie seinem Blick begegnen. »Weil ich bin, was ich bin. Es ist meine Schuld, dass er ... die Wahrheit gesagt hat.«

Vor Andrews geistigem Auge blitzte das Bild auf, wie sich Ellemir in Damons Arme geschmiegt hatte, wie sie ihn beim Tanz um den Hals fasste. Endlich sagte er: »Callie, ich will dich nicht anlügen. Es ist nicht leicht. Ich will nicht so tun, als mache mir das Warten Freude. Aber ich habe dir ein Versprechen gegeben, und ich beklage mich nicht. Wir wollen nicht weiter darüber sprechen, Liebes.«

Ihr kleines Kinn verriet Entschlossenheit. »Ich kann es nicht einfach dabei belassen. Verstehst du denn nicht, dass dein ... dein Verlangen auch mir wehtut, weil ich dich ebenso will, und ich kann nicht, ich wage es nicht ... Andrew, hör mir zu. Nein, lass mich ausreden. Erinnerst du dich, was ich an unserm Hochzeitstag von dir verlangte? Dass du, wenn es zu schwer für dich würde ... eine andere nehmen solltest?«

Er bedachte sein Spiegelbild mit einem missmutigen Stirnrunzeln. »Ich dachte, das hätten wir ein für alle Mal geregelt, Callista. In Gottes Namen, meinst du, ich interessierte mich für eine der Mägde oder Dienerinnen?« Störte es sie, dass er heute Abend mit Ferrika getanzt hatte? Glaubte sie ...

Sie schüttelte den Kopf und sagte mit schwacher Stimme: »Nein. Aber wenn es dadurch für dich leichter würde ... ich habe mit Ellemir gesprochen. Sie sagte mir ... sie sei willens.«

Andrew starrte sie bestürzt an. »Ist das dein Ernst?«

Es war ihr Ernst. Das ließ sich aus ihrem Gesicht ablesen, und er wusste, sie wäre sowieso nicht fähig gewesen, einen Witz dieser Art zu machen. »Ellemir? Sie ist die Letzte, die Allerletzte – deine eigene Schwester, Callista! Wie könnte ich dir so etwas antun?«

»Meinst du, es macht mich glücklich, dich so elend zu sehen, zu wissen, dass ein dummer Junge wie Dezi dich auf diese Weise verhöhnen kann? Und wie könnte ich auf meine eigene Schwester eifersüchtig sein?« Er machte eine Gebärde des Abscheus, und sie hob Schweigen gebietend die Hand. »Nein, Andrew, hör mich an. Das ist bei uns der Brauch. Wenn du einer von uns wärst, würdest du es für selbstverständlich halten, dass meine Schwester und ich ... auf diese Weise miteinander teilen. Selbst wenn zwischen uns beiden ... alles wäre, wie es sein sollte, und ich wäre krank oder schwanger oder ... wollte dich aus irgendeinem Grund nicht ... Das ist ein sehr alter Brauch. Hast du mich nicht die Ballade von Hastur und Cassilda singen gehört? Auch in dieser Ballade wird geschildert, wie Camilla den Platz ihrer *Breda* in den Armen des Gottes einnahm und dort starb, als er überfallen wurde. Deshalb überlebte die Gesegnete Cassilda den Verrat Alars und konnte das Kind des Gottes zur Welt bringen ...« Ihre Stimme versagte.

Andrew stieß hervor: »Diese Geschichten mögen sich in alten Balladen und Märchen gut machen. Aber nicht im wirklichen Leben.«

»Auch dann nicht, wenn es mein Wunsch ist, Andrew? Ich würde mich weniger schuldig fühlen. Jetzt trägt doch jeder weitere Tag des Aufschubs zu deinen ... deinen Leiden bei.«

»Überlass das ruhig mir! Es ist nicht nötig, dass du dich schuldig fühlst!«, erklärte Andrew, und Callista wandte sich müde und geschlagen ab. Sie stand auf und ließ ihr offenes Haar bis zu ihrer Taille niederfluten. Langsam teilte sie es zum Einflechten in Strähnen, und mit erstickter Stimme sagte sie: »Ich kann das nicht länger ertragen.«

Andrew antwortete liebevoll. »Du kannst diesen Zustand doch jeder Zeit beenden, Callista.« Er fasste eine Strähne ihres Haars, drückte sie an seine Lippen und nahm die seidige Glätte, den zarten Duft in sich auf. Die Berührung machte ihn schwindeln. Er hatte versprochen, sie nie zu drängen. Aber wie lange, wie lange noch ...?

»Mein Liebling, was kann ich zu dir sagen? Flößt dir der Gedanke immer noch so viel Angst ein?«

Callista antwortete kläglich: »Ich weiß, das sollte er nicht. Aber ich habe Angst. Ich glaube nicht, dass ich schon bereit bin ...«

Ganz behutsam legte er seine Anne um sie. Fast flüsternd fragte er: »Woher willst du das wissen, Callista, wenn du es nicht versuchst? Willst du kommen und neben mir schlafen? Nicht mehr als das – ich schwöre dir, ich werde von dir nichts verlangen, was du mir nicht von selbst geben willst.«

Sie zögerte und zupfte an einer Locke. »Würde es ... würde es die Sache für dich schlimmer machen, wenn ich zu dem Schluss kommen sollte, ich ... ich könne nicht, ich sei noch nicht bereit?«

»Muss ich es beschwören, Liebes? Vertraust du mir nicht?«

Sie sagte mit herzzerreißendem Lächeln: »Nicht du bist es, dem ich nicht vertraue, mein Gatte.« Die Worte ließen ihm den Atem stocken.

»Dann ...?« Er hielt sie locker umfangen. Nach langer Zeit nickte sie fast unmerklich.

Vorsichtig hob er sie hoch und trug sie zu seinem Bett. Er legte sie auf die Kissen nieder. »Aber wenn du so empfindest, ist das nicht ein Beweis, dass der richtige Zeitpunkt gekommen ist, mein Liebling?«

Sie schüttelte den Kopf und hauchte: »Oh, Andrew, wenn es doch so einfach wäre!« Ihre Augen flossen über von Tränen. Plötzlich legte sie die Arme um seinen Hals.

»Andrew, willst du etwas für mich tun? Etwas, das du wohl nicht gern tun wirst? Versprichst du es, Andrew?«

Von schmerzlicher Liebe erfüllt, antwortete er: »Ich kann mir nichts in dieser oder einer anderen Welt vorstellen, was ich nicht für dich tun würde, Callie. Mein Liebling, mein Schatz, alles, alles, was es leichter für dich macht.«

Zitternd blickte sie zu ihm auf. »Dann tu das: Schlag mich bewusstlos. Nimm mich mit Gewalt, solange ich mich nicht wehren kann ...«

Andrew fuhr zurück und starrte sie in blankem Entsetzen an. Er konnte buchstäblich nicht sprechen, konnte seiner Bestürzung und seinem Abscheu keine Worte verleihen. Endlich stammelte er: »Du musst wahnsinnig sein, Callista! In Gottes

Namen, wie könnte ich irgendeiner Frau so etwas antun? Und dir am wenigsten!«

Sie sah ihn verzweifelt an. »Du hast es versprochen.«

Jetzt wurde er zornig. »Was bist du nur, Callista? Was bist du für eine wahnsinnige, perverse ...« Es mangelte ihm an Worten. Ersehnte sie, die gegen seine Zärtlichkeit kalt blieb, etwa seine Grausamkeit?

Ihre Tränen strömten lautlos. Sie fing seinen Gedanken auf. »Nein, nein, ich habe nie gedacht, du *wolltest* es. Es ist nur die einzige Möglichkeit, die ich mir vorstellen kann – oh, Avarra erbarme sich meiner, ich hätte sterben sollen, ich hätte sterben sollen ...«

Sie warf sich herum, begrub ihr Gesicht in den Kissen und weinte so heftig, dass es Andrew entsetzte. Er legte sich neben sie, er versuchte, sie in seine Arme zu nehmen, aber sie riss sich heftig von ihm los. Von einer Qual gefoltert, die beinahe ebenso groß war wie ihre eigene, zog Andrew sie an sich, streichelte und tröstete sie, versuchte, einen gedanklichen Kontakt herzustellen. Aber sie schirmte sich gegen ihn ab. Er hielt sie fest und ließ sie sich ausweinen. Endlich lag sie widerstandslos in seinen Armen, was nie mehr geschehen war, seit er sie aus den Höhlen von Corresanti wegbrachte, und er hatte den Eindruck, auch ihre innere Barriere habe sich aufgelöst. Sie hauchte: »Du bist so gut zu mir, und ich schäme mich so.«

»Ich liebe dich, Callista. Aber ich glaube, du hast so lange über diese Sache nachgegrübelt, bis sie jede Proportion verloren hat. Meiner Meinung nach war es falsch, zu warten, und je länger wir noch warten, desto schlimmer wird es werden.« Er spürte die vertraute Berührung seines Geistes, und jetzt wusste er, dass sie ihn wie damals, in der Zeit der Einsamkeit und Angst willkommen hieß. Sie sagte: »Damals fürchtete ich mich nicht davor.«

Fest erklärte er: »Nichts hat sich seitdem verändert, außer dass ich dich noch mehr liebe.«

Er wusste nicht viel über sexuelle Hemmungen, aber ihm war bekannt, dass es eine pathologische Frigidität gab. Und das bisschen, was ihm über die Ausbildung einer Bewahrerin erzählt worden war, bestätigte seinen Verdacht, man habe sie gegen jede Art sexueller Reaktion konditioniert. So naiv war er nicht, dass er glaubte, eine zärtliche Verführung werde alle ihre Ängste lösen und sie in eine leidenschaftlich liebende Frau verwandeln. Aber einen anderen Anfang gab es seiner Meinung nach nicht. Zumindest konnte es ihr neuen Mut geben.

Sie waren jetzt in engem Kontakt. Er spürte, dass sie nichts von der körperlichen Erregung empfand, die in ihm tobte, dass sie jedoch nach der innigen Verbundenheit hungerte, die die kalte Spannung zwischen ihnen beenden konnte. Er zog sie sanft an sich. Er begehrte sie, ja, aber nicht gegen ihren Willen. Er wollte, dass sie den Sturm der Leidenschaft teilte, der ihn zittern machte. Der Worte bedurften sie nicht. Sie zog seinen Kopf zu sich herab und legte mit scheuem Zögern ihre Lippen auf seine. Andrew überkam ein plötzliches Unbehagen. Er war noch nie mit einer unerfahrenen Frau zusammen gewesen. Er nahm bei ihrem jetzigen engen Kontakt die schreckliche Anstrengung wahr, die es sie kostete, nicht vor seiner Berührung zurückzuschaudern. Er strömte über von Zärtlichkeit. Sie lag weich in seinen Armen, berührte ihn schüchtern, versuchte nicht, ihren Mangel an Erregung zu verheimlichen. Das war nicht die Passivität der Unwissenheit. Sie wusste sehr gut, was er von ihr wollte, und doch war da keine Spur von sexuellem Verlangen.

Von neuem suchte er den geistigen Kontakt. Und dann spürte er durch die vertrauten Schwingungen, die von ihr kamen, eine Verwirrung, etwas anderes, fremd und doch bekannt, stark sexuell. *Ellemir? Damon und Ellemir?* Seine erste Reaktion war, sich zurückzuziehen, die geistigen Barrieren ruckartig zu schließen – *Ich bin doch kein Voyeur!* –, doch dann merkte er, dass Callista sich zögernd und noch versuchsweise in die vierfache Verschmelzung sinken ließ. Die alte Verbindung baute sich zwischen ihnen auf, wie sie es getan hatte, als sie alle innerhalb der Matrix vereinigt gewesen waren. Und zum ersten Mal bemerkte er an Callista ein Nachgeben, nicht nur geistiger, sondern auch körperlicher Art. Sie war weniger angespannt, als sei das weniger Angst erregend für sie, wenn sie es mit ihrer Zwillingsschwester teilte. Als er in die vierfache Verbindung hineingezogen wurde, kam es ihm einen Augenblick lang so vor, als liege Ellemir in seinen Armen, als sei sie es, die ihn umschlang, die sich ihm warm und willig hingab – nein, es war nur so, dass Callista sich mit Ellemirs Reaktion verschmolzen hatte, und Andrew fühlte gleichzeitig Callistas scheues Erstaunen und Ellemirs Aufregung und Freude, die Callista Mut gaben. Er drückte seinen Mund auf ihren in einem langen, suchenden Kuss, und zum ersten Mal erhielt er einen Hauch von Erwiderung. Callista gestattete ihm jetzt nicht mehr passiv, zu tun, was er wollte, sie war zum ersten Mal an dem Kuss beteiligt.

Hatte sie diese Art von Unterstützung gebraucht? Auf sein drängendes Flüstern hin schmiegte sie sich eng an ihn. Er wusste, sie war jetzt tief in Ellemirs Bewusstsein eingetaucht, sie teilte Ellemirs Reaktion, sie ließ ihren eigenen Körper davon erobern. Andrew nahm auch Damon wahr, und das beunruhigte ihn. Oder war es nur so, dass auch er Ellemirs Antwort auf die sinnlich erregende Mischung aus Zartheit und Heftigkeit, die von Damon ausging, empfangen und teilen konnte?

Einen Augenblick lang schien ihm, es sei für diesmal genug, auf der Oberfläche der leidenschaftlichen Umarmung des anderen Paares dahinzutreiben, nicht mehr zu fordern, sich von diesem warmen, ihn umschließenden vielfachen Bewusstsein einhüllen zu lassen. Aber es war noch zu fremdartig für ihn, und sein eigener Körper verlangte herrisch nach der Erfüllung. Andrew keuchte wie ein Schwimmer, der zum Luftholen nach oben kommt. Er versuchte, sich aus der geistigen Verbindung loszureißen, sein Bewusstsein allein auf Callista zu beschränken, Callista in seinen Armen, zart, verwundbar, ganz Schmiegsamkeit und Hingabe.

Plötzlich zerriss das feine Netz vielfacher Bewusstheit mit unvorstellbarer Heftigkeit. Ein reißender, brennender Schmerz durchzuckte seine Genitalien. Andrew schrie auf, und gleichzeitig hörte er Callista in Verzweiflung und wildem Protest schreien. Er fühlte sich aus ihren Armen gerissen und durch die Luft fliegen. Seine Gedanken verwirrten sich. *So etwas konnte es nicht geben!* Sein Kopf schlug auf etwas Scharfes auf, und in seinem Gehirn explodierten in einer Flamme des Schmerzes grellrote Lichter wie Bomben. Andrew verlor das Bewusstsein.

8

Er lag auf dem Fußboden.

Bevor er wieder ganz zu Bewusstsein kam, spürte er das und protestierte benommen dagegen. *Wie, zum Teufel, bin ich auf den Fußboden gekommen?* In seinem Kopf wütete ein scharfer Schmerz und in seinen Lenden ein noch heftigerer. Irgendwer hob seinen Kopf an. Andrew gab einen widerwilligen Laut von sich, als sein Kopf zu zerspringen schien, und öffnete die Augen. Damon, völlig nackt, kniete neben ihm.

»Lieg still!«, befahl er, als Andrew versuchte, sich aufzurichten. »Lass mich das Blut aus deinen Augen wischen, du Idiot!«

Die Wut, die Andrew übermannte, vertrieb sogar den Schmerz. Er stieß Damons Hand heftig fort. »Verflucht, was hast du hier zu suchen? Wie kannst du es wagen? Callista und ich ...«

»Wir auch«, stellte Damon mit schiefem Grinsen fest. »Wie du verdammt genau weißt. Meinst du, uns hätte es gepasst, auf diese Weise unterbrochen zu werden? Aber immer noch besser so, Mann, als wenn die Diener nach oben gerast kämen, um festzustellen, wer hier ermordet wird. Bei Zandrus Hölle, hast du Callista nicht schreien gehört?«

Andrew konnte nichts anderes hören als ein klägliches Wimmern, aber ihm schien, irgendwo in seinem Geist sei die Wahrnehmung – nicht ganz eine Erinnerung – durchdringender Schreie verankert. Er kämpfte sich auf die Füße. Damons helfende Hand beachtete er nicht.

»Callista! Ich muss zu ihr ...«

»Ellemir ist bei ihr, und ich glaube nicht, dass sie dich im Augenblick sehen möchte. Lass mich das da ansehen.« Seine untersuchenden Hände waren so unpersönlich, dass Andrew keinen Anstoß nehmen konnte. »Tut das weh?«

Es tat weh. Damons Gesicht war ernst, doch nach näherer Untersuchung stellte er fest: »Keine dauernde Schädigung der Hoden, glaube ich. Nein, versuche nicht hinzusehen, du bist an Wunden nicht gewöhnt, und es wird dir schlimmer vorkommen, als es ist. Kannst du richtig sehen?«

Andrew versuchte es. »Verschwommen«, sagte er. Damon wischte von neuem an dem Schnitt auf Andrews Stirn herum. »Kopfwunden bluten immer höllisch, aber ich glaube doch, hier sind ein oder zwei Stiche notwendig.«

»Es ist doch nicht wichtig!« Callistas Schluchzen zerriss ihm das Herz. »Ist mit Callista alles in Ordnung? O Gott, hat das sie verletzt?«

»Hast *du sie* verletzt?«, fragte Ellemir hinter ihnen gereizt. »Dieses Mal ist es ihr nicht *ganz* gelungen, dich zu töten.«

»Lass sie in Ruhe!«, verlangte Andrew wild. Er konnte sich an nichts anderes erinnern als an Leidenschaft und eine heftige – entsetzlich heftige – Unterbrechung. »Was ist geschehen? Ein Erdbeben?«

Callista lag auf der Seite, das Gesicht vom Weinen verschwollen. In ihrer Nacktheit wirkte sie so hilflos, dass Andrew das Herz wehtat. Er ergriff ihren Morgenmantel und breitete ihn behutsam über ihren bloßen Körper.

»Liebling – Liebling, was habe ich dir angetan?«

Von neuem brach sie in bittere Tränen aus. »Ich habe mir so viel Mühe gegeben ... und ich hätte ihn beinahe getötet, Damon, ich dachte, ich sei bereit, und ich war es nicht! Ich hätte ihn töten können ...«

Damon strich ihr das Haar aus dem feuchten Gesicht. »Weine nicht länger, *Breda*. Alle Schmiede in Zandrus Werkstätten können ein zerbrochenes Ei nicht mehr flicken. Du hast ihn nicht getötet, das allein ist jetzt wichtig.«

»Willst du damit etwa sagen, es sei *Callista* ...«

»Ein Fehler in der Beurteilung der Situation«, stellte Damon sachlich fest. »Du hättest es nicht versuchen sollen, ohne mich vorher aufzufordern, sie zu überwachen. Dann hätte ich feststellen können, ob sie bereit war. Ich dachte, ich könne ihr vertrauen.«

Andrew hörte das Echo von Callistas Worten in seinem Geist: »Nicht du bist es, dem ich nicht vertraue.« Und Damon sagte: »Ein Mann, der eine Bewahrerin vergewaltigt, setzt sein Leben und seinen Verstand aufs Spiel.«

Offenbar wurde Callista immer noch von einem Komplex völlig unwillkürlicher Psi-Reflexe bewacht, die sie nicht zu kontrollieren vermochte ... und die keinen Unterschied zwischen einer versuchten Vergewaltigung und der zärtlichsten Liebe machten.

Damon sagte: »Elli, ich muss Andrews Stirnwunde mit ein paar Stichen nähen. Bleib bei Callista, lass sie keinen Augenblick allein.« Er hielt Ellemirs Blick fest und fragte ernst: »Verstehst du, wie wichtig das ist?«

Sie nickte. Plötzlich fiel Andrew auf, dass auch sie nackt war und sich dessen überhaupt nicht bewusst zu sein schien. Als hätten Andrews Gedanken sie darauf aufmerksam gemacht, wandte sie sich jetzt ab und schlüpfte in einen Mantel Callistas, der über einem Stuhl hing. Dann setzte sie sich zu ihrer Schwester und fasste ihre Hand.

»Komm, lass mich die Wunde nähen«, befahl Damon. In der anderen Hälfte der Suite zog er sich einen Morgenmantel an, holte ohne Hast eine Erste-Hilfe-Tasche aus seinem Badezimmer und winkte Andrew, sich unter die Lampe zu setzen. Er trug etwas Kaltes und Nasses mit einem Schwamm auf die Wunde auf, das den Schmerz ein wenig betäubte. »Halt still. Es kann ein bisschen wehtun.« Tatsächlich tat es sehr weh, war aber so schnell beendet, dass Damon schon die Nadel in einer Kerzenflamme sterilisierte und weglegte, fast bevor Andrew zusammenzucken konnte. Damon goss für beide Gläser voll, setzte sich Andrew gegenüber und betrachtete ihn nachdenklich. »Wenn die andere Verletzung dir morgen viel zu schaffen macht, nimm heiße Bäder. Verdammt noch mal, Andrew, wovon warst du *besessen?* Das jetzt zu versuchen, ohne auch nur zu fragen ...«

»Was, zum Teufel, geht es dich an, wann – oder ob – ich mit meiner Frau schlafe?«

»Die Antwort darauf sollte offensichtlich sein«, erwiderte Damon. »Du hast uns in einem kritischen Moment unterbrochen, weißt du. Ich hätte eine Barriere errichtet, aber ich dachte, es könne Callista helfen. Bei dem, was dann geschah, hätte ich ebenso verletzt werden können wie du, wenn ich nicht in einem Turm ausgebildet worden wäre. Aber gespürt habe ich die Rückzündung sehr wohl, und deshalb verstehst du, geht es mich schon etwas an. – Außerdem«, setzte er freundlicher hinzu, »liegt mir sehr viel an Callista, und an dir auch.«

»Ich dachte, sie habe einfach Angst. Weil sie abgeschirmt, beschützt, auf Jungfräulichkeit konditioniert gewesen ist –«

Damon fluchte: »Zandrus Hölle, wie kann so etwas passieren? Da sind wir alle vier Telepathen, und nicht einer hat so viel Verstand, sich hinzusetzen und die Sachen offen zu besprechen! Es ist meine Schuld. Ich wusste es, aber ich bin überhaupt nicht auf den Gedanken gekommen, dass du es nicht wusstest. Ich dachte, Leonie hätte es dir gesagt. Offenbar hat sie wiederum sich auf mich verlassen. Und ich war davon überzeugt, Callista werde dich rechtzeitig warnen. Nun, verdammt noch mal, es ist geschehen und kann nicht wieder ungeschehen gemacht werden.«

Andrew empfand nichts als Verzweiflung und das Gefühl, versagt zu haben. »Es hat keinen Sinn, nicht wahr, Damon? Ich bin nicht gut für Callie oder sonst jemanden. Soll ich ...

mich einfach ohne Aufheben aus ihrem Leben entfernen? Weggehen, aufhören damit, sie zu quälen?«

Damon packte ihn hart bei der Schulter. Er fuhr ihn an: »Willst du, dass sie *stirbt*? Weißt du, wie nahe sie dem Tod ist? Sie kann sich jetzt mit einem bloßen Gedanken selbst töten, so leicht, wie sie beinahe dich getötet hätte! Sie hat niemanden sonst, nichts sonst, und sie kann sich mit einem einzigen Gedanken das Leben nehmen. Willst du ihr das antun?«

»Gott, *nein*!«

»Ich glaube dir«, sagte Damon nach einer Minute des Schweigens. »Aber an dir liegt es, *sie* zu überzeugen.« Er zögerte. »Ich muss es wissen. Bist du in sie eingedrungen, wenn auch nur leicht?«

Andrew flammte dermaßen vor Entrüstung auf, dass Damon schon zusammenzuckte, noch bevor Andrew begann: »Hör einmal, Damon, was, zum Teufel ...«

Damon seufzte. »Ich könnte Callie fragen, aber ich wollte ihr das ersparen.«

Andrew blickte auf den Fußboden. »Ich bin mir nicht sicher. Alles ist ... verschwommen.«

»Ich vermute, du hast es nicht getan, sonst wärst du schlimmer verletzt«, meinte Damon.

Andrew konnte seine Bitterkeit nicht mehr beherrschen. »Ich wusste nicht, dass sie es so sehr hasste!«

Damon legte eine Hand auf die Schulter des Terraners. »Das hat sie nicht. Verdirb dir mit solchen Gedanken nicht die Erinnerung an das, was wirklich gut war. Der Teil war wirklich.« Nach einem Augenblick setzte er hinzu: »Ich weiß es, ich war dort, erinnerst du dich? Es tut mir Leid, wenn dich das geniert, aber unter Telepathen kommt so etwas vor, und wir sind schon einmal alle durch die Matrix verbunden gewesen. Es *war* wirklich, und Callista liebt dich und begehrt dich. Was das Übrige angeht, so hat sie sich einfach geirrt. Sie muss geglaubt haben, sie sei frei davon. Siehst du, wenn eine Bewahrerin den Turm verlässt, wenn sie sich verliebt und heiratet, geschieht das meistens, bevor ihre Konditionierung abgeschlossen ist. Oder sie stellt bei ihrer Arbeit fest, dass sie ihr zu viel Beunruhigung und Schmerz bereitet, und dann greift die Konditionierung nicht durch, und sie gibt auf und geht fort. Die Ausbildung einer Bewahrerin ist schrecklich. Zwei von drei Mädchen, die sie beginnen, werden nicht damit fertig. Und wenn die Konditionierung einmal abgeschlossen und nach allen Regeln vorgenommen ist, geschieht es nur selten, dass sie durchbrochen wird. Als Leonie Callista die Erlaubnis gab zu heiraten, muss sie geglaubt haben, das sei einer dieser seltenen Fälle, oder Callista hätte nicht gewünscht, den Turm zu verlassen.«

Andrew war beim Zuhören bleich geworden. »Was kann man dagegen unternehmen?«

»Ich weiß es nicht«, gestand Damon ehrlich. »Ich werde tun, was ich kann.« Mit müder Hand strich er sich über die Stirn. »Ich wünschte, ich hätte *Kirian* da, den ich ihr geben könnte. Doch im Augenblick braucht sie nichts dringender als Trost, und den kannst nur du ihr geben. Komm und versuche es.«

Ellemir hatte Callistas tränenfleckiges Gesicht gewaschen, ihr das Haar gekämmt und eingeflochten und sie in ihr Nachtgewand gesteckt. Als sie Andrew erblickte, füllten sich Callistas Augen von neuem mit Tränen.

»Andrew, ich habe es versucht! Hasse mich nicht! Ich hätte beinahe ... beinahe ...«

»Ich weiß.« Er nahm ihre Hand. »Du hättest mir genau sagen sollen, wovor du solche Angst hattest, Liebes.«

»Ich konnte es nicht.«

»Es war mir ernst mit dem, was ich gesagt habe, Callista. Ich liebe dich, und ich kann auf dich warten. So lange, wie ich muss.«

Sie umklammerte fest seine Hand. Damon beugte sich über sie. Er sagte: »Elli wird heute Nacht bei dir schlafen. Ich möchte, dass sie die ganze Zeit in deiner nächsten Nähe bleibt. Hast du irgendwo Schmerzen?«

Sie nickte und biss sich auf die Lippe. Damon fragte: »Ellemir, als du sie angezogen hast, waren da irgendwelche Verbrennungen oder schwarze Stellen zu sehen?«

»Nichts Ernsthaftes. Ein schwarzer Fleck an der Innenseite eines Schenkels.« Ellemir zog das Nachthemd hoch, und Andrew starrte voller Entsetzen auf das versengte Fleisch. Schlug diese Psi-Kraft wie ein Blitz ein? Damon meinte: »Wahrscheinlich wird keine Narbe zurückbleiben. Aber, verdammt, Callie, es ist mir scheußlich unangenehm, dich danach zu fragen, nur ...«

»Nein«, antwortete sie schnell. »Er ist nicht in mich eingedrungen.«

Damon nickte offensichtlich erleichtert, und Andrew, der auf die schwarze Brandwunde niedersah, erkannte zu seinem Schrecken plötzlich, warum Damon sich erkundigt hatte.

»Andrew hat nicht viel abbekommen. Er ist mit dem Kopf aufgeschlagen, hat aber keine Gehirnerschütterung. Doch wenn du Schmerzen hast, sollte ich dich lieber überwachen.« Damon schnitt Callistas Widerspruch freundlich ab. »Callista, ich habe schon Psi-Mechaniker überwacht, als du noch ein Kind warst. So ist's recht, leg dich auf den Rücken. Nicht so viel Licht, Elli, dabei kann ich nicht viel sehen.« Andrew hielt das für paradox, aber als Ellemir das Licht dämpfte, nickte Damon billigend. Er winkte Andrew zu sich. »Ich wünschte, ich hätte so viel Verstand gehabt, dir das vor langer Zeit schon zu zeigen.«

Er führte seine Fingerspitzen über Callistas Körper, ohne sie zu berühren, etwa einen Zoll über ihrem Nachthemd. Andrew blinzelte.

Er sah ein sanft glühendes Licht, das den Fingerspitzen folgte, schwache Wirbelströme, hier und da ein Pulsieren wolkiger, farbiger Spiralen.

»Sieh her. Hier sind die Hauptnervenkanäle – warte, ich möchte dir zuerst ein normales Muster zeigen. Ellemir?«

Gehorsam streckte sie sich neben Callista aus. Damon erklärte: »Das sind die Hauptströme, die Kanäle auf beiden Seiten des Rückgrats, positiv und negativ. Von ihnen zweigen die Hauptzentren ab: Stirn, Kehle, Solarplexus, Bauchhöhle, Ende des Rückgrats, Genitalien.« Er zeigte auf die hellen Spiralen. »Ellemir ist eine erwachsene, sexuell erweckte Frau«, erklärte er sachlich. »Bei einer Jungfrau wären diese unteren Zentren weniger hell, da sie weniger Energie trügen. Das ist das normale Muster. Bei einer Bewahrerin sind die Ströme durch die Konditionierung verändert, um die Impulse aus den unteren Kanälen abzuschneiden, denn es sind dieselben Kanäle, die sexuelle Energie und Psi-Kraft befördern. Bei einem normalen Telepathen – Ellemir hat *Laran* in beträchtlichem Ausmaß – entwickeln sich beide Kräfte gleichzeitig während der Pubertät. Nach bestimmten Umwälzungen, die wir Schwellenkrankheit nennen, stabilisieren sie sich und arbeiten von da an selektiv, je nachdem, welche von beiden benötigt wird. Mit Energie gespeist werden sie von derselben Quelle im Gehirn. Manchmal werden die Kanäle überladen. Erinnerst du dich, dass ich dich bei unserer Matrix-Arbeit wegen der vorübergehenden Impotenz warnte? Eine Bewahrerin muss nun mit so enormen Psi-Kräften umgehen, dass ihr Körper einen doppelten Fluss nicht ertragen könnte. Deshalb müssen die Kanäle allein für die Psi-Kraft freigehalten werden. Die oberen Kanäle werden folglich von den unteren, die die sexuelle Vitalität enthalten, getrennt, und es gibt keine Rückzündungen. Was wir hier haben ...« – er wies auf Callista, und die Geste erinnerte Andrew absurderweise an ein Anatomie-Kolleg – »... ist eine gewaltige Überladung der Kanäle. Normalerweise fließen die Psi-Kräfte *um* die sexuellen Zentren, ohne sie in Mitleidenschaft zu ziehen. Aber sieh dir das an.« Andrew erkannte, dass die unteren Lebenszentren, die bei Ellemir so klar waren, bei Callista trübe glommen. Sie pulsierten wie infizierte Wunden und zeigten schwere, träge, ungesunde Wirbel. »Sexuelle Erweckung und Stimulation haben stattgefunden, aber die Kanäle, die die Impulse normalerweise weiterbefördert hätten, sind durch die Konditionierung blockiert und kurzgeschlossen.« Sanft legte er seine Hände auf ihren Körper und berührte einen der Wirbelströme. Deutlich war ein Schnappen zu hören, und Callista stöhnte.

»Tut das weh? Das habe ich befürchtet«, entschuldigte sich Damon. »Und ich kann die Kanäle nicht einmal reinigen! Es ist kein *Kirian* im Haus, nicht wahr? Ohne ihn kannst du die Schmerzen nicht aushalten.«

Für Andrew war das alles Griechisch, aber er konnte die trägen, trübroten Wirbel in Callistas Körper deutlich von den reinen, leuchtenden Pulsen in Ellemirs unterscheiden.

»Mach dir jetzt keine Sorgen darüber«, riet Damon. »Vielleicht reinigen sie sich im Schlaf von selbst.«

Callista sagte schwach: »Ich glaube, ich könnte besser schlafen, wenn Andrew mich hielte.«

Voller Mitgefühl erwiderte Damon: »Ich weiß, was du empfindest, *Breda,* aber es wäre nicht klug. Du hast schon damit begonnen, auf ihn zu reagieren, und nun versuchen zwei im Widerstreit stehende Reflexe, gleichzeitig in Aktion zu treten.« Er wandte sich Andrew zu und warnte ihn mit ernstem Nachdruck: »Du darfst sie nicht berühren, überhaupt nicht, bis die Kanäle wieder sauber sind!« Für Callista setzte er streng hinzu: »Das gilt für euch beide!«

Ellemir, die im Bett neben Callista lag, deckte sich und ihre Schwester zu. Andrew bemerkte, dass die wirbelnden, leuchtenden Kanäle wieder zur Unsichtbarkeit verblasst waren, und er fragte sich, wie es Damon gelungen war, sie sichtbar zu machen. Damon empfing den Gedanken und sagte: »Es ist kein Trick dabei. Ich werde dir einmal zeigen, wie es geht. Du hast genug *Laran* dafür. Warum legst du dich nicht in Callistas Bett und versuchst zu schlafen? Du siehst aus, als hättest du es nötig. Ich bleibe hier und überwache Callista, bis ich sicher bin, dass es nicht zu einer Krise kommt.«

Andrew legte sich in Callistas Bett. Es hatte immer noch den zarten Duft ihres Haars und des leichten, blumigen Parfums, das sie immer benutzte, an sich. Sein Elend hielt ihn noch lange wach. Er hatte Callista das angetan! Sie hatte die ganze Zeit Recht gehabt! Er konnte Damon im Sessel sitzen sehen. Schweigend wachte er über sie. Einen Augenblick lang schien er ihm kein körperliches Wesen zu sein, sondern ein Muster aus magnetischen Strömen, elektrischen Feldern, ein Netzwerk, ein Kreuz und Quer von Energien. Endlich fiel Andrew in unruhigen Schlummer.

Andrew schlief wenig in dieser Nacht. Sein Kopf schmerzte unerträglich, und jeder einzelne Nerv in seinem Körper schien vor Spannung zu ächzen. Hin und wieder fuhr er auf, weil er Callista im Schlaf stöhnen oder aufschreien gehört hatte, und er konnte nichts dagegen tun, dass er sein Versagen auf albtraumhafte Weise immer von neuem durchlebte. Es wurde draußen schon hell, als er sah, dass Damon sich geräuschlos aus dem Sessel erhob und in sein eigenes Zimmer ging. Andrew glitt aus dem Bett und folgte ihm. In dem dämmrigen Licht wirkte Damon erschöpft und vergrämt. »Konntest du auch nicht schlafen, Verwandter?«

»Eine Weile habe ich geschlafen.« Andrew fand, Damon sehe schrecklich aus. Damon empfing den Gedanken und grinste schief. »Gestern den ganzen Tag geritten, und dann der

Aufruhr in der Nacht ... Aber ich bin ziemlich sicher, dass es bei ihr diesmal nicht zu einer Krise oder zu Krämpfen kommen wird, deshalb kann ich auch noch ein Auge zutun.« Er wandte sich seiner Hälfte der Suite zu. »Wie geht es dir?«

»Mich hält der Urgroßvater aller scheußlichen Kopfschmerzen in seinen Klauen.«

»Und dazu kommen ein paar andere Wehwehchen, könnte ich mir vorstellen«, ergänzte Damon. »Trotzdem hast du noch Glück gehabt.«

Glück! Andrew vernahm es ungläubig, aber der Freund gab ihm keine Erklärung. Damon trat ans Fenster, riss es weit auf, stellte sich in den eisigen Luftzug und blickte in das Schneegestöber hinaus. »Verdammt. Sieht ganz so aus, als bekämen wir einen Blizzard. Das Schlimmste, was überhaupt passieren kann. Besonders jetzt, wo Callista ...«

»Warum?«

»Mann, wenn es in den Kilghardbergen schneit, dann *schneit* es! Wir können dreißig oder vierzig Tage lang eingeschneit und von der Welt abgeschnitten sein. Ich hatte gehofft, ich könnte aus dem Neskaya-Turm *Kirian* holen lassen für den Fall, dass ich Callistas Kanäle reinigen muss. Aber niemand kann bei diesem Wetter reisen; ich könnte es nicht verlangen.« Erschöpft stützte er sich auf das Fenstersims. Der eisige Wind ließ sein Haar flattern. »Schlaf da nicht ein, verdammt!«, rief Andrew aus, »du wirst Lungenentzündung bekommen.« Er schloss das Fenster. »Leg dich hin, Damon. Ich kann nach Callista sehen. Sie ist *meine* Frau und *meine* Verantwortung.«

Damon seufzte. »Und ich bin nach Dom Esteban, der invalide ist, Callistas nächster Verwandter. Und ich habe euch beide unter der Matrix in Rapport gebracht. Das macht sie zu *meiner* Verantwortung, kraft des Eides, den ich geleistet habe.« Er taumelte. Andrew fasste ihn bei den Schultern und stützte ihn.

Damon murmelte undeutlich: »Aber ich muss versuchen zu schlafen, oder ich werde nicht im Stande sein, ihr zu helfen, wenn sie mich braucht.«

Andrew führte ihn zu dem zerwühlten Bett hin. Damon fing einen bruchstückhaften Gedanken Andrews auf, Gewissensbisse darüber, dass er eine Zeit lang Voyeur bei Damon und Ellemir gewesen war. Damon wunderte sich vage darüber, warum das Andrew beunruhigte; er war jedoch zu müde, weiter darüber nachzudenken. Er kroch ins Bett. Für einen Augenblick zwang er sich zu geistiger Klarheit. »Bleib in der Nähe der Frauen. Lass Callista schlafen, aber wenn sie aufwacht und Schmerzen hat, ruf mich.« Er rollte sich auf den Rücken und versuchte, das vor seinen Augen verschwimmende Gesicht des Terraners deutlich zu erkennen. »Berühre Callista nicht ... verdammt wichtig ... nicht einmal, wenn sie dich darum bittet. Es könnte gefährlich sein ...«

»Ich werde das Risiko eingehen, Damon.«

»Gefährlich für *sie*«, betonte Damon und dachte: *Verdammt noch mal, wenn ich mich auf ihn nicht verlassen kann, muss ich zurückgehen ...*

Andrew nahm den Gedanken wahr. »In Ordnung, ich verspreche es. Aber ich möchte, dass du es mir erklärst, sobald du kannst.« Damon seufzte müde. »Tue ich«, und damit sank er in Schlaf.

Andrew stand neben ihm und sah, wie die erschöpften Züge sich glätteten. Er deckte seinen Freund sorgfältig zu und ging. Damons Leibdiener wies er an, ihn schlafen zu lassen. Dann fiel ihm ein, dass es peinlich werden könnte, wenn jemand käme, nach Ellemir zu sehen, die doch schon immer frühmorgens auf war. Deshalb sagte er dem Mann, er möge den Haushofmeister benachrichtigen, sie seien alle lange aufgeblieben, und es solle sie niemand stören.

Er ging zurück in sein Zimmer und legte sich auf Callistas

Bett. Nach einer Weile schlief er wieder ein. Plötzlich wachte er auf und stellte fest, dass er stundenlang geschlafen haben musste. Es war Tag geworden, aber immer noch dunkel. Von den Fenstern wirbelten dichte Schneeflocken. Callista und Ellemir lagen Seite an Seite in seinem Bett. Doch nun setzte sich Ellemir hoch, kletterte vorsichtig über Callista hinweg und kam auf Zehenspitzen zu ihm.

»Wo ist Damon?«

»Er schläft, wie ich hoffe.«

»Hat noch niemand nach mir gefragt?« Andrew berichtete, was er angeordnet hatte, und sie dankte ihm. »Ich muss mich anziehen. Ich werde Callistas Bad benutzen, wenn du nichts dagegen hast. Damon möchte ich nicht stören. Etwas zum Anziehen muss ich mir auch ausleihen.« Sich wie ein Schatten bewegend, nahm sie Sachen aus Callistas Schrank. Andrew wusste nicht recht, ob er ihr übel nehmen sollte, dass sie lieber Callista als Damon störte, aber offenbar zerriss die vertraute Anwesenheit ihrer Zwillingsschwester Callistas tiefen Schlaf nicht.

Ohne sein Wollen erinnerte sich Andrew daran, wie Ellemir in der vergangenen Nacht an Callistas Bett gestanden hatte, sich ihrer Nacktheit nicht bewusst. Er vermutete, dass für einen Telepathen, der daran gewöhnt war, seine Gedanken bloßzulegen, körperliche Nacktheit nicht viel bedeutete. Er jedoch musste an den Augenblick denken, als ihm schien, er halte Ellemir in seinen Armen, warm, willig und sein Begehren teilend, wie Callista es nicht tun konnte ... Verlegen wandte er sich ab. Sengende Hitze überflutete sein Gesicht, und der Schmerz in seinem Körper erinnerte ihn nur zu deutlich an das Fiasko der Nacht. Ob Ellemir wusste, dass er an ihrem Liebesspiel mit Damon teilgenommen, ob sie seine Anwesenheit ebenfalls gespürt hatte?

Ellemir betrachtete ihn mit nervösem Lächeln. Dann biss

sie sich auf die Lippe und ging ins Bad, und ein Arm voll von blauem und weißem Leinen schleppte hinter ihr her.

Andrew kämpfte um eine ruhige Haltung. Er blickte auf seine schlafende Frau nieder. Sie sah blass und müde aus mit dunklen Ringen wie Wundmalen unter den geschlossenen Augen. Sie lag auf der Seite. Ein Arm bedeckte einen Teil ihres Gesichts, und Andrew erinnerte sich mit aufbrandendem Schmerz, dass er sie im trüben Licht der Überwelt so hatte liegen sehen. Als ihr Körper in den dunklen Höhlen von Corresanti gefangen lag, war sie im Geist, im Schlaf zu ihm gekommen, verletzt, blutend, erschöpft, verängstigt. Und er konnte nichts für sie tun. Seine Hilflosigkeit hatte ihn damals wahnsinnig gemacht. Jetzt empfand er angesichts ihrer einsamen Qual wieder ebenso.

Langsam öffnete sie die Augen.

»Andrew?«

»Ich bin bei dir, mein Liebes.« Wie ein Schatten glitt Schmerz über ihr Gesicht. »Wie fühlst du dich, Liebling?«

»Schrecklich.« Sie verzog das Gesicht. »Als sei ich in eine Stampede wilder *Oudrakhi* geraten.« Wer außer Callista, fragte er sich, konnte in diesem Augenblick scherzen? »Wo ist Damon?«

»Er schläft, Liebes. Und Ellemir will baden und sich anziehen.«

Sie seufzte und schloss kurz wieder die Augen. »Und ich hatte gedacht, heute würde ich wirklich zur Frau geworden sein. Evanda sei gelobt, dass es Damon und Ellemir waren, die uns hörten, und nicht dieser Bengel Dezi mit seinen höhnischen Redensarten.« Andrew grauste es bei diesem Gedanken. Doch tatsächlich war es Dezis Spott gewesen, der das Fiasko heraufbeschworen hatte.

»Ich wollte, ich hätte ihm den verdammten Hals gebrochen!«, rief Andrew aus.

Callista schüttelte seufzend den Kopf. »Nein, nein, er war nicht daran schuld. Wir sind beide erwachsene Menschen, wir wissen genug, um unsere eigenen Entscheidungen zu treffen. Was er sagte, war eine Grobheit. Unter Telepathen lernt man sehr schnell, in solchen Angelegenheiten nicht herumzuschnüffeln, und wenn man unabsichtlich davon erfährt, sich mit der gebotenen Höflichkeit zu verhalten. Dezi hat sich unverzeihlich benommen, aber an dem, was hinterher geschah, trägt er keine Schuld, Liebster. Es war unsere Wahl.«

»Meine Wahl.« Andrew schlug die Augen nieder. Sie fasste nach seiner Hand. Ihre Finger waren kalt. Wieder sah er den Schmerz in ihrem Gesicht. »Damon sagte, ich solle ihn rufen, wenn du mit Schmerzen aufwachtest, Callista.«

»Noch nicht. Lass ihn schlafen. Er hat sich für uns erschöpft. Andrew ...«

Er kniete neben ihr nieder, und sie streckte ihre Arme aus.

»Andrew, halte mich, nur für einen Augenblick. Lass mich in deinen Armen liegen ... lass mich deine Nähe fühlen ...«

Er beugte sich sofort über sie. Es erschütterte ihn, dass sie ihn nach der vergangenen Nacht immer noch liebte, ihn immer noch wollte.

Dann erinnerte er sich und zog sich zurück. Mit schwerem Herzen erklärte er: »Mein Liebling, ich habe Damon versprochen, dich nicht zu berühren.«

»Ach, Damon, Damon, immer Damon!«, stieß sie hervor. »Ich fühle mich so stark und so elend, ich möchte nichts weiter, als dass du mich festhältst ...« Sie brach ab und schloss mit einem verlorenen Seufzer wieder die Augen. Er sehnte sich inbrünstig danach, sie in seine Arme zu nehmen, jetzt nicht voller Begehren – das hatte sich sehr weit zurückgezogen –, sondern um sie zu schützen, zu trösten, ihren Schmerz zu lindern. Aber seines Versprechens wegen hielt er sich bewegungslos, und endlich sagte Callista: »Oh, ich nehme an, er hat Recht. Das hat er für gewöhnlich, verdammt soll er sein.« Doch Andrew erkannte wieder den Schmerz hinter ihren Augen, der ihr Gesicht hohl vor Erschöpfung und alt machte. Er entsetzte sich darüber, dass er immerzu an Leonies Gesicht denken musste, verbraucht, müde, alt.

Wieder überflutete ihn die Erinnerung an den Augenblick in der letzten Nacht, als sie eins gewesen waren mit Damon und Ellemir.

Callista hatte es gewollt, hatte sich gern mit dem anderen Paar verschmolzen, hatte erst nach Herstellung des telepathischen Kontaktes begonnen, auf ihn zu reagieren. Von neuem durchfuhr der schreckliche Schmerz seine Lenden, der Gedanke an sein Versagen folterte ihn, tötete die Erregung. Seine Liebe zu Callista war nicht um ein Atom geringer, aber ihm war, als sei irgendetwas verdorben worden, als seien Damon und Ellemir, so nahe sie ihnen standen und so lieb sie ihnen waren, störend zwischen sie getreten.

Callistas Augen schwammen in Tränen. Einen Augenblick später hätte Andrew sein Versprechen vergessen und sie in seine Arme gezogen. Aber da kam Ellemir, frisch und rosig von ihrem Bad, gekleidet in etwas, das er an Callista gesehen hatte, wieder ins Zimmer. Sie sah, dass Callista wach war und ging sofort zu ihr.

»Fühlst du dich besser, *Breda*?«

Callista schüttelte den Kopf. »Nein. Höchstens schlechter.«

»Kannst du aufstehen, Liebes?«

»Ich weiß es nicht.« Callista versuchte, sich zu bewegen. »Ich werde wohl aufstehen müssen. Willst du mein Mädchen rufen, Elli?«

»Nein, das werde ich nicht tun. Niemand soll dich mit einem Finger berühren, sagt Damon, und ich will auch nicht, dass diese törichten Mädchen klatschen. Ich werde mich um dich kümmern, Callie. Andrew, du solltest Damon besser benachrichtigen, dass sie wach ist.«

Andrew fand Damon beim Rasieren in dem luxuriösen Bad, das genauso eingerichtet war wie das in der anderen Hälfte der Suite. Er winkte Andrew, hereinzukommen. »Geht es Callista besser?«

Dann bemerkte Damon das Zögern seines Freundes. »Teufel, ich hätte mir nie vorgestellt ... gibt es im Terranischen Imperium Nacktheitstabus?«

Andrew hatte das seltsame Gefühl, er und nicht Damon sollte verlegen sein. »In einigen Kulturen ja. Meine gehört dazu. Aber ich bin auf eurer Welt, deshalb muss ich mich an eure Sitten gewöhnen, nicht du dich an meine.«

Es war dumm, dachte Andrew, jetzt verlegen zu werden oder in Zorn zu geraten bei der Erinnerung daran, wie Damon sich heute Nacht nackt über Callista beugte und ihren zarten, zerschlagenen Körper betrachtete.

Damon zuckte die Schultern und meinte harmlos: »Derartige Tabus gibt es hier nicht viele. Einige unter den *Cristoferos* oder bezüglich der Anwesenheit von Nichtmenschen oder unter verschiedenen Generationen. Ich würde zum Beispiel nicht gern nackt in einer Gruppe von Altersgenossen meines Vaters oder Dom Estebans erscheinen. Doch verboten ist es nicht, und ganz gewiss wäre es nicht so peinlich, wie es dir peinlich zu sein scheint. Ohne triftigen Grund würde ich auch nicht nackt in eine Schar von Hausmädchen marschieren, aber sollte das Haus brennen oder etwas Ähnliches passieren, würde ich nicht zögern. Jedoch ein Mann meines eigenen Alters, verheiratet mit der Schwester meiner Frau ...« Hilflos zuckte er die Schultern. »Auf den Gedanken wäre ich nie gekommen.«

Andrew sagte sich, dass er es sich schon heute Nacht hätte denken können, als Ellemir sich ihrer Nacktheit offenbar gar nicht bewusst war.

Damon spritzte sich Wasser ins Gesicht und danach eine grüne, angenehm riechende Kräuterlotion. Der Geruch erinnerte Andrew an Callistas kleinen Destillierraum. Damon zog sich das Hemd über die Schultern. Er lachte: »Und was Elli angeht, solltest du erleichtert sein. Es bedeutet, dass sie dich als Familienmitglied akzeptiert hat. Oder wäre es dir lieber, wenn sie sich vor dir schämte und sich in deiner Gegenwart sorgfältig bedeckt hielte, als ob du ein Fremder wärst?«

»Nein, wenn du nichts dagegen hast.« Aber bedeutete das nicht, dass Ellemir ihn nicht als Mann sah? War das nicht eine subtile Art, ihn zu entmannen?

»Lass dir Zeit«, riet Damon, »es wird alles von selbst in Ordnung kommen.« Unbefangen zog er sich an. »Schneit es noch?«

»Stärker denn je.«

Damon trat ans Fenster, aber als er die Flügel öffnete, um hinauszusehen, fuhr der heulende Wind wie ein Hurrikan ins Zimmer. Schnell schlug er das Fenster wieder zu. »Callie ist wach? Wer ist bei ihr? Gut, ich hatte gehofft, Ellemir werde Verstand genug haben, die Mädchen fern zu halten. Für Callie in ihrem Zustand wäre die Anwesenheit jedes Nichttelepathen nahezu unerträglich. Darum hatten wir niemals menschliche Diener in den Türmen, weißt du.« Er ging zur Tür. »Habt ihr schon irgendetwas zu essen gehabt?«

»Noch nicht.« Andrew dachte erst jetzt daran, dass die Mittagsstunde vorüber und er sehr hungrig war.

»Willst du nach unten gehen und Rhodri bitten, etwas hinaufzuschicken? Ich denke, wir alle sollten in Callistas Nähe bleiben«, sagte Damon, und dann zögerte er. »Ich möchte dir eine unangenehme Aufgabe aufhalsen. Du wirst zu Dom Esteban gehen und ihm irgendeine Erklärung geben müssen. Auf mich braucht er nur einen Blick zu werfen, um die ganze Geschichte zu wissen – er kennt mich, seit ich neun Jahre alt war. Ich glaube nicht, dass er dich ausforschen wird. Du bist ihm immer noch so weit fremd, dass er sich dir gegenüber ein bisschen reserviert verhält. Macht es dir wirklich nichts aus? Ich kann ihm einfach nicht gegenübertreten.«

»Mir macht es nichts aus«, erklärte Andrew. Das stimmte nicht, aber er war sich klar darüber, dass es nichts als Höflichkeit war, dem verkrüppelten Lord Alton eine Erklärung zu geben. Es war längst nach der Zeit, zu der Ellemir sonst ihre Haushaltspflichten erledigte, und Dom Esteban war an Callistas Gesellschaft gewöhnt.

Andrew teilte dem Haushofmeister mit, sie seien alle lange auf gewesen und wollten in ihren Zimmern frühstücken. Eingedenk dessen, was Damon über die Anwesenheit von Nichttelepathen gesagt hatte, betonte er, niemand solle die Suite betreten. Das Essen könne draußen abgestellt werden. Der Mann antwortete: »Gewiss, Dom Ann'dra«, ohne eine Spur von Neugier zu verraten, als handele es sich um einen ganz alltäglichen Auftrag.

In der Großen Halle saß Dom Esteban in seinem Rollstuhl am Fenster, und der Gardist Caradoc leistete ihm Gesellschaft. Mit Erleichterung stellte Andrew fest, dass Dezi nirgendwo zu sehen war.

Dom Esteban und Caradoc spielten ein dem Schach ähnliches Brettspiel, das Damon einmal versucht hatte, Andrew beizubringen. Es wurde »Burgen« genannt, und die Figuren aus geschnitztem Kristall wurden nicht in bestimmter Ordnung aufgestellt, sondern auf das Brett geschüttet. Von dem Platz aus, auf den sie zufällig fielen, bewegten sie sich nach komplizierten Regeln weiter. Dom Esteban nahm eine Figur aus rotem Kristall vom Brett, grinste Caradoc triumphierend an und richtete den Blick dann auf Andrew.

»Guten Morgen, oder meine ich Guten Abend? Ich nehme an, du hast gut geschlafen?«

»Recht gut, Sir, aber Callista ist ... ist ein wenig indisponiert. Und Ellemir kümmert sich um sie.«

»Und ihr beiden Männer kümmert euch um die Frauen, so schickt es sich auch«, meinte Dom Esteban grinsend.

»Ist irgendeine Arbeit zu erledigen, Schwiegervater?«

»Bei dem Wetter?« Der alte Mann wies auf den Schneesturm draußen. »Keine, und du brauchst dich nicht zu entschuldigen.«

Andrew dachte daran, dass der alte Mann ebenfalls ein starker Telepath war. Wenn das Geschehen der Nacht sogar Damon und Ellemir aus ihrem Ehebett gerissen hatte, musste es dann nicht auch den alten Mann aufgeschreckt haben? Wenn das so war, verriet Lord Alton es durch kein Wimpernzucken. Er sagte nur: »Grüße Callista herzlich von mir und sage ihr, ich hoffte, sie sei bald wieder wohlauf. Und Ellemir soll sich getrost um ihre Schwester kümmern. Ich habe genug Gesellschaft, dass ich einen Tag lang oder so ohne einen von euch auskommen kann.«

Caradoc machte in dem breiten Bergdialekt eine Bemerkung, die Jahreszeit der Blizzards sei die richtige Zeit, im Haus zu bleiben und sich der Gesellschaft einer Ehefrau zu erfreuen. Dom Esteban lachte auf, aber der Witz war Andrew nicht ganz verständlich. Er war dem alten Mann dankbar, und doch fühlte er sich auf peinliche Weise nackt und bloß. Niemand, der auch nur einen Funken telepathischer Begabung besaß, konnte die ganze Nacht durchgeschlafen haben! Bis nach Thendara mussten sämtliche Telepathen aufgewacht sein!

Andrew ging wieder nach oben. Das Essen war bereits gebracht worden, und Damon hatte es Callista ans Bett getragen. Callista hatte sich wieder hingelegt. Sie sah bleich und müde aus. Ellemir redete ihr zu, kleine Bissen zu sich zu nehmen, wie sie es bei einem kranken Kind getan hätte. Damon machte für Andrew neben sich Platz und reichte ihm ein Brötchen.

»Wir haben nicht auf dich gewartet. Ich war hungrig nach dieser Nacht. Die Diener denken wahrscheinlich, wir hätten hier oben eine Orgie gefeiert!«

Callista lachte leise. »Ich wünschte, sie hätten Recht. Verglichen mit der jetzigen Situation wäre es eine Verbesserung.« Ellemir reichte ihr ein Stück warmes Brot, bestrichen mit dem aromatischen Berghonig, und Callista schüttelte den Kopf. »Nein, wirklich, ich kann nicht.«

Damon beobachtete sie besorgt. Sie hatte ein paar Schluck Milch getrunken, sich aber geweigert zu essen, als sei ihr die Anstrengung des Schluckens schon zu viel. Schließlich fragte er sie: »Du hast den Destillierraum übernommen, Callista, hast du schon *Kirian* hergestellt?«

»Nein, ich bin noch nicht dazu gekommen. Hier ist ja auch niemand, der ihn braucht, wo Valdir doch in Nevarsin ist. Und er macht viel Mühe, da er dreimal destilliert werden muss.«

»Ich weiß. Ich habe nie selbst *Kirian* hergestellt, aber ich habe schon dabei zugesehen.« Damon sah sie scharf an, als sie ihr Gewicht verlagerte. »Hast du noch Schmerzen?«

Callista nickte und gestand kläglich: »Ich blute.«

»Das auch noch!« Wurde ihr denn gar nichts erspart? »Wie lange vor der richtigen Zeit ist es? Wenn es sich nur um ein paar Tage handelt, kann es einfach von dem Schock kommen.«

Callista schüttelte den Kopf. »Du verstehst immer noch nicht. Es gibt keine ... keine richtige Zeit für mich. Dies ist das erste Mal ...«

Er starrte sie schockiert, beinahe ungläubig an. »Aber du warst dreizehn, als du in den Turm kamst. Hattest du den weiblichen Zyklus da noch nicht?«

Andrew hatte den Eindruck, dass Callista verlegen war, ja, sich schämte. »Nein. Leonie sagte, es sei gut, dass es noch nicht begonnen habe.«

Zornig rief Damon aus: »Sie hätte darauf warten sollen, bevor sie mit deiner Ausbildung begann!«

Callista blickte zur Seite und wurde rot. »Sie sagte mir ... wenn ich so jung begänne, würden einige der normalen körperlichen Prozesse unterbunden werden. Und für mich würde es leichter sein, wenn es mir von Anfang an erspart bliebe.«

»Das habe ich für einen barbarischen Brauch aus dem Zeitalter des Chaos gehalten«, sagte Damon. »Seit Generationen wird vorausgesetzt, dass eine Bewahrerin eine erwachsene Frau ist!«

Sofort verteidigte Callista ihre Pflegemutter. »Sie erzählte mir, sechs andere Mädchen hätten es versucht, und die Anpassung sei ihnen nicht gelungen. Mir werde es leichter fallen und weniger Schmerz und Unruhe bereiten ...«

Mit finsterem Gesicht nahm Damon einen Schluck Wein.

»Denke jetzt genau nach, Callista. Hast du im Turm irgendwelche Drogen bekommen, um deine Periode zu unterdrücken?«

»Nein, das ist nie nötig gewesen.«

»Ich kann es mir bei Leonie nicht vorstellen, aber hat sie je mit einer Matrix deine Körperströme beeinflusst?«

»Ich glaube, nur beim normalen Training«, meinte Callista zweifelnd. Andrew fuhr dazwischen: »Sag mal, was soll das alles?«

Grimmig erklärte Damon: »In den alten Zeiten wurde eine Bewahrerin beim Training zuweilen zum Neutrum gemacht – Marisela sprach darüber, erinnerst du dich? Ich kann es nicht glauben – ich kann es nicht *glauben*«, brach es aus Damon hervor, »dass Leonie deine Weiblichkeit auf diese Weise vernichtet haben soll!«

Callista entsetzte sich. »O nein, Damon! O nein! Leonie liebt mich, sie würde niemals ...« Aber die Stimme versagte ihr. Sie hatte Angst.

Leonie war so überzeugt gewesen, Callista habe ihre Wahl für das ganze Leben getroffen, es hatte ihr so widerstrebt, sie freizugeben ...

Andrew fasste Callistas kalte Hand. Damon sagte stirnrunzelnd: »Nein, natürlich bist du nicht zum Neutrum gemacht worden, das ist klar. Wenn die Periode eingetreten ist, läuft die Uhr wieder. Aber in den alten Zeiten, als man der Überzeugung war, für ein noch unreifes Mädchen sei die Jungfräulichkeit eine geringere Bürde, ist es vorgekommen.«

»Aber jetzt hat sie ihre Periode, und es wird alles wieder mit ihr in Ordnung kommen, nicht wahr?«, fragte Ellemir ängstlich, und Damon antwortete: »Wir wollen es hoffen.« Vielleicht hatte das Geschehen der Nacht, auch wenn es mit einer Katastrophe endete, einige der blockierten Pfade in ihrem Körper wieder erweckt. War sie auf diese Weise plötzlich zur Reife gelangt, konnte ihre Krankheit und ihr körperliches Unbehagen vielleicht auf die normalen Beschwerden zu Anfang der Entwicklung zurückgeführt werden. Damon wusste aus seinen Jahren im Turm, dass junge Frauen, die zur Bewahrerin ausgebildet wurden, und ebenso alle Frauen, die schwierigere Psi-Arbeiten als das Überwachen verrichteten, oft unter schrecklichen Menstruationsbeschwerden zu leiden hatten. Callista verfolgte seinen Gedanken und lachte ein wenig. »Nun, ich habe anderen Frauen in Arilinn Goldblumentee und ähnliche Heilmittel verabreicht, und dabei habe ich mich immer glücklich geschätzt, dass ich gegen ihre Leiden immun war. Anscheinend bin ich zumindest in dieser Beziehung jetzt in die Reihen normaler Frauen eingetreten! Ich weiß, dass wir Goldblumentee im Destillierraum haben; Ferrika gibt ihn der Hälfte aller Frauen auf dem Gut. Vielleicht brauche ich nichts weiter als eine Dosis davon.«

Ellemir erbot sich: »Ich gehe und hole dir welchen«, und nach einer Weile kam sie mit einer kleinen Tasse zurück, aus der ein heißes Gebräu dampfte. Es hatte einen stark aromatischen, stechenden Kräutergeruch. In Callistas Stimme klang für einen Augenblick ein Echo ihrer alten Fröhlichkeit mit.

»Könnt ihr mir glauben, dass ich das noch nie probiert habe? Ich hoffe, es schmeckt nicht gar zu fürchterlich!«

Ellemir lachte. »Das würde dir nur recht geschehen, du böses Mädchen, wenn du solche Tränke austeilst, ohne eine Ahnung von ihrem Geschmack zu haben! Nein, im Ernst, es schmeckt sogar recht angenehm. Mir hat es nie etwas ausgemacht, den Tee zu trinken. Doch er wird dich schläfrig machen, deshalb leg dich hin und überlass dich seiner Wirkung.«

Gehorsam trank Callista von der dampfenden Flüssigkeit und kroch unter ihre Decke. Ellemir holte sich eine Handarbeit und setzte sich neben sie. Damon sagte: »Komm, Andrew, lassen wir die beiden allein«, und ging mit ihm hinaus.

Unten im Destillierraum mit dem Steinfußboden begann Damon, Callistas Vorräte an Kräutern, Essenzen und Destillierapparaten durchzusehen. Andrew betrachtete die merkwürdig geformten Flakons, die Mörser und Stößel und Flaschen auf den Regalen, die Bündel getrockneter Kräuter, Blätter, Stängel, Schoten, Blüten und Samen. »Sind das alles Drogen und Medizinen?«

»O nein«, antwortete Damon geistesabwesend und zog eine Schublade auf. »Das hier ...« – er wies auf zerstampfte Samenkörner – »... sind Küchengewürze, und sie stellt auch Weihrauch als Wohlgeruch für die Innenräume und ein paar kosmetische Lotionen und Parfums her. Nichts von dem Zeug, das man in den Städten kaufen kann, ist auch nur halb so gut wie die nach den alten Rezepten hergestellten Mittel.«

»Was war das Getränk, das Ellemir ihr gegeben hat?«

Damon zuckte die Schultern. »Der Goldblumentee? Das ist ein Muskel-Tonikum, gut gegen Krämpfe und Spannungen aller Art. Er kann ihr nicht schaden. Man gibt es schwangeren Frauen und auch Babys mit Kolik.« Doch Damon fragte sich, ob es Callista helfen konnte. Wenn die körperlichen Prozesse auf so tief greifende Weise gestört worden waren ... Wie hatte Leonie so etwas tun können?

Andrew nahm den Gedanken so deutlich wahr, als ob Damon ihn laut ausgesprochen hätte. »Ich wusste, dass bei Bewahrerinnen einige körperliche Veränderungen hervorgerufen werden. Aber das?«

»Mich entsetzt es auch.« Damon drehte ein Büschel Weißdorn in den Händen. »Heutzutage ist es ganz gewiss nicht mehr üblich. Ich hatte angenommen, es verstoße gegen das Gesetz. Natürlich hat Leonie dabei nur die besten Absichten gehabt. Du hast die Veränderungen in den Nervenströmen gesehen. Einige der Mädchen haben qualvolle Menstruationsbeschwerden, und wahrscheinlich konnte Leonie es nicht ertragen, Callista leiden zu sehen. Aber was für ein Preis war dafür zu zahlen!« Mit düsterem Gesicht öffnete er von neuem Schubladen. »Wenn Callista es selbst gewollt hätte ... aber Leonie hat es ihr nicht einmal gesagt! Das kann ich nur schwer verstehen und verzeihen.«

Andrew war so empört, dass ihm fast übel wurde. Warum eigentlich? So sehr sollte es ihn nicht schockieren, denn physische Modifikationen waren schließlich nichts Neues. Den meisten Frauen, die zur Crew von Sternenschiffen des Imperiums gehörten – steril wurden sie durch die Strahlungen des tiefen Raums sowieso –, wurden die Unannehmlichkeiten der Menstruation durch eine Hormonbehandlung erspart. Warum also entsetzte es ihn so? Es war nicht an sich schockierend, nur Damon war dieser Meinung! Würde er sich je an dies Leben in einem Goldfischglas gewöhnen?, fragte sich Andrew. Konnte er überhaupt noch eigene Gedanken denken?

Damon suchte in Kräuterbüscheln herum. Er sagte: »Das

musst du verstehen. Callista ist über zwanzig. Sie ist eine erwachsene Frau, die jahrelang die schwierige, mit viel Technik verbundene Arbeit einer Matrix-Mechanikerin getan hat. Sie ist eine erfahrene Fachkraft in einem der anstrengendsten Berufe auf Darkover. Und jetzt ist ihr nichts von ihrer Ausbildung, nichts von ihrer Begabung mehr nütze. Sie kämpft mit der Dekonditionierung und dem sexuellen Erwachen und hat alle emotionalen Probleme einer jungen Frau. Und zu allem anderen entdecke ich jetzt, dass sie körperlich im Zustand eines Mädchens von zwölf oder dreizehn gehalten worden ist! Evanda! Wenn ich nur gewusst hätte ...«

Andrew blickte zu Boden. Seit dem schrecklichen Fiasko der vergangenen Nacht hatte er oft das Gefühl gehabt, so wie er müsse sich ein Mann vorkommen, der eine Frau vergewaltigt hatte. Wenn Callista physisch noch ein unerwecktes Mädchen von zwölf oder dreizehn war – es schüttelte ihn vor Grauen.

Damon redete ihm zu: »Quäle dich nicht! Callista wusste es selbst nicht. Denke daran, sechs Jahre lang hat sie die verantwortliche Arbeit einer Erwachsenen getan.« Doch er wusste, ganz wahr war das auch nicht. Callista musste sich der breiten, unüberschreitbaren Kluft zwischen sich und den anderen Frauen bewusst gewesen sein. Leonie mochte ihrem Schützling einige körperliche Leiden erspart haben, aber zu welchem Preis?

Nun, es war ein gutes Zeichen, dass der Menstruationszyklus spontan eingesetzt hatte. Vielleicht verschwanden andere Barrieren mit Geduld und im Laufe der Zeit ebenfalls von selbst. Damon nahm eine Hand voll getrockneter Blüten auf und roch vorsichtig daran. »Gut, das ist es. *Kireseth* – nein, riech nicht daran, Andrew, das stellt mit dem menschlichen Gehirn komische Dinge an.« Damon empfand ein schwaches Schuldgefühl. Unter den Psi-Arbeitern war das Tabu gegen

Kireseth absolut, und er kam sich vor, als begehe er ein Verbrechen, wenn er die Blüten benutzte. Mehr zu sich selbst als zu Andrew sagte er: »Daraus kann ich *Kirian* herstellen. Ich weiß nicht, wie man ihn in Arilinn destilliert, aber ich kann eine Tinktur machen ...« Konzentriert dachte er über die Möglichkeiten nach: Eine starke Lösung der Öle in Alkohol. Vielleicht konnte er mit Ferrikas Hilfe das Zeug einmal destillieren. Er legte die Blüten hin. Der Geruch war schon bis an die Wurzeln seines Gehirns vorgedrungen, zerstörte Kontrollen, brach Schranken zwischen Geist und Körper ...

Andrew lief unruhig in dem Destillierraum auf und ab. Sein eigener Geist war mit Schreckensbildern gefüllt. »Damon, Callista muss gewusst haben, was passieren könnte.«

»Natürlich hat sie es gewusst.« Damon hörte ihm gar nicht richtig zu. »Noch ehe sie fünfzehn war, hat sie gelernt, dass kein Mann eine Bewahrerin berühren kann.«

»Und wenn ich sie so schrecklich verletzen oder ängstigen konnte – Damon!« Wie gestern Abend wurde er wieder von Abscheu und Widerwillen überwältigt. Seine Stimme sank zum Flüstern herab. »Weißt du, was sie von mir verlangt hat? Sie bat mich ... sie bewusstlos zu schlagen und zu vergewaltigen, wenn sie sich nicht wehren könnte.« Andrew versuchte, Damon etwas von dem Abscheu, den er empfand, zu übermitteln, aber Damon blickte nur nachdenklich drein.

»Das hätte funktionieren können«, antwortete er. »Klug von Callista, daran zu denken. Es zeigt, dass sie einen Begriff von den anstehenden Problemen hat.«

Andrew konnte ein entsetztes »Großer Gott!« nicht zurückhalten. »Und du kannst so ruhig darüber sprechen!«

Damon drehte sich zu dem jüngeren Mann um und erkannte plötzlich, dass dieser am Rand eines Zusammenbruchs stand. Er fragte freundlich: »Andrew, du weißt doch, was dich davor gerettet hat, getötet zu werden, nicht wahr?«

»Ich weiß überhaupt nichts mehr. Und das, was ich weiß, hilft mir nicht viel!« Die Verzweiflung zermalmte ihn. »Glaubst du wirklich, ich hätte es fertig gebracht ...«

»Nein, nein, natürlich nicht, *Bredu.* Ich verstehe, warum du es nicht konntest. Kein anständiger Mann könnte es tun.« Sanft legte er die Hand auf Andrews Handgelenk. »Andrew, was dich – was euch beide – rettete, war die Tatsache, dass sie *keine* Angst hatte! Dass sie dich liebte, dich begehrte. Deshalb traf sie dich nur mit dem körperlichen Reflex, den sie nicht kontrollieren konnte. Du bist davon nicht einmal bewusstlos geworden, das kam, weil du dir den Kopf an einem Möbelstück angeschlagen hast. Wenn sie sich voller Furcht gegen dich gewehrt hätte, wenn du wirklich versucht hättest, sie gegen ihren Willen zu nehmen, kannst du dir überhaupt vorstellen, was sie dir dann entgegengeschleudert hätte?«, fragte Damon. »Callista ist eine der stärksten Telepathinnen auf Darkover und in Arilinn als Bewahrerin ausgebildet worden! Wenn sie Widerwillen empfunden hätte, wenn es ihr wie eine Vergewaltigung vorgekommen wäre, wenn sie irgendwie ... Abscheu vor deinem Verlangen gehabt hätte, dann wärst du tot!« Er wiederholte mit Nachdruck: »Du wärst tot, tot, *tot*!«

Aber sie hatte Angst gehabt, erinnerte sich Andrew, bis Damon und Ellemir den Kontakt aufnahmen ... Erst die Wahrnehmung von Ellemirs Freude hatte in ihr den Wunsch erweckt, daran teilzunehmen! Noch mehr störte Andrew der Gedanke, dass Damon sich Callistas ebenso bewusst gewesen war wie er selbst sich Ellemirs. Damon empfing den Gedanken und war für einen Augenblick schockiert, denn er sah darin eine Zurückweisung. Sie waren sich doch alle so nahe gewesen! Wollte Andrew nicht Teil ihrer Gemeinsamkeit sein? Er legte seine Hand auf Andrews Schulter, bei einem Telepathen eine seltene Geste, doch ganz natürlich im Bewusstsein der

Intimität, die sie miteinander geteilt hatten. Andrew zuckte zusammen, und Damon zog seine Hand beunruhigt und ein bisschen traurig zurück. Musste Andrew diese Entfernung einhalten? Wie lange noch? War er ein Bruder oder ein Fremder?

Er sagte jedoch freundlich: »Ich weiß, es ist dir neu, Andrew. Ich vergesse immerzu, dass ich als Telepath aufgewachsen bin und dass mir diese Dinge selbstverständlich sind. Du wirst sehen, du gewöhnst dich noch daran.«

Daran gewöhnen, fragte Andrew sich. Er sollte akzeptieren, dass nichts anderes seine Frau daran gehindert hatte, ihn zu töten, als sein unfreiwilliges Belauschen des anderen Paares? Er sollte akzeptieren, dass Damon – und Ellemir! – so etwas für selbstverständlich hielten, es erwarteten, es richtig fanden? Nahm Damon es ihm übel, dass er Callista für sich allein haben wollte?

Er erinnerte sich an Callistas Vorschlag, erinnerte sich an das Gefühl, Ellemir liege in seinen Armen, warm und hingebungsvoll – wie *Callista es nicht sein konnte*. Verwirrt und verzweifelt wandte er sich von Damon ab, nur von dem Wunsch erfüllt, aus diesem Raum zu entkommen. Scham und Entsetzen drückten ihn nieder. Er wollte – er musste fort, irgendwohin, weg von hier, weg von Damons zu enthüllender Berührung, weg von dem Mann, der seine intimsten Gedanken lesen konnte.

Andrew wusste nicht, dass er tatsächlich krank war, dass er an einer sehr realen Krankheit litt, die als Kulturschock bekannt ist. Er wusste nur, dass ihm übel war, und die Übelkeit nahm die Form blinder Wut gegen Damon an. Der schwere Geruch der Kräuter ließ ihn fürchten, er werde sich übergeben. Mit dicker Zunge sagte er: »Ich muss an die frische Luft«, und stieß die Tür auf. Er stolperte durch die verlassenen Küchenräume und in den Hof. Dort stand er, und der dicke

Schnee fiel rings um ihn, und er verdammte den Planeten, auf dem er gelandet war, und die Zufälle, die ihn hergeführt hatten.

Ich hätte sterben sollen, als das Flugzeug abstürzte. Callie braucht mich nicht ... Ich werde nie etwas anderes fertig bringen, als sie zu verletzen.

Damon sagte hinter ihm: »Andrew, komm und sprich mit mir. Du darfst nicht auf diese Weise allein fortlaufen und versuchen, das alles auszuschließen.«

»O Gott!«, stöhnte Andrew und holte schluchzend Atem. »Ich muss gehen. Ich kann nicht mehr reden. Ich kann es nicht mehr ertragen. Lass mich allein, verdammt noch mal! Kannst du mich nicht für eine kleine Weile allein lassen?«

Er fühlte Damons Gegenwart wie einen scharfen körperlichen Schmerz, einen Druck, einen Zwang. Er wusste, er tat Damon weh, doch er weigerte sich, es anzuerkennen, sich umzudrehen, ihn anzusehen ... Schließlich sagte Damon sehr sanft: »Gut, Ann'dra. Ich weiß, es ist zu viel für dich gewesen. Eine kleine Weile also. Aber nicht zu lange.« Und Andrew erkannte, ohne sich umzudrehen, dass Damon gegangen war. Nein, dachte er, vor Entsetzen schaudernd, Damon war überhaupt nicht da gewesen, er befand sich immer noch in dem kleinen Destillierraum mit dem Steinfußboden.

Er stand in Wind und Schneegestöber auf dem Hof, und die ihn umschließenden Mauern dämpften seinen Zorn nur wenig. *Callista.* Er suchte nach dem Trost des geistigen Kontaktes mit ihr, aber sie war nicht da, es war nichts da als ein schwaches, unruhiges Pulsieren, und er wagte es nicht, sie aus ihrem Betäubungsschlaf zu wecken.

Was kann ich tun? Was kann ich tun? Zu seinem Entsetzen begann er zu weinen, allein in der Schneewildnis. Er hatte sich noch nie in seinem Leben so einsam gefühlt, nicht einmal, als das Flugzeug abgestürzt war und er sich allein auf einem fremden Planeten fand, unter einer fremden Sonne, in weglosen, auf keiner Karte verzeichneten Bergen ...

Alles, was ich je an Wissen besessen habe, ist verschwunden, ist nutzlos, sinnlos oder Schlimmeres. Meine Freunde sind Fremde, und meine Frau ist mir am fremdesten von allen. Meine Welt ist untergegangen ... Ich kann nie mehr zurück; sie halten mich für tot.

Er dachte: *Ich hoffe, ich bekomme Lungenentzündung und sterbe.* Dann wurde ihm bewusst, wie kindisch das war und dass er sich tatsächlich in Gefahr befand. Widerwillig, nicht vom Selbsterhaltungstrieb, sondern den Überresten eines vagen Pflichtbewusstseins gelenkt, drehte er sich um und ging hinein. Das Haus kam ihm merkwürdig und fremdartig vor, nicht wie ein Ort, an dem ein Terraner zu leben vermochte. Hatte er in ihm jemals ein ihn willkommen heißendes Heim gesehen? Wie verirrt sah er sich in der Großen Halle um und war froh, dass sie leer war. Dom Esteban würde seinen Mittagsschlaf halten. Die Mädchen schwatzten mit leisen Stimmen. Müde ließ er sich auf eine Bank sinken, stützte den Kopf in die Hände und blieb dort sitzen, nicht schlafend, aber in sich zurückgezogen. Er hoffte, wenn er sich sehr still verhielt, würde alles irgendwie verschwinden und sich als nicht wirklich erweisen.

Lange Zeit später drückte jemand ein Glas in seine Hand. Er schluckte dankbar und bekam noch eins und noch eins. Seine Sinne verwirrten sich. Er hörte sich selbst plappern. Alles, was ihn bewegte, schüttete er vor einem mitfühlenden Ohr aus. Es gab noch mehr zu trinken. Als er das Bewusstsein verlor, war es ihm nur recht.

In seinem Geist klang eine Stimme auf, bohrte sich durch seine Barrieren, drang tief in sein Unterbewusstsein ein, besiegte seinen Widerstand.

Niemand will dich hier. Niemand braucht dich hier. Warum

gehst du nicht jetzt weg, solange du es noch kannst, bevor irgendetwas Fürchterliches geschieht. Geh weg, geh dorthin, woher du gekommen bist, zurück in deine eigene Welt. Du wirst dort glücklicher sein. Geh jetzt. Geh jetzt weg. Niemand wird es merken oder sich dafür interessieren.

Andrew wusste, es war ein logischer Fehler in seinen Überlegungen. Damon hatte ihm einen guten Grund genannt, warum er nicht gehen sollte. Doch dann erinnerte er sich, dass er auf Damon böse war.

Die Stimme fuhr sanft zuredend fort:

Du meinst, Damon sei dein Freund. Vertraue ihm nicht. Er wird dich ausnutzen, wenn er Hilfe braucht, und dich dann fallen lassen. Es war irgendetwas Bekanntes an der Stimme, aber es war überhaupt keine Stimme. Es war irgendwie innerhalb seines Gehirns! In Panik versuchte Andrew, sie auszuschließen, aber sie war so beruhigend.

Geh jetzt weg. Geh weg. Niemand will dich hier. Du hast versagt. Du tust Callista nur weh. Geh weg, geh zu deinen eigenen Leuten.

Seine Stiefel glitten im Schnee aus, aber er lief weiter, hob und senkte die Füße mit sturer Entschlossenheit. *Callista braucht dich nicht.* Er war betrunkener, als er wusste. Er konnte kaum gehen. Er konnte kaum atmen – oder schnitt ihm das Schneegestöber den Atem ab, nahm ihn und weigerte sich, ihn zurückzugeben?

Geh weg. Geh zurück zu deinen eigenen Leuten. Niemand braucht dich hier.

Er kam ein bisschen zu sich und machte einen letzten verzweifelten Versuch, sein Leben zu erhalten. Er war allein in dem Sturm, und die Lichter von Armida waren in der Dunkelheit verschwunden. Er drehte sich um, stolperte, fiel auf die Knie, merkte, dass er betrunken oder verrückt geworden war. Er kämpfte sich auf die Füße. Seine Gedanken verwirrten sich, und er fiel der Länge nach in den Schnee. Er musste aufstehen, weitergehen, zurückgehen, unter Dach und Fach kommen – aber er war so müde.

Ich will hier nur eine Minute lang ausruhen … nur eine Minute …

Dunkelheit deckte seinen Verstand, und er verlor das Bewusstsein.

9

Damon arbeitete lange Zeit in dem engen Destillierraum, und schließlich gab er enttäuscht auf. Es gab keine Möglichkeit, den *Kirian* so herzustellen, wie er in Arilinn gemacht wurde. Er hatte dazu weder das Geschick noch, wie seine gründliche Inspektion der Gerätschaften vermuten ließ, die richtige Ausrüstung. Ohne Begeisterung betrachtete er die einfache Tinktur, die er zusammengebraut hatte. Ihm lag gar nichts daran, an sich selbst einen Versuch zu machen, und Callista würde es bestimmt nicht tun. Es war jedoch eine ganze Menge des Rohmaterials vorhanden, und vielleicht hatte er ein anderes Mal mehr Erfolg. Vielleicht hätte er mit einer Äther-Extraktion beginnen sollen. Er wollte Callista danach fragen. Als er sich die Hände wusch und sorgfältig alle ihnen anhaftenden Spuren entfernte, dachte er plötzlich an Andrew. Wohin war er gegangen? Er stieg wieder nach oben. Callista schlief noch, und Ellemir antwortete auf seine besorgte Frage überrascht: »Andrew? Ich dachte, er sei mit dir zusammen. Soll ich kommen ...«

»Nein, bleib bei Callista.« Damon dachte, Andrew sei sicher nach unten gegangen, um mit den Männern zu sprechen, oder durch einen der unterirdischen Tunnel hinaus zu den Ställen. Aber Dom Esteban, der allein mit Eduin und Caradoc ein frugales Abendessen einnahm, runzelte auf Damons Frage hin die Stirn.

»Andrew? Ich habe ihn in der unteren Halle mit Dezi trinken gesehen. Nach der Menge zu schließen, die sie konsumierten, muss er irgendwo herumliegen.« Die grauen Augenbrauen des alten Mannes sträubten sich vor Ärger. »Ein feines Benehmen, sich sinnlos zu betrinken, wenn seine Frau krank ist! Wie geht es Callista?«

»Ich weiß es nicht«, antwortete Damon, und plötzlich durchfuhr ihn der Gedanke, dass der alte Dom es wusste. Was sonst konnte es sein, wenn Callista krank im Bett lag und Andrew davonlief, um sich zu betrinken? Aber eins der stärksten sexuellen Tabus auf Darkover war jenes, das die Generationen trennte. Selbst wenn Dom Esteban Damons Vater statt Ellemirs gewesen wäre, hätte die Sitte ihm verboten, mit Damon über die Angelegenheit zu sprechen.

Damon durchsuchte alle wahrscheinlichen Stellen des Hauses und dann, mit steigender Angst, auch die unwahrscheinlichen. Schließlich rief er die Diener zusammen und hörte, niemand habe Andrew seit Mitte des Nachmittags, als er und Dezi in der unteren Halle getrunken hatten, gesehen.

Damon ließ Dezi kommen. Jetzt fürchtete er, Andrew, betrunken und an das Wetter auf Darkover noch nicht gewöhnt, sei in den Blizzard hinausgelaufen, seine Gewalt unterschätzend. Als der Jüngling den Raum betrat, fragte er: »Wo ist Andrew?«

Dezi zuckte die Schultern. »Wer weiß? Ich bin weder sein Wächter noch sein Pflegebruder.«

Aber ehe Dezi seine Augen abwenden konnte, nahm Damon ein triumphierendes Aufblitzen wahr, und plötzlich durchschaute er alles. »Heraus damit, Dezi!«, befahl er streng. »Wo ist er? Du bist der Letzte, der ihn gesehen hat.«

Der Junge zuckte verdrießlich die Schultern. »Dahin, woher er gekommen ist, nehme ich an. Gut, dass wir ihn los sind!«

»In diesem Wetter?« Entgeistert blickte Damon in den Sturm, der vor den Fenstern tobte. Dann fuhr er so heftig auf Dezi los, dass der Junge vor ihm zurückwich.

»Du hast damit etwas zu tun gehabt!«, erklärte Damon zornig. »Mit dir befasse ich mich später. Jetzt ist keine Zeit zu verlieren!«

Er rannte hinaus und rief nach den Dienern.

Andrew erwachte langsam und spürte brennenden Schmerz in seinen Händen und Füßen. Er war in Decken und Verbände eingewickelt. Ferrika beugte sich mit etwas Heißem über ihn. Sie hielt seinen Kopf und brachte ihn dazu, es zu schlucken. Damons Augen schwammen aus dem Nebel heraus, und benommen dachte Andrew, dass Damon wirklich besorgt um ihn war. Damon hatte Interesse. Es war nicht wahr, was er von ihm gedacht hatte.

Damon sagte freundlich: »Ich glaube, wir haben dich noch gerade rechtzeitig gefunden. Eine weitere Stunde, und wir hätten deine Hände und Füße nicht mehr retten können, noch zwei Stunden, und du wärst tot gewesen. An was erinnerst du dich?«

Andrew suchte in seinem Gedächtnis. »An wenig. Ich war betrunken«, gestand er. »Es tut mir Leid, Damon. Ich muss für kurze Zeit verrückt geworden sein. Immerzu dachte ich: *Geh weg, Callista braucht dich nicht.* Es war wie eine Stimme in meinem Kopf, deshalb versuchte ich, das zu tun – wegzugehen, meine ich ... Es tut mir Leid.«

»*Du* brauchst dich nicht zu entschuldigen«, erklärte Damon grimmig, und sein Zorn war wie ein wahrnehmbares rotes Glühen um ihn. Andrew in seinem überreizten Zustand sah ihn als Netz elektrischer Energien, nicht als den Damon, den er kannte. Er glühte, er zitterte vor Wut. »*Du* hast die Mühe nicht verursacht. Dir ist ein sehr schmutziger Streich gespielt worden, und er hätte dich beinahe umgebracht.« Dann war er wieder Damon, ein schlanker Mann, der sich über ihn beugte und ihm sanft eine Hand auf die Schulter legte.

»Schlaf und mach dir keine Sorgen. Du bist hier bei uns, und wir werden uns um dich kümmern.«

Sobald Andrew eingeschlafen war, suchte Damon Dom Esteban auf. Der Zorn pulsierte in seinem Geist. Dezi hatte die Alton-Gabe des erzwungenen Rapports. Er konnte eine gedankliche Verbindung mit jedem herstellen, sogar mit einem Nichttelepathen. Der betrunkene Andrew war das perfekte Opfer gewesen, und da er Andrew kannte, vermutete Damon, er habe sich nicht aus eigenem freien Willen betrunken.

Dezi war eifersüchtig auf Andrew. Das war seit langem offensichtlich. Aber warum? Bildete er sich ein, wenn Andrew aus dem Wege sei, werde Dom Esteban ihn als den Sohn, den der alte Mann dann verzweifelt brauchen würde, anerkennen? Oder hatte er es sich in den Kopf gesetzt, Callista zu einer Heirat zu bewegen und so den alten Mann zu dem Eingeständnis zu zwingen, er sei Callistas Bruder? Es war ein Rätsel, das Damon nicht lösen konnte.

Vielleicht hätte Damon einem gewöhnlichen Telepathen, der einer solchen Versuchung ausgesetzt war, verzeihen können. Aber Dezi war in Arilinn ausgebildet worden, er hatte den Eid der Türme abgelegt, niemals die Integrität eines Geistes zu zerstören, niemals den Willen oder das Bewusstsein eines anderen zu zwingen. Ihm war eine Matrix anvertraut worden mit all der unheimlichen Macht, die sie verlieh.

Und Dezi hatte Verrat begangen.

Er hatte nicht gemordet. Mit Glück und Caradocs scharfen Augen hatten sie Andrew in einer Schneeverwehung liegend gefunden, von dem treibenden Schnee halb bedeckt. Eine Stunde später wäre er ganz zugeschneit gewesen, und seine Leiche hätte man vielleicht im Tauwetter des Frühlings gefunden. Und was wäre aus Callista geworden, die hätte glauben müssen, Andrew habe sie verlassen? Damon erschauerte bei dem Gedanken, dass Callista vielleicht den Tag nicht mehr überlebt hätte. Allen Göttern auf einmal sei Dank, sie hatte zu der Zeit in tiefem Betäubungsschlaf gelegen. Erfahren würde sie es – in einer Telepathen-Familie gab es keine Möglichkeit, solche Dinge geheim zu halten –, aber nicht gleich.

Dom Esteban hörte sich die Geschichte bestürzt an. »Ich

wusste, es war schlechtes Blut in dem Jungen«, sagte er. »Ich hätte ihn schon vor Jahren als meinen Sohn anerkannt, aber ich hatte nie das Gefühl, ich könne ihm voll vertrauen. Ich tat für ihn, was ich konnte, ich brachte ihn da unter, wo ich ein Auge auf ihn haben konnte. Doch irgendetwas schien mit ihm nicht zu stimmen.«

Damon seufzte. Er wusste, der Ausbruch des alten Mannes beruhte hauptsächlich auf Schuldgefühlen. Gesichert, anerkannt, als ein Comyn-Sohn erzogen, hätte Dezi es nicht nötig gehabt, seine Unsicherheit mit Neid und eifersüchtiger Bosheit zu kompensieren, was letzten Endes zu einem Mordversuch geführt hatte. Wahrscheinlicher war es – taktvoll schirmte Damon den Gedanken vor dem alten Mann ab –, dass sein Schwiegervater einfach nicht bereit gewesen war, die Verantwortung für eine schmutzige Episode auf sich zu nehmen. Uneheliche Abstammung war kein Makel. Wenn eine Frau einen Comyn-Sohn gebar, war es für sie und das Kind eine Ehre, aber die hässlichste Beschimpfung, die es in der *Casta*-Sprache gab, hieß übersetzt »von sechs Vätern gezeugt«.

Und selbst das hätte vermieden werden können, wie Damon wusste. Eine Überwachung des Mädchens während der Schwangerschaft hätte feststellen können, wessen Samen das Kind gezeugt hatte. Mit einem Gefühl, das der Verzweiflung sehr nahe kam, dachte Damon, dass an der Weise, wie Telepathen auf Darkover eingesetzt wurden, etwas ganz verkehrt war.

Aber jetzt war es für alle diese Maßnahmen zu spät. Für das, was Dezi getan hatte, gab es nur eine Strafe. Damon wusste es, Dom Esteban wusste es, und Dezi, das sah Damon deutlich, wusste es auch. Später in dieser Nacht brachten sie ihn, an Händen und Füßen gefesselt und halb tot vor Angst, zu Damon. Sie hatten ihn im Stall gefunden, wo er sein Pferd sattelte. Er hatte hinaus in den Blizzard gewollt. Drei von Estebans Gardisten waren nötig gewesen, um ihn zu überwältigen.

Nach Damons Meinung hätte man ihn fortreiten lassen sollen. Im Sturm hätte er den gleichen Tod gefunden, den er Andrew zugedacht hatte, einen unverstümmelten Tod, und das wäre Gerechtigkeit gewesen. Aber Damon war durch den gleichen Eid gebunden, den Dezi gebrochen hatte.

Andrew sagte sich, dass auch er lieber im Blizzard umgekommen als dem glosenden Zorn entgegengetreten wäre, den er in Damon spürte. Er konnte sich des Mitleids mit Dezi nicht erwehren, als der Junge hereingebracht wurde, dünn und verängstigt und jünger aussehend, als er war. Er wirkte nicht viel älter als zehn, so dass die Stricke, die ihn banden, eine monströse Ungerechtigkeit und Folter zu sein schienen.

Warum überließ Damon den Jungen nicht einfach ihm, fragte sich Andrew. Er würde ihn tüchtig verprügeln, und für einen Burschen seines Alters sollte das genug sein. Das sagte er Damon, aber der ältere Mann machte sich nicht einmal die Mühe, ihm zu antworten. Es gab auch nichts mehr darüber zu reden.

Andrew würde andernfalls nie mehr sicher sein. Von einem Messer im Rücken bis zu einem mörderischen Gedanken konnte ihn alles treffen. Dezi war ein Alton, und ein mörderischer Gedanke vermochte zu töten. Er hätte schon beinahe Erfolg damit gehabt. Dezi war kein Kind. Dem Gesetz der Domänen nach konnte er sich duellieren, einen Sohn anerkennen und für ein Verbrechen zur Verantwortung gezogen werden.

Jetzt sah Andrew mit Bangen auf den zitternden Dezi und auf Damon. Wie alle Männer, die schnell in kurzlebigen Zorn geraten, hatte Andrew keine Erfahrung mit dem zurückgehaltenen Groll oder der Wut, die sich nach innen kehrt und den zürnenden Mann ebenso auffrisst wie sein Opfer. Das war es;

was er jetzt in Damon spürte, und er konnte eine trübrote Glut wie von einem Schmelzofen rings um ihn wahrnehmen. Das Gesicht des Comyn-Lords war bleich, seine Augen blickten ausdruckslos.

»Dezi, ich wage kaum zu hoffen, dass du es mir und dir leicht machen wirst, aber ich will dir die Möglichkeit bieten, obwohl das mehr ist, als du verdienst. Willst du freiwillig daran mitarbeiten, unsere Schwingungen aufeinander abzustimmen, und mich deine Matrix ohne Widerstand nehmen lassen?«

Dezi antwortete nicht. Aus seinen Augen flammte bitterer, trotziger Hass. Damon bedauerte die Verschwendung. Dezi war so begabt. Es grauste Damon vor der Intimität, die einzugehen er gezwungen war, der Intimität zwischen Folterer und Gefoltertem. *Ich will ihn nicht töten, aber wahrscheinlich werde ich ihn töten müssen. Gnädiger Avarra, ich will ihm nicht einmal wehtun!*

Doch auch wenn er erschauerte, er musste es tun. Mit krampfhaftem Griff schlossen sich seine Finger über der Matrix, die in ihrer Isolation aus Leder und Seide an seinem Hals hing.

Dort, über dem Puls, über dem glühenden Zentrum des Hauptnervenkanals. Seit Damon mit fünfzehn den Stein erhalten hatte und die Lichter darin unter der Berührung seines Geistes erwacht waren, hatte er ihn nie außer Reichweite gelassen. Kein anderes menschliches Wesen, ausgenommen seine Bewahrerin Leonie und während einer kurzen Zeit in den Turmjahren die junge Unter-Bewahrerin Hilary Castamir, hatte ihn jemals angefasst. Der Gedanke allein, seine Matrix könne ihm für immer genommen werden, erfüllte ihn mit kalter, schwarzer Angst, die schlimmer als Sterben war. Mit jeder Faser seiner Ridenow-Begabung, dem *Laran* eines Empathen, wusste er jetzt, was Dezi durchmachte.

Er wurde geblendet. Er wurde verkrüppelt. Er wurde verstümmelt ...

Das war die Strafe, die der Eid von Arilinn für den illegalen Gebrauch einer Matrix vorsah. Und es war das, was er, dem Gesetz gehorchend, jetzt tun musste.

Dezi klammerte sich an sein letztes bisschen Trotz. »Ohne dass eine Bewahrerin anwesend ist, begehst du damit einen Mord«, sagte er. »Steht auf Mordversuch vielleicht die Todesstrafe?«

Damon hielt seine Stimme leidenschaftslos, obwohl er Dezis Ängste in seinen eigenen Eingeweiden spürte. »Jeder halbwegs fähige Matrix-Techniker – und ich gelte als ein solcher – kann diesen Teil der Arbeit einer Bewahrerin tun, Dezi. Ich kann Schwingungen aufeinander abstimmen und dir die Matrix ohne Lebensgefahr für dich abnehmen. Ich werde dich nicht töten. Wenn du versuchst, nicht gegen mich anzukämpfen, wird es leichter für dich sein.«

»Nein, verdammt sollst du sein!« Dezi spuckte aus, und Damon wappnete sich für die vor ihm liegende Tortur. Er bewunderte den Versuch des Jungen, Mut und einige Würde zur Schau zu tragen. Er musste sich daran erinnern, dass Mut nichts als leerer Schein bei einem Feigling war, der *Laran* gegen einen betrunkenen und ungeschützten Mann eingesetzt, der ihn zu diesem Zweck betrunken gemacht hatte. Es war Unsinn, Dezi jetzt zu bewundern, nur weil er nicht zusammenbrach und um Gnade flehte, was Damon selbst, wie er sich eingestand, bestimmt getan hätte.

Immer noch empfing er Dezis Gefühle. Er war Empath, und sein *Laran* war in Arilinn geschult und geschliffen worden. So konnte er sich nicht einfach dagegen abblocken. Aber er gab sich Mühe, Dezis Empfindungen zu ignorieren und sich ganz auf das zu konzentrieren, was er tun musste. Der erste Schritt war, die Gedanken auf die eigene Matrix zu richten, die Atmung zu beruhigen, das Bewusstsein in das magnetische Feld seines Körpers einströmen zu lassen. Er ließ die Empfindungen seinen Körper passieren, wie eine Bewahrerin es tun muss. Er empfing und akzeptierte sie, ohne sich im Geringsten in sie hineinziehen zu lassen.

Leonie hatte ihm einmal gesagt, wenn er ein Mädchen wäre, würde er zur Bewahrerin gemacht worden sein, aber als Mann sei er zu empfindsam, und diese Arbeit werde ihn zerstören. Die Erinnerung daran machte ihn von neuem wütend, und die Wut gab ihm Kraft. Warum sollte Empfindsamkeit einen Mann zerstören, wenn sie für eine Frau eine wertvolle Eigenschaft war, die sie für die schwerste aller Matrix-Arbeiten, für die Aufgabe einer Bewahrerin, geeignet machte? Damals hätten die Worte beinahe sein Leben vernichtet. Er hatte sie als Angriff auf seine Männlichkeit empfunden. Jetzt gaben sie ihm die Versicherung, dass er diesen Teil der Arbeit einer Bewahrerin tun konnte.

Andrew, der in lockerem Kontakt mit Damon stand, sah ihn wieder so, wie er ihn in der letzten Nacht für einen Augenblick gesehen hatte, als er die schlafende Callista bewachte: ein wirbelndes Feld miteinander verbundener Ströme mit pulsierenden Zentren, die in dunklen Farben erglühten. Nach und nach sah er auch Dezi auf diese Weise und verstand, was Damon tat. Damon passte seine eigenen Schwingungen denen Dezis an, bis ihre Körper – und ihre Matrix-Steine – in perfekter Resonanz vibrierten. Das ermöglichte es Damon, Dezis Matrix zu berühren, ohne einen körperlichen oder nervösen Schock hervorzurufen, der stark genug war, Tod zu bringen.

Für jemanden, der nicht in die präzise Resonanz eingestimmt war, bedeutete die Berührung der Matrix eines anderen Schock, Krämpfe und als allerletzte, unvorstellbare Pein den Tod.

Andrew sah, dass die Schwingungen sich anglichen, dass

sie gemeinsam pulsierten, als seien die beiden Magnetfelder für einen Augenblick miteinander verschmolzen und eins geworden. Damon stand aus seinem Sessel auf – für Andrew sah es aus, als bewege sich eine Wolke miteinander verbundener Kraftfelder – und ging auf den Jungen zu. Plötzlich gelang es Dezi, Damon die Kontrolle der Resonanzen zu entreißen und den Kontakt zu brechen. Es war wie eine Explosion der Kräfte. Damon keuchte auf vor Qual, und Andrew fühlte den zerfetzenden Schmerz mit, der in Damons Nerven und Gehirn aufflammte. Instinktiv stolperte Damon aus der Reichweite des zusammenbrechenden Feldes und begann, seine Schwingungen dem neuen Feld anzupassen, das Dezi geschaffen hatte. Fast mitleidig dachte er, dass Dezi in Panik geraten war. Der Augenblick war da gewesen, und er hatte ihn nicht ertragen können.

Von neuem vibrierten die Kraftfelder in Konsonanz, von neuem versuchte Damon, nach Dezi zu fassen und die Matrix aus dem Magnetfeld seines Körpers zu entfernen. Und wieder zerriss Dezi den Kontakt und schleuderte sie in einer Explosion von Schmerzen auseinander, die beide erfasste.

Damon sagte mitleidig: »Dezi, ich weiß, es ist schwer.« Bei sich dachte er, dass der Junge beinahe selbst eine Bewahrerin sein konnte. In diesem Alter hätte Damon das niemals fertig gebracht! Aber er war auch nie so verzweifelt gewesen oder so gequält worden. Das Zerreißen des Kontaktes war offensichtlich für Dezi ebenso schmerzhaft wie für Damon. »Versuch diesmal nicht, dagegen anzukämpfen, mein Junge. Ich will dich nicht verletzen.«

Und dann – ihre Gedanken lagen voreinander bloß – empfing er Dezis höhnende Verachtung für sein Mitgefühl, und er erkannte, dass das mitnichten eine Panikreaktion war. Dezi lieferte ihm einfach einen höllischen Kampf! Vielleicht dachte er, er könne Damon so lange widerstehen, bis dieser erschöpft war. Damon verließ den Raum und kam mit einem telepathischen Dämpfer zurück. Das Gerät sandte Schwingungen aus, die innerhalb eines breiten Frequenzbereichs telepathische Emanationen dämpfen konnte. Mit Bitterkeit dachte er an Domenics Scherz in seiner und Ellemirs Hochzeitsnacht. Der Dämpfer wurde benutzt, um ein telepathisches Leck zu stopfen, wenn andere in der Nähe waren, um die Privatsphäre zu schützen, eine geheime Unterredung zu ermöglichen oder freiwilliges oder unfreiwilliges telepathisches Lauschen zu unterbinden. Man benutzte ihn manchmal im Rat der Comyn oder zum Schutz anderer vor dem psychischen Toben eines Jugendlichen, der noch nicht gelernt hatte, seine Kraft zu kontrollieren und auf einen bestimmten Punkt auszurichten. Dezis Gesichtsausdruck änderte sich. Echte Panik schimmerte durch den Trotz.

Damon warnte Andrew mit tonloser Stimme: »Du gehst besser außer Reichweite. Das kann wehtun. Ich muss jede Frequenz dämpfen, die er hervorzurufen versucht.«

Andrew schüttelte den Kopf. »Ich bleibe.«

Damon nahm Andrews Gedanken wahr: *Ich werde ihn nicht mit ihm allein lassen.* Dankbar für die Treue seines Freundes kniete Damon nieder und begann, den Dämpfer aufzustellen.

Es dauerte nicht lange, und er hatte ihn darauf abgestimmt, Dezis Angriffe auf sein Bewusstsein abzuwehren. Danach war die Sache einfach. Als die Anpassung erreicht war, trat Damon in die sich überlappenden Felder. Der Dämpfer vereitelte Dezis Versuche, die Frequenzen zu ändern und Damon fortzustoßen. Es war schwierig und schmerzhaft, sich unter dem Dämpfer zu bewegen, und Damon glaubte, bei einem auf volle Kraft eingestellten Gerät hätte es überhaupt nur eine ausgebildete Bewahrerin geschafft. Ihm war, als kämpfe er sich durch eine dicke, klebrige Flüssigkeit, die seine Glieder und sein Gehirn behinderte. Als er näher kam, begann Dezi, sich wie ein Wahnsinniger zu wehren. Aber es war hoffnungslos, und das wusste er selbst. Er konnte seine eigenen Frequenzen ändern, bis er völlig erschöpft war, Damons jedoch nicht mehr, und je heftiger er sich widersetzte, desto schlimmer würde der unvermeidliche Schock für ihn sein.

Sanft legte Damon seine Hand auf den kleinen seidenen Isolierbeutel an Dezis Hals. Seine Finger mühten sich, den Lederriemen aufzuknüpfen. Dezi hatte von neuem begonnen, zu stöhnen und zu kämpfen. Damon fühlte sich an ein Kaninchen in einer Schlinge erinnert, und das Mitleid zerriss ihm das Herz, obwohl das Entsetzen des Jungen jetzt durch den Dämpfer blockiert wurde. Dann hatte Damon den Beutel geöffnet. Der pulsierende blaue Stein, glühend von Dezis Entsetzen, fiel ihm in die Hand. Als er die Finger schloss, fühlte er den Knochen brechenden Krampf in sich selbst. Dezi fiel wie von einem heftigen Schlag getroffen. Angstvoll fragte sich Damon, ob er den Jungen getötet habe. Er stieß die Matrix in das Feld des Dämpfers und sah, wie sie sich zu einem schwachen Pulsieren in stetigem Rhythmus beruhigte. Dezi war bewusstlos. Sein Kopf hing nach einer Seite, Schaum stand auf seinen zerbissenen Lippen. Damon musste sich hartmachen, indem er daran dachte, wie Andrew in tödlichem Schlaf im Schnee gelegen hatte und welche Qual es für Callista gewesen wäre, sich von Andrew verlassen zu glauben oder zu erkennen, dass sie durch Verrat zur Witwe geworden war. Endlich hatte Damon sich so weit gefasst, dass er sagen konnte: »Das wäre geschafft.«

Er schob die Matrix für ein paar Minuten unter den Dämpfer und sah sie verblassen. Ein ganz schwaches Pulsieren zeigte an, dass sie noch lebte, aber ihre Kraft war so gemindert, dass sie nicht mehr zur Verstärkung von *Laran* benutzt werden konnte.

Damon warf einen mitleidigen Blick auf Dezi. Jetzt hatte er den Jungen geblendet. Dezi war schlimmer dran, als Damon es gewesen war, als man ihn von Arilinn fortschickte. Trotz Dezis Verbrechen konnte Damon nicht umhin, Kummer um diesen Jungen zu fühlen, der so begabt, ein so starker Telepath war, potenziell besser als viele, die jetzt in den Schirmen und Relais arbeiteten. Zandrus Hölle, dachte er, welch eine Verschwendung! Und er hatte ihn verkrüppelt.

Er sagte müde: »Lass uns dies beenden, Andrew. Gib mir bitte den verschließbaren Kasten dort, ja?«

Er hatte den Kasten von Dom Esteban erhalten, der irgendein kleines Schmuckstück daraus entfernt hatte. Als er die Matrix hineinlegte und den Deckel schloss, dachte er an das alte Märchen: Der Riese bewahrte sein Herz außerhalb seines Körpers an einem geheimen Ort auf, und so konnte er nicht getötet werden, bis seine Feinde das versteckte Herz gefunden hatten. Der Kasten hatte ein kleines Matrix-Schloss, und Damon betätigte es, indem er seine eigene Matrix dagegendrückte. Dabei gab er Andrew eine kurze Erklärung. »Wir können die Matrix nicht zerstören; Dezi würde mit ihr sterben. Aber sie liegt hier sicher hinter einem Matrix-Schloss, und nichts als meine eigene Matrix, die auf dies Muster abgestimmt ist, kann den Kasten jemals wieder öffnen.« Er brachte den Kasten in eins der Schrankzimmer, kehrte zurück und beugte sich über Dezi. Er prüfte die Atmung und den rasenden Herzschlag des Jungen.

Dezi würde am Leben bleiben.

Verstümmelt ... geblendet ... aber am Leben. Damon wäre an seiner Stelle lieber gestorben.

Damon richtete sich auf und lauschte auf den nachlassenden Sturm draußen. Er zog seinen Dolch und zerschnitt die Stricke, die den Jungen fesselten. Freundlicher wäre es, ihm die Kehle durchzuschneiden, dachte er. Er würde nicht weiterleben wollen. War sein heftiger Kampf nur ein Versuch gewesen, Selbstmord zu begehen?

Seufzend legte Damon eine Geldbörse neben den Jungen. Zu Andrew sagte er: »Dom Esteban hat sie mir für ihn gegeben. Wahrscheinlich wird er nach Thendara gehen, wo Domenic ihm einen Platz im Kadettenkorps versprochen hat. Dort kann er beim Dienst in der Stadtwache nicht viel Schaden anrichten und sich ein neues Leben aufbauen. Domenic wird sich um ihn kümmern – es gibt schließlich noch immer so etwas wie Familienloyalität. Dezi wird nicht einmal gestehen müssen, was mit ihm geschehen ist. Er wird schon durchkommen.«

Das wiederholte er später, als er Ellemir berichtete, was er getan hatte. Andrew wachte währenddessen über der immer noch schlafenden Callista.

»Ich hätte an seiner Stelle nicht weiterleben wollen. Als ich mit dem Dolch über ihm stand, um seine Fesseln durchzuschneiden, fragte ich mich, ob es nicht barmherziger wäre, wenn ich ihn tötete. Aber mir ist es gelungen, weiterzuleben, nachdem man mich aus Arilinn fortgeschickt hatte. Dezi soll diese Chance auch bekommen.« Er seufzte in Erinnerung an den Tag, als er Arilinn verlassen hatte, blind vor Schmerz, benommen durch das Zerreißen der Bande, die den Turmkreis umschlangen, der engsten Bande, die jene mit *Laran* kannten, enger als zwischen Verwandten, zwischen Liebenden, zwischen Mann und Frau ...

»Ich bin über den Wunsch zu sterben hinweggekommen«, sagte er, aber es hat lange gedauert, bis ich wieder leben wollte.« Er drückte Ellemir an sich und dachte: *So lange, bis ich dich gefunden hatte.*

Ellemir sah ihn voller Zärtlichkeit an. Doch dann wurde ihr Mund hart, und sie sagte: »Du hättest ihn töten sollen.«

Damon dachte an die schlafende Callista, die, ohne es zu

wissen, dem Tod so nahe gewesen war, und er hielt Ellemirs Bemerkung für nichts anderes als Erbitterung. Andrew war der Gatte ihrer Schwester, sie war während der langen Suche nach Callista mit ihm durch die Matrix verbunden gewesen, und sie hatten zu viert einen Augenblick gemeinsamer Ekstase erlebt, bevor sie durch den fürchterlichen Reflex, den Callista nicht kontrollieren konnte, auseinander gerissen wurden. Wie Ellemir war auch Damon mit Andrew verbunden gewesen, hatte seine Kraft und seine Sanftheit, seine Zärtlichkeit und seine Leidenschaft gespürt ... und das war der Mann, den Dezi aus reiner Bosheit zu töten versucht hatte. Dezi, der selbst mit Andrew verbunden gewesen war, als sie die Männer mit den Erfrierungen behandelten, der ihn ebenfalls kannte, seine Lauterkeit und Güte kannte.

Ellemir wiederholte unerbittlich: »Du hättest ihn töten sollen.«

Noch monatelang kam Damon nicht auf den Gedanken, dass dies nicht bloß Erbitterung gewesen war, sondern Vorausschau.

Am Morgen hatte der Sturm sich gelegt, und Dezi war aus Armida verschwunden. Das Geld, das Damon neben ihn gelegt hatte, seine Kleider und sein Reitpferd hatte er mitgenommen. Damon hoffte – beinahe mit einem Gefühl der Schuld – er werde es irgendwie fertig bringen, zu leben und den Weg nach Thendara zu finden, wo er unter Domenics Schutz stehen würde. Schließlich war Domenic, der Erbe von Alton, Dezis Halbbruder. Davon war Damon jetzt überzeugt. Niemand, der kein voller Comyn war, hätte ihm einen solchen Kampf liefern können.

10

Andrew träumte …

Er wanderte durch den Blizzard, den er draußen hören konnte und der mit heftigen Winden dichten Schnee und Hagel um Armida trieb. Aber Andrew hatte Armida nie gesehen. Er war allein, wanderte durch eine pfadlose, hauslose, keinen Schutz bietende Wildnis, wie er es getan hatte, als das Kartografenflugzeug abstürzte und er auf einer fremden Welt gestrandet war. Er stolperte in dem Schnee, und der Wind zerrte an seinen Lungen, und wie ein Echo flüsterte eine Stimme in seinem Kopf: Hier gibt es nichts für dich.

Und dann sah er das Mädchen.

Und die Stimme in seinem Kopf flüsterte: Das ist alles schon einmal geschehen. Sie trug ein dünnes, zerrissenes Nachthemd, und er konnte ihr blasses Fleisch durch die Risse im Stoff erahnen, aber das Gewand flatterte nicht in den wütenden Winden, die ihn zerrissen, und ihr Haar hing in dem wilden Sturm unbeweglich hinab. Sie war überhaupt nicht da, sie war ein Geist, ein Traum, ein Mädchen, das es nie gegeben hatte, und doch wusste er auf einer anderen Ebene der Wirklichkeit, dass sie Callista, dass sie seine Frau war. Oder war das nur ein Traum innerhalb eines Traums gewesen, geträumt, während er im Sturm lag, und er würde dort liegen bleiben und den Traum fortsetzen, bis er starb …? Er begann, sich zu wehren, hörte sich selbst aufschreien …

Und der Blizzard war verschwunden. Er lag in seinem eigenen Schlafzimmer auf Armida. Draußen heulte der Sturm und erstarb wieder, und das Feuer im Kamin war zu glühenden

Kohlen niedergebrannt. In ihrem trüben Licht konnte er Callista undeutlich erkennen. Oder war es Ellemir, die seit jener Nacht, als der unkontrollierbare Psi-Reflex sie inmitten ihrer Liebe auseinander riss, an Callistas Seite geschlafen hatte?

In den ersten paar Tagen nach Dezis Mordversuch hatte Andrew wenig mehr getan als zu schlafen. Er litt an den Nachwirkungen einer leichten Gehirnerschütterung, des Schocks und der Unterkühlung. Er berührte den noch nicht verheilten Schnitt an seiner Stirn. Damon hatte vor einem oder zwei Tagen die Fäden gezogen, und die Ränder hatten sauberen Schorf gebildet. Es würde eine kleine Narbe zurückbleiben. Andrew brauchte keine Narbe, um sich daran zu erinnern, wie er aus Callistas Armen gerissen worden war, wie eine Energie, einem Blitzschlag gleich, ihren Körper durchzuckt hatte. Er hatte einmal gelesen, dass es in früheren Zeiten auf Terra eine besonders beliebte Methode der Folter gewesen war, eine Elektrode an die Genitalien anzusetzen. Aber es war nicht Callistas Schuld gewesen. Der Schock über das, was sie getan hatte, war beinahe auch ihr Tod gewesen.

Sie war immer noch bettlägerig, und Andrew hatte den Eindruck, dass es nicht besser mit ihr wurde. Er wusste, dass auch Damon sich Sorgen um sie machte. Damon behandelte sie mit merkwürdig riechenden Kräutertees und diskutierte in Ausdrücken, von denen Andrew einen unter zehn verstand, des Langen und Breiten über ihren Zustand. Andrew fühlte sich wie das fünfte Bein am Pferd. Und selbst als es ihm wieder besser ging, als er gern aufgestanden wäre und sich betätigt hätte, konnte er sich nicht mit schwerer Arbeit ablenken. Solange der Blizzard wütete, ließ sich nichts machen. Ein paar Diener versorgten durch unterirdische Tunnel die Reitpferde und die Kühe, die die Milch für den Haushalt lieferten. Ein paar Gärtner kümmerten sich um die Gewächshäuser. Über all das hatte Andrew offiziell die Aufsicht, aber es gab nichts für ihn zu tun.

Ohne Callista, sagte er sich, gab es wirklich nichts, was ihn hier hielt, und seit dem Fiasko war er mit Callista auch nicht für einen Augenblick allein gewesen. Damon hatte darauf bestanden, dass Ellemir bei ihr schlief. Callista dürfe niemals, auch im Schlaf nicht, das Gefühl haben, allein zu sein, und ihre Zwillingsschwester sei für diese Aufgabe geeigneter als jeder andere.

Ellemir hatte sie unermüdlich Tag und Nacht gepflegt. Einerseits war Andrew dankbar für Ellemirs zärtliche Fürsorge, da er jetzt so wenig für Callista tun konnte. Aber andererseits war er unglücklich darüber, unglücklich über seine Isolierung, und er nahm es übel, dass dadurch betont wurde, ein wie dünner Faden ihn an Callista band.

Wie gern hätte er für sie gesorgt, sie gepflegt, sie hochgehoben ... aber sie wollten ihn nie mit ihr allein lassen, und auch das nahm er übel. Glaubten sie wirklich, er werde bei der ersten Gelegenheit wie ein wildes Tier über sie herfallen und sie vergewaltigen? Hölle und Verdammnis, dachte er, die Annahme, er werde zu ängstlich sein, sie auch nur mit einer Fingerspitze zu berühren, war doch viel wahrscheinlicher! Ich möchte nichts weiter, als mit ihr zusammen sein. Man erzählte ihm, sie brauche die Gewissheit, dass er sie noch liebe, und dann benahm man sich, als könne man es nicht wagen, sie eine Minute zusammen allein zu lassen ...

Andrew merkte, dass er immer von neuem wie besessen über Frustrationen nachgrübelte, gegen die er nichts unternehmen konnte. Heftig drehte er sich auf die andere Seite und versuchte, wieder einzuschlafen. Er hörte Ellemirs gleichmäßiges Atmen und Callistas Seufzen, als sie sich unruhig bewegte. Er suchte nach ihr mit seinen Gedanken und spürte eine leichte Berührung. Sie lag in tiefem Schlaf, betäubt von einer der Kräutermedizinen Damons und Ferrikas. Andrew wünschte, er wisse Bescheid darüber, was sie ihr gaben und warum. Er vertraute Damon, aber er wünschte, Damon würde *ihm* ein wenig mehr vertrauen.

Und Ellemirs Anwesenheit trug auch zu seiner Gereiztheit bei. Sie war ihrer Zwillingsschwester so ähnlich, aber gesund und rosig, wo Callista bleich und krank war ... Sie war so, wie Callista hätte sein sollen. Die Schwangerschaft hatte, obwohl so früh abgebrochen, ihren Körper weich gemacht und den Kontrast zu Callistas scharfer Magerkeit verstärkt. Verdammt, er sollte nicht über Ellemir nachdenken. Sie war die Schwester seiner Frau, die Frau seines besten Freundes, die eine Frau unter allen Frauen, die ihm verboten war. Außerdem war sie Telepathin, sie würde den Gedanken auffangen und in tödliche Verlegenheit geraten. Damon hatte ihm einmal erzählt, in einer Telepathen-Familie sei ein lüsterner Gedanke das psychologische Äquivalent einer Vergewaltigung. Er interessierte sich überhaupt nicht für Ellemir – sie war nichts als seine Schwägerin! Es lag nur daran, dass sie ihm das Bild vor Augen führte, wie Callista sein könnte, wenn sie gesund und wohlauf und frei von dem Zwang des Turms, der auf ewig verdammt sein sollte, wäre.

Sie war so freundlich zu ihm ...

Nach langer Zeit schlief er ein und begann wieder zu träumen.

Er befand sich in der kleinen Schutzhütte der Hirten. Callista hatte ihn, sich in der Überwelt, der Welt der Gedanken und Illusionen, bewegend, nach dem Absturz des Flugzeugs durch den Blizzard hierher geführt. Nein, es war nicht die Schutzhütte, es waren die seltsamen gedanklichen Mauern, die Damon für sie aufgebaut hatte. Sie waren nicht wirklich, außer dass sie sichtbar waren, aber im Reich der Gedanken besaßen sie Festigkeit genug. So konnte Andrew jeden einzelnen Ziegelstein erkennen. Er erwachte, wie er es damals getan hatte, in trübem Licht und sah das Mädchen neben sich liegen, eine schattenhafte Gestalt in ruhigem Schlaf. Wie er es damals getan hatte, fasste er nach ihr, nur um festzustellen, dass sie nicht da war. Sie befand sich überhaupt nicht auf dieser Ebene. Nur ihr Abbild war durch die Überwelt, die sie ihm als Energienetz-Duplikat der wirklichen Welt erklärt hatte, zu ihm gekommen. Sie war durch den Raum und vielleicht auch durch die Zeit gegangen und hatte Gestalt angenommen, um ihn zu täuschen. Aber sie hatte ihn nicht getäuscht.

Sie blickte mit ernstem Lächeln zu ihm auf, wie sie es damals getan hatte, und sagte mit einem Anflug von Schelmerei: »Ach, ist das traurig! Zum ersten Mal, zum allerersten Mal liege ich bei einem Mann, und ich bin nicht im Stande, das zu genießen.«

»Aber du bist jetzt hier bei mir, Geliebte«, flüsterte er und fasste nach ihr, und diesmal war sie in seinen Armen, warm und liebevoll. Sie reichte ihm ihren Mund zum Kuss und schmiegte sich mit scheuer Zärtlichkeit an ihn.

»Beweist dir das nicht, dass es Zeit ist, Liebes?« Er zog sie an sich, und ihre Lippen trafen sich, ihre Körper verschmolzen miteinander. Wieder fühlte er das ganze drängende, schmerzende Begehren, aber er hatte Angst. Es gab irgendeinen Grund, warum er sie nicht berühren durfte ... und plötzlich, in diesem Augenblick der Anspannung und Furcht lächelte sie zu ihm auf, und es war Ellemir in seinen Armen, ihrer Zwillingsschwester so ähnlich und so unähnlich.

Er rief: »Nein!«, und riss sich von ihr los, aber ihre Hände, klein und stark, zogen ihn näher zu sich. Sie lächelte ihn an und sagte: »Ich habe Callista gebeten, dir zu sagen, ich sei willig, wie es in der Ballade von Hastur und Cassilda berichtet wird.« Er sah sich um, und er entdeckte Callista, die ihnen freundlich zusah ...

Und er erwachte, erfüllt von Schreck und Scham. Er saß im Bett und starrte wild in alle Richtungen, um sich zu vergewissern, dass nichts geschehen war, nichts. Es war Tag, und Ellemir glitt mit verschlafenem Gähnen aus dem Bett und stand da in ihrem dünnen Nachthemd. Schnell wandte Andrew den Blick von ihr ab.

Sie bemerkte es nicht einmal – für sie war er kein Mann –, sondern pflegte ständig halb oder gar nicht angezogen vor ihm umherzuwandern und durch die unterschwellige Frustration, die nicht eigentlich sexueller Natur war, an seinen Nerven zu zerren ... Er hielt sich vor, dass er sich auf *ihrer* Welt befand und dass es an ihm liege, sich *ihren* Sitten anzupassen, statt ihnen die seinen aufzuzwingen. Es war nur seine eigene Reizbarkeit und die Scham über den wirklichkeitsnahen Traum, der ihm ihre Anwesenheit beinahe schmerzhaft bewusst machte. Aber als sich der Gedanke in seinem Kopf klärte, drehte sie sich langsam um und sah ihn voll an. Ihre Augen waren ernst, doch sie lächelte, und plötzlich erinnerte er sich an den Traum und wusste, dass sie ihn irgendwie geteilt hatte, dass sich seine Gedanken, sein Begehren in ihre Träume verwoben hatten.

Zum Teufel, was für ein Mann bin ich eigentlich? Meine Frau liegt dort, so krank, dass sie daran sterben kann, und ich bin geil auf ihre Zwillingsschwester ... Er versuchte, sich abzuwenden, und hoffte, Ellemir werde den Gedanken nicht auffangen. *Die Frau meines besten Freundes!*

Aber in seinem Kopf hallte die Erinnerung an die Worte aus dem Traum wider: *Ich habe Callista gebeten, dir zu sagen, ich sei willig ...*

Sie lächelte ihn an, aber sie sah beunruhigt aus. Er hatte das

Gefühl, er müsse mit einer Entschuldigung für seine Gedanken herausplatzen. Stattdessen sagte sie sehr sanft: »Es ist in Ordnung, Andrew.« Einen Augenblick lang konnte er nicht glauben, dass sie das wirklich laut ausgesprochen hatte. Er blinzelte, aber bevor ihm eingefallen war, was er antworten sollte, hatte sie ihre Kleider ergriffen und war im Bad verschwunden.

Andrew trat ans Fenster und blickte in den nachlassenden Sturm hinaus. So weit er sehen konnte, war alles weiß, übergossen von einem leichten Purpurschimmer der großen roten Sinne, die schwach durch die fleckigen Ränder der Wolken lugte. Die Winde hatten den Schnee zu sahnigen Eisgraten zusammengefegt, die sich wie Wellen eines harten weißen Ozeans bis zu den in der Ferne verschwimmenden Bergen hinzogen. Andrew kam es vor, als spiegele das Wetter seine Stimmung wieder: grau, trüb, unerträglich.

Wie leicht zerreißbar war das Band, das ihn an Callista knüpfte! Und doch wusste er, er konnte nie mehr zurück. Er hatte zu viele Tiefen in sich selbst entdeckt, zu viel Fremdartigkeit. Der alte Carr, der Andrew Carr des Terranischen Imperiums, hatte an jenem längst vergangenen Tag, als Damon sie alle miteinander durch die Matrix in Rapport brachte, zu existieren aufgehört. Andrew schloss die Finger um seine Matrix, die hart und kühl in dem kleinen Isolierbeutel um seinen Hals hing, und erkannte, dass es eine darkovanische Geste war, wie er sie Damon hunderte von Malen hatte vollführen sehen. In dieser automatischen Geste wurde er sich von neuem der Fremdartigkeit seiner neuen Welt bewusst.

Er konnte nie mehr zurück. Er musste sich hier ein neues Leben aufbauen oder die ihm verbleibenden Jahre als ein Geist, ein Niemand, ein Nichts durchwandern.

Bis vor wenigen Nächten hatte er geglaubt, auf dem besten Weg in ein neues Leben zu sein. Er hatte befriedigende Arbeit, eine Familie, Freunde, Bruder und Schwester, einen zweiten Vater, eine liebende und geliebte Frau. Und dann war diese ganze neue Welt unter einem unsichtbaren Blitzschlag um ihn zerbröckelt, und die ganze Fremdartigkeit drängte von neuem auf ihn ein. Sie schlug über ihm zusammen, ertränkte ihn ... Sogar Damon, früher sein enger Freund, sein Bruder, war kalt und fremd geworden.

Oder war es so, dass er, Andrew, jetzt überall und in jedem Fremdartigkeit sah?

Callista bewegte sich. Andrew fürchtete, seine Gedanken könnten sie stören, und so nahm er seine Kleider und ging hinaus, um zu baden und sich anzuziehen.

Als er zurückkehrte, war Callista wach geworden, und Ellemir hatte sie für den Tag fertig gemacht. Sie hatte ihr ein sauberes Nachtgewand angezogen, sie gewaschen und ihr Haar geflochten. Das Frühstück war gebracht worden und stand auf dem Tisch, wo sie während Callistas Krankheit zu viert ihre Mahlzeiten eingenommen hatten.

Aber Ellemir stand immer noch beunruhigt an Callistas Bett. Als Andrew eintrat, bat sie gerade ängstlich: »Callista, ich wünschte, du würdest Ferrika erlauben, dich anzusehen. Ich weiß, sie ist jung, aber sie ist im Gildenhaus der Amazonen ausgebildet, und sie ist die beste Hebamme, die wir je auf Arilinn gehabt haben. Sie ...«

»Die Dienste einer Hebamme«, stellte Callista mit einer Spur bitterer Belustigung fest, »sind das Letzte, was ich brauche oder wahrscheinlich brauchen werde.«

»Trotzdem, Callista, sie kennt sich mit allen Frauenbeschwerden aus. Bestimmt könnte sie mehr für dich tun als ich.« Sie rief Damon zu Hilfe. »Damon, was hältst du davon?«

Damon stand am Fenster und sah in den Schnee hinaus. Jetzt drehte er sich um und betrachtete die beiden mit leichtem Stirnrunzeln. »Niemand hat mehr Hochachtung als ich vor Ferrikas Begabung und Kenntnissen, Elli. Aber ich weiß nicht, ob sie in diesem Fall genug Erfahrung hat. Es ist keine alltägliche Sache, nicht einmal in den Türmen.«

Andrew fuhr auf: »Ich verstehe das alles nicht! Geht es immer noch um das Einsetzen der Menstruation? Wenn es so schlimm ist ...« – und damit wandte er sich direkt an Callista – »... könnte es doch nichts schaden, wenn Ferrika dich einmal untersucht?«

Callista schüttelte den Kopf. »Nein, das ist schon seit ein paar Tagen vorbei. Ich glaube ...« – sie blickte lachend zu Damon auf – »... ich bin einfach faul und nutze die weiblichen Schwächen zu meinem Vorteil.«

»Ich wünschte, es wäre so, Callista.« Damon verließ seinen Platz am Fenster und setzte sich an den Tisch. »Ich hatte gehofft, du würdest heute aufstehen können.« Er beobachtete sie, wie sie sich mit unsicheren Händen langsam Butter auf ein Stück heißes Nussbrot strich. Sie führte es zum Mund und kaute es, aber Damon sah nicht, dass sie schluckte.

Ellemir brach ein Stück Brot. »Wir haben ein Dutzend Küchenmädchen«, klagte sie, »und wenn ich einen oder zwei Tage in der Küche fehle, ist das Brot nicht zu genießen!«

Andrew dachte, das Brot sei wie immer: warm, duftend, das Korn vermischt mit dem grob gemahlenen Nussmehl, das auf Darkover zu den Grundnahrungsmitteln gehörte. Es roch nach Kräutern und schmeckte gut, aber Andrew hatte auf einmal etwas gegen die fremdartige Körnigkeit und die ungewohnten Gewürze. Auch Callista aß nicht, und Ellemir machte sich Sorgen. Sie fragte: »Kann ich dir etwas anderes bringen lassen, Callista?«

Callista schüttelte den Kopf. »Nein, ich kann wirklich nicht essen, Elli. Ich habe keinen Hunger ...«

Seit Tagen hatte sie schon so gut wie nichts gegessen. In Gottes Namen, dachte Andrew, was fehlt ihr?

Damon fuhr plötzlich rau dazwischen: »Siehst du, Callista? Ich habe es dir gesagt! Wie lange bist du Matrix-Arbeiterin gewesen – neun Jahre? Du weißt, was es zu bedeuten hat, dass du nicht essen kannst!«

Ihre Augen waren voller Angst. »Ich will es versuchen, Damon, wirklich«, versicherte sie. Sie nahm sich einen Löffel geschmorter Früchte auf den Teller und würgte sie widerwillig hinunter. Damon sah ihr besorgt zu. Das hatte auch wieder nicht in seiner Absicht gelegen, dass sie Hunger vortäuschte, den sie nicht empfand. Er blickte über die sahnigen Schneegrate im purpurnen Licht hinaus. »Wenn das Wetter sich aufklärte, würde ich einen Boten nach Neskaya schicken. Vielleicht könnte die *Leronis* kommen und nach dir sehen.«

»Es hat den Anschein, als klärte es sich jetzt auf«, meinte Andrew, aber Damon schüttelte den Kopf.

»Bis heute Abend wird es stärker schneien als bisher. Ich kenne das Wetter in diesen Bergen. Jeder, der heute Morgen aufbräche, stäke bis Mittag fest.«

Und tatsächlich rieselte bald nach Mittag der Schnee von neuem in großen weißen Flocken vom Himmel, anfangs langsam, dann zu einer unbezwinglichen Flut anwachsend, die die Landschaft und die Bergkette auslöschte. Andrew sah es, als er die Vorratstunnel und die Gewächshäuser aufsuchte und mechanisch seiner Aufgabe nachkam, die Diener und Arbeiter zu beaufsichtigen. Er sah es mit Unglauben und Wut. Wie konnte ein Himmel so viel Schnee enthalten?

Am späten Nachtmittag, sobald er mit dem bisschen an Arbeit fertig war, das in diesen Tagen erledigt werden konnte, kam er wieder nach oben. Wie immer, wenn er für eine kurze Zeitspanne von Callista getrennt gewesen war, bestürzte ihn ihr Aussehen. Ihm schien, seit dem Morgen sei sie noch weißer und dünner geworden und sie sehe zehn Jahre älter aus als ihre Zwillingsschwester. Aber ihre Augen strahlten ihm entgegen, und als er ihre Fingerspitzen ergriff, klammerte sie sich an seine Hand.

Andrew fragte: »Bist du allein, Callista? Wo ist Ellemir?«

»Sie möchte ein bisschen mit Damon zusammen sein. Die Armen, sie haben in diesen Tagen so wenig Zeit füreinander gehabt, da der eine oder andere ständig bei mir ist.« Sie verlagerte ihr Gewicht mit dem schmerzlichen Zusammenzucken, das sie nie zu verlassen schien. »Gnädiger Avarra, was ich es leid bin, im Bett zu liegen!«

Er beugte sich über sie und hob sie in seinen Armen hoch. »Dann will ich dich ein Weilchen in meinen Armen halten«, sagte er und trug sie zu einem Sessel nahe dem Fenster. Sie fühlte sich wie ein Kind an, locker und schlaff und leicht. Ihr Kopf lehnte sich müde an seine Schulter. Andrew empfand eine schmerzende Zärtlichkeit ohne Begehren – wie konnte ein Mann dies kranke Mädchen mit Begehren quälen? Sanft wiegte er sie hin und her.

»Erzähl mir, was vorgeht, Andrew. Ich bin so abgeschnitten gewesen; die Welt hätte untergehen können, und ich hätte nichts davon erfahren.«

Andrew zeigte auf die weiße, konturlose Schneewelt vor dem Fenster. »Es hat sich nicht viel ereignet, wie du sehen kannst. Deshalb gibt es auch nichts zu erzählen, es sei denn, du interessierst dich dafür, wie viele Früchte im Gewächshaus reifen.«

»Jedenfalls freut es mich zu hören, dass der Sturm sie nicht vernichtet hat. Manchmal zerbrechen die Fenster, und die Pflanzen sterben, aber dafür ist es noch reichlich früh im Jahr.« Sie lehnte sich erschöpft an ihn, als sei die Anstrengung des Sprechens zu viel für sie gewesen.

Andrew saß da und hielt sie fest, zufrieden, dass sie sich nicht von ihm zurückzog, dass sie den Kontakt mit ihm jetzt ebenso zu suchen schien, wie sie ihn früher gefürchtet hatte.

Vielleicht hatte sie Recht: Nun, wo ihr normaler Zyklus begonnen hatte, konnte die Konditionierung, der sie im Turm unterzogen worden war, rückgängig gemacht werden. Ihre Augen waren geschlossen; sie schien zu schlafen.

So saßen sie, bis Damon plötzlich ins Zimmer kam. Entgeistert blieb er stehen. Er öffnete den Mund zum Sprechen, und Andrew empfing von Gehirn zu Gehirn die dringende Botschaft: *Andrew! Setz sie ab, schnell! Geh weg von ihr!*

Andrew hob ärgerlich den Kopf, aber die echte Angst in Damons Gedanken ließ ihn sofort handeln. Er erhob sich und trug Callista zu ihrem Bett. Sie lag still, ohne Bewusstsein.

»Wie lange ist sie schon so?«, fragte Damon.

»Nur ein paar Minuten. Wir hatten uns unterhalten«, verteidigte Andrew sich.

Damon seufzte. »Ich dachte, ich könne dir vertrauen. Ich dachte, du hättest Verständnis.«

»Sie fürchtet sich nicht vor mir, Damon. Sie *wollte,* dass ich sie hielt!«

Callistas Wimpern flatterten. Sie öffnete die Augen. Im bleichen Schneelicht sahen sie farblos aus. »Schelte ihn nicht, Damon, ich hatte es so satt, im Bett zu liegen. Wirklich, mir geht es besser. Ich dachte schon daran, mir heute Abend meine Harfe bringen zu lassen und ein bisschen zu spielen. Ich bin es leid, nichts zu tun zu haben.«

Damon sah sie zweifelnd an. Doch er antwortete: »Ich werde die Harfe bringen lassen, wenn du es möchtest.«

»Lass mich gehen und sie holen«, erbot Andrew sich. Es musste ihr doch bestimmt besser gehen, wenn sie sich wohl genug fühlte, die Harfe zu spielen! Er stieg in die Große Halle hinunter, traf einen Diener und fragte nach Lady Callistas Harfe. Der Mann brachte das kleine Instrument, das nicht viel größer als eine terranische Gitarre war, in seinem geschnitzten Holzkasten.

»Soll ich sie nach oben tragen, Dom Ann'dra?«

»Nein, ich nehme sie.«

Eine der Dienerinnen hinter dem Mann sagte: »Übermittelt der Lady unsere Glückwünsche. Wir hoffen, es wird ihr bald gut genug gehen, dass sie sie selbst entgegennehmen kann.«

Andrew fluchte; er konnte sich nicht beherrschen. Schnell entschuldigte er sich – die Frau hatte nichts Böses im Sinn gehabt. Und was hätten die Leute anderes denken sollen? Callista hatte zehn Tage im Bett gelegen, und niemand war aufgefordert worden, sie zu pflegen. Nur ihre Zwillingsschwester hatte um sie sein dürfen. Konnte man den Dienstboten einen Vorwurf machen, wenn sie meinten, Callista sei schwanger und ihre Schwester und ihr Mann ergriffen alle Vorsichtsmaßnahmen, damit ihr Kind nicht dasselbe unglückliche Schicksal treffe wie Ellemirs? Endlich brachte Andrew mit schwankender Stimme hervor: »Ich danke euch für eure ... eure guten Wünsche, aber meiner Frau ist kein solches Glück beschieden ...« Er vermochte nicht weiterzusprechen. Er ließ sich die gemurmelten Äußerungen des Mitgefühls gefallen und floh die Treppe hinauf.

In dem äußeren Raum der Suite blieb er stehen, da er Damons ärgerlich erhobene Stimme hörte.

»Es hat keinen Sinn, Callista, das weißt du selbst. Du kannst nicht essen, du kannst nicht schlafen, wenn ich dir kein Betäubungsmittel gebe. Ich hoffte, es werde alles von selbst in Ordnung kommen, nachdem dein Zyklus spontan eingesetzt hat. Aber sieh dich an!«

Callista murmelte etwas. Andrew konnte die Worte nicht verstehen, wohl aber den Protest, der in ihnen lag.

»Sei ehrlich, Callista. Du warst *Leronis* in Arilinn. Wenn irgendwer in diesem Zustand zu dir gebracht worden wäre, was hättest du getan?« Eine kurze Pause. »Dann weißt du, was ich tun muss, und zwar schnell.«

»Damon, nein!« Es war ein Schrei der Verzweiflung.

»*Breda,* ich verspreche dir, ich werde versuchen –«

»Oh, Damon, lass mir noch ein bisschen Zeit!« Andrew hörte sie schluchzen. »Ich will versuchen zu essen, das verspreche ich dir. Ich *fühle* mich besser, ich habe heute länger als eine Stunde aufgesessen, frag Ellemir. Damon, kannst du mir nicht noch ein kleines bisschen Zeit lassen?«

Langes Schweigen. Dann fluchte Damon und kam aus dem Zimmer. Er wollte ohne ein Wort an Andrew vorbeigehen, aber der Terraner fasste seinen Arm.

»Was ist los? Was hast du gesagt, dass sie sich so aufregt?«

Damon starrte über ihn hinweg, und Andrew hatte das beunruhigende Gefühl, dass er für Damon gar nicht wirklich anwesend sei. »Sie will nicht, dass ich tue, was ich tun muss.« Damon erblickte die Harfe in ihrem Kasten und fragte ärgerlich: »Glaubst du tatsächlich, dafür geht es ihr gut genug?«

»Ich weiß es nicht«, gab Andrew aufgebracht zurück. »Ich weiß nur, dass sie mich um ihre Harfe gebeten hat.« Ihm fiel ein, was die Diener gesagt hatten, und das machte für ihn das Maß voll.

»Damon, was stimmt nicht mit ihr? Immer, wenn ich dich frage, weichst du mir aus!«

Damon seufzte und setzte sich. Er stützte den Kopf in die Hände. »Ich bezweifle, dass ich es erklären kann. Du bist nicht im Gebrauch der Matrix ausgebildet, du beherrschst die Sprache nicht, dir fehlen selbst die *Begriffe.*«

Andrew forderte grimmig: »Drück es in einfachen Wörtern aus.«

»Es gibt keine.« Damon verstummte und dachte nach. Endlich begann er: »Ich habe dir die Kanäle in Callista und in Ellemir gezeigt.«

Andrew nickte. Vor seinem geistigen Auge glühten die

Lichtlinien und ihre pulsierenden Zentren, so klar bei Ellemir, so träge und entzündet bei Callista.

»Callista leidet im Prinzip an einer Überladung der Nervenkanäle«, fuhr Damon fort. Er sah, dass Andrew ihn nicht verstand. »Ich habe dir erklärt, dass dieselben Kanäle sexuelle Energie und Psi-Kräfte befördern – natürlich nicht gleichzeitig. Während ihrer Ausbildung zur Bewahrerin lehrte man Callista Techniken, die jede sexuelle Reaktion verhinderten, sie ihr nicht einmal bewusst werden ließen. Ist das so weit klar?«

»Ich glaube.« Andrew stellte es sich so vor, dass das ganze sexuelle System außer Funktion gesetzt worden war, damit sie ihren ganzen Körper als Energieumwandler benutzen konnte. Gott, wie konnte man einer Frau so etwas antun!

»Also gut. Bei normalen Erwachsenen arbeiten die Kanäle selektiv. Die Psi-Kräfte werden abgeschaltet, wenn die Kanäle für sexuelle Energie gebraucht werden, und wenn die Psi-Kräfte gebraucht werden, ruhen die sexuellen Impulse. Nach der Matrix-Arbeit warst du ein paar Tage lang impotent, weißt du noch? Wenn eine Bewahrerin ihre Arbeit aufgibt, ist der Grund normalerweise, dass die Kanäle zu ihrer normalen Funktion zurückgekehrt sind und selektiv arbeiten. Die Frau ist dann nicht mehr im Stande, sich völlig von jeder Spur sexueller Energie freizuhalten, und das muss eine Bewahrerin können. Offenbar hat Callista geglaubt, die Dekonditionierung habe bei ihr bereits stattgefunden, weil sie auf dich reagierte. Und so war es auch einen Augenblick lang, wie du weißt.« Damon sah Andrew zögernd an, und Andrew, der sich nur ungern an diesen Augenblick vierfachen Kontaktes erinnerte und eingestand, dass Damon Teil davon gewesen war, konnte seinem Blick nicht begegnen. Er nickte nur mit niedergeschlagenen Augen.

»Also, wenn eine normale Bewahrerin – eine voll funktionierende Bewahrerin mit intakter Konditionierung und sauberen Kanälen – angegriffen wird, kann sie sich selbst schützen. Wärst du zum Beispiel nicht Callistas Gatte gewesen, ein Mann, dem sie das Recht dazu erteilt hatte, sondern ein Fremder, der sie zu vergewaltigen suchte, dann wäre die Energieentladung durch dich hindurchgegangen. Und du wärst jetzt sehr, sehr tot, und Callista ... nun, ich nehme an, sie würde an einem Schock und an Übelkeit leiden, doch nach einer guten Mahlzeit und reichlichem Schlaf wäre sie wieder ganz die alte gewesen. Aber so hat es sich eben nicht abgespielt.«

Andrew murmelte wie betäubt: »Gott!«

Du bist es nicht, dem ich nicht vertraue, mein Gatte ...

»Sie muss geglaubt haben, sie sei bereit, oder sie wäre das Risiko nie eingegangen. Und als ihr klar wurde, dass sie *nicht* bereit war – in diesem Sekundenbruchteil, bevor dich der Reflex traf, den sie nicht kontrollieren konnte –, leitete sie den Rückstrom durch ihren eigenen Körper. Und das rettete dein Leben. Wenn du von der vollen Energie getroffen worden wärst – kannst du dir vorstellen, was dann geschehen wäre?«

Andrew konnte es sich vorstellen, hatte aber keine große Lust dazu.

»Es muss dieser Schock gewesen sein, der ihre Menstruation einleitete. Ich habe sie sorgfältig beobachtet, bis ich sicher war, dass es nicht zu einer Krise kam. Doch danach glaubte ich, die Blutung und der normale Energieentzug, den Frauen in dieser Zeit erleiden, würden die Überladung abbauen und die Kanäle säubern. Aber das ist nicht geschehen.« Damon runzelte die Stirn. »Ich wünschte, ich wüsste genau, was Leonie mit ihr gemacht hat. Ich hatte dich gebeten, sie vorerst nicht zu berühren. Und du darfst es auf keinen Fall.«

»Fürchtest du, es könne zu einer neuen Energieentladung kommen?«

Damon schüttelte den Kopf. »Augenblicklich wird sie nicht

die Kraft dazu haben. In gewisser Weise ist es schlimmer. Sie reagiert körperlich auf dich, aber die Kanäle sind nicht sauber, so dass die sexuellen Impulse nicht auf normale Weise befördert werden können. In ihr sind zwei Reihen von Reflexen gleichzeitig tätig. Jede hemmt die andere, und so kann keine normal funktionieren.«

»Jetzt bin ich verwirrter als vorher.« Andrew ließ den Kopf in die Hände sinken, und Damon machte sich daran, die Erklärung noch weiter zu vereinfachen.

»Eine als Bewahrerin ausgebildete Frau muss manchmal acht oder zehn Telepathen koordinieren. Bei der Arbeit in den Energon-Ringen leitet sie die gesamte Kraft *durch* ihren eigenen Körper. Die Belastung ist so enorm, als sei sie ein ...« – er entnahm Andrews Verstand den Vergleich – »... ein Energieumwandler. Deshalb kann sie es gar nicht wagen, sich darauf zu verlassen, dass ihre Kanäle wie bei einem normalen Erwachsenen selektiv arbeiten. Sie muss diese Kanäle völlig, ausschließlich und dauernd für die Psi-Kräfte freihalten. Erinnerst du dich daran, was meine Schwester Marisela gesagt hat?«

Sie hörten es beide wie ein Echo in Damons Gedanken: *In den alten Zeiten konnten die Bewahrerinnen von Arilinn ihren Posten nicht verlassen, wenn sie wollten ... Die Bewahrerinnen von Arilinn sind keine Frauen, sondern* Emmasca ...

»Natürlich werden Bewahrerinnen heute nicht mehr zu Neutren gemacht. Man verlässt sich auf das Gelübde der Jungfräulichkeit und intensive antisexuelle Konditionierung, um die Kanäle völlig freizuhalten. Aber eine Bewahrerin bleibt letzten Endes doch eine Frau, und wenn sie sich verliebt, ist es wahrscheinlich, dass sie sexuell zu reagieren beginnt, weil die Kanäle zu ihrer normalen selektiven Funktion – wahlweise Psi-Kräfte oder sexuelle Impulse befördernd – zurückgekehrt sind. Sie muss aufhören, als Bewahrerin zu arbeiten, weil ihre Kanäle nicht mehr vollständig sauber sind. Sie kann weiterhin mit gewöhnlichen Psi-Kräften umgehen, aber die ungeheuren Spannungen, denen eine Bewahrerin ausgesetzt ist, nicht mehr ertragen. Die Energonringe und Relais – nun, lassen wir das, darüber weißt du nicht viel. In der Praxis gibt eine Bewahrerin, deren Konditionierung nicht mehr intakt ist, die *Laran*-Arbeit für gewöhnlich ganz auf. Ich halte das für töricht, aber so will es der Brauch bei uns. Jedenfalls war es das, was Callista erwartete: Sobald sie ein Mal auf dich reagierte, wäre sie auch im Stande, ihre Kanäle wahlweise zu benutzen, wie es jede normale erwachsene Telepathin tut.«

»Und warum war es nicht so?«, fragte Andrew.

»Ich weiß es nicht!«, rief Damon verzweifelt aus. »Ich habe etwas Derartiges nie zuvor gesehen. Nur ungern gebe ich dem Verdacht nach, dass Leonie die Kanäle auf eine Weise verändert hat, die ein selektives Funktionieren für immer ausschließt, aber eine andere Erklärung finde ich nicht. Und offensichtlich hat Leonie ihre Kanäle irgendwie verändert, um Callista körperlich unreif zu halten. Verstehst du nun, warum du sie nicht berühren darfst, Andrew? Nicht weil es zu einer neuen Energieentladung kommen könnte, bei der du diesmal wahrscheinlich sterben würdest, denn sie würde lieber selbst sterben, bevor sie das zuließe. Es schüttelt mich vor Entsetzen, wenn ich daran denke, wie leicht es ihr würde, sich selbst den Tod zu geben. Nein, es geht um die Reflexe, die immer noch vorhanden sind, und sie kämpft dagegen an, und das tötet sie.«

Andrew bedeckte sein Gesicht mit den Händen. »Und ich habe sie angefleht ...«, flüsterte er beinahe unhörbar.

»Du konntest es nicht wissen«, sagte Damon freundlich. »Sie selbst wusste es auch nicht. Sie glaubte, ihre Konditionierung baue sich auf normale Weise ab. Andernfalls hätte sie es nicht gewagt. Sie war bereit, für dich die Psi-Funktion der Kanäle ganz aufzugeben.«

»Weißt du, was das für sie bedeutete?«

Andrew stammelte: »Ich bin es nicht wert. All das Leiden.«

»Und so verdammt unnötig!« Damon unterbrach sich. Was er hatte sagen wollen, war Blasphemie. Kein Gesetz war strenger als das, das einer Bewahrerin verbot, jemals wieder ernsthafte Matrix-Arbeit zu tun, wenn sie von ihrem Eid entbunden worden war, ihre Jungfräulichkeit oder ihre Konditionierung verloren hatte. »Es war ihr Wunsch, Andrew, für dich ihre Arbeit als Bewahrerin aufzugeben.«

»Was muss also geschehen?«, fragte Andrew. »Sie kann nicht so weitermachen, es wird sie umbringen!«

Damon erklärte widerstrebend: »Ich muss die Kanäle säubern. Und das will sie nicht.«

»Warum nicht?«

Damon antwortete nicht sofort. Endlich sagte er: »Das wird für gewöhnlich unter *Kirian* gemacht, und ich habe keinen, den ich ihr geben könnte. Ohne das ist es höllisch schmerzhaft.« Damit stellte er Callista als Feigling hin, und es war ihm unangenehm, bei Andrew diesen Eindruck zu erwecken. Aber er fühlte sich nicht im Stande, Andrew zu erklären, was Callista tatsächlich einzuwenden hatte. Erleichtert fiel sein Blick auf die *Rryl* in ihrem Kasten.

»Aber wenn es ihr gut genug geht, dass sie nach ihrer Harfe verlangt, ist sie vielleicht tatsächlich auf dem Weg zur Genesung«, meinte er mit aufflackernder Hoffnung. »Bring sie ihr, Andrew. Aber ...« – er machte eine Pause – »... berühre sie nicht. Sie reagiert immer noch auf dich.«

»Ist das denn nicht das, was wir wollen?«

»Nicht solange die beiden Systeme überladen sind und sich gegenseitig blockieren«, stellte Damon fest. Andrew senkte den Kopf und sagte mit leiser Stimme: »Ich verspreche es.«

An Damon vorbei ging er in das Zimmer, in dem Callista lag – und blieb entsetzt stehen. Callista lag still und unbeweglich da, und einen schrecklichen Augenblick lang konnte er sie nicht atmen sehen. Ihre Augen standen offen, aber sie sah ihn nicht, und ihr Blick folgte ihm nicht, als sein Schatten zwischen sie und das Licht fiel. Grauenhafte Angst packte ihn; ein tonloser Schrei schnürte ihm die Kehle zusammen. Er fuhr herum, um Damon zu rufen, doch Damon hatte Andrews Panik bereits empfangen und kam herbeigerannt. Dann entrang sich ihm ein schwerer Seufzer der Erleichterung, beinahe ein Schluchzen.

»Es ist alles in Ordnung.« Er hielt sich an Andrew fest, als sei ihm schwindelig. »Sie ist nicht tot, sie … sie hat ihren Körper verlassen. Sie ist in der Überwelt, das ist alles.«

Andrew starrte auf die weit offenen, nichts sehenden Augen und flüsterte: »Was können wir für sie tun?«

»In ihrem augenblicklichen körperlichen Zustand wird sie nicht im Stande sein, lange zu bleiben.« In Damons Stimme mischten sich Beunruhigung, Sorge und Hoffnung. »Ich hätte nicht einmal gedacht, dass sie überhaupt stark genug dazu wäre. Aber wenn sie …« Er sprach es nicht laut aus, aber beide konnten hören: *Wenn sie stark genug dazu ist, geht es ihr vielleicht nicht so schlecht, wie wir fürchten.*

In den grauen Räumen der Überwelt dahintreibend, spürte Callista ihre Ausrufe und ihre Furcht, aber undeutlich, wie in einem Traum. Zum ersten Mal seit einer Ewigkeit war sie frei von Schmerz. Sie hatte ihren gequälten Körper zurückgelassen, war aus ihm hinausgetreten wie aus einem zu großen Kleidungsstück und in die vertrauten Reiche geglitten. Sie fühlte sich in den grauen Räumen der Überwelt Gestalt annehmen. Ihr Körper war kühl und ruhig und im Frieden, wie er früher gewesen war … Sie sah sich in die durchscheinenden

Falten ihrer Robe gehüllt; sie war eine Bewahrerin, eine *Leronis,* eine Zauberin. *Sehe ich mich immer noch als das?,* fragte sie sich tief beunruhigt. *Ich bin keine Bewahrerin, sondern eine verheiratete Frau, in Gedanken und im Herzen, wenn auch nicht tatsächlich ...*

Die Leere der grauen Welt ängstigte sie. Beinahe instinktiv suchte sie nach einer Landmarke und erkannte in weiter Ferne einen schwachen Schein. Es war in dieser Welt das Energienetz-Äquivalent des Turms von Arilinn.

Dorthin kann ich nicht gehen, dachte sie, *ich habe mich losgesagt.* Doch gleichzeitig empfand sie leidenschaftliche Sehnsucht nach der Welt, die sie für immer hinter sich gelassen hatte. Als habe die Sehnsucht ihre eigene Antwort geschaffen, sah sie den Schimmer heller werden. Beinahe mit Gedankenschnelle war sie *dort,* innerhalb des Schleiers, in ihrem eigenen geheimen Zufluchtsort, dem Garten der Düfte, dem Bewahrerinnengarten.

Langsam nahm vor ihr eine verschleierte Frau Gestalt an. Sie brauchte das Gesicht nicht zu sehen, um Leonie zu erkennen.

»Mein geliebtes Kind«, sagte Leonie. Callista wusste, es war nur ein zerbrechlicher gedanklicher Kontakt, aber so wirklich schien beiden die Anwesenheit der anderen in diesem vertrauten Refugium zu sein, dass Leonies Stimme voll, warm und zärtlicher als im Leben klang. Nur auf dieser unkörperlichen Ebene konnte Leonie es wagen, sich Emotionen hinzugeben. »Warum bist du zu uns gekommen? Ich hatte geglaubt, du seist für immer aus unserer Reichweite verschwunden, *Chiya.* Oder hast du dich in einem Traum hierher verirrt?«

»Es ist kein Traum, *Kiya.*« Zorn brandete in ihr auf wie eine kalte Flut, die jeden Nerv umspülte. Sie hielt ihn unter Kontrolle, wie man es sie seit ihrer Kindheit gelehrt hatte, denn der Zorn der Altons konnte töten. Ihre Stimme war kalt und fordernd und wies Leonies Zärtlichkeit zurück. »Ich wollte zu dir und dich fragen, warum du einen Segen ohne Wahrheit ausgesprochen hast! Warum hast du mich belogen?« Ihre eigene Stimme klang ihr wie ein Schrei in den Ohren. »Warum hast du mich in Fesseln geschlagen, die ich nicht zerreißen konnte, so dass es ein Hohn war, als du mich in die Ehe gabst? Missgönnst du mir Glück, die du kein eigenes kennst?«

Leonie zuckte zusammen. Ihre Stimme bebte vor Schmerz. »Ich hatte gehofft, du seist glücklich und bereits Frau, *Chiya*.«

»Du weißt, was du getan hast, um das unmöglich zu machen! Kannst du schwören, dass du mich nicht zum Neutrum gemacht hast, wie es in den alten Zeiten mit der Lady von Arilinn geschah?«

Leonies Gesicht verzog sich vor Entsetzen. »Die Götter sind Zeugen, Kind, und die heiligen Dinge zu Hali, du bist nicht zum Neutrum gemacht worden. Aber, Callista, du warst sehr jung, als du in den Turm kamst ...«

Die Zeit schien zurückzufließen, während Leonie sprach, und Callista wurde zu einem halb vergessenen Tag mitgerissen. Ihr Haar lockte sich noch um ihre Wangen, statt wie das einer Frau eingeflochten zu sein. Sie empfand von neuem die ängstliche Ehrfurcht, die sie für Leonie gehabt hatte, bevor diese ihr Mutter, Führerin, Lehrerin, Priesterin geworden war ...

»Du hattest als Bewahrerin Erfolg, während sechs andere versagten, mein Kind. Ich dachte, du seist stolz darauf gewesen.«

»Das war ich.« Callista senkte den Kopf.

»Aber du hast mich in die Irre geführt, Callista, oder ich hätte dich nie gehen lassen. Du machtest mich glauben – obwohl ich es kaum für möglich hielt –, dass du bereits auf deinen Liebhaber reagiertest, dass, wenn du noch nicht bei ihm gelegen hattest, es nur noch kurze Zeit dauern würde. Und deshalb dachte ich, vielleicht sei es mir nicht richtig gelungen, vielleicht sei dein Erfolg als Bewahrerin nur darauf zurückzuführen, dass du *glaubtest*, von den Dingen, die andere Frauen quälen, frei zu sein. Dann, als die Liebe in dein Leben trat und du feststelltest, wohin dein Herz dich zog, wie es schon so vielen Bewahrerinnen geschehen ist, war es dir nicht möglich, länger unerweckt zu bleiben. Deshalb segnete ich dich und gab dir deinen Eid zurück. Aber wenn das nicht wahr ist, Callista, wenn das nicht wahr ist ...«

Callista fiel ein, wie Damon sie ärgerlich verspottet hatte: *Willst du dein Leben damit verbringen, Löcher in Leintüchern zu zählen und Gewürze für Kräuterbrot herzustellen, du, die du Callista von Arilinn gewesen bist?* Leonie hörte das Echo in ihren Gedanken ebenfalls.

»Ich habe es dir schon einmal gesagt, mein Liebling, und jetzt biete ich es dir wieder an. Du kannst zu uns zurückkehren. Eine kurze Zeit, ein bisschen Neuschulung, und du wärst wieder eine von uns.«

Sie machte eine Handbewegung, die Luft wellte sich, und Callista war in das Scharlachrot einer Bewahrerin gekleidet, rituelle Ornamente an Stirn und Hals.

»Komm zurück zu uns, Callista. Komm zurück.«

Sie stammelte: »Mein Gatte ...«

Leonie wischte das als nichts hinweg. »Eine Freipartner-Heirat ist nichts, Callista. Sie ist bis zum Vollzug der Ehe nur eine juristische Fiktion ohne Bedeutung. Was bindet dich an diesen Mann?«

Callista wollte sagen: »Liebe«, und brachte unter Leonies verächtlichen Augen das Wort nicht heraus. Sie sagte: »Ein Versprechen, Leonie.«

»Uns hast du dein Versprechen früher gegeben. Du bist für diese Arbeit geboren, Callista, es ist deine Bestimmung. Erinnerst du dich, dass du dem, was mit dir geschah, zustimmtest?

Du warst eine von sieben, die in jenem Jahr zu uns kamen. Sechs junge Frauen versagten, eine nach der anderen. Sie waren bereits erwachsen, ihre Nervenkanäle reif. Die Säuberung der Kanäle und die Konditionierung gegen eine sexuelle Reaktion war zu schmerzhaft für sie. Und dann war da Hilary Castamir, weißt du noch? Sie wurde Bewahrerin, aber jeden Monat, wenn sie ihre Periode hatte, fiel sie in Krämpfe, und der Preis schien zu hoch zu sein. Ich war verzweifelt, Callista, weißt du noch? Ich leistete die Arbeit von drei Bewahrerinnen, und meine eigene Gesundheit begann zu leiden. Und aus diesem Grund erklärte ich es dir, und du stimmtest zu ...«

»Wie konnte ich zustimmen?«, rief Callista verzweifelt. »Ich war ein Kind! Ich wusste nicht einmal, was das war, wonach du fragtest!«

»Trotzdem stimmtest du zu, konditioniert zu werden, solange du noch nicht voll ausgewachsen warst und die Kanäle noch unreif waren. Und deshalb fiel es dir leicht.«

»Ich erinnere mich«, sagte Callista sehr leise. Sie war so stolz gewesen, dass sie Erfolg hatte, wo so viele versagten, dass sie Callista von Arilinn werden und ihren Platz neben den großen Bewahrerinnen der Legende einnehmen sollte. Sie erinnerte sich an die freudige Erregung, als sie die mächtigen Energien ungehindert durch ihren Körper strömen fühlte, als sie die gewaltigen Energonringe ergriff und ausrichtete ...

»Und du warst so jung, ich hielt es für unwahrscheinlich, dass du dich jemals ändern würdest. Es war ein Glücksfall. Aber, mein Liebling, alles das kann wieder dein sein. Du brauchst nur ein Wort zu sagen.«

»Nein!«, rief Callista. »Nein! Ich habe meinen Eid zurückgegeben – ich will ihn nicht wieder!« Und doch war sie sich auf merkwürdige Weise nicht sicher.

»Callista, ich hätte dich zwingen können, zu uns zurückzukehren. Du warst immer noch Jungfrau, und das Gesetz erlaubte mir, dich nach Arilinn mitzunehmen. Der Bedarf ist groß, und ich bin alt. Aber es ist, wie ich sagte, die Bürde ist zu schwer, um ohne innere Zustimmung getragen zu werden. Ich gab dich frei, Kind, obwohl ich alt bin und das bedeutete, dass ich meine Bürde weiterschleppen muss, bis Janine alt und stark genug für diese Arbeit ist. Klingt das so, als wünschte ich dir Böses oder als hätte ich gelogen, als ich dich segnete und sagte, du mögest mit deinem Liebhaber glücklich sein? Meiner Überzeugung nach warst du frei. Ich dachte, ich hätte mich dem Unvermeidlichen gebeugt, als ich dir deinen Eid zurückgab, dass du tatsächlich schon frei seist und es keinen Sinn habe, auf meinem Recht zu bestehen und dich zu quälen. Denn das hätte ich getan, wenn ich dich gezwungen hätte zurückzukehren, deine Kanäle reinigen zu lassen und von neuem zu beginnen.«

Callista flüsterte: »Ich hoffte ... ich glaubte, frei zu sein ...«

Sie spürte Leonies Entsetzen, als könne sie es mit Händen greifen. »Mein armes Kind, welch ein Risiko bist du eingegangen! Wie ist es möglich, einem Mann zu folgen, wenn das alles vor einem liegt? Callista, mein Liebling, komm zu uns zurück! Wir werden alle deine Wunden heilen. Komm zu uns, wo du hingehörst ...«

»Nein!« Es war eine eindeutige Lossagung. Als halle ihr Aufschrei in der anderen Welt wider, konnte sie Andrews Stimme hören. Er rief voll Qual ihren Namen.

»Callista, Callista, komm zurück zu uns ...«

Es gab einen kurzen, scharfen Schock, das Gefühl des Fallens. Leonie war verschwunden, und Schmerz zuckte durch Callistas Körper. Sie fand sich in ihrem Bett wieder, und Andrews totenbleiches Gesicht beugte sich über sie.

»Ich dachte, diesmal hätten wir dich für immer verloren«, flüsterte er.

»Vielleicht wäre das ... besser gewesen«, hauchte sie verzweifelt.

Leonie hatte Recht. Nichts bindet mich an ihn als Worte ... und meine Bestimmung ist es, Bewahrerin zu sein. Für einen Augenblick verschob sich die Zeitströmung, und sie sah sich beschützt hinter einer seltsamen, unbekannten Mauer, nicht in Arilinn. Sie ergriff die Kraftfelder mit ihren Händen, sie warf die Energonringe ...

Sie streckte die Hände nach Andrew aus und zog sie instinktiv wieder zurück. Dann spürte sei seinen Kummer und reichte sie ihm noch einmal, ungeachtet des stechenden, warnenden Schmerzes.

Sie sagte: »Ich werde dich nie wieder verlassen«, und umklammerte seine Hände voller Verzweiflung.

Ich kann niemals zurück. Wenn es keine Lösung gibt, will ich sterben, aber zurückgehen will ich nicht.

Nichts bindet mich an Andrew als Worte. Und trotzdem ... Worte ... Worte haben Macht. Sie öffnete die Augen, sah ihren Mann gerade an und wiederholte die Worte, die er bei ihrer Trauung gesprochen hatte.

»Andrew, in guten und in schlechten Tagen ... in Reichtum und in Armut ... in Krankheit und Gesundheit ... solange das Leben währt.« Sie bedeckte seine Hände mit den ihren. »Andrew, mein Geliebter, du darfst nicht weinen.«

11

Damon meinte, sich noch nie so frustriert gefühlt zu haben wie jetzt. Leonie hatte aus Gründen gehandelt, die ihr seinerzeit gut und richtig erschienen waren, und ein bisschen konnte er ihre Motive verstehen.

Es musste eine Bewahrerin in Arilinn geben. In Leonies ganzem Leben war diese Forderung zuerst gekommen, nichts war wichtiger gewesen. Aber es gab keine Möglichkeit, das Andrew zu erklären.

»Ich bin überzeugt, wenn ich an deiner Stelle wäre, würde ich ebenso empfinden«, sagte er. Es war spät am Abend. Callista war in einen erschöpften, unruhigen Schlaf gefallen, aber wenigstens schlief sie ohne Droge, und Damon gab sich Mühe, darin einen Funken Hoffnung zu sehen. »Du kannst Leonie keinen Vorwurf machen ...«

»Ich kann es, und ich tue es!«, unterbrach ihn Andrew, und Damon seufzte.

»Versuche, es zu verstehen. Sie tat, was sie für das Beste hielt, nicht nur für den Turm, sondern auch für Callista. Sie wollte ihr Leiden und Schmerzen ersparen, und sie konnte kaum vorhersehen, dass Callista eines Tages würde heiraten wollen ...« Beinahe hätte er gesagt: »einen Außenweltler würde heiraten wollen«. Er hatte sich gerade noch zurückhalten können, aber natürlich empfing Andrew den Gedanken. Eine Röte, die halb Zorn, halb Verlegenheit war, breitete sich über das Gesicht des Terraners. Er wandte sich von Damon ab. Sein Gesicht war verschlossen und stur, und Damon dachte kummervoll, dass hier schnell eine Lösung gefunden werden musste, oder sie würden Andrew auch verlieren.

Der Gedanke war bitter, beinahe unerträglich. Seit dem ersten Augenblick der vierfachen Verbindung in der Matrix, als

Callista noch Gefangene gewesen war, hatte Damon etwas wieder gefunden, das er für unwiderruflich verloren gehalten hatte, als man ihn aus dem Turm wegschickte: den telepathisch verbundenen Kreis.

Er hatte ihn verloren, als Leonie ihn aus Arilinn verbannte, er hatte sich damit abgefunden, ohne diesen Kontakt weiterzuleben, und dann hatte er ihn entgegen aller Hoffnung mit seinen beiden Cousinen und diesem Außenweltler wiederherstellen können ... Jetzt wollte er lieber sterben, als das Band noch einmal zerreißen zu lassen.

Er erklärte fest: »Leonie hat es getan, ganz gleich, aus welchen Gründen, seien es gute oder schlechte, und sie muss die Verantwortung dafür auf sich nehmen. Callista war nicht stark genug, um eine Antwort von ihr zu erzwingen. Aber Leonie, und Leonie allein besitzt den Schlüssel zu ihren Schwierigkeiten.«

Andrew blickte in die schneedurchschossene Dunkelheit vor dem Fenster hinaus. »Das ist keine Hilfe. Wie weit ist Arilinn von hier entfernt?«

»Ich weiß nicht, wie du die Entfernung berechnen würdest. Nach unseren Begriffen ist es ein Zehntagesritt«, antwortete Damon. »Aber ich hatte nicht daran gedacht, sie dort aufzusuchen. Ich werde es machen wie Callista und sie in der Überwelt finden.« Seine verkniffenen Lippen verzogen sich zu einem freudlosen Lächeln. »Da Dom Esteban invalide und Domenic noch nicht erwachsen ist, bin ich ihr nächster Verwandter. Ich habe das Recht und die Pflicht, Leonie zur Verantwortung zu ziehen.«

Aber wer konnte eine Hastur zur Verantwortung ziehen, die noch dazu die Lady von Arilinn war!

»Mir ist ganz danach zu Mute, mit dir zu kommen und selbst Krach zu schlagen«, sagte Andrew.

»Du würdest nicht wissen, was du zu ihr sagen sollst. Ich

verspreche dir, Andrew, wenn es eine Antwort zu finden gibt, werde ich sie finden.«

»Und wenn es keine gibt?«

Damon wandte sich ab. Daran wollte er nicht einmal denken. Callista schlief unruhig, warf sich hin und her und stöhnte im Schlaf. Ellemir saß in einem Sessel mit einer Handarbeit und runzelte die Stirn über den Stichen. Ihr Gesicht war hell im Oval der Lampe. Damon stellte den Kontakt mit ihr her und spürte ihre schnelle gedankliche Erwiderung, voller Ermutigung und Liebe. *Ich brauche sie bei mir, und ich muss allein gehen.*

»Im anderen Zimmer, Andrew, hier würden wir sie stören. Halte für mich Wache«, setzte er hinzu, als er sich halb liegend in einem großen Sessel niederließ, Andrew neben sich. »Halte Wache ...«

Er konzentrierte sich auf die Matrix, fühlte den kurzen, scharfen Schock beim Verlassen seines Körpers, verweilte noch kurz in dem Zimmer und fühlte dabei Andrews Kraft ... Dann stand er auf der grauen und formlosen Ebene. Überrascht stellte er fest, dass sich hinter ihm in der Überwelt eine Landmarke befand, ein undeutliches, noch schattenhaftes Gebilde. Natürlich, er und Dezi und Andrew hatten es zu ihrem Schutz gebaut, als sie die Männer mit den Erfrierungen behandelten. Es war ein Zufluchtsort, ein Refugium. *Ein Ort, der mir gehört. Ich habe jetzt keinen anderen.* Entschlossen schob er diesen Gedanken beiseite und suchte nach dem schimmernden Balkenlicht von Arilinn. Dann war er dort, buchstäblich mit Gedankenschnelle. Er war dort, und die verschleierte Leonie stand vor ihm.

Sie war so schön gewesen ... Von neuem durchzuckte ihn die alte Liebe, die alte Sehnsucht, aber er wappnete sich mit dem Gedanken an Ellemir. Doch warum verschleierte Leonie sich vor ihm?

»Ich dachte mir, als Callista kam, dass du nicht weit hinter ihr sein würdest, Damon. Natürlich weiß ich im Allgemeinen, was du wünschst. Aber wie kann ich dir helfen?«

»Das weißt du ebenso gut wie ich. Ich brauche nicht für mich Hilfe, sondern für Callista.«

Leonie erklärte: »Sie hat versagt. Ich war bereit, sie freizugeben – sie hat ihre Chance gehabt –, aber jetzt erkennt sie, dass ihr einziger Platz hier ist. Sie muss zu uns nach Arilinn zurückkommen, Damon.«

»Dazu ist es zu spät«, stellte Damon fest. »Ich glaube, eher würde sie sterben. Und sie ist nahe daran.« Er hörte seine eigene Stimme zittern. »Bedeutet das, dass du sie lieber tot sehen willst, bevor du sie freigibst, Leonie? Ist die Hand Arilinns die Hand des Todes?«

Leonies Entsetzen war hier, wo Emotionen solide Wirklichkeit waren, wie eine sichtbare Wolke. »Damon, nein!« Ihre Stimme bebte. »Eine Bewahrerin wird freigegeben, weil sie ihre Nervenkanäle nicht mehr für die Psi-Arbeit freihalten kann, wie es eine Bewahrerin muss. Ich dachte, bei Callista sei das unmöglich, aber sie berichtete mir das Gegenteil, und daraufhin entband ich sie von ihrem Eid.«

»Du wusstest, dass du es unmöglich gemacht hattest!«, beschuldigte Damon sie.

»Ich ... war mir nicht sicher.« Leonies Kopfschütteln ließ ihren Schleier wehen. »Sie sagte mir ... sie habe ihn berührt. Sie habe ... Damon, was sollte ich denken? Aber jetzt weiß sie, dass es anders ist. In der Zeit, als ein Mädchen zur Bewahrerin ausgebildet wurde, bevor sie voll erwachsen war, hielt man es für selbstverständlich, dass ihre Wahl für ihr ganzes Leben getroffen war und dass es keine Rückkehr gab.«

»Du wusstest es und hast trotzdem diese Wahl für Callista getroffen?«

»Was sonst konnte ich tun, Damon? Wir müssen Bewahrerinnen haben, oder über unsere Welt bricht die Dunkelheit eines barbarischen Zeitalters herein. Ich tat, was ich tun musste, und wenn Callista nur halbwegs gerecht gegen mich ist, muss sie einräumen, dass es mit ihrer Zustimmung geschah.« Und trotzdem vernahm Damon wie ein Echo in Leonies Gedanken den bitteren, verzweifelnden Aufschrei:

Wie konnte ich zustimmen? Ich war zwölf Jahre alt!

Damon sagte zornig: »Du willst also damit sagen, es sei hoffnungslos? Callista müsse entweder nach Arilinn zurückkehren oder aus Kummer sterben?«

Leonies Stimme war unsicher; ihr Abbild in der grauen Welt schwankte. »Ich weiß, dass es einmal einen Weg gegeben hat, und der Weg war bekannt. Nichts aus der Vergangenheit kann völlig verborgen bleiben. In meiner Jugend kannte ich eine Frau, die auf diese Weise behandelt worden war, und sie sagte, es gebe einen Weg, die Fixierung der Kanäle aufzuheben. Sie verriet mir jedoch nicht, wie es zu machen sei, und sie ist mehr Jahre tot, als du lebst. In den Tagen, als die Türme wie Tempel und die Bewahrerinnen ihre Priesterinnen waren, kannte man die Methode überall. Ich habe wahrer gesprochen, als ich selbst wusste.« Plötzlich zog Leonie den Schleier von ihrem verwüsteten Gesicht zurück. »In jenen Tagen, Damon, hättest du deine wirkliche Berufung als Bewahrer gefunden. Du bist dreihundert Jahre zu spät geboren.«

»Das nützt mir jetzt wenig, Verwandte.« Damon wandte sich von Leonies Gesicht ab, das vor ihm waberte und sich veränderte. Teils war es die Leonie, wie sie zu seiner Zeit im Turm gewesen war, als er sie liebte, teils die alternde Leonie von heute, wie er sie bei seiner Hochzeit erlebt hatte. Er wollte ihr Gesicht nicht sehen.

»In den Tagen Rafaels II., als die Türme von Neskaya und Tramontana bis auf die Grundmauern niedergebrannt wurden, starben alle Kreise mitsamt den Bewahrerinnen. Viele,

viele der alten Techniken gingen damals verloren, und nicht alle sind rückerinnert oder wieder entdeckt worden.«

»Und ich soll sie in den nächsten paar Tagen wieder entdecken? Du hast außerordentliches Vertrauen zu mir, Leonie!«

»Ein Gedanke, der einmal von der Menschheit irgendwo im Universum erzeugt worden ist, kann nie ganz verloren gehen.«

Damon rief ungeduldig aus: »Ich bin nicht hier, um eine philosophische Diskussion zu führen!«

Leonie schüttelte den Kopf. »Das ist keine Philosophie, sondern eine Tatsache. Wenn irgendein Gedanke einmal den Stoff, aus dem das Universum gebildet ist, in Bewegung gesetzt hat, bleibt dieser Gedanke unzerstörbar bestehen und kann wieder gefunden werden. Es hat eine Zeit gegeben, als diese Dinge bekannt waren, und die Struktur der Zeit selbst ist unvergänglich ...«

Ihr Abbild wellte sich wie ein Teich, in den ein Stein geworfen ist, und war verschwunden. Damon, wieder allein in der endlosen grauen Welt, fragte: *Im Namen aller Götter gleichzeitig, wie kann ich die Struktur der Zeit selbst in die Schranken fordern?* Und für einen Augenblick sah er wie aus großer Höhe das Bild eines in Grün und Gold gekleideten Mannes. Sein Gesicht war halb verdeckt, und Damon konnte nichts deutlich erkennen als einen großen, funkelnden Ring an seiner Hand. Ring oder Matrix? Das Schmuckstück begann, sich zu bewegen, zu schwingen, große Lichtwellen auszusenden, und Damon fühlte sein Bewusstsein sich trüben, vergehen. Er umklammerte die Matrix an seinem Hals und versuchte verzweifelt, sich in der grauen Überwelt zu orientieren. Dann war es vorbei, und er war allein im formlosen, gestaltlosen Nichts. Schließlich erkannte er verschwommen am Horizont die schwachen Umrisse seiner eigenen steinernen Landmarke, die er mit Andrew und Dezi gebaut hatte. Damon verspürte überwältigende Erleichterung, als seine Gedanken ihn dorthin zogen. Ganz plötzlich war er zurück in seinem Zimmer auf Armida, und Andrew beugte sich besorgt über ihn.

Damon blinzelte. Er bemühte sich, Zufallseindrücke in Zusammenhang zu bringen. *Hast du eine Lösung gefunden?* Diese Frage stand in Andrews Gedanken, aber Damon wusste es noch nicht. Leonie hatte ihm nicht versprochen, ihnen zu helfen und Callista körperlich und seelisch aus den Banden des Turms freizugeben. Sie konnte es nicht. In der Überwelt konnte sie weder lügen noch ihre Absichten verheimlichen. Sie wollte, dass Callista in den Turm zurückkehrte. Sie war ehrlich der Überzeugung, Callista habe die Chance der Freiheit gehabt und vertan. Aber andererseits konnte sie auch nicht verschweigen, dass es eine Lösung gab und dass diese in den Tiefen der Zeit verborgen sein musste. Die tödliche Kälte, die ihm bis ins Mark gedrungen war, ließ Damon erschauern. Er zog sich die warme Überjacke fester um die Schultern. War das der einzige Weg?

In der Überwelt konnte Leonie keine direkte Lüge aussprechen. Aber er hatte das Gefühl, dass sie ihm auch nicht die ganze Wahrheit gesagt hatte. Was verbarg sie? Und warum? Wusste sie nicht, dass Damon sie geliebt hatte, dass – die Götter mochten ihm helfen! – er sie immer noch liebte und nie etwas tun würde, das ihr schaden könnte? Damon vergrub das Gesicht in den Händen und rang verzweifelt um Selbstbeherrschung. So konnte er Ellemir nicht gegenübertreten. Er wusste, sein Kummer und seine Verwirrung taten auch Andrew weh, und Andrew verstand die ganze Sache nicht einmal.

Eine der grundlegenden Höflichkeiten eines Telepathen, ermahnte Damon sich, besteht darin, mit seinem Jammer selbst fertig zu werden, um nicht alle anderen auch elend zu machen ... Nach einer Weile gelang es ihm, sich zu beruhigen und seine Barrieren wieder aufzurichten. Er hob Andrew sein Gesicht entgegen. »Ich glaube, ich habe einen Hinweis auf die

Lösung. Nicht die ganze Lösung, aber wenn uns genug Zeit bleibt, mag ich sie finden. Wie lange war ich fort?« Er stand auf und trat an den Tisch, auf dem noch die Überreste ihres Abendessens standen, goss sich ein Glas Wein ein und trank ihn langsam. Ihm wurde ein bisschen wärmer davon.

»Stunden«, antwortete Andrew. »Es muss nach Mitternacht sein.«

Damon nickte. Der zeitdehnende Effekt einer solchen Reise war ihm bekannt. In der Überwelt lief die Zeit nach einem anderen Maßstab ab, und das nicht einmal gleichmäßig. Manchmal währte eine kurze Unterhaltung Stunden, und dann wieder brachte man eine lange Reise, die subjektiv Tage zu dauern schien, in einem Augenblick hinter sich.

Ellemir tauchte im Eingang auf und sagte ängstlich: »Gut, dass du noch wach bist, Damon. Komm und sieh dir Callista an. Es gefällt mir gar nicht, wie sie im Schlaf andauernd stöhnt.«

Damon stellte das Weinglas ab und stützte sich mit beiden Händen auf den Tisch, bis seine Kraft zurückgekehrt war. Er folgte Ellemir in den Innenraum. Callista schien zu schlafen, ihre Augen waren jedoch halb geöffnet, und als Damon sie berührte, zuckte sie zusammen. Aber es lag kein Bewusstsein in ihren Augen. Andrews Gesicht war angespannt. »Was fehlt ihr denn jetzt, Damon?«

»Das ist die Krise. Ich habe sie gefürchtet«, sagte Damon, »aber ich rechnete in jener ersten Nacht damit.« Schnell führte er seine Fingerspitzen über ihren Körper, ohne sie zu berühren. »Elli, hilf mir, sie umzudrehen. Nein, Andrew, fass sie nicht an, sie ist sich deiner sogar im Schlaf bewusst.« Ellemir ging ihm zur Hand und teilte mit ihm den Schreck, als sie die Decken von ihrem Körper zogen. Wie abgemagert sah sie aus! Andrew, der sich eifersüchtig so nahe wie möglich herandrängte, sah die Lichtlinien in Callistas Körper erscheinen, sah die trüben, verblassten Ströme. Aber Damon wusste, dass Andrew es nicht völlig verstand.

»Ich hätte ihre Kanäle sofort reinigen sollen«, erklärte Damon in hoffnungslosem Zorn. Wie konnte er es Andrew begreiflich machen? Er suchte mühsam nach Worten.

»Sie braucht eine Art ... eine Art Entladung der angesammelten Energie. Aber die Kanäle sind blockiert, und die Energie staut sich in ihrem ganzen übrigen System. Allmählich greift sie alle lebenswichtigen Funktionen an: ihr Herz, ihren Blutkreislauf, ihre Atmung. Und bevor ich es wagen kann ...«

Ellemir rang entsetzt nach Atem. Callistas Körper verkrampfte sich, wurde steif und krümmte sich unter einem unheimlichen Aufschrei rückwärts. Mehrere Sekunden lang erschütterte heftiges Zittern alle ihre Glieder. Dann brach sie zusammen und lag wie leblos da.

»Gott!«, ächzte Andrew. »Was war das?«

»Eine Konvulsion«, stellte Damon kurz fest. »Das habe ich befürchtet. Es bedeutet, dass wir wirklich keine Zeit mehr haben.« Er beugte sich nieder, um ihren Puls zu prüfen und auf ihren Atem zu lauschen.

»Ich wusste, ich hätte ihre Kanäle reinigen sollen!«

»Und warum hast du es nicht getan?«, fragte Andrew.

»Das habe ich dir gesagt: Ich habe keinen *Kirian* für sie, und ohne ihn weiß ich nicht, ob sie den Schmerz aushält.«

»Tu es jetzt, solange sie bewusstlos ist«, forderte Andrew. Damon schüttelte den Kopf.

»Sie muss bei vollem Bewusstsein mitarbeiten, oder ich könnte ihr ernsten Schaden zufügen. Und ... und sie will nicht, dass ich es tue«, setzte er zögernd hinzu.

»Warum nicht?«

Endlich gestand Damon es widerwillig ein. »Wenn ich ihre Kanäle säubere, bedeutet das, dass sie zu ihrem Normalzustand zurückkehrt. Und das ist der Zustand einer Bewahrerin, deren Kanäle völlig frei sind von normalen weiblichen Empfindungen – reserviert allein für Psi-Kräfte. Sie wird wieder da sein, wo sie war, bevor sie den Turm verließ. Sich deiner überhaupt nicht mehr bewusst, nicht mehr im Stande, sexuell zu reagieren. Das heißt: Zurück auf Feld eins.«

Andrew holte schwer Atem. »Was ist die Alternative?«

»Ich fürchte, es gibt jetzt keine Alternative mehr«, stellte Damon nüchtern fest. »So kann sie nicht mehr lange leben.« Er berührte kurz die kalte Hand. Dann ging er in seine eigenen Räume, wo er einen Vorrat an Kräutermedizinen und Heilmitteln aufbewahrte. Eine Weile überlegte er. Schließlich entschied er sich für eine kleine Phiole. Er kehrte zurück, öffnete den Verschluss, hob Callistas Kopf an und goss ihr den Inhalt zwischen die schlaffen Lippen.

»Was ist das? Was gibst du ihr ein, verdammt noch mal?«

»Es wird eine zweite Konvulsion verhindern«, sagte Damon, »zumindest für diese Nacht. Und morgen ...« Aber er brachte es nicht über sich, den Satz zu beenden. Selbst als er diese Arbeit im Turm regelmäßig getan hatte, war sie ihm unangenehm gewesen. Ihm grauste vor den Schmerzen, die er hervorrufen würde, und auch vor der Notwendigkeit, Callista klarzumachen, dass sie den kleinen Fortschritt auf dem Weg zur reifen Frau opfern musste. Sie würde wieder werden, was Leonie aus ihr gemacht hatte, ein körperlich unreifes Mädchen, ein Neutrum. Damon entfernte sich von Callistas Bett. Er spülte die Phiole aus und stellte sie weg, und dabei versuchte er, sich zu beruhigen. Er ließ sich auf dem anderen Bett nieder und blickte verzweifelt zu Callista hinüber. Ellemir setzte sich neben ihn. Andrew kniete immer noch bei Callista, und Damon dachte, er sollte ihn wegschicken, weil sich Callista seiner Anwesenheit selbst im Schlaf bewusst war. Ihre Kanäle reagierten auf ihn, auch wenn es ihr Geist nicht tat. Einen Augenblick lang sah er Andrew und Callista als eine Anzahl wirbelnder, sich überlappender magnetischer Felder, die sich suchten und fassten, als sich verflechtende Polaritäten. Aber statt sich gegenseitig zu stärken und zu festigen, stauten sich die Energien in Callistas Körper. Da sie nicht frei fließen konnten, nahmen sie ihr alle Kraft. Und was tat das Andrew an? Ihm nahm es ebenfalls die Kraft. Gewaltsam riss sich Damon von dieser Vision los und zwang sich, Callista nur als schwer kranke Frau zu sehen, die nach einer Konvulsion zusammengebrochen war, und Andrew als einen besorgten Mann, der sich in Angst und Verzweiflung über sie beugte.

Aus diesem Grund hatte Leonie ihn aus dem Turm fortgeschickt. Er sei zu empfindsam, hatte sie gesagt, die Arbeit werde ihn zerstören. Zum ersten Mal in seinem Leben rebellierte Andrew gegen dieses Urteil. Seine Empfindsamkeit hätte eine Stärke statt einer Schwäche sein, hätte ihn für den Turm noch nützlicher machen können.

Damon streckte eine Hand nach der neben ihm sitzenden Ellemir aus. Mit beinahe qualvollem Verlangen dachte er daran, wie lange es her war, dass sie sich in Liebe vereinigt hatten. Aber die lange geübte Disziplin des Matrix-Mechanikers ließ ihn nicht im Stich. Er kam nicht einmal auf die Idee, sie zu verletzen. Er zog Ellemir an sich, küsste sie sanft und sagte: »Ich muss meine Kraft aufsparen, Liebling. Der morgige Tag wird anstrengend. Deshalb ...« Er drückte einen Kuss auf ihre Handfläche als geheimes Versprechen.

Ellemir spürte, dass er Zuversicht und Selbstvertrauen nur vortäuschte. Einen Augenblick ärgerte es sie, dass Damon glaubte, sie wisse nicht Bescheid, oder sich einbildete, er könne ihr etwas vormachen oder sie belügen. Dann wurde ihr klar, welche Disziplin hinter diesem Optimismus steckte, dass es die selbstbeherrschte Höflichkeit eines Matrix-Arbeiters war. Hielt der Verstand diese Ängste nicht in Schach, verstärkten sie sich, schufen eine Art positiven Feedbacks, stürzten den Geist in ein sich selbst erhaltendes Chaos der Verzweiflung. Mit einer gewissen Portion Zynismus dachte Ellemir, dass ihr jetzt eingehämmert wurde, was es zu bedeuten hatte, mit einem praktizierenden Telepathen eng verbunden zu sein. Aber ihre Liebe zu Damon und ihre Besorgtheit um ihn waren stärker als alles andere. Im Augenblick brauchte er nichts dringender als die Versicherung, dass er nicht auch noch *ihre* Ängste beschwichtigen musste.

Sie musste ihre Bürde allein tragen, sagte sich Ellemir. Sie konnte sie nicht auf Damons Schultern legen. So ergriff sie seine Hände, beugte sich zu ihm und gab ihm seinen Kuss ganz zart zurück.

Dankbar zog er sie an sich und hielt sie im Arm – eine tröstliche Berührung ohne jedes Verlangen.

Andrew blickte von seinem Platz neben Callistas Bett zu ihnen hinüber, und Damon nahm seine Empfindungen wahr: Sorge um Callista, Angst, Unsicherheit – kann *Damon ihr wirklich helfen?* –, Verzweiflung darüber, was es bedeuten würde, wenn sie wieder ganz und gar Bewahrerin war, wenn nach der Säuberung der Kanäle die frühere Konditionierung von neuem durchgriff. Und beim Anblick Ellemirs, die sich an Damon schmiegte, kam ein verwirrtes Gefühl hinzu, das keine richtige Eifersucht war. Callie und er hatten nie so viel gehabt ... Damons Mitleid mit Andrew ging so tief, dass er es ersticken musste, damit es ihm nicht die Kraft nahm, die er für die morgige Arbeit brauchte.

»Du bleibst in Callistas Nähe. Ruf mich, wenn irgendeine Änderung eintritt, sei sie auch noch so geringfügig«, sagte Damon. Andrew zog sich einen Stuhl an Callistas Bett, beugte sich vor und fasste mit behutsamem Griff ihr schlaffes Handgelenk.

Armer Teufel, dachte Damon, jetzt kann er sie nicht einmal mehr beunruhigen. Dafür ist sie zu weit weg. Aber er muss das

Gefühl haben, er tue etwas für sie, oder er wird den Verstand verlieren. Der Trost, den Damon aus Ellemirs Nähe gewonnen hatte, war verschwunden. Mit eiserner Disziplin entspannte er seine Muskeln, legte sich ruhig neben sie und ließ sich in den Zustand völliger Ruhe hineintreiben, den er für das, was er zu tun hatte, brauchte. Endlich schlief er ein.

Es war längst Tag geworden, als Callista sich bewegte und verwirrt die Augen öffnete. »Andrew?«

»Ich bin hier, Liebste.« Der Druck seiner Hand verstärkte sich. »Wie fühlst du dich?«

»Besser, glaube ich.« Sie spürte überhaupt keinen Schmerz mehr. Irgendwo hatte ihr jemand vor langer Zeit gesagt, das sei ein schlechtes Zeichen. Nach den in den letzten Tagen ausgestandenen Qualen fand sie es schön. »Ich scheine lange geschlafen zu haben, und dabei machte Damon sich Sorgen, weil ich nicht schlafen konnte.«

Wusste sie überhaupt, dass sie Schlafmittel bekommen hatte? Laut sagte Andrew: »Ich will Damon rufen«, und stand auf. Damon hatte sich auf dem anderen Bett ausgestreckt und umschlang Ellemir locker mit einem Arm. Der Neid durchfuhr Andrew als grausamer Stich. Die beiden waren sich des anderen so sicher und so glücklich dabei. Würden Callista und er das je erleben? Er musste daran glauben, sonst würde er sterben.

Ellemirs blaue Augen öffneten sich. Sie lächelte zu ihm hoch, und als sie sich bewegte, wurde Damon sofort wach.

»Wie geht es Callista?«

»Es scheint ihr besser zu gehen.«

Damon sah ihn skeptisch an, stand auf und trat an Callistas Bett. Andrew, der ihm folgte, sah Callista plötzlich mit Damons Augen: bleich, abgemagert, mit tief eingesunkenen Augen.

Damon sagte sanft: »Callista, du weißt ebenso gut wie ich, was getan werden muss. Du bist eine Bewahrerin, Mädchen.«

»Nenn mich nicht so!«, flammte sie auf. »Nie wieder!«

»Ich weiß, du bist von deinem Eid entbunden worden, aber ein Eid ist nur ein Wort, Callista. Ich versichere dir, eine andere Möglichkeit gibt es nicht. Ich kann die Verantwortung nicht übernehmen ...«

»Ich habe dich nicht darum gebeten! Es steht mir frei ...«

»... zu sterben«, ergänzte Damon brutal.

»Verstehst du nicht, dass ich lieber sterben möchte?« Zum ersten Mal seit jener Nacht begann sie zu weinen. Sie schluchzte wild. Damon betrachtete sie mit steinernem Gesicht, aber Andrew hob sie in seinen Armen hoch und drückte sie schützend an sich.

»Damon, was, zum Teufel, tust du ihr an!«

Damons Gesicht war rot vor Zorn. »Verdammt, Callista, ich habe es satt, wie ein Ungeheuer behandelt zu werden, das euch trennen will, während ich mich erschöpft habe bei dem Versuch, euch beide zu schützen.«

»Das weiß ich«, weinte sie, »aber ich kann es nicht ertragen. Du weißt, was das für Andrew, für mich bedeutet, es tötet uns beide!«

Andrew fühlte, wie ihre Hände bebten, als sie sich an ihn klammerte, in seinen Armen leicht wie ein Kind. Von irgendwoher schien er sie als ein seltsames Lichtgewebe zu sehen, als eine Art elektrischen Energienetzes. Woher kam diese merkwürdige Wahrnehmung? Sein Körper kam ihm nicht mehr wirklich vor, er zitterte im Nirgendwo, und auch er war nichts anderes als ein zerbrechliches Gespinst elektrischer Energien, die mit tödlicher, zunehmender Schwäche Funken versprühten ...

Jetzt konnte er Damon nicht mehr sehen – auch Damon war in den strudelnden elektrischen Netzen untergegangen.

Nein, Damon floss, veränderte sich, glühte vor Zorn in dunklem Rot wie ein Schmelzofen. Das hatte Andrew schon einmal gesehen, als Dezi vor Damon stand. Wie alle leicht aufbrausenden und sich schnell wieder beruhigenden Männer empfand Andrew Entsetzen angesichts Damons glosender Wut. Vage erkannte Andrew durch die flutenden Farben und pulsierenden elektrischen Energien, dass der Mann Damon zum Fenster hinüberging und dort, mit dem Rücken zu ihnen, in den Schneesturm hinausblickte und darum kämpfte, seinen Zorn unter Kontrolle zu halten. Andrew empfing diesen Zorn ebenso wie Callistas Qual, wie Ellemirs Verwirrung. Er bemühte sich, sie alle wieder zu verfestigen, sie als menschliche Gestalten zu sehen, nicht als wirbelndes Durcheinander elektrischer Trugbilder. Was war wirklich, fragte er sich. Waren sie tatsächlich nichts anderes als Kraftfelder und sich im Raum bewegende Atome? Er wollte zurückkehren zur menschlichen Wahrnehmungsart, er wollte zum Fenster gehen ... Er *ging* zum Fenster und berührte Damon ... Er bewegte sich nicht, denn Callista lag auf seinem Schoß und hielt sich angstvoll mit fieberhaftem Griff an ihm fest. Mühsam bediente er sich menschlicher Sprache. »Damon, niemand hält dich für ein Ungeheuer. Callista wird tun, was du für das Beste hältst. Wir beide haben Vertrauen zu dir, nicht wahr, Callista?«

Mit aller Willenskraft gelang es Damon, seinen Zorn zu meistern. Es kam selten vor bei ihm, dass der Zorn auch nur einen Augenblick lang die Oberhand gewann. Er schämte sich. Endlich kehrte er zu Andrew und Callista zurück und sagte leise: »Andrew hat ein Recht, erst angehört zu werden, bevor du deine Entscheidung triffst, Callista. Du kannst uns allen das nicht antun. Wenn es allein um dich ginge ...« Er unterbrach sich. »Andrew! Leg sie hin, schnell!«

Callista war in Andrews Armen schlaff geworden. Erschüttert von der Angst in Damons Stimme ließ Andrew es widerspruchslos geschehen, dass Damon ihm Callista aus den Armen nahm und sie zurück auf ihr Bett legte. Er winkte Andrew, sich zu entfernen. Verständnislos, widerstrebend gehorchte Andrew. Damon beugte sich über die Frau.

»Siehst du? Nein, fange nicht wieder an zu weinen, dazu hast du die Kraft nicht. Weißt du nicht, dass du heute Nacht die Krise hattest? Du hattest eine Konvulsion. Ich habe dir Raivannin gegeben – du weißt ebenso gut wie ich, was das bedeutet, Callista.«

Sie hatte kaum noch die Kraft zu flüstern: »Ich glaube ... es wäre für uns alle besser ...«

Damon ergriff behutsam ihre Handgelenke. Diese Handgelenke waren so schmal, dass selbst Damons Hände, die nicht groß waren, sie ganz umspannen konnten. Er spürte Andrews vorwurfsvollen Blick und erklärte müde: »Sie hat nicht die Kraft für eine neue Konvulsion.«

Andrew stand am Rand eines Zusammenbruchs. »Bin ich auch daran schuld? Wird es immer gefährlich sein, wenn ich sie berühre?«

»Mach Andrew keinen Vorwurf, Damon ...« Callistas Stimme war nur ein Hauch. »Ich habe es gewollt ...«

»Siehst du?«, sagte Damon. »Wenn ich dich von ihr fern halte, möchte sie sterben. Wenn ich es zulasse, dass du sie berührst, wird die körperliche Anspannung schlimmer und schlimmer. Ganz abgesehen von der seelischen Belastung, die euch beide zerreißt, kann sie physisch nicht mehr viel aushalten. Es muss schnell etwas geschehen, bevor ...« Er brach ab, aber sie alle wussten, was er nicht aussprach: Bevor sie wieder in Krämpfe verfällt, gegen die wir dann nichts mehr tun können.

»Du weißt, was getan werden muss, Callista, und du weißt, wie viel Zeit dir bleibt, deinen Entschluss zu fassen. Verdammt, Callie, glaubst du, mir macht es Spaß, dich zu quälen, wenn du in diesem Zustand bist? Ich weiß, dass du körperlich auf der Stufe eines Mädchens von zwölf stehst, aber du bist kein Kind. Willst du dann nicht aufhören, dich wie ein Kind zu benehmen? Bringst du es gar nicht fertig, dich wie eine Erwachsene mit einer gründlichen Berufsausbildung zu verhalten? Hör auf, die Sache rein emotional zu betrachten! Was wir hier haben, ist eine nackte Tatsache. Du bist eine Bewahrerin ...«

»Das bin ich nicht! Das bin ich nicht!«, keuchte sie.

»Dann zeig wenigstens etwas von dem gesunden Menschenverstand und dem Mut, den du als Bewahrerin gelernt hast! Ich schäme mich für dich. Dein Kreis würde sich für dich schämen.«

»Verdammt noch mal, Damon«, begann Andrew, aber Ellemir packte mit flammenden Augen seinen Arm. »Halt dich da heraus, du Trottel«, flüsterte sie. »Damon weiß, was er tut. Ihr Leben steht auf dem Spiel!«

»Du hast Angst«, sagte Damon höhnisch, »du hast Angst! Hilary Castamir war noch keine fünfzehn, aber sie ertrug es länger als ein Jahr, dass ihre Kanäle alle vierzig Tage gereinigt wurden! Und du hast schon Angst davor, dass ich dich anfasse!«

Callista lag unter Damons hartem Griff flach in den Kissen. Ihr Gesicht war tödlich blass, aus ihren Augen begannen Flammen zu lodern, wie es noch keiner der Anwesenden erlebt hatte. Ihre Stimme, so schwach sie war, bebte von solchem Zorn, dass es wie ein Schrei war.

»Du! Wie kannst du es wagen, so mit mir zu sprechen, du, den Leonie wie einen wimmernden Welpen aus Arilinn weggeschickt hat, weil du den Mut nicht hattest! Was glaubst du, wer du bist, dass du so mit mir sprichst?«

Damon stand auf und ließ sie los, als ob er fürchte, so schien es Andrew, dass er sie erwürgen werde, wenn er sie nicht freigab. Wieder stand die trübrote Zornesglut um ihn. Andrew ballte die Fäuste, bis er das Blut unter den Nägeln sehen konnte, und kämpfte dagegen an, dass sich alle wieder in wirbelnde Energiefelder auflösten.

»Wer ich bin?«, brüllte Damon. »Ich bin dein nächster Verwandter, und ich bin dein Techniker, und du weißt ganz genau, was ich sonst noch bin. Und wenn ich dich nicht zur Vernunft bringen kann, wenn du von deinem Wissen und deiner Urteilsfähigkeit keinen Gebrauch machen willst, dann werde ich – das schwöre ich dir, Callista von Arilinn! – Dom Esteban herauftragen lassen, damit du versuchen kannst, deine Launen an ihm auszulassen! Wenn dein Mann dich nicht zur Einsicht bringen kann und wenn es dein Techniker nicht kann, dann, mein Mädchen, setze dich mit deinem Vater auseinander! Er ist alt, aber er ist immer noch Lord Alton, und wenn ich ihm erkläre …«

Weiß vor Wut sagte Callista: »Das würdest du nicht wagen!«

»Warte es ab.« Damon drehte ihr den Rücken und blieb unbeweglich stehen, sie alle ignorierend.

Nervös blickte Andrew von Damons Rücken zu Callista, die bleich und zornig in ihren Kissen lag und nur durch ihren Zorn bei Bewusstsein gehalten wurde. Würde einer von beiden nachgeben, oder würden sie bei diesem Kampf Willen gegen Willen verharren, bis einer von ihnen starb? Andrew fing einen zufälligen Gedanken auf – von Ellemir? –, dass Damons Mutter eine Alton war und auch er die Alton-Gabe besaß. Aber Callista war die Schwächere. Andrew wusste, sie konnte diese Wut, die sie alle zerstörte, nicht lange beibehalten. Er musste diesen Engpass beseitigen, und zwar schnell. Ellemir hatte Unrecht. Damon durfte ihren Willen nicht auf diese Weise brechen, auch wenn es darum ging, ihr Leben zu retten.

Er ging zu Callista und kniete wieder neben ihr nieder. Er bat: »Liebling, tu, was Damon will!«

Der kalte Zorn löste sich auf, so dass er den furchtbaren Kummer dahinter erkennen konnte. Sie wisperte: »Hat er dir gesagt, dass dabei vielleicht ... auch das bisschen, was wir gehabt haben, verloren gehen kann?«

»Er hat es mir gesagt.« Andrew bemühte sich verzweifelt, die schmerzliche Zärtlichkeit, die alles andere in ihm verschluckte, zum Ausdruck zu bringen. »Aber, mein Liebling, ich habe dich schon geliebt, bevor dich meine Augen erblickten. Meinst du, das sei alles, was ich von dir will?«

Langsam drehte Damon sich um. Sein Zorn war geschmolzen. Mit tiefem, qualvollem Mitleid blickte er auf die beiden nieder, aber er ließ seine Stimme hart klingen. »Hast du genug Mut gesammelt, Callista?«

Sie seufzte. »Mut? Damon, an Mut fehlt es mir nicht. Aber aus welchem Grund soll es geschehen? Du sagst, es wird mein Leben retten. Ist denn das Leben, das ich jetzt habe, der Mühe wert? Und ich habe euch alle mit hineingezogen. Ich möchte lieber sterben, als euch dahin zu bringen, wo ich jetzt bin.«

Die bodenlose Verzweiflung in ihrer Stimme entsetzte Andrew. Er machte eine Bewegung, um sie wieder in seine Arme zu nehmen, und erinnerte sich daran, dass er sie schon durch die leichteste Berührung in Gefahr brachte. Wie gelähmt verharrte er am Boden. Damon kniete sich neben ihn. Auch er berührte Callista nicht, aber trotzdem fasste er nach ihr, fasste er nach ihnen beiden und zog sie an sich. Das langsame, leise Pochen, Ebbe und Flut der aufeinander abgestimmten Rhythmen umfingen sie mit einer stärkeren Intimität als beim Liebesakt.

Damon flüsterte: »Callista, wenn es nur um dich ginge, würde ich dich sterben lassen. Aber du bist so sehr ein Teil von uns allen, dass wir dich nicht entbehren können.« Und von einem des Kreises – Andrew wusste nicht, ob von ihm oder von einem anderen – ging der Gedanke aus, der sich in ihre vielfache Vereinigung verwob: *Callista, solange wir dies haben, ist es sicher der Mühe wert, in der Hoffnung weiterzuleben, dass wir eine Möglichkeit finden werden, auch alles Übrige zu erlangen.*

Als tauche er aus sehr großer Tiefe auf, fand Andrew sein individuelles Bewusstsein wieder. Damons Blick begegnete dem seinen, und er wich vor der darin liegenden Intimität nicht zurück. Callistas Augen waren so voller Schmerz, dass sie in ihrem bleichen Gesicht schwarz wirkten. Aber sie lächelte und drückte sich leicht gegen seinen Arm.

»Gut, Damon. Tu, was du tun musst. Ich habe euch allen ... bereits zu sehr wehgetan.« Die Stimme versagte ihr, und sie kämpfte darum, bei Bewusstsein zu bleiben. Ellemir streifte die Stirn ihrer Schwester mit einem Kuss.

»Streng dich nicht an. Wir verstehen, was du sagen willst.«

Damon stand auf und zog Andrew mit sich aus dem Zimmer.

»Verdammt, das ist Arbeit für eine Bewahrerin. Es hat früher einmal männliche Bewahrer gegeben, aber ich habe die Ausbildung nicht.«

»Du willst es im Grunde überhaupt nicht tun, nicht wahr, Damon?«

»Wer würde das schon wollen?« Seine Stimme zitterte unkontrollierbar. »Aber eine andere Möglichkeit gibt es nicht. Wenn sie noch einmal in Krämpfe fällt, wird sie den Tag nicht überleben. Und falls doch, könnte der Gehirnschaden so groß sein, dass sie uns nicht mehr erkennt. Die Überladung auf allen lebenswichtigen Funktionen – Puls, Atmung –, und wenn sie noch weiter verfällt ... nun, sie ist eine Alton.« Damon schüttelte verzweifelt den Kopf. »Was sie dir angetan hat, ist eine Kleinigkeit verglichen mit dem, was sie uns allen antun könnte, wenn ihr Verstand aussetzt und sie nichts anderes mehr weiß, als dass wir ihr wehtun …« Ihm schauderte vor der Gefahr. »Ich muss ihr so furchtbare Schmerzen bereiten. Aber ich muss es tun, solange sie bei vollem Bewusstsein ist und auf intelligente Weise mitarbeiten kann.«

»Wovor hast du solche Angst? Du kannst sie doch nicht wirklich verletzen, wenn du – diese Psi-Kräfte, oder was es ist, auf ihre Kanäle anwendest? Sie sind doch nicht einmal körperlich, nicht wahr?«

Damon schloss kurz die Augen. Es war eine unwillkürliche, krampfartige Bewegung. Er sagte: »Ich werde sie nicht töten. So viel Wissen habe ich. Doch bei einer Fehleinschätzung könnte ich einige der Nerven beschädigen, die um die Fortpflanzungsorgane liegen. Der Schaden könnte groß genug sein, dass sie niemals ein Kind bekommen kann. Deshalb muss sie voll wach sein. Sie weiß besser als ich, wie die Hauptnerven verlaufen.«

»In Gottes Namen«, flüsterte Andrew, »kannst du es nicht trotzdem tun, wenn sie bewusstlos ist? Spielt es denn eine Rolle, ob sie Kinder bekommen kann?«

Damon sah ihn empört und entsetzt an. »Das kann nicht dein Ernst sein!« Er konnte diese Bemerkung nur dem tiefen Kummer seines Freundes zuschreiben. »Callista ist *Comyn*, sie hat *Laran*. Jede Frau würde lieber sterben, als *das* zu riskieren. Sie ist deine Frau, Mann, nicht irgendeine Frau von der Straße!«

Damons echte Entrüstung ließ Andrew verstummen. Er gab sich Mühe, Damon nichts von seiner Verblüffung merken zu lassen. Wieder einmal war er über irgendein darkovanisches Tabu gestolpert. Würde er es je lernen? Steif erklärte er: »Es tut mir Leid, wenn ich dich beleidigt habe, Damon.«

»Beleidigt? Das nun gerade nicht, aber … aber schockiert.« Damon war bestürzt. Hatte Andrew überhaupt eine Vorstellung davon, dass das Kostbarste, was Callista ihm geben konnte, ihr Erbgut, ihr Clan war? Beruhte seine Liebe nur auf Begierde und Selbstsucht? Sogleich verwarf er den Gedanken. Nein, Andrew hatte zu viel für sie ertragen, so war es nicht. Endlich sagte sich Damon verzweifelt: *Ich liebe ihn, aber werde ich ihn jemals verstehen?*

Andrew, den all diese Emotionen umspülten, drehte sich um und legte Damon verlegen eine Hand auf die Schulter. Zögernd sagte er: »Ich frage mich, ob ... ob überhaupt jemand einen anderen verstehen kann. Ich gebe mir Mühe, Damon. Lass mir Zeit.«

Damons normale Reaktion wäre gewesen, Andrew zu umarmen, aber er hatte sich daran gewöhnt, dass Andrew derartige natürliche Gesten zurückwies, weil sie ihn in Verlegenheit setzten. Auch in dieser Sache musste etwas unternommen werden. »In einem Punkt verstehen wir uns völlig, Bruder. Beide wollen wir das, was für Callista das Beste ist. Kehren wir zu ihr zurück.«

Andrew nahm wieder seinen Platz an Callistas Bett ein. Trotz allem glaubte er, Damon übertreibe. Das alles waren psychische Vorgänge; wie konnten sie tatsächlich eine körperliche Wirkung haben? Doch Damon hatte Recht damit, dass Callista dem Tode nahe war. Schaudernd stellte Andrew fest, dass sie nicht einmal mehr versuchte, den Kopf auf dem Kissen zu drehen, obwohl ihre Augen ihm folgten.

»Damon, schwöre mir, dass es danach eine Möglichkeit geben wird, mich wieder ... wieder normal zu machen ...«

»Ich schwöre es, *Breda.*« Damons Stimme war so ruhig wie seine Hände, aber Andrew erkannte, dass er um seine Selbstbeherrschung kämpfte. Callista jedoch sah ganz friedlich aus.

»Ich habe keinen *Kirian* für dich, Callista.«

Andrew spürte, dass sie sich angstvoll anspannte, aber sie

antwortete: »Ich werde ohne ihn zurechtkommen. Tu, was du tun musst.«

»Callista, wenn du das Wagnis eingehen willst, du hast *Kireseth*-Blüten ...?«

Sie lehnte mit einer schwachen Geste ab.

Damon hatte gewusst, dass sie dem nicht zustimmen würde. Das Tabu war unter den im Turm ausgebildeten Menschen absolut. Er wünschte, sie sei weniger bedenklich, weniger gewissenhaft. Callista hauchte: »Du sagtest, du wollest versuchen ...«

Damon nickte und holte die kleine Phiole hervor. »Eine Tinktur. Ich habe die Unreinheiten ausgefiltert und die Öle in Wein gelöst. Vielleicht ist das besser als nichts.«

Ihr Lachen war tonlos, nicht mehr als ein Hauch. Andrew konnte es kaum fassen, dass sie jetzt zu lachen vermochte! »Ich weiß, das ist nicht deine besondere Stärke, Damon. Ich will es versuchen, aber lass mich zuerst den Geschmack probieren. Wenn du die falschen Öle erwischt hast ...« Sie roch vorsichtig an der Flasche, nahm ein paar Tropfen und erklärte endlich: »Es ist ungefährlich. Ich werde es schlucken, aber ...« Sie überlegte und deutete dann zwischen Daumen und Zeigefinger eine winzige Menge an. »Aber nur so viel.«

»Du wirst mehr brauchen, Callista. Sonst hältst du den Schmerz nicht aus«, widersprach Damon. Sie erklärte: »Ich muss mir der unteren Zentren und der Rumpfnerven völlig bewusst sein. Die wichtigen Entladungsknoten sind blockiert. Deshalb wirst du Ströme umleiten müssen.« Andrew schüttelte es bei ihrem sachlichen, klinischen Ton, als seien ihr eigener Körper eine nicht richtig funktionierende Maschine und ihre Nerven bloß fehlerhafte Einzelteile. Wie grauenhaft, das einer Frau anzutun!

Damon hob ihren Kopf und stützte sie, während sie die bezeichnete Dosis trank. Als die von ihr angegebene Menge erreicht war, schloss sie hartnäckig den Mund. »Nein, nicht mehr, Damon, ich kenne meine Grenzen.«

Mit ausdrucksloser Stimme warnte er: »Es wird schlimmer sein als alles, was du je erlebt hast.«

»Ich weiß. Wenn du einen Knoten zu nahe am ...« – Andrew verstand den Ausdruck, den sie benutzte, nicht – »... triffst, könnte ich einen neuen Anfall bekommen.«

»Ich werde mich vorsehen. Vor wie vielen Tagen genau hat die Blutung völlig aufgehört? Weißt du, wie tief ich bei dir gehen muss?«

Callista verzog das Gesicht. »Ja. Ich habe Hilary zweimal gesäubert, und ich habe eine größere Überladung, als sie jemals hatte. Da ist immer noch ein Rückstand ...«

Damon bemerkte Andrews entsetzten Blick. Er fragte: »Willst du wirklich, dass er hier bleibt, Liebling?«

Callistas Finger schlossen sich fester um Damons Hand. »Er hat das Recht dazu.«

Damons Stimme klang barsch, aber Andrew, der immer noch in engem Kontakt mit dem anderen Mann stand, wusste, dass das nur die innere Anspannung war. »Er ist daran nicht gewöhnt, Callista. Für ihn wird es so aussehen, als bereitete ich dir nur schreckliche Schmerzen.«

Gott!, dachte Andrew. Musste er von neuem Zeuge ihrer Qualen sein? Aber er erklärte ruhig: »Ich werde bleiben, wenn du mich brauchst, Callista.«

»Wenn ich sein Kind trüge, würde er in Rapport bleiben und mehr Schmerzen als diese mit mir teilen.«

»Ja«, erwiderte Damon leise, »wenn es das wäre – Herr des Lichts, wie wünschte ich es! –, könntest du ihn fassen und ohne Zögern von seiner Kraft nehmen. Aber jetzt, das weißt du, Callista, muss ich ihm verbieten, dich zu berühren, ganz gleich, was geschieht. Und auch du darfst nicht nach ihm greifen. Lass mich ihn wegschicken, Callista.«

Beinahe hätte sie wieder rebelliert. Aber durch ihr eigenes Elend nahm sie Damons Ängste wahr, sein Widerstreben, ihr wehzutun. Sie hob die Hand – es überraschte sie, dass diese Hand sich so schwer anfühlte – und berührte sein Gesicht. »Armer Damon«, flüsterte sie. »Es wird dir furchtbar schwer, nicht wahr? Wird es für dich auf diese Weise leichter sein?«

Damon nickte. Er traute sich nicht zu sprechen. Es war schlimm genug, dass er Callista solche Qualen bereiten musste, auch ohne sich gegen die Reaktionen anderer wappnen zu müssen, die nicht die leiseste Vorstellung davon hatten, was er tat.

Entschlossen blickte Callista zu Andrew auf. »Geh fort, Liebster. Ellemir, bring ihn weg. Dies ist eine Sache für ausgebildete Psi-Techniker, und mit dem besten Willen der Welt könnt ihr nicht helfen, würdet aber vielleicht Schaden anrichten.«

Andrew empfand eine Mischung aus Erleichterung und Schuldgefühl. Wenn sie es aushalten konnte, sollte er stark genug sein, den Schmerz mit ihr zu teilen! Aber er spürte auch, dass Damon für Callistas Entscheidung dankbar war. Er fühlte die Anstrengung, die es Damon kostete, sich zu der gleichen klinischen, leidenschaftslosen Haltung zu zwingen, die Callista zur Schau trug. Schnell erhob er sich und eilte aus dem Raum.

Hinter ihm blieb Ellemir zögernd stehen. Sie blickte zu Callista zurück und überlegte, ob es für sie nicht leichter wäre, wenn sie alle dabei in Rapport standen. Aber Damons Gesichtsausdruck machte sie anderen Sinnes. Es war schwer genug für ihn. Wenn er diese Schmerzen auch seiner Frau aufbürden musste, würde es noch schlimmer werden. Bewusst brach Ellemir die noch bestehende Verbindung mit Damon und Callista ab. Ohne noch einmal zurückzusehen, welche Wirkung das auf die beiden hatte – aber sie spürte eine Erleichterung, die beinahe ebenso groß wie die Andrews war –, folgte sie Andrew schnell und holte ihn im mittleren Wohnzimmer ein.

»Ich glaube, du brauchst etwas zu trinken. Was meinst du?« Ellemir führte Andrew in das Wohnzimmer ihrer Hälfte der Suite und suchte aus einem Schränkchen eine viereckige Steingutflasche und zwei Gläser hervor. Während sie eingoss, empfing sie Andrews selbstquälerische Gedanken: *Hier sitze ich und lasse mir einen Drink schmecken, und Gott allein weiß, was Callista durchmacht.*

Andrew nahm das Glas in Empfang, das Ellemir ihm reichte, und trank. Er hatte Wein erwartet; stattdessen war es ein starkes, feuriges, hochprozentiges alkoholisches Getränk. Er nahm einen Schluck und sagte zögernd: »Ich möchte nicht betrunken werden.«

Ellemir zuckte die Schultern. »Warum nicht? Vielleicht wäre es das Beste, was du tun kannst.«

Mich betrinken? Während Callista ...

Ellemir sah ihn an. »Der Grund ist, dass es Damon hilft, wenn du dich ganz heraushältst und ihn tun lässt, was er tun muss. Er tut es äußerst ungern«, setzte sie hinzu, und die Anspannung in ihrer Stimme verriet Andrew, dass sie sich um Damon ebenso viel Sorgen machte wie er sich um Callista.

»Nicht ganz so viel Sorgen.« Aber ihre Stimme zitterte. »Nicht ganz auf dieselbe Art. Wir können nicht helfen. Uns bleibt nichts übrig, als uns herauszuhalten. Und ich ... bin es nicht gewöhnt, so ausgeschlossen zu werden.« Sie blinzelte heftig.

So ähnlich war sie Callista und so unähnlich, dachte Andrew. Er hatte sich daran gewöhnt, sie für stärker als Callista zu halten. Und doch hatte Callista die Qualen in den Höhlen durchgestanden. Callista war keine zarte Jungfrau in Not, nicht halb so zart, wie er es sich einbildete. Keine Bewahrerin konnte schwach sein. Es war eine andere Art von Stärke. Sie hatte sich eben erst wieder gezeigt, als Callista die Droge ablehnte, die Damon ihr anbot.

Ellemir nippte an dem feurigen Getränk. »Damon hat diese Arbeit immer gehasst. Aber um Callistas willen wird er sie tun. Und«, setzte sie nach einem Augenblick hinzu, »um deinetwillen.«

Andrew erwiderte mit leiser Stimme: »Damon ist mir ein guter Freund gewesen. Das weiß ich.«

»Es scheint dir schwer zu fallen, das zu zeigen«, meinte Ellemir. »Ich nehme an, du bist in deiner Welt dazu erzogen worden, so auf andere Leute zu reagieren. Es muss sehr hart für dich sein. Ich glaube, ich kann mir nicht einmal vorstellen, wie hart es hier für dich ist. Jeder Einzelne denkt in anderen Bahnen als du, jede Kleinigkeit ist fremdartig. Und ich vermute, an die kleinen Dinge gewöhnt man sich schwerer als an die großen. Bei den großen Dingen kann man den Entschluss fassen, sie zu akzeptieren. Die kleinen aber tauchen unerwartet auf, wenn man gar nicht daran denkt und nicht dagegen gewappnet ist.«

Wie viel Verständnis hatte Ellemir, dass sie das erkannte, dachte Andrew. Es waren tatsächlich die kleinen Dinge. Damons – und Ellemirs! – sorglose Nacktheit, die ihn in Verlegenheit setzte und das Gefühl in ihm erzeugte, all die unbewussten Gewohnheiten seines ganzen Lebens seien verkrampft und irgendwie unhöflich – die seltsame Beschaffenheit des Brotes – die Küsse, die Damon Dom Esteban ganz selbstverständlich zur Begrüßung gab. Ihm war in der ersten Zeit, als er das Zimmer mit Callista teilte, aufgefallen, dass es ihr überhaupt nicht peinlich war, wenn er sie halb angezogen und einmal, durch Zufall, völlig nackt im Bad sah. Aber sie war errötet und hatte zu stottern begonnen, als er einmal hinter sie trat und ihr geöffnetes langes Haar von ihrem bloßen

Nacken hob. Jetzt sagte er leise: »Ich gebe mir Mühe, mich an eure Sitten zu gewöhnen ...«

Ellemir füllte sein Glas nach. »Andrew, ich möchte mit dir reden.«

Genauso hatte Callista damals angefangen, und das machte ihn wachsam. »Ich höre.«

»Callista sagte dir in jener Nacht ...« – natürlich wusste er sofort, welche Nacht sie meinte – »... was ich angeboten hatte. Warum wurdest du zornig darüber? Verabscheust du mich wirklich so sehr?«

»Dich verabscheuen? Natürlich nicht«, sagte Andrew. »Aber –« Ihm versagten die Worte. »Es ist nicht recht von dir, mich so in Versuchung zu führen.«

»War es recht von dir, wie du gegen uns alle gehandelt hast?«, rief Ellemir aus. »Ist es recht von dir, dass du darauf bestehst, in diesem Zustand zu bleiben, wenn wir ihn alle teilen müssen, ob wir wollen oder nicht? Du bist – und das schon seit langer Zeit – in einem fürchterlichen Zustand sexueller Not. Glaubst du, das weiß ich nicht? Glaubst du, Callista weiß es nicht?«

Für Andrew war das ein Eingriff in seine Intimsphäre. »Was geht dich das an?«

Ellemir warf den Kopf zurück. »Du weißt ganz genau, warum es mich angeht. Und doch sagte Callista, du habest abgelehnt ...«

Verdammt, es war ein Vorschlag gewesen, der ihn hatte in Wut versetzen müssen, aber Callista hatte wenigstens so viel Anstand gehabt, ihn mit einiger Schüchternheit vorzubringen. Und Ellemir sah Callista so ähnlich, dass er gar nicht anders konnte, als auf ihre Anwesenheit zu reagieren. Er kniff die Lippen zusammen und erklärte knapp: »Ich kann mich beherrschen. Ich bin kein Tier.«

»Was denn sonst? Ein Kohlkopf? Du kannst dich beherrschen? Ich habe ja nicht angedeutet, du könntest davonlaufen und die erste Frau, die dir begegnet, vergewaltigen. Aber das bedeutet doch nicht, dass die Not nicht vorhanden ist. Deshalb läuft es darauf hinaus, dass du uns belügst – mit allem, was du tust, mit allem, was du *bist.*«

»Allmächtiger Gott!«, explodierte er. »Gibt es hier überhaupt kein Privatleben?«

»Selbstverständlich. Hast du das nicht bemerkt? Mein Vater hat nicht eine einzige Frage gestellt, die einen von uns in Verlegenheit setzen könnte. Es geht ihn nämlich wirklich nichts an, verstehst du. Er würde niemals nachforschen. Niemand von uns wird jemals erfahren, ob er etwas von der Sache weiß. Aber unter uns vieren – da ist es doch anders, Andrew. Kannst du nicht wenigstens ehrlich mit uns sein?«

»Was erwartet ihr denn von mir? Soll ich Callista wegen etwas bedrängen, das sie mir nicht geben kann?« Er dachte an die Nacht, in der er genau das getan hatte. »Ich kann es nicht wieder tun!«

»Natürlich nicht. Aber siehst du nicht ein, dass es mit zu Callistas Leiden beiträgt? Sie war sich deiner Not mit äußerster Schärfe bewusst, so dass sie schließlich das Wagnis einging. Und dann kam es zur Katastrophe, nur weil sie deine Not kannte und wusste, du würdest keine andere Lösung akzeptieren. Willst du so weitermachen, dass du ihre Schuldgefühle verstärkst ... und unsere auch?«

Sorge, Erschöpfung, Mangel an Schlaf und jetzt das starke Getränk auf den leeren Magen hatten Andrews Wahrnehmungsfähigkeit so herabgesetzt, dass ihm war, die unerhörten Dinge, die Ellemir sagte, ergäben fast Sinn. Hätte er getan, was Callista verlangte, wäre es nie so weit wie jetzt gekommen ...

Es war ungerecht. Callista so ähnlich und so furchtbar unähnlich ... so sprühend vor Leben! »Ich bin Damons Freund. Wie könnte ich ihm das antun?«

»Damon ist *dein* Freund«, gab sie zurück, jetzt wirklich zornig geworden. »Glaubst du, es tut ihm gut, dass du leidest? Oder bist du so arrogant, dass du dir einbildest ...« – ihre Stimme bebte – »du könntest mich dazu bringen, Damon weniger zu lieben, weil ich für dich tue, was jede anständige Frau täte, wenn sie einen Freund in einem derartigen Zustand sieht?«

Andrew begegnete ihrem Blick und setzte seinen Zorn gegen ihren. »Da wir gerade vor Ehrlichkeit überquellen: Ist dir schon einmal der Gedanke gekommen, dass nicht du es bist, die ich will?« Selbst jetzt erregte sie ihn nur, weil sie da war und aussah, wie Callista hätte aussehen sollen.

Ihr Zorn war plötzlich verschwunden. »Lieber Bruder ...« – *Bredu* war das Wort, das sie gebrauchte – »... ich weiß, es ist Callista, die du liebst. Aber in deinem Traum war ich es.«

»Ein körperlicher Reflex«, stellte er brutal fest.

»Nun, auch der ist real. Und es würde zumindest bedeuten, dass du Callista wegen etwas, das sie dir nicht geben kann, nicht länger zu quälen brauchst.« Sie streckte die Hand nach seinem Glas aus, um es von neuem zu füllen. Er wehrte ab.

»Nichts mehr. Ich bin bereits halb betrunken. Verdammt, kommt es darauf an, ob ich sie auf diese Weise quäle oder indem ich davonlaufe und mit irgendeiner anderen ins Bett springe?«

»Das verstehe ich nicht.« Andrew spürte, dass Ellemirs Verwirrung echt war. »Meinst du damit, dass eine Frau deines Volkes, wenn sie aus irgendeinem Grund das Bett ihres Mannes nicht teilen kann, sich darüber entrüsten würde, falls er irgendwo anders ... Trost suchte? Wie merkwürdig und wie grausam!«

»Ich nehme an, die meisten Frauen sind der Meinung, wenn sie ... wenn sie aus irgendeinem Grund enthaltsam zu sein haben, müsse der Mann es gerechterweise auch sein.« Er suchte nach Worten. »Sieh mal, wenn Callista ebenfalls unglücklich ist, und ich schliefe mit einer anderen – wäre es nicht sehr hässlich von mir, mich so zu verhalten, als käme es auf ihr Unglück gar nicht an, solange nur meine eigenen Bedürfnisse befriedigt werden?«

Ellemir legte sachte eine Hand auf seinen Arm. »Das spricht für dich, Andrew. Aber ich kann mir nur mit Mühe vorstellen, dass eine Frau, die ihren Mann liebt, sich nicht freuen würde, seine Begierde gestillt zu sehen.«

»Hätte sie darin nicht das Gefühl, ich liebte sie nicht genug, um auf sie zu warten?«

»Glaubst du, du würdest Callista weniger lieben, wenn du bei mir gelegen hättest?«

Er hielt ihrem Blick stand. »Nichts in der Welt könnte mich dazu bringen, Callista weniger zu lieben. *Nichts.*«

Ellemir zuckte leicht die Schultern. »Wie könnte sie sich dann verletzt fühlen? Stell dir doch einmal vor, Andrew, jemand anders als du könne Callista helfen, die Bande zu zerreißen, die sie nicht gewählt hat und nicht brechen kann. Wärst du böse auf sie oder würdest du sie weniger lieben?«

Andrew fühlte sich getroffen. Er erinnerte sich an den Augenblick, als er sich voll wilder Eifersucht einbildete, Damon sei zwischen sie getreten. »Soll ich dir glauben, hier auf Darkover hätte ein Mann nichts dagegen?«

»Du hast gerade erst gesagt, nichts könne dich veranlassen, sie weniger zu lieben. Du würdest es ihr also verbieten?«

»Verbieten? Nein«, erklärte Andrew. »Aber vielleicht würde ich mich fragen, wie tief *ihre* Liebe ging.«

Ellemirs Stimme zitterte plötzlich. »Seid ihr Terraner wie die Trockenstädter, die ihre Frauen hinter Mauern und in Ketten halten, damit kein anderer Mann sie berührt? Ist Callista ein Spielzeug, das du in einem Kasten verschließen willst, damit niemand anders mit ihm spielen kann? Was bedeutet eine Ehe für dich?«

»Ich weiß es nicht«, antwortete Andrew müde. Sein Zorn brach in sich zusammen. »Ich bin noch nie verheiratet gewesen. Ich will nicht mit dir streiten, Elli.« Der Kosename kam ihm schwer über die Zunge. »Ich ... es ist nur ... also, wir haben doch vorhin von den Dingen gesprochen, die für mich fremd sind, und das ist eins davon. Ich soll glauben, es würde Callista nicht verletzen ...«

»Wenn du sie verlassen oder ihre Zustimmung erzwungen hättest – so wie Dom Ruyven von Castamir, der Lady Crystal zwang, seine *Barragana* in ihr Haus aufzunehmen und alle Bastarde großzuziehen, die die Frau gebar –, dann, ja dann hätte sie Ursache, sich zu grämen. Aber hältst du es für Grausamkeit, wenn du nach ihrem Willen tust?« Sie sah ihn an und nahm seine Hand behutsam zwischen ihre Hände. »Wenn du leidest, Andrew, schmerzt es uns alle. Auch Callista. Und ... und mich, Andrew.«

Seine Barrieren waren gefallen. Die Berührung, das Begegnen ihrer Blicke hatten ihn Ellemir völlig ausgesetzt. Kein Wunder, dass sie keine Hemmung kannte, im bloßen Hemd umherzulaufen, dachte er. Das hier war die wirkliche Nacktheit.

Er hatte jenes bestimmte Stadium der Trunkenheit erreicht, wo das Urteilsvermögen sich trübt und manch einer unerhörte Dinge tut und sie für ganz alltäglich hält. Andrew sah Ellemir einmal als sie selbst, einmal als Callista, und dann wieder als Symbol eines Kontaktes, den zu begreifen er erst begann, als Symbol der vierfachen Verbindung zwischen ihnen. Sie beugte sich zu ihm und legte ihren Mund auf seinen. Wie ein elektrischer Schock durchfuhr es seinen Körper. Seine ganze qualvolle Frustration entlud sich in der Heftigkeit, mit der er sie in seine Arme riss.

Geschieht dies wirklich, oder bin ich betrunken und träume wieder? Er war sich Ellemirs Körper in seinen Armen bewusst, schlank, nackt, vertrauensvoll. Nur Ellemir hatte diese erstaunliche Art, die Dinge zu nehmen, wie sie sind. In einem Augenblick der Nüchternheit ging es Andrew auf, dass dies ihre Methode war, ihr Bewusstsein von Damon zu lösen. Auch für sie war es eine Notwendigkeit. Andrew war froh darüber.

Er war nackt, ohne sich erinnern zu können, seine Kleider abgelegt zu haben. Sie lag warm und schmiegsam in seinen Armen. *Ja, so habe ich sie schon einmal gehalten, für einen Augenblick, als wir vier verschmolzen, kurz bevor es zu der Katastrophe kam* ... Im Hintergrund ihrer Gedanken spürte er eine freundliche, ihn willkommen heißende Belustigung: *Nein, du bist mir nicht fremd.*

Durch die wachsende Erregung drängte sich ein trauriges Bedauern: *Es hätte Callista sein sollen.* Ellemir fühlte sich in seinen Armen so anders an, so irgendwie *fest*, sie hatte gar nichts von der zarten Scheu, die ihn an Callista faszinierte. Dann fühlte er ihre Berührung, und alles Denken wurde ausgelöscht. Seine Erinnerungen verwischten sich, und – ganz kurz schoss ihm die Frage durch den Kopf, ob Ellemir dafür gesorgt habe, dass jetzt ein wohltuender Nebel alles verschleierte. Andrew war nichts mehr als ein empfindender, reagierender Körper, angetrieben von langer Entbehrung, nichts anderes mehr wahrnehmend als die willige Frau in seinen Armen, die ebenso erregt und zärtlich war wie er. Er suchte die ihm lange verweigerte Erfüllung. Als sie kam, war sie so heftig, dass er glaubte, das Bewusstsein zu verlieren.

Eine Weile später verlagerte er vorsichtig sein Gewicht. Ellemir strich ihm lächelnd das Haar aus dem Gesicht. Er fühlte sich ruhig, erlöst, dankbar. Nein, es war mehr als Dankbarkeit, es war eine Nähe wie ... ja, wie der Augenblick, als sie sich in der Matrix begegnet waren. Er sagte leise: »Ellemir.« Es war eine Bestätigung, eine Versicherung. Jetzt war sie ganz sie selbst, weder Callista noch sonst jemand. Sie küsste ihn leicht auf die Schläfe, und plötzlich überwältigten ihn Erschöpfung und die Erfüllung der lange unbefriedigten Sehnsucht. Er schlief in Ellemirs Armen ein. Als er erwachte – er wusste nicht, wie viel Zeit vergangen war –, blickte Damon auf ihn nieder.

Damon sah müde und ausgehöhlt aus, und Andrew durchfuhr es wie ein Schock, dass hier der beste Freund stand, den er je gehabt hatte, und er lag mit seines Freundes Frau im Bett.

Ellemir setzte sich rasch auf. »Callista ...?«

Mit einem tiefen Seufzer antwortete Damon: »Mit ihr kommt alles wieder in Ordnung. Sie schläft jetzt.« Er taumelte und wäre beinahe auf die beiden gefallen. Ellemir streckte ihre Arme aus und zog ihn an ihre Brust.

Erst kam Andrew sich sehr überflüssig vor. Dann spürte er Damons Erschöpfung und erkannte, wie nahe der Freund einem Zusammenbruch war. Andrew sagte sich, auf ihn selbst und seine Gefühle komme es wahrlich nicht an. Unbeholfen, nur von dem Wunsch beseelt, seine Empfindungen irgendwie auszudrücken, legte er einen Arm um Damons Schultern.

Damon seufzte von neuem. »Callista geht es besser, als ich zu hoffen wagte. Natürlich ist sie sehr schwach und erschöpft. Nach allem, was ich sie habe durchmachen lassen ...« Er erschauerte, und Ellemir zog seinen Kopf an ihre Brust.

»War es so schrecklich, Geliebter?«

»Schrecklich, ja, schrecklich für *sie*«, murmelte Damon, und sogar jetzt noch – Ellemir zerriss es das Herz – versuchte er, sie und Andrew vor den Schrecken seiner Erinnerungen abzuschirmen. »Sie war so tapfer, und ich konnte es nicht ertragen, dass ich ihr so wehtun musste.« Seine Stimme brach. Er versteckte sein Gesicht an Ellemirs Brust und brach in hartes, hilfloses Schluchzen aus.

Andrew wollte sich entfernen, aber Damon fasste nach seiner Hand und umklammerte sie krampfhaft. Andrew überwand sein Unbehagen, in dieser Situation zugegen zu sein. Damon brauchte allen Trost, den er bekommen konnte! Als sich Damon beruhigt hatte, fragte Andrew ganz leise: »Sollte ich bei Callista sein?«

Damon entging der Unterton nicht. *Du und Ellemir würdet sicher lieber allein sein.* Für ihn in seinem aufgewühlten, nervösen Zustand war es eine schmerzliche Zurückweisung. Seine Stimme klang scharf vor Erschöpfung.

»Sie würde gar nicht merken, ob du da bist oder nicht. Aber tu, verdammt noch mal, was du willst!« Und das, was er nicht aussprach, war ebenso deutlich wie die lauten Worte. *Wenn du es nicht erwarten kannst, von uns wegzukommen.*

Er versteht immer noch nicht ...

Damon, wie kann er es verstehen? Ellemir verstand es selbst kaum. Sie wusste nur, wenn Damon so war, schmerzte es sie. Seine Not war so viel größer als der Trost, den sie ihm geben konnte. Ihre eigene Unzulänglichkeit quälte sie. Das war kein sexuelles Verlangen – das hätte sie verstehen und befriedigen können. Nein, es war eine Not, die über ihr Begreifen hinausging und sie erschöpft und hilflos zurückließ. Etwas von ihrer Verzweiflung kam zu Andrew durch, obwohl sie nichts weiter sagte als: »Bitte, bleib. Ich glaube, er möchte uns jetzt beide bei sich haben.«

Damon klammerte sich krampfhaft an Andrew ebenso wie an Ellemir. Das Bedürfnis nach körperlichem Kontakt war stark und doch nicht das, was er in Wirklichkeit brauchte. *Nein, sie verstehen es nicht.* Etwas vernünftiger setzte er in seinen Gedanken hinzu: *Ich verstehe es selbst nicht.* Im Augenblick genügte es ihm, dass sie da waren. Es war nicht vollständig, es war nicht das, was er am dringendsten brauchte, aber im Augenblick musste es ihm genügen. Ellemir hielt ihn eng an sich gedrückt und hoffte, sie und Andrew könnten ihn auf diese Weise ein bisschen beruhigen. Aber was war es nur, wonach er so leidenschaftlich verlangte? Würde sie es je erfahren? Wie sollte das möglich sein, wenn er es selbst nicht wusste?

12

Callista erwachte und lag mit geschlossenen Augen. Die Sonne schien ihr auf die Lider. In der Nacht hatte sie im Schlaf gefühlt, dass der Sturm abflaute, der Schneefall endete und die Wolken verschwanden. Heute Morgen schien die Sonne. Callista streckte ihren Körper und genoss das herrliche Gefühl, ganz ohne Schmerzen zu sein. Immer noch war sie schwach und ausgelaugt, obwohl sie vermutete, sie habe nach jener fürchterlichen Tortur zwei oder drei ganze Tage hintereinander geschlafen. Danach war sie noch ein paar Tage im Bett geblieben, um neue Kräfte zu sammeln, obwohl sie sich ganz gut fühlte. Sie wusste, an erster Stelle kam jetzt die Wiederherstellung ihrer Gesundheit, die früher immer ausgezeichnet gewesen war, und das würde Zeit kosten.

Und wenn sie gesund war, was dann? Aber sie verbot sich das Grübeln. Wenn sie damit erst einmal anfing, bekam sie keinen Frieden mehr.

Sie war allein im Zimmer. Auch das war ein Luxus. Callista hatte so viele Jahre allein verbracht, dass sie jetzt das Alleinsein ebenso schätzte, wie sie es in den schweren Jahren ihrer Ausbildung gefürchtet hatte. Und solange sie krank war, hatte man sie nie für einen Augenblick allein gelassen. Sie kannte den Grund – für jeden in ihrem Zustand hätte sie, ohne zu zögern, dasselbe angeordnet –, und sie war dankbar für die Fürsorge und unendliche Liebe der anderen. Doch nun war es schön, aufzuwachen und zu wissen, dass sie wieder allein war.

Sie öffnete die Augen und setzte sich im Bett auf. Andrews Bett war leer. Vage erinnerte sie sich, dass sie ihn im Schlaf gehört hatte, wie er umherging, sich anzog und das Zimmer verließ. Da der Sturm vorbei war, gab es überall auf dem Gut bestimmt eine Menge Arbeit. Ebenso im Haus. Ellemir hatte so viel Zeit an ihrem Krankenlager verbracht, dass sie ihre Haushaltspflichten hatte vernachlässigen müssen.

Callista entschloss sich, heute Morgen nach unten zu gehen.

In der vergangenen Nacht war Andrew wieder bei Ellemir gewesen. Sie hatte eine undeutliche Wahrnehmung empfangen und sich mit der alten Disziplin davon abgewandt. Kurz vor Mitternacht war er hereingekommen, ganz leise, um sie nicht zu stören, und sie hatte getan, als schlafe sie.

Ich bin töricht und unfreundlich, schalt sie sich selbst. *Ich wollte, dass es geschah, und ich bin ja auch ehrlich froh darüber, und doch konnte ich ihn nicht ansprechen und es ihm sagen.* Aber auch diese Gedankenreihe führte nirgendwohin. Es gab nur eins, was sie tun konnte, und dazu musste sie ihre ganze Kraft zusammennehmen: Jeden Tag durchleben, so gut es ging, ihre Gesundheit wiedergewinnen, Damons Versprechen trauen. Andrew liebte und begehrte sie immer noch, überlegte sie mit einer klinischen Objektivität, die ihr nicht als Bitterkeit bewusst war. Sie konnte sich nicht vorstellen, warum er es tat. Nein, wirklich, es hatte keinen Sinn, über das eine nachzugrübeln, das sie noch nicht teilen konnten. Entschlossen stand Callista auf und ging ins Bad.

Callista zog einen blauen Wollrock und eine weiße Strickjacke mit langem Kragen an, den sie wie einen Schal umwickeln konnte. Seit langer Zeit fühlte sie sich zum ersten Mal hungrig. Unten hatten die Mädchen den Frühstückstisch abgeräumt. Der Stuhl ihres Vaters war ans Fenster gerollt worden. Er blickte hinaus in den ganz zugeschneiten Hof, wo ein paar dick vermummte Männer etwas von dem Schnee wegräumten. Callista ging zu ihrem Vater und küsste ihn.

»Geht es dir wieder gut, Tochter?«

»Schon viel besser«, antwortete sie, und er winkte ihr, sich neben ihn zu setzen. Mit zusammengekniffenen Augen forschte er in ihrem Gesicht.

»Du bist dünner geworden. Zandrus Hölle, Mädchen, du siehst wie von Alars Wolf abgenagt aus! Was hat dir gefehlt? Oder sollte ich nicht fragen?«

Callista hatte keine Ahnung, ob Andrew oder Damon ihm irgendetwas gesagt hatten. »Nichts Besonderes. Frauenbeschwerden.«

»Mach mir das nicht weis«, polterte ihr Vater. »Du bist nicht wehleidig. Die Ehe scheint dir nicht zu bekommen, mein Mädchen.«

An seinem Gesicht erkannte sie, dass er ihr innerliches Zurückschrecken wohl bemerkt hatte. Schnell lenkte er ein. »Nun, nun, Kind, ich weiß seit langem, dass die Türme ihre Macht über diejenigen, die ihnen einmal angehörten, nicht leicht aufgeben. Ich erinnere mich gut, dass Damon länger als ein Jahr wie eine verlorene Seele im Vorhof der Hölle umherirrte.« Unbeholfen tätschelte er ihren Arm. »Ich werde keine Fragen stellen, *Chiya.* Aber wenn dieser Ehemann von dir nicht gut für dich ist ...«

Abwehrend hob sie die Hand. »Nein, nein. Es hat nichts mit Andrew zu tun, Vater.«

Mit skeptischem Stirnrunzeln meinte er: »Wenn eine seit ein paar Monden verheiratete Frau aussieht wie du, ist der Ehemann selten ohne Schuld daran.«

Callista errötete unter seinem forschenden Blick, aber ihre Stimme klang fest. »Auf mein Wort, Vater, wir haben nicht miteinander gestritten, und Andrew ist überhaupt kein Vorwurf zu machen.« Es war die Wahrheit, aber nicht die ganze Wahrheit. Es gab keine Möglichkeit, jemandem außerhalb ihres geschlossenen Kreises die ganze Wahrheit zu erzählen, und Callista war sich nicht einmal sicher, dass sie selbst sie kannte. Dom Esteban spürte, dass sie ihm auswich, doch er akzeptierte die Schranke zwischen ihnen. »Nun, nun, die Welt geht, wie sie will, Tochter, und nicht, wie du oder ich es gern hätten. Hast du gefrühstückt?«

»Nein, ich habe gewartet, um dir Gesellschaft zu leisten.«

Er rief Diener herbei und ließ mehr Essen bringen, als sie wollte, aber sie wusste, dass ihre Magerkeit und Blässe ihn entsetzt hatten. Wie ein gehorsames Kind zwang sie sich, ein bisschen mehr zu essen, als sie Lust hatte. Seine Augen ruhten währenddessen auf ihrem Gesicht, und endlich sagte er milder, als seine Gewohnheit war: »Manchmal denke ich, Kind, ihr Comyn-Töchter, die ihr in die Türme geht, nehmt keine geringeren Gefahren auf euch als unsere Söhne, die der Garde beitreten und – an unsern Grenzen kämpfen ... und bei euch ist es ebenso unvermeidlich, glaube ich, dass einige verwundet werden.«

Wie viel wusste er? Wie viel verstand er? Callista war klar, dass er so viel gesagt hatte, wie er konnte, ohne eins der stärksten Tabus innerhalb einer Telepathen-Familie zu brechen. Trotz ihrer Verlegenheit fühlte sie sich auf seltsame Weise getröstet. Es war ihm sicher nicht leicht gefallen, sich so weit vorzuwagen.

Dom Esteban schob ihr einen Krug mit Honig für ihr Brot hinüber. Lachend lehnte sie ab. »Möchtest du mich so fett wie ein Brathuhn haben?«

»Vielleicht so fett wie eine Sticknadel«, brummte er. Als sie jetzt sein Gesicht betrachtete, fiel Callista auf, dass auch er abgemagert, vergrämt und erschöpft aussah und seine Augen tiefer zwischen Wangenknochen und Brauen saßen.

»Ist keiner hier, der dir Gesellschaft leisten kann, Vater?«

»Oh, Ellemir kommt ab und zu herein und läuft dann wieder in die Küche. Damon ist ins Dorf gegangen und besucht die Familien der Männer, die in dem großen Sturm Erfrierungen bekamen, und Andrew sieht in den Gewächshäusern nach, was der Frost angerichtet hat. Warum gehst du nicht zu ihm, Kind? Ich bin überzeugt, dort gibt es Arbeit für zwei.«

»Und es steht fest, dass ich für Ellemir in der Küche keine Hilfe bin«, gab Callista lachend zurück. »Später vielleicht. Wenn die Sonne herauskommt, wird große Wäsche gehalten, und ich muss die Leinenschränke durchsehen.«

Dom Esteban lachte. »Und Ellemir sagt immer, sie wolle lieber Ställe ausmisten, als eine Nadel in die Hand nehmen! Aber später können wir vielleicht wieder etwas Musik hören. Ich dachte vorhin daran, dass ich in den jüngeren Jahren die Laute gespielt habe. Möglich, dass meine Finger ihre Geschicklichkeit zurückbekommen. Ich habe so wenig zu tun; ich sitze hier den ganzen Tag ...«

Die Frauen des Haushalts hatten mit Hilfe einiger Männer die großen Waschfässer in die hinteren Küchenräume geschleppt und sich an die Arbeit gemacht. Callista stellte fest, dass sie dort überflüssig war. Sie suchte den kleinen Destillierraum auf, der zu ihrem eigenen Reich geworden war. Nichts war, wie sie es verlassen hatte. Sie erinnerte sich, dass Damon während ihrer Krankheit hier experimentiert hatte. Callista begann, die von ihm angerichtete Unordnung zu beseitigen. Die Vorräte an einigen ständig gebrauchten Medizinen und Heilmitteln mussten ergänzt werden. Während ihre Hände sich mit einer einfachen Kräutermischung beschäftigten und sie in Portionen für die Teezubereitung abteilten, erinnerte sie sich daran, dass eine weit schwierigere Aufgabe vor ihr lag: Sie musste *Kirian* herstellen.

Als Callista den Turm verließ, hatte sie geglaubt, das werde sie nie wieder tun müssen. Valdir war zu jung, um *Kirian* zu brauchen, und Domenic zu alt. Trotzdem, stellte sie nüchtern fest, ein Telepathen-Haushalt sollte diese besondere Droge für alle Fälle immer vorrätig haben. Von allen Rezepten, die sie kannte, war dies das weitaus schwierigste. Die Flüssigkeit musste in drei verschiedenen Arbeitsgängen destilliert werden, wobei jedes Mal ein anderer chemischer Bestandteil der pflanzlichen Öle ausgefällt wurde. Callista hatte alles wieder in Ordnung gebracht und holte ihre Destillier-Apparate hervor, als Ferrika hereinkam und bei ihrem Anblick erschrocken stehen blieb.

»Verzeiht mir, dass ich Euch störe, *Vai Domna.*«

»Komm nur herein, Ferrika. Was kann ich für dich tun?«

»Eins der Mädchen hat die Hand bei der Wäsche verbrüht. Ich wollte Brandsalbe für sie holen.«

»Hier ist sie.« Callista nahm einen Krug aus dem Regal. »Kann ich irgendwie helfen?«

»Nein, Lady, es ist nichts Schlimmes.« Die Frau entfernte sich. Nach kurzer Zeit kehrte sie wieder und brachte den Krug zurück.

»Ist es eine schwere Verbrennung?«

Ferrika schüttelte den Kopf. »Nein, nein, sie hat unachtsam die Hand in das falsche Fass gesteckt, das ist alles. Aber ich finde, wir sollten Brandsalbe in der Küche und in den Waschräumen vorrätig haben. Wenn es einmal zu einer schweren Verbrennung kommt, wäre es unangenehm, erst hinauflaufen und sie holen zu müssen.«

Callista nickte. »Da hast du Recht. Fülle etwas in kleinere Krüge um und nimm sie mit.« Während Ferrika das an dem kleineren Tisch tat, öffnete Callista stirnrunzelnd Schublade auf Schublade, bis Ferrika sich schließlich umdrehte und fragte: »Lady, kann ich Euch bei der Suche helfen? Wenn Lord Damon oder ich selbst etwas verlegt haben sollten ...«

»Es waren doch *Kireseth*-Blüten da ...«, meinte Callista.

»Lord Damon hat davon genommen, Lady, als Ihr krank wart.«

Callista nickte. Sie erinnerte sich an die einfache Tinktur, die er zusammengebraut hatte. »Ja, ich weiß. Aber falls er nicht eine Menge verschwendet oder verdorben hat, müsste noch ein ganzer Teil übrig sein. Er war in einem Beutel hinten in diesem Schrank.« Sie fuhr fort, Schränke und Schubladen zu durchsuchen. »Hast du etwas davon gebraucht, Ferrika?«

Die Frau schüttelte den Kopf. »Ich habe die Blüten nicht angerührt.« Mit einem kleinen beinernen Spachtel füllte sie Salbe in einen Krug. Callista sah ihr eine Weile dabei zu. Dann fragte sie: »Weißt du, wie man *Kirian* herstellt?«

»Ich weiß, wie man es macht, Lady. Als ich im Gildenhaus in Arilinn ausgebildet wurde, musste jede von uns eine Lehrzeit bei einer Apothekerin machen, um die Herstellung von Medizinen und Drogen zu erlernen. Aber selbst habe ich *Kirian* nie hergestellt«, antwortete Ferrika. »Im Gildenhaus hatten wir keine Verwendung dafür, obwohl wir lernen mussten, woran man ihn erkennt. Ihr wisst, dass die ... dass gewisse Leute die Nebenprodukte der *Kirian*-Destillation illegal verkaufen?«

»Davon habe ich sogar im Turm gehört«, erwiderte Callista trocken. *Kireseth* war eine Pflanze, deren Blätter, Blüten und Stängel verschiedene Öle enthielten. In den Kilghardbergen schufen die Pollen zu bestimmten Jahreszeiten ein Problem, da sie gefährliche psychoaktive Eigenschaften hatten. Im *Kirian*, der Droge, die die geistigen Barrieren gegen einen telepathischen Kontakt senkte, waren nur die ungefährlichen Bestandteile enthalten, und trotzdem wurde das Getränk nur mit großer Vorsicht benutzt. Die Verwendung von rohem *Kireseth* beziehungsweise der anderen Öle war in Thendara und Arilinn gesetzlich verboten und galt überall in den Domänen als verbrecherisch. Nicht einmal *Kirian* war allgemein zugänglich, und er wurde von Außenseitern mit abergläubischer Scheu betrachtet.

Während sie Filtertücher zählte und sortierte, dachte Callista mit eigentümlichem Heimweh an die weit entfernten Ebenen von Arilinn. Sie waren so lange ihre Heimat gewesen. Und nun würde sie sie wahrscheinlich nie wieder sehen.

Arilinn könne von neuem ihre Heimat werden, hatte Leonie gesagt ... Um diesen Gedanken zu verbannen, fragte sie Ferrika: »Wie lange hast du in Arilinn gelebt, Ferrika?«

»Drei Jahre, *Domna*.«

»Aber du gehörst doch zu unsern Leuten vom Gut, nicht wahr? Ich erinnere mich, dass du und ich und Dorian und Ellemir alle zusammen spielten, als wir kleine Mädchen waren, und gemeinsam Tanzunterricht hatten.«

»Ja, Lady, aber als Dorian heiratete und Ihr in den Turm gingt, wurde mir klar, dass ich nicht mein ganzes Leben wie eine fest gewurzelte Pflanze zu Hause bleiben wollte. Meine Mutter war hier Hebamme gewesen, wie Ihr Euch erinnern werdet, und ich meinte, für diese Arbeit Talent zu haben. Auf dem Gut zu Syrtis gab es eine Hebamme, die im Gildenhaus von Arilinn ausgebildet worden war. Und ich sah, dass unter ihrer Pflege viele am Leben blieben, die meine Mutter der Gnade Avarras überlassen hätte. Sie blieben am Leben, und ihre Babys gediehen. Mutter sagte, diese neumodischen Methoden seien Unfug und wahrscheinlich auch gottlos, aber ich ging ins Gildenhaus nach Neskaya und leistete dort den Eid. Sie schickten mich zur Ausbildung nach Arilinn. Und ich bat meine Eidesmutter um Urlaub, damit ich zurückkehren und hier arbeiten könne, und sie willigte ein.«

»Ich wusste nicht, dass jemand aus meiner Heimat in Arilinn war.«

»Oh, ich habe Euch hin und wieder gesehen, Lady, wenn Ihr mit den anderen *Vai Leroni* ausrittet«, erklärte Ferrika. »Und einmal kam die Domna Lirielle ins Gildenhaus, um uns zu helfen. Es war eine Frau da, deren innere Organe von einer schrecklichen Krankheit zerfressen wurden, und unsere Gildenmutter sagte, es gebe keine andere Rettung mehr für sie, als dass man sie zum Neutrum mache.«

»Ich dachte, das sei illegal«, sagte Callista erschauernd, und Ferrika antwortete: »Das ist es auch, *Domna,* ausgenommen dann, wenn ein Leben dadurch gerettet wird. Und es ist nicht nur illegal, es ist auch sehr gefährlich, wenn es unter dem Messer eines Chirurgen geschieht. Viele erholen sich nie mehr. Mit der Matrix jedoch ...« Sie unterbrach sich mit verlegenem Lächeln. »Aber wer bin ich, dass ich Euch davon erzähle, die Ihr die Lady von Arilinn wart und alle diese Künste kennt?«

»Ich habe es nie miterlebt«, wich Callista aus.

»Ich hatte die Ehre, der *Leronis* zusehen zu dürfen«, berichtete Ferrika, »und ich dachte mir, es könnte den Frauen unserer Welt eine große Hilfe sein, wenn diese Kunst allgemeiner bekannt wäre.«

»Man soll Frauen zu Neutren machen?« Callista grauste es.

»Um ein Leben zu retten, auch das, *Domna*. Die Frau blieb am Leben. Zwar war ihre Weiblichkeit vernichtet, aber die Krankheit war ebenfalls ausgebrannt worden, und sie war frei davon. Aber ich meinte die vielen anderen Dinge, die getan werden könnten. Ihr habt nicht gesehen, was Lord Damon nach dem Sturm mit den verkrüppelten Männern gemacht hat, aber ich konnte beobachten, wie sie sich danach erholten. Und ich weiß, in welchem Zustand Männer sind, wenn ich ihnen Zehen und Finger hatte abschneiden müssen, um sie vor der schwarzen Fäule zu bewahren. Und es gibt Frauen, für die eine weitere Geburt lebensgefährlich ist, und es gibt keine sichere Methode, sie zu verhindern. Ich habe lange darüber nachgedacht und bin zu dem Schluss gekommen, teilweises Neutrieren mag, wenn es ohne die Gefahren eines chirurgischen Eingriffs geschehen kann, die Lösung sein. Es ist ein Jammer, Lady, dass das Wissen, wie man so etwas mit einer Matrix macht, nicht außerhalb der Türme verbreitet wird.«

Callistas bestürzter Blick verriet Ferrika, dass sie zu weit gegangen war. Mit kräftigen Fingern setzte sie dem Krug mit der Brandsalbe den Deckel auf. »Habt Ihr die fehlenden *Kireseth*-Blüten gefunden, Lady Callista? Fragt doch Lord Damon, ob er sie anderswo hingelegt hat.« Sie stellte den großen Salbenkrug weg und sah die Kräutertees durch, die Callista in Portionen abgeteilt hatte. Dann blickte sie auf die Regale. »Wir haben keine Schwarzfruchtwurzeln mehr, wenn das hier alle ist, Lady.«

Callista betrachtete die gekräuselten Wurzelreste am Boden des Krugs. »Wir müssen auf dem Markt in Neskaya welche holen lassen, sobald die Straßen wieder frei sind. Sie kommen aus den Trockenstädten. Aber sicher brauchen wir sie doch nicht oft?«

»Ich habe sie Eurem Vater gegeben, *Domna,* um sein Herz zu stärken. Eine Zeit lang kann ich ihm Blutwurz geben, aber für den täglichen Gebrauch ist das hier besser.«

»Dann lass die Wurzeln holen; du hast die Vollmacht. Aber er ist immer ein gesunder, kräftiger Mann gewesen. Warum hältst du Herzstimulanzien für notwendig, Ferrika?«

»Das ist oft so bei Männern, die sehr aktiv gewesen sind, *Domna,* bei Schwertkämpfern, Reitern, Athleten, Bergführern. Wenn eine Verletzung sie lange im Bett hält, wird das Herz schwach. Es ist, als hätten ihre Körper einen Bedarf an Aktivität entwickelt, und wenn sie ihnen plötzlich entzogen wird, werden sie krank, und manchmal sterben sie. Ich weiß nicht, warum es so ist, Lady, ich weiß nur, dass es oft passiert.«

Auch daran bin ich schuld, dachte Callista in plötzlicher Verzweiflung. Beim Kampf mit den Katzenwesen hatte er den Gebrauch seiner Beine verloren. Ihr fiel ein, wie liebevoll ihr Vater heute Morgen zu ihr gewesen war, und der Kummer überwältigte sie. Wenn er nun starb, gerade jetzt, wo sie begonnen hatte, ihn kennen zu lernen! Im Turm war sie vor Kummer wie vor Freude abgeschirmt gewesen. Jetzt schien ihr die Welt draußen mit so vielem Leid erfüllt zu sein, dass sie es nicht ertragen konnte. Wie hatte sie nur den Mut gefunden, den Turm zu verlassen?

Ferrika beobachtete sie voller Mitgefühl, aber Callista war zu unerfahren, um es zu merken. Sie hatte gelernt, sich ausschließlich auf sich selbst zu verlassen, und nun war sie nicht mehr im Stande, sich an jemand anderen um Rat und Trost zu wenden. Nach einer Weile ging Ferrika, da sie Callista in ihre eigenen Gedanken versunken sah, leise hinaus. Callista versuchte, mit ihrer Arbeit fortzufahren, aber Ferrikas Bericht hatte sie so erschüttert, dass ihr die Hände nicht gehorchen wollten. Schließlich legte sie ihre Rohstoffe weg, säuberte die Apparate und verließ das Zimmer. Die Tür schloss sie hinter sich.

Die Männer und die Mägde waren mit der Wäsche fertig, und in dem so seltenen hellen Sonnenschein hingen sie draußen in den Höfen Laken und Handtücher, Tischdecken und Unterwäsche an überall gespannten Leinen auf. Sie lachten vergnügt und riefen sich Scherze zu und platschten durch Schlamm und schmelzenden Schnee. Der Hof war voll von nassem Zeug, das im Wind flatterte. Die Leute waren fröhlich bei der Arbeit, aber Callista wusste aus Erfahrung, dass es ihre gute Stimmung dämpfen würde, wenn sie sich ihnen anschloss. An Ellemir waren sie gewöhnt, doch sie war für die Frauen des Gutes – und noch mehr für die Männer – immer noch eine merkwürdige Fremde, die man zu fürchten und zu verehren hatte, eine Comyn-Lady, die in Arilinn eine *Leronis* gewesen war. Nur Ferrika, die sie als Kind gekannt hatte, war fähig, in ihr eine junge Frau wie sie selbst zu sehen. Callista betrachtete die Mädchen und Frauen, die mit den Armen voll nasser Wäsche für die Leinen gelaufen kamen und mit trockenen Laken für die Schränke zurückkehrten und sich dabei neckten. Es wurde ihr bewusst, wie einsam sie war.

Sie gehörte nirgendwohin, nicht in den Turm und auch nicht unter die Leute draußen.

Dann ging sie weiter zu den Gewächshäusern. Im Inneren waren immer Öfen aufgestellt, aber einige der Pflanzen in der Nähe der Glasscheiben waren doch vom Frost befallen worden, und in einem der Gebäude hatte das Gewicht des Schnees mehrere Scheiben eingedrückt. Obwohl man den Schaden in aller Eile repariert hatte, waren ein paar Obstbüsche gestorben. Callista entdeckte Andrew auf der anderen Seite. Er zeigte einem Gärtner, wie die beschädigten Zweige abzuschneiden waren und wie man auf das gesunde Holz achten musste.

Callista betrachtete Andrew selten mit ihren Augen, da sie so daran gewöhnt war, ihn auf vielerlei andere Art wahrzunehmen. Jetzt fragte sie sich, ob Ellemir ihn gut oder schlecht aussehend fand. Der Gedanke ärgerte sie mehr, als es die Sache wert war. Sie wusste, Andrew hielt sie für schön. Da sie keine eitle Frau war und das Tabu während ihres ganzen Lebens als Erwachsene männliche Aufmerksamkeit von ihr fern gehalten hatte, überraschte sie das immer wieder ein bisschen. Aber jetzt war sie überzeugt, da Ellemir so reizend und sie so dünn und blass war, musste er Ellemir schöner als sie finden.

Andrew sah auf, lächelte und winkte sie zu sich. Sie stellte sich neben ihn und nickte dem Gärtner höflich zu. »Sind diese Büsche alle tot?«

Andrew schüttelte den Kopf. »Ich glaube nicht. Bis auf die Wurzeln erfroren vielleicht, aber im Frühling werden sie wieder treiben.« An den Gärtner gewandt, setzte er hinzu: »Kennzeichne die Stellen, wo du Büsche zurückgeschnitten hast, damit du dort nichts anderes pflanzt und dadurch die Wurzeln störst.«

Callista sah sich die abgeschnittenen Zweige an. »Diese Blätter sollte man abpflücken und aussortieren und diejenigen, die nicht vom Frost geschädigt sind, trocknen. Sonst haben wir im Frühling kein Gewürz für den Braten.«

Andrew gab den Befehl weiter. »Gut, dass du gekommen bist! Ich mag ein guter Gärtner sein, aber ich bin kein Koch, nicht einmal auf meiner Welt.«

Callista lachte. »Ich bin überhaupt keine Köchin auf sämtlichen Welten. Ich verstehe etwas von Kräutern, das ist alles.«

Der Gärtner bückte sich und nahm die abgeschnittenen Zweige auf, und hinter seinem Rücken küsste Andrew seine Frau schnell auf die Stirn. Callista musste sich zusammennehmen, um nicht aus seiner Reichweite zu rücken, wie es lange Gewohnheit und die tief sitzenden Reflexe von ihr forderten. Andrew entging die Bewegung nicht, zu der sie ansetzte, und er sah sie in schmerzlicher Überraschung an. Dann erinnerte er sich, seufzte und lächelte.

»Ich freue mich, dass du so gut aussiehst, Liebes.«

Callista, die nichts bei seinem Kuss empfunden hatte, antwortete: »Ich komme mir wie dieser Busch vor, bis hinunter zu den Wurzeln abgestorben. Hoffen wir, dass auch ich im Frühling wieder wachse.«

»Darfst du denn aufstehen? Damon sagte, heute solltest du dich noch ausruhen.«

»Damon hat zwar die üble Gewohnheit, immer Recht zu haben, aber mir war zu Mute wie einem Pilz in einem dunklen Keller«, erklärte Callista. »Es ist so lange her, dass ich Sonnenschein gesehen habe!« Sie blieb auf einem sonnenbeschienenen Fleck stehen und genoss die Wärme auf ihrem Gesicht. Andrew ging weiter und überprüfte die Reihen mit Gemüsen und Topfpflanzen. »Ich glaube, hier ist alles noch in Ordnung, aber mit diesen Pflanzen kenne ich mich nicht aus. Was meinst du, Callista?«

Sie kam zu ihm, kniete sich neben den niedrigen Pflanzen nieder und untersuchte ihre Wurzeln. »Ich habe Vater schon vor Jahren gesagt, er soll die Melonen nicht so dicht an die Wand pflanzen. Sicher, dort bekommen sie mehr Sonne, aber bei einem heftigen Sturm reicht die Isolierung nicht. Die hier wird sterben, bevor die Frucht reif ist, und wenn die hier ...« – sie zeigte darauf – »... überlebt, hat die Kälte doch die Frucht vernichtet. Die Schale mag noch für Pickles zu verwenden sein, aber sie wird nicht reif werden und muss abgeschnitten werden, bevor sie verfault.« Sie rief den Gärtner zurück und gab ihm entsprechende Anweisungen.

»Wir werden uns auf einer der niedriger liegenden Farmen weiteres Saatgut besorgen müssen. Vielleicht war Syrtis vor dem Sturm geschützt. Sie haben dort gute Obstbäume, und wir können sie auch um ein paar Melonen und Trauben bitten. Und das alles hier soll in die Küche gebracht werden. Einiges kann, bevor es verdirbt, gekocht, anderes eingesalzen und gelagert werden.«

Ein paar Gärtner machten sich daran, die Befehle auszuführen. Andrew schob seine Hand unter Callistas Arm. Sie verkrampfte sich, ihr Körper wurde steif, und dann stürzte ihr die Röte ins Gesicht.

»Es tut mir Leid. Das ist nur ein ... ein Reflex, eine Gewohnheit ...«

Zurück auf Feld eins. Alle körperlichen Reflexe, die sie in den Monaten seit ihrer Heirat langsam und mit viel Geduld abgebaut hatten, waren in voller Stärke zurückgekehrt. Andrew fühlte sich hilflos und geschlagen. Er wusste, es war nötig gewesen, um ihr Leben zu retten, aber es jetzt zu erleben war ein neuer Schock.

»Mach nicht solch Gesicht«, flehte Callista. »Es ist nur für kurze Zeit!«

Andrew seufzte. »Ich weiß, Leonie hat mich davor gewarnt.« Sein Gesicht spannte sich, und Callista fragte nervös: »Du hasst sie, nicht wahr?«

»Nicht sie. Aber ich hasse, was sie dir angetan hat. Das kann und werde ich nie verzeihen.«

Callista wurde von einem merkwürdigen inneren Zittern befallen, das sie nicht ganz beherrschen konnte. Mit aller Willenskraft hielt sie ihre Stimme ruhig. »Sei gerecht, Andrew. Leonie hat mich nicht gezwungen, Bewahrerin zu werden. Ich habe die Wahl aus freiem Willen getroffen. Sie machte es mir nur möglich, diesen schwierigsten aller Wege zu beschreiten. Und es geschah ebenfalls aus freiem Willen, dass ich ... die Qual auf mich nahm, den Turm zu verlassen. Für *dich*«, setzte sie hinzu und sah Andrew gerade in die Augen.

Andrew merkte, dass sie gefährlich nahe an einem Streit waren. Mit einem Teil seines Ichs sehnte er sich danach wie nach einem Donnerschlag, der die Luft reinigen würde. Der ungerufene Gedanke drängte sich ihm auf: Mit Ellemir wäre es so, ein kurzer, heftiger Streit und eine Versöhnung, nach der wir uns näher wären als zuvor.

Aber bei Callista war das unmöglich. Sie hatte unter Leiden, die er sich nicht einmal vorstellen konnte, gelernt, ihre Emotionen unter strenger Kontrolle zu halten und hinter einer undurchdringlichen Barriere zu verstecken. Er mochte Callista hin und wieder überreden können, die Barriere zu senken oder beiseite zu ziehen, aber sie würde niemals verschwinden, und er konnte sie nicht vernichten, ohne gleichzeitig Callista zu vernichten. An der Oberfläche wirkte Callista hart und unverwundbar. Andrew spürte jedoch, darunter war sie von äußerster Verletzlichkeit.

»Ich will Leonie ja keinen Vorwurf machen, liebes Herz. Ich wünschte nur, sie hätte uns beiden genauere Erklärungen gegeben.«

Andrew war gegen Leonie durchaus gerecht, dachte Callista und erinnerte sich, wie sie in der Überwelt gegen Leonie gewütet hatte. Es war wie ein Albtraum! Trotzdem fühlte sie sich verpflichtet zu sagen: »Leonie wusste es nicht.«

Am liebsten hätte Andrew herausgebrüllt: Warum nicht, zum Teufel? Das ist doch ihr Fach, oder? Aber er wagte es nicht, Leonie vor Callista zu kritisieren. Seine Stimme bebte. »Was sollen wir tun? So weitermachen wie jetzt, wo du dich nicht einmal von meiner Hand berühren lassen willst?«

»Es geht nicht um das Wollen.« Callista zwang die Worte durch den Klumpen in ihrer Kehle. »Ich *kann nicht*. Ich dachte, Damon habe es dir erklärt.«

»Und das Beste, was Damon tun konnte, war, es noch schlimmer zu machen!«

»Nicht schlimmer!« Wieder flammten ihre Augen. »Er hat mir das Leben gerettet! Sei gerecht, Andrew!«

Andrew murmelte mit gesenktem Blick: »Ich habe es satt, gerecht zu sein.«

»Wenn du so sprichst, habe ich das Gefühl, du hasst mich.«

Das ernüchterte ihn. »Niemals, Callie. Ich komme mir nur so verdammt hilflos vor. Was sollen wir tun?«

Callista schlug die Augen nieder und wandte das Gesicht zur Seite. »Ich kann mir nicht vorstellen, dass es besonders schwer für dich ist. Ellemir ...« Aber hier hielt sie inne, und Andrew, von der alten Zärtlichkeit überwältigt, suchte nach dem geistigen Kontakt. Er wollte sie und sich selbst überzeugen, dass dieser Kontakt noch vorhanden war, dass ihm die Trennung nichts geschadet hatte. Es schoss ihm durch den Kopf, dass wegen ihrer tief eingewurzelten kulturellen Unterschiede selbst die Telepathie keine Garantie gegen Missverständnisse war. Aber die alte Verbundenheit war vorhanden.

Davon mussten sie ausgehen. Das Begreifen konnte später kommen.

Andrew sagte liebevoll: »Du siehst müde aus, Callie. An deinem ersten Tag außer Bett darfst du dich nicht überanstrengen. Lass mich dich nach oben bringen.« Und als sie in ihrem Zimmer allein waren, fragte er behutsam: »Machst du mir Ellemirs wegen Vorwürfe, Callista? Ich dachte, es sei dein Wunsch gewesen.«

»Das war es auch«, stammelte sie. »Aber nur, weil ... weil ... es dir das Warten leichter machen sollte. Müssen wir darüber reden, Andrew?«

Er antwortete nüchtern: »Das tun wir doch schon. In jener Nacht ...« Und wieder erfasste sie genau, was er meinte. Für sie alle vier konnte der Ausdruck »jene Nacht« noch für lange Zeit nur eine bestimmte Bedeutung haben.

»Etwas, das Damon zu mir sagte, hat mich sehr getroffen. Da seien wir nun alle vier Telepathen, meinte er, und keiner habe genug Verstand gezeigt, sich hinzusetzen und Missverständnisse auszuräumen. Ellemir und ich haben es fertig gebracht, darüber zu sprechen.« Mit schwachem Lächeln setzte er hinzu: »Allerdings musste sie mich erst halb betrunken machen, bis ich so weit war, dass ich ehrlich mit ihr reden konnte.«

Callista sah ihn nicht an. »Und es ist jetzt leichter für dich. Habe ich Recht?«

Andrew antwortete ruhig: »In gewisser Weise. Aber es ist es nicht wert, dass du dich schämst, mich anzusehen, Callista.«

»Ich schäme mich nicht.« Sie zwang sich, die Augen zu heben. »Ich schäme mich nicht, nein, es ist nur ... Man hat mich gelehrt, meine Gedanken in eine andere Richtung zu lenken, damit ich nicht ... verwundbar sei. Wenn du darüber sprechen möchtest ...« – Evanda und Avarra mochten verhüten, dass sie weniger ehrlich mit ihm war als Ellemir – »... dann will ich es versuchen. Aber ich bin ... an solche Gespräche und solche

Gedanken nicht gewöhnt, und ... ich finde vielleicht nicht gleich Worte dafür. Wenn du ... mir das nachsehen willst, dann ... werde ich mir Mühe geben.«

Sie biss sich auf die Lippe, sie zwängte die Worte mühsam durch die Barriere ihrer Verschlossenheit, und Andrew empfand tiefes Mitleid mit ihr. Er überlegte, ob er es ihr ersparen solle, aber er wusste auch, dass eine Barriere des Schweigens die einzige Barriere war, die sie später nie mehr überschreiten konnten. Um jeden Preis – angesichts ihrer brennenden Wangen und ihres zitternden Mundes erkannte er, dass der Preis hoch sein würde – mussten sie es fertig bringen, einen Verständigungsweg offen zu halten.

»Damon sagte, wir müssten dafür sorgen, dass du dich niemals allein oder im Stich gelassen fühlst. Jetzt wüsste ich gern: Verletzt es dich? Oder gibt es dir das Gefühl, im Stich gelassen worden zu sein?«

Callista rang die schlanken Hände in ihrem Schoß. »Nur wenn du mich wirklich ... im Stich gelassen hättest. Aufgehört hättest, dich für mich zu interessieren. Mich zu lieben.«

Er dachte, dass die Intimität mit Ellemir ihn ihr ganz von selbst näher bringen und die Kluft zwischen ihm und Callista erweitern müsse.

Er hatte sich nicht abgeschirmt, und Callista folgte dem Gedanken und flammte zornig auf. »Willst du mich nur, weil du dachtest, ich würde dir in unserem Bett mehr Vergnügen bereiten als meine Schwester?«

Andrew wurde dunkelrot. Nun ja, er hatte um Offenheit gebeten, und jetzt bekam er sie. »Gott bewahre! In dieser Weise habe ich ganz und gar nicht darüber gedacht. Es ist vielmehr so: Wenn du glaubst, ich werde dich deswegen weniger begehren, dann möchte ich die ganze Sache lieber vergessen. Bildest du dir tatsächlich ein, weil ich mit Ellemir schlafe, hätte ich aufgehört, *dich* zu wollen?«

»Ebenso wenig, wie ich aufgehört habe, *dich* zu wollen, Andrew. Aber ... aber nun sind wir quitt.«

»Das verstehe ich nicht.«

»Jetzt verlangst du nach mir auf die gleiche Weise wie ich nach dir.« Ihre Augen waren trocken, doch er spürte, dass sie innerlich weinte. »Es ist ... eine Sache des Geistes und des Herzens, ein Kummer wie der meine, aber keine ... keine Qual für den Körper. Ich wollte, dass du befriedigt würdest, weil ...« – sie netzte ihre Lippen, kämpfte gegen sie seit vielen Jahren beherrschende Hemmungen an – »... weil es so schrecklich für mich war, deine Not, deinen Hunger, deine Einsamkeit zu fühlen. Und deshalb versuchte ich ... deine Empfindungen zu teilen, und dabei ... hätte ich dich beinahe getötet.« Tränen liefen ihr übers Gesicht, aber sie weinte nicht und wischte die Tränen zornig weg. »Verstehst du? Für mich ist es leichter, wenn ich das nicht in dir fühle, und deshalb würde ich alles tun, alles riskieren, um es zum Schweigen zu bringen ...«

Bei ihrem trostlosen Gesichtsausdruck hätte er am liebsten auch geweint. Er sehnte sich danach, sie in die Arme zu nehmen und zu trösten, obwohl er wusste, mehr als eine ganz leichte Berührung konnte er nicht wagen. Sanft, beinahe respektvoll zog er ihre schlanke Hand an seine Lippen und hauchte einen Kuss auf die Fingerspitzen. »Du bist so großzügig, dass du mich beschämst, Callista. Glaube mir, es gibt keine Frau in der Welt, die mir geben könnte, was ich mir von dir wünsche. Ich bin bereit ... deine Leiden zu teilen, mein Liebling.«

Das war ein so seltsamer Gedanke, dass sie ihn verblüfft ansah. *Er meint es ernst!*, durchfuhr es sie. Auf seiner Welt herrschten andere Anschauungen als hier, aber nach hiesigen Begriffen war das ein echter Versuch, selbstlos zu sein. Zum ersten Mal wurde sie sich seiner völligen Fremdartigkeit bewusst, und das kam als ein heftiger Schock. Sie hatte immer nur ihre Gemeinsamkeiten gesehen. Jetzt wurden ihr die Unterschiede klar.

Er meinte, weil er sie liebte, sei er bereit, die ganze Qual der Entsagung mit ihr zu teilen ... Vielleicht hatte er nicht einmal in jener Nacht gemerkt, wie sehr seine Not sie folterte und immer noch foltern konnte.

Sie schloss ihre Hand fester um seine und dachte voller Verzweiflung daran, dass sie für einen kurzen Augenblick erfahren hatte, wie es war, ihn zu begehren. Doch sie erinnerte sich nur noch an die Tatsache, nicht an das Gefühl. In dem Bemühen, ebenso zart zu sein wie er, sagte sie: »Andrew, mein Gatte, mein Geliebter, wenn du mich eine schwere Last tragen sähest, würdest du mir dann auch noch deine eigene aufladen? Es würde meinen Schmerz nicht lindern, wenn ich auch noch deinen ertragen müsste.«

Auch das war ein Schock und ein blitzartiges Erhellen der Fremdartigkeit. Andrew erkannte plötzlich, dass es in einer telepathischen Kultur etwas ganz anderes bedeutete, Schmerz mit jemandem zu teilen.

Mit raschem Lächeln fragte Callista: »Und machst du dir nicht klar, dass auch Damon und Ellemir Teil davon sind und dass sie sich ebenso elend fühlen, wenn sie dein Elend teilen müssen?«

Langsam suchte er sich einen Weg durch diese Vorstellungen wie durch ein Labyrinth. Es war nicht leicht. Er hatte geglaubt, seine kulturellen Vorurteile zum größten Teil abgeschüttelt zu haben. Doch nun enthüllte das Entfernen einer Schicht wie bei einer Zwiebel nur eine tiefere Schicht, dick und undurchdringlich.

Er dachte daran, wie er in Ellemirs Bett erwacht war und Damon sich über ihn beugte. Vielleicht hätte er Damon gern zornig gesehen, weil ein Mann seiner eigenen Welt zornig gewesen wäre und er den Wunsch nach einer wohl vertrauten

Reaktion hatte. Sogar Schuldgefühle wären ihm willkommen gewesen ...

»Und Ellemir? Du hast es schlicht von ihr *erwartet*. Niemand hat sich mit ihr beraten oder sie gefragt, ob sie dazu bereit sei.«

»Hat Ellemir sich beklagt?«, fragte Callista lächelnd.

Teufel, nein, dachte er. Sie schien es zu genießen. Und auch das machte ihm zu schaffen. Wenn Ellemir und Damon so glücklich verheiratet waren, wie konnte sie so viel Freude – verdammt noch mal, so viel Vergnügen! – daran haben, mit ihm ins Bett zu gehen? Andrew war wütend und schuldbewusst, und noch schlimmer wurde es dadurch, dass Callista auch das nicht verstand.

Callista erklärte: »Als Elli und ich heirateten und zustimmten, unter einem Dach zu leben, haben wir das als selbstverständlich vorausgesetzt. Falls eine von uns einen Mann geheiratet hätte, den die andere ... nicht akzeptieren könnte, dann, das kannst du dir doch denken, hätten wir dafür gesorgt ...«

Das ließ in Andrews Kopf eine Warnglocke erklingen. Er hatte jedoch keine Lust, über die offensichtlichen Folgerungen nachzudenken.

Callista fuhr fort: »Bis vor ein paar hundert Jahren hat es Ehen, so wie wir sie heute verstehen, überhaupt nicht gegeben. Und man hielt es nicht für recht, wenn eine Frau mehr als ein oder zwei Kinder von demselben Mann hatte. Bedeutet dir der Ausdruck *genetischer Pool* irgendetwas? In unserer Geschichte hat es eine Periode gegeben, als sehr wertvolle erbliche Begabungen beinahe verschwunden waren. Deshalb sollten in den Kindern so viele genetische Kombinationen wie möglich erzeugt werden, damit wichtige Gene nicht zufällig verloren gingen. Nur *einem* Mann Kinder zu gebären kann eine Form der Selbstsucht sein. Deshalb gab es damals keine Ehen im heutigen Sinn. Bei uns werden die Frauen nicht wie bei den Trockenstädtern gezwungen, die Konkubinen ihrer Männer in ihrem Haus aufzunehmen, aber mit anderen Frauen teilen müssen sie immer. Was macht ihr Terraner, wenn eure Frauen schwanger, wenn sie zu schwer, zu müde oder krank sind? Verlangt ihr von einer Frau, dass sie ihren Instinkten Zwang antut, nur damit ihr eure Bedürfnisse befriedigen könnt?«

Wenn Ellemir ihn das gefragt hätte, wäre es in Andrews Augen ein Punkt für sie gewesen, aber Callista sprach ohne jede Herausforderung. »Kulturelle Vorurteile sind nicht rational«, erwiderte er ruhig. »Wir sind dagegen, mit anderen Frauen zu schlafen. Eure Einstellung gegen Sex während der Schwangerschaft ist unsinnig für mich, es sei denn, die Frau wäre wirklich krank.«

Callista zuckte die Schultern. »Biologisch betrachtet, will kein schwangeres Tier den Geschlechtsverkehr, und die meisten würden ihn nicht ertragen. Wenn eure Frauen kulturell konditioniert sind, ihn als Preis für die Erhaltung des sexuellen Interesses ihrer Männer zu akzeptieren, kann ich nur sagen, dass sie mir Leid tun. Würdest du es von mir verlangen, wenn ich aufgehört hätte, Freude daran zu haben?«

Zu seiner eigenen Übcrraschung musste Andrew lachen. »Liebes, von all deinen Sorgen lässt sich diese am leichtesten zurückstellen, bis es so weit ist! Gibt es bei euch auch ein Sprichwort des Sinnes: Über diese Brücke gehen wir, wenn wir dort angekommen sind?«

Auch Callista lachte. »Wir sagen, dies Fohlen werden wir reiten, wenn es groß genug ist, einen Sattel zu tragen. Aber im Ernst, Andrew, was tut ihr terranischen Männer ...«

Er unterbrach sie: »Gott helfe mir, Liebling, ich *weiß* nicht, was die meisten Männer tun. Ich bezweifele, dass ich von dir irgendetwas verlangen würde, das du nicht willst. Ich würde wahrscheinlich ... wahrscheinlich die Dornen mit der Rose nehmen. Vermutlich gehen manche Männer zu anderen Frauen, werden aber verdammt aufpassen, dass ihre Gattinnen es nicht erfahren. Es gibt noch ein altes Sprichwort: Was das Auge nicht sieht, macht dem Herzen keinen Kummer.«

»Aber in einer Telepathen-Familie lässt sich eine solche Täuschung einfach nicht durchführen«, sagte Callista, »und ich möchte meinen Mann lieber in den Armen einer Frau wissen, die uns dies aus Liebe gibt – einer Schwester oder Freundin –, als bei einem Abenteuer mit einer Fremden.« Callista war ruhiger geworden, und Andrew hatte den Eindruck, seit das Gespräch sich von einem unmittelbaren Problem einer allgemeinen Frage zugewandt hatte, mache es ihr weniger Mühe. Er sagte: »Ich würde lieber sterben als dich verletzen.«

Wie er es vorhin getan hatte, zog sie seine Fingerspitzen an ihre Lippen und küsste sie ganz leicht. Sie lächelte. »Ach, mein Gatte, dein Tod würde mich schlimmer verletzen als alles, was du möglicherweise tun könntest.«

13

Andrew ritt durch schmelzenden Schnee. Immer noch fielen ein paar Flocken. Jenseits des Tales schimmerten die Lichter von Armida vor den Bergmassen. Damon sagte, es seien nur die Vorberge, aber für Andrew war es ein Gebirge, und zwar ein hohes. Er hörte die Männer hinter sich mit leisen Stimmen reden. Auch sie freuten sich auf Essen und Feuer und Zuhause, nachdem sie acht Tage unterwegs gewesen waren. Sie hatten die weiter entfernt gelegenen Weiden aufgesucht und festgestellt, welchen Schaden der große Blizzard angerichtet hatte, in welchem Zustand die Wege und die Tiere waren.

Andrew war es sehr angenehm gewesen, einmal mit Leuten zusammen zu sein, die seine Gedanken nicht lesen konnten. An das Leben in einer Telepathen-Familie hatte er sich immer noch nicht ganz gewöhnt, und so hatte er auch noch nicht gelernt, sich gegen ein zufälliges Eindringen in seine Gedanken zu schützen. Von den Männern kam nur ein oberflächliches Geriesel zu ihm durch, das keine Bedeutung hatte und ihn nicht störte. Aber jetzt freute er sich doch darauf, nach Hause zu kommen. Er ritt durch das Hoftor, und Diener eilten herbei, um ihm die Zügel abzunehmen. Das ließ er sich jetzt gedankenlos gefallen, obwohl es ihn manchmal, wenn er zum Nachdenken kam, immer noch etwas störte. Callista lief die Treppe hinunter und ihm entgegen. Er bückte sich und küsste sie leicht auf die Wange. Dann entdeckte er trotz der Dunkelheit im Hof, dass er Ellemir in den Armen hielt. In ihr Lachen über seinen Irrtum einstimmend, drückte er sie fest an sich und spürte ihren Mund unter seinem, warm und vertraut. Hand in Hand stiegen sie die Stufen hinauf.

»Wie geht es allen daheim, Elli?«

»Recht gut, nur Vater leidet an Atemnot und isst wenig. Callista ist bei ihm, aber ich wollte nicht, dass du auf einen Willkommensgruß verzichten musst.« Sie drückte leicht seine Hand. »Du hast mir gefehlt.«

Sie hatte auch ihm gefehlt, und ein Gefühl der Schuld stieg in ihm auf. Verdammt noch mal, warum musste seine Frau ein Zwilling sein? Er fragte: »Was macht Damon?«

»Er ist sehr emsig«, sagte sie lachend. »Er vergräbt sich in den alten Aufzeichnungen der Domänen über Familienmitglieder, die Bewahrerinnen oder Techniker in den Türmen von Arilinn und Neskaya waren. Ich weiß nicht, wonach er sucht, und er erzählt es mir nicht. In den letzten zehn Tagen habe ich von ihm wenig mehr gesehen als du.«

Im Vorraum ließ Andrew seinen schweren Reitmantel von den Schultern gleiten und gab ihn dem Haushofmeister. Rhodri zog ihm die schneeverklumpten Stiefel aus und reichte ihm mit Pelz gefütterte, knöchelhohe Hausschuhe. Ellemir an seinem Arm, betrat Andrew die Große Halle.

Callista saß neben ihrem Vater. Als Andrew durch die Tür kam, legte sie ihre Harfe ohne Hast auf eine Bank und kam ihm entgegen. Sie bewegte sich langsam, und die Falten ihres blauen Kleides schleppten hinter ihr her. Gegen seinen Willen drängte sich ihm der Vergleich mit Ellemirs lebhafter Begrüßung auf. Dessen ungeachtet betrachtete er Callista wie verzaubert. Immer noch füllte ihn jede ihrer Bewegungen mit Faszination, Sehnsucht, Begehren. Sie reichte ihm die Hände, und die Berührung der kühlen Fingerspitzen verschlug ihm den Atem.

Zum Teufel, was war Liebe überhaupt?, fragte er sich. Er hatte immer geglaubt, Liebe zu einer bestimmten Frau schließe das Interesse an allen anderen aus. Aber welche liebte er nun? Seine Frau ... oder ihre Schwester?

Behutsam hielt er ihre Hände. »Du hast mir gefehlt«, sagte

er, und sie lächelte zu ihm auf. Dom Esteban sagte: »Willkommen daheim, Sohn. Harter Ritt?«

»Nicht so schlimm.« Da man es von ihm erwartete, beugte er sich nieder und küsste die hagere Wange des alten Mannes. Er sah blasser und gar nicht gesund aus. Doch damit hatte man wohl rechnen müssen. »Wie geht es dir, Vater?«

»Oh, bei mir ändert sich gar nichts«, meinte der alte Mann. Callista brachte Andrew ein Glas. Er nahm es und führte es an die Lippen. Der heiße, gewürzte Apfelwein schmeckte herrlich nach dem langen Ritt. Es war schön, zu Hause zu sein. Im unteren Teil der Halle deckten die Mägde den Tisch für die Abendmahlzeit.

»Wie steht es draußen?«, erkundigte sich Dom Esteban, und Andrew begann mit seinem Bericht.

»Die meisten Straßen sind wieder frei. Nur an der Biegung des Flusses sind schwere Schneeverwehungen und Packeis. Alles in allem betrachtet, haben wir nicht viel an Tieren verloren. Vier Stuten und drei Fohlen haben wir in dem Schuppen jenseits der Furt gefunden. Über dem Futter hatte sich Eis gebildet, und wahrscheinlich verhungerten sie, bevor sie erfroren.«

Der Alton-Lord blickte ernst drein. »Eine gute Zuchtstute ist ihr Gewicht in Silber wert, aber bei einem derartigen Sturm hätten wir schlimmere Verluste haben können. Was sonst noch?«

»Auf dem Abhang einen Tagesritt nördlich von Corresanti waren ein paar Jährlinge von der übrigen Herde abgeschnitten worden. Einer brach sich das Bein und konnte das Schutzdach nicht erreichen. Er wurde unter einer Lawine begraben. Die anderen waren ausgehungert und zitterten, aber sonst fehlte ihnen nichts. Sie sind gefüttert und versorgt worden, und wir haben einen Mann zurückgelassen, der sich um sie kümmert. Ein halbes Dutzend Kälber lagen tot auf der am weitesten entfernten Weide im Dorf Bellazi. Das Fleisch war gefroren, und die Dorfbewohner baten um die Kadaver. Sie behaupteten, das Fleisch sei noch gut, und du hättest es ihnen immer gegeben. Ich sagte ihnen, sie sollten tun, wie es der Brauch sei. War das richtig?«

Der alte Mann nickte. »Das ist seit hundert Jahren der Brauch. Bei einem Blizzard getötetes Vieh gehört den Bewohnern des nächsten Dorfes, die zusehen, was sich an Fleisch und Häuten noch verwenden lässt. Zum Entgelt stellen sie Tiere, die bei einem Sturm ihren Weg nach unten finden, bei sich unter, füttern sie und bringen sie zurück, sobald es möglich ist. Wenn sie in der schlechten Jahreszeit zusätzlich eins schlachten und essen, mache ich mir darüber keine Sorgen. Ich bin kein Tyrann.«

Die Mägde brachten das Essen herein. Männer und Frauen des Haushalts versammelten sich um den langen Tisch in der unteren Halle, und Andrew schob Dom Estebans Rollstuhl zu seinem Platz an dem oberen Tisch, wo die Familie mit einigen der ranghöheren Diener und mit den Fachleuten auf der Ranch und dem Gut aß.

Andrew fragte sich schon, ob Damon überhaupt nicht mehr erscheinen werde, als plötzlich die Tür am Ende der Halle aufflog und Damon eintrat. Er entschuldigte sich kurz bei Ellemir für seine Verspätung und kam mit einem ihn willkommen heißenden Lächeln zu Andrew.

»Ich hörte im Hof, dass du zu Hause bist. Wie bist du allein zurechtgekommen? Immerzu habe ich gedacht, ich hätte dies erste Mal mit dir reiten sollen.«

»Ich bin ganz gut fertig geworden, obwohl ich mich über deine Gesellschaft gefreut hätte«, antwortete Andrew. Er stellte fest, dass Damon müde und hohlwangig aussah. Was hatte er nur mit sich angefangen? Damon erzählte jedoch nichts von sich. Er stellte Fragen über das Vieh und die Futtervorräte, die vom Sturm angerichteten Schäden, die Brücken und Furten, als habe er in seinem ganzen Leben nichts anderes getan, als bei der Leitung einer Pferderanch zu helfen. Während des Fachgesprächs der beiden Männer mit Dom Esteban unterhielten Callista und Ellemir sich leise. Andrew freute sich schon darauf, wenn sie wieder unter sich waren, aber er bedauerte es auch nicht, dass er einige Zeit mit seinem Schwiegervater verbrachte. Anfangs hatte er gefürchtet, er werde bei ihm nur als Callistas Ehemann gelten, ein mittelloser Fremder, nutzlos für die Angelegenheiten dieser Welt. Jetzt wusste er, dass er ebenso akzeptiert und geschätzt wurde wie ein als Erbe der Domäne geborener Sohn.

Der größte Teil der Mahlzeit ging im Gespräch über Reparaturen an Gebäuden und Brücken und Ersatz für das verlorene Vieh hin. Die Mägde räumten schon das Geschirr ab, als Callista sich vorbeugte und ihren Vater etwas fragte. Dom Esteban nickte gewährend. Sie stand auf und klopfte, Aufmerksamkeit heischend, kurz auf den Rand eines metallenen Deckelkrugs. Die in der Halle beschäftigten Dienstboten blickten respektvoll zu ihr hin. Eine Bewahrerin war Gegenstand einer beinahe abergläubischen Verehrung, und wenn Callista ihr Amt auch niedergelegt hatte, wurde sie dennoch mit mehr als gewöhnlichem Respekt betrachtet. Als es in der Halle völlig ruhig geworden war, sprach sie mit ihrer leisen, klaren Stimme, die bis in die entfernteste Ecke trug:

»Einer der Anwesenden ist ohne Erlaubnis in meinen Destillierraum eingedrungen und hat dort bestimmte Kräuter entfernt. Wenn sie sofort zurückgegeben werden und nicht zu unerlaubten Zwecken gebraucht worden sind, will ich annehmen, es sei irrtümlich geschehen, und der Sache nicht weiter nachgehen. Aber wenn ich die Kräuter nicht bis morgen früh zurückbekommen habe, werde ich alle mir notwendig erscheinenden Schritte unternehmen.«

In der Halle herrschte Verwirrung. Ein paar Leute murmelten untereinander, aber keiner sprach laut. Schließlich sagte Callista: »Also gut. Ihr könnt heute Nacht darüber nachdenken. Morgen werde ich jede mir zur Verfügung stehende Methode einsetzen ...« – in einer unwillkürlichen, arroganten Geste wanderte ihre Hand zu der an ihrem Hals verborgenen Matrix – »... um festzustellen, wer schuldig ist. Das ist alles. Ihr könnt gehen.«

Es war das erste Mal, dass Andrew erlebte, wie sie bewusst ihre alte Autorität als Bewahrerin einsetzte, und es beunruhigte ihn. Als sie sich wieder setzte, fragte er: »Was fehlt denn, Callista?«

»*Kireseth*«, antwortete sie kurz. »Es ist ein gefährliches Kraut, und seine Anwendung ist verboten, außer durch im Turm ausgebildete Personen oder mit ihrer ausdrücklichen Erlaubnis.« Ihre glatte Stirn zog sich in Falten. »Mir gefällt der Gedanke gar nicht, dass irgendein unwissender Mensch von dem Zeug verrückt wird. Es erzeugt Delirium und Halluzinationen.«

Dom Esteban protestierte: »Komm, komm, Callista, so gefährlich ist es sicher nicht. Ich weiß, in den Türmen habt ihr abergläubische Tabus gegen die Pflanze, aber sie wächst wild hier in den Bergen ...«

»Trotzdem, ich bin dafür verantwortlich, dass nicht durch meine Nachlässigkeit Missbrauch damit getrieben wird.«

Damon hob den Kopf. Er sagte müde: »Beunruhige die Diener nicht, Callista. Ich habe das *Kireseth* genommen.«

Sie starrte ihn erstaunt an. »Du, Damon? Was wolltest du nur damit?«

»Genügt es dir, wenn ich dir versichere, dass ich meine Gründe hatte, Callista?«

»Aber warum, Damon?«, drängte sie. »Wenn du mich gefragt hättest, hätte ich dir etwas gegeben, aber ...«

»Aber du hättest gefragt, wozu ich es brauche.« In Damons Gesicht hatten sich Linien der Erschöpfung und des Schmerzes eingegraben. »Nein, Callie, versuche nicht, meine Gedanken zu lesen.« Seine Augen waren plötzlich hart. »Ich nahm es aus Gründen, die mir gut erschienen, und ich werde sie dir nicht mitteilen. Vielleicht brauche ich das Zeug nicht, und dann werde ich es dir zurückgeben. Aber im Augenblick glaube ich, einen Verwendungszweck dafür zu haben. Lassen wir es dabei, *Breda*.«

Callista antwortete: »Natürlich, wenn du darauf bestehst, Damon.« Sie führte ihre Tasse zum Mund und trank, und dabei betrachtete sie Damon nervös. Ihre Gedanken waren leicht zu verfolgen: *Damon ist in der Anwendung von* Kirian *ausgebildet, aber er kann ihn nicht selbst herstellen. Was kann er also mit dem Rohmaterial anfangen? Was hat er nur damit vor? Ich kann nicht glauben, dass er Missbrauch damit treiben würde, aber was sind seine Absichten?*

Die Dienstboten zerstreuten sich. Dom Esteban fragte, ob jemand Lust habe, mit ihm Karten zu spielen oder auch »Burgen«, das Schach ähnliche Spiel, das Andrew zu lernen begann. Andrew sagte zu. Er studierte die kleinen Kristallfiguren mit scheinbarer Aufmerksamkeit, aber seine Gedanken beschäftigten sich intensiv mit etwas anderem. Was konnte Damon mit dem *Kireseth* vorhaben? Damon hatte ihn gewarnt, die Blüten zu berühren oder daran zu riechen, fiel ihm ein. Andrew machte einen Zug und verlor die Figur an seinen Schwiegervater. Ihm war, als umspülten Damons Gedanken den Bereich seiner eigenen Empfindungen. Er wusste, wie sehr Damon die Matrix-Arbeit, in der er ausgebildet worden war, die er hatte aufgeben müssen und die er gegen seinen Willen wieder aufgenommen hatte, hasste und fürchtete. *Bis Callista frei ist. Und auch dann ... Es gibt so vieles, was ein Telepath tun kann, so vieles ist noch ungetan ...* Andrew schnitt Damons Gedanken gewaltsam ab und zwang sich, seine Aufmerksamkeit nur auf das Spielbrett vor ihm zu richten. Er verlor drei Figuren schnell hintereinander und machte dann einen schwerwiegenden Fehler, der ihn die Hauptfigur, »Drache« genannt, kostete. Entschuldigend sagte er: »Tut mir Leid, diese beiden bringe ich immer noch durcheinander.«

»Macht nichts.« Großzügig gab ihm der alte Mann die bei dem falschen Zug verlorene Figur zurück. »Du bist besser als Ellemir, obwohl sie die Einzige ist, die die Geduld aufbringt, mit mir zu spielen. Damon ist ein guter Spieler, hat aber selten Zeit. Damon? Wenn Andrew und ich diese Partie beendet haben, willst du mich dann einmal besiegen?«

»Nicht heute Abend, Onkel«, sagte Damon, aus tiefen Gedanken auffahrend. Der alte Mann ließ seinen Blick durch die Halle schweifen und stellte fest, dass die meisten Leute sich in ihre Betten verzogen hatten. Nur sein eigener Leibdiener hockte noch gähnend vor dem Feuer. Der Alton-Lord seufzte und sah kurz nach dem Mondschein vor den Fenstern.

»Ich bin selbstsüchtig. Ich halte euch junge Leute die halbe Nacht im Gespräch hier, und Andrew hat einen langen Ritt hinter sich und war lange Zeit von seiner Frau getrennt. Ich schlafe in letzter Zeit so schlecht, und die Nächte kommen mir endlos vor, wenn niemand mir Gesellschaft leistet. Verschwindet, ihr alle, in eure Betten.«

Ellemir gab ihrem Vater einen Gutenachtkuss und zog sich zurück. Callista blieb noch stehen, um ein Wort mit dem Leibdiener des alten Mannes zu sprechen. Damon wollte Ellemir folgen, doch auf der Schwelle zögerte er und kehrte um.

»Vater, es ist eine wichtige Arbeit zu tun. Kannst du uns für ein paar Tage entbehren?«

»Müsst ihr fort?«

»Nein«, erklärte Damon, »aber vielleicht muss ich Dämpfer und eine Barriere aufstellen und uns alle vier isolieren. Wir können es tun, wann immer die Zeit am günstigsten ist, aber mir wäre es lieb, wenn wir es nicht zu lange aufschieben müssten.« Sein Blick streifte Callista, und Andrew fing den Gedanken auf, den er abzuschirmen versuchte: *Sie wird am Kummer sterben ...*

»Wir werden mindestens drei oder vier Tage brauchen, an denen wir nicht gestört werden dürfen. Lässt sich das machen?«

Der alte Mann nickte langsam. »Nimm dir so viel Zeit, wie du brauchst, Damon. Aber für jede längere Arbeit wäre es besser, bis nach Mittwinter zu warten und bis die Sturmschäden repariert worden sind. Ist das möglich?«

Andrew bemerkte, dass Dom Esteban beunruhigt zu Callista hinblickte, und hörte, was er nicht aussprach: *Eine Bewahrerin, die ihren Eid zurückgegeben hat?* Andrew wusste, auch Damon hatte es vernommen, aber Damon sagte bloß: »Es ist möglich, und so wollen wir es halten. Ich danke dir, Vater.« Er beugte sich nieder und umarmte den alten Mann. Mit leichtem Stirnrunzeln sah er ihm nach, als seine Diener ihn aus dem Raum rollten.

»Er vermisst Dezi, glaube ich. Was der Junge auch für Fehler hatte, er war dem alten Mann ein guter Sohn. Seinetwegen wünschte ich beinahe, wir hätten ihm verziehen.« Sie stiegen die Treppe hinauf. Damon seufzte. »Er ist einsam. Jetzt ist keiner mehr da, der ihm richtig Gesellschaft leisten kann. Wenn im Frühling der Schnee schmilzt, müssen wir irgendeinen Verwandten oder Freund herkommen lassen.«

Callista stieg hinter ihm die Stufen hoch. Bevor Damon sich in seine eigene Suite begab, drehte er sich zu ihr um.

»Callie, du bist sehr jung Bewahrerin geworden, meiner Meinung nach zu jung. Hast du auch Unterricht für die anderen Grade bekommen? Bist du Überwacherin, Mechanikerin oder Technikerin? Oder hast du nur in den zentralen Relais als

Tenerésteis gearbeitet?« Er benutzte den archaischen Ausdruck, der in *Casta* für gewöhnlich als »Bewahrerin« wiedergegeben wurde, obwohl »Wärterin« oder »Hüterin« ebenso zutreffend gewesen wäre.

»Du hast mich doch selbst im Überwachen unterrichtet, Damon! Es war mein erstes und dein letztes Jahr im Turm. Eine Urkunde habe ich nur als Mechanikerin. Ich habe nie versucht, die Arbeit eines Technikers zu tun. Es herrschte kein Mangel an Technikern, und ich war in den Relais voll beschäftigt. Warum fragst du?«

»Ich wollte nur wissen, welche Fähigkeiten unter uns vertreten sind«, sagte Damon. »Ich habe den Grad eines Technikers erreicht. Ich kann alle Gitter und Schirme bauen, die wir brauchen, wenn ich die Kristalle und Verbindungen habe. Aber vielleicht werde ich einen Mechaniker und ganz bestimmt einen Überwacher brauchen, wenn ich die Antwort finden soll, die ich dir versprochen habe. Deshalb sorge dafür, dass du als Überwacherin nicht aus der Übung kommst. Hast du deine Atemübungen beibehalten?«

»Ohne sie könnte ich nicht schlafen. Ich vermute, wir alle, die wir dort geschult sind, werden sie unser ganzes Leben lang ausführen«, antwortete sie.

Damon lächelte. Er beugte sich vor und küsste sie ganz leicht auf die Wange.

»Wie Recht du hast, Schwester. Schlaf gut. Gute Nacht, mein Bruder«, setzte er, zu Andrew gewandt, hinzu und ging weiter.

Offensichtlich hatte Damon etwas vor. Callista saß vor ihrem Ankleidetisch und flocht ihr langes Haar für die Nacht ein. Andrew fühlte sich schmerzlich an einen anderen Abend erinnert, aber er verbannte diesen Gedanken. Callista, deren Gedanken immer noch bei Damon weilten, sagte: »Er ist beunruhigter, als er uns merken lassen möchte. Ich kenne Damon seit langer Zeit. Es hat keinen Zweck, ihn nach etwas zu fragen, das er nicht verraten will.«

Aber was will er nur mit dem Kireseth *anfangen?*

Mit einem kurzen Aufflackern der Eifersucht dachte Andrew daran, dass Callista nicht zurückgewichen war, als Damon sie auf die Wange küsste, und wenn er selbst es versuchen würde, dann wusste er, was passierte. Dann musste er gegen seinen Willen an Damon und Ellemir denken, die jetzt zusammen, vereint waren.

Callista war schließlich immer noch seine Frau, und Damon hatte keine Rechte ... überhaupt keine.

Callista löschte das Licht und stieg in ihr eigenes Bett. Seufzend legte Andrew sich nieder und sah die vier Monde über den Himmel ziehen.

Als er endlich einschlief, merkte er nichts davon. Es war, als wechsele sein Bewusstsein in einen Zustand zwischen Wirklichkeit und Traum über. Damon hatte ihm einmal erzählt, dass der Geist gelegentlich im Schlaf ohne bewussten Entschluss in die Überwelt reise.

Ihm kam es vor, als habe er seinen Körper zurückgelassen und bewege sich durch die gestaltlose Gräue der Überwelt. Irgendwo, überall nahm er Damon und Ellemir wahr, die sich liebten. Obwohl er wusste, dass sie sich freuen würden, wenn er sich zu ihnen gesellte und mit ihnen in enger Verbundenheit verschmolz, wandte er Augen und Geist von dem Anblick ab. Er war kein Voyeur. So nötig hatte er es immer noch nicht, nicht einmal hier.

Nach langer Zeit fand er das Gebilde, das sie bei der Heilung der Männer mit den Erfrierungen errichtet hatten. Andrew fürchtete, er werde Damon und Ellemir auch dort antreffen, da sie überall gleichzeitig zu sein schienen. Sie waren da, aber Ellemir schlief, und Damon saß geistesabwesend auf einem

Baumstumpf. Neben ihm lag ein Büschel getrockneter Kireseth-*Blüten.*

Andrew fragte: »Was wolltest du mit ihnen, Damon?«, und der andere Mann antwortete: »Ich bin mir nicht sicher. Deswegen konnte ich es ja auch Callista nicht erklären. Es ist verboten. Alles ist verboten. Wir dürften überhaupt nicht hier sein.«

Andrew sagte: »Aber wir träumen doch nur davon, und wie kann irgendjemand das Träumen verbieten?« Er wusste jedoch, und das gab ihm ein Gefühl der Schuld, dass ein Telepath sogar für seine Träume die Verantwortung trägt und dass er selbst im Traum nicht zu Ellemir gehen konnte, wie er es so gern getan hätte.

Damon erwiderte: »Ich habe es dir schon einmal erklärt. Es ist nur ein Teil unseres Seins.«

Andrew drehte Damon den Rücken und versuchte, das Gebilde zu verlassen. Aber die Mauern schlossen sich um ihn und hielten ihn fest. Dann kam Callista – oder war es Ellemir? Er konnte nicht mehr unterscheiden, welche von den beiden seine Frau war – mit einem Büschel Kireseth-*Blüten in der Hand zu ihm und sagte: »Nimm sie. Eines Tages werden unsere Kinder von diesen Früchten essen.«*

Verbotene Früchte. Aber er nahm sie in die Hand und biss in die Blüten, die weich waren wie die Brüste einer Frau, und der Geruch der Blüten war in seinem Gehirn wie ein Stich. Dann fuhr ein Blitz in die Mauern, und das Bauwerk erbebte und bröckelte auseinander, und durch die einstürzenden Mauern verfluchte Leonie sie. Dunkel war sich Andrew bewusst, dass alles seine Schuld war, weil er ihr Callista weggenommen hatte.

Und dann war er allein auf der grauen Ebene, und die Landmarke stand sehr weit weg am Horizont. Obwohl er Ewigkeiten lang wanderte, Tage, Stunden, Äonen, konnte er sie nicht erreichen. Er wusste, Damon und Callista und Ellemir waren alle drinnen, und sie hatten die Antwort gefunden und waren glücklich. Er jedoch war wieder allein, ein Fremder, der nie mehr Teil von ihnen sein würde. Immer, wenn er näher kam, dehnte die Gräue sich elastisch aus, und er war von neuem weit weg, und das Bauwerk stand am Horizont. Trotzdem war er gleichzeitig irgendwie innerhalb der Mauern, und Callista lag in seinen Armen. Oder war es Ellemir oder liebte er sie beide gleichzeitig? Dafür irrte Damon draußen am Horizont umher, quälte sich ab, um der Landmarke näher zu kommen, und erreichte sie niemals, niemals ... Andrew sagte zu Ellemir: »Du musst ihm von den Kireseth-*Blüten bringen.« Doch da verwandelte sie sich in Callista und antwortete: »Im Turm ausgebildeten Personen sind sie verboten.« Und er konnte sich nicht schlüssig darüber werden, ob er drinnen war und zwischen den beiden Frauen lag oder draußen am fernen Horizont umherwanderte ... Er erkannte, dass er in Damons Traum gefangen war und sich nicht daraus befreien konnte.*

Andrew erwachte mit einem Ruck. Callista schlief unruhig in der grauen Dunkelheit des Zimmers. Er hörte sich selbst halblaut sagen: »Du wirst wissen, was du damit anfangen sollst, wenn die Zeit gekommen ist.« Er fragte sich, was er damit gemeint habe. Die Worte mussten Teil von Damons Traum gewesen sein. Dann schlief er wieder ein und wanderte bis zur Morgendämmerung durch die grauen, gestaltlosen Reiche. Erahnend, dass es nicht sein eigenes Bewusstsein war, fragte er sich, ob er noch er selbst oder irgendwie mit Damon verschmolzen sei.

Andrew dachte, die Gabe der Vorausschau sei beinahe schlimmer, als gar keine übersinnliche Wahrnehmung zu haben. Wenn man auf diese Weise eine Warnung erhalten würde, könnte man sich davon leiten lassen. Aber es war nichts als aus dem Brennpunkt geratene Zeit, und selbst Leonie verstand nicht, was Zeit war. Und Andrew wünschte in seinen eigenen Gedanken, Damon würde seine verdammten, beunruhigenden Träume für sich behalten.

Es war ein bitterkalter Morgen mit Schneeklatsch. Damon hatte den Eindruck, der Himmel spiegelc seine eigene Stimmung wider. Er hatte seine Arbeit seit vielen Jahren nicht mehr ausgeübt, und jetzt wurde er von neuem dazu gezwungen. Und er erkannte, dass es nicht allein Callistas wegen war. Es war verkehrt gewesen, so völlig darauf zu verzichten.

Das Tabu, das einem Telepathen die Matrix-Arbeit außerhalb der Türme verbot, hatte ihn in die Irre geführt. Unmittelbar nach dem Zeitalter des Chaos mochte dies Tabu einen gewissen Sinn gehabt haben. Aber jetzt spürte Damon mit jedem Nerv, dass es falsch war.

Es gab für Telepathen so vieles zu tun. Und es wurde nicht getan.

Er hatte sich bei der Garde recht und schlecht eine neue Laufbahn aufgebaut, doch sie hatte ihn nie völlig befriedigt. Anders als Andrew fand er auch keine Erfüllung darin, seinem Schwiegervater bei der Leitung des Gutes zu helfen. Für viele jüngere Söhne ohne eigenen Landbesitz wäre es eine perfekte Lösung gewesen, auf ein Gut einzuheiraten, wo seine Söhne erbberechtigt sein würden. Aber für Damon taugte das nicht. Er sagte sich, dass jeder halbwegs fähige Diener seine Arbeit ebenso gut tun könne wie er. Er konnte Sorge dafür tragen, dass es keinem skrupellosen bezahlten Angestellten gelang, seinen Schwiegervater zu übervorteilen, aber das war auch alles.

Damon bereute nicht, einige Zeit mit Arbeit auf dem Gut verbracht zu haben. Seine Heimat war hier bei Ellemir , und es hätte ihn in Stücke gerissen, wenn er jetzt von Andrew oder von Callista getrennt worden wäre.

Für Andrew war es etwas anderes. Er war in einer Welt, die

dieser nicht unähnlich war, zum Mann herangewachsen, und so hatte er zu einem Lebensstil zurückgefunden, den er, als er Terra verließ, für immer verloren geglaubt hatte. Aber Damon wurde sich allmählich darüber klar, dass seine wirkliche Aufgabe die Arbeit war, die er in den Türmen gelernt hatte.

»Deine und Ellemirs Aufgabe«, instruierte er Andrew, »ist einfach, uns gegen Eindringlinge zu schützen. Wenn es zu Störungen kommt – allerdings habe ich alle Vorsichtsmaßnahmen getroffen, um das zu verhindern –, könnt ihr damit fertig werden. Ansonsten bleibt ihr einfach in Rapport und leiht mir eure Kraft.«

Callistas Arbeit war weitaus schwieriger. Anfangs hatte es ihr widerstrebt, diesen Teil zu übernehmen. Aber Damon war es gelungen, sie zu überreden, und darüber war er froh, weil er ihr vollkommen vertrauen konnte. Wie er selbst war sie in Arilinn geschult und eine fähige Überwacherin, die genau wusste, was verlangt wurde. Sie würde über seine Lebensfunktionen wachen und sich vergewissern, dass sein Körper weiterarbeitete, wie er sollte, während der wesentliche Teil seines Selbst sich anderswo befand.

Callista wirkte blass und fremd. Es kostete sie große Überwindung, nach ihrem endgültigen Verzicht doch wieder zu dieser Arbeit zurückzukehren. Anders als bei Damon war es nicht Furcht oder Abscheu, sondern die Qual, die es sie gekostet hatte, sich davon loszureißen.

Aber das hier war ihre echte Berufung. Dazu war sie geboren und ausgebildet worden. Es war falsch und grausam, eine Frau diese Arbeit nur tun zu lassen, wenn sie auf ihre Weiblichkeit verzichtete. Für alles bis auf die Handhabung der großen Schirme und Relais war Callista vollkommen qualifiziert, und wäre sie ein dutzend Mal verheiratet und ebenso oft Mutter! Doch für die Türme war sie verloren, und der Verlust war für sie nicht geringer. Welch eine törichte Vorstellung, dachte

Damon, dass der Verlust der Jungfräulichkeit auch den Verlust aller so mühevoll erworbenen Fähigkeiten, alles während der Jahre in Arilinn errungenen Wissens bedeuten sollte!

Das glaube ich nicht, dachte er und hielt den Atem an. Das war Blasphemie, das war ein unvorstellbares Sakrileg! Doch dann sah er zu Callista hinüber und dachte herausfordernd: *Trotzdem glaube ich es nicht!*

Er verletzte das Turm-Tabu schon dadurch, dass er sie als Überwacherin einsetzte. Wie dumm, wie entsetzlich dumm!

Natürlich tat er, rein juristisch gesehen, nichts Unrechtes. Callista hatte zwar bei einer Freipartner-Zeremonie ihre Absicht, die Ehe einzugehen, erklärt, war aber de facto noch nicht Andrews Frau. Sie war immer noch Jungfrau und daher qualifiziert ... Wie unsinnig war das Ganze! Auf wie tragische Art unsinnig!

Wieder einmal grübelte Damon darüber nach, dass an dem ganzen Konzept der Ausbildung von Telepathen auf Darkover etwas nicht stimmte. Wegen des im Zeitalter des Chaos getriebenen Missbrauchs, wegen der Verbrechen von Männern und Frauen, die so lange schon tot waren, dass sich selbst ihre Knochen in Staub aufgelöst hatten, wurden andere Männer und Frauen zu einem lebendigen Tod verdammt.

Callista fragte leise: »Was ist los, Damon? Du siehst so zornig aus.«

Er konnte es ihr nicht erklären. Die Tabus waren ihr in Fleisch und Blut übergegangen und hielten sie immer noch in Fesseln. Er antwortete: »Mir ist kalt«, und ließ es dabei. Er hatte sich in eine lose Robe gehüllt, die seinen Körper vor der schrecklichen Kälte der Überwelt schützen sollte. Er bemerkte, dass auch Callista ihr übliches Hauskleid gegen eine lange, warme Umhüllung eingetauscht hatte. Damon lehnte sich in einem Polstersessel zurück, während Callista es sich auf einem Kissen zu seinen Füßen bequem machte. Andrew und Ellemir saßen ein bisschen weiter weg, und Ellemir sagte: »Wenn ich für dich Wache gehalten habe, sollte ich immer körperlichen Kontakt mit den Pulsstellen halten.«

»Du bist nicht geschult, Liebling. Callista tut diese Arbeit, seit sie ein kleines Mädchen war. Sie könnte mich sogar aus einem anderen Zimmer überwachen, wenn es sein müsste. Du und Andrew, ihr seid im Grunde überflüssig, obwohl es eine Hilfe ist, euch dabeizuhaben. Wenn etwas uns unterbrechen sollte, könnt ihr euch damit befassen und Callista und mich vor Störungen schützen. Zwar rechne ich nicht damit, dass etwas passiert – ich habe entsprechende Anweisungen gegeben –, aber es könnte ja, was die Götter verhüten mögen, das Haus in Brand geraten oder Dom Esteban krank werden und Hilfe brauchen.«

Callista hielt ihre Matrix auf dem Schoß. Damon bemerkte, dass sie sie mit einem Stück Band am Puls befestigt hatte. Es gab verschiedene Wege, mit einer Matrix umzugehen, und in Arilinn wurde jeder ermutigt, Versuche anzustellen und die für ihn geeignetste Methode zu finden. Callista stand mit dem Psi-Stein in Kontakt, ohne ihn mit den Augen anzusehen, während Damon in die Tiefen seines eigenen blickte und die wirbelnden Lichter langsam zusammenströmen sah ... Er atmete immer langsamer. Als Callista den Rapport mit ihm herstellte, spürte er es und passte die Schwingungen ihres Körperfeldes seinen eigenen an. Ebenso nahm er wahr, wenn auch undeutlicher, wie sie Andrew und Ellemir in den Kreis holte. Einen Augenblick lang entspannte Damon sich in dem Gefühl, sie alle in der engsten Verbindung, die überhaupt möglich war, um sich zu haben. Er erkannte, dass er Callista jetzt näher war als irgendjemand anders in der Welt. Näher als Ellemir, deren Körper er so gut kannte, deren Gedanken er geteilt hatte, die für so herzzerreißend kurze Zeit ihr gemeinsames Kind getragen hatte. Callista aber war ihm nahe wie ein

Zwilling seinem ungeborenen Zwilling, und Ellemir befand sich in einiger Entfernung. Hinter ihr spürte er Andrew als einen Riesen, einen Felsen der Kraft, der sie schützte, der sie bewachte ...

Die Mauern ihres Schutzortes schlossen sich um sie. Es war das astrale Gebilde, das er bei der Heilung der Männer mit den Erfrierungen gebaut hatte. Dann war er mit diesem merkwürdigen Ruck nach oben in der Überwelt, und er *sah*, wie die Wände rings um sie Gestalt annahmen. Als er das Bauwerk mit Andrew und Dezi geschaffen hatte, ähnelte es einer Schutzhütte für Reisende aus rauem braunem Stein, vielleicht aus dem Grund, weil er es als kurzfristige Unterkunft betrachtete. Bauwerke in der Überwelt waren das, was man sich unter ihnen vorstellte. Nun stellte Damon fest, dass die rauen Steine glatt und schimmernd geworden waren, und unter seinen Füßen befand sich ein schieferfarbener Steinfußboden, nicht unähnlich dem in Callistas kleinem Destillierraum. Von da, wo er im Grün und Gold seiner Domäne stand, konnte er eine Reihe von Einrichtungsgegenständen sehen. Sie wirkten merkwürdig transparent und unstofflich, aber Damon wusste, wenn er versuchte, sich auf einen Sessel zu setzen, würde er sofort Festigkeit und Stabilität gewinnen. Außerdem wäre er bequem und bezogen mit dem Material, das er sich wünschte – Samt oder Seide oder Fell, ganz nach Lust und Laune. Auf einem der Sessel lag Callista, und auch sie war jetzt noch transparent und würde während der Dauer ihres Aufenthalts feste Gestalt annehmen. Andrew und Ellemir waren undeutlicher zu erkennen. Sie schliefen auf Ruhebetten, denn sie waren nur in seinen Gedanken, aber nicht mit ihrem eigenen Bewusstsein in der Überwelt. Doch ihre Gedanken, die Callista ihm zuleitete, waren klar und kraftvoll. Hier waren sie passiv und übertrugen nur ihre Stärke auf Damon. Er ließ sich eine Weile treiben und genoss den ihn tragenden Kreis. Diesmal brauchte er sich nicht bis zur völligen Erschöpfung zu verausgaben. Callista hielt Fäden gleich einem Spinngewebe in ihren Händen, und Damon wusste, das war die Art, wie sie die Kontrolle über seinen in der stofflichen Welt liegenden Körper visualisierte. Wenn seine Atmung versagte, wenn sein Kreislauf unter der verkrampften Haltung litt, wenn es ihn auch nur irgendwo juckte, was seine Konzentration hier in der Überwelt stören konnte, würde sie den Schaden beheben, lange bevor er selbst etwas davon merkte. Von Callista bewacht, war sein Körper hier im Schutz ihrer Landmarke sicher.

Aber er durfte nicht länger verweilen. Kaum hatte er das gedacht, als er sich auch schon durch die nicht fühlbaren Mauern des Gebäudes bewegte. Seine Gedanken schufen einen Ausgang, obwohl ein Außenseiter nicht einmal hätte eintreten können. Dann stand er draußen auf der grauen, gestaltlosen Ebene der Überwelt, In der Ferne erkannte er die Spitze des Arilinn-Turms oder vielmehr das Duplikat jenes Turms in der Überwelt.

Vielleicht schon seit tausend Jahren hatten die Gedanken jedes Psi-Technikers, der sich in der Überwelt bewegte, Arilinn als eindeutige Landmarke geschaffen. Warum war der Turm so weit entfernt? Dann fiel Damon ein, warum das so war: Es war Callistas Vorstellung, die ebenso wie seine am Werk war, und ihr schien Arilinn in der Tat sehr weit entfernt zu sein. Aber hier in der Überwelt hatte der Raum keine Realität, und in Gedankenschnelle stand er vor den Toren von Arilinn.

Er war von hier vertrieben worden. Konnte er jetzt hineingelangen, wenn er es versuchte? Mit diesem Gedanken war er drinnen. Er stand auf den Stufen des äußeren Hofes, vor ihm Leonie in ihrer karminroten Robe, verschleiert.

»Ich weiß, warum du gekommen bist, Damon. Ich habe überall nach den Aufzeichnungen, die du haben möchtest, gesucht, und in diesen Tagen habe ich mehr über die Geschichte von Arilinn gelernt als je zuvor. Mir war bekannt gewesen, dass in der Frühzeit der Türme viele Bewahrer *Emmasca* waren, von *Chieri*-Blut, weder Mann noch Frau. Dagegen wusste ich nicht, dass später, als solche Geburten seltener wurden, weil sich die *Chieri* nicht mehr so oft mit den Menschen paarten, einige der ersten Bewahrerinnen zu Neutren gemacht wurden, um jenen *Emmasca* ähnlich zu sein. Wusstest du, Damon, dass manchmal nicht nur zu Neutren gemachte Frauen, sondern auch kastrierte Männer als Bewahrer eingesetzt wurden? Welche Barbarei!«

»Und nicht notwendig«, meinte Damon. »Jeder halbwegs fähige Psi-Techniker kann den größten Teil der Arbeit einer Bewahrerin tun und braucht dafür keinen höheren Preis zu zahlen als cin paar Tage der Impotenz.«

Leonie lächelte schwach. »Es gibt viele Männer, die selbst diesen Preis für zu hoch halten, Damon.«

Damon nickte. Er dachte an seinen Bruder Lorenz und die geringschätzige Art, mit der er Damon »Halb Mönch, halb Eunuche« genannt hatte.

»Was nun die Frauen betrifft«, fuhr Leonie fort, »so entdeckte man, dass eine Bewahrerin kein Neutrum zu sein braucht, obwohl die Ausbildungstechniken, die wir anwenden, damals noch nicht bekannt waren. Es genügte, die Kanäle ständig sauber zu halten, so dass sie keine anderen als die Psi-Impulse beförderten. Aber unsere heutige Zeit hält eine Frau schon dadurch für wesentlich beeinträchtigt.« Leonies Gesicht verzog sich verächtlich: »Ich glaube, das war nur der Stolz der Comyn-Männer, nach deren Überzeugung die wertvollste Eigenschaft einer Frau ihre Fruchtbarkeit, ihre Fähigkeit, das männliche Erbgut weiterzugeben, ist. Sie erhoben Einspruch gegen jede Minderung der Gebärfähigkeit einer Frau.«

Damon sagte mit leiser Stimme: »Es bedeutete außerdem, dass ein junges Mädchen, wenn es den Wunsch verspürte, Bewahrerin zu werden, keine Entscheidung mehr für das ganze Leben fällen musste, bevor es wirklich wusste, was es sich damit auflud.«

Leonie ging nicht darauf ein. »Du bist ein Mann, Damon, und ich rechne nicht damit, dass du das verstehst. Den Frauen sollte damit die schwere Bürde der Entscheidung erspart werden.« Plötzlich brach ihre Stimme. »Glaubst du, mir wäre es nicht lieber gewesen, das alles wäre in meiner Kindheit sauber aus mir herausgeschnitten worden, als dass ich mein ganzes Leben als Gefangene verbringen musste, wissend, dass ich den Schlüssel zu meinem Gefängnis in Händen hatte und nur mein Eid, meine Ehre, das Wort einer Hastur mich drinnen hielten!« Damon konnte nicht entscheiden, ob es Kummer oder Zorn war, der ihre Stimme zittern ließ. »Wenn es nach meinem Willen ginge, wenn ihr Comyn-Männer euch nicht wegen der kostbaren Gebärfähigkeit der Frauen so anstellen würdet, ließe ich jedes kleine Mädchen, das in den Turm kommt, sofort Neutrieren. Danach könnte sie als Bewahrerin glücklich sein und brauchte die Last der Weiblichkeit nicht zu tragen. Sie wäre frei von Schmerzen und frei von der Qual, dass sie niemals ein für alle Mal ihre Wahl treffen kann, sondern sich an jedem Tag ihres Lebens neu entscheiden muss.«

»Du würdest sie zu lebenslänglichen Sklavinnen des Turms machen?«

Leonies Stimme war beinahe unhörbar, aber für Damon hörte sie sich wie ein Aufschrei an. »Glaubst du, wir seien keine Sklavinnen?«

»Leonie, Leonie, wenn du so darüber denkst, warum hast du es all diese Jahre ertragen? Es waren andere da, die dir die Bürde von den Schultern hätten nehmen können, wenn sie für dich zu schwer wurde.«

»Ich bin eine Hastur«, erklärte sie, »und ich habe geschworen, mein Amt nicht niederzulegen, bis eine neue ausgebildete Bewahrerin zur Verfügung steht. Meinst du, ich hätte es nicht versucht?« Sie sah ihm gerade ins Gesicht, und Damon krümmte sich unter der erinnerten Qual. Denn in der Überwelt erschien Leonie so, wie seine Gedanken sie formten, und nun stand die Leonie seiner ersten Jahre im Turm vor ihm. Er würde nie erfahren, ob irgendein anderer Mann sie für schön hielt, aber für ihn war sie hinreißend schön und begehrenswert, und in ihren schlanken Händen hielt sie sein Leben ... Er wandte sich ab und kämpfte darum, sie wieder so zu sehen, wie sie ihm zuletzt im Fleisch erschienen war, damals bei seiner Hochzeit: eine alternde Frau, ruhig und selbstbeherrscht, die Zorn und Rebellion längst hinter sich gelassen hatte.

»Ich dachte, du seist zufrieden mit der Ehrerbietung, die dir gezollt wird, Leonie, mit deiner Macht und deiner hohen Stellung, die der eines Comyn-Lords entspricht – Leonie von Arilinn, Lady von Darkover.«

Ihre Worte kamen wie aus weiter Ferne. »Hättest du erfahren, dass ich innerlich rebellierte, dann wäre ich ein Versager gewesen, Damon. Mein Leben, meine geistige Gesundheit, meine Stellung als Bewahrerin hingen davon ab, dass ich es mir kaum selbst bewusst werden ließ. Aber ich habe immer wieder und wieder versucht, eine Nachfolgerin heranzuziehen, damit ich die mir zu schwere Bürde abwerfen könne. Immer, wenn ich eine Bewahrerin ausgebildet hatte, meldete irgendein anderer Turm, ihre Bewahrerin habe sich entschlossen, sie zu verlassen, oder mit ihrer Konditionierung habe es nicht geklappt, und sie sei zu nichts anderem mehr fähig, als zu gehen und sich zu verheiraten. Eine feine Gesellschaft schwacher und unentschlossener Frauen war das; keine hatte die Kraft durchzuhalten. Ich war die einzige Bewahrerin in sämtlichen Domänen, die ihr Amt länger als zwanzig Jahre ausgeübt hatte. Und sogar, als ich alt wurde, gab ich dreimal meine eigene Nachfolgerin ab, zweimal an Dalereuth und einmal an Neskaya. Ich, die ich für jeden Turm in den Domänen Bewahrerinnen ausgebildet hatte, wünschte nichts weiter, als auch einmal eine für Arilinn auszubilden, damit ich etwas Ruhe fände. Du bist dabei gewesen, Damon, du hast gesehen, was geschah. Sechs junge Mädchen waren es, und jede hatte die Begabung zur Bewahrerin. Aber drei waren bereits Frauen und hatten, so jung sie noch waren, bereits eine gewisse sexuelle Erweckung erfahren. Ihre Kanäle waren schon differenziert und konnten starke Frequenzen nicht mehr weiterleiten, obwohl später eine von ihnen Überwacherin und eine andere Technikerin wurde, eine in Arilinn und eine in Neskaya. Dann wählte ich ständig jüngere Mädchen aus, beinahe noch Kinder. Mit Hilary kam ich dem Erfolg sehr nahe. Zwei Jahre arbeitete sie als meine Unterbewahrerin. Aber du weißt, was sie zu leiden hatte, und schließlich musste ich mich ihrer erbarmen und sie gehen lassen. Dann kam Callista ...«

»Und du sorgtest dafür, dass sie nicht versagen konnte«, unterbrach Damon sie aufgebracht, »indem du ihre Kanäle so ändertest, dass eine Entwicklung zur Reife unmöglich wurde!«

»Ich bin Bewahrerin«, stellte Leonie zornig fest, »und nur meinem eigenen Gewissen verantwortlich! Und Callista gab ihre Zustimmung zu dem, was geschah. Konnte ich vorhersehen, dass sie sich für diesen *Terranan* entflammen und ihr Eid ihr nichts mehr bedeuten würde?«

In Damons Schweigen lag eine Anklage. Leonie verteidigte sich: »Und trotzdem, Damon, ich liebe sie, ich konnte es nicht ertragen, sie unglücklich zu sehen! Hätte ich an eine kindische Schwärmerei geglaubt, dann hätte ich sie wieder mit nach Arilinn genommen. Ich hätte sie mit so viel Liebe und Zärtlichkeit überschüttet, dass sie ihrem terranischen Liebhaber nicht nachgetrauert hätte. Aber sie ... sie erweckte in mir den

Eindruck ...« In den zerfließenden Ebenen der Überwelt sah Damon zusammen mit Leonie das Bild, das Leonie durch Callistas Gedanken übermittelt worden war: Callista lag erschöpft und verletzlich in Andrews Armen, als er sie aus den Höhlen von Corresanti wegbrachte.

Auch wenn Damon das Bild nur durch Leonies Vermittlung sah, war der Eindruck stark. Das also hätte Callista sein können, wäre sie nicht konditioniert worden. Jetzt würde er sich nie mehr zufrieden geben, bis er sie wieder als normale Frau sah. Er sagte ruhig: »Ich kann nicht glauben, dass du es getan hättest, wenn du überzeugt gewesen wärst, es sei nicht rückgängig zu machen.«

»Ich bin eine Bewahrerin«, wiederholte sie unzugänglich, »und nur meinem eigenen Gewissen verantwortlich.«

Das stimmte. Nach dem Gesetz der Türme war eine Bewahrerin unfehlbar und jedes ihrer Worte für die Mitglieder ihres Kreises bindend. Doch Damon gab sich nicht geschlagen.

»Und warum hast du sie nicht zum Neutrum gemacht, damit ein für alle Mal Ruhe war?«, fragte er. Leonie schwieg. Endlich sagte sie: »Du sprichst so, weil du ein Mann bist, Damon, und für dich ist eine Frau nichts als ein Instrument, um Söhne zu zeugen und dein kostbares Comyn-Erbe weiterzugeben. Ich habe andere Ziele. Damon, ich war so müde, und ich konnte den Gedanken nicht ertragen, jahrelang all meine Kraft und mein ganzes Herz auf ihre Ausbildung zu verwenden, nur um dann zu erleben, wie sie erwachte und von mir in die Arme irgendeines Mannes floh. Oder wie Hilary mit jedem zunehmenden Mond die Qualen einer verdammten Seele erleiden musste. Es war keine Selbstsucht, Damon! Es war nicht nur mein Verlangen, mein Amt niederzulegen und ausruhen zu können! Ich liebte sie, wie ich Hilary niemals geliebt habe. Ich wusste, sie würde nicht versagen, aber ich fürchtete, sie sei zu stark, um nachzugeben, sollte sie auch ebenso leiden müssen wie Hilary – und wie ich, Damon! –, ein langes Jahr nach dem anderen. Deshalb ersparte ich ihr das, wie es mein Recht war.« Herausfordernd setzte sie hinzu. »Ich war ihre Bewahrerin!«

»Und du nahmst ihr das Recht, selbst zu wählen!«

»Keine Comyn-Frau kann wählen.« Leonie flüsterte beinahe. »Nicht wirklich. Auch ich habe nicht selbst den Entschluss gefasst, Bewahrerin zu werden oder in einen Turm zu gehen. Ich war eine Hastur, und es war meine Bestimmung, ebenso wie es die Bestimmung meiner Spielgefährtinnen war, zu heiraten und ihren Clans Söhne zu gebären. Und es ist nicht unwiderruflich. In meiner Kindheit kannte ich eine Frau, die auf diese Weise behandelt worden war, und sie sagte mir, es sei rückgängig zu machen. Sie sagte mir, es sei gesetzlich, während die Neutrierung ungesetzlich ist. Der Sinn ist, dass Frauen aus dem Turm zurückgefordert werden können, wenn ihre Eltern sie für eine dieser dynastischen Heiraten, die dem Comyn-Herzen so teuer sind, brauchen. Die Gebärfähigkeit einer Comyn-Tochter muss auf jeden Fall erhalten bleiben!«

»Aber wie ist es rückgängig zu machen?«, drängte er. »Callista kann so nicht weiterleben. Sie ist weder Bewahrerin noch frei.«

»Ich weiß es nicht«, gestand Leonie. »Als es geschah, dachte ich nicht daran, dass es jemals ungeschehen gemacht werden müsse, und deshalb habe ich keine Vorbereitungen für diesen Tag getroffen. Aber ich war froh – soweit mich überhaupt etwas froh machen kann –, als Callista mir zu verstehen gab, ich hätte weniger Erfolg gehabt, als ich glaubte.« Wieder teilten Leonie und Damon die kurze Vision von Callista in Andrews Armen, als sie von Corresanti davonritten. »Aber jetzt sieht es so aus, als habe sie sich geirrt«, stellte Damon fest.

Leonie sah verhärmt und erschöpft aus. »Damon, Damon, lass sie zu uns zurückkehren! Ist es denn etwas Schlimmes, dass sie Lady von Arilinn sein soll? Warum soll sie das aufgeben, um die Ehefrau irgendeines *Terranan* zu sein und seine Halbblutbälger zu gebären?«

Damon antwortete mit bebender Stimme: »Wenn es ihr Wunsch wäre, die Lady von Arilinn zu sein, würde ich mein Leben für ihr Recht auf diese Stellung einsetzen. Aber sie hat eine andere Wahl getroffen. Sie ist die Frau eines ehrenwerten Mannes, den ich mit Stolz Bruder nenne, und ich will nicht, dass ihr Glück zerstört wird. Und selbst wenn Andrew nicht mein Freund wäre, würde ich Callistas Recht verteidigen, sich ihr Leben so einzurichten, wie sie will. Sie soll den Titel ›Lady von Arilinn‹ ablegen, wenn sie es wünscht, um die Frau eines Köhlers im Wald zu werden oder das Schwert zu ergreifen wie Lady Bruna, ihre Vorfahrin, und an Stelle ihres Bruders die Garde zu kommandieren! Es ist *ihr* Leben, Leonie, nicht meins oder deins!«

Leonie bedeckte ihr Gesicht mit den Händen. Ihre Stimme klang erstickt. »Dann sei es. Sie soll die Wahl haben, obwohl ich keine hatte und du auch nicht. Sie soll das wählen, was ihr Männer von Darkover als das einzige für eine Frau passende Leben anseht! Und ich bin es, die für ihre Wahl leiden muss. Ich muss meine Last weiterschleppen, bis Janine alt und stark genug ist, sie mir abzunehmen.« Ihr Gesicht war so alt und verbittert, dass Damon vor ihr zurückwich.

Früher einmal mochte sie gewünscht haben, ihr Amt niederzulegen. Aber jetzt hatte sie nichts anderes mehr. Ihr bedeutete es viel, Macht über Leben und Tod der armen Teufel zu haben, die sich dem Turm weihten, und auch, dass Callista zu ihr kommen und um etwas betteln musste, das ihr von Rechts wegen zustand.

Mit harter Stimme erklärte er: »Das Gesetz sieht die Freigabe einer Bewahrerin vor. Ich habe dich sagen gehört, die Bürde einer Bewahrerin sei zu schwer, als dass sie ohne innere

Zustimmung getragen werden könne. Und es ist immer so gewesen, dass eine Bewahrerin entlassen wird, wenn sie ihre Arbeit nicht mehr ohne Gefahr verrichten kann. Es stimmt, dass du als Bewahrerin nur deinem eigenen Gewissen verantwortlich bist. Aber was ist das für ein Gewissen, Leonie, wenn es nicht die Ehrlichkeit verlangt, die einer Bewahrerin und einer Hastur würdig ist!«

Wieder entstand ein langes Schweigen. Schließlich sagte Leonie: »Auf das Wort einer Hastur, Damon, ich weiß nicht, wie man es rückgängig macht. Alle meine Nachforschungen in unsern Aufzeichnungen hatten nichts als das Ergebnis gebracht, dass in früheren Zeiten die Bewahrerin in einem solchen Fall nach Neskaya geschickt wurde. Deshalb ging ich nach Neskaya. Theolinda, die dortige Bewahrerin, teilte mir mit, dass alle Manuskripte vernichtet wurden, als Neskaya im Zeitalter des Chaos niederbrannte. Ich bin zwar immer noch der Meinung, dass Callista zu uns zurückkehren sollte. Aber ich will dir sagen, dass es nur einen Weg gibt, zu entdecken, was für Callista getan werden kann. Damon, weißt du, was Zeitforschung ist?«

Damon hatte das Gefühl, der Stoff, aus dem die Überwelt bestand, bebe unter seinen Füßen und überflute ihn mit Kälte. »Ich habe gehört, dass auch diese Technik verloren gegangen ist.«

»Nein, das ist sie nicht, denn ich habe Zeitforschung betrieben«, berichtete Leonie. »Der Lauf eines Flusses hatte sich verändert, und Farmen und Dörfer in diesem Gebiet waren von Hungersnot durch entweder Trockenheit oder Überschwemmung bedroht. Durch Zeitforschung stellte ich fest, wie der Flusslauf vor hundert Jahren gewesen war, damit wir ihn zurückleiten konnten und keine Energie auf den Versuch verschwenden mussten, ihn ohne einen natürlichen Kanal fließen zu lassen. Es war nicht leicht.« Ihre Stimme klang dünn und ängstlich. »Und du müsstest weiter zurückgehen als ich damals. Du müsstest die Zeit vor dem Brand von Neskaya erreichen, die Zeit der Hastur-Aufstände, eine böse Zeit. Glaubst du, du kannst diese Ebene erreichen?«

Damon antwortete langsam: »Ich kann auf vielen Ebenen der Überwelt arbeiten. Natürlich gibt es andere, zu denen ich keinen Zugang habe. Ich weiß nicht, wie ich auf die eine Ebene gelangen soll, wo Zeitforschung betrieben werden kann.«

»Ich kann dich hinführen«, sagte Leonie. »Natürlich weißt du, dass die Überwelten nur eine Reihe von Übereinkünften sind. Hier in der grauen Welt ist es verhältnismäßig einfach, Körper zu visualisieren und mit Gedanken Landmarken zu erzeugen.« Sie wies auf die schimmernden Umrisse des Turms von Arilinn hinter ihnen. »Schwieriger ist es, die Wahrheit zu erkennen, und die Wahrheit ist, dass dein Geist ein zartes Gewebe von Unfassbarkeiten darstellt, die sich in einem Reich der Abstraktionen bewegen. Das hast du natürlich schon während deines ersten Jahrs im Turm gelernt. Es ist möglich, dass die Überwelt der objektiven Realität des Universums näher ist als die stoffliche Welt, die man die Realität nennt. Doch selbst dort kann jeder gute Techniker Körper als Gewebe aus Atomen und wirbelnden Energien und Magnetfeldern sehen.«

Damon nickte. So war es.

»Es ist nicht leicht, deinen Geist weit genug von den Begriffen der realen Welt zu lösen, dass du von der Zeit, wie du sie kennst, frei wirst. Die Zeit selbst ist wahrscheinlich nichts anderes als ein Weg, die Realität zu strukturieren, damit unsere Gehirne sie begreifen können«, führte Leonie aus. »Wahrscheinlich erlebt man in der ultimaten Realität des Universums, an die unsere Erfahrungen Annäherungen sind, die Zeit nicht als Folge von Ereignissen, sondern Vergangenheit und Gegenwart und Zukunft existieren als ein chaotisches Ganzes. Anders ist es auf den körperlichen Ebenen, zu denen natürlich auch die gehört, auf der wir uns jetzt befinden, diese Welt der Bilder, wo unsere Gedanken fortlaufend das erschaffen, was wir gern um uns sehen möchten. Auf den körperlichen Ebenen also finden wir es leichter, entlang einer persönlichen Sequenz zu reisen, von dem, was wir die Vergangenheit nennen, zur Gegenwart und weiter zur Zukunft. Aber in der Realität existiert wahrscheinlich sogar ein körperlicher Organismus in seiner Ganzheit gleichzeitig, und seine biologische Entwicklung vom Embryo zum Greisenalter und zum Tod ist nur eine weitere Dimension wie die Länge. Verwirre ich dich, Damon?«

»Nicht sehr. Sprich weiter.«

»Auf der Ebene der Zeitforschung verschwindet das Konzept eines linearen Fortschreitens in der Zeit völlig. Du musst es für dich selbst erzeugen, damit du dich nicht in der chaotischen Realität verlierst, und du musst dich irgendwie verankern, damit sich dein Körper nicht in den Schwingungen auflöst. Es ist, als wandere man mit verbundenen Augen durch einen Irrgarten. Alles in diesem Universum möchte ich lieber tun, als es noch einmal zu versuchen. Doch ich fürchte, nur durch Zeitforschung kannst du eine Antwort für Callista finden. Damon, musst du das Risiko unbedingt eingehen?«

»Ich muss, Leonie. Ich habe Callista ein Versprechen gegeben.« Er wollte Leonie nichts über die extreme Situation mitteilen, in der er sein Versprechen gemacht, und auch nichts über die Todespein, die sie ertragen hatte, obwohl es leichter gewesen wäre, zu sterben, nur weil sie auf dies Versprechen vertraute. »Ich bin kein Hastur, aber mein Wort breche auch ich nicht.«

Leonie seufzte schwer. »Ich bin eine Hastur und eine Bewahrerin, verantwortlich für jeden, der mir einen Eid geleistet hat, Mann oder Frau. Wenn es nach mir ginge, würde keine Frau zur Bewahrerin ausgebildet werden, bevor sie ihre Zustimmung zur Neutrierung gegeben hat, wie es in den alten

Zeiten geschah. Aber die Welt wird gehen, wie sie will, und nicht, wie ich es gern hätte. Ich bin bereit, Verantwortung zu übernehmen, Damon, aber nicht die gesamte Verantwortung. Ich bin die einzige überlebende Bewahrerin in Arilinn. Neskaya ist oft aus den Relais, weil Theolinda auch jetzt noch nicht stark genug ist, und Dalereuth arbeitet mit einem Mechanikerkreis ohne Bewahrerin, so dass ich ein schlechtes Gewissen habe, weil ich Janine bei mir in Arilinn behalte. Wir können nicht genug Bewahrerinnen ausbilden, Damon, und wie oft verlieren sie in noch jungen Jahren ihre Kraft! Siehst du ein, dass wir Callista dringend brauchen, Damon?«

Es war ein Problem, für das es keine Lösung gab, aber Damon wollte nicht, dass Callista zu einer Schachfigur gemacht wurde, und das wusste Leonie. Verwundert meinte sie: »Wie du sie lieben musst, Damon! Vielleicht wärst du der richtige Mann gewesen, dem ich sie hätte geben sollen.«

Damon erwiderte: »Sie lieben? Nicht in diesem Sinn, Leonie. Doch sie ist mir teuer, und ich, der ich so wenig Mut habe, bewundere bei anderen vor allem diese Eigenschaft.«

»Du hättest wenig Mut, Damon?« Leonie schwieg lange Zeit, und er sah ihr Bild zittern und schwanken wie Hitzewellen in der Wüste jenseits der Trockenstädte. »Damon, oh, Damon, habe ich jeden zerstört, den ich liebe? Erst jetzt erkenne ich, dass ich dich zerbrochen habe, ebenso wie Callista ...«

Habe ich jeden zerstört, den ich liebe? Jeden, den ich liebe, jeden, den ich – jeden, den ich liebe?

»Du sagtest, es sei zu meinem eigenen Besten, dass du mich aus Arilinn fortschicktest, Leonie. Ich sei zu empfindsam, die Arbeit werde mich zerstören.« Er hatte mit diesen Worten jahrelang gelebt, er hatte an ihnen gewürgt, hatte sie voll Bitterkeit hinuntergeschluckt, er hatte sich dafür gehasst, dass er sie hatte hören müssen und nicht vergessen konnte. Niemals hatte er daran gedacht, sie in Zweifel zu ziehen, nicht für einen Augenblick ... das Wort einer Bewahrerin, einer Hastur.

Leonie hatte sich selbst verraten. Sie rief aus: »Was hätte ich denn zu dir sagen können?« Und dann brach es mit einem qualvollen Aufschrei aus ihr heraus: »Es ist etwas falsch, völlig falsch an unserm ganzen System der Ausbildung von Psi-Arbeitern! Wie kann es denn richtig sein, dabei ein Leben nach dem anderen zu opfern? Callistas, Hilarys, deins!« Mit unbeschreiblicher Bitterkeit setzte sie hinzu: »Und meins auch.«

Wenn sie den Mut oder die Ehrlichkeit gehabt hätte, dachte Damon traurig, ihm die Wahrheit zu sagen: »Einer von uns muss gehen, und ich bin die Bewahrerin, ich bin unentbehrlich«, dann hätte er wohl Arilinn verloren, ja, aber er wäre nicht für sich selbst verloren gewesen.

Doch nun hatte er etwas wiedergewonnen, das man ihm genommen hatte, als man ihn aus dem Turm fortschickte. Er war wieder ganz, nicht mehr zerbrochen wie damals, als Leonie ihn hinauswarf und er sich als Schwächling vorkam, als nutzlos, als nicht stark genug für die Arbeit, die er sich erwählt hatte.

Ja, es war etwas falsch an dem System der Ausbildung von Psi-Arbeitern. Jetzt hatte es auch Leonie erkannt.

Die Tragik in Leonies Augen zerriss Damon das Herz. Sie hauchte: »Was willst du von mir, Damon? Beinahe hätte ich in meiner Schwäche dein Leben zerstört. Verlangt jetzt die Ehre einer Hastur, dass ich es mir klaglos gefallen lasse, wie du zur Vergeltung meins zerstörst?«

Damon senkte den Kopf. Seine langjährige Liebe, von der er geglaubt hatte, sie sei längst ausgebrannt, und die Leiden, mit denen er fertig geworden war, verliehen ihm Mitleid mit ihr. Hier in der Überwelt, wo weder eine Geste noch ein Gedanke die Gefahr körperlicher Leidenschaft heraufbeschwor, streckte er die Arme nach Leonie aus. Wie er es sich in vielen hoffnungslosen Jahren gewünscht hatte, zog er sie an sich und küsste sie. Es kam nicht darauf an, dass nur Abbilder sich begegneten, dass sie in der wirklichen Welt durch einen Zehntagesritt getrennt voneinander waren, dass Leonie ebenso wenig wie Callista jemals auf sexuelles Begehren reagieren konnte. All das war unwichtig. Es war ein Kuss so verzweifelter Liebe, wie er ihn keiner lebenden Frau je gegeben hatte oder geben würde. Leonies Bild zerfloss, und sie war wieder die jüngere Leonie, strahlend, keusch, unberührbar, die Leonie, nach deren Anblick er in vielen einsamen Jahren gehungert hatte, während er sich mit Schuldgefühlen über seine Sehnsucht quälte.

Dann wurde sie von neuem zu der Leonie von heute, ausgelaugt, erschöpft, von der Zeit verwüstet, und sie weinte mit einer Hoffnungslosigkeit, dass er meinte, ihm müsse das Herz brechen. »Geh jetzt, Damon«, flüsterte sie. »Komm nach Mittwinter zurück, und ich werde dich dahin führen, wo du in der Zeit nach Callistas Geschick und deinem eigenen suchen kannst. Aber wenn in dir noch eine Spur von Mitleid ist, dann geh jetzt!«

Die Überwelt erzitterte wie in einem Sturm, verschwand in der Gräue, und Damon fand sich in dem Zimmer zu Armida wieder. Callista betrachtete ihn besorgt. Ellemir fragte: »Damon, Liebster, warum weinst du?« Aber Damon wusste, er würde diese Frage nie beantworten.

Cassilda und alle Götter! Es war unnötig gewesen, all das Leiden, seins, Callistas, das der armen kleinen Hilary, Leonies. Und die mitleidvolle Avarra allein wusste, wie viele Leben, wie viele Telepathen in den Türmen der Domänen zum Leiden verurteilt waren ...

Es wäre für die Comyn, für sie alle, besser gewesen, dachte Damon verzweifelt, wenn sich alle Söhne von Hastur und Cassilda im Zeitalter des Chaos mitsamt ihren Sternensteinen in die Luft gejagt hätten! Aber es musste ein Ende gemacht werden, all diesem Leiden musste ein Ende gemacht werden!

Er klammerte sich an Ellemir, und dann streckte er über sie hinweg Andrew und Callista die Hände entgegen. Es war nicht genug. Nichts würde je genug sein, um so viel Elend aus seinem Bewusstsein zu vertreiben. Aber solange sie alle dicht bei ihm waren, konnte er damit leben. Für den Augenblick. Vielleicht.

14

Dom Esteban hatte sie gebeten, die Psi-Arbeit zu verschieben, bis Mittwinter vorbei und die Reparatur der Sturmschäden erledigt waren. Damon war froh über die Ruhepause, wenn ihn auch andererseits das Verlangen, es so schnell wie möglich hinter sich zu bringen, krank machte. Eine Menge hing vom Wetter ab. Wenn es wieder einen Sturm gab, würde das Mittwinterfest nur mit den Hausbewohnern gefeiert werden, aber war das Wetter gut, kamen alle Leute innerhalb eines Tagesritts Entfernung zu Gast, und viele würden über Nacht bleiben. Am Vorabend des Festes verkündete das Abendrot einen schönen Tag, und Damon sah, dass Dom Esteban bei der Aussicht darauf sichtlich aufblühte. Damon schämte sich seines eigenen Mangels an Begeisterung. In den Kilghardbergen bedeutete eine Unterbrechung der winterlichen Isolation viel, und besonders für einen alten Mann, der verkrüppelt und an seinen Rollstuhl gefesselt war. Beim Frühstück plauderte Ellemir vergnügt über die Pläne für das Fest und ging auf Dom Estebans Feiertagsstimmung ein.

»Die Küchenmädchen sollen Festkuchen backen, und einer der Männer muss ins Südtal hinunterreiten und den alten Yashri und seine Söhne für die Tanzmusik holen. Und wenn viele Leute über Nacht bleiben, müssen alle Gästezimmer geöffnet und gelüftet werden. Und ich fürchte, in der Kapelle ist es fürchterlich staubig und schmutzig. Ich bin nicht wieder dort unten gewesen, seit ich ...« – Sie verstummte und blickte zur Seite, und Callista fiel schnell ein: »Ich werde mich um die Kapelle kümmern, Elli. Werden wir ein Feuer anzünden?« Sie blickte zu ihrem Vater hin, und Dom Esteban meinte: »Ich halte ein Sonnwendfeuer in der heutigen Zeit für töricht.« Er sah mit hochgezogenen Augenbrauen zu Andrew hin, als erwarte er, der jüngere Mann werde sich über den Brauch lustig machen. Aber Andrew erklärte: »Es scheint auf den meisten Welten ein universeller Brauch der Menschheit zu sein, die Rückkehr der Sonne nach der längsten Nacht mit einem Mittwinterfest zu feiern, Sir, und daneben gibt es auch Mittsommerfeste für den längsten Tag.«

Damon hatte sich nie für einen sentimentalen Mann gehalten, denn er hatte sich hart gemacht, um die Vergangenheit zu begraben. Doch nun erinnerte er sich an all die Winter, die er auf Armida als Coryns Freund verbracht hatte. Beim Mittwinterfest pflegte er neben Coryn zu stehen, und sämtliche kleinen Mädchen scharten sich um sie. Wenn er je eine eigene Familie haben sollte, dachte er, würde er diesen Brauch in Ehren halten. Sein Schwiegervater nahm den Gedanken wahr und lächelte Damon zu. Er brummte: »Ich dachte, ihr jungen Leute hieltet das für einen heidnischen Unfug, der am besten in Vergessenheit geriete. Jemand soll meinen Rollstuhl in den Hof tragen, und dann werden wir ein Feuer machen, wenn genug Sonne für den Zweck da ist. Damon, ich kann nicht gehen und den Wein für das Essen aussuchen. Hier ist der Schlüssel zu den Kellerräumen. Rhodri sagt, der Wein sei dies Jahr gut geworden, auch wenn ich beim Keltern nicht dabei war.«

Andrew kehrte von seiner täglichen Pflicht zurück, die Reitpferde zu inspizieren, und Callista fing ihn ab. »Komm mit nach unten und hilf mir, die Kapelle herzurichten. Das darf kein Dienstbote tun, sondern nur jemand, der den Domänen durch Blut oder Heirat verbunden ist. Du bist noch nie dort gewesen.«

So war es. Religion schien im täglichen Leben der Domänen keine große Rolle zu spielen, wenigstens nicht auf Armida. Callista hatte sich eine große Schürze umgebunden. Während sie die Treppe hinabstiegen, erklärte sie: »Dies war meine einzige Aufgabe als Kind; Dorian und ich richteten immer zu den Feiertagen die Kapelle her. Elli durfte nicht mithelfen, weil sie zu ungestüm war und Dinge zerbrach.«

Andrew konnte sich Callista gut als kleines, ernstes Mädchen vorstellen, dem erlaubt wurde, wertvolle und zerbrechliche Gegenstände in die Hand zu nehmen. Sie betraten die Kapelle, und Callista sagte: »Seit ich in den Turm ging, bin ich nie wieder an den Feiertagen zu Hause gewesen. Und jetzt ist Dorian verheiratet und hat zwei kleine Töchter – ich habe sie noch nicht gesehen –, und Domenic kommandiert in Thendara die Garde, und mein jüngster Bruder ist in Nevarsin. Ich habe Valdir nicht mehr gesehen, seit ich ihn als Baby auf dem Arm hielt. Vermutlich werden wir uns erst wieder begegnen, wenn er erwachsen ist.« Sie blieb plötzlich stehen und erschauerte, als habe sie etwas Furchterregendes erblickt.

»Ist Dorian dir und Elli sehr ähnlich?«

»Nein, nicht sehr. Sie hat helles Haar wie viele von den Ridenows. Jeder sagt, sie sei die Schönheit der Familie gewesen.«

»Leider muss ich daraus schließen, dass deine ganze Familie schlechte Augen hat«, lachte Andrew. Callista errötete und führte ihn in die Kapelle.

In der Mitte stand ein vierseitiger Altar, eine Platte aus durchscheinendem weißem Stein. Sie sah sehr alt aus. An den Wänden der Kapelle hingen alte Gemälde. Callista wies darauf und erklärte leise: »Das sind die vier alten Götter, Aldones, der Herr des Lichts, Zandru, der Böses in der Dunkelheit wirkt, Evanda, die Herrin des Frühlings und des Wachstums, und Avarra, die dunkle Mutter der Geburt und des Todes.« Sie ergriff einen Besen und begann, den Raum auszufegen, der in der Tat sehr staubig war. Andrew hätte gern gewusst, ob sie selbst an diese Götter glaubte oder ob sie sich nur formell an die Rituale hielt. Hinter ihrer scheinbaren Verachtung der Religion musste etwas ganz anderes stecken, als er geglaubt hatte.

Zögernd gestand Callista: »Ich bin mir nicht sicher, was ich glaube. Ich bin eine Bewahrerin, eine *Tenerésteis,* eine Mechanikerin. Wir haben gelernt, dass die Ordnung des Universums nicht von irgendwelchen Gottheiten abhängt ... und doch, wer kann wissen, ob nicht die Götter die Gesetze schufen, die das Universum beherrschen und denen zu gehorchen wir uns nicht weigern können.« Einen Augenblick stand sie still da. Dann machte sie sich daran, eine Ecke auszufegen. Sie rief Andrew zu, er möge ihr helfen, den Kehricht einzusammeln und die kleinen Schüsseln und Gefäße vom Altar abzuräumen. In einer Wandnische stand die sehr alte Statue einer verschleierten Frau, umgeben von grob aus blauem Stein gemeißelten Kinderköpfen. Mit leiser Stimme sagte Callista: »Vielleicht bin ich letzten Endes doch abergläubisch. Dies ist Cassilda, genannt die Gesegnete, die dem Lord Hastur, dem Sohn des Lichts, einen Sohn gebar. Es heißt, dass von dessen sieben Söhnen die sieben Domänen abstammen. Ich habe keine Ahnung, ob es eine wahre Geschichte oder nur eine Legende oder ein Märchen ist, vielleicht auch die verwischte Erinnerung an ein wirkliches Geschehen. Aber die Frauen unserer Familie bringen Opfergaben ...« Sie verstummte. Im Staub des vernachlässigten Altars sah Andrew einen Blumenstrauß, der zum Verwelken liegen gelassen war.

Ellemirs Opfergabe, als sie dachte, sie werde Damons Kind gebären ...

Schweigend legte er einen Arm um Callistas Taille. Er fühlte sich ihr näher als jemals seit jener katastrophalen Nacht. Eine Ehe wurde aus vielen seltsamen Fäden gewebt ... Ihre Lippen bewegten sich. Ob sie betete? Dann hob sie den Kopf, seufzte, nahm den verwelkten Blumenstrauß und legte ihn behutsam auf den Kehrichthaufen.

»Komm, wir müssen alle diese Gefäße säubern und den Altar für das neue Feuer, das angezündet werden soll, reinigen.

Wir müssen die Kerzenhalter abkratzen. Warum haben sie letztes Jahr nur all die Wachsreste darangelassen?« Die Fröhlichkeit war in ihre Stimme zurückgekehrt. »Geh hinaus zum Brunnen, Andrew, und hole frisches Wasser.«

Mittags hing die große rote Scheibe der Sonne klar am wolkenlosen Himmel, und zwei oder drei der kräftigsten Gardisten trugen Dom Esteban in den Hof. Damon stellte währenddessen den Spiegel, das Brennglas und das Kienholz auf, mit deren Hilfe das Feuer in dem altehrwürdigen Steingefäß entzündet werden würde. Man roch den Weihrauch, den Callista drinnen auf dem Altar entzündet hatte. Damon betrachtete Callista und Ellemir und konnte sie beinahe als kleine Mädchen in karierten Kleidern sehen, das Haar um die Wangen gelockt, feierlich und brav. Dorian hatte manchmal ihre Puppe zu der Zeremonie mitgebracht – er konnte sich nicht entsinnen, Callista oder Ellemir jemals mit einer Puppe gesehen zu haben. Er und Coryn hatten bei der Zeremonie neben Dom Esteban gestanden. Heute konnte der alte Mann nicht mehr vor dem Feuergefäß niederknien, und so war es Damon, der das Brennglas hielt und wartete, während der helle Lichtfleck über Kienholz und Tannennadeln kroch und einen dünnen Schweif duftenden Rauchs hinter sich herzog. Lange Zeit schmorte die Stelle nur, und der Rauch stieg auf. Dann antwortete ein roter Funke dem Gleißen der Sonne im Spiegel, und eine winzige Flamme erwachte im Mittelpunkt des Rauchs zum Leben. Damon bückte sich über das Feuergefäß, päppelte das Flämmchen hoch, fütterte es vorsichtig mit Nadeln und Spänen, bis es aufloderte, begleitet von den Beifallsrufen der Zuschauer. Er reichte das Feuergefäß an Ellemir weiter, die es nach drinnen zum Altar trug. Lachend und Glückwünsche austauschend begannen alle, den Hof zu verlassen. Einer nach dem anderen trat zu dem alten Mann an den Rollstuhl und empfing ein kleines Geschenk. Ellemir, die neben ihrem Vater stand, verteilte sie, Schmuckstücke aus Silber und manchmal aus Kupfer. In einigen Fällen – bei besonders verdienten Angestellten – überreichte sie eine Urkunde, die ihnen Vieh oder anderes Eigentum übertrug. Callista und Ellemir beugten sich zu ihrem Vater hinab, küssten ihn und wünschten ihm ein gutes neues Jahr. Seine Geschenke für die Töchter waren wertvolle Pelze, aus denen sie sich Reitmäntel für das schlechteste Wetter machen lassen konnten.

Andrew erhielt von Dom Esteban Rasiermesser in einem Samtkasten. Die Messer waren aus einer leichten Metalllegierung gemacht. Andrew wusste, dass dies auf dem an Metallen armen Darkover ein ansehnliches Geschenk war. Verlegen umarmte er den alten Mann und spürte die bärtigen Wangen mit einem merkwürdigen Gefühl der Wärme und Zugehörigkeit an den seinen.

»Ein schönes Fest wünsche ich dir, Sohn, und ein fröhliches neues Jahr.«

»Und ich dir, Vater.« Andrew wünschte, er könne sich beredter ausdrücken. Trotzdem, ihm war, als habe er wieder einen kleinen Schritt vorwärts getan. Callista hielt fest seine Hand, als sie ins Haus gingen, um die Vorbereitungen für den späteren Festschmaus zu treffen.

Den ganzen Nachmittag über kamen Gäste von den weiter entfernten Farmen und kleinen Gütern an, und viele von ihnen waren Gäste bei der Hochzeit gewesen. Als Damon nach oben ging, um sich für das Festessen umzuziehen, fand er sich aus seiner eigenen Hälfte der Suite ausgeschlossen. Ellemir zog ihn in die von Andrew und Callista bewohnten Räume hinüber. »Ich habe unsere Zimmer den Leuten von Syrtis, Loran und Caitlia und ihren Töchtern gegeben. Du und ich werden die Nacht hier mit Andrew und Callista verbringen. Deine Festtagskleider habe ich mitgenommen.«

Andrew, der das überfüllte Quartier in Feiertagslaune mit

Damon teilte, hängte den Rasierspiegel niedriger, damit der kleinere Mann hineinsehen konnte. Er duckte sich und zog das Haar, das in seinem Nacken lang gewachsen war, durch die Finger. »Ich sollte mir jemanden suchen, der mir die Haare schneiden kann«, sagte er, und Damon lachte.

»Du bist weder ein Mönch noch ein Gardist, deshalb willst du es doch bestimmt nicht kürzer haben, als es jetzt ist, nicht wahr?« Sein eigenes Haar war ordentlich auf Kragenlänge geschnitten. Andrew zuckte die Schultern. Sitten und Kleidung waren ganz und gar relativ. Ihm schien sein Haar furchtbar lang, zottig und ungepflegt zu sein, und doch war es kürzer als Damons. Er rasierte sich mit den neuen Messern und dachte darüber nach, warum auf einem frostigen Planeten wie Darkover nur die alten Männer sich mit Bärten vor der Kälte schützten. Aber man durfte eben in Bräuchen keine Logik suchen.

Die Große Halle unten erinnerte ihn schmerzlich an die Festtage seiner Kindheit auf Terra. Die Wände waren mit grünen Zweigen bedeckt, und die Gewürzkuchen rochen beinahe so wie das Ingwerbrot einer terranischen Weihnacht. Die meisten Gäste waren Leute, die er bei seiner Hochzeit kennen gelernt hatte. Es wurde viel getanzt und mehr getrunken, als Andrew, der die Bergbewohner Darkovers für nüchterne Leute gehalten hatte, sich hätte träumen lassen. Er sagte etwas in dem Sinne zu Damon, und sein Schwager nickte. »Wir sind tatsächlich nüchterne Leute. Deshalb trinken wir auch nur bei besonderen Gelegenheiten, und diese Gelegenheiten kommen nicht oft. Lass uns also den heutigen Tag genießen. Trink aus, Bruder!« Damon folgte seinem eigenen Rat; er war bereits halb betrunken.

Man vergnügte sich mit lärmenden Kussspielen, an die sich Andrew noch von seiner Hochzeit her erinnerte. Vor Jahren hatte er einmal gelesen, verstädterte Gesellschaften mit viel

Freizeit entwickelten raffinierte Vergnügungen, für die es Menschen, die den ganzen Tag schwere körperliche Arbeit verrichten müssen, an Muße gebricht. Es zog ihm durch den Sinn, was er alles aus der amerikanischen Pionierzeit seiner eigenen Welt gehört hatte. Die Nachbarn kamen zusammen, um Steppdecken herzustellen oder Mais zu enthülsen, und dabei hatten die schwer arbeitenden Farmer ihren Spaß an Dingen, die später als Kinderspiele betrachtet wurden – Blindekuh und das Erhaschen eines an einem Bindfaden pendelnden Apfels mit den Zähnen –, und er sagte sich, das hätte er sich gleich denken können. Auch hier im Großen Haus gab es viel harte Arbeit und selten ein Fest wie heute. Wenn ihm die Spiele also kindisch vorkamen, so lag der Fehler bei ihm, nicht bei diesen tagein, tagaus sich abschuftenden Farmern und Ranchern. Die meisten Männer hatten schwielige Hände, die verrieten, dass sie zupacken mussten, sogar die Adligen. Seine eigenen Hände waren so hart geworden, wie sie es seit dem Tag, als er mit neunzehn die Pferderanch in Arizona verließ, nicht mehr gewesen waren. Auch die Frauen arbeiteten. Andrew dachte an die Tage, die Ellemir in der Küche verbrachte, und Callistas viele Stunden im Destillierraum und den Gewächshäusern. Beide machten fröhlich beim Tanzen mit und ebenso bei den einfachen Spielen. Eins davon war Blindekuh nicht unähnlich. Einem Mann und einer Frau wurden die Augen verbunden, und sie mussten sich innerhalb der Menschenmenge suchen.

Andrew wunderte sich ein wenig, warum er als Tanzpartner so begehrt war. Den Grund erfuhr er, als ein Junge von noch nicht zwanzig Callista mit sich fortzog und über seine Schulter zu seiner früheren Partnerin, einem Mädchen, das nicht älter als vierzehn aussah, sagte: »Wenn ich zu Mittwinter mit einer jung verheirateten Frau tanze, werde ich heiraten, bevor das Jahr zu Ende ist!«

Das Mädchen – ein Kind noch in einem kindlichen geblümten Kleid und langen Locken – kam zu Andrew und erklärte mit keckem Lächeln, hinter dem sich ihre Scheu verbarg: »Nun, dann tanze ich mit dem jung verheirateten Mann!« Andrew ließ sich von dem Kind auf die Tanzfläche ziehen, nur warnte er sie, er sei kein guter Tänzer. Später sah er das Mädchen in einer Ecke mit dem Jungen, der noch in diesem Jahr heiraten wollte, und sie küsste ihn mit einer Leidenschaft, die ganz und gar unkindlich war.

Als die Nacht fortschritt, verzogen sich viele Paare in Ecken oder die dunklen Außenbezirke der Hallen. Dom Esteban betrank sich schwer und wurde schließlich in bewusstlosem Zustand zu Bett gebracht. Die Gäste verabschiedeten sich einer nach dem anderen oder sagten Gute Nacht und wurden in ihre Schlafräume geführt. Die meisten Dienstboten hatten an der Feier teilgenommen und waren so betrunken wie diejenigen unter den Gästen, die keinen langen Ritt durch die Kälte vor sich hatten. Damon war auf einer Bank in der Großen Halle eingeschlafen und schnarchte. Im ersten Morgengrauen konnten sich Andrew, Ellemir und Callista sagen, dass ihre Pflichten als Gastgeber beendet waren und sie nun ihre eigenen Betten aufsuchen durften. In der Großen Halle hingen die grünen Zweige schlaff von den Wänden, und überall lagen und standen leere Flaschen und Gläser und Teller mit Resten umher. Nach ein paar halbherzigen Versuchen, Damon zu wecken, der nur brummte, ließen sie ihn liegen und gingen ohne ihn nach oben. Andrew wunderte sich. Sogar bei seiner Hochzeit hatte Damon mäßig getrunken. Nun, auch ein nüchterner Mann hatte das Recht, sich zum Neujahrsfest zu betrinken.

Dann waren sie in den Räumen, die sich die beiden Paare der Hausgäste wegen für diese Nacht teilen mussten. Andrews Betrunkenheit verstärkte sein Gefühl der Frustration, das ihn wie ein Messer durchfuhr. Es war ein höllisches Leben, verheiratet zu sein und allein zu schlafen. Eine höllische Ehe bis heute und wie eine Travestie auf eine Weihnachtsgesellschaft! Andrew war elend zu Mute. Doch vielleicht, da Damon betrunken war, würde Ellemir – nein, die Frauen hatten sich beide in sein großes Bett gelegt, wie sie es während Callistas langer Krankheit immer gehalten hatten. Andrew nahm an, er werde in dem schmalen Bett schlafen müssen, das eigentlich Callista gehörte, und Damon, wenn er überhaupt nach oben kam, im Wohnzimmer der Suite.

Die Frauen kicherten miteinander wie kleine Mädchen. Hatten sie auch getrunken? Callista rief leise seinen Namen, und er ging zu ihnen hinüber. Sie lagen dicht nebeneinander und lachten in dem gedämpften Licht. Callista streckte die Hand aus und zog Andrew zu ihnen hinunter.

»Es ist hier genug Platz für dich.«

Andrew zögerte. Hatte es einen Sinn, ihn so auf die Folter zu spannen? Dann lachte er und stieg zu ihnen ins Bett. Es war so breit, dass ein halbes Dutzend Leute hätte darin liegen können, ohne sich zu drängen. Callista sagte leise: »Ich wollte dir etwas beweisen, mein Liebster«, und sanft schob sie Ellemir in seine Arme.

Schreckliche Verlegenheit schien seinen ganzen Körper zu verbrennen. Seine Leidenschaft wurde wie mit einem Guss Eiswasser ausgelöscht. In seinem ganzen Leben hatte er sich noch nie so nackt, so zur Schau gestellt gefühlt.

Hölle und Verdammnis! Er benahm sich wie ein Narr. Wäre das nicht sowieso der nächste logische Schritt gewesen? Aber Logik hatte keinen Teil an seinen Gefühlen.

Ellemir fühlte sich in seinen Armen warm, vertraut und tröstlich an.

»Was ist los, Andrew?«

Verdammt, er musste es ihr sagen, es lag an Callistas Anwesenheit. Vermutlich wäre die Situation für manche Männer besonders erregend gewesen. Ellemir folgte seinen Gedanken, die das hier mit Exhibitionismus, mit Dekadenz, mit dem Versuch, einen abgestumpften Gaumen zu reizen, assoziierten.

Sie flüsterte: »Aber so ist es doch ganz und gar nicht, Andrew. Wir sind alle Telepathen. Was auch immer wir tun, die anderen wissen es, sind Teil davon. Warum sollen wir dann vorgeben, es sei möglich, dass einer von uns die Übrigen ausschließt?«

Callistas Fingerspitzen berührten sein Gesicht. Merkwürdig, sogar im Dunkeln und obwohl die kleinen Hände von Callista und Ellemir so gut wie identisch waren, wusste er mit Bestimmtheit, dass er Callistas und nicht Ellemirs Hand auf seiner Wange fühlte!

Unter Telepathen existierte das Konzept einer Intimsphäre nicht. Wenn man in sein eigenes Zimmer ging und die Tür hinter sich schloss, tat man nur so, als ob ... Und dann kam ein Zeitpunkt, wo man es nicht mehr tat.

Andrew versuchte, sich wieder in seinen früheren erregten Zustand zu versetzen, aber Alkohol und Verlegenheit hatten sich verbündet, ihn zu besiegen. Ellemir lachte, doch ihr Lachen enthielt keine Andeutung, sie finde ihn lächerlich. »Ich glaube, wir haben alle zu viel getrunken. Also schlafen wir am besten.«

Sie waren beinahe eingeschlafen, als sich die Tür des Zimmers öffnete und Damon mit schwankenden Schritten hereinkam. Lächelnd blickte er auf sie nieder. »Ich wusste doch, dass ich euch alle hier finden würde.« Er warf seine Kleider hierhin und dahin. Er war immer noch völlig betrunken. »Los, macht Platz, wo soll ich denn ...«

»Damon, du wirst deinen Rausch ausschlafen wollen«, sagte Callista. »Wäre es nicht bequemer für dich ...«

»Verdammt sei die Bequemlichkeit«, brummte Damon. »Niemand sollte nach einem Festtag allein schlafen müssen!«

Lachend rückte Callista zur Seite. Damon kletterte ins Bett und schlief sofort ein. In seinem Inneren fühlte Andrew ein wahnsinniges Gelächter, das alle Verlegenheit wegschwemmte. Als er selbst einschlief, nahm er den dünnen Faden eines Rapports wahr, der sich um ihn webte, als suche Damon noch im Schlaf nach dem Trost ihrer aller Gegenwart, ziehe sie alle dicht an sich. Eng miteinander verflochten, schlugen ihre Herzen im gleichen Takt, und das stetige Pochen war eine unendliche Beruhigung. Andrew wusste nicht, ob der Gedanke von ihm oder einem der anderen kam: Jetzt, da Damon hier war, war alles gut. Es war so, wie es sein sollte. Er spürte, auf welche Art sich Damon ihrer bewusst war: *Alle meine Geliebten ... Ich will nie wieder allein sein*

Es war spät, als sie erwachten, aber die zugezogenen Vorhänge machten es dunkel im Zimmer. Ellemir schmiegte sich immer noch in seine Arme. Sie bewegte sich, drehte sich ihm verschlafen zu und hüllte ihn mit ihrer weiblichen Wärme ein. Das Gefühl der Verbundenheit, des Einsseins war immer noch da.

Andrew ließ sich in dies Gefühl einsinken, sich von ihrem Körper willkommen heißen. Irgendwie waren es nicht nur er selbst und Ellemir. Unter der Bewusstseinsebene ruhte die Sicherheit, dass sie alle Teil davon, dass sie ohne Vorbehalte und Bedingungen eins waren. Ihm war, als müsse er der ganzen Welt, jedem einzelnen Menschen zurufen: »Ich liebe euch, ich liebe euch alle!« In seinem Rausch machte er keine Unterschiede zwischen seiner sexuellen Reaktion auf Ellemir, seiner Zärtlichkeit für Callista, der starken, beschützenden Freundschaft, die er für Damon empfand. Alles war ein Gefühl, und dies Gefühl war Liebe. Er trieb dahin, er ertrank darin, er blieb erschöpft liegen und genoss es. Er wusste, sie hatten die anderen geweckt. Es machte ihm nichts aus.

Ellemir bewegte sich zuerst. Sie streckte sich und seufzte, lachte, gähnte. Sie richtete sich ein wenig auf und küsste ihn schnell. »Am liebsten möchte ich den ganzen Tag hier bleiben«, gestand sie, »aber ich denke an das Chaos unten in der Halle. Wenn unsere Gäste überhaupt Frühstück bekommen sollen, muss ich hinuntergehen und dafür sorgen, dass wieder gearbeitet wird.« Sie beugte sich über Damon und küsste ihn, und nach einem Augenblick küsste sie auch Callista. Dann glitt sie aus dem Bett und ging, sich anzuziehen.

Damon, körperlich weniger einbezogen, spürte Callistas Anstrengung, ihre Barrieren aufrechtzuerhalten. Es war also doch nicht vollkommen. Sie war immer noch draußen. Mit einer Fingerspitze berührte er leicht ihre geschlossenen Augen. Andrew war in sein Bad gegangen. Sie waren allein, und Callistas tapfere Verstellung löste sich auf.

»Weinst du, Callie?«

»Nein, natürlich nicht. Warum sollte ich denn weinen?« Aber sie tat es doch.

Damon nahm sie in die Arme. In diesem Augenblick teilten sie etwas, von dem die anderen ausgeschlossen waren. Es war ihre gemeinsame Erfahrung, die schmerzhafte Disziplin, das Gefühl, *anders* zu sein.

Damon empfing einen bruchstückhaften Gedanken Andrews, der im Bad war: Zufriedenheit, gemischt mit Kummer. Für eine kleine Weile war Andrew einer von ihnen gewesen. Jetzt hatte auch er sich von ihnen gelöst. Gleichzeitig nahm Damon Callistas Empfindungen wahr. Sie missgönnte Ellemir nichts, aber sie fragte sich verzweifelt, ob sie an ihrer Freude jemals werde teilnehmen können. Ein plötzliches wahnsinniges Verlangen überfiel sie, sich selbst mit ihren Nägeln zu zerfleischen, sich mit ihren Fäusten zu schlagen, den nutzlosen, verstümmelten Körper zu strafen, der so weit von dem entfernt war, was er hätte sein sollen. Damon drückte sie an sich und versuchte, sie mit seiner Berührung zu beruhigen und zu trösten.

Ellemir kam mit tropfendem Haar aus dem Bad zurück und setzte sich an Callistas Ankleidetisch. »Ich muss eins deiner Hauskleider anziehen, Callie, es ist so viel aufzuräumen«, sagte sie. »Das ist der einzige schlechte Teil an einer Gesellschaft!« Sie sah, dass Callista ihr Gesicht an Damons Brust versteckte, und für einen Augenblick überwältigte das Leid ihrer Schwester sie. Ellemir war in dem Glauben groß geworden, sie selbst habe nur ein wenig von dem *Laran* ihres Clans. Aber jetzt, als Callistas Verzweiflung sie voll traf, erkannte sie, dass die übersinnliche Wahrnehmung mehr von einem Fluch als von einem Segen an sich hatte. Und als Andrew hereinkam, spürte sie seine plötzliche Einsamkeit.

Andrew dachte, in so etwas müsse man eben von Kind auf hineingewachsen sein. Ellemirs angespanntes Schweigen legte er als Scham oder Reue über das Geschehen aus, und er fragte sich, ob er sich irgendwie entschuldigen solle. Für was? Bei wem? Ellemir? Damon? Er sah Callista in Damons Armen liegen. Wie konnte er dagegen Einspruch erheben? Gleiches Recht für alle, sagte er sich, und trotzdem wurde ihm bei dem Anblick beinahe übel. Oder lag es nur daran, dass er gestern Abend zu viel getrunken hatte?

Damon bemerkte, dass Andrews Blick auf ihnen ruhte, und lächelte.

»Ich vermute, Dom Esteban hat heute Morgen einen schwereren Kopf als ich. Den meinen werde ich unter kaltes Wasser halten, und dann gehe ich hinunter und sehe nach, ob ich etwas für unsern Vater tun kann. Ich bringe es nicht übers Herz, ihn heute seinem Leibdiener zu überlassen.« Ohne Hast löste er sich aus Callistas Armen und setzte hinzu: »Habt ihr

Terraner einen passenden Ausdruck für den Morgen nach dem Abend vorher?«

»Dutzende«, antwortete Andrew finster, »und jeder ist so abstoßend wie die Sache selbst.« Wir sind alle verkatert, dachte er.

Damon ging ins Bad. Andrew stand da, fuhr sich mit einem Kamm durchs Haar und blickte düster auf Callista nieder. Er merkte nicht einmal, dass ihre Augen rot waren. Langsam stieg sie aus dem Bett und zog ihren geblümten Morgenmantel an. »Ich muss Ellemir helfen. Die Mädchen werden kaum wissen, wo sie anfangen sollen. Warum starrst du mich so an, mein Gatte?«

Der Ausdruck erweckte seine Streitlust. »Du willst mich nicht einmal deine Fingerspitzen berühren lassen, und wenn ich dich küsse, zuckst du zurück, als wolle ich dich vergewaltigen, aber du liegst in Damons Armen ...«

Callista senkte die Augen. »Du weißt, warum ich es wage ... bei ihm.«

Andrew erinnerte sich an das intensive sexuelle Gefühl, das er an Damon wahrgenommen, mit ihm *geteilt* hatte. Das war beunruhigend und überflutete ihn mit vagem Unbehagen. »Du kannst nicht behaupten, Damon sei kein Mann!«

»Natürlich ist er ein Mann«, erwiderte Callista. »Aber er hat gelernt – und in der gleichen harten Schule wie ich –, wann und wie er nicht als Mann zu reagieren hat.«

Andrew in seiner schuldbewussten Überempfindlichkeit fasste das als Hohn auf, als sei er nur ein Tier, das sein sexuelles Verlangen nicht zu beherrschen vermochte. Sie hatte ihn buchstäblich in Ellemirs Arme geschoben, aber Damon brauchte solche Zugeständnisse nicht. In plötzlicher Wut riss er Callista an sich und presste seinen Mund auf ihren. Einen Augenblick lang wehrte sie sich und wollte sich losreißen, und er spürte den wilden Aufruhr in ihr. Dann wurde sie völlig passiv in seinen Armen. Ihre Lippen waren kalt und tot, und sie war so weit weg, dass sie ebenso gut in einem anderen Zimmer hätte sein können. Ihre leise Stimme schlug in ihn ein wie Fänge.

»Alles, was du glaubst, tun zu müssen, kann ich ertragen. Wie ich jetzt bin, bedeutet es keinen Unterschied für mich. Es wird mir weder Schaden tun noch mich bis zu dem Punkt erregen, wo ich dich mit einer Energieentladung treffen könnte. Selbst wenn du meinst ... du musst mit mir ins Bett gehen ... würde es mir gar nichts bedeuten. Aber wenn du daran Vergnügen hast ...«

Eiskaltes Entsetzen ging ihm durch Mark und Bein. Irgendwie war das schrecklicher, als hätte sie sich mit Zähnen und Fingernägeln gegen ihn gewehrt und ihn wieder mit einem Blitz geschlagen. Das erste Mal hatte sie ihr eigenes Verlangen gefürchtet. Jetzt wusste sie, dass nichts ihre Verteidigung durchbrechen konnte ... nichts.

»Oh, Callista, verzeih mir! O Gott, Callista, verzeih mir!« Er fiel vor ihr auf die Knie, ergriff ihre schmalen Hände und zog ihre Fingerspitzen in qualvoller Reue an seine Lippen. Damon kam aus dem Bad zurück und blieb bei dem Anblick wie versteinert stehen, aber Andrew und Callista sahen und hörten ihn nicht. Langsam legte Callista ihre Hände an Andrews Wangen. Sie flüsterte: »Oh, mein Liebster, ich bin es, die dich um Verzeihung bitten sollte. Ich will ... ich will doch nicht gleichgültig gegen dich sein.« Ihre Stimme war so von Leid durchtränkt, dass Damon erkannte, er durfte nicht länger warten.

Er wusste sehr wohl, warum er sich gestern Abend betrunken hatte. Sobald Mittwinter vorbei war, konnte er die furchtbare Aufgabe nicht mehr aufschieben.

Jetzt musste er in die Überwelt, in die Zeit selbst gehen und dort nach Hilfe suchen, nach einer Möglichkeit, Callista zu ihnen zurückzubringen. Angesichts ihres entsetzlichen Leids sagte er sich, dass er für sie, für Andrew noch mehr als das wagen würde.

Sehr leise zog er sich zurück und verließ die Suite durch eine andere Tür.

15

Nach Mittwinter wurde das Wetter überraschenderweise milder, und die Reparaturen der Sturmschäden gingen schnell voran. Innerhalb von zehn Tagen waren sie abgeschlossen, und Andrew konnte für einige Zeit alles beruhigt in den Händen des *Coridom* lassen.

Bei sich dachte er, Damon sei noch nie so nervös und gereizt gewesen wie an diesem Morgen. Damon hatte die Suite mit telepathischen Dämpfern isoliert und den Dienern verboten, sich ihnen zu nähern. Schon seit Mittwinter war er missgestimmt und schweigsam gewesen. Aber jetzt, als er nervös in der Suite umherging, spürten es alle. Endlich unterbrach Callista seine sinnlose Betriebsamkeit mit dem Ausruf: »Das ist *genug*, Damon! Leg dich auf den Rücken und atme langsam. So kannst du nicht anfangen, das weißt du ebenso gut wie ich. Beruhige dich erst. Möchtest du etwas *Kirian*?«

»Ich *möchte* keinen«, gab Damon ärgerlich zurück, »aber ich vermute, ich sollte ihn lieber nehmen. Und ich brauche eine Decke oder so etwas. Ich komme immer halb erfroren zurück.«

Callista winkte Ellemir, ihn zuzudecken, und ging, den *Kirian* zu holen. »Probiere ihn zuerst. Meine Destilliereinrichtung hier ist nicht so gut wie die, die ich in Arilinn hatte, und es mögen Rückstände zurückgeblieben sein, obwohl ich ihn zweimal gefiltert habe.«

»Du kannst darin nicht schlechter sein als ich.« Damon schnüffelte vorsichtig, und dann lachte er. Ihm war eingefallen, dass Callista sich bei seiner einfachen Tinktur beinahe ebenso verhalten hatte. »Lass nur, meine Liebe, ich glaube nicht, dass wir einander vergiften werden.« Callista maß sorgfältig eine Dosis ab, und Damon setzte hinzu: »Ich kenne den Zeitverzerrungsfaktor nicht, und du musst in Phase bleiben, um mich zu überwachen. Solltest du selbst nicht besser auch welchen nehmen?«

Callista schüttelte den Kopf. »Ich habe eine schrecklich niedrige Toleranz für das Zeug, Damon. Wenn ich genug nähme, um in Phase zu bleiben, hätte ich ernstliche Schwierigkeiten. Ich kann mich ohne *Kirian* auf dich einstimmen.«

»Du wirst ganz steif und kalt werden«, warnte Damon. Doch dann sagte er sich, dass sie nach so vielen Jahren als Bewahrerin ihre Toleranz für die telepathische Droge wahrscheinlich bis auf den winzigsten Bruchteil genau kannte. Callista lächelte und zählte für sich ein paar Tropfen ab. »Ich trage einen besonders warmen Schal. Wann soll ich dich herausholen?«

Er wusste es nicht. In der Zeitforschung hatte er keine Erfahrung. Nicht die geringste Ahnung sagte ihm, welche Nebenwirkungen auftreten mochten. »Du holst mich besser nicht heraus, solange ich nicht in Krämpfe verfalle.«

»So weit willst du gehen?« Schuldgefühl durchfuhr Callista wie ein Stich. Für sie ging er dies furchtbare Risiko ein, für sie kehrte er an die so gefürchtete und gehasste Arbeit zurück. Sie standen bereits in enger Verbindung. Er legte leicht die Hand auf ihr Handgelenk. »Nicht nur für dich, Liebling. Für uns alle. Für die Kinder.«

Und für die Bewahrerin, die kommen wird. Callista sprach es nicht laut aus, aber für sie war die Zeit aus dem Brennpunkt geraten, wie es bei einem Alton zuweilen geschah, und sie sah sich selbst aus großer Entfernung. Hier, anderswo stand sie knietief in einem weiten Blumenfeld und blickte auf ein zartes Mädchen nieder, das bewusstlos vor ihr lag. Sie stand in der Kapelle zu Armida vor der Statue Cassildas, einen Kranz roter Blumen in der Hand. Sie legte die Blumen auf den Altar. Dann war sie zurück bei den anderen, benommen, rot im Gesicht, erregt. Sie hauchte: »Damon, hast du gesehen ...«

Andrew hatte es auch gesehen, sie alle hatten es gesehen,

und Andrew dachte an Callistas mitleidigen und kummervollen Gesichtsausdruck, als sie Ellemirs vergessene Opfergabe aus der Kapelle entfernte. »Unsere Frauen legen immer noch Blumen vor ihren Schrein …«, sagte Damon leise. »Ich habe es gesehen, Callie.«

Sie fragte sich, ob es Andrew sehr viel ausmachen würde. Dann konzentrierte sie sich mit eiserner Disziplin wieder auf ihre Arbeit. »Lass mich deine Atmung überprüfen.« Behutsam führte sie ihre Fingerspitzen über Damons Körper. »Nimm den *Kirian* jetzt.«

Er schluckte und verzog das Gesicht. »Puh! Womit hast du ihn gewürzt, mit Pferdepisse?«

»Mit nichts; du hast den Geschmack vergessen, das ist alles. Wie viele Jahre ist es her, dass du *Kirian* genommen hast? Leg dich zurück und hör auf, die Fäuste zu ballen. Du wirst nur deine Muskeln verknoten und steif werden.«

Damon gehorchte. Er blickte von einem der ihn umgebenden Gesichter zum anderen: Callista, nüchtern und befehlsgewohnt; Ellemir ein wenig ängstlich dreinblickend; Andrew stark und ruhig, aber Damon spürte eine Unterströmung von Unbehagen. Seine Augen kehrten zu Callistas zuversichtlichem Gesicht zurück. Auf sie, die in Arilinn ausgebildet war, konnte er sich absolut verlassen. Seine Atmung, seine Lebensfunktionen, sein Leben selbst lagen in ihren Händen, und er war zufrieden.

Warum musste sie auf ihre Berufung verzichten, weil sie sich eheliches Glück und Kinder wünschte?

Callista brachte Ellemir und Andrew in den Kreis. Damon nahm den sich aufbauenden Rapport, die Verschmelzung wahr. Schon trieb er auf weite Fernen zu. Er sah zu Ellemir hin, und sie schien ihm transparent zu sein. Wie sehr liebte er sie, wie glücklich war sie!

Callista sagte leise: »Im ersten Stadium lasse ich dich bis

zur Krise gehen, aber nicht bis zu Krämpfen. Das würde keinem von uns etwas nützen.«

Er machte sich nicht die Mühe zu widersprechen. Callista war in Arilinn ausgebildet; an ihr war es, die Entscheidung zu treffen. Dann befand er sich in der Überwelt. Seine Landmarke bildete sich um ihn, ein Turm wie Arilinn, weniger fest, weniger leuchtend, kein Lichtstrahl, aber ein Obdach, sehr blass und doch fest rings um ihn, ein Schutz, ein Heim in der Überwelt. Während er in den Mauern seines Zufluchtsortes verweilte, spann er den absurd leichtfertigen Gedanken aus, was die anderen Telepathen, die in der grauen Welt umherwanderten, wohl denken mochten, wenn sie einen neuen Turm entdeckten. Oder würden sie gar nichts davon merken, würden sie nie an diese abgelegene Stelle kommen, wo Damon und seine Gruppe arbeiteten? Entschlossen konzentrierte er sich auf den Gedanken, der ihn nach Arilinn führte, und schon stand er in dem Hof vor Leonie. Er stellte mit Erleichterung fest, dass ihr Gesicht verschleiert war und ihre Stimme kühl und sachlich klang, als habe es den Augenblick der Leidenschaft nie gegeben.

»Zuerst müssen wir die Ebene erreichen, wo eine Bewegung durch die Zeit möglich ist. Hast du dafür gesorgt, dass dein Körper überwacht wird?« Damon hatte den Eindruck, dass sie durch ihn hindurchblickte, auf die Überwelt, auf die Welt hinter ihm, wo sein Körper lag und Callista schweigend Wache hielt, Leonie blickte seltsam triumphierend drein, aber sie sagte nur: »Du magst für sehr lange Zeit abwesend sein, und sie wird noch länger scheinen, als sie ist. Ich will dich bis zur Zeitforschungsebene führen, doch ich bin nicht sicher, ob ich im Stande sein werde, dort zu bleiben. Wir müssen uns in kleinen Schritten durch die Ebenen bewegen.« Sie setzte hinzu: »Ich versuche immer, sie mir als Treppenstufen vorzustellen.« Vor Damons Augen hob sich der graue Nebel um sie genug, um eine schattenumhangene Treppe zu enthüllen. Sie schwang sich in einem Bogen nach oben und verschwand in dichteren Nebelschichten, die wie die Schwaden über einem Flussbett waren. Damon bemerkte, dass die Treppe ein vergoldetes Geländer hatte. Welche Treppe aus Leonies Kinderzeit mochte hier in dem gedanklichen Bild wohl wieder erweckt werden? Vielleicht eine auf Burg Hastur?

Er war sich voll bewusst, als er hinter Leonie seinen Fuß auf die erste Stufe setzte, dass sich in Wirklichkeit nur ihre Seelen durch die gestaltlosen Atome des Universums bewegten. Aber die visualisierte Treppe fühlte sich tröstlich fest unter seinen Füßen an und gab ihm einen Brennpunkt für die Bewegung von Ebene zu Ebene. Leonie kannte diesen Weg, und er war zufrieden, ihr zu folgen.

Die Stufen waren nicht steil, aber während des Aufstiegs begann Damon, schwerer zu atmen, als klettere er einen Berg hinauf. Die Treppe fühlte sich weiterhin fest unter seinen Füßen an und schien sogar teppichbelegt zu sein, obwohl auch seine Füße nur Gedankenbilder waren. Es wurde ihm immer schwerer, sie zu fühlen, sie von Stufe zu Stufe zu heben. Die Stufen wurden undeutlicher, je näher sie dem dichten grauen Nebel kamen, der ein kleines Stück vor ihnen wogte. Leonies Gestalt war nur noch ein Hauch von Karminrot.

Der dichte Nebel schloss sich um ihn. Er konnte ein paar Zoll der Treppe unter seinen Füßen sehen, aber er ging in einer Gräue, die seinen Körper verschwinden ließ. Die Gräue verdunkelte sich zu einer Schwärze, durch die im Zickzack blaue Lichter rasten.

Die Ebene der Energienetze. Damon hatte als Psi-Techniker auf dieser Ebene gearbeitet. Er nahm alle Kraft zusammen, und es gelang ihm, sich zu verfestigen. Aus der Schwärze schuf er eine dunkle Höhle mit schmalen, beleuchteten Pfaden und Fußwegen, die durch einen Irrgarten fallenden Wassers nach oben führten, Leonie war hier undeutlich und schattenhaft, ihre Robe farblos. Er empfing ihre wortlose Warnung:

Geh vorsichtig. Wir sind auf der Ebene der überwachten Matrices. Sie werden uns beobachten, damit mir kein Leid geschieht. Aber halte dicht hinter mir. Ich weiß, wo Matrix-Arbeit getan wird und wir nicht eindringen dürfen.

Schweigend schritt Damon auf den blau erleuchteten Pfaden weiter. Einmal kam es zu einer Explosion blauen Lichtes, und Leonie sandte ihm die dringende Warnung zu:

Wende dich davon ab!

Und er erkannte, dass irgendwo eine Matrix-Operation durchgeführt wurde, eine von so delikater Natur, dass selbst ein zufälliger Gedanke – ein »Ansehen« – sie aus dem Gleichgewicht werfen und die Mechaniker in Gefahr bringen konnte. Damon visualisierte, dass er sich körperlich von dem Licht abwandte und die Augen ganz fest schloss, damit er nicht einmal durch die Wimpern etwas erspähte. Lange Zeit schien zu vergehen, bis Leonies gedankliche Berührung ihm sagte:

Wir können ohne Gefahr weitergehen.

Wieder bildete sich die Treppe unter seinen Füßen, auch wenn er sie nicht sehen konnte, und er stieg hinauf. Nur volle Konzentration brachte jetzt noch die Illusion eines Körpers hervor, der hinaufstieg, Stufe um Stufe nahm, und die Stufen waren wie Nebel unter seinen Füßen. Sein Puls schlug hart, während er sich nach oben kämpfte, und sein Atem ging mühsam. Es war wie das Ersteigen der steilen Felsentreppe, die zum Nevarsin-Kloster hinaufführte. Damon tastete in der undurchdringlichen Dunkelheit nach dem eisüberzogenen Geländer. Es verbrannte ihm die Finger, aber er war dankbar für das Gefühl. Es half ihm, die schreckliche, chaotische Formlosigkeit dieser Ebene zu verfestigen. Er hatte keine Ahnung, wie Leonie, die nicht im Bergsteigen geübt war, hier zurechtkam. Er spürte sie in seiner Nähe und dachte sich, dass sie ihre eigenen mentalen Techniken haben musste, um die Steigung zu bezwingen. Damon bekam nur noch schwer Luft, und sein Herz quälte sich von einem Schlag zum anderen. Schwindel packte ihn beim Gedanken an die grauenhafte Kluft unter ihm. Er konnte sich nicht zwingen weiterzugehen. Er klammerte sich an das Geländer, und die Kälte machte seine Hände gefühllos.

Ich kann nicht weiter. Ich kann nicht. Ich will hier sterben.

Langsam wurde ihm das Atmen leichter, beruhigte sich sein arbeitendes Herz. Am äußersten Rand seines Bewusstseins tauchte der Gedanke auf, dass Callista mit ihm in Phase gegangen war und sein Herz und seine Atmung regulierte. Jetzt konnte er sich weiter nach oben kämpfen, obwohl die Treppe verschwunden war. Als die Vorstellung, er habe einen Berg zu bezwingen, immer stärker in ihm wurde, rief er sich verzweifelt die Techniken des Aufstiegs in Fels und Eis ins Gedächtnis zurück, die er als Junge in Nevarsin gelernt hatte. Er setzte Hände und Füße in grob eingehauene Löcher und zog sich weiter, er stellte sich Seile und Pickel vor, die ihm halfen, seinen widerstrebenden Körper nach oben zu befördern. Dann verlor er seinen Körper von neuem und mit ihm jede Spur einer Gestaltung. Mit grimmiger Konzentration bewegte er sich nur noch von Dunkelheit zu Dunkelheit. In einer davon waren seltsame, formlose Wolkenmassen, und er schien durch Sümpfe aus kaltem Schleim zu waten. In einer anderen waren überall Präsenzen, die sich an ihn drängten, die körperlos gegen ihn stießen ... Sogar das Konzept der *Form* war verloren gegangen. Er konnte sich nicht erinnern, was ein Körper war oder wie es sich anfühlte, einen zu besitzen. Er war ebenso formlos, so überall und nirgends wie *sie,* was sie auch sein mochten, die alles durchdrangen. Er fühlte sich krank und vergewaltigt, aber er kämpfte sich weiter, und nach Ewigkeiten war auch dies vorbei.

Endlich erreichten sie eine merkwürdige, dünne Dunkelheit, und Leonie, dicht neben ihm im Nichts, sagte, jedoch nicht mit Worten:

Dies ist die Ebene, wo wir uns von der linearen Zeit loslösen können. Versuche dir vorzustellen, du bewegtest dich entgegen der Strömung in einem Fluss. Es wird leichter werden, wenn wir einen festen Punkt finden. Von da aus können wir zurückgehen. Hilf mir, Arilinn zu finden.

Damon dachte: *Ist Arilinn auch hier?,* und erkannte, dass das eine absurde Frage war. Jeder Ort, der körperlich existierte, erstreckte sich durch alle Ebenen des Universums. Eine unkörperliche Hand ergriff die seine, und Damons eigene Hand materialisierte sich da, wo sie gewesen wäre, wenn er eine gehabt hätte. Er richtete alle seine Gedanken auf Arilinn, erblickte einen undeutlichen Schatten und fand sich in Leonies dortigem Zimmer wieder.

Einmal – es war in seinem letzten Jahr gewesen – war Leonie in den Relais zusammengebrochen. Er hatte sie in ihr Zimmer getragen und auf ihr Bett gelegt. Damals hatte er keine Einzelheit des Raums bewusst wahrgenommen, aber jetzt tauchte alles skizzenhaft aus seinem Geist und seinem Gedächtnis auf ...

Nein, Damon! Avarra, erbarme dich, nein!

Es hatte nicht in seiner Absicht gelegen, diesen längst vergangenen Tag heraufzubeschwören. Er hatte nicht den Wunsch, sich zu erinnern. – Zandrus Hölle, nein! Die Erinnerung gehörte Leonie, das wusste er, aber er wehrte sich nicht gegen ihren Vorwurf und suchte nach einem weniger gefährlichen Bild. In der Matrix-Kammer von Arilinn beobachtete er die dreizehnjährige Callista, der das Haar offen über den Rücken hing. Behutsam leitete er ihre Finger, berührte die Knoten, wo die Nerven an die Haut herantreten. Er erkannte die gestickten Schmetterlinge an den Säumen ihrer Ärmel –

damals hatte er nicht darauf geachtet. Die Wirklichkeit des Bildes entnervte ihn. Waren das wieder erweckte Gedanken aus einer längst vergangenen Zeit, oder erinnerte sich die Callista von heute? Damon sah, dass sie sich Mühe gab, aber Angst vor diesem strengen Mann hatte. Er war ihres toten Bruders geschworener Freund gewesen, kam ihr jetzt jedoch gefühllos, alt, fremd und fern vor. Er war nicht mehr der ihr vertraute Verwandte, sondern ein Fremder.

War ich so streng mit ihr, so kalt? Hast du dich vor mir gefürchtet, Callie? Zandrus Hölle, warum sind wir so hart zu diesen Kindern?

Leonies Hände berührten ihn über denen Callistas. Wie herb sie gewesen war, selbst damals, wie streng und gefurcht ihr Gesicht in wenigen Jahren geworden war! Aber die Zeit spulte sich weiter zurück. Callista war verschwunden, war nie dort gewesen. Er stand zum ersten Mal vor Leonie, er, ein junger Psi-Überwacher sah zum ersten Mal das Gesicht der Bewahrerin von Arilinn. *Evanda! Wie schön sie gewesen war! Alle Hastur-Frauen waren schön, aber sie hatte die legendäre Schönheit Cassildas.* Von neuem fühlte er die Qual der ersten Liebe, die Verzweiflung bei dem Wissen, dass sie hoffnungslos war. Aber die Zeit lief mit gnädiger Schnelligkeit noch weiter zurück. Damon war sich seines Körpers nicht mehr bewusst. Dieser Körper hatte nie existiert, Damon war ein undeutlicher Traum in einer noch undeutlicheren Dunkelheit und sah die Gesichter von Bewahrerinnen, die er nie gekannt hatte. (Bestimmt war diese hellhaarige Frau eine Ridenow seines eigenen Clans.) Im Hof wurde ein Denkmal zu Ehren Marelie Hasturs errichtet. Erschrocken sagte sich Damon, dass er einem Ereignis zusah, das drei Jahrhunderte vor seiner eigenen Geburt stattgefunden hatte. Er bewegte sich weiter den Fluss hinauf, fühlte, dass Leonie von ihm weggerissen wurde, wollte sich zu ihr zurückkämpfen ...

Ich kann nicht weiter mit dir kommen, Damon. Die Götter mögen dich schützen, Verwandter.

Er fasste in Panik nach ihr, aber sie war fort und würde erst in hunderten von Jahren geboren werden. Er war allein, benommen, müde, in einer weiten, nebligen Dunkelheit, und nur der Schatten von Arilinn war hinter ihm. *Wohin kann ich gehen? Ich könnte für immer durch das Zeitalter des Chaos wandern, ohne etwas zu erfahren.*

Neskaya. Er wusste, dass Neskaya der Mittelpunkt des Geheimnisses war. Er ließ Arilinn sich auflösen und war in Gedankenschnelle am Turm von Neskaya, der sich vor dem Hintergrund der Kilghardberge erhob. Es war wie das Durchwaten eines kalten Bergbachs, dessen starke Strömung ihn in seine eigene Zeit mitreißen wollte. Während des Kampfes hatte er sein Ziel beinahe aus den Augen verloren. Jetzt rief er es sich mit aller Kraft wieder ins Gedächtnis zurück. Er musste eine Bewahrerin von Neskaya finden, bevor der Turm im Zeitalter des Chaos zerstört und dann wieder aufgebaut worden war. Er kämpfte sich zurück, zurück und sah den Neskaya-Turm in Ruinen liegen, vernichtet im letzten der großen Kriege jenes Zeitalters, zu Asche verbrannt, die Bewahrerin und alle ihres Kreises hingemetzelt.

Der Turm war wieder da, aber nicht als das gedrungene Bauwerk aus Feldsteinen, das Damon hinter den Mauern der Stadt Neskaya gesehen hatte, sondern als ein hohes, leuchtendes Gebilde aus hellem blauem Stein. Neskaya! Neskaya zur Zeit seiner Glorie, bevor die Comyn bis auf die armseligen Überbleibsel seiner eigenen Zeit dahingeschwunden waren. Damon erschauerte. Er sah, was kein Mann und keine Frau seiner Zeit je gesehen hatte: den Turm von Neskaya in der Blütezeit der Comyn.

Ein funkelndes Licht erglomm im Hof, und in seinem Schein erkannte Damon einen jungen Mann. Voll Freude erinnerte er sich, dass er ihn schon einmal gesehen hatte, und entschloss sich, das als ein Zeichen auszulegen. Der junge Mann trug Grün und Gold und einen großen, funkelnden Ring an seinem Finger – einen Ring oder eine Matrix? Das feine Gesicht, die grün und goldene Kleidung in altertümlichem Zuschnitt kennzeichneten ihn als einen Ridenow. Ja, Damon hatte ihn schon einmal gesehen, wenn auch nur kurz. Mit einem seltsamen Gefühl der Erleichterung spürte er, wie er wieder feste Gestalt annahm. Der Körper, den er auf dieser komplizierten astralen Reise trug, war aber natürlich nur ein Abbild, der Schatten eines Schattens. Kurz wurde er sich seines wirklichen Körpers bewusst, kalt, verkrampft, komatös, ein nach Atem ringendes, gequältes Stück Fleisch, unvorstellbar *anderswo*. Der Körper, dessen er sich hier auf der höheren Ebene bediente, kannte keine Bande, war ruhig und frei von Beschwerden. Nach den erschöpfenden Ewigkeiten der Formlosigkeit war selbst der Schatten einer Gestalt eine Befreiung von Spannung, beinahe eine Explosion an Vergnügen. Ein richtiges Gewicht, Blut, das er in seinen Adern pulsieren fühlte, Augen, die sehen konnten ... Der junge Mann flackerte und wurde fest. Ja, er war ein Ridenow, sehr ähnlich Damons Bruder Kieran, der einzige Bruder, den Damon liebte und nicht nur des gemeinsamen Blutes wegen höflich tolerierte.

Damon wurde warm ums Herz vor Liebe zu diesem Fremden, der einer seiner eigenen fernen Vorfahren sein musste. Er trug eine lange, lose goldene Robe, mit Grün gegürtet, und er betrachtete Damon mit ruhigem, freundlichem Blick. Er sagte: »Deinem Gesicht und deiner Kleidung nach bist du gewiss einer meines eigenen Clans. Wanderst du in einem Traum, Verwandter, oder bist du von einem anderen Turm aus auf die Suche nach mir gegangen?«

Damon antwortete: »Ich bin Damon Ridenow.« Er wollte sagen, dass er nicht in dieser Zeit lebe, aber dann fiel ihm ein, dass die Zeit auf dieser Ebene keine Bedeutung hatte. Wenn alles Geschehen gleichzeitig existierte, dann war die Zeit, als er Psi-Techniker in Arilinn gewesen war, ebenso real, ebenso gegenwärtig wie die Zeit, zu der sein Körper während dieser Suche in Armida lag. »Damon Ridenow, Dritter im Turm von Arilinn, dem Grad nach Techniker, unter der Bewahrerin Leonie von Arilinn, Lady Hastur.«

Der junge Mann meinte liebenswürdig: »Sicher träumst du, oder du bist wahnsinnig, oder du hast dich in der Zeit verlaufen, Verwandter. Alle Bewahrer von Nevarsin bis Hali sind mir bekannt, und es ist keine Leonie darunter, und auch keine Hastur-Frau.« Er lächelte. »Soll ich dich an deinen eigenen Ort und in deine eigene Zeit entlassen, Cousin? Diese Ebenen sind gefährlich, und ein bloßer Techniker kann hier nicht ohne Gefahr reisen. Du magst zurückkehren, wenn du die Fähigkeiten eines Bewahrers gewonnen hast, Cousin. Dass du die Kraft dazu bereits hast, zeigt mir dein Erscheinen hier. Aber ich kann dich auf eine Ebene schicken, die sicher für dich ist, und ich wünsche dir ebenso viel Vorsicht, wie du Mut hast.«

»Ich bin weder wahnsinnig, noch träume ich«, erklärte Damon, »und in der Zeit verlaufen habe ich mich auch nicht, obwohl ich mich wahrlich weit von meiner eigenen Zeit entfernt habe. Meine Bewahrerin schickt mich, und vielleicht bist du der, den ich suche.«

»Ich bin Varzil«, sagte der junge Mann, »Varzil von Neskaya, Bewahrer des Turms.«

Bewahrer. Damon hatte davon gehört, dass in früheren Zeiten Männer zu Bewahrern gemacht worden waren. Allerdings benutzte der junge Mann das Wort in einer Form, die er noch nie vernommen hatte: *Tenerézu.* Als Leonie ihm von männlichen Bewahrern erzählte, hatte sie sich des üblichen Ausdrucks bedient, der unveränderlich weiblich war. Von

Varzil ausgesprochen, war das Wort ein Schock. *Varzil!* Der legendäre Varzil, genannt der Gute, der Hali neu erstehen ließ, nachdem die Katastrophe den dortigen See vernichtete. »In meiner Zeit bist du eine Legende, Varzil von Neskaya, besser als Lord von Hali bekannt.«

Varzil lächelte. Er hatte ein ruhiges, intelligentes Gesicht, doch es hatte nicht den zurückhaltenden, losgelösten, isolierten Ausdruck, den Damon bei jeder Bewahrerin, die er kannte, gesehen hatte. Es war lebendig vor Neugier. »Eine Legende, Cousin? Nun, ich nehme an, Legenden lügen in deiner Zeit ebenso wie in meiner, und für mich mag es gut sein, dass ich nicht weiß, was vor mir liegt, so dass es mich weder furchtsam noch eingebildet machen kann. Sag mir nichts darüber, Damon. Doch eins hast du mir bereits verraten. Wenn dein Bewahrer eine Frau ist, hat meine Arbeit Erfolg gehabt, und diejenigen, die nicht glauben wollten, eine Frau habe genug Kraft für dies Amt, sind zum Schweigen gebracht. Und da du mir ein Geschenk gemacht hast, Damon, ein Geschenk an Vertrauen, sag mir, was kann ich dir dafür geben? Denn du würdest eine so weite Reise nicht unternehmen, wenn nicht eine dringende Notwendigkeit bestünde.«

»Die Notwendigkeit betrifft nicht mich, sondern meine Verwandte«, sagte Damon. »Sie ist dazu ausgebildet worden, Bewahrerin in Arilinn zu sein. Doch sie wurde von ihrem Eid befreit, um heiraten zu können.«

»Musste sie dazu erst befreit werden?«, fragte Varzil. »Aber woran fehlt es? Selbst heutzutage wird kein Bewahrer mehr chirurgisch verstümmelt, Verwandter. Oder hältst du mich für einen Eunuchen?« Er lachte mit einer Fröhlichkeit, die Damon aus irgendeinem Grund an Ellemir erinnerte.

»Nein, aber sie verharrt in einem Zustand zwischen einer Bewahrerin und einer normalen Frau«, erläuterte Damon. »Ihre Kanäle wurden auf das Muster einer Bewahrerin fixiert, als sie noch sehr jung, noch unreif war, und sie kann die Kanäle nicht mehr auf normale Weise benutzen.«

Varzil blickte nachdenklich drein. »Ja, das kann geschehen. Sag mir, wie alt war sie, als man mit ihrer Ausbildung begann?«

»Zwischen dreizehn und vierzehn, glaube ich.«

Varzil nickte. »Das dachte ich mir. Der Geist drückt dem Körper seinen Stempel auf, und mit vielen, vielen Jahren als Bewahrerin in ihrem Gehirn kann sie die Kanäle nicht mehr anpassen. Du musst ihren Verstand zu den Tagen zurückführen, als ihr Körper noch frei war, bevor die Kanäle verändert und verschlossen wurden und die lange Tätigkeit als Bewahrerin die Veränderung ihrer Nervenkanäle dauerhaft machte. Ist ihr Geist einmal frei, wird sich ihr Körper von selbst befreien. Wenn du sie das nächste Mal durch das Sakrament führst – doch warte, bist du sicher, dass die Kanäle nicht chirurgisch verändert und die Nerven nicht durchtrennt worden sind?«

»Ja. Es muss mittels einer Matrix bei der Konditionierung geschehen sein.«

Varzil zuckte die Schultern. »Das wäre nicht nötig gewesen, aber ein ernster Schaden ist nicht geschehen. Es gibt immer Frauen, die ihre Kanäle auf diese Weise blockieren lassen, aber am Jahresende-Fest kommt die Befreiung. Einige unserer ersten Bewahrer waren *Chieri,* weder Mann noch Frau, *Emmasca,* und auch sie fanden sich auf dies Muster fixiert. Das ist natürlich der Grund, warum wir den alten sakramentalen Ritus des Jahresendes zum festen Brauch gemacht haben. Wie musst du sie lieben, Cousin, dass du so weit gereist bist! Möge sie dir Kinder gebären, die ihrem Clan ebenso viel Ehre machen wie ihr tapferer Vater.«

»Sie ist nicht meine Frau«, entgegnete Damon, »sondern mit meinem geschworenen Bruder verheiratet ...« Kaum hatte er es ausgesprochen, als er in Verwirrung geriet, denn die Worte schienen für Varzil keine Bedeutung zu haben.

Varzil schüttelte abwehrend den Kopf. »Du bist ihr Bewahrer; folglich trägst du für sie die Verantwortung.«

»Nein, sie ist es, die Bewahrerin ist«, widersprach Damon, plötzlich von unverständlicher Furcht befallen. Varzil sah ihn scharf an. Die Überwelt erzitterte, und einen Augenblick lang verschwand Varzil außer Sicht. Sogar das Funkeln seines Rings verblasste zu einem schwachen, fernen blauen Fleck. *War es eine Matrix?* Damon war, als ersticke er, ertrinke in der Dunkelheit. Er hörte Varzil von weit weg seinen Namen rufen, und dann fühlte er erleichtert die schwache Berührung von Varzils Hand auf dem Abbild seiner Hand. Sein Körper formierte sich von neuem, aber er fühlte sich schwach und krank. Er konnte Varzil nur undeutlich sehen, und hinter ihm war ein Kreis von Gesichtern, ein glitzernder Ring von Steinen, Gesichter von Comyn, die seine längst vergessenen Ahnen sein mussten. Varzils Stimme klang tief besorgt.

»Du darfst nicht länger hier bleiben, Cousin. Diese Ebene bedeutet den Tod für den Ungeübten. Komm zurück, wenn es sein muss, sobald du die volle Kraft eines *Tenerézu* gewonnen hast. Fürchte nichts für die geliebte Frau, Damon. An dir als ihrem Bewahrer ist es, sie durch das altehrwürdige Sakrament des Jahresendes zu führen, als sei sie zur Hälfte *Chieri* und deshalb *Emmasca.* Leider musst du bis zum Fest warten, wenn sie in der Zwischenzeit als Bewahrerin zu arbeiten hat, aber danach wird alles gut werden. Und nicht in dreihundert Jahren und auch nicht in tausend wird ein Kind der Türme jemals das Fest vergessen.« Damon schwankte benommen, und wieder stützte Varzil ihn. Mit freundlicher Besorgtheit sagte er: »Blick in meinen Ring. Ich werde dich auf eine Ebene zurückschicken, die ungefährlich für dich ist. Hab keine Angst, dieser Ring hat nichts von den Gefahren einer gewöhnlichen Matrix.

Lebe wohl, Verwandter, bringe der, die deinem Herzen teuer ist, meine Liebe und meine Grüße.«

Damon fühlte sein Bewusstsein schwinden. Er stammelte: »Ich ... ich verstehe nicht.« Nichts blieb deutlich außer Varzils Ring, der leuchtete und blitzte und die Dunkelheit auslöschte.

Das habe ich schon einmal gesehen, wie einen Lichtstrahl.

Er war nicht mehr fähig zu sprechen, er konnte keine Wörter bilden. Aber Varzil war dicht neben ihm in der Dunkelheit. *Ja, ich werde jetzt gehen und ein Licht aufstellen, das dich hierher führen wird ... diesen Ring.*

Damon dachte verwirrt:

Das Licht habe ich schon einmal gesehen.

Mühe dich nicht mit Definitionen der Zeit ab, Cousin. Wenn du Bewahrer bist, wirst du es verstehen.

Zu meiner Zeit gibt es keine männlichen Bewahrer.

Aber du bist ein Bewahrer, oder du wärst nie lebendig hier erschienen. Jetzt darf ich deine sichere Rückkehr nicht länger verzögern, Cousin, Bruder ...

Das Glänzen des Rings füllte Damons Bewusstsein. Er sah nichts mehr, das Licht verließ ihn, sein Körper verlor die Festigkeit. Er trieb über einem Abgrund des Nichts dahin und kämpfte darum, im Gleichgewicht zu bleiben. Irgendwo klammerte er sich an, wurde weggerissen, fiel. *Muss ich alle diese Ebenen hinunterfallen, die ich so mühsam erstiegen habe ...?*

Er fiel, und er wusste, er würde fallen und fallen, hunderte von Jahren lang.

Dunkelheit. Schmerz. Unfassbare Müdigkeit. Dann Callistas Stimme: »Ich glaube, jetzt kommt er zu sich. Andrew, willst du bitte seinen Kopf anheben? Elli, wenn du nicht aufhörst zu heulen, schicke ich dich hinaus. Das ist mein Ernst!« Er spürte den stechenden Geschmack von *Firi* auf seiner Zunge, und nun kam Callistas Gesicht in seinen Sichtbereich. Er flüsterte mit klappernden Zähnen: »Kalt ... mir ist so kalt ...«

»Nein, dir ist nicht kalt, Lieber«, sagte Callista sanft. »Du bist in alle Decken eingewickelt, die wir haben, und an deinen Füßen liegen heiße Ziegelsteine, siehst du? Nein, es gibt keinen *Firi* mehr. In einer Minute bekommst du heiße Suppe.«

Er konnte wieder sehen. Jede Einzelheit seiner Reise und des Gesprächs mit Varzil kehrte ihm ins Gedächtnis zurück. Hatte er wirklich einen Vorfahren getroffen, der schon so lange tot war, dass sogar seine Knochen sich in Staub verwandelt hatten? Oder träumte er, gestaltete er Wissen, das tief in seinem Unterbewusstsein verborgen lag? Oder war sein Geist tief in die Vergangenheit gewandert, um zu sehen, was auf der Struktur der Zeit geschrieben stand? Was war Wirklichkeit?

Aber welches Fest hatte Varzil gemeint? Er hatte gesagt, nicht in dreihundert und nicht in tausend Jahren würden die Comyn das Fest und das Sakrament vergessen. Doch Varzil hatte nicht mit dem Zeitalter des Chaos gerechnet, nicht mit der Zerstörung des Turms von Neskaya.

Immerhin, die Antwort war da. Bisher war sie dunkel, aber Damon erkannte bereits, wohin sie führte. *Der Geist drückt dem Körper seinen Stempel auf.* Also musste er Callistas Geist irgendwie in die Zeit zurückführen, als ihr Körper noch frei von den grausamen Beschränkungen ihrer Jahre als Bewahrerin war. *An dir als ihrem Bewahrer ist es, sie durch das altehrwürdige Sakrament des Jahresendes zu führen, als sei sie zur Hälfte* Chieri *und deshalb* Emmasca.

Um was es sich bei dem vergessenen Fest auch gehandelt haben mochte, es konnte irgendwie in Erfahrung gebracht und rekonstruiert werden. Es musste ein Ritual gewesen sein, das den Geist von seinen Fesseln befreite. Wenn alles andere fehlschlug – was hatte Varzil gesagt? *Komm zurück, sobald du die volle Kraft eines Bewahrers gewonnen hast.*

Damon erschauerte. Musste er also diese Arbeit, Angst erregend außerhalb der Sicherheit eines Turms, weiterführen, um sich selbst zum Bewahrer zu machen? Musste er das Potenzial, das Leonie in ihm gesehen hatte, Wirklichkeit werden lassen? Ja, denn sein Wort band ihn, und für Callista gab es wohl keinen anderen Weg.

So schlimm mochte es nicht sein, dachte er hoffnungsvoll. Sicher gab es Aufzeichnungen über das Fest des Jahresendes in den anderen Türmen, vielleicht in Hali, in der *Rhu Fead,* dem heiligen Ort der Comyn.

Ellemir blickte über Callistas Schulter. Ihre Augen waren rot vom Weinen. Damon setzte sich hoch und raffte die Decken um sich. »Habe ich dir Angst gemacht, meine Liebste?«

Sie schluchzte auf. »Du warst so kalt, so steif, du schienst nicht einmal zu atmen. Und dann fingst du an zu keuchen und zu wimmern – ich dachte, du lägest im Sterben, du seist tot – oh, Damon!« Ihre Hände klammerten sich an ihm fest. »Tu das nie wieder! Versprich es mir!«

Vor vierzig Tagen hätte er es ihr mit Freuden versprochen. »Mein Liebling, das ist die Arbeit, für die ich ausgebildet bin, und ich muss frei sein, sie, wenn nötig, zu tun.« Varzil hatte ihn als Bewahrer gegrüßt. War das seine Bestimmung?

Aber nicht wieder in einem Turm. Dort hatte man eine Kunst daraus gemacht, das Leben der Mitarbeiter zu deformieren. Würde er, indem er Callista befreite, auch alle seine zukünftigen Söhne und Töchter befreien?

Callista hob den Kopf und lauschte auf ein leises Geräusch. »Das wird das Essen sein, nach dem ich geschickt habe. Geh und hol es herein, Andrew, wir wollen hier keine Außenseiter haben.« Als er zurückkehrte, goss sie heiße Suppe in einen Becher. »Trink sie, so schnell du kannst, Damon. Du bist so schwach wie ein frisch geschlüpfter Vogel.«

Er verzog das Gesicht. »Ich glaube, das nächste Mal werde ich im Ei drinbleiben.« Er trank, anfangs ganz vorsichtig, da er sich nicht sicher war, ob er schlucken konnte. Seine Hände waren nicht fähig, den Becher zu halten, und Andrew half ihm.

»Wie lange war ich fort?«

»Den ganzen Tag und den größten Teil der Nacht«, antwortete Callista. »Und natürlich konnte ich mich während dieser Zeit auch nicht bewegen, so dass ich steif bin wie in einem Sarg festgenagelte Bretter!« Müde streckte sie ihre verkrampften Glieder. Andrew überließ es Ellemir, Damons Becher zu halten, kniete sich vor ihr nieder, zog ihr die Samtpantoffeln aus und rieb ihre Füße mit starken Händen. »Wie kalt sie sind!«, stellte er bestürzt fest.

»Ungefähr der einzige Vorzug, den die höheren Ebenen vor Nevarsin im Winter haben, ist, dass man dort keine Frostbeulen bekommen kann«, stellte Callista fest, und Damon grinste schief. »In der Hölle bekommt man auch keine Frostbeulen, aber ich habe das nie als einen guten Grund dafür nennen gehört, sich draußen zu halten.« Andrew blickte verwirrt drein, und Damon fragte ihn: »Oder gibt es bei euch eine heiße Hölle, wie sie die Trockenstädter haben sollen?«

Andrew nickte, und Damon trank seinen Becher leer und ließ ihn sich noch einmal mit Suppe füllen. Er erklärte: »Zandru soll über neun Höllen herrschen, eine kälter als die andere. Als ich in Nevarsin war, hieß es dort immer, der Schlafsaal der Schüler werde etwa auf der Temperatur der vierten Hölle gehalten, um uns zu zeigen, was uns noch bevorstehen könne, wenn wir zu viele Regeln brächen.« Er warf einen Blick auf die Finsternis vor dem Fenster. »Schneit es?«

Andrew fragte: »Tut es hier des Nachts jemals irgendetwas anderes?«

Damon wärmte seine kalten Finger an dem Steingutbecher.

»O ja, manchmal im Sommer haben wir acht oder zehn Nächte ohne Schnee.«

»Und dann«, meinte Andrew mit ernstem Gesicht, »werden die Leute anfangen, mit einem Sonnenstich zusammenzubrechen, und an Überhitzung sterben.«

»Nein, davon habe ich noch nie gehört ...«, begann Callista. Dann sah sie Andrews Zwinkern, unterbrach sich und lachte. Damon beobachtete sie beide. Er war müde und erschöpft und im Frieden. Er wackelte mit den Zehen. »Mich würde es gar nicht wundern, wenn ich doch Frostbeulen hätte. Auf einer Ebene kletterte ich über Eis – oder dachte, ich tue es«, setzte er, in der Erinnerung schaudernd, hinzu.

»Zieh seine Slipper aus und sieh nach, Ellemir.«

»Ach, Callie, ich habe doch nur Spaß gemacht ...«

»Ich nicht. Hilary war einmal auf einer Ebene gefangen, wo Feuer zu sein schien, und kam mit Verbrennungen und Blasen an den Fußsohlen zurück. Sie konnte tagelang nicht laufen«, sagte Callista.

»Leonie pflegte zu sagen: ›Der Geist drückt dem Körper seinen Stempel auf.‹ Damon, was ist?« Sie beugte sich vor, betrachtete seine bloßen Füße und lächelte. »Nein, körperliche Verletzungen hast du nicht davongetragen, aber ich weiß, dass du dich halb erfroren *fühlst.* Vielleicht solltest du, wenn du mit deiner Suppe fertig bist, ein heißes Bad nehmen. Es wird die Blutzirkulation anregen.«

Sie spürte Andrews fragenden Blick und fuhr fort: »Ehrlich, ich weiß nicht, ob sein Körper die Kälte der Ebenen reflektiert oder ob es etwas in seinem Geist ist. Ich weiß auch nicht, ob der *Kirian* es dem Geist erleichtert, Bilder auf den Körper abzustrahlen, oder ob er die Zirkulation verlangsamt und man sich deshalb Kälte vorstellt. Aber was es auch sein mag, die subjektive Erfahrung in der Überwelt ist *Kälte,* eisige Kälte, die durch Mark und Bein geht. Ich will nicht darüber streiten, woher die Kälte kommt, aber erfahren habe ich sie oft genug. Deshalb weiß ich, dass heiße Suppe, heiße Ziegelsteine, heiße Bäder und eine Menge Decken für jeden bereit sein müssen, der von einer solchen Reise zurückkehrt.«

Damon hatte keine Lust, allein zu bleiben, auch im Bad nicht. Solange er flach lag, fühlte er sich gut, aber als er versuchte, sich aufzusetzen und zu gehen, kam ihm sein Körper bis zur Unstofflichkeit verdünnt vor. Ohne dass seine Füße den Boden spürten, tat er ein paar körperlose Schritte und verblasste im leeren Raum. Er schämte sich, als er sein leises Jammern hörte.

Andrews starker Arm schob sich unter seinen, stützte ihn, gab ihm das Gefühl der Realität zurück. Halb entschuldigend sagte Damon: »Tut mir Leid, ich komme mir immerzu vor, als ob ich verschwinde.«

»Ich lasse dich nicht fallen.« Schließlich musste Andrew ihn beinahe ins Bad tragen. Das heiße Wasser brachte Damon das Bewusstsein seiner physischen Realität zurück. Andrew, von Callista über diese Reaktion aufgeklärt, war erleichtert, als Damon allmählich wieder wie er selbst aussah. Auf einem Schemel neben der Wanne Platz nehmend, sagte Andrew: »Ich bin hier, wenn du mich brauchst.«

Überfließende Wärme und Dankbarkeit erfüllten Damon. Wie gut sie alle zu ihm waren, wie freundlich, liebevoll und um sein Wohlergehen besorgt! Wie er sie alle liebte! Er lag in seinem Bad, schwebend, euphorisch, und das Gefühl der Beglückung war ebenso groß wie vorher sein Elend, bis das Wasser abzukühlen begann. Andrew ging nicht auf Damons Bitte ein, seinen Leibdiener holen zu lassen. Er hob den Freund aus der Wanne, trocknete ihn ab und hüllte ihn in einen Mantel. Als sie zu den Frauen zurückkehrten, war Damon immer noch in gehobener Stimmung. Callista hatte weiteres Essen kommen lassen, und Damon aß langsam. Er genoss jeden Bissen, und noch nie hatte ihm etwas so frisch, so süß, so gut geschmeckt.

Er wusste selbst, dass sein augenblicklicher Zustand nur Teil der Reaktion war und früher oder später einer schrecklichen Depression weichen würde. Aber er klammerte sich daran, versuchte, jeden Augenblick voll zu erleben. Als er so viel gegessen hatte, wie er nur irgend konnte (auch Callista hatte nach der Anstrengung des langen Überwachens wie ein Scheunendrescher eingehauen), bat er: »Ich möchte nicht allein sein. Können wir nicht alle zusammenbleiben, wie wir es beim Mittwinterfest gemacht haben!«

Callista zögerte. Dann antwortete sie mit einem Blick zu Andrew: »Sicher. Niemand von uns wird dich verlassen, solange du unsere Nähe brauchst.«

Andrew, der wusste, wie äußerst unangenehm Damon und Callista in ihrem augenblicklichen Zustand die Anwesenheit nichttelepathischer Diener sein würde, trug das Geschirr und die Überreste des Essens aus dem Zimmer. Als er zurückkam, lagen sie alle im Bett. Callista, dicht an der Wand, war bereits eingeschlafen. Damon hatte die Augen geschlossen und hielt Ellemir in seinen Armen, ihr Haar an seiner Wange, um sich zu vergewissern, dass er, er selbst *wirklich* war. Er hörte und spürte Andrew gleich dahinter, ein starkes Bollwerk gegen die Angst. *Ich bin hier mit meinen Geliebten, ich bin nicht allein. Ich bin in Sicherheit.*

Sanft und ohne Begehren liebkoste er sie, seine Hände streichelten ihr seidiges Haar, ihren warmen, bloßen Hals, ihre weichen Brüste. Sein Wahrnehmungsvermögen war so überspitzt, dass er sogar durch ihren Schlaf ihre Reaktion auf die Berührung spürte. Wie er es vor langer Zeit, als er Überwacher gewesen war, gelernt hatte, ließ er sein Bewusstsein in ihren Körper einsinken. Ohne Überraschung stellte er die Veränderungen in den Brüsten und tief im Leib fest. Seit sie ihr Kind verloren hatten, war er vorsichtig gewesen, also war Andrew der Urheber. Umso besser, dachte er. Ellemir und er waren so nahe verwandt. Er küsste ihren Nacken, und die Liebe war so stark in ihm, dass er glaubte, sie werde ihn sprengen. Er hatte Ellemir davor bewahrt, ein Kind aus langen Generationen der Inzucht zu empfangen, und jetzt konnte sie das Kind, nach dem sie sich sehnte, ohne Gefahr bekommen. Ein tiefes inneres Wissen sagte ihm, dass dies Kind dem Leben nicht zu früh verloren gehen würde. Er freute sich für Ellemir und für sie alle. Über Ellemir hinweg fasste er nach Andrews Hand. Andrew erwachte nicht, doch im Schlaf schlossen sich seine Finger um die Hand des Freundes. *Mein Freund. Mein Bruder. Weißt du schon von unserm Glück?* Damon zog Ellemir fest an sich. Erschauernd dachte er daran, dass er dort draußen auf den höheren Ebenen der Überwelt hätte sterben können. Dann hätte er alle, die er so liebte, niemals wieder gesehen. Aber selbst dieser Gedanke beunruhigte ihn nicht lange.

Andrew hätte für sie alle gesorgt. Aber es war schön, immer noch bei ihnen zu sein, diese Wärme zu teilen, an die Kinder zu denken, die ihnen hier geboren werden würden, an das vor ihnen liegende Leben, die endlose Wärme. Er würde niemals wieder allein sein. Im Einschlafen dachte er: *In meinem ganzen Leben bin ich noch nie so glücklich gewesen.*

Als Damon Stunden später erwachte, war auch das letzte bisschen Wärme und Euphorie verschwunden. Er fühlte sich kalt und einsam, und seinen Körper nahm er nur undeutlich wahr. In plötzlicher Panik zog er Ellemir krampfhaft an sich. Sie wurde sofort wach und reagierte auf sein hungriges Verlangen nach Kontakt. Warm, sinnlich, lebendig schmiegte sie sich an seinen todeskalten Körper. Damons Verstand sagte ihm, dass er ihr auf sexuellem Gebiet im Augenblick nichts zu bieten hatte, und trotzdem versuchte er verzweifelt, in sich einen Funken, einen Schatten, einen Hauch der Liebe zu erwecken, die er für sie empfand. Sein Verlangen war überwältigend, und Ellemir erkannte niedergeschlagen, dass es nicht sexueller Natur war. Sie hielt ihn fest und tröstete ihn und tat, was sie konnte, aber in seinem Erschöpfungszustand konnte er die aufflackernde und verlöschende Erregung nicht beibehalten. Ellemir fürchtete sehr, mit diesem nutzlosen Bemühen werde er sich noch mehr erschöpfen, aber ihr fiel nichts ein, was sie sagen konnte, ohne ihn zu verletzen. Sorge und Zärtlichkeit wollten ihr das Herz brechen. Endlich, wie es unvermeidlich war, seufzte er und ließ sie los. Sie wollte ihm versichern, es spiele keine Rolle, sie verstehe, aber für Damon spielte es doch eine Rolle, und das wusste sie, und es gab keine Möglichkeit, das zu ändern. So küsste sie ihn nur und akzeptierte sein Versagen und seine Verzweiflung.

Aber jetzt merkte Damon, dass die anderen wach waren. Seine Gedanken griffen nach ihnen, zogen sie in dem vierfachen Rapport um sich, und das gab ihm mehr als seine verzweifelten Versuche zu einem Liebesakt. Intensiv, bewusst, sich näher als bei einer körperlichen Berührung, jenseits von Worten, jenseits einer sexuellen Begegnung verschmolzen sie miteinander. Andrew, der Damons Not in sich selbst spürte, fasste nach Ellemir, die sofort in seine Arme kam. Die gemeinsame Erregung wuchs, sandte vibrierende Wellen durch sie alle, verschlang sogar Callista, verschmolz sie zu einer einzigen Wesenheit, berührend, entfaltend, drängend, antwortend. Wessen Lippen fanden sich, wessen Schenkel teilten sich, wessen Arme hielten welchen Körper in leidenschaftlicher Umklammerung? Es griff um sich wie eine Flut, wie eine Feuersbrunst, eine verbrennende, erschütternde Explosion der Freude und Erfüllung. Als die Erregung abflaute – oder sich vielmehr auf einem weniger hohen Niveau stabilisierte –, glitt Ellemir aus Andrews Armen, umfasste Callista, drückte sie an sich und öffnete ihrer Schwester großzügig ihren Geist. Callista warf sich hungrig in den mentalen Kontakt, versuchte, etwas von dieser Nähe, diesem Beisammensein, das sie nur auf diese Weise, aus zweiter Hand teilen konnte, festzuhalten. Einen Augenblick war sie sich ihres eigenen nicht reagierenden Körpers nicht mehr bewusst.

Andrew spürte, dass Callistas Geist sich völlig öffnete, und so war es in gewissem Sinn tatsächlich Callista in seinen Armen gewesen. Ihm schwindelte. Es war ihm, als fließe er über, als breite er sich aus, bis er allen Raum im Zimmer einnahm, um sie alle vier in seinen Armen halten zu können. Sowohl Damon als auch Callista nahmen seinen impulsiven Gedanken auf: *Ich wünschte, ich könnte überall gleichzeitig sein! Ich möchte euch alle gleichzeitig lieben!* Damon rückte nahe an Andrew heran und umfasste ihn in dem verworrenen Wunsch, an diesem intensiven Entzücken irgendwie teilzunehmen. Und schon nahm er teil an der sich langsam erneuernden Erregung, an den sanften, leidenschaftlichen Liebkosungen ...

Dann ein Schock, Entsetzen – *Zum Teufel, was geht hier vor?* –, als Andrew sich bewusst wurde, wem die ihn streichelnden Hände gehörten. Das zarte Netz des Kontaktes zerschellte wie brechendes Glas, barst mit einem harten, physischen Schock. Callista gab einen kurzen, gebrochenen Schrei wie ein Schluchzen von sich, und Ellemir rief beinahe laut: *Oh, Andrew, wie konntest du ...!*

Andrew lag ganz still und zwang sich mit aller Willenskraft, nicht körperlich von Damon abzurücken. *Er ist mein Freund. Es ist nicht so wichtig.* Aber der Augenblick war vorüber. Damon drehte sich um, begrub sein Gesicht im Kissen und stieß rau hervor:

»Zandrus Hölle, Andrew, wie lange müssen du und ich noch Angst voreinander haben?«

Blinzelnd kam Andrew aus dem Strudel der Verwirrung wieder an die Oberfläche. Er war sich nur vage im Klaren darüber, was geschehen war. Er wandte sich zur Seite, legte eine Hand auf Damons zitternde Schulter und sagte unbeholfen: »Es tut mir Leid, Bruder. Du hast mich erschreckt, das ist alles.«

Damon hatte sich wieder unter Kontrolle, aber es hatte ihn im Augenblick äußerster Verletzlichkeit getroffen, als er für sie alle ganz offen gewesen war, und die Zurückweisung hatte ihm unvorstellbaren Schmerz zugefügt. Er war ein Ridenow und Empath, und Andrews Reue und Schuldbewusstsein machten ihn traurig. »Noch eins von deinen kulturellen Tabus?«

Andrew nickte erschüttert. Er war nie auf den Gedanken gekommen, etwas, das er tat, irgendetwas, könne Damon so sehr wehtun. »Es tut mir Leid, Damon, wirklich. Es war nur eine Art ... eine Art Reflex, mehr nicht.« Verlegen, immer noch entsetzt über die Ungeheuerlichkeit, die er Damon angetan hatte, beugte er sich zu ihm und umarmte ihn kurz. Damon lachte, erwiderte die Umarmung und setzte sich auf. Er fühlte sich ausgelaugt und mitgenommen, aber nicht mehr desorientiert.

Schockbehandlung, sagte er sich. Bei Hysterie wirkte gutes Zureden, aber ein harter Schlag auch. Er stand auf, wusch sich und zog sich an, und er war dankbar, dass er sich wieder fest und wirklich fühlte. Nüchtern dachte er, dass es im Grunde nicht so schlimm gewesen war. Diesmal war Andrew, als eins seiner tief verwurzelten Tabus verletzt wurde, nicht davongelaufen und hatte nicht versucht, sich loszureißen. Er hatte erkannt, dass er Damon verletzt hatte, und es akzeptiert.

Beide Männer blieben für kurze Zeit im Vorderzimmer der Suite zurück, als die Frauen sich angezogen hatten und gegangen waren. Andrew streifte Damon mit einem Blick. Ob er ihm noch böse war?

»Nicht böse«, sagte Damon laut. »Ich hätte damit rechnen müssen. Du hast immer Angst vor männlicher Sexualität gehabt, nicht wahr? In jener ersten Nacht, als du und Callista in Rapport mit Ellemir und mir tratet, spürte ich das. Später hatte ich mir über so viel anderes Sorgen zu machen, dass ich es vergaß, aber als wir uns in der Verbindung zufällig berührten, gerietest du in Panik.« Wieder fühlte er Andrews Ansatz zu einer Erwiderung, seinen beunruhigten Rückzug. »Ist es kulturell notwendig, jede männliche Sexualität außer deiner eigenen als Bedrohung zu empfinden?«

»Ich habe keine Angst davor«, antwortete Andrew mit einer Spur Ärger, »ich fühle mich abgestoßen, wenn sie sich auf mich richtet.«

Damon zuckte die Schultern. »Menschen sind keine Herdentiere, die jedes andere Männchen als Rivalen oder Bedrohung betrachten. Ist es dir unmöglich, Freude an männlicher Sexualität zu haben?«

»Ja, zum Teufel«, stieß Andrew voller Abscheu hervor. »Kannst du es vielleicht?«

»Natürlich«, sagte Damon erstaunt. »Ich liebe die ... die Wahrnehmung deiner Männlichkeit, wie ich die Weiblichkeit bei den Frauen liebe. Ist das so schwer zu verstehen? Es bringt mir meine eigene ... eigene Mannheit ... stärker zum Bewusstsein ...« Mit verlegenem Lachen unterbrach er sich. »Wie kann es zwischen uns solche Schwierigkeiten geben? Selbst die Telepathie bringt keine Verständigung, weil es keine geistigen Bilder gibt, die die Worte illustrieren.« Ruhiger setzte er hinzu: »Ich bin nicht homosexuell, Andrew. Aber diese ... diese Art von Furcht kann ich kaum begreifen.«

Andrew brummte, ohne ihn anzusehen: »Ich vermute, es ist nicht so besonders wichtig. Nicht hier.«

Es bestürzte Damon, dass eine für ihn so einfache Sache in seinem Freund so starke Zweifel an sich selbst, so viel echte Furcht erzeugten. Beunruhigt sagte er: »Nein, das nicht. Aber, Andrew, wir sind mit Zwillingsschwestern verheiratet. Wir werden wahrscheinlich den Großteil unseres Lebens zusammen verbringen. Muss ich immer Angst davor haben, dass ein Augenblick, in dem ich dir ... Zuneigung zeige, dich abstößt und so aus der Fassung bringt, dass wir alle, auch die Frauen, dadurch verletzt werden? Wirst du immer davor zittern, dass ich ... eine unsichtbare Grenze überschreite, dass ich dich zu etwas zwingen will, das ... das dich mit Abscheu erfüllt? Wie lange ...« – seine Stimme brach – »wie lange wirst du vor mir noch auf der Hut sein?«

Andrew wand sich vor Verlegenheit. Er wünschte sich tausend Meilen weit fort, um nicht Damons Fragen, Damons Nähe ausgesetzt zu sein. Bisher war ihm noch nie ganz klar geworden, was es bedeutete, Telepath und Teil einer Gruppe wie dieser zu sein, wo es keine Möglichkeit gab, sich zu verstecken. Jedes Mal, wenn sie versuchten, sich voneinander abzuschließen, gerieten sie in Schwierigkeiten. Sie mussten den Tatsachen ins Auge sehen. Plötzlich hob Andrew den Kopf und sah Damon gerade an. Mit leiser Stimme sagte er: »Sieh mal, du bist mein Freund. Alles, was du möchtest, wird ... wird für mich immer in Ordnung sein. Ich werde versuchen, mich ... über manche Dinge nicht so aufzuregen. Es ...« – nicht einmal ihre Hände berührten sich, aber Andrew hatte die Empfindung, als ständen Damon und er dicht beieinander und umarmten sich wie Brüder – »... Es tut mir Leid, dass ich deine Gefühle verletzt habe. Das möchte ich um nichts in der Welt, Damon, und das solltest du mittlerweile wissen.«

Damon blickte zu ihm auf. Es rührte und erschütterte ihn, denn er erkannte, welche ungeheure Tapferkeit es für Andrew bedeutete, das zu sagen. Ein Außenseiter, und doch hatte er sich so weit angepasst. Er war ihm auf mehr als halbem Wege entgegengekommen, um den Riss zwischen ihnen zu heilen. So berührte Damon den Freund leicht am Handgelenk. Es war die federleichte Berührung, mit der sich Telepathen der gegenseitigen Verbundenheit vergewisserten. Sehr sanft sagte er: »Und ich werde versuchen, mir immer vor Augen zu halten, dass dir dies noch fremd ist. Du bist jetzt so sehr einer von uns, dass ich vergesse, dir Zugeständnisse zu machen. Und nun genug davon. Es ist Arbeit zu tun. Ich muss überall in den Archiven von Armida nachsehen, ob ich eine Erwähnung des alten Jahresende-Festes vor dem Zeitalter des Chaos und dem Brand von Neskaya finde. Habe ich keinen Erfolg, muss ich in den Aufzeichnungen der anderen Türme suchen, und ein Teil dieser Arbeit kann nur durch die telepathischen Relais geschehen. Ich kann nicht nach Arilinn, nach Neskaya und nach Dalereuth reisen. Aber ich bin überzeugt, dass wir die Antwort eines Tages haben werden.«

Er begann, Andrew davon zu erzählen. Immer noch fühlte er sich müde und deprimiert, eine unvermeidliche Reaktion auf die lange Reise durch die Überwelt. Damon sagte sich, er dürfe für seinen eigenen seelischen Zustand nicht Andrew verantwortlich machen. Wenn sie erst alle wieder ins normale Leben zurückgefunden hatten, würde es leichter sein.

Aber wenigstens, dachte er, gab es jetzt so etwas wie eine Hoffnung darauf.

16

Die Suche in den Archiven von Armida förderte nichts zu Tage. Es gab Aufzeichnungen über alle Arten von Festen, die zur einen oder anderen Zeit in den Kilghardbergen gebräuchlich gewesen waren, aber das einzige Jahresende-Fest, das Damon entdecken konnte, war ein altes Fruchtbarkeitsritual. Es hatte sich beträchtliche Zeit vor dem Brand von Neskaya schon überlebt und überhaupt keinen Bezug auf Callistas Problem. Doch sie war jetzt, wo die Suche im Gange war, geduldig, und ihr Gesundheitszustand besserte sich.

Ihre Menstruation war zweimal wiedergekehrt. Damon hatte darauf bestanden, dass sie jedes Mal der Vorsicht halber einen Tag im Bett verbrachte. Er war darauf vorbereitet gewesen, ihre Kanäle nochmals zu säubern, wenn es sein musste, aber sie blieben rein. Es war ein gutes Zeichen für ihren körperlichen Zustand, aber ein schlechtes für die schließliche Entwicklung zur selektiven Funktionsweise der Kanäle.

Die normale Winterarbeit auf Armida ging weiter. Das Wetter war mild, und es ging auf die Frühlingsschneeschmelze zu. Wie üblich zu dieser Jahreszeit war Armida isoliert, und man hatte kaum Kunde von dem Geschehen in der Außenwelt. Kleine Neuigkeiten nahmen große Bedeutung an. Eine Zuchtstute auf einer der niedriger gelegenen Weiden gebar Zwillinge, beides Stutenfohlen. Dom Esteban schenkte sie Callista und Ellemir. Er sagte, wenn sie wollten, könnten sie so in einigen Jahren zueinander passende Reitpferde haben. Der alte Spielmann Yashri, der beim Mittwinterfest zum Tanz aufgespielt hatte, stürzte bei einem mit viel Alkohol gefeierten Geburtstag im Dorf und brach sich zwei Finger. Sein neun Jahre alter Enkel kam nach Armida und schleppte stolz die Harfe seines Großvaters – die beinahe ebenso groß war wie er –, um an den langen Abenden Musik zu machen. Eine Frau, die an einer entlegenen Stelle des Gutes wohnte, gebar vier Kinder auf einmal. Callista ritt mit Ferrika in ihr Dorf hinaus, um Geschenke und gute Wünsche zu überbringen. Ein länger anhaltender Sturm zwang sie zu Andrews Angst und Sorge, zwei Nächte außer Haus zu verbringen. Als sie zurückkehrte und er sie fragte, warum dieser Ausflug notwendig gewesen sei, antwortete sie ihm freundlich: »Es ging um das Leben der Babys, mein Gatte. Die Leute in den Bergen sind unwissend. Sie betrachten eine solche Geburt als Vorzeichen, ein gutes oder schlechtes, und wer weiß, wie sie es auslegen? Ferrika kann ihnen noch so oft erzählen, das sei Unsinn. Sie ist eine von ihnen, und sie hören nicht auf sie, obwohl sie eine in Arilinn ausgebildete Hebamme, eine Freie Amazone und wahrscheinlich viel intelligenter als ich ist. Aber ich bin *Comyn* und eine *Leronis*. Wenn ich Geschenke für die Kinder und Glückwünsche für die Mutter bringe, wissen die Leute, dass ich sie unter meinen Schutz genommen habe. Wenigstens werden sie sie dann nicht als Furcht erregendes Omen für eine kommende Katastrophe behandeln.«

»Wie sehen die Babys aus?«, erkundigte Ellemir sich eifrig. Callista verzog das Gesicht. »Alle Neugeborenen sehen für mich wie haarlose Rabbithorns für den Bratspieß aus, Elli, über alle Maßen hässlich.«

»Oh, Callie, wie kannst du das sagen!«, rief Ellemir vorwurfsvoll. »Ich muss einfach hin und sie mir selbst ansehen. Vier auf einmal, welch ein Wunder!«

»Doch für die arme Frau ist es hart. Ich habe zwei Frauen aus dem Dorf überreden können, beim Nähren der Kinder mitzuhelfen, aber wir müssen ihnen, noch bevor sie entwöhnt werden, eine Milchkuh schicken.«

Die Neuigkeit von der Vierlingsgeburt verbreitete sich überall in den Bergen. Ferrika meinte, sie sei froh, dass jetzt im Winter die Straßen nicht so leicht passierbar seien – obwohl es wirklich ein milder Winter war –, denn andernfalls würde die arme Frau von Leuten, die das Wunder sehen wollten, zu Tode belästigt werden. Andrew machte sich seine Gedanken darüber, was man hier unter einem strengen Winter verstand, wenn dies ein milder war. Er nahm an, in irgendeinem Jahr werde er es herausfinden.

Er hatte das Gefühl für die verstreichende Zeit verloren, außer dass er die Daten, an denen die Geburt eines Fohlens zu erwarten war, sorgfältig in die Zuchtbücher der Ranch eintrug. Er führte lange, leidenschaftliche Diskussionen mit Dom Esteban und dem alten Rhodri über das Züchten bester Pferde. Die Tage waren schon merklich länger geworden, als seine Aufmerksamkeit gewaltsam auf das Fortschreiten der Zeit gelenkt wurde.

Er war nach einem langen Tag im Sattel heimgekehrt und stieg die Treppe hinauf, um sich für das Abendessen umzuziehen. Callista war bei ihrem Vater in der Großen Halle und unterrichtete den alten Mann im Harfenspiel. Ellemir kam ihm an der Tür der gemeinsamen Suite entgegen und zog ihn in ihre Hälfte.

Das war nicht ungewöhnlich. Damon hatte sich ganz in seine Suche vertieft und unternahm hin und wieder lange Reisen in die Überwelt. Bisher hatten seine Anstrengungen keine Frucht getragen, aber sie hatten die normalen Folgen der Matrix-Arbeit, und Ellemir mit ihrem gesunden Menschenverstand hatte bei diesen und anderen Gelegenheiten mit Andrew geschlafen. Anfangs hatte er es als das genommen, was es bisher gewesen war, einen Ersatz für Callistas Unfähigkeit. Dann, eines Nachts, als er an ihrer Seite schlief – es war nicht zu Intimitäten gekommen, weil sie sagte, sie sei zu müde –, hatte er erkannt, dass er nicht nur das von Ellemir wollte.

Er liebte sie. Nicht als Ersatz für Callista, sondern um ihrer selbst willen. Das fand er außerordentlich beunruhigend. Immer hatte er geglaubt, wenn ein Mann eine Frau liebe, verliere er das Interesse an allen anderen. Sorgfältig verbarg er den Gedanken, um sie nicht zu kränken. Nur wenn er weit draußen in den Bergen war, weg von ihnen allen, untersuchte er die Frage eingehend. *Gott helfe mir, habe ich die falsche Frau geheiratet?* Und doch, wenn er Callista wieder sah, erkannte er, dass er sie nicht weniger liebte als zuvor, dass er sie immer lieben würde, auch wenn er selbst ihre Fingerspitzen nicht mehr berühren durfte. Er liebte sie beide. Was konnte er dagegen tun? Jetzt, als er Ellemir betrachtete, klein und lächelnd und errötet, konnte er nicht anders, als sie in die Arme zu nehmen und herzhaft zu küssen.

Sie zog die Nase kraus. »Du riechst nach Pferd.«

»Tut mir Leid, ich wollte gerade baden ...«

»Entschuldige dich nicht, ich mag den Geruch von Pferden, und im Winter kann ich nie ausreiten. Was hast du gemacht?« Als er es ihr erzählt hatte, sagte sie: »Ich sollte meinen, der *Coridom* könnte das erledigen.«

»Oh, das könnte er, aber wenn die Leute sich daran gewöhnen, dass ich ihre Probleme löse, werden sie bereit sein, zu mir zu kommen, statt Dom Esteban zu belästigen. Und er sieht in letzter Zeit so müde und verbraucht aus. Ich glaube, der Winter lastet auf ihm.«

»Auf mir auch«, sagte Ellemir, »aber jetzt habe ich etwas, das das Warten der Mühe wert macht. Andrew, ich wollte es dir als Erstem sagen: Ich bin schwanger! Es muss kurz vor Mittwinter geschehen sein ...«

»Allmächtiger Gott!«, keuchte er. Die frohe Stimmung war verschwunden. »Ellemir, Liebes, es tut mir Leid – ich hätte vorsichtiger sein ...«

Für sie war es wie ein Schlag ins Gesicht. Sie rückte von ihm ab. Ihre Augen blitzten vor Zorn. »Ich wollte dir dafür danken, und jetzt muss ich erfahren, dass du mir dies größte aller Geschenke missgönnst. Wie kannst du so grausam sein!«

»Warte, warte ...« Er war ganz durcheinander. »Elli, Liebchen ...«

»Wie kannst du es wagen, mir Kosenamen zu geben, nachdem du – nachdem du mir so ins Gesicht geschlagen hast?«

Er streckte die Hand nach ihr aus. »Warte, Ellemir, bitte. Ich habe wieder einmal etwas nicht verstanden. Ich dachte ... Willst du mir sagen, dass du dich *freust*, schwanger zu sein?«

Sie war ebenso verwirrt wie er. »Wie wäre es möglich, dass ich mich nicht freue? Was für Frauen hast du denn gekannt? Ich war so glücklich, so sehr glücklich, als Ferrika mir heute Morgen sagte, jetzt sei es sicher und nicht nur Einbildung, weil ich es mir so sehr wünschte.« Sie sah aus, als werde sie gleich weinen. »Ich wollte mein Glück mit dir teilen, und du behandelst mich wie eine Prostituierte, als sei ich nicht würdig, dein Kind zu tragen!« Sie begann zu schluchzen. Andrew zog sie an sich. Sie stieß ihn weg, und dann lag sie weinend an seiner Schulter.

Er sagte hilflos: »Oh, Ellemir, Ellemir, werde ich je einen von euch verstehen? Wenn du darüber glücklich bist, dann bin ich natürlich auch glücklich.« Es wurde ihm bewusst, dass er das so ernst meinte wie nur jemals etwas in seinem Leben.

Sie schnüffelte und hob den Kopf. Ihr Gesicht war wie ein Frühlingstag, gleichzeitig Regen und Sonnenschein. »Wirklich Andrew? Bist du wirklich froh?«

»Natürlich, Liebling, wenn du es bist.« Was für Komplikationen das auch hervorrufen mochte, setzte er für sich selbst hinzu. Es musste sein Kind sein, oder sie hätte es zuerst Damon erzählt.

Ellemir nahm seine Verwirrung wahr. »Wie könnte denn Damon etwas anderes tun, als sich mit mir zu freuen?« Sie lehnte sich zurück, blickte in sein Gesicht hoch und fragte:

»Würden deine Leute das auch als verkehrt ansehen? Ich bin froh, dass ich keinen von ihnen kenne!«

Wiederholte Schocks dieser Art hatten Andrew beinahe immun dagegen gemacht. »Damon ist mein Freund, mein bester Freund. Unter meinen Leuten würde dies als Verrat, als Betrug betrachtet werden. Die Frau meines besten Freundes wäre die eine mir verbotene Frau.«

Ellemir schüttelte den Kopf. »Deine Leute mag ich überhaupt nicht. Glaubst du, ich würde mein Bett mit einem Mann teilen, den mein Mann nicht kennt und liebt? Würde ich ein Kind tragen wollen, dem mein Mann Vater sein wird, wenn es von einem Fremden oder einem Feind gezeugt wäre?« Nach kurzem Überlegen setzte sie hinzu: »Es ist wahr, ich wünschte mir, zuerst Damon ein Kind zu gebären. Aber du weißt, was geschehen ist und wieder geschehen kann. Wir sind zu nahe miteinander verwandt. Deshalb entscheiden wir uns vielleicht, überhaupt keine gemeinsamen Kinder zu haben. Er braucht keinen Erben aus Ridenow-Blut, und ein Kind, das du uns gibst, wird wahrscheinlich gesünder und kräftiger sein als eines, das er mir geben kann.«

»Ich verstehe.« Er wollte gern zugeben, dass das logisch klang, aber er schwieg, um seine eigenen Gefühle zu überprüfen. Sein eigenes Kind von der Frau, die er liebte. Aber nicht von seiner geliebten Frau. Ein Kind, das einen anderen Mann Vater nennen, auf das er keinen Anspruch haben würde. Und was würde Callista empfinden? Sah sie es als ein weiteres Zeichen dafür, dass sie ausgeschlossen war? Kam sie sich betrogen vor?

Ellemir sagte sanft: »Ich bin sicher, auch sie wird sich für mich freuen. Du glaubst doch nicht, dass ich dem Leid, das sie zu tragen hat, auch nur das Gewicht einer Feder hinzufügen möchte?«

Andrew fühlte sich immer noch unsicher. »Weiß sie es?«

»Nein, aber natürlich kann sie es vermuten.« Sie zögerte. »Ich vergesse immer wieder, dass du keiner von uns bist. Ich werde es ihr erzählen, wenn du es wünschst, obwohl einer unserer Männer es ihr lieber selbst sagen würde.«

Die komplizierte Höflichkeit in diesen Dingen ging über sein Begreifen hinaus, aber plötzlich wünschte er, das zu tun, was in seiner adoptierten Welt als richtig galt. Er erklärte fest: »Ich werde es ihr sagen.«

Aber er würde es dann tun, wenn er den richtigen Zeitpunkt für gekommen hielt, in einem Augenblick, wo sie an seiner Liebe nicht zweifeln konnte.

Ganz verwirrt ging er in sein eigenes Zimmer. Während er sich für das Abendessen fertig machte, lieferten seine Gedanken einen seltsamen Kontrapunkt zu seinen alltäglichen Verrichtungen. Er badete und schnitt sich den Bart, den er sich entgegen dem Brauch hatte wachsen lassen. Dann zog er saubere Hauskleidung an.

Sein eigenes Kind. Hier, auf einer fremden Welt, und nicht einmal das Kind seiner eigenen Frau. Aber Ellemir hielt es nicht für merkwürdig, und Damon wusste es offenbar schon seit einiger Zeit und billigte es. Eine fremdartige Welt, und er war Teil von ihr.

Bevor er fertig war, hörte er Reiter im Hof, und als er nach unten ging, fand er Damons Bruder Kieran vor. Er war von einem winterlichen Besuch in Thendara zurückgekehrt. Sein ältester Sohn, ein rothaariger Junge von etwa vierzehn mit hellen Augen, und ein halbes Dutzend Gardisten, Friedensmänner und Begleiter waren bei ihm. Andrew hatte Damons ältesten Bruder Lorenz nicht gemocht, aber Kieran fand er sympathisch, und er freute sich ebenso wie Dom Esteban über Neuigkeiten aus der Außenwelt.

»Erzählt mir, wie es Domenic geht«, verlangte der alte Mann. Kieran lächelte. »Wie es der Zufall will, habe ich ihn oft gesehen. Kester ...« – er wies auf seinen Sohn – » ... soll diesen Sommer ins Kadettenkorps eintreten. Deshalb habe ich Domenics Angebot abgelehnt, Danvans Posten als Kadettenmeister zu übernehmen; kein Mann kann Meister seines eigenen Sohns sein.« Er lächelte, um den Worten den Stachel zu nehmen. »Ich möchte gegen meinen Sohn nicht so hart sein, wie Ihr es gegen Euren sein musstet, Lord Alton.«

»Geht es ihm gut? Ist er ein fähiger Kommandant der Garde?«

»Soweit ich es beurteilen kann, könntet Ihr selbst es kaum besser machen«, antwortete Kieran. »Er hat die Geduld, weiseren Köpfen zuzuhören. Oft fragt er Kyril Ardais um Rat und auch Danvan, und manchmal sogar Lorenz, obwohl ich nicht glaube ...« – er grinste zu Damon hinüber – »... dass er von Lorenz viel mehr hält als wir. Jedenfalls ist er vorsichtig und diplomatisch, hat mit den richtigen Leuten Freundschaft geschlossen und hat keine Günstlinge. Seine *Bredin* sind beide manierliche junge Leute. Es sind Cathal Lindir und einer seiner *Nedestro*-Brüder – ich glaube, er heißt Dezirado.«

»Deziderio.« Dom Esteban lächelte erleichtert. »Es freut mich, zu hören, dass es Dezi gut geht.«

»O ja, die drei sind immer zusammen, aber da gibt es keine Krawalle, keine Huren, keine Schlägereien. Alle drei sind nüchtern wie Mönche. Man könnte meinen, Domenic sei sich wie jemand, der dreimal so alt ist, darüber klar, dass ein junger Bursche als Kommandant Tag und Nacht beobachtet wird. Nicht etwa, dass sie Trauerklöße wären – der junge Nic hat immer ein Lachen oder einen Scherz auf den Lippen –, aber er hält seine Verantwortung in beiden Händen«, berichtete Kieran. Andrew sah den fröhlichen Jungen vor sich, der sich bei seiner Hochzeit neben ihn gestellt hatte. Er freute sich darüber, dass Domenic sich als so tüchtig erwies. Was Dezi betraf – nun, eine verantwortliche und ihn fordernde Aufgabe sowie das Wissen, dass Domenic ihn als Familienangehörigen anerkannte, was der alte Mann niemals tun würde, mochten dem Jungen helfen, zu sich selbst zu finden. Andrew hoffte es. Er wusste, was es bedeutete, sich nirgends zugehörig zu fühlen.

»Gibt es sonst noch Neuigkeiten, Schwager?«, fragte Ellemir eifrig, und Kieran lächelte. »Zweifellos hätte ich mehr auf das achten sollen, was sich die Damen in Thendara erzählen, Schwester. Lass mich nachdenken ... Es gab einen Aufstand in der Straße, wo das Gildenhaus der Freien Amazonen steht, und es geht das Gerücht, ein Mann behaupte, seine Frau sei gegen ihren Willen dorthin gebracht worden ...«

»Das ist nicht wahr«, fiel Ferrika ärgerlich ein. »Verzeiht mir, Dom Kieran, aber eine Frau muss von selbst kommen und um Aufnahme bitten!«

Kieran lachte gutmütig. »Das bezweifele ich nicht, *Mestra*, aber so erzählt man es sich in Thendara. Er soll Schwertkämpfer angeheuert haben, um sie zurückzubringen, und seine Frau soll bei der Verteidigung des Gildenhauses mit den Amazonen gekämpft und ihn verwundet haben. Die Geschichte wird von jedem Mund, der sie wiederholt, weiter ausgeschmückt. Sicher wird es eines Tages heißen, sie habe ihn getötet und seinen Kopf an die Mauer genagelt. Auf dem Markt stellte jemand den Kadaver eines Fohlens mit zwei Köpfen aus, aber mein Friedensmann berichtete, es sei eine Fälschung, und noch dazu eine ungeschickte. Als Junge war er eine Zeit lang Lehrling bei einem Sattler und kennt die Tricks. Und – lass mich noch einen Augenblick nachdenken. Ach ja. Als ich durch die Berge ritt, hörte ich, in den warmen Tagen sei ein Feld *Kireseth* aufgeblüht, und es habe einen richtigen Geisterwind wie im Sommer gegeben, aber eine Winterblüte.«

Dom Esteban nickte lächelnd. »Das ist selten, aber es kommt vor, und es wird für Glück verheißend gehalten.«

Callista erklärte Andrew mit leiser Stimme: »*Kireseth* ist eine Pflanze, die in den Bergen nur selten blüht. Die Pollen und Blüten liefern den Rohstoff, aus dem wir *Kirian* herstellen. Wenn die Pflanzen im Sommer blühen, erzeugen die Hitze und die Luftströmungen in den Bergen einen Wind, der Geisterwind genannt wird. Unter seinem Einfluss tun die Menschen merkwürdige Dinge. Wenn der Geisterwind weht, läuten wir die Alarmglocken und verbarrikadieren uns in unsern Häusern, denn die Tiere im Wald werden wahnsinnig, und manchmal kommen Nichtmenschen aus den Bergen und greifen die Menschen an. Ich habe sie einmal als Kind gesehen.« Sie schüttelte sich.

Dom Esteban setzte die Geschichte fort. »Aber eine Winterblüte dauert nicht lange genug, um gefährlich zu sein. Die Bevölkerung eines Dorfes wird das Säen und Pflügen vergessen, einen oder zwei Tage lang ihre Gärten vernachlässigen, um sich wie die Narren aufzuführen. Aber nach ein paar Stunden fällt Regen und hält die Pollen am Boden fest. Das Schlimmste, was ich jemals von einer Winterblüte gehört habe, ist, dass die Aas fressenden Wölfe im Wald kühn wurden – die Pollen beeinflussen das Gehirn von Mensch und Tier gleicherweise – und auf die Felder kamen, um Kühe und Pferde anzugreifen. Meistens bedeutet eine Winterblüte nicht mehr als einen unerwarteten Feiertag.«

Andrew erinnerte sich, dass Damon ihn davor gewarnt hatte, die *Kireseth*-Blüten im Destillierraum anzufassen oder daran zu riechen.

»Es hat noch eine andere Nebenwirkung«, sagte Ferrika mit breitem Lächeln. »In diesem Dorf wird es, wenn der Herbst kommt, mehr Arbeit für die Hebamme geben. Frauen, die keine Kinder mehr haben wollten, oder sogar Matronen mit erwachsenen Kindern sind auf einmal schwanger.«

Dom Esteban lachte auf. »Ja, ja, als ich ein junger Bursche

war, wurden bei Hochzeiten Witze darüber gemacht, wenn die Ehe von den Familien arrangiert worden und die Braut unwillig war. Dann fand eines Sommers eine Heirat statt – oh, weit im Norden, in der Nähe von Edelweiß –, und ein Geisterwind blies durch den Festschmaus. Das Fest wurde zur Orgie, es wurde gefressen und gesoffen und ... nun, es war sehr unanständig und dauerte Tage an. Ich war leider noch zu jung, um viel Nutzen davon zu haben. Aber ich erinnere mich, einiges gesehen zu haben, was man sonst vor Kinderaugen verbirgt.« Er wischte sich die Lachtränen aus dem Gesicht. »Und dann, mehr als ein halbes Jahr später, wurden viele Kinder geboren, bei denen es, um das Mindeste zu sagen, in Frage stand, wer der Vater war. Jetzt macht man diese Witze bei Hochzeiten nicht mehr.«

»Wie abscheulich!«, erklärte Ferrika mit einer Grimasse, aber Damon musste lachen, als er sich die Hochzeit vorstellte, bei der sich vulgäre Späße und raue Spiele unter dem Einfluss des Geisterwindes in eine tatsächliche Orgie verwandelt hatten.

»Ich glaube nicht, dass *sie* es komisch gefunden haben«, meinte Ellemir nüchtern, und Dom Esteban antwortete: »Nein, wirklich nicht, *Chiya.* Wie ich sagte, heutzutage werden bei Hochzeiten nicht einmal mehr Witze darüber gemacht. Aber in den Bergen wurde früher davon erzählt, dass im Sommer, wenn die Geisterwinde blasen, manche Leute in den Domänen ein Fest feiern, ein altes Fruchtbarkeitsfest. Das waren barbarische Zeiten vor dem Vertrag, vielleicht sogar noch vor dem Zeitalter des Chaos.« Er setzte hinzu: »Doch natürlich ist eine Winterblüte nicht gefährlich.«

»Und auch nichts zum Lachen«, sagte Ferrika, »für die Frauen, die sich schwanger mit einem ungewünschten Kind finden!«

Andrew fiel auf, dass Ellemir verwirrt die Stirn runzelte.

Ihren Gedanken konnte er leicht folgen: War es möglich, dass eine Frau ein Kind nicht wünschte? Callista sagte: »Ich wollte, hier käme es zu einer Winterblüte. Ich muss mehr *Kirian* herstellen, denn der, den wir haben, ist fast aufgebraucht, und wir sollten einen Vorrat im Haus haben.«

Einer der Diener aß an einem Seitentisch, wo er, wenn nötig, gleich zur Verfügung war, seine Mahlzeit. Jetzt hob er den Kopf und sagte mit schüchterner, rostiger Stimme: »*Domna*, wenn Ihr das wirklich wünscht, so gibt es *Kireseth*-Blüten auf dem Berghang über der Weide, wo die Zwillingsfohlen geboren wurden, da, wo die alte Steinbrücke ist. Ich weiß nicht, ob sie noch in Blüte stehen, aber mein Bruder hat sie gesehen, als er vor drei Tagen dort entlangritt.«

»Wirklich?«, fragte Callista. »Ich danke dir, Rimal. Wenn das Wetter gut bleibt – was allerdings nicht wahrscheinlich ist –, werde ich morgen hinreiten und meinen Vorrat auffüllen.«

In dieser Nacht gab es weder Regen noch Schnee. Nach dem Frühstück, als Kieran Ridenow sich verabschiedet hatte – Dom Esteban drängte ihn, ein paar Tage zu bleiben, aber er sagte, er müsse das gute Wetter ausnutzen –, befahl Callista, ihr Pferd zu satteln. Dom Esteban runzelte die Stirn, als er sie im Reitrock erblickte.

»Das gefällt mir gar nicht, Callista. *Chiya*, als ich ein Junge war, hieß es immer, keine Frau sollte allein in den Bergen reiten, wenn der *Kireseth* in Blüte steht.«

Callista lachte. »Vater, glaubst du wirklich –«

»Du bist *Comynara*, Kind, und niemand unserer Leute würde dir etwas antun, sei er bei Verstand oder nicht. Aber es könnten Fremde oder Gesetzlose in den Bergen sein.«

»Ich werde Ferrika mit mir nehmen«, sagte sie vergnügt. »Sie ist in einem Gildenhaus der Amazonen ausgebildet und kann sich gegen jeden Mann verteidigen, ob er sie nun berauben oder vergewaltigen will.«

Aber Ferrika, die halb im Ernst hereingerufen wurde, wollte nicht mit. »Die Frau des Milchmanns ist kurz vor ihrer Zeit, und die Geburt kann heute stattfinden, *Domna*«, sagte sie. »Es wäre kaum schicklich, wenn ich meinen Posten verließe und einen Ausflug in die Berge machte. Ihr habt einen Mann, Lady. Bittet *ihn,* mit Euch zu reiten.«

Auf dem Gut gab es für Andrew nicht viel zu tun. Die Reparaturen der Sturmschäden waren beendet, und die Ranch lag noch im Winterschlaf, trotz des schönen Wetters. Er ließ sein Pferd satteln.

Weg von allen anderen, dachte er, fand er vielleicht den richtigen Augenblick, Callista von Ellemir zu erzählen. Und dem Kind.

Es war noch früh, als sie aufbrachen. Im Osten war der Himmel purpurn und mit dicken schwarzen Wolken gefleckt, deren Säume im Licht der dahinter stehenden Sonne karminrot leuchteten. Sie ritten über steile Pfade und blickten in die Täler hinab. Unter den Bäumen hatte sich der Schnee noch gehalten. Auf jedem Berghang weideten Pferde das frische Gras ab. Andrews Herz wurde leicht. Callista war ihm nie fröhlicher, nie schöner vorgekommen. Sie sang beim Reiten Stücke aus alten Balladen, und einmal hielt sie an und rief wie ein Kind am Eingang eines langen Tals mit ihrer süßen Stimme ein »Hallooo-ooo-ooo« hinein. Als die hohen Felsen ein hundertfaches Echo zurückwarfen, lachte sie. Die Sonne stieg höher, und es wurde wärmer. Callista löste ihren dunkelblauen Reitumhang und schlang ihn über das Sattelhorn.

»Ich wusste gar nicht, dass du so gut reiten kannst«, bemerkte Andrew.

»Oh, sogar in Arilinn bin ich viel geritten. Wir verbrachten so viel Zeit drinnen, in den Schirmen und Relais, dass wir steif und leblos wie die Bilder von Hastur und Cassilda in der Kapelle geworden wären, hätten wir uns nicht Bewegung verschafft. An freien Tagen nahmen wir unsere Falken und ritten in das Land um Arilinn hinaus. Es ist nicht hügelig wie hier, sondern eine flache Ebene. Wir jagten kleines Wild mit den Falken. Ich war stolz, dass ich mit einem *Verrin* umgehen konnte, einem Vogel, so groß ...« – sie hielt ihre Hände auseinander – »... kein Falke für Damen, wie die meisten Frauen ihn hatten.« Wieder lachte sie klingend. »Armer Andrew, du kennst mich nur als Gefangene, als krank und ans Haus gefesselt. Da musst du mich für eine zarte Jungfrau aus dem Märchen halten. Aber ich bin ein Landmädchen und sehr kräftig. Als Kind konnte ich ebenso gut reiten wie mein Bruder Coryn. Und ich glaube, meine Stute kann deinen Wallach bis zu dem Zaun dort schlagen!« Sie schnalzte dem Pferd zu und war fort wie der Wind.

Andrew grub seine Fersen ein und raste ihr nach, das Herz im Hals – Callista war an das Reiten nicht mehr gewöhnt, sie musste jeden Augenblick abgeworfen werden! Aber Frau und Pferd schienen zu einem einzigen Geschöpf zu verschmelzen. Als sie den Zaun erreichte, zog sie ihr Pferd nicht hoch, sondern nahm ihn fliegend mit einem erregten Aufjauchzen. Die graue Stute hob sich wie ein Vogel in die Luft und setzte auf der anderen Seite leicht auf. Andrew folgte ihr. Callista ließ ihr Pferd in Schritt fallen. Seite an Seite ritten sie jetzt langsam weiter.

Vielleicht bedeutete es das, jemanden zu lieben, dachte Andrew. Jedes Mal, wenn er Callista sah, war es wie das erste Mal, immer war alles neu und aufregend. Aber dieser Gedanke weckte das Schuldgefühl auf, das nie weit entfernt war. Nach ein paar Minuten fiel ihr sein Schweigen auf. Sie wandte sich zu ihm und streckte ihm ihre kleine, behandschuhte Hand entgegen. »Was ist, mein Gatte?«

»Ich muss dir etwas sagen, Callista«, erklärte er abrupt. »Wusstest du, dass Ellemir wieder schwanger ist?«

Ihr Gesicht war ganz Lächeln. »Ich freue mich so für sie! Sie ist sehr tapfer gewesen, aber jetzt ist allem Kummer und Leid ein Ende gemacht.«

»Du verstehst nicht«, fuhr Andrew entschlossen fort. »Sie sagt, es ist mein Kind ...«

»Ja, natürlich«, fiel Callista ein. »Sie erzählte mir, Damon habe nicht gewollt, dass sie so bald wieder einen neuen Versuch mache, weil er fürchtete, sie würde ... das Kind verlieren. Ich bin sehr froh, Andrew.«

Würde er sich je an die Sitten Darkovers gewöhnen? Für ihn war es ja ein Glück, aber trotzdem ... »Macht es dir nichts aus, Callista?«

Sie wollte sagen – Andrew konnte es fast *hören:* »Warum sollte es mir etwas ausmachen?« Aber dann schluckte sie es hinunter. Er war doch immer noch in mancher Beziehung ein Fremder. Endlich antwortete sie langsam: »Nein, Andrew, ehrlich, es macht mir nichts aus. Ich glaube, das verstehst du nicht richtig. Sieh es einmal so an.« Sie lächelte auf ihre heitere Art. »Es wird ein Kind im Haus sein, dein Kind, und obwohl ich Babys wirklich gern habe, möchte ich im Augenblick wirklich keins bekommen. Tatsächlich ...« – sie lachte – »... es ist lächerlich, Andrew, weil Ellemir und ich Zwillinge sind, aber ich bin noch nicht alt genug, um ein Kind zu bekommen. Weißt du nicht, dass die Hebammen sagen, eine Frau solle erst dann ein Kind gebären, wenn ihr Körper drei volle Jahre reif ist? Und bei mir ist es noch kein halbes Jahr! Ist das nicht komisch? Elli und ich sind Zwillinge, und sie ist zum zweiten Mal schwanger, während ich noch nicht alt genug für ein Baby bin!«

Der Scherz ließ Andrew zusammenzucken. Wie konnte sie Witze darüber machen, dass ihr Körper auf künstliche Weise unreif gehalten worden war! Und doch, sagte er sich nüchtern, war es gerade ihre Fähigkeit, an allem etwas Komisches zu finden, die sie vor der Verzweiflung gerettet hatte.

Sie erreichten das Tal mit der alten Steinbrücke, wo die Zwillingsfohlen geboren worden waren. Zusammen ritten sie die lange Steigung hinauf. Sie stiegen ab und banden ihre Pferde an einen Baum.

»*Kireseth* ist eine Blume der Höhen«, sagte Callista. »Sie wächst nicht in den bestellten Tälern, und das ist wahrscheinlich gut so. Manche Leute reißen die Pflanzen sogar aus, wenn sie auf den niedrigeren Hängen auftauchen, weil die Pollen ihnen Ärger machen: Wenn sie in der Luft schweben, verhalten sich sogar Pferde und Kühe wie verrückt, gehen durch, greifen einander an, paaren sich außerhalb der Zeit. Aber das Kraut ist sehr wertvoll, denn wir stellen *Kirian* daraus her. Und sieh mal, wie schön es ist!« Callista wies auf den langen, grasbewachsenen Berghang, der mit einem Wasserfall blauer Blüten bedeckt war, deren goldene Staubgefäße leuchteten.

Callista band ein dünnes Tuch wie eine Maske über die untere Gesichtshälfte. »Ich bin darin geschult, mit den Pflanzen umzugehen, ohne besonders darauf zu reagieren«, erklärte sie, »aber trotzdem möchte ich nicht zu viel davon einatmen.«

Andrew sah ihr zu, als sie die Vorbereitungen zum Sammeln der Blüten traf. Callista warnte: »Geh nicht zu nahe heran, Andrew. Du bist den Pollen noch nie ausgesetzt gewesen. Jeder, der in den Kilghardbergen lebt, hat ein- oder zweimal einen Geisterwind erlebt und weiß, was er anrichtet. Da können sehr seltsame Dinge geschehen. Bleib hier unter den Bäumen bei den Pferden.«

Andrew erhob Einwendungen, aber sie wiederholte ihre Forderung energisch. »Glaubst du, ich brauche Hilfe dabei, ein paar Blumen zu pflücken, Andrew? Ich habe dich mitgenommen, um bei dem langen Ritt Gesellschaft zu haben und außerdem die Ängste meines Vaters zu beschwichtigen. Er sieht überall in den Bergen Banditen, die mich der Juwelen berauben wollen, die ich nicht trage. Und wenn sie versuchten, mich zu vergewaltigen ...« – sie lachte auf – »... dann könnte es ihnen schlechter ergehen als mir.«

Andrew wandte das Gesicht ab. Er war froh, dass Callista es fertig brachte, zu lachen, aber dieser Witz eben war seiner Meinung nach von fragwürdigem Geschmack.

»Ich werde nicht lange brauchen, bis ich genügend Blumen gesammelt habe. Sie sind schon weit aufgeblüht und reich an Ölen. Warte hier auf mich, mein Lieber.«

Er tat, wie sie gesagt hatte. Callista verließ ihn und stieg in das Blumenfeld hinauf. Sie bückte sich und schnitt die Köpfe ab, die sie in einen mitgebrachten dicken Beutel stopfte. Andrew legte sich neben den Pferden ins Gras und sah ihr zu, wie sie sich leichtfüßig durch das Feld goldener und blauer Blüten bewegte. Ihr rotgoldenes Haar fiel ihr in einem Zopf über den Rücken. Die Sonne schien warm, wärmer, als er sich an irgendeinen Tag auf Darkover erinnern konnte. Bienen und andere Insekten summten und schwirrten leise, und in der Luft waren ein paar Vögel. Mit geschärften Sinnen roch er rings um sich die Pferde und einen süßen, fruchtigen, durchdringenden Duft, der, wie er annahm, von den *Kireseth*-Blüten kam. Er spürte, wie er ihm den Kopf füllte. Eingedenk Damons Warnung, nicht einmal die getrockneten Blüten anzufassen oder daran zu riechen, führte er die Pferde gewissenhaft ein Stück weiter fort. Es war ein ruhiger, windstiller Tag. Nicht das leiseste Lüftchen wehte. Andrew zog seine Reitjacke aus und legte sie sich unter den Kopf. Die Sonne machte ihn schläfrig. Wie anmutig Callista sich niederbeugte, hier eine Blüte und da eine Blüte abschnitt und in ihren Beutel tat! Andrew schloss die Augen, aber hinter den Lidern konnte er immer noch das Sonnenlicht sehen, das sich in leuchtende

Farben und Prismen brach. Er musste einen Hauch von den Pollen abbekommen haben; Damon hatte gesagt, es sei ein Halluzinogen. Aber er fühlte sich entspannt und zufrieden und ohne die geringste Neigung, etwas von den verrückten Dingen anzustellen, die Menschen und Tiere unter diesem Einfluss tun sollten. Ihm genügte es vollkommen, hier auf dem warmen Gras zu liegen und sich der wechselnden Regenbogenfarben hinter seinen Augenlidern vage bewusst zu sein. Als er die Augen wieder öffnete, war die Sonne heller und wärmer geworden.

Dann lief Callista auf ihn zu. Die Maske war ihr vom Gesicht gefallen, ihr Haar flatterte. Sie watete durch die schimmernden goldenen Wellen der sternförmigen Blumen, die ihr bis zur Taille reichten, eine zarte, mädchenhafte Frau in einer Wolke leuchtend kupferfarbenen Haars. Einen Augenblick lang zitterte und verschwamm ihre Gestalt, als sei sie gar nicht da, als sei sie nicht seine Frau in ihrem Reitrock, sondern das geisterhafte Abbild, das er gesehen hatte, als ihr Körper in den Höhlen von Corresanti gefangen lag und sie nur in unstofflicher Form durch die Überwelt zu ihm kommen konnte. Aber sie war wirklich. Sie setzte sich neben ihn auf das Gras und beugte ihr glühendes Gesicht mit einem so zärtlichen Lächeln über ihn, dass er nicht anders konnte, als sie an sich zu ziehen und ihre Lippen zu küssen. Sie erwiderte seinen Kuss mit einer Leidenschaft, die ihn irgendwie wunderte ... Doch mit seinen von den Pollen teils geschärften, teils eingeschläferten Sinnen konnte er sich nicht recht erinnern, warum er sich darüber wundern sollte.

Er nahm sie in die Arme und zog sie neben sich auf das Gras. Er hielt sie fest und küsste sie stürmisch, und sie erwiderte seine Küsse, ohne zu zögern und ohne sich von ihm zurückzuziehen.

Ein Gedanke schoss ihm durch den Kopf wie ein Windhauch, der die goldenen Blüten bewegte: *Habe ich je gezweifelt, ob ich die richtige Frau geheiratet habe?* Diese neue, willige Callista in seinen Armen, die vor Zärtlichkeit glühte, ließ den Einfall absurd erscheinen. Er wusste, sie nahm den Gedanken wahr – er gab sich keine Mühe mehr, ihn vor ihr zu verbergen, er wollte *nichts* mehr vor ihr verbergen –, und er belustigte sie. Andrew spürte durch die Wellen des Begehrens, die sie beide überfluteten, die zitternden Wellchen des Lachens.

Jetzt war er sich ganz sicher, dass er tun konnte, was er wollte, und sie würde sich nicht widersetzen. Aber sein Gewissen hielt ihn davon ab, von ihr mehr zu verlangen als die Küsse, die sie so leidenschaftlich erwiderte. Was sie auch empfinden mochte, es konnte gefährlich für sie sein. In jener Nacht ... da hatte sie ihn auch gewollt. Und das hatte zu einer Katastrophe und beinahe zu einer Tragödie geführt. Er wollte das Risiko nicht noch einmal eingehen.

Callista hatte jede Furcht überwunden, aber sie akzeptierte das, wie sie die Küsse und Liebkosungen akzeptierte. Seltsam, es war gar kein Drang vorhanden, weiterzugehen, keine schmerzende Frustration. Das Lachen klang auch in Andrew auf, und es erhöhte die Ekstase dieses Augenblicks voll Sonne und Wärme und Blumen und summender Insekten ringsum im Gras. Das Lachen erfüllte sie beide gleichzeitig mit dem Begehren.

Seine Frau und er waren es vollkommen zufrieden, hier vollständig bekleidet im Gras zu liegen und nichts anderes zu tun, als sich wie Kinder zu küssen ... Es war wunderschön und wonnig.

Das höflichste darkovanische Wort für Beischlaf war *Accandir.* Es bedeutete nur »beieinander liegen« und war so harmlos, dass man es in Anwesenheit von kleinen Kindern gebrauchen durfte. Nun, dachte Andrew, von neuem mit Wellchen der Fröhlichkeit durchzittert, genau das taten sie gerade. Er wusste nicht, wie lange sie dort im Gras lagen, sich küssten und streichelten. Er spielte mit Strähnen ihres Haars und sah zu, wie die weichen prismatischen Farben hinter seinen Augenlidern über ihr glühendes Gesicht wanderten.

Es musste Stunden später sein. Die Sonne hatte begonnen, von ihrem mittäglichen Stand herabzusteigen, als eine Wolke sie verdunkelte und ein Wind aufkam, der Callista das Haar über das Gesicht blies. Andrew blinzelte und setzte sich auf. Er blickte zu ihr nieder. Sie hatte sich auf einen Ellenbogen aufgestützt. Ihre Unterjacke war am Hals geöffnet, Gras- und Blumenstückchen hatten sich in ihrem Haar verfangen. Es wurde plötzlich kalt, und Callista sah bedauernd zum Himmel hoch. »Ich fürchte, wir müssen gehen, oder wir kommen in den Regen. Sieh dir die Wolken an.« Mit widerstrebenden Fingern zog sie die Schnüre ihrer Jacke zu, zupfte sich Blätter aus dem Haar und flocht es locker ein. »Nur um dem Anstand Rechnung zu tragen«, lachte sie. »Ich möchte nicht aussehen, als hätte ich im Gras gelegen, wenn es auch mit meinem eigenen Mann war!«

Andrew lachte, nahm den Beutel mit Blüten auf und legte ihn auf Callistas Sattelknopf. Was war mit ihnen geschehen?, fragte er sich. Die Sonne, die Pollen, was war das? Er wollte sich aufs Pferd heben, als sie ihn zurückhielt und plötzlich die Arme um seinen Hals legte.

Sie sagte: »Andrew, o bitte ...«, und sah zum Rand des Feldes hin, wo Bäume ein Obdach boten. Er erfasste ihre Gedanken; es war nicht nötig, sie in Worte zu kleiden.

»Ich möchte ... ich möchte ganz dein sein.«

Seine Hände fassten ihre Taille fester, aber er bewegte sich nicht.

Sehr sanft antwortete er: »Liebling, nein. Wir wollen kein Risiko eingehen.«

Es hatte ja den Anschein, als sei alles in Ordnung, aber er war sich nicht sicher. Wenn sich die Kanäle von neuem überluden ... Er ertrug es nicht, sie so leiden zu sehen. Nicht schon wieder.

Enttäuscht holte Callista tief Atem, aber sie fügte sich seiner Entscheidung. Als sie wieder die Augen zu ihm hob, standen sie voll Tränen, und doch lächelte sie. *Ich will auf diesen wundervollen Tag keinen Schatten werfen, indem ich wie ein gieriges Kind mehr verlange.*

Andrew legte ihr den Reitmantel um die Schultern, denn von den Höhen blies jetzt ein scharfer Wind, und es war kalt. Als er sie in den Sattel hob, hatte er das Blumenfeld vor sich. Nun war es eisig blau ohne den goldenen Schimmer, der vorher darauf gelegen hatte. Der Himmel verdunkelte sich; Regen tröpfelte. Andrew stieg selbst auf. Die weidenden Pferde auf dem Hang jenseits des Tales scharten sich zusammen und bewegten sich unruhig. Auch sie sahen sich nach einem Obdach um.

Der Ritt zurück verlief schweigend. Andrew sagte sich niedergeschlagen, dass er sich wie ein Tor verhalten hatte. Er hätte den Augenblick nutzen sollen, als Callista plötzlich ganz frei von Furcht und Zögern gewesen war. Warum hatte sein blödes Gewissen ihn zurückgehalten?

Wenn die Überladung der Kanäle durch Callistas Reaktion auf ihn erzeugt wurde, dann war bereits ebenso viel Schaden geschehen, als wenn er sie tatsächlich genommen hätte. Wie es ihr Wunsch gewesen war! Was war er für ein Idiot gewesen, was für ein verdammter Idiot!

Auch Callista schwieg. Hin und wieder warf sie ihm einen unbeschreiblichen Blick zu, in dem Schuldbewusstsein und Angst lagen. Die Angst übertrug sich auf ihn und löschte alle Freude aus.

Ich bin froh, dass ich noch einmal erlebt habe, wie es ist, ihn zu begehren, seine Liebe zu erwidern ... aber ich fürchte mich. Und Andrew spürte das lähmende Gestrick ihrer Angst, die Erinnerung an die Schmerzen, die ihrem ersten Versuch, sich ihm hinzugeben, gefolgt waren. *Ich könnte es nicht noch einmal aushalten. Nicht einmal mit* Kirian. *Und auch für Damon wäre es grässlich. Gnädige Avarra, was habe ich getan?*

Bis sie Armida erreichten, regnete es heftig. Andrew hob Callista aus dem Sattel und merkte zu seinem Entsetzen, dass sich ihr Körper unter seiner Berührung wieder versteifte. Er küsste ihr nasses Gesicht unter der durchweichten Kapuze. Sie zog sich nicht von ihm zurück, aber sie erwiderte den Kuss auch nicht. Verwirrt, doch voll von dem Bestreben, Verständnis zu haben – sie fürchtete sich, das arme Mädchen, und wer konnte ihr nach der Tortur, die sie hinter sich hatte, daraus einen Vorwurf machen? –, trug Andrew sie die Stufen hinauf und stellte sie auf die Füße.

»Geh und zieh dir trockene Kleider an, mein Schatz; warte nicht auf mich. Ich muss mich erst vergewissern, dass die Pferde richtig versorgt werden.«

Langsam und trübselig stieg Callista die Treppe hinauf. Ihre Fröhlichkeit war verschwunden. Jetzt war sie nur noch müde und krank vor Angst. Eins der stärksten Tabus in Arilinn war das gegen die unbehandelte *Kireseth*-Pflanze. Obwohl die Gesetze des Turms keine Gültigkeit mehr für sie hatten, fühlte sie Schuld und Scham. Sie hatte gemerkt, dass sie unter dem Einfluss der Blüten stand, und sie hatte die Wirkung genossen, statt sich außer Reichweite zu begeben. Und neben der Schuld stand die Furcht. Zwar spürte sie nichts von einer Überladung der Kanäle – es war ihr selten besser gegangen –, aber der Gedanke, was sie mit sich hatte geschehen lassen, jagte ihr tödliche Schrecken ein.

Sie suchte Damon auf, und er erriet sofort, was passiert

war. »Bist du *Kireseth* ausgesetzt gewesen, Callista? Erzähle es mir.«

Sie stammelte vor Scham und Angst, doch es gelang ihr, Damon ein wenig von dem Geschehenen mitzuteilen. Damon als Empath dachte bei sich, dass sich ihr holpriger Bericht wie die Beichte einer reuigen Hure anhörte und nicht wie die Worte einer verheirateten Frau, die den Tag in aller Unschuld mit ihrem eigenen Mann verbracht hatte. Aber er war beunruhigt. Nach den Ereignissen anfangs des Winters hätte sich ihr Andrew niemals ohne ausdrückliche Aufforderung auf diese Weise genähert. *Kireseth* war bekannt dafür, Hemmungen aufzulösen. Aber was auch der Grund sein mochte, Callista konnte ihre Kanäle von neuem mit zwei Reihen sich widersprechender Impulse überladen haben. »Ja, dann sehen wir einmal nach, welcher Schaden angerichtet worden ist.«

Er überwachte sie kurz und war völlig verwirrt. »Bist du wirklich sicher, Callista? Deine Kanäle sind die einer Bewahrerin, völlig sauber. Was für ein Witz soll denn das sein?«

»Ein Witz? Damon, was meinst du? Es hat sich genauso abgespielt, wie ich es dir erzählt habe.«

»Aber das ist unmöglich«, erwiderte Damon. »Du kannst nicht auf diese Weise reagiert haben. In dem Fall wären deine Kanäle überladen, und du wärst sehr krank. Was spürst du jetzt?«

»Nichts«, antwortete sie müde und geschlagen. »Ich fühle nichts, nichts, *nichts!*« Einen Augenblick lang dachte er, sie werde in Schluchzen ausbrechen. Als sie weitersprach, war ihre Stimme rau von unvergossenen Tränen. »Es ist vorbei wie ein Traum, und ich habe die Gesetze des Turms gebrochen. Ich habe mich für nichts zur Gesetzlosen gemacht.«

Damon wusste nicht mehr, was er denken sollte. Ein Traum als Ersatz für das, was ihr das Leben vorenthielt? Nun ja, *Kireseth* war eine Halluzinationen erzeugende Droge. Er streckte

Callista die Hände entgegen. Ihr automatisches Zurückschrecken vor der Berührung bestätigte seine Vermutung: Sie und Andrew hatten nur eine Illusion miteinander geteilt.

Später sprach er mit Andrew, dem er offenere und genauere Fragen stellen konnte. Er diskutierte mit ihm die körperlichen Reaktionen, zu denen es gekommen war. Andrew gab zu, dass er verantwortlich gewesen wäre, wenn Callista Schaden genommen hätte, aber er verschanzte sich hinter einer bockigen Haltung. Zandrus Hölle, dachte Damon, welch ein Durcheinander! Andrew hatte sowieso schon einen Schuldkomplex entwickelt, weil er Callista begehrte, obwohl sie nicht darauf eingehen konnte. Und jetzt musste er ihm auch noch die Illusion rauben. Er legte seine Hand auf die Schulter des Freundes und sagte: »Es ist alles in Ordnung, Andrew. Du hast ihr nichts angetan. Ihr fehlt nichts, das versichere ich dir, ihre Kanäle sind immer noch ganz sauber.«

Andrew erklärte stur: »Ich glaube nicht, dass es ein Traum oder eine Illusion oder sonst etwas der Art war. Verdammt noch mal, ich habe die Blätter in meinem Haar nicht erfunden!«

Voller Mitleid erwiderte Damon: »Ich zweifele nicht daran, dass du irgendwo auf dem Boden gelegen hast. *Kireseth* enthält einen Bestandteil, der *Laran* stimuliert. Offenbar standest du mit Callista in telepathischem Kontakt, der sehr viel stärker war als üblich, und deine ... deine Frustration schuf einen Traum. In Wirklichkeit konnte es nicht geschehen, ohne ... ohne sie in Gefahr zu bringen. Oder dich.«

Andrew verbarg sein Gesicht in den Händen. Es war schlimm genug, sich wie ein Trottel vorzukommen, weil er den ganzen Tag damit verbracht hatte, seine Frau zu küssen und zu streicheln, ohne dass es zu weiteren Intimitäten gekommen war. Aber wenn man ihm nun noch sagte, es sei nichts weiter als ein Drogentraum gewesen – das war schlimmer. Er sah Damon fest an. »Ich glaube nicht, dass es ein Traum war«, wiederholte er. »Wenn es ein Traum war, warum habe ich dann nicht von dem geträumt, was ich *wirklich* tun wollte? Warum hat sie es nicht geträumt? Träume sollen doch Frustrationen beheben, nicht neue schaffen, oder?«

Das war natürlich eine gute Frage, räumte Damon ein. Aber was wusste er von den Ängsten und Hemmungen, die Menschen selbst im Traum behindern konnten? Als ganz junger Mann hatte er eines Nachts geträumt, er berühre Leonie, wie eine Bewahrerin nicht einmal in Gedanken berührt werden durfte, und aus Angst, dies Sakrileg zu wiederholen, hatte er drei schlaflose Nächte verbracht.

Andrew begab sich in sein eigenes Zimmer, um sich für das Abendessen umzuziehen. Er sah sich seine verdrückten und fleckigen Kleider an. War er ein solcher Narr, dass er erotische Träume von seiner eigenen Frau hatte? Er glaubte es nicht. Damon war nicht dabei gewesen, aber er. Und er wusste, was geschehen war, auch wenn er es nicht erklären konnte. Außerordentlich froh war er, dass Callista nichts geschehen war, obwohl er auch das nicht verstand.

An diesem Abend beim Dinner sagte Dom Esteban in bedrücktem Ton: »Ich muss immerzu darüber nachdenken ... glaubt ihr, Domenic geht es gut? Ich habe das Gefühl, er wird bedroht, es ist etwas Böses in seiner Nähe ...«

»Unsinn, Vater«, meinte Ellemir tröstend. »Erst heute Morgen hat uns Dom Kieran erzählt, er sei glücklich und wohlauf und von ihn liebenden Freunden umgeben und er erfülle seine Pflichten nach besten Kräften. Sei nicht töricht!«

»Du hast wohl Recht«, sagte der alte Mann, aber er blickte weiter beunruhigt drein.

»Ich wünschte, er wäre zu Hause.«

Damon und Ellemir tauschten erschreckte Blicke. Wie alle

Altons hatte Dom Esteban gelegentlich eine blitzartige Vorausschau. Die Götter mögen es geben, dass er sich unnütze Sorgen macht, dachte Damon, und nicht die Zukunft sieht. Der alte Mann war verkrüppelt und krank. Wahrscheinlich grübelte er nur.

Aber Damon fing selbst an, sich Sorgen zu machen, und konnte nicht mehr damit aufhören.

17

Die ganze Nacht donnerten durch Damons Träume Pferdehufe. Sie galoppierten auf Armida zu und brachten schlechte Nachrichten. Ellemir zog sich an und wollte hinuntergehen, um wie immer am Morgen die Arbeit in der Küche zu beaufsichtigen. Bei dieser Schwangerschaft spürte sie nichts von den Übelkeiten und Beschwerden ihrer ersten. Plötzlich wurde sie blass und schrie auf. Damon eilte zu ihr, aber sie stieß ihn zur Seite und rannte die Treppe hinunter, in die Halle und hinaus auf den Hof. Dort stand sie barhäuptig an den großen Toren, das Gesicht bleich wie der Tod.

Damon, von einer bösen Vorahnung gepackt, folgte ihr und flehte: »Ellemir, was ist? Liebes, du darfst hier nicht so stehen bleiben ...«

»Vater«, flüsterte sie. »Es wird unsern Vater umbringen. Oh, gesegnete Cassilda, Domenic, Domenic!«

Er führte sie mit sanfter Gewalt zum Haus zurück, durch den feinen morgendlichen Sprühregen. Gleich innerhalb der Tür stießen sie auf Callista, die blass und besorgt aussah, und einen sehr nervösen Andrew. Callista suchte das Zimmer ihres Vaters auf. Sie sagte ruhig: »Alles, was wir jetzt tun können, ist, bei ihm zu bleiben, Andrew.« Andrew und Damon standen dicht neben dem alten Mann, während sein Leibdiener ihn ankleidete. Damon half, ihn behutsam in den Rollstuhl zu setzen. »Lieber Onkel, wir können nur auf eine Nachricht warten. Aber was auch kommen mag, denke daran, dass du noch Söhne und Töchter hast, die dich lieben und dir nahe sind.«

In der Großen Halle kam Ellemir und kniete sich weinend neben ihren Vater. Dom Esteban streichelte ihr glänzendes Haar und sagte heiser: »Kümmere dich um *sie*, Damon, mach dir keine Sorgen um mich. Wenn ... wenn ein Übel Domenic befallen haben sollte, ist das Kind, das du trägst, Ellemir, nach Valdir der nächste Erbe von Alton.«

Die Götter mögen uns allen helfen, dachte Damon, denn Valdir war noch keine zwölf Jahre alt! Wer würde die Garde befehligen? Sogar Domenic galt als zu jung dafür!

Andrew dachte, dass sein Sohn, Ellemirs Kind, Erbe der Domäne sein würde. Der Gedanke erschien ihm von so wilder Unwahrscheinlichkeit, dass er von hysterischem Gelächter geschüttelt wurde.

Callista drückte dem alten Dom ein kleines Glas in die Hand. »Trink das, Vater.«

»Ich will keine von deinen Drogen! Ich will nicht eingelullt werden und in Schlaf fallen, bevor ich weiß ...«

»Trink es!«, befahl sie, blass und zornig vor ihm stehend. »Es soll nicht deine Wahrnehmungsfähigkeit herabsetzen, sondern dich stärken. Du wirst heute alle deine Kraft brauchen!«

Widerwillig schluckte der alte Mann den Trank. Ellemir stand auf. »Die Hausleute und Arbeiter sollen nicht hungern, weil wir Leid tragen. Ich will gehen und mich um das Frühstück kümmern.«

Sie brachten den alten Mann an den Tisch und drängten ihn, etwas zu essen, aber keiner von ihnen konnte viel hinunterbringen. Andrew strengte sich an, über die Reichweite seiner Ohren hinaus etwas zu vernehmen, den Boten zu hören, der die Kunde bringen würde, von der sie jetzt überzeugt waren.

»Da ist es.« Callista legte ein Stück Butterbrot hin und stand auf. Ihr Vater, sehr bleich, aber wieder ganz Herr seiner selbst, Lord Alton, Oberhaupt der Domäne, Comyn, hob seine Hand.

»Bleib sitzen, Tochter. Schlechte Neuigkeiten kommen, wann sie wollen, aber es ist nicht schicklich, ihnen entgegenzulaufen.«

Er führte einen Löffel Nussbrei an den Mund, ließ ihn aber unberührt wieder sinken. Die anderen taten nicht einmal mehr so, als äßen sie. Sie hörten Hufschläge auf dem gepflasterten Hof, die Stiefel des Boten auf den Stufen. Es war ein Gardist, sehr jung, mit dem roten Haar, das, wie Andrew bereits wusste, Comyn-Blut von einem fernen oder nahen Vorfahren verriet.

Dom Esteban sprach ruhig: »Willkommen in meiner Halle, Darren. Was führt dich zu dieser Stunde her, mein Junge?«

»Lord Alton.« Die Worte blieben dem Boten fast in der Kehle stecken. »Ich bedauere, dass ich Euch eine schlechte Nachricht bringe.« Seine Augen flackerten durch die Halle. Man sah ihm an, wie schwer es ihm fiel, dem alten Mann, der schwach und krank in seinem Rollstuhl saß, die schreckliche Kunde mitzuteilen.

Dom Esteban sagte: »Mir ist eine Vorahnung zuteil geworden, mein Junge. Komm und erzähle es mir.« Er streckte die Hand aus, und der junge Mann trat zögernd an den Tisch. »Es ist mein Sohn Domenic. Ist er ... ist er tot?«

Der junge Darren senkte die Augen. Dom Estebans rasselndes Atemholen klang wie ein Schluchzen. Aber als er sprach, hatte er sich unter Kontrolle.

»Du bist ermüdet von dem langen Ritt.« Er winkte den Dienern, dem jungen Gardisten den Mantel abzunehmen, ihm die schweren Reitstiefel auszuziehen, weiche Hausschuhe zu bringen und ein Glas mit warmem Wein für ihn auf den Tisch zu stellen. Man setzte einen Stuhl für ihn in die Nähe des Familientischs. »Berichte mir alles, Junge. Wie ist er gestorben?«

»Durch ein Unglück, Lord Alton. Er war im Waffensaal und übte sich mit seinem Friedensmann, dem jungen Cathal Lindir im Schwertkampf. Irgendwie geschah es, dass er durch die Maske einen Schlag auf den Kopf erhielt. Niemand hielt es für ernsthaft, aber bevor man den Lazarettoffizier holen konnte, war er tot.«

Armer Cathal, dachte Damon. Er war in Damons Jahr als Kadettenmeister einer der Kadetten gewesen, wie auch der junge Domenic selbst. Die beiden Burschen waren unzertrennlich gewesen, bei den Waffenübungen, im Dienst, in der Freizeit. Sie waren, wie Damon wusste, *Bredin*, geschworene Brüder. Wäre Domenic durch irgendeinen unglücklichen Zufall ums Leben gekommen, wäre es schlimm genug gewesen. Aber dass sein geschworener Freund ihm den Tod hatte bringen müssen – Gesegnete Cassilda, wie musste der arme Junge darunter leiden!

Dom Esteban war es gelungen, sich zusammenzunehmen. Er befragte den Boten wegen der zu treffenden Anordnungen. »Valdir muss als designierter Erbe sofort von Nevarsin hergebracht werden.«

Darren berichtete: »Lord Lorill Hastur hat bereits nach ihm geschickt, und er bittet Euch dringend, nach Thendara zu kommen, wenn Ihr dazu im Stande seid, Lord.«

»Im Stande oder nicht, wir reiten noch heute«, entschied Dom Esteban fest. »Selbst wenn ich in einer Sänfte reisen muss. Und ihr müsst mit mir kommen, Damon, Andrew.«

»Ich auch.« Callistas Gesicht war bleich, aber ihre Stimme klang fest, und Ellemir sagte: »Und ich.« Sie weinte lautlos.

»Rhodri ...« – Damon winkte dem alten Haushofmeister – »... zeige dem Boten ein Zimmer, wo er sich ausruhen kann, und schicke einen unserer Männer auf dem schnellsten verfügbaren Pferd sofort nach Thendara. Er soll Lord Hastur ausrichten, wir träfen innerhalb von drei Tagen ein. Und bitte Ferrika, sofort zu Lady Ellemir zu kommen.«

Dom Esteban nickte zustimmend. Tränen strömten dem alten Rhodri über das verrunzelte Gesicht. Damon dachte daran, dass Rhodri schon sein ganzes Leben auf Armida war. Er hatte sowohl Domenic als auch den längst toten Coryn auf seinen Knien gehalten, als sie Kinder waren. Aber es war keine Zeit, an diese Dinge zu denken. Ferrika untersuchte Ellemir und meinte, die Reise werde ihr wahrscheinlich nicht schaden. »Aber Ihr müsst Euch wenigstens streckenweise einer Pferdesänfte bedienen, Lady, denn zu viel Reiten würde Euch ermüden.« Als Ferrika hörte, sie solle mitkommen, protestierte sie.

»Es gibt viele auf dem Gut, die meine Dienste benötigen, Lord Damon.«

»Lady Ellemir trägt den nächsten Erben von Alton. Sie braucht deine Dienste am dringendsten, und du bist ihre Kinderfreundin. Du hast andere Frauen auf dem Gut unterrichtet. Jetzt müssen sie zeigen, dass sie etwas gelernt haben.«

Das war selbst der Amazonen-Hebamme so offenkundig, dass sie die höfliche Formel der Zustimmung aussprach. Sie ging, um mit ihren Helferinnen zu sprechen. Callista hatte die Mädchen angewiesen, einzupacken, was sie für einen möglicherweise längeren Aufenthalt in Thendara brauchten. Als Ellemir nach dem Grund fragte, erklärte sie kurz: »Valdir ist ein Kind. Der Comyn-Rat mag abgeneigt sein, unseren Vater, der verkrüppelt ist und ein krankes Herz hat, weiterhin als Oberhaupt der Domäne anzuerkennen. Vielleicht kommt es zu einem langen Streit wegen eines Vormunds für Valdir.«

»Ich sollte meinen, Damon sei der logische Vormund«, wandte Ellemir ein.

Callista verzog die Lippen zu einem freudlosen Lächeln. »Er sollte es sein, Schwester. Aber ich habe als Leonies Vertreterin im Rat gesessen, und ich weiß, dass für diese großen Lords nichts jemals einfach oder offensichtlich ist, wenn eine andere Lösung ihnen einen politischen Vorteil bietet. Erinnerst du dich, wie Domenic von dem Gezänk über sein Recht, die Garde zu befehligen, erzählte? Es hieß, er sei zu jung. Valdir ist noch jünger.«

Ellemir wollte verzagen. Sie hatte alte Geschichten von erbitterten Fehden im Comyn-Rat gehört, von Kämpfen, die grausamer waren als eine Blutrache, weil die Gegner keine Feinde, sondern Verwandte waren. Wie das alte Sprichwort sagte – wenn sich *Bredin* entzweien, kommen Feinde und erweitern den Riss.

»Callie! Glaubst du ... glaubst du, Domenic ist *ermordet* worden?«

Stockend antwortete Callista: »Cassilda, Mutter von sieben Söhnen, ich bete darum, dass es nicht so ist. Wenn er an Gift oder einer geheimnisvollen Krankheit gestorben wäre, würde ich es in der Tat fürchten – es hat so viel Streit wegen der Erbfolge von Alton gegeben! Aber im Spiel von Cathal niedergestreckt? Wir *kennen* Cathal, Elli, er liebte Domenic wie sein eigenes Leben! Sie hatten den Eid der *Bredin* geschworen. Eher würde ich Damon für einen Eidbrecher halten als unsern Cousin Cathal!« Mit weißem, vergrämtem Gesicht setzte sie hinzu: »Wenn es Dezi gewesen wäre ...«

Die Zwillingsschwestern sahen sich an, nicht bereit, ihre Anschuldigung laut werden zu lassen. Doch sie dachten daran, wie leicht Andrew durch Dezis Bosheit das Leben hätte verlieren können. Endlich fragte Ellemir mit zitternder Stimme: »Wo wohl Dezi war, als Domenic starb?«

»O nein, nein, Ellemir!« Callista zog ihre Schwester an sich und schnitt ihr das Wort ab. »Nein, nein, *denk* das nicht einmal! Unser Vater liebt Dezi, auch wenn er ihn nicht anerkennen wollte. Deshalb mach es nicht noch schlimmer, als es ist. Elli, ich bitte dich, ich bitte dich, setze Vater diesen Gedanken nicht in den Kopf!«

Ellemir verstand, was Callista meinte: Sie musste es irgendwie fertig bringen, ihre Gedanken im Zaum zu halten, damit die unbedachte Anschuldigung ihren Vater nicht erreichte. Aber der Verdacht quälte sie weiter, als sie den Mägden Anweisungen gab, wie die Haushaltsangelegenheiten in ihrer Abwesenheit weiterzuführen seien. Sie fand einen freien Augenblick, in die Kapelle hinabzusteigen, und legte eine kleine Girlande aus Winterblumen vor den Altar Cassildas. Sie hatte sich gewünscht, ihr Kind auf Armida zur Welt zu bringen, wo es von dem Erbe umgeben leben würde, das einst ihm zufiel.

Alles, was sie sich je vom Leben gewünscht hatte, war, mit Damon verheiratet zu sein und ihrem und seinem Clan Söhne und Töchter zu gebären. War das zu viel verlangt?, dachte sie hilflos. Sie hatte nicht wie Callista den Ehrgeiz, *Laran*-Arbeit zu tun, im Rat zu sitzen und Staatsgeschäfte zu erledigen. Warum konnte sie keinen Frieden finden? Und doch wusste sie, in den kommenden Tagen konnte sie sich nicht wieder in dies Refugium der Weiblichkeit flüchten.

Ob man von Damon verlangte, dass er an Stelle seines Schwiegervaters die Garde befehligte? Wie alle Alton-Töchter war sie stolz auf das erbliche Amt des Kommandanten, das ihr Vater ausgeübt hatte und das Domenic noch lange hätte innehaben sollen. Aber jetzt war Domenic tot, und Valdir war zu jung. Wer sollte den Posten übernehmen? Sie sah die Bilder der Götter an, die steif und stilisiert von den Wänden der Kapelle herabblickten, auf die Darstellung Hasturs, Sohn Aldones, zu Hali mit Cassilda und Camilla. Sie waren die Vorfahren der Comyn; in ihrer Zeit war das Leben leichter gewesen. Müde verließ Ellemir die Kapelle. Sie musste noch regeln, welche der Mädchen mit ihnen kommen und welche während ihrer Abwesenheit für das Gut sorgen sollten.

Auch für Andrew gab es vieles, was seine Gedanken beschäftigte. Er sprach mit dem alten *Coridom* – wie auch die anderen Diener hatte die Nachricht vom Tod des jungen Herrn ihn tief getroffen – über Angelegenheiten des Gutes und des Viehbestands. Er dachte, eigentlich solle er daheim bleiben, denn in Thendara hatte er nichts verloren, und er überließ die

Ranch nicht gern den Dienstboten. Aber im Grunde war ihm die Reise vor allem deswegen unangenehm, weil sich das Hauptquartier des Terranischen Imperiums in Thendara befand. Ihm war es nur recht gewesen, dass die Terraner ihn für tot halten mussten. Verwandte, die um ihn trauern würden, hatte er nicht, und es gab nichts, was ihn in seine eigene Welt zurückzog. Und jetzt fand er sich unerwartet von neuem in einem Konflikt. Sein Verstand sagte ihm, dass die Terraner keinen Anspruch auf ihn hatten, dass sie nicht einmal erfahren würden, er hielte sich in der Altstadt von Thendara auf, und dass sie ihn ganz gewiss nicht verfolgten. Trotzdem war ihm nicht wohl zu Mute. Und auch er fragte sich, wo Dezi gewesen sein mochte, als Domenic starb, und verbrannte den Gedanken als unwürdig.

Damon hatte ihm gesagt, Thendara sei von einem einzelnen Mann auf einem schnellen Pferd bei gutem Wetter in wenig mehr als einem Tagesritt zu erreichen. Aber für eine große Gesellschaft mit Dienstboten, Gepäck, einer schwangeren Frau und einem ältlichen Krüppel, der in einer Sänfte getragen werden musste, mochte die Reise vier- oder fünfmal so lange dauern. Ein Großteil der Arbeit, Pferde und Gepäck für die Reise fertig zu machen, fiel Andrew zu, und als die Gesellschaft endlich die großen Tore von Armida hinter sich ließ, fühlte er sich müde, aber zufrieden. Dom Estebans Sänfte hing zwischen zwei Pferden. Eine andere erwartete Ellemir, sobald ihr das Reiten zu viel wurde. Aber im Augenblick ritt sie an Damons Seite, eingehüllt in einen grünen Reitmantel, die Augen geschwollen vom Weinen. Andrew dachte daran, wie Domenic bei der Hochzeit Ellemir aufgezogen hatte, und fühlte sich tief traurig. Er hatte so wenig Zeit gehabt, diesen fröhlichen Bruder, der ihn sofort akzeptiert hatte, kennen zu lernen.

Ihnen folgte ein langer Zug von Packtieren. Diener ritten auf den gehörnten Tieren, die auf den Bergpfaden einen sichereren Tritt hatten als die meisten Pferde. Den Schluss bildete ein halbes Dutzend Leibwächter, die sie gegen die Gefahren einer Reise durch die Berge beschützen sollten. Callista sah in ihrem schwarzen Umhang groß, bleich und wie aus einer anderen Welt aus. Wenn Andrew in ihr vergrämtes Gesicht unter der dunklen Kapuze blickte, konnte er sich das lachende Mädchen in den goldenen Blumen kaum noch vorstellen. War das erst gestern gewesen?

Und doch, unter der feierlichen Trauerkleidung und dem blassen Gesicht war sie immer noch die lachende Frau, die seine Küsse mit so unerwarteter Leidenschaft empfangen und erwidert hatte. Eines Tages – bald, bald, gelobte er sich! – würde er sie befreien und sie immer bei sich haben. Er blickte auf ihren gebeugten Kopf, und sie sah mit blassem Lächeln zu ihm auf.

Die Reise dauerte vier kalte und mühselige Tage lang. Am zweiten Tag entschied sich Ellemir für ihre Sänfte und setzte sich nicht mehr in den Sattel, bis sie kurz vor den Stadttoren angelangt waren. In dem engen Pass, von dem man die Stadt überblickte, bestand sie darauf, die Sänfte zu verlassen und wieder zu reiten.

»In der Sänfte werden ich und das Kind schlimmer durchgeschüttelt als von Shirinas Gang«, behauptete sie, »und ich will nicht nach Thendara hineingetragen werden, als sei ich eine verwöhnte Königin oder ein Krüppel. Ich will sie wissen lassen, dass mein Kind kein Schwächling ist!« Ferrika, an die man sich um Entscheidung wandte, sagte, wichtiger als alles andere sei, dass Ellemir es bequem habe, und wenn es ihr angenehmer sei zu reiten, so solle sie.

Andrew hatte die Comyn-Burg früher nur von der Terranischen Zone aus in großer Entfernung gesehen. Sie erhob sich hoch über der Stadt, gewaltig und alt, und Callista erzählte ihm, sie habe schon vor dem Zeitalter des Chaos hier gestanden und sei nicht von Menschenhand erbaut. Die Steine waren durch Matrix-Kreise aus den Türmen, die in Zusammenarbeit die Energien umwandelten, an die richtigen Stellen gehoben worden.

Innen war die Burg ein Labyrinth mit ungeheuer langen Gängen, und die Zimmer, die man ihnen anwies – wie Callista sagte, waren sie seit undenklichen Zeiten während der Ratstreffen für die Altons reserviert –, waren beinahe ebenso geräumig wie die Doppelsuite, die sie auf Armida bewohnten.

Außerhalb der Alton-Suite schien die Burg verlassen zu sein. »Aber Lord Hastur ist hier«, sagt Callista zu Andrew. »Er bleibt die meiste Zeit des Jahres in Thendara, und sein Sohn Danvan hilft, die Garde zu kommandieren. Ich vermute, sie werden den Rat einberufen, um über die Erbfolge von Alton zu entscheiden. Es gibt immer Fragen, und Valdir ist noch so jung.«

Als Dom Esteban in die Haupthalle der Alton-Räume getragen wurde, kam ihm ein schlanker, blässlich aussehender Junge von ungefähr zwölf Jahren entgegen. Er hatte ein scharfes, intelligentes Gesicht und so dunkles Haar, das es kaum noch rot wirkte.

»Valdir.« Dom Esteban breitete seine Arme aus, und der Junge kniete zu seinen Füßen nieder.

»Du bist noch so jung, mein Sohn, aber du musst jetzt schon ein erwachsener Mann sein!« Als der Junge sich erhob, zog er ihn eng an sich. »Weißt du, was man mit deines Bruders ...« Er erstickte an dem Wort. Valdir antwortete ruhig: »Er ruht in der Kapelle, Vater, und sein Friedensmann ist bei ihm. Ich wusste nicht, was ich tun sollte, aber ...« – er winkte, und Dezi trat zögernd ein – »... mein Bruder Dezi ist mir eine solche Hilfe gewesen, seit ich aus Nevarsin eintraf.«

Damon dachte lieblos, dass Dezi jetzt, wo sein Beschützer tot war, keine Zeit verloren hatte, sich bei dem nächsten Erben einzuschmeicheln. Neben dem dünnen, gelblichen Valdir sah Dezi mit seinem leuchtend roten Haar und sommersprossigen Gesicht mehr nach einem Mitglied der Familie aus als der legitime Sohn. Dom Esteban umarmte Dezi weinend.

»Mein lieber, lieber Junge…«

Damon fragte sich, wie er den alten Mann des Trostes seines einzigen ihm außer Valdir noch verbleibenden Sohns, wie er Valdir seines einzigen lebenden Bruders berauben konnte. Das Sprichwort hatte Recht: Bloß ist der Rücken dessen, der keinen Bruder hat. Auf jeden Fall war Dezi ohne seine Matrix harmlos.

Valdir kam und umarmte Ellemir. »Ich sehe, dass du Damon endlich geheiratet hast. Das habe ich mir gedacht.« Aber gegenüber Callista hielt er scheuen Abstand. Callista hielt ihm ihre Hände hin und sagte erklärend zu Andrew: »Als ich in den Turm ging, wurde Valdir noch auf dem Arm getragen. Seitdem habe ich ihn nur einige wenige Male gesehen, und beim letzten Mal war er noch ein kleines Kind. Du hast mich sicher vergessen, Bruder.«

»Nicht ganz.« Der Junge blickte zu seiner hoch gewachsenen Schwester auf. »Ich erinnere mich ein bisschen an dich. Wir waren in einem Zimmer mit Farben wie ein Regenbogen. Ich muss sehr klein gewesen sein. Ich fiel hin und verletzte mir das Knie, und du nahmst mich auf den Schoß und sangst mir vor. Du trugst ein weißes Kleid mit etwas Blauem daran.«

Callista lächelte. »Jetzt fällt es mir wieder ein. Das war, als du in der Kristallkammer vorgestellt wurdest, wie es bei jedem Comyn-Sohn geschieht, damit man später, wenn er heiratet, sicher ist, dass er keinen verborgenen Fehler und keine Deformierung hat. Ich war damals erst Psi-Überwacherin. Aber du warst noch keine fünf Jahre alt. Es überrascht mich, dass du dich sogar an den blauen Schleier erinnerst. Dies ist mein Mann Andrew.«

Das Kind verbeugte sich höflich, bot Andrew jedoch nicht die Hand, sondern zog sich zu Dezi zurück. Andrew verbeugte sich kalt vor Dezi. Damon umarmte ihn als Verwandten und hoffte, das werde den Argwohn verdecken, den er nicht loswerden konnte. Aber Dezi hatte sich gut gegen ihn abgeschirmt. Damon konnte kein bisschen von seinen Gedanken lesen. Dann ermahnte Damon sich selbst, gerecht zu sein. Als sie das letzte Mal zusammen gewesen waren, hatte er Dezi gefoltert und beinahe getötet. Wie konnte Dezi ihn jetzt mit großer Freundschaft begrüßen?

Dom Esteban wurde in seine Räume gebracht. Er sah Dezi bittend an, und der junge Mann folgte seinem Vater. Als sie fort waren, bemerkte Andrew mit einer Grimasse: »Und ich hatte geglaubt, wir seien ihn los. Aber wenn es unserm Vater ein Trost ist, ihn um sich zu haben, was können wir tun?«

Damon dachte, es sei nicht das erste Mal, dass ein Bastard-Sohn, schurkisch in seiner Jugend, zur Stütze eines Vaters wurde, der seine anderen Kinder verloren hatte. Er hoffte Dom Estebans und auch Dezis willen, dass es sich so entwickeln werde.

Zu Andrew und Callista sagte er: »Wollt ihr mit mir in die Kapelle kommen und nachsehen, was für Domenic geschehen ist? Wenn alles ist, wie es sich gehört, können wir unserm Vater das ersparen, und Ellemir auch. Ferrika hat sie zu Bett gebracht. Sie kannte Domenic am besten ... es ist nicht notwendig, ihr noch mehr Schmerz zu bereiten.«

Die Kapelle lag im tiefsten Teil der Comyn-Burg. Sie war aus dem lebenden Stein des Bergs gehauen, auf dem das Bauwerk stand, und hatte die erdige Kühle einer unterirdischen Höhle. Domenic lag in der widerhallenden Stille auf einer Bahre vor einer Statue, die Andrew als die Gesegnete Cassilda, die Mutter der Domänen, erkannte. Andrew meinte, in dem gemeißelten Steingesicht eine schwache Ähnlichkeit mit Callistas Zügen zu entdecken und ebenso mit dem kalten und leblosen Gesicht des toten jungen Mannes.

Damon ließ den Kopf sinken und bedeckte das Gesicht mit den Händen. Callista beugte sich nieder und küsste die kalte Stirn. Sie murmelte etwas, das Andrew nicht verstand. Eine dunkle Gestalt kniete zusammengesunken neben der Bahre. Plötzlich bewegte sie sich und stand auf. Es war ein untersetzter, kräftig gebauter junger Mann, zerzaust und übernächtigt, die Augenlider rot vom langen Weinen. Andrew wusste, wer er war, noch bevor Callista ihm die Hände reichte.

»Cathal, lieber Cousin.«

Er starrte sie für einen Augenblick in Mitleid erregender Weise an, bevor er seine Stimme wieder fand. »Lady Ellemir, meine Herren ...«

»Ich bin nicht Ellemir, sondern Callista, Cousin«, berichtigte sie ihn freundlich. »Wir sind dir dankbar, dass du bis zu unserer Ankunft bei Domenic geblieben bist. Es ist richtig, dass jemand in seiner Nähe ist, der ihn liebte.«

»Das Gefühl hatte ich auch, und doch kam ich mir schuldig vor. Ich, der ich sein Mörder bin ...« Seine Stimme brach. Damon zog den zitternden Jungen in seine Arme.

»Wir alle wissen, dass es ein unglücklicher Zufall war, Verwandter. Erzähle mir, wie es geschehen ist.«

»Wir waren im Waffensaal und arbeiteten mit hölzernen Übungsschwertern, wie wir es jeden Tag taten. Er war ein besserer Schwertkämpfer als ich.« Cathals Gesicht verzerrte sich vor Jammer. Andrew bemerkte, dass auch er Comyn-Züge trug; die Anrede »Cousin« war keine bloße Höflichkeit.

»Ich wusste nicht, dass ich ihn so heftig getroffen hatte, ehrlich, ich wusste es nicht. Ich dachte, er mache Spaß, er werde gleich aufspringen und lachen – das tat er so oft.« Sein Gesicht zuckte. Damon, der sich an tausend Streiche während Domenics Kadettenjahr erinnerte, drückte Cathal die Hand.

»Ich weiß, mein Junge.« Hatte Cathal seit Domenics Tod noch keinen gefunden, der ihm ein tröstliches Wort sagte? »Sprich weiter.«

»Ich schüttelte ihn.« Cathal war weiß vor Entsetzen. »Ich sagte: ›Steh auf, du dummer Esel, halt mich nicht zum Besten.‹ Und dann nahm ich seine Maske ab und sah, dass er bewusstlos war. Aber selbst dann dachte ich mir noch nicht viel dabei – irgendwer wird immer verletzt.«

»Ich weiß, Cathal. Ich bin in meinen Kadettenjahren ein halbes Dutzend Mal bewusstlos geschlagen worden. Und sieh hier, mein Mittelfinger ist immer noch krumm, wo Coryn ihn mit einem Übungsschwert brach. Aber was hast du dann getan?«

»Ich lief und holte Meister Nicol, den Lazarettoffizier.«

»Du hast ihn allein gelassen?«

»Nein, sein Bruder war bei ihm«, berichtete Cathal. »Dezi wusch ihm das Gesicht mit kaltem Wasser und versuchte, ihn wieder zu sich zu bringen. Aber als ich mit Meister Nicol zurückkam, war er tot.«

»Bist du sicher, dass er am Leben war, als du ihn verließest, Cathal?«

»Ja«, antwortete Cathal überzeugt. »Ich hörte ihn atmen und fühlte sein Herz schlagen.«

Damon schüttelte seufzend den Kopf. »Hast du auf seine Pupillen geachtet? Waren sie erweitert? Verengt? Reagierte er in irgendeiner Art auf Licht?«

»Das ... das habe ich nicht bemerkt, Lord Damon. Ich habe nicht daran gedacht.«

Damon seufzte. »Das war auch kaum zu erwarten. Weißt du, lieber Junge, bei Kopfverletzungen gibt es oft unvorhergesehene Entwicklungen. In meinem Jahr als Lazarettoffizier wurde ein Gardist bei einer Straßenschlägerei mit dem Kopf gegen eine Mauer gestoßen, und als man ihn aufsammelte, schien es ihm ganz gut zu gehen. Doch beim Abendessen schlief er mit dem Kopf auf dem Tisch ein und wachte nie mehr auf, sondern starb im Schlaf.« Damon legte seine Hand auf Cathals Schulter. »Quäle dich nicht mehr, Cathal. Es gab nichts, was du hättest tun können.«

»Lord Hastur und einige andere, sie fragten und fragten mich, als könne irgendwer glauben, ich hätte Domenic absichtlich verletzt. Wir waren *Bredin* – ich liebte ihn.« Der Junge trat vor die Statue Cassildas und erklärte leidenschaftlich: »Der Herr des Lichts soll mich hier niederstrecken, wenn ich je im Stande gewesen wäre, ihm Schaden zu tun!« Dann drehte er sich um und kniete vor Callistas Füßen nieder. »*Domna,* Ihr seid eine *Leronis,* Ihr könnt beweisen, dass ich nichts Böses gegen Domenic im Sinn trug. Ich wäre gestorben, um ihn zu schützen. Ich wollte, meine Hand wäre vorher verdorrt!«

Seine Tränen begannen von neuem zu fließen. Damon beugte sich zu ihm, hob ihn hoch und sagte fest: »Das wissen wir, mein Junge, glaube mir.« Kummer und Schuldgefühle überfluteten ihn. Der Geist des Jungen lag vor Damon weit offen, und das Schuldgefühl bezog sich nur auf den unachtsamen Schlag. In Cathal war nichts Böses. »Jetzt ist der Augenblick gekommen, wo weiteres Weinen Schwäche ist. Du musst gehen und dich ausruhen. Du bist sein Friedensmann; du musst an seiner Seite reiten, wenn er in die Erde gelegt wird.«

Cathal holte tief Atem und blickte zu Damon auf. »Ja, Ihr glaubt mir, Lord Damon. Jetzt – jetzt werde ich wohl schlafen können.«

Damon sah dem Jungen nach und seufzte. Welche Versicherungen er ihm auch gab, Cathal würde sein ganzes Leben von dem Wissen belastet sein, dass er durch sein Missgeschick seinen Verwandten und geschworenen Freund erschlagen hatte. Armer Cathal. Domenic war schnell und ohne Schmerzen gestorben. Cathal würde jahrelang leiden.

Callista stand vor der Bahre und blickte auf Domenic nieder. Er war in die Farben seiner Domäne gekleidet, sein lockiges Haar war unnatürlich glatt gekämmt, seine Augen waren friedlich geschlossen. Sie legte die Hand an seine Kehle.

»Wo ist seine Matrix? Damon, sie sollte mit ihm begraben werden.«

Damon runzelte die Stirn. »Cathal?«

Der Junge, der schon den Ausgang der Kapelle erreicht hatte, blieb stehen. »Sir?«

»Wer hat ihn aufgebahrt? Warum hat man ihm die Matrix weggenommen?«

»Matrix?« Die blauen Augen blickten verständnislos. »Ich habe ihn oft genug sagen gehört, er habe kein Interesse an solchen Dingen. Ich wusste nicht, dass er eine hatte.«

Callistas Finger wanderten unwillkürlich an ihren Hals. »Er bekam eine Matrix, als er getestet wurde. Er hatte *Laran,* obwohl er es nur selten anwandte. Als ich ihn zuletzt sah, hing die Matrix in einem kleinen Beutel wie diesem um seinen Hals.«

»Jetzt erinnere ich mich«, sagte Cathal. »Er hatte tatsächlich etwas um den Hals hängen. Ich hielt es für ein Glücksamulett oder so etwas. Ich wusste nicht, was es war. Vielleicht haben die, die ihn aufbahrten, gemeint, es sei ein zu geringes Schmuckstück, um es ihm ins Grab mitzugeben.«

Damon ließ Cathal gehen. Er würde sich erkundigen, wer Domenics Leiche für die Beerdigung vorbereitet hatte. Seine Matrix musste unbedingt mit ihm begraben werden.

»Wie könnte sie jemand nehmen?«, fragte Andrew. »Du hast mir gesagt und gezeigt, dass es gefährlich ist, die Matrix eines anderen zu berühren. Als du Dezi die Matrix wegnahmst, war es für dich beinahe ebenso schmerzhaft wie für ihn.«

»Im Allgemeinen ist es so: Wenn der Eigentümer einer auf

ihn eingestimmten Matrix stirbt, stirbt der Stein mit ihm. Danach ist er nur noch ein totes Stück blauen Kristalls ohne Licht. Aber es gehört sich nicht, dass er angefasst und dem Toten weggenommen wird.« Höchstwahrscheinlich war es so, wie Cathal gesagt hatte, und irgendein Diener hatte in der Matrix ein billiges Schmuckstück gesehen, das nicht dazu taugte, mit einem Comyn-Erben begraben zu werden.

Wenn Meister Nicol die Matrix aus Unverstand berührt und vielleicht von Domenics Hals gelöst hatte, um ihm Luft zu verschaffen, dann hätte das die Ursache seines Todes sein können. Aber nein, Dezi war ja dabei. Dezi, der in Arilinn ausgebildet war, wusste Bescheid. Wenn Meister Nicol versucht hätte, die Matrix zu entfernen, hätte Dezi eingegriffen und es selbst getan. Denn Dezi konnte, wie Damon zu glauben Ursache hatte, die Arbeit einer Bewahrerin tun, und er hätte Domenic dabei nicht gefährdet.

Aber wenn Dezi die Matrix genommen hatte ...

Nein. Das konnte er nicht glauben. Was auch seine Fehler sein mochten, Dezi liebte Domenic. Als Einziger in der Familie hatte Domenic mit ihm Freundschaft geschlossen. Er hatte Dezi als richtigen Bruder behandelt und war für seine Rechte eingetreten.

Es war schon öfter als einmal vorgekommen, dass der Bruder den Bruder erschlug. Doch nein. Dezi hatte Domenic geliebt, er liebte seinen Vater. Tatsächlich war es schwer gewesen, Domenic nicht zu lieben.

Für einen Augenblick blieb Damon neben der Bahre mit dem toten Jungen stehen. Was die Zukunft jetzt auch bringen mochte, dies war das Ende der alten Tage auf Armida. Valdir war so jung, und wenn er so bald schon Erbe sein musste, blieb ihm keine Zeit für die übliche Ausbildung eines Comyn-Sohns, die Jahre im Kadettenkorps und bei der Garde, die Zeit im Turm, wenn er dafür geeignet war. Er und Andrew würden ihr Bestes tun, um dem alternden Lord Alton Söhne zu sein. Aber bei allem guten Willen waren sie keine Altons, fest verwurzelt in den Traditionen der Lanarts von Armida. Was auch geschah, es war das Ende einer Ära.

Andrew ging umher und betrachtete die Gemälde an den Wänden, und Callista folgte ihm. Die Bilder waren sehr alt und mit Farben gemalt, die wie Juwelen funkelten. Sie schilderten die Legende von Hastur und Cassilda, den großen Mythos der Comyn. Hastur in seinen goldenen Gewändern, wie er am Ufer des Sees wandelte; Cassilda und Camilla an ihren Webstühlen; Camilla, umgeben von ihren Tauben, wie sie ihm die traditionellen Früchte brachte; Cassilda, wie sie dem Kind des Gottes eine Blume darbot. Die Zeichnung war altertümlich und stilisiert, aber Callista konnte einige der Früchte und Blumen erkennen. Die blau-goldene Blume in Cassildas Hand war eine *Kireseth*-Blüte, die blaue Sternblume der Kilghardberge, im Volksmund die goldene Glocke genannt. War diese heilige Verbindung, fragte sie sich, der Grund, warum die *Kireseth*-Blüten für jeden Turmkreis von Dalereuth bis zu den Hellers tabu waren? Schmerzlich stieg in ihr die Erinnerung an den Tag auf, als sie während der Winterblüte ohne Furcht in Andrews Armen gelegen hatte. In früheren Zeiten machte man bei Hochzeiten Witze darüber, wenn die Braut unwillig war. Tränen brannten in ihren Augen, aber sie drängte sie zurück. War jetzt Zeit dafür, über ihre privaten Schwierigkeiten nachzugrübeln, wenn der Erbe der Domäne, ihr innig geliebter jüngerer Bruder, tot auf der Bahre lag?

18

Es war ein grauer Morgen. Die Sonne versteckte sich hinter Nebelbänken, und Schneeklatsch fegte um die Höhen, als der Trauerzug von Thendara nordwärts ritt, um den Leichnam von Domenic Lanart-Alton neben seinen Comyn-Ahnen zur Ruhe zu legen. Die *Rhu Fead* zu Hali, der heilige Ort der Comyn, lag einen Stundenritt nördlich von der Comyn-Burg. Jeder Lord und jede Lady aus Comyn-Blut, die in den letzten drei Tagen zum Rat hatten kommen können, ritt mit, um dem Erben von Alton, so jung durch ein tragisches Unglück ums Leben gekommen, Ehre zu erweisen.

Jeder außer Esteban Lanart-Alton. Andrew, der mit Cathal Lindir und dem jungen Valdir ritt, dachte an die Szene, zu der es heute Morgen gekommen war, als Ferrika, von dem alten Mann gerufen, sich glatt weigerte, ihm ein Kräftigungsmittel für die Reise zu geben.

»Ihr könnt nicht reiten, *Vai Dom*, nicht einmal in einer Pferdesänfte. Wenn Ihr ihm zu seinem Grab folgt, werdet ihr in weniger als zehn Tagen neben ihm liegen.« Sanftmütiger hatte sie hinzugesetzt: »Dem armen Jungen kann nicht mehr geholfen und nicht mehr geschadet werden, Lord Alton. Wir müssen jetzt an Eure Gesundheit denken.«

Der alte Mann hatte einen solchen Wutanfall bekommen, dass die eilends herbeigeholte Callista fürchtete, es werde dadurch zu der Katastrophe kommen, die Ferrika fürchtete. Sie hatte zu vermitteln gesucht und gefragt: »Kann ihm der Ritt mehr schaden als diese Aufregung?«

»Ich lasse mich nicht von Weibern kommandieren!«, brüllte Dom Esteban. »Dezi ...« Er suchte bei dem jungen Mann Unterstützung, und Dezi, dem das Blut in das glatte Gesicht schoss, sagte: »Wenn du reiten willst, Onkel, werde ich dich begleiten.«

Aber Ferrika schlüpfte davon und kam kurz darauf mit Meister Nicol, dem Lazarettoffizier der Garde, zurück. Dieser fühlte dem alten Mann den Puls, zog ein Augenlid hoch, um die kleinen Adern darin zu betrachten, und erklärte kurz und bündig: »Mein Lord, wenn Ihr heute ausreitet, werdet Ihr wahrscheinlich nicht zurückkehren. Es sind andere hier, die den Toten begraben können. Euer Erbe ist noch nicht einmal vom Rat offiziell anerkannt worden, und in jedem Fall ist er erst ein Junge von zwölf Jahren. Eure Aufgabe, *Vai Dom,* ist es, Euch die eigene Kraft zu bewahren, bis dieser Junge zum Mann herangewachsen ist. Wollt Ihr Euren lebenden Sohn vaterlos machen, um dem Toten die letzte Ehre zu erweisen?«

So ungern Dom Esteban sich das sagen ließ, es gab darauf nichts zu erwidern. Verärgert hatte er Meister Nicol erlaubt, ihn wieder ins Bett zu schaffen. Er hielt Dezis Hand fest, und der Junge blieb gehorsam an seiner Seite.

Jetzt, auf dem Ritt nordwärts nach Hali, erinnerte sich Andrew an die Kondolenzbesuche, die langen Gespräche mit anderen Ratsmitgliedern, die Lord Altons Kräfte bis zum Äußersten beansprucht hatten. Würde er, selbst wenn er das kommende Ratstreffen und die Heimreise überstand, am Leben bleiben, bis Valdir mit fünfzehn zum Mann erklärt wurde? Und wie konnte sich ein fünfzehnjähriger Junge in den komplizierten politischen Intrigen der Domäne zurechtfinden? Zumal wenn er ein behüteter, gelehrtenhafter Junge aus einem Kloster war!

Valdir ritt an der Spitze der Prozession in düsterer Trauerkleidung, gegen die sein bleiches Gesicht abstach. An seiner Seite hielt sich sein geschworener Freund Valentine Aillard, der mit ihm von Nevarsin gekommen war, ein großer, kräftiger Junge mit so blondem Haar, dass es weiß wirkte. Beide blickten feierlich drein, aber nicht von Trauer überwältigt. Dafür hatten sie Domenic nicht gut genug gekannt.

Am Ufer des Sees von Hali, wo nach der Legende Hastur, Sohn des Lichts, Darkover zum ersten Mal betreten hatte, wurde Domenic, wie es der Brauch verlangte, in ein nicht gekennzeichnetes Grab gelegt. Als sie an dem offenen Grab standen, stützte Callista sich schwer auf Andrew, und er fing ihren Gedanken auf: *Es kommt nicht darauf an, wo er liegt, er ist an einen anderen Ort gegangen. Aber für meinen Vater wäre es ein Trost gewesen, hätte er in der Erde von Armida ruhen können.*

Andrew sah sich auf dem Begräbnisplatz um und erschauerte. Hier unter seinen Füßen lag alles, was an zahllosen Generationen von Comyn sterblich war, ohne dass ein anderes Zeichen davon Kunde gab als die unregelmäßigen Bodenverwerfungen, die der Schnee des Winters und das Tauwetter des Frühlings erzeugt hatten. Würden seine eigenen Söhne und Töchter eines Tages hier liegen? Würde er selbst eines Tages hier, unter der fremden Sonne ruhen?

Valdir trat als nächster Verwandter als Erster ans Grab.

Seine Stimme klang hoch und kindlich, und er sprach stockend.

»Als ich fünf Jahre alt war, hob mein Bruder Domenic mich von meinem Pony und sagte, ich solle ein Pferd bekommen, das für einen Mann geeignet sei. Er nahm mich mit in die Ställe und half dem *Coridom,* ein sanftes Pferd für mich auszusuchen. Möge diese Erinnerung das Leid mildern.«

Er trat zurück, und Valantine Aillard nahm seinen Platz ein. »In meinem ersten Jahr in Nevarsin war ich einsam und elend, wie es allen Jungen ging, doch mir besonders, weil ich weder Vater noch Mutter mehr hatte und meine Schwester an einem weit entfernten Ort aufwuchs. Domenic kam Valdir besuchen. Er nahm mich mit in die Stadt und kaufte mir Süßigkeiten, damit auch ich das hätte, was die anderen Jungen nach einem Besuch von Verwandten hatten. Wenn er Valdir zum

Mittwinterfest Geschenke schickte, legte er für mich eins bei. Möge diese Erinnerung das Leid mildern.«

Einer nach dem anderen traten die Teilnehmer an der Beerdigung vor und sprachen zum Lobe dessen, der in seinem Grab lag. Cathal Lindir musste erst sein Schluchzen unterdrücken, und dann stieß er nur hervor: »Wir waren *Bredin,* ich liebte ihn.« Er trat zurück und versteckte sich in der Menge, unfähig, auch nur die rituellen Worte zu sprechen. Callista, die nach ihm an der Reihe war, sagte: »Er war der Einzige in meiner Familie, für den ich nicht ... nicht fremd und abgesondert war. Selbst als ich in Arilinn lebte und alle meine anderen Verwandten mich als Fremde behandelten, blieb Domenic zu mir immer der Gleiche. Möge diese Erinnerung das Leid mildern.« Sie wünschte, Ellemir sei hier, um die Reden zu Ehren ihres Lieblingsbruders zu hören. Aber Ellemir hatte sich entschlossen, bei ihrem Vater zu bleiben. Domenic, hatte sie gesagt, könne nicht mehr geholfen und nicht mehr geschadet werden, aber ihr Vater brauche sie.

Dann trat auch Andrew ans Grab. »Ich kam als Fremder nach Armida. Er stand bei meiner Hochzeit neben mir, weil ich keinen Verwandten an meiner Seite hatte.« Als er mit »Möge diese Erinnerung das Leid mildern« endete, war er traurig darüber, dass er so wenig Zeit gehabt hatte, seinen jungen Schwager kennen zu lernen.

Jeder Lord und jede Lady der Comyn, die zu Domenics Beerdigung gekommen waren, hatten ihr Gedächtnis nach irgendeiner kleinen Freundlichkeit Domenics, nach einer angenehmen Begegnung mit ihm durchforscht und teilten sie den anderen mit. Lorenz Ridenow, der, wie Andrew sich erinnerte, intrigiert hatte, um Domenic unter dem Vorwand, er sei zu jung, nicht Kommandant der Garde werden zu lassen, sprach von der Bescheidenheit und Tüchtigkeit, mit der der Junge sein ihm so früh zugefallenes Amt versehen habe. Danvan

Hastur, ein kleiner, stämmiger junger Mann mit silbriggoldenem Haar und grauen Augen, Kadettenmeister der Garde, berichtete, wie der junge Kommandant für das Opfer eines grausamen Streichs unter den Kadetten eingetreten sei. Damon, der Kadettenmeister gewesen war, als Domenic mit vierzehn in das Korps eintrat, sprach davon, dass Domenic trotz seiner Späße und Mutwilligkeiten niemals Bosheit oder Grausamkeit gekannt habe. Wie ein Stich durchfuhr Andrew der Gedanke, dass der Junge sehr vermisst werden würde. Für Valdir war es schwer, an die Stelle eines jungen Mannes zu treten, der überall geliebt und geachtet worden war.

Auf dem Ritt zurück begann der Nebel, sich zu heben. In dem engen Pass, der nach Thendara hinunterführte, sah Andrew wieder über das Tal zu den Gebäuden hin, die innerhalb der Mauern, die die Terranische Zone abgrenzten, zum Himmel emporwuchsen. Das Brummen der Baumaschinen war selbst in dieser Entfernung noch zu hören. Er war einmal Andrew Carr gewesen und hatte in Siedlungen wie dieser gelebt, wo gelbe Lichter die Farbe der jeweiligen Sonne völlig auslöschten, und was jenseits der Mauern lag, hatte ihn nicht interessiert. Jetzt blickte er gleichgültig auf die fernen kleinen Raumschiffe und die Skelette der unvollendeten Wolkenkratzer. Mit all dem hatte er nichts mehr zu tun.

Als er sich abwandte, sah er, dass die Augen von Lorill Hastur auf ihm ruhten. Lorill war Regent des Rates der Comyn, und Callista hatte ihm erklärt, er habe mehr Macht als ein König. Er war ein Mann mittleren Alters, groß, befehlsgewohnt, mit dunkelrotem Haar, das an den Schläfen weiß wurde. Er suchte Andrews Blick und hielt ihn für einen Moment fest. Der Terraner erinnerte sich, dass Lorill ein starker Telepath sein sollte, und sah schnell weg. Er wusste, das war töricht – wenn der Hastur-Lord wünschte, seine Gedanken zu lesen, konnte er es tun, ohne ihm ins Auge zu sehen! Und er hatte genug über die Höflichkeit unter Telepathen gelernt, um zu wissen, dass Lorill es unaufgefordert nicht ohne guten Grund tun würde. Trotzdem fühlte er sich unbehaglich, denn er segelte hier unter falscher Flagge. Keiner wusste, dass er Terraner war. Aber er versuchte, gleichgültig dreinzusehen, und hörte aufmerksam Callista zu, die ihm die Banner der Domänen erklärte.

»Die silberne Tanne auf blauem Grund ist natürlich das Hastur-Banner; du hast es gesehen, als Leonie nach Armida kam. Und das ist das Ridenow-Banner mit dem Grün und Gold, wo Lorenz reitet. Damon hat das Recht auf einen Bannerträger, macht aber selten davon Gebrauch. Die roten und grauen Federn sind das Banner von Aillard, und der silberne Baum mit der Krone gehört den Elhalyn. Sie waren einmal ein Zweig der Hasturs.« Prinz Duvic, der gekommen war, dem Erben von Alton die letzte Ehre zu erweisen, sah weniger königlich aus, dachte Andrew, als Lorill Hastur oder selbst der junge Danvan.

»Und das ist der alte Dom Gabriel von Ardais und seine Gemahlin Lady Rohana. Siehst du den Falken auf ihrem Banner?«

»Das sind erst sechs, wenn man Armida mitzählt«, sagte Andrew. »Welches ist die siebte Domäne?«

»Die Domäne von Aldaran wurde vor langer Zeit ausgestoßen. Ich habe dafür schon alle möglichen Gründe gehört, aber ich vermute, es war einfach deswegen, dass sie zu weit entfernt lebten, um jedes Jahr zum Rat zu kommen. Burg Aldaran liegt weit weg in den Hellers, und es ist schwierig, Leute zu regieren, die so tief in den Bergen versteckt sind, dass niemand wissen kann, ob sie die Gesetze halten oder nicht. Einige sagen, die Aldarans seien nicht ausgestoßen worden, sondern hätten sich aus eigenem freien Willen losgesagt. Jeder, den du fragst, wird dir eine andere Geschichte erzählen, warum die

Aldarans nicht mehr die siebte Domäne sind. Ich nehme an, eines Tages wird sich eine der größeren Domänen teilen, so dass wir dann wieder sieben haben. Die Hasturs taten es, als die alte Linie der Elhalyn ausstarb. Wir sind sowieso alle miteinander verwandt, und viele der geringeren Adligen haben Comyn-Blut. Vater sprach einmal davon, Ellemir mit Cathal zu verheiraten ...« Sie verstummte, und Andrew seufzte, als er an die Folgen seiner Verbindung mit Callista dachte. Er hatte in eine Familie erblicher Herrscher hineingeheiratet. Ellemirs Kind, jedes Kind, das Callista gebären mochte, würde eine schreckliche Verantwortung erben.

Und ich habe auf einer Pferderanch in Arizona angefangen!

Ebenso überwältigend war der Eindruck auf ihn, als sich später an diesem Tag der Rat der Comyn in einem Raum versammelte, den Callista die Kristallkammer nannte. Sie lag hoch in einem der Türme und bestand aus durchscheinendem Stein, der zu Prismen geschnitten war. Sie funkelten im Licht der Sonne, so dass es war, als bewege man sich im Herzen eines Regenbogens. Der Raum war achteckig mit aufsteigenden Sitzreihen, und jede Comyn-Domäne hatte Plätze unter ihren eigenen Emblemen und Bannern. Callista flüsterte ihm zu, jedes mit *Laran* ausgestattete männliche Mitglied einer der Ratsfamilien habe das unbestreitbare Recht, im Rat zu erscheinen und zu sprechen. Als Bewahrerin von Arilinn hatte auch sie dies Recht gehabt, obwohl sie sich selten die Mühe gemacht hatte zu kommen.

Leonie war mit den Hasturs da; Andrew wandte den Blick von ihr ab. Wäre sie nicht gewesen, dann mochte Callista jetzt nicht nur dem Namen nach seine Frau sein, und vielleicht würde Callista und nicht Ellemir sein Kind tragen.

Andererseits, dachte er, hätte er dann Ellemir niemals kennen gelernt. Das wünschte er sich auch wieder nicht.

Dom Esteban, bleich und mitgenommen, aber aufrecht und

würdevoll in seinem Rollstuhl, saß in der untersten Reihe, links und rechts von ihm seine Söhne. Valdir war blass und aufgeregt, Dezis Gesicht war glatt und undurchschaubar. Andrew bemerkte das Heben der Augenbrauen und die neugierigen Blicke auf Dezi. Die Familienähnlichkeit war nicht zu verkennen, und dass Dom Esteban Dezi in der Kristallkammer neben sich sitzen ließ, war wie eine verspätete öffentliche Anerkennung.

Lorill Hasturs Stimme war tief und feierlich. »Heute Morgen erwiesen wir dem Erben von Alton, der auf so tragische Weise ums Leben gekommen ist, die letzte Ehre. Aber das Leben geht weiter, und wir müssen jetzt den nächsten Erben designieren. Esteban Lanart-Alton, wollt Ihr ...« Angesichts des alten Mannes im Rollstuhl verbesserte er sich: »Könnt Ihr Euren Platz unter uns einnehmen? Wenn nicht, mögt Ihr von da sprechen, wo Ihr seid.«

Dezi erhob sich und schob den Rollstuhl nach vorn. Dann kehrte er unauffällig zu seinem Platz zurück.

»Esteban, ich fordere Euch auf, die nächsten Erben Eurer Domäne zu designieren, damit wir erfahren, wer sie sind, und sie alle anerkennen können.«

Esteban sagte ruhig: »Mein nächster Erbe ist mein jüngster legitimer Sohn Valdir-Lewis Lanart-Ridenow von meiner gesetzlichen Frau *di Catenas* Marcella Ridenow.« Er winkte Valdir, vorzutreten. Der Junge kniete zu seines Vaters Füßen nieder.

»Valdir-Lewis Lanart-Alton ...« – zum ersten Mal gab Dom Esteban ihm den Domänen-Titel, der nur von dem Oberhaupt der Domäne und seinem nächsten Erben gebraucht wurde – »... als jüngerer Sohn wurdest du nicht einmal durch einen Stellvertreter als Comyn vereidigt, und wegen deiner Jugend wird ein formeller Eid auch weder verlangt noch akzeptiert werden. Deshalb frage ich dich nur, ob du die Gelübde, die in deinem Namen abgelegt werden, in Treue halten und in eigener Person wiederholen willst, wenn du das gesetzliche Alter erreicht hast.«

Die Stimme des Jungen zitterte. »Das will ich.«

Dom Esteban machte Valdir ein Zeichen, sich zu erheben. Er umarmte ihn zeremoniell und küsste ihn auf beide Wangen. »Dann nominiere ich dich als Erben von Alton. Will einer der Anwesenden dagegen Einspruch erheben?«

Gabriel Ardais, ein Mann in den Sechzigern, groß und soldatisch, aber hager und ergrauend und mit der bleichen Farbe eines schlechten Gesundheitszustandes, ließ sich mit barscher und rostiger Stimme hören: »Ich erhebe keinen Einspruch dagegen, Esteban, dass der Junge legitim geboren ist und gesund aussieht, und mein Pflegesohn Valentine, der in Nevarsin sein Spielgefährte war, berichtet mir, er sei lebhaft und intelligent. Aber es gefällt mir nicht, dass der Erbe einer so mächtigen Domäne ein minderjähriges Kind sein soll. Mit deiner Gesundheit steht es nicht zum Besten, Esteban. Du musst mit der Möglichkeit rechnen, dass du nicht mehr so lange lebst, bis Valdir das gesetzliche Alter erreicht. Es sollte ein Regent für die Domäne ernannt werden.«

»Ich bin bereit, einen Regenten zu ernennen«, erwiderte Esteban. »Mein nächster Erbe nach Valdir ist der ungeborene Sohn meiner Tochter Ellemir. Mit Eurer Erlaubnis, Lords, designiere ich ihren Gatten Damon Ridenow zum Regenten von Alton und Vormund für Valdir und das ungeborene Kind.«

»Er ist kein Alton«, protestierte Aran Elhalyn, und Esteban antwortete: »Er ist mir näher verwandt als viele andere. Seine Mutter war meine jüngste Schwester Camilla. Er ist mein Neffe und hat *Laran*, und er hat durch seine Heirat Rechte in der Domäne.«

Aran erklärte: »Ich kenne Lord Damon. Er ist kein Jüngling mehr, sondern ein pflichtbewusster Mann, der sich seinem vierzigsten Jahr nähert. Er hat viele einem Comyn-Sohn auferlegte Verantwortungen ehrenhaft getragen. Aber wir wurden im Rat über diese Heirat nicht informiert. Dürfen wir fragen, warum eine Ehe zwischen einem Comyn-Sohn und einer *Comynara* in so unziemlicher Hast und nur als Freipartner-Verbindung geschlossen wurde?«

»Es war nicht die Zeit eines Ratstreffens«, sagte Esteban, »und die jungen Leute wollten kein halbes Jahr mehr warten.«

»Damon«, fragte Lorill Hastur, »wenn du zum Regenten einer Domäne ernannt werden sollst, wäre es passender, wenn du deine Ehe nach den Gesetzen des Rats *di Catenas* schließen würdest. Bist du bereit, Ellemir Lanart mit der vollen Zeremonie zu heiraten?«

Damon antwortete gutmütig, seine Hand auf die Ellemirs legend: »Ich werde sie ein dutzend Mal heiraten, wenn Ihr wollt, und nach jedem Ritual, das Euch gefällt, wenn sie mich haben will.«

Ellemir lachte laut heraus, ein fröhliches kleines Klingeln. »Kannst du daran zweifeln, mein Gatte?«

»Dann tritt vor, Damon Ridenow von Serrais.« Damon schritt bis in die Mitte des Raums, und Lorill fragte feierlich: »Damon, bist du frei, diese Verpflichtung zu übernehmen? Bist du Erbe deiner eigenen Domäne?«

»Erst an mindestens zwölfter Stelle«, sagte Damon. »Ich habe vier ältere Brüder, und sie zusammen haben, glaube ich, elf Söhne, oder vielmehr sie hatten sie, als ich das letzte Mal nachzählte; inzwischen können es mehr geworden sein. Und Lorenz ist bereits zweimal Großvater. Ich bin gern willens, Alton Treue zu schwören, wenn mein Bruder und Lord von Serrais mir die Erlaubnis dazu gibt.«

»Lorenz?«, fragte Lorill mit einem Blick zu der Seite des Raums, wo die Ridenow-Lords saßen. Lorenz zuckte die Schultern. »Damon mag tun, was er will. Er ist alt genug, und es ist nicht wahrscheinlich, dass er bis zum Erben von Serrais aufrückt. Er hat in die Alton-Domäne eingeheiratet. Ich gebe meine Zustimmung.«

Damon sah Andrew mit einem komischen Heben einer Augenbraue an, und Andrew empfing den Gedanken: *Das ist bestimmt das erste Mal, dass Lorenz voll und ganz mit mir einverstanden ist.* Aber nach außen hin war er sehr feierlich, wie es sich für diese ernste Angelegenheit schickte.

»Dann knie nieder, Damon Ridenow«, sagte Lorill. »Du bist als nächster männlicher Verwandter von Valdir-Lewis Lanart-Alton, Erben von Alton, und dem ungeborenen Sohn von Ellemir, deiner gesetzlichen Frau, zum Regenten und Vormund der Alton-Domäne ernannt worden. Bist du bereit, dem Oberhaupt der Domäne Treue zu schwören und von allen anderen Verpflichtungen außer denen gegenüber dem König und den Göttern zurückzutreten?«

Damon sagte fest: »Das schwöre ich.«

»Bist du bereit, die Verwaltung der Domäne zu übernehmen, sollte das gesetzliche Oberhaupt durch Alter, Krankheit oder Leiden gehindert sein, dies Amt auszuüben, und schwörst du, dass du die nächsten Erben Altons mit deinem eigenen Leben bewachen und schützen willst, sollten die Götter das von dir fordern?«

»Das schwöre ich.«

Ellemir, die von ihrem Platz aus zusah, erkannte den feinen Schweiß an Damons Haaransatz. Ihr war klar, dass Damon dies nicht wollte. Er tat es der Kinder wegen, um Valdirs und ihres Sohnes willen, aber sein eigener Wunsch war es nicht. Sie hoffte inbrünstig, ihr Vater wisse, was er Damon damit antat!

Lorill Hastur fuhr fort: »Erklärst du feierlich, dass du nach deinem besten Wissen im Stande bist, diese Verantwortung zu übernehmen? Ist hier ein Mann, der dir das Recht auf die Herrschaft über die Einwohner deiner Domäne, die Einwohner aller Domänen, die Einwohner ganz Darkovers abspricht?«

Damon dachte: *Wer ist wirklich im Stande, eine solche Verantwortung zu übernehmen? Nicht ich! Aldones, Herr des Lichts, nicht ich! Aber ich will mein Bestes tun, ich schwöre es vor allen Göttern. Für Valdir, für Ellemir und ihr Kind.*

Laut sagte er: »Wer Einspruch erheben will, soll es tun.«

Danvan Hastur, Kommandant der Ehrengarde des Rates, schritt in den Mittelpunkt des Raums, wo Damon immer noch kniete und das Regenbogenlicht auf seinem Gesicht spielte. Das Schwert in der Hand, rief Danvan Hastur mit lauter Stimme: »Erhebt hier jemand Einspruch gegen Damon Ridenow-Alton, den Regenten von Alton?«

In das Schweigen hinein sagte eine junge Stimme: »Ich erhebe Einspruch.« Damon spürte Andrews Verblüffung, obwohl dieser ganz hinten auf den Alton-Plätzen saß. Als Damon den Kopf hob, sah er Dezi vortreten und das Schwert aus Lorills Hand nehmen.

»Aus welchen Gründen?«, fragte Lorill. »Und mit welchem Recht? Du bist mir nicht bekannt, junger Mann.«

Dom Esteban sah Dezi bestürzt an. Seine Stimme zitterte. »Vertraust du mir nicht, Dezi, mein Sohn?«

Dezi ignorierte die Worte und die Liebe, die in ihnen lag. »Ich bin Deziderio Leynier, *Nedestro*-Sohn von Gwennis Leynier durch Esteban Lanart-Alton. Als einziger überlebender erwachsener Sohn des Herrn der Domäne beanspruche ich das Recht auf die Vormundschaft über meinen Bruder und den ungeborenen Sohn meiner Schwester.«

Lorill stellte streng fest: »Wir haben keine Eintragung über irgendeinen anerkannten *Nedestro*-Sohn von Esteban Lanart-Alton, ausgenommen die beiden Söhne von Larissa d'Asturien, die ohne *Laran* und deshalb kraft Gesetzes von diesem

Rat ausgeschlossen sind. Darf ich fragen, warum du niemals anerkannt wurdest?«

»Was das betrifft«, antwortete Dezi mit einem Lächeln, das fast schon unverschämt war, »müsst Ihr meinen Vater fragen. Aber ich rufe die Lady von Arilinn zur Zeugin an, dass ich ein Alton bin und die Gabe der Domäne in vollem Umfang besitze.«

Auf Lorills Aufforderung hin erhob sich Leonie. Ihr Stirnrunzeln zeigte, wie zuwider ihr dieser Vorgang war. »Es gehört nicht zu meinen Aufgaben, Comyn-Erben zu designieren, aber da ich als Zeugin aufgerufen bin, muss ich erklären, dass Deziderio die Wahrheit spricht. Er ist ein Sohn von Esteban Lanart und hat die Alton-Gabe.«

Esteban sagte schwer: »Ich bin bereit und willens, Dezi als meinen Sohn anzuerkennen, wenn dieser Rat es so haben will; zu diesem Zweck habe ich ihn mitgebracht. Aber ich halte ihn nicht für den geeignetsten Vormund meines jungen Sohns und meines ungeborenen Enkels. Damon ist ein Mann von reifen Jahren, Dezi erst ein Jüngling. Ich bitte Dezi, den Einspruch zurückzuziehen.«

»Mit allem Respekt, Vater«, sagte Dezi ehrerbietig, »das kann ich nicht.«

Damon, der immer noch kniete, fragte sich, was jetzt wohl geschehen werde. Der Tradition zufolge konnte der Einspruch durch einen Kampf, ein formelles Duell geregelt werden, oder einer der Kandidaten trat zurück, oder beide legten Beweise vor, dass der andere ungeeignet sei, und ließen sie vom Rat prüfen. Lorill fragte:

»Hast du Grund zu der Annahme, Damon sei nicht geeignet, Deziderio Leynier, *Nedestro* von Alton?«

»Das habe ich!« Dezis Stimme klang schrill. »Damon versuchte, mich zu ermorden, um seinen eigenen Anspruch zu sichern. Er wusste, dass ich Estebans Sohn bin, während er nur der Schwiegersohn ist, und deshalb beraubte er mich meiner Matrix. Nur meine eigenen *Laran*-Fähigkeiten hielten ihn von Blutschuld an seinem Schwager rein.«

O mein Gott, dachte Andrew, dem der Atem in der Kehle stockte. *Dieser Bastard, dieser gottverdammte, stinkende junge Bastard! Wer außer Dezi hätte auf diesen Einfall kommen können?*

Lorill Hastur sagte: »Das ist eine äußerst ernste Anschuldigung, Damon. Du hast den Comyn viele Jahre lang ehrenhaft gedient. Wir brauchen uns nicht weiter damit zu befassen, wenn du uns irgendeine Erklärung geben kannst.«

Damon schluckte und blickte auf. Er war sich bewusst, dass aller Augen auf seinem Gesicht ruhten. Fest erklärte er: »Ich habe in Arilinn den Eid abgelegt, jeden Missbrauch einer Matrix zu verhindern. Auf Grund dieses Eides nahm ich Dezi die seine, denn er hatte *Laran* missbraucht, um Ann'dra, dem Mann meiner Schwägerin, seinen Willen aufzuzwingen.«

»Das ist wahr«, fiel Dezi ein, ohne auf eine Aufforderung zum Sprechen zu warten. »Meine Schwester Callista ist verhext von diesem zufällig aus dem Nichts aufgetauchten Mann, einem *Terranan.* Ich versuchte nur, diesen Kerl, der einen so bösen Zauber über sie geworfen hat, loszuwerden, damit sie eine Ehe eingehen könne, die einer Comyn-Lady würdig ist, und sich nicht im Bett eines *Terranan*-Spions entehrt.«

Allgemeiner Aufruhr. Damon sprang wütend auf die Füße, aber Dezi drehte sich ihm zu und blieb trotzig mit leicht spöttischem Lächeln stehen. Alle Anwesenden in der Kristallkammer sprachen, brüllten, fragten gleichzeitig. Vergeblich befahl Lorill Hastur wieder und wieder Ruhe.

Als die Ordnung einigermaßen hergestellt war, sagte er ernst: »Diese Sache müssen wir unter uns untersuchen. Sehr schwere Beschuldigungen und Gegenbeschuldigungen sind erhoben worden. Im Augenblick bitte ich Euch zu gehen und die Angelegenheit nicht unter Euch zu besprechen. Klatsch wird sie nicht bessern. Hütet Euch vor unachtsamem Feueranzünden im Wald; hütet Euch vor unachtsamem Gerede auch unter den Weisen. Aber seid versichert, wir werden gründlich erforschen, was hier Recht und was Unrecht ist, und Euch das Ergebnis in drei Tagen von heute zur Beurteilung vorlegen.«

Langsam leerte sich der Raum. Esteban, todesbleich, sah Damon und Dezi traurig an. Er sagte: »Wenn Brüder sich entzweien, kommen Feinde und erweitern den Riss. Dezi, wie kannst du das tun?«

Dezi schob sein Kinn vor. »Vater, ich lebe nur, um dir zu dienen. Zweifelst du an mir?« Er blickte zu Ellemir, die sich an Damons Arm klammerte, und sagte dann zu Callista: »Eines Tages wirst du mir danken, meine Schwester.«

»Schwester!« Callista sah Dezi gerade in die Augen, dann spie sie ihm mit kalter Überlegung ins Gesicht und wandte sich ab. Sie legte ihre Fingerspitzen auf Andrews Arm und sagte klar und deutlich: »Bringe mich von hier weg, mein Gatte. Der Ort stinkt nach Verrat.«

»Tochter ...«, flehte Dom Esteban, aber Callista drehte ihnen den Rücken, und Andrew hatte keine andere Wahl, als ihr zu folgen. Sein Herz hämmerte, und seine Gedanken wiederholten unaufhörlich die Frage: *Was nun?*

19

In ihren eigenen Räumen sagte Callista heftig zu Andrew: »Er hat Domenic getötet! Ich weiß nicht, wie er es getan hat, aber ich bin davon überzeugt!«

»Es gibt nur eine Möglichkeit, wie er es getan haben könnte«, warf Damon ein, »und leider habe ich Grund zu der Annahme, dass er stark genug dazu war.«

Ellemir fragte: »Kann er Kontrolle über Cathal gewonnen und ihn dazu gebracht haben, Domenic an einer verletzlichen Stelle zu treffen? Er hat die Alton-Gabe und kann einen Rapport erzwingen ...« Aber sie glaubte selbst nicht daran, und Callista schüttelte den Kopf.

»Nicht ohne Cathal zu töten oder sein Gehirn so zu schädigen, dass Cathals Zustand allein die ganze Geschichte verraten würde.«

Damons Gesicht war ausdruckslos. »Dezi hat das Talent, die Arbeit einer Bewahrerin zu tun. Das haben wir alle gesehen, als ich ihm seine Matrix abnahm. Er kann den Stein eines anderen manipulieren und modifizieren, kann ihn seinen eigenen Schwingungen anpassen. Ich glaube, als er mit dem verletzten, aber noch lebenden Domenic allein gelassen worden war, konnte er der Versuchung nicht widerstehen, wieder eine Matrix in seinen Besitz zu bekommen. Und als er Domenic die Matrix vom Hals nahm ...« – er zuckte zusammen, und Andrew bemerkte, dass seine Hände zitterten – »... da blieb Domenics Herz unter dem Schock stehen. Ein perfekter, nicht zu entdeckender Mord, da keine Bewahrerin dort war und die meisten Leute nicht einmal wussten, dass Domenic eine Matrix besaß. Und das würde auch erklären, warum Dezi vor mir abgeschirmt ist.«

Callista bebte. »Unter Telepathen muss er sich bis zum Tag

seines Todes abschirmen – wirklich ein schreckliches Schicksal!«

Ellemir erklärte wild: »Nicht halb so schrecklich wie der Tod, den er Domenic gab!«

»Es ist schlimmer, als du dir klarmachst«, sagte Damon mit leiser Stimme. »Glaubst du, jetzt, wo Dezi seine Macht kennt, ist Valdir sicher? Wie lange wird er Valdir verschonen, wo jetzt nur noch Valdir zwischen ihm und dem Erbe von Alton steht? Und wenn er Dom Estebans Ohr und völliges Vertrauen gewonnen hat, was trennt ihn dann noch von der Herrschaft über die Domäne?«

Ellemir wurde bleich, ihre Hände legten sich auf ihren Leib, als wolle sie das Kind, das dort schlief, schützen. »Ich habe dir gesagt, du hättest ihn töten sollen«, sagte sie und begann zu weinen. Callista sah Ellemir voll neuen Schreckens an.

»Es wäre so furchtbar einfach. Nur ein paar dünne Blutgefäße müssten durchtrennt werden, und das ungeborene Kind, dessen Verbindung mit dem Leben zerstört ist, blutet sich zu Tode.«

»Hör auf!«, schrie Ellemir.

»Was glaubst du wohl, warum wir so vorsichtig beim Unterricht von Psi-Überwachern sind?«, fragte Callista. »Die Frauen im Turm sehen sich vor, dass sie während ihrer Arbeitsschicht nicht schwanger werden, aber natürlich passiert es gelegentlich doch. Und Dezi hat das Überwachen in Arilinn gelernt – Avarra sei uns gnädig, ich war es, die ihn unterrichtet hat! Und indem er erfuhr, wo die verletzlichen Stellen liegen und worauf er achten muss, um Mutter und Kind *nicht* zu schaden, lernte er auch, wie er ihnen schaden kann.«

»Ich würde es ihm zutrauen.« Andrew sprach zum ersten Mal. »Aber ohne mehr Beweise, als wir haben, würde ich nicht einmal einen Hund hängen. Gibt es irgendeine Möglichkeit, das nachzuweisen?« Selbst wenn Dezi seinen Halbbruder getötet hatte, indem er dem bewusstlosen Jungen die Matrix wegnahm, brauchte er nur ein Stückchen toten Kristalls wegzuwerfen.

Damons Gesicht war ernst. »Ich glaube, dass Dezi sich durch seine eigene Schwäche verraten wird. Sicher, die verräterische Matrix kann er wegwerfen, aber ich glaube nicht, dass er die damit verbundene Macht aufgeben will. Kann er der Versuchung widerstehen, von neuem eine Matrix in Händen zu haben? Wenn ich unsern Dezi kenne: Nein. Und er wäre fähig, den Stein für seinen Gebrauch zu modifizieren, was bedeutet, dass es immer noch einen Zeugen gegen ihn gibt. Einen stummen, aber einen Zeugen.«

»Großartig«, fiel Andrew sarkastisch ein. »Wir brauchen bloß zu ihm zu gehen und zu sagen: Gib wie ein braver Junge die Matrix her, die zu erlangen du Domenic getötet hast.«

Damons Hand schloss sich um seinen eigenen Stein, als wolle er sich vergewissern, dass er noch vorhanden war. »Wenn er eine modifizierte Matrix trägt, werden die Relaisschirme in Arilinn und den anderen Türmen es zeigen.«

»Großartig«, sagte Andrew noch einmal. »Wie weit ist Arilinn von hier entfernt? Einen Zehntagesritt oder mehr?«

»Es ist leichter als das«, erklärte Callista. »Es gibt hier in der Alten Stadt der Comyn-Burg Relaisschirme. In früheren Zeiten, so heißt es, konnten sich Techniker mittels der großen Schirme von einem Turm zum anderen teleportieren. Heute geschieht das nicht mehr. Aber es sind auch Überwachungsschirme da, die auf die in den anderen Türmen abgestimmt sind. Jeder Mechaniker kann sich einschalten und jede lizenzierte Matrix auf Darkover aufspüren.« Sie zögerte. »Ich ... kann es nicht. Ich habe meinen Eid zurückgegeben.«

Die sinnlose Vorschrift reizte Damons Ungeduld von neuem. Welch ein Verlust für die Türme, welch ein Verlust für Callista! Aber welche Bewahrerin oder Mechanikerin jetzt auch im Alten Turm Dienst tat, *sie* würde darauf achten, dass das Verbot eingehalten wurde, und dagegen ließ sich nichts machen.

»Wer ist Bewahrerin des Alten Turms, Callista? Ich kann mir nicht vorstellen, dass Mutter Ashara uns in einer solchen Angelegenheit empfangen würde.«

»Seit Menschengedenken hat niemand mehr Ashara außerhalb des Turms gesehen«, antwortete Callista. »Ich glaube, sie könnte ihn nicht einmal mehr verlassen, wenn sie es wollte, weil sie so alt ist. Auch ich selbst habe sie noch nie gesehen, außer in den Schirmen, und ich glaube, nicht einmal Leonie. Aber das Letzte, was ich hörte, war, Margwenn Elhalyn sei ihre Unterbewahrerin. Sie wird dir sagen, was du zu wissen wünschst.«

»Margwenn war Psi-Überwacherin in Arilinn, als ich dort Dritter war«, sagte Damon. »Von uns ging sie nach Hali; ich wusste gar nicht, dass sie jetzt hier ist.« Techniker, Mechaniker und Überwacher wurden von Turm zu Turm geschickt, je nachdem, wo der Bedarf am größten war. Margwenn Elhalyn war zwar nicht gerade eine alte Freundin, aber sie wusste doch zumindest, wer er war, und das sparte ihm lange Erklärungen über das, was er wollte.

Er war noch nie im Inneren des Alten Turms der Comyn-Burg gewesen. Margwenn führte ihn in die Matrix-Kammer, einen Raum mit altertümlichen Schirmen und Gittern und Maschinen, deren Existenz seit dem Zeitalter des Chaos vergessen war. Für einen Augenblick dachte Damon nicht mehr daran, was ihn eigentlich hergeführt hatte, und blickte voller Neugier um sich. Wie hatte man es zulassen können, dass diese ganze Technologie, die alten Wissenschaften von Darkover in Vergessenheit versanken? Nicht einmal in Arilinn hatte er gelernt, all diese Gegenstände zu benutzen. Sicher, es gab zu wenig Techniker und Mechaniker, um auch nur die Relais zu besetzen, die der Kommunikation und der Erzeugung lebensnotwendiger Energie dienten. Aber selbst wenn die Matrix-Arbeiter in der heutigen Zeit nicht mehr bereit waren, hinter Mauern zu leben und auf die Welt draußen zu verzichten, konnten doch sicher *einige* dieser Künste außerhalb eines Turms ausgeübt werden!

Das waren seltsame, häretische Gedanken in diesem Raum, der das Herz der alten Wissenschaft war. Wenn die Vorfahren das verboten hatten, mussten sie wohl ihre Gründe gehabt haben!

Margwenn Elhalyn war eine schlanke, hellhaarige Frau von unbestimmbarem Alter, doch Damon meinte, sie sei ein wenig älter als er selbst. Sie hatte die kalte Reserviertheit, die beinahe priesterliche Würde aller Bewahrerinnen. »Mutter Ashara kann dich nicht empfangen; ihr Geist weilt in diesen Tagen häufig außerhalb der Zeit. Was kann ich für dich tun, Damon?«

Damon zögerte. Es widerstrebte ihm, die Angelegenheit zu erklären und Dezi ohne Beweis mit seinem Verdacht zu belasten. Margwenn hatte der Ratssitzung nicht beigewohnt, obwohl ihr das Recht zustand. Viele Techniker interessierten sich nicht für Politik. Damon hatte früher auch die Einstellung gehabt, seine Arbeit stehe über derartigen weltlichen Geschäften. Jetzt war er sich nicht mehr so sicher.

Schließlich sagte er: »Es bestehen einige Unklarheiten über gewisse Matrices im Besitz des Alton-Clans. Sie wurden legitim in Besitz genommen, aber ihr Schicksal ist ungewiss. Kennst du Dezi Leynier, der vor einiger Zeit ein knappes Jahr in Arilinn war?«

»Dezi?«, fragte sie ohne Interesse. »War er nicht irgendein Bastard von Lord Alton? Ja, ich erinnere mich. Er wurde entlassen, weil er keine Disziplin halten konnte, wie ich hörte.« Sie trat an den Überwachungsschirm und stand bewegungslos vor der glasigen Oberfläche. Nach kurzer Zeit begannen tief im Inneren Lichter zu blinken, und Damon, der Margwenns Gesicht beobachtete, ohne ihren Gedanken zu folgen, erkannte, dass sie sich in das Relais nach Arilinn eingeschaltet hatte. Dann sagte sie: »Offenbar hat er seine Matrix aufgegeben. Sie befindet sich im Besitz einer Bewahrerin, nicht inaktiviert, aber auf einem sehr niedrigen Niveau.«

Im Besitz einer Bewahrerin!

Damon, der das Energieniveau der Matrix selbst gesenkt und sie in einem verschlossenen und versiegelten Kasten verwahrt hatte, verstand das sehr genau.

Besitz einer Bewahrerin. Aber jeder fähige Techniker konnte die Arbeit einer Bewahrerin tun. Warum musste sie mit Tabus, Ritualen, abergläubischer Verehrung umgeben werden? Er verbarg seine Gedanken vor Margwenn und bat: »Würdest du jetzt überprüfen, was aus der Matrix von Domenic Lanart geworden ist?«

»Ich will es versuchen«, antwortete Margwenn, »aber ich dachte, er sei tot. Wahrscheinlich ist seine Matrix mit ihm gestorben.«

»Das hätte ich auch gedacht«, sagte Damon, »aber sie wurde nicht an seiner Leiche gefunden. Ist es möglich, dass auch sie im Besitz einer Bewahrerin ist?«

Margwenn zuckte die Schultern. »Das kommt mir unwahrscheinlich vor. Doch da ich weiß, dass Domenic sein *Laran* so gut wie nie anwandte, wäre es immerhin möglich, dass sie die Matrix zurückverlangt und für den Gebrauch eines anderen modifiziert hat – oder für ihren eigenen. Allerdings ziehen es die meisten Bewahrerinnen vor, mit einem leeren Kristall zu beginnen. Wo ist Domenic getestet worden? Sicher nicht in Arilinn.«

»Ich glaube, in Neskaya.«

Margwenn hob die Augenbrauen, als sie sich von neuem dem Schirm zuwandte. Man brauchte keine Telepathie, um ihren Gedanken zu erkennen: *In Neskaya sind sie zu allem fähig.* Endlich drehte Margwenn sich um und sagte: »Du hast richtig vermutet; sie ist im Besitz einer Bewahrerin, jedoch nicht in Neskaya. Sie muss modifiziert und einem anderen übergeben worden sein. Sie ist nicht mit Domenic gestorben, sondern in voller Funktion.«

Das war es, dachte Damon, und das Herz war ihm schwer. Ein kleines Ding für den positiven Beweis eines teuflischen Mordes.

Kein vorher geplanter Mord. Den kleinen Trost gab es. Niemand hatte vorhersehen können, dass Cathals Holzschwert Domenic bewusstlos schlagen würde. Aber eine plötzliche Versuchung ... und Domenics Matrix überlebte ihn, um unfehlbar auf den einen Menschen zu zeigen, der sie ihm abgenommen haben konnte, ohne selbst dabei getötet zu werden.

Ihr Götter da oben, welch eine Verschwendung! Hätte Dom Esteban seinen Stolz überwunden und sich zu den einigermaßen peinlichen Umständen von Dezis Zeugung bekannt, wäre er bereit gewesen, diesen hoch begabten Jungen anzuerkennen, dann hätte es mit Dezi nicht dieses Ende genommen.

Damon als Empath konnte sich nur zu gut vorstellen, dass die Versuchung plötzlich und unwiderstehlich gewesen war. Für einen ausgebildeten Telepathen war ein Leben ohne Matrix, als sei er taub, blind und verstümmelt, und der Anblick des bewusstlosen Domenic hatte Dezi zum Mord getrieben. Zum Mord an dem einen Familienmitglied, das für sein Recht eingetreten war, Bruder genannt zu werden, das sein Schützer und Freund gewesen war.

»Damon, was fehlt dir?« Margwenn starrte ihn besorgt an. »Bist du krank, Verwandter?«

Er brachte eine höfliche Entschuldigung vor, dankte ihr für ihre Hilfe und ging. Sie würde es bald genug erfahren. Zandrus Hölle, es gab keine Möglichkeit, das zu vertuschen! Alle Comyn, alle in Thendara würden bald Bescheid wissen! Welch ein Skandal für die Altons!

Als er in ihre Räume zurückkehrte, verriet sein angespanntes Gesicht Ellemir sofort die Wahrheit. »Dann stimmt es also. Gnädige Avarra, was wird das unserem Vater antun? Er liebte Dezi. Domenic liebte ihn auch.«

»Ich wünschte, ich könnte ihm das Wissen ersparen«, sagte Damon niedergeschlagen. »Du weißt, warum ich es nicht kann, Elli.«

Callista meinte: »Wenn Vater die Wahrheit erfährt, wird es noch einen Mord geben, das ist sicher!«

»Er liebt den Jungen, er hat ihn schon einmal verschont«, widersprach Andrew.

Callista presste die Lippen zusammen. »Das schon. Als ich ein kleines Mädchen war, hatte Vater einen Lieblingshund. Er hatte ihn selbst großgezogen, und er schlief des Nachts auf seinem Bett und lag in der Großen Halle zu seinen Füßen. Aber als alter Hund wurde er bösartig. Er fing an, Tiere in den Höfen zu töten, und einmal biss er Dorian blutig. Der *Coridom* sagte, er müsse getötet werden, und weil er wusste, wie sehr Vater den alten Hund liebte, bot er an, es in aller Stille abzumachen. Aber Vater sagte: ›Nein, das ist meine Sache.‹ Er ging mit ihm hinaus in die Ställe, rief das Tier zu sich, und als es kam, brach er ihm mit eigenen Händen den Hals.« Sie verstummte. Sie dachte daran, wie ihr Vater hinterher geweint hatte. Sie hatte ihn in ihrem Leben nur noch einmal weinen gesehen, und das war, als Coryn starb.

Damon wusste, sie hatte Recht. Er hätte es vorgezogen, seinem Schwiegervater das zu verheimlichen. Aber Esteban Lanart war Lord Alton, Herr über Leben und Tod jedes einzelnen Mannes, jeder Frau und jedes Kindes in der Alton-Domäne. Er war noch nie ungerecht gewesen, aber er kannte kein Zaudern, wenn es galt, ein gerechtes Urteil zu fällen.

»Komm«, sagte Damon zu Andrew, »wir müssen es ihm vortragen.« Als Callista aufstand, um ihnen zu folgen, schüttelte er den Kopf.

»*Breda,* das ist eine Sache für Männer.«

Sie wurde blass vor Zorn. »Du wagst es, so zu mir zu sprechen, Damon? Domenic war mein Bruder, und Dezi ist es. Ich bin eine Alton!«

»Ich komme auch mit«, erklärte Ellemir. »Mein Kind ist der nächste Erbe nach Valdir.«

Als sie sich zur Tür wandten, ging Damon ein zusammenhangloses Stück einer Ballade durch den Kopf, mit der sich eine süße, traurige Erinnerung verband. Einen Augenblick später erkannte er das Lied, das Callista zu singen begonnen hatte, und dann hatte Ellemir ihr Einhalt geboten:

Wie kam dies Blut an deine Hand,
Bruder, sage es mir ...
Es liegen zwei, die dich Schwester genannt,
Tot in der Halle hier.

Ellemir hatte wahrer gesprochen, als sie selbst wusste: Es bedeutete Unglück, wenn eine Schwester dies Lied in Hörweite eines Bruders sang. Damon sah zu den Frauen hin und dachte, dass sie ebenso wie die Schwester in der alten Ballade, die den Brudermörder zum Gesetzlosen erklärt hatte, vor dem Urteil nicht zurückschrecken würden.

Es waren nur ein paar Schritte in den anderen Teil der Suite, aber Damon schien es ein langer Weg zu sein, hinweg über einen Abgrund des Jammers, bis sie vor Dom Esteban standen. Er sah sie bestürzt an.

»Was bedeutet das? Warum seid ihr alle so ernst? Callista, was fehlt dir, *Chiya?* Elli, hast du geweint?«

»Vater«, fragte Callista, bleich wie der Tod, »wo ist Valdir? Und ist Dezi in der Nähe?«

»Sie sind zusammen, hoffe ich. Damon, ich weiß, du hegst einen Groll gegen ihn, aber schließlich hat der Junge das Recht auf seiner Seite. Ich hätte schon vor Jahren tun sollen, was ich jetzt ausführen werde. Natürlich ist er nicht alt genug, um Regent der Domäne oder Valdirs Vormund zu sein. Das ist ein verfrühter Ehrgeiz. Aber sobald er anerkannt ist, wird er Vernunft annehmen. Und dann wird er Valdir ein ebenso treuer Bruder sein, wie er es meinem armen Domenic war.«

»Vater«, sagte Ellemir mit leiser Stimme, »das ist es, was wir fürchten.«

Zornig fuhr er sie an: »Ich dachte, wenigstens du würdest ihm schwesterliche Gefühle entgegenbringen, Ellemir!« Dann sah er die Blicke Damons und Andrews fest auf sich gerichtet. Er sah vom einen zum anderen und wieder zurück, und Ärger und Zorn wuchsen in ihm.

»Wie könnt ihr es wagen!« Ungeduldig stellte er den Kontakt her und las unmittelbar aus ihren Gedanken, was sie wussten. Damon spürte, wie im Geist Dom Estebans mit dem Wissen der Schmerz kam. Es war wie Sterben, ein Augenblick unerträglicher Todespein. Er empfing den letzten Gedanken des alten Mannes: *Mein Herz, mein Herz wird bestimmt brechen. Ich dachte, das sei nur eine Redensart, aber ich fühle, wie es bricht,* und dann umfing ihn eine gnädige Ohnmacht. Mit einer schnellen Bewegung fing Andrew den schlaffen Körper in seinen Armen auf, als er aus dem Rollstuhl kippte.

Zu erschrocken, um klar zu denken, legte er Dom Esteban auf sein Bett.

Damon war immer noch gelähmt von dem Schmerz, der auf ihn übergesprungen war.

»Ich glaube, er ist tot«, sagte Andrew erschüttert, aber Callista kam und fühlte seinen Puls. Sie legte ihr Ohr kurz an seine Brust. »Nein, das Herz schlägt noch. Rasch, Ellemir! Lauf und hol Ferrika, sie ist am nächsten, aber einer von euch Männern muss hinunter in die Halle der Garde gehen und Meister Nicol suchen.«

Sie blieb an der Seite ihres Vaters und dachte daran, was Ferrika ihr über seine Herzschwäche erzählt hatte. Als die Frau kam, bestätigte sie Callistas angstvollen Verdacht.

»Irgendetwas im Herzen hat versagt, Callista.« In ihrem Mitgefühl vergaß sie die formelle Anrede und dachte nur noch daran, dass sie als Kinder zusammen gespielt hatten. »Er hat zu viele Schicksalsschläge aushalten müssen.« Sie brachte stimulierende Drogen, und als Meister Nicol kam, gelang es ihnen gemeinsam, ihm eine Dosis einzuflößen.

»Es steht auf des Messers Schneide«, warnte der Lazarettoffizier.

»Er kann jeden Augenblick sterben oder bis Mittsommer in diesem Zustand bleiben. Hat er einen Schock gehabt? Nichts für ungut, Lord Damon, aber er hätte vor der geringsten Aufregung oder schlechten Neuigkeit bewahrt werden müssen.«

Damon hätte am liebsten gefragt, wie man einen Telepathen vor einer schlechten Neuigkeit bewahren solle. Aber Meister Nicol tat sein Bestes, und er würde ebenso wenig eine Antwort darauf haben wie Damon selbst.

»Wir werden tun, was wir können, Lord Damon. Im Augenblick jedoch ... Es ist noch ein Glück, dass er Euch bereits zum Regenten bestimmt hat.«

Es war wie ein Guss eisigen Wassers. Er war Regent von Alton, Gerichtsherr und Souverän, bis Valdir zum Mann erklärt wurde.

Nein!, dachte er und zuckte vor Widerwillen zusammen. Es war zu viel. Er wollte das nicht.

Aber als er auf den hingestreckten alten Mann niederblickte, erkannte er, dass die Verantwortung auf ihm lag. Mit dem Beweis von Dezis Verrat vor Augen, hätte der Alton-Lord ohne Zaudern gehandelt, um die Kinder – den Jungen und das Ungeborene, die die nächsten Erben von Alton waren – zu schützen. Und jetzt musste Damon handeln ...

Als Dezi mit Valdir zurückkam, fand er sie alle auf ihn wartend.

»Valdir«, sagte Ellemir liebevoll, »unser Vater ist sehr krank. Geh zu Ferrika und frage sie, wie es um ihn steht.« Zu ihrer großen Erleichterung lief das Kind sofort davon, und Dezi blieb trotzig abwartend stehen.

»Also hast du jetzt deinen Willen, Damon. Du bist Regent von Alton. Oder doch nicht? Das frage ich mich.«

Damon fand seine Stimme wieder. »Ich bin gewarnt, Dezi. Du kannst mir nicht antun, was du Domenic angetan hast. Als Regent von Alton befehle ich dir, dass du mir die Matrix aushändigst, die du von Domenics Körper gestohlen hast.«

Dezis Gesicht zeigte, dass er begriff. Dann, zu Damons Entsetzen, lachte er. Damon meinte, noch nie einen so grässlichen Laut gehört zu haben wie dieses Lachen.

»Komm und hol sie dir, du Halbmann von Ridenow«, höhnte Dezi. »Diesmal wirst du sie nicht so leicht zu fassen bekommen! Es gelingt dir nicht mehr auf die alte Art, auch wenn du dein ganzes Nest um dich hast!« Damon zuckte der Frauen wegen bei der alten Obszönität zusammen. »Komm! Ich habe im Rat gegen dich Einspruch erhoben, lass es uns hier und jetzt ausfechten! Wer von uns wird Regent von Alton sein?

Hast du so viel Kraft? Halb Mönch, halb Eunuche, so nennt man dich!«

Damon wusste, er hatte den Spott aus Lorenz' Gedanken entnommen – oder aus Damons eigenen? »Wenn du mich tötest, beweist du einmal mehr, dass du zum Regenten nicht geeignet bist. Es geht nicht allein um die Kraft, sondern um Recht und Verantwortungsbewusstsein.«

»Oh, hör auf mit diesem Lied!«, rief Dezi verächtlich. »Ein ebensolches *Verantwortungsbewusstsein,* nehme ich an, wie mein liebender Vater es für mich hatte?«

Damon wollte sagen, der Dom habe Dezi tatsächlich so geliebt, dass sein Verrat ihn beinahe getötet hätte. Aber er verschwendete keine Worte. Er griff nach seiner eigenen Matrix, konzentrierte sich und begann, die Schwingungen des Steins zu ändern, den Dezi trug. Den er gestohlen hatte.

Dezi fühlte die Berührung und holte zu einem gewaltigen geistigen Schlag aus. Körperlich brach Damon unter ihm in die Knie. Dezi hatte die Alton-Gabe, den Zorn, der töten konnte. Damon kämpfte seine Panik nieder. Er erkannte, dass Dezi gewachsen, dass er stärker geworden war. Wie ein Wolf mit Geschmack an Menschenfleisch musste er sofort getötet werden, damit dies Raubtier nicht unter den Comyn wütete ...

Die Luft im Raum wurde dick und wolkig von den wirbelnden Kraftfeldlinien zwischen ihnen. Damon taumelte, spürte Andrews Kraft hinter sich, als stütze ihn der Freund mit seinen Armen. Dezi glühte innerhalb des Nebels. Er schleuderte Blitze auf die Männer. Unter Damons Füßen löste sich der Boden auf, er fiel.

Callista trat zwischen sie. Sie schien über sie alle emporzuragen, groß und befehlsgewohnt. Die Matrix flammte an ihrer Kehle. Damon sah die Matrix in Dezis Hand glosen wie eine glühende Kohle, fühlte sie durch seine Jacke und in sein

Fleisch brennen. Dezi schrie vor Schmerz und Wut auf, und einen Augenblick lang sah Damon Callista, wie sie in Arilinn gewesen war, umwallt vom Karminrot ihrer rituellen Robe als Bewahrerin. Mit dem kleinen Dolch, den sie an der Taille trug, schnitt sie den Lederriemen um Dezis Hals durch. Die Matrix fiel zu Boden und loderte wie eine Flamme auf, als Dezi nach ihr fasste. Damon fühlte mit Dezi die Pein, als Dezis Hand zu brennen begann. Die Matrix rollte auf die Seite, ein nutzloses, schwarzes, totes Ding.

Und Dezi *verschwand!* Einen Sekundenbruchteil lang starrte Andrew auf die Stelle, wo Dezi gestanden hatte. Die Luft zitterte immer noch hinter ihm. Dann gellte in den Köpfen aller ein entsetzlicher Todesschrei voller Verzweiflung und Wut auf. Und sie *sahen* es, als seien sie in jenem Raum in Armida körperlich anwesend.

Als Callista die Domenic gestohlene Matrix vernichtete, konnte Dezi es nicht ertragen, von neuem ohne Matrix zu sein. Mit seiner letzten Kraft teleportierte er sich durch die Überwelt und materialisierte an der Stelle, wo Damon seine Matrix verwahrt hatte – eine Panikreaktion ohne vernünftige Überlegung. Ein Augenblick des Nachdenkens hätte ihm gesagt, dass die Matrix sich in einem soliden, fest verschlossenen Metallkasten befand. Zwei feste Gegenstände konnten nicht gleichzeitig denselben Raum einnehmen – nicht im stofflichen Universum. Und Dezi – sie sahen es alle und schauderten vor Entsetzen – hatte sich halb in, halb außerhalb des Kastens mit der Matrix materialisiert. Noch bevor der verzweifelte Todesschrei erstarb, hatten sie alle das Echo in Damons Geist gehört.

Dezi lag auf dem Fußboden der Schatzkammer zu Armida, vollständig und auf sehr blutige Weise tot. Noch in seinem Grauen fand Damon Mitleid mit den Leuten, die sich dieses Leichnams annehmen mussten, teilweise in einem fest verschlossenen Kasten steckend, der seinen Schädel wie eine faule Frucht zerdrückt hatte.

Ellemir war zu Boden gesunken und wimmerte im Schock. Andrews erster Gedanke galt ihr. Er eilte zu ihr, nahm sie in die Arme, versuchte, ihr von seiner Kraft abzugeben, wie er es bei Damon getan hatte. Damon raffte sich langsam auf und starrte ins Nichts. Callista blickte entsetzt in ihre Matrix.

»Jetzt bin ich wirklich eine Meineidige ...«, hauchte sie. »Ich hatte meinen Eid zurückgegeben ... und ich benutzte die Matrix, um zu töten ...« Sie begann wild zu schreien, sich mit den Fäusten zu schlagen, ihr Gesicht mit den Nägeln zu zerfleischen.

Andrew hob Ellemir behutsam in einen niedrigen Sessel und lief zu Callista. Er versuchte, ihre um sich dreschenden Arme festzuhalten. Ein Schauer blauer Funken stob auf, und er landete betäubt an der gegenüberliegenden Wand. Callista sah ihn mit weit aufgerissenen, wahnsinnigen Augen an und schrie von neuem. Ihre Nägel rissen ihre Wangen auf, und das Blut folgte ihnen in dünnen, scharlachroten Linien.

Damon sprang vor. Er packte ihre Handgelenke mit einer Hand, hielt die sich wehrende, kreischende Frau eisern fest und schlug ihr mit der offenen Hand heftig ins Gesicht. Das Schreien erstarb zu einem Keuchen. Sie brach zusammen, und er hielt sie aufrecht und bettete ihren Kopf an seiner Schulter.

Callista begann zu schluchzen. »Ich hatte meinen Eid zurückgegeben ... Ich konnte mich nicht beherrschen ... Ich bin ihm als *Bewahrerin* entgegengetreten! Damon, ich bin immer noch Bewahrerin, obwohl ich meinen Eid ... meinen Eid ...«

»Verdammt sei dein Eid!«, rief Damon und schüttelte sie. »Callista! Hör auf damit! Weißt du nicht, dass du uns allen das Leben gerettet hast?«

Sie hörte auf zu weinen, aber ihr Gesicht, grausig anzusehen mit den Streifen aus Blut und Tränen, war zu einer Maske des Entsetzens verzerrt. »Ich bin meineidig. Ich bin meineidig.«

»Wir sind alle meineidig«, stellte Damon fest. »Jetzt ist es zu spät. Verdammt noch mal, Callie, nimm dich zusammen! Ich muss nachsehen, ob es diesem Bastard gelungen ist, auch deinen Vater zu töten. Und Ellemir ...« Der Atem stockte ihm. Callista, durch den Schreck wieder zu sich gekommen, ging schnell zu Ellemir, die bewegungslos in ihrem Sessel lag.

Einen Augenblick später hob Callista den Kopf. »Ich glaube nicht, dass das Kind gelitten hat. Oh, Damon, sieh, ob bei unserem Vater alles in Ordnung ist.«

Damon ging in Dom Estebans Raum der Suite. Aber er wusste vorher, der alte Mann war dem Tod so nahe, dass die Natur ihren eigenen Schutzschirm erzeugt hatte. Ihm war das Wissen um jene tödliche Schlacht erspart geblieben. Doch Damon brauchte einen Augenblick des Alleinseins, um seine neue Erkenntnis zu verarbeiten.

Ohne nachzudenken war er gegen eine Bewahrerin vorgegangen, eine Alton, hatte instinktiv gehandelt, um sie aus ihrer Hysterie zu erwecken, und die volle Verantwortung selbst übernommen.

Ich bin es, der der Bewahrer von uns vieren ist. Was wir auch tun mögen, ich trage die Verantwortung dafür.

Es würde nicht mehr lange dauern, bis man Rechenschaft über das, was er getan hatte, von ihm forderte. Jeder Telepath von Dalereuth bis zu den Hellers musste Zeuge dieses Todes gewesen sein.

Und er hatte sie bereits argwöhnisch gemacht, was in ihrer Vierergruppe vor sich ging, als er zusammen mit Andrew und Dezi diese Landmarke in der Überwelt baute, um die Männer mit den Erfrierungen zu heilen. Von neuem nagte der Gram an ihm, dass der Junge ein so schreckliches und tragisches Ende gefunden hatte. Aldones, Herr des Lichts ... Dezi, Dezi, welch eine Verschwendung, welch eine tragische Verschwendung aller seiner Gaben ...

Doch selbst der Gram wich der Erkenntnis, was er getan und was er geworden war.

Aus Arilinn ausgestoßen, hatte er seinen eigenen Turm gebaut. Und Varzil hatte ihn als *Tenerézu* gegrüßt. Bewahrer. Er war Bewahrer eines verbotenen Turms.

20

Damon hatte gewusst, es würde nicht lange dauern, bis er zur Rechenschaft gezogen wurde, und so war es auch.

Ellemir hatte sich beruhigt. Sie saß in dem Sessel, in den Andrew sie gelegt hatte, und stöhnte nur noch ein bisschen vor Schock. Ferrika, die man gerufen hatte, sah sie entgeistert an.

»Ich weiß nicht, was Ihr getan habt, Lady, aber wie dem auch sei – falls Ihr nicht auch dies Kind verlieren wollt, solltet Ihr lieber zu Bett gehen und dort bleiben.« Vorsichtig führte sie ihre Hände über Ellemirs Körper. Zu Damons Überraschung berührte sie sie nicht, sondern ließ einen Raum von einem oder zwei Zoll zwischen ihren Fingerspitzen und Ellemirs Körper. Schließlich erklärte sie mit leichtem Stirnrunzeln: »Dem Kind fehlt nichts. Tatsächlich seid *Ihr* in schlechterem Zustand als *er*. Ich werde eine warme Mahlzeit für Euch bringen lassen, und Ihr esst sie und geht ins –« Sie unterbrach sich und blickte erstaunt und entsetzt auf ihre Hände.

»Im Namen der Göttin, was tue ich da?«

Callista, wieder ganz vernünftig, sagte: »Mach dir keine Gedanken, Ferrika, dein Instinkt leitet dich richtig. Du bist so viel mit uns zusammen gewesen, dass es nicht überraschend ist. Wenn du eine Spur von *Laran* in dir hattest, musste es erweckt werden. Später will ich dir zeigen, wie man es ganz genau macht. Bei einer schwangeren Frau ist es ein wenig kompliziert.«

Ferrika sah Callista blinzelnd an. Ihr rundes, stupsnäsiges Gesicht war bestürzt, und sie wusste nicht, was sie von den schrecklichen blutigen Kratzern auf Callistas Wangen halten sollte. »Ich bin keine *Leronis*.«

»Ich auch nicht mehr«, antwortete Callista freundlich, »aber ich habe Unterricht gehabt, den du auch bekommen sollst. Es ist die nützlichste Fähigkeit für eine Hebamme. Ich bin überzeugt, du hast mehr *Laran,* als du glaubst.« Sie setzte hinzu: »Komm, wir wollen Ellemir in ihr Zimmer bringen. Sie muss ruhen, und ...« – sie hob die Hände an ihr blutendes Gesicht – »... um das da muss ich mich auch kümmern. Und, Damon, wenn du Essen für Ellemir holen lässt, denke auch an mich. Ich habe Hunger.«

Damon sah ihnen nach. Schon lange vermutete er, dass Ferrika etwas *Laran* hatte, aber er war dankbar, dass Callista die Verantwortung für ihren Unterricht auf sich nehmen wollte.

Es gab keinen Grund, warum jemand mit diesem Talent keinen Unterricht haben sollte, sei er Comyn oder nicht. Wenn seit dem Zeitalter des Chaos nur Comyn in den Genuss einer Ausbildung gekommen waren, brauchte es doch nicht weiter so gehalten zu werden, bis Darkover in der letzten Nacht versank! Andrew war einer von ihnen geworden, und er war ein Terraner. Ferrika war auf dem Alton-Gut geboren, sie gehörte dem gewöhnlichen Volk an und war, noch schlimmer, eine Freie Amazone. Aber sie hatte alles, was nötig war, um auch sie zu einer von ihnen zu machen: Sie hatte *Laran.*

Comyn-Blut? Denke daran, was es für Dezi getan hat!

Da auch er nach der schrecklichen Matrix-Schlacht ausgehungert war, bestellte Damon Essen für sie alle und schlang es, als es kam, hinunter, ohne sich darum zu kümmern, was es war. Er sah, dass Andrew ebenso tat. Von Dezi sprachen sie nicht. Damon dachte, irgendwann in der Zukunft werde Dom Esteban erfahren müssen, dass der Bastard-Sohn, den er geliebt und verteidigt hatte, für seine Verbrechen gestorben war.

Andrew aß, ohne etwas zu schmecken. Er brauchte nach der Anstrengung der Matrix-Arbeit neue Kräfte. Aber während er die Speisen mechanisch in sich hineinschaufelte, fühlte er sich krank. Seine Gedanken liefen in einem bitteren Kontrapunkt. Wieder sah er Damon, wie er Callista schüttelte, wie er sie an der Selbstverstümmelung hinderte. Die Erinnerung an Callistas blutendes Gesicht machte ihm übel.

Er hatte es Damon überlassen, sich um sie zu kümmern, denn er hatte an niemanden als an Ellemir gedacht, die sein Kind trug. Er hatte Callista berührt, und sie hatte ihn quer durch den Raum geschleudert. Damon hatte sie gepackt wie ein Höhlenmensch, und sie hatte sich sofort beruhigt. Verzweifelt fragte er sich, ob sie *beide* die falsche Frau geheiratet hatten.

Immer wieder folgten seine Gedanken niedergeschlagen den ausgetretenen Pfaden. Schließlich waren sie beide im Turm ausgebildet, sagte er sich, waren beide erstklassige Telepathen, verstanden einander. Elli und er waren auf einer anderen Ebene, gewöhnliche Menschen, die diese Dinge nicht begriffen. Er sah zu Damon hinüber und nahm es ihm übel, dass er sich ihm unterlegen fühlte.

Heute Morgen hatte Damon einen Jungen getötet. Grauenhaft. Und da saß er und verzehrte in aller Ruhe sein Essen!

Damon spürte Andrews Ärger, versuchte aber nicht, seinen Gedanken zu folgen. Er akzeptierte, dass es Zeiten gab und vielleicht immer geben würde, wenn sich Andrew aus keinem ihm verständlichen Grund von ihnen löste und kein geliebter Bruder mehr war, sondern ein völlig Fremder. Damon wusste, das war ein Teil des Preises, den sie beide für den Versuch zahlten, ihre Brüderschaft über zwei im Widerstreit stehende Welten, zwei sehr unterschiedliche Gesellschaften auszudehnen. Es würde wohl immer so bleiben. Er hatte versucht, die Kluft zu überbrücken, und dabei hatte er es jedes Mal nur schlimmer gemacht. Traurig sagte er sich jetzt, dass er nichts tun konnte, als den Dingen ihren Lauf zu lassen.

Als sich die Tür öffnete, hob Damon mit einer Gereiztheit,

die er schnell unter Kontrolle brachte, den Kopf. Schließlich hatte der Diener seine Arbeit zu tun. »Möchtest du das Geschirr abräumen? Einen Augenblick ... Andrew, bist du fertig?«

»*Su serva, Dom*«, sagte der Mann, »Die Lady von Arilinn und ihre *Leroni* vom Turm bitten um die Gunst eines Wortes mit Euch, Lord Damon.«

Sie *baten?*, dachte Damon skeptisch. Unwahrscheinlich! »Sag ihnen, ich werde in ein paar Minuten zu ihnen in das Vorderzimmer kommen.« Insgeheim dankte er dem Gott, der gerade zuhören mochte, dafür, dass Callista bei Ellemir war und man nicht sie zu sprechen wünschte. Wenn Leonie diese Kratzer auf ihrem Gesicht sah ... »Komm, Andrew«, sagte er. »Wahrscheinlich wollen sie uns alle vier sehen, aber sie wissen es noch nicht.«

Leonie führte die Gruppe an. Margwenn Elhalyn war bei ihr, zwei Telepathen von Arilinn, die nach Damons Zeit in den Turm eingetreten waren, und ein Mann namens Rafael Aillard, der gleichzeitig mit Damon in Arilinn gewesen war, jetzt aber in Neskaya arbeitete. Es war unglaublich, dachte Damon, dass dieser Mann einmal Teil eines Kreises und Damon näher als ein Blutsverwandter, ein geliebter Freund gewesen war. Leonie war verschleiert, und das reizte Damon. Natürlich schickte es sich für eine *Comynara* und Bewahrerin, Fremde verschleiert aufzusuchen.

Damon sprach, als sei es eine alltägliche Sache, dass seine Privaträume eine Invasion von vier fremden Telepathen und der Bewahrerin von Arilinn erlebten. »Verwandte, Ihr erweist mir Gnade. Wie kann ich Euch dienen?«

Leonie erklärte knapp: »Damon, du bist vor Jahren aus Arilinn weggeschickt worden. Du hast *Laran*, und du bist im Gebrauch der Matrix ausgebildet. Deshalb kann man es dir nicht untersagen, sie für persönliche Zwecke, soweit sie gesetzlich sind, zu benutzen. Aber das Gesetz verbietet, irgendeine ernsthafte Matrix-Operation außerhalb der Sicherheit eines Turms durchzuführen. Und jetzt hast du deine Matrix dazu verwendet, zu töten.«

Eigentlich war es Callista gewesen, die Dezi getötet hatte. Aber darauf kam es nicht an. Er trug die Verantwortung. Deshalb sprach er: »Ich bin Regent von Alton. Ich habe, dem Gesetz entsprechend, einem Mörder den Tod gegeben, der innerhalb der Domäne einen Mann zu töten versuchte und einen zweiten getötet hat. Das fordere ich als Vorrecht.«

»Das Vorrecht wird verweigert«, sagte Margwenn. »Du hättest ihn in einem gesetzlichen Duell mit legitimen Waffen erschlagen sollen. Du hast keine Vollmacht, außerhalb eines Turms eine Matrix für eine Hinrichtung zu verwenden.«

»Der Mordversuch und der Mord wurden beide mittels einer Matrix durchgeführt. Im Turm habe ich geschworen, solchen Missbrauch zu verhindern.«

»Missbrauch, um Missbrauch zu verhindern, Damon?«

»Ich streite ab, dass es ein Missbrauch war.«

»Es stand nicht dir zu, das zu entscheiden«, ergriff Rafael Aillard das Wort. »Wenn Dezi die Gesetze von Arilinn gebrochen hatte – und nach allem, was ich weiß, will ich das gern glauben, doch dies führt uns weder hierhin noch dahin –, dann hättest du uns den Fall vortragen und es uns überlassen müssen zu handeln.«

Damons Antwort war kurz und obszön. Andrew hätte sich nie träumen lassen, dass Damon so in Gegenwart von Frauen sprechen würde. »Das erste Verbrechen wurde in meiner Gegenwart verübt. Er zwang meinem geschworenen Bruder seinen Willen auf und trieb ihn in einen Schneesturm. Es war reines Glück, dass mein Bruder dabei nicht den Tod fand. Und jetzt hat er den Bruder meiner Frau, den Erben von Alton, umgebracht, und alle glaubten, es sei ein Unfall gewesen! Wer anders als ich hätte ihn bestrafen sollen? Mein ganzes Leben lang bin ich gelehrt worden, dass ich die Verantwortung trage, ein Verbrechen gegen Verwandte zu sühnen. Was bedeutet Comyn anderes?«

»Aber«, wandte Leonie ein, »deine Ausbildung setzte voraus, dass du innerhalb eines Turms arbeiten würdest. Als du fortgeschickt wurdest ...«

»Als ich fortgeschickt wurde, sollte ich da den Rest meines Lebens verbringen, ohne das Wissen und die Fähigkeiten, die ich mir erworben hatte, anzuwenden? Wenn man mir das Wissen nicht anvertrauen konnte, warum wurde es mir dann gegeben? Sollte ich fortan wie ein Kleinkind in einem Geschirr zappeln und nur laufen, wenn meine Kinderfrau die Zügel hielt?« Er sah Leonie gerade an. Er sprach es nicht laut aus, aber alle Anwesenden hörten es: *Ich hätte nie aus Arilinn weggeschickt werden sollen. Ich wurde unter einem Vorwand entlassen, von dem ich jetzt weiß, dass er falsch war.* Laut sagte er: »Als ich weggeschickt wurde, gab man mir die Freiheit, wie jeder Comyn-Sohn nach meinem eigenen Gewissen zu handeln.«

Und selbst jetzt, Leonie, willst du mir dein Gesicht nicht zeigen.

Wie kannst du es wagen! Die Frau zog ihren Schleier zurück. Sie hatte, dachte Damon unbewegt, nun auch die letzten Überreste ihrer bemerkenswerten Schönheit verloren. Leonie richtete sich zu ihrer vollen Höhe auf – sie war einen oder zwei Zoll größer als Damon – und sagte: »Ich will diese Haarspaltereien nicht hören!«

Absichtlich beleidigend erwiderte Damon: »Ich habe keinen von euch hierher eingeladen. Muss der Regent von Alton in seinen eigenen Räumen zuhören und die Zunge hinter den Zähnen behalten wie ein Kind, das für seine Ungezogenheit gescholten wird?«

Leonie runzelte die Stirn. »Wäre es dir lieber, wenn wir das vor allen Comyn in der Kristallkammer verhandelten?«

Damon zuckte die Schultern. »Dann sprich.« Er wies mit dem Kinn auf Stühle im Zimmer. »Wollt ihr euch setzen? Nach meinem Geschmack ist es nicht, wichtige Angelegenheiten zu besprechen, während ich von einem Fuß auf den anderen trete wie ein Kadett, der sich eine Strafpredigt anhört. Und darf ich euch Erfrischungen anbieten?«

»Danke, nein.« Aber sie setzten sich auf die Stühle, und auch Damon nahm Platz. Andrew blieb stehen. Ohne es zu wissen, hatte er die traditionelle Haltung eines Friedensmannes hinter seinem Herrn angenommen, einen Schritt hinter Damons Stuhl. Die anderen sahen es und runzelten die Stirn. Leonie begann:

»Als du Arilinn verließest, setzten wir das Vertrauen in dich, du würdest die Gesetze halten, und im Allgemeinen haben wir uns auch nicht über dich zu beschweren. Von Zeit zu Zeit folgten wir deiner Matrix in den Überwachungsschirmen, aber die meisten Dinge, die du tatest, waren geringfügig und gesetzlich.«

»Ausgezeichnet!«, rief Damon sarkastisch. »Es erleichtert mich, zu erfahren, dass du es für gesetzlich hieltest, wenn ich meine Matrix benutzte, um einen Kasten zu verschließen, im Wald den Weg wieder zu finden, wenn ich mich verirrt hatte, oder bei einem verwundeten Freund die Blutung zu stillen!«

Rafael Aillard sah Damon finster an. »Wenn du uns anhören willst, ohne schlechte Witze zu machen, werden wir diese unangenehme Aufgabe schneller hinter uns bringen!«

Damon sagte: »Mir mangelt es nicht an Zeit, das anzuhören, was ihr zu sagen habt. Allerdings ist meine Frau krank und schwanger, und mein Schwiegervater steht an der Schwelle des Todes. Deshalb ist es wahr, dass ich den Rest dieses Tages nützlicher verbringen könnte, als mir den Mist anzuhören, den ihr mir vor die Tür kehrt.«

»Es tut mir Leid, dass Ellemir sich nicht wohl fühlt«, sagte Leonie. »Aber geht es Esteban wirklich so schlecht? Noch heute Morgen im Rat machte er einen kräftigen, gesunden Eindruck.«

Mit verkniffenem Mund antwortete Damon: »Die Nachricht über den Verrat des Bastardsohns, den er liebte, warf ihn nieder. Es ist möglich, dass er den Tag noch überlebt, aber er wird wahrscheinlich keinen neuen Winterschnee mehr sehen.«

»So hast du es auf dich genommen, ihn zu rächen und Dezis Henker zu spielen«, sagte Leonie. »Um Dezi trauere ich nicht. Er war noch keine zehn Tage in Arilinn, als ich schon solche Charaktermängel an ihm entdeckte, dass ich wusste, er werde nicht bleiben.«

»Und mit diesem Wissen konntest du es verantworten, ihn auszubilden? Wer sich ein Werkzeug wählt, das für eine bestimmte Arbeit nicht geeignet ist, sollte sich nicht beschweren, wenn es die Hand schneidet, die es hält.« Ihm schoss der Gedanke durch den Kopf, dass es für ihn noch zu Mittwinter unvorstellbar gewesen wäre, die Beweggründe und Entscheidungen einer Bewahrerin in Frage zu stellen, und ganz gewiss nicht die der Lady von Arilinn.

Margwenn fiel ungeduldig ein: »Was hätten wir deiner Meinung nach tun sollen? Du weißt, es ist nicht leicht, Comyn-Söhne und Töchter mit vollem *Laran* zu finden, und was Dezi auch für Fehler gehabt haben mag, seine Begabung war groß.«

»Ihr hättet besser daran getan, einen Mann aus dem Volk mit weniger edlem Blut und mehr Anstand und Charakter auszubilden!«

Rafael sagte: »Du weißt, dass niemand, der nicht von Comyn-Blut ist, den Schleier zu Arilinn durchschreiten kann.«

»Dann, verdammt noch mal ...« – Damon dachte an Ferrika und wie sie Ellemir überwacht hatte – »... ist es vielleicht an der Zeit, den Schleier herunterzureißen und in Arilinn einige Veränderungen einzuführen!«

Leonies Lippen verzogen sich vor Abscheu. »Woher hast du diese Ideen, Damon? Ist das die Folge, wenn man einen *Terranan* in seinen Haushalt aufnimmt?« Aber sie ließ ihm keine Zeit zu antworten.

»Wir haben uns nicht beschwert, wenn du deine Matrix legal anwandtest. Selbst als du Dezi die Matrix abnahmst, haben wir keine Klage gegen dich geführt. Doch damit gabst du dich nicht zufrieden. Du hast viele ungesetzliche Dinge getan. Du hast diesen *Terranan* die Grundbegriffe der Matrix-Technologie gelehrt. Du wirst dich erinnern, dass Stefan Hastur bei der Ankunft der Terraner das Dekret erließ, keiner von ihnen dürfe auch nur Zeuge einer Matrix-Operation werden.«

»Möge Stefan Hastur in Frieden ruhen«, entgegnete Damon, »aber ich räume einem toten Mann nicht das Recht ein, Bewahrer meines Gewissens zu sein.«

Rafael fragte zornig: »Sollen wir die Weisheit unserer Väter mit Füßen treten?«

»Nein. Aber sie gestalteten zu ihrer Zeit ihr Leben nach ihren Entscheidungen, ohne mich nach meinen Wünschen und Bedürfnissen zu fragen, und genauso halte ich es mit ihnen. Ganz gewiss werde ich sie nicht in einen Schrein stellen und als Götter verehren und jedes zufällige Wort von ihnen so betrachten wie die *Cristoforos* den Unsinn aus ihrem Buch der Bürden!«

»Welche Entschuldigung hast du dafür, dass du diesen *Terranan* unterrichtet hast?«, fragte Margwenn.

»Brauche ich eine Entschuldigung? Er hat *Laran*, und ein nicht ausgebildeter Telepath ist eine Bedrohung für sich selbst und jeden Menschen in seiner Umgebung.«

»War er es, der Callista dazu überredet hat, ihren Eid zu brechen? Sie hatte gelobt, ihrer Arbeit für immer zu entsagen.«

»Ich bin auch nicht der Bewahrer von Callistas Gewissen«, sagte Damon. »Das Wissen ist in ihrem Kopf, ich kann es ihr nicht nehmen.« Wieder sprach er, diesmal Leonie gegenüber, mit großer Bitterkeit die Frage aus: »Soll sie ihr Leben damit verbringen, Löcher in Leintüchern zu zählen und Gewürze für Kräuterbrot herzustellen?«

Margwenn zog eine verächtliche Grimasse. »Anscheinend war das Callistas Wahl. Sie wurde nicht gezwungen, ihren Eid zurückzugeben. Sie war nicht einmal vergewaltigt worden. Sie traf aus freiem Willen ihre Wahl, und sie muss damit leben.«

Ihr seid alle Narren, dachte Damon müde und gab sich keine Mühe, den Gedanken zu verbergen. Er sah, dass Leonies Augen ihn widerspiegelten.

»Eine Anklage ist so schwer, dass sie alle anderen zu Nebensächlichkeiten macht, Damon. Du hast in der Überwelt einen Turm errichtet. Du betreibst einen ungesetzlichen Mechaniker-Kreis, Damon, außerhalb eines durch Comyn-Dekret gebauten Turms und außerhalb der Eide und Sicherheitsvorkehrungen, die seit dem Zeitalter des Chaos vorgeschrieben sind. Darauf steht eine schreckliche Strafe. Es täte mir Leid, sollte ich sie dir auferlegen müssen. Willst du also die Bande eures Kreises lösen, den verbotenen Turm, den du geschaffen hast, vernichten und uns schwören, dass du dergleichen nicht von neuem tun wirst? Wenn du diesen Eid vor mir ablegst, werde ich keine weitere Strafe verlangen.«

Damon stellte sich auf die Füße. Er hatte alle Kraft in sich versammelt, wie er es getan hatte, als Dezi ihn mörderisch angriff. *Dieser Sache,* dachte er, *muss ich stehend ins Gesicht blicken.*

»Leonie, als du mich aus dem Turm wegschicktest, hörtest

du auf, meine Bewahrerin zu sein, auch die Bewahrerin meines Gewissens. Was ich getan habe, geschah auf meine eigene Verantwortung. Ich bin Matrix-Techniker, in Arilinn ausgebildet, und ich habe mein ganzes Leben nach den Geboten geführt, die man mich dort gelehrt hat. Mein Gewissen ist rein. Einen Eid, wie du ihn verlangst, werde ich nicht schwören.«

»Seit dem Zeitalter des Chaos«, erklärte Leonie, »ist es keinem Kreis von Matrix-Arbeitern erlaubt, anderswo als in einem durch Comyn-Dekret sanktionierten Turm zu operieren. Ebenso wenig können wir dir erlauben, in deinen Kreis eine Frau aufzunehmen, die einmal Bewahrerin gewesen ist und ihren Eid zurückgegeben hat. Nach den Gesetzen, die uns aus den Tagen Varzils des Guten überliefert sind, ist das nicht erlaubt. Es ist unvorstellbar, es ist obszön! Du musst den Turm zerstören, Damon, und mir versprechen, niemals mehr mit ihm zu arbeiten. Ich rufe dich auf, als Regent von Alton und als Callistas Vormund dafür zu sorgen, dass sie niemals wieder gegen die Bedingungen verstößt, unter denen ihr ihr Eid zurückgegeben wurde.«

Mit Mühe gelang es Damon, seine Stimme ruhig zu halten. »Ich nehme dein Urteil nicht an.«

»Dann muss ich ein härteres sprechen«, gab Leonie zurück. »Möchtest du, dass ich dies dem Rat und den Arbeitern in sämtlichen Türmen vorlege? Du kennst die Strafe, wenn sie dich dort schuldig sprechen. Wenn das alles einmal in Gang gesetzt ist, kann selbst ich dich nicht mehr retten«, setzte sie hinzu und sah ihn zum ersten Mal seit Beginn des Gesprächs offen an. »Aber ich weiß, wenn du dein Wort gibst, wirst du es nicht brechen. Gib mir dein Wort, Damon, diesen ungesetzlichen Kreis aufzulösen, alle Kraft aus deinem Turm in der Überwelt zurückzuziehen, und gelobe mir persönlich, dass du deine Matrix von diesem Tag an nur noch für Dinge benutzen wirst, die innerhalb der vom Gesetz erlaubten Grenzen liegen.

Dafür will ich dir mein Wort geben, dass ich keine weiteren Schritte unternehme, ungeachtet dessen, was du bisher getan hast.«

Dein Wort, Leonie? Was ist dein Wort wert?

Es war wie ein Schlag ins Gesicht. Die Bewahrerin wurde blass. Ihre Stimme zitterte. »Du widersetzt dich mir, Damon?«

»Das tue ich«, stellte er fest. »Du hast dich nie nach meinen Motiven erkundigt, du hast vorgezogen, sie zu ignorieren. Du sprichst von Varzil dem Guten. Ich glaube nicht, dass du halb so viel von ihm weißt wie ich. Ja, ich widersetze mich dir, Leonie. Ich werde auf diese Anklagen zu gegebener Zeit antworten. Lege sie dem Rat vor, wenn es dir so gefällt, oder den Türmen, und ich werde bereit sein, darauf zu antworten.«

Ihr Gesicht war totenbleich. *Wie ein Totenkopf,* dachte Damon.

»Dann sei es so, Damon. Du kennst die Strafe. Deine Matrix wird dir abgenommen, und damit du nicht tun kannst, was Dezi getan hat, werden die *Laran*-Zentren deines Gehirns ausgebrannt. Es komme über dein eigenes Haupt, Damon, und alle hier mögen Zeugen sein, dass ich versucht habe, dich zu retten.«

Sie drehte sich um und verließ das Zimmer. Die anderen folgten ihr auf den Fersen. Damon stand unbeweglich, das Gesicht starr und unnachgiebig, bis sie gegangen waren. Es gelang ihm, seine kalte Würde aufrechtzuerhalten, bis der Klang ihrer Schritte in den äußeren Räumen erstarb. Dann wankte er wie ein Betrunkener in den Innenraum der Suite.

Er hörte Andrew fluchen. Es war ein ununterbrochener Strom von Ausrufen, die er für Terranisch hielt – er kannte kein Wort dieser Sprache –, aber niemand mit *Laran* konnte ihre Bedeutung missverstehen. Er ging an Andrew vorbei, warf sich mit dem Gesicht nach unten auf einen Diwan und blieb unbeweglich, das Gesicht in den Händen, liegen. Entsetzen schüttelte ihn; sein Magen hob sich in Wellen der Übelkeit.

Seine Standhaftigkeit kam ihm nun wie der Trotz eines Kindes vor. Schon jetzt wusste er, dass er keine Möglichkeit hatte, die Anklagen zu entkräften. Sie würden ihn schuldig sprechen, sie würden die Strafe über ihn verhängen.

Blind. Taub. Verstümmelt. Durchs Leben gehen ohne *Laran,* für immer Gefangener im eigenen Schädel, für immer in unerträglicher Einsamkeit ... leben wie ein vernunftloses Tier. Er wand sich in Todespein. Andrew kam und stellte sich neben ihn, besorgt, aber nur teilweise verstehend, was Damon niedergeschmettert hatte.

»Damon, nicht. Sicher wird der Rat es dich erklären lassen. Man wird erkennen, dass du das Einzige tatest, was du tun konntest.«

Damon stöhnte nur auf. Alle Ängste seines Lebens, von denen ihm immer gesagt worden war, ein Mann müsse sie unterdrücken, schlugen in einer großen, sich brechenden Welle über ihm zusammen und ertränkten ihn. Die Ängste eines einsamen, unerwünschten Kindes, eines einsamen Jungen im Kadettenkorps, unbeholfen und ungeliebt, nur als Coryns erkorener Freund toleriert. Sein ganzes Leben lang hatte er seine Ängste in Schach gehalten, um nicht für weniger als ein Mann gehalten zu werden. Die von selbstquälerischen Zweifeln begleitete Angst, Leonie könne hinter seine beherrschte Maske blicken und seine verbotene Leidenschaft, sein Begehren entdecken. Das Schuldbewusstsein und die Verlorenheit, als sie ihn von Arilinn wegschickte und ihm sagte, er sei nicht stark genug für diese Arbeit. Das hatte seiner Angst, ein Schwächling zu sein, die er immer erstickt hatte, neue Nahrung gegeben. Die unterdrückte Angst in all den Jahren in der Garde, als er wusste, er war kein Soldat, kein Schwertkämpfer.

Die furchtbaren Gewissensbisse, dass er geflohen war und seine Gardisten an seiner Stelle dem Tod überantwortet hatte ...

Sein ganzes Leben lang, Sein ganzes Leben lang hatte er Angst gehabt. Hatte es auch nur einen Tag gegeben, an dem er sich nicht bewusst gewesen war, dass er ein Feigling war, der Tapferkeit nur vortäuschte, damit niemand erkannte, welch ein sich krümmender Wurm er war, welch ein hilfloser Lügner, welch armseliges Ding in der äußeren Gestalt eines Mannes? Sein Leben bedeutete ihm wenig. Er wäre lieber gestorben, als sich entlarvt zu sehen als der schändlich feige Schwächling, der er war.

Aber jetzt drohte man ihm das eine an, das er wirklich nicht ertragen konnte, nicht ertragen würde. Es wäre leichter, jetzt zu sterben, sich das Messer durch die Kehle zu stoßen, als geblendet, verstümmelt, wie ein wandelnder Leichnam das Leben zu fristen.

Langsam wurde er sich durch den Nebel aus Panik und Angst bewusst, dass Andrew neben ihm kniete, blass und besorgt. Er flehte ihn an, aber Worte konnten Damon durch diesen tödlichen Nebel der Furcht nicht erreichen.

Wie Andrew mich verachten muss! Er ist so stark ...

Bestürzt sah Andrew dem stummen Kampf seines Freundes zu. Er versuchte, vernünftig mit ihm zu reden, aber er konnte sich ihm einfach nicht verständlich machen. *Hörte* Damon ihn überhaupt? In dem Versuch, zu ihm durchzubrechen, setzte er sich neben ihn, beugte sich zu ihm und legte einen Arm um ihn.

»Nicht, nicht«, bat er unbeholfen. »Es ist alles in Ordnung, Damon, ich bin hier.« Und dann, verlegen und scheu wie immer, wenn es sich um ihre enge Verbundenheit handelte, sagte er beinahe flüsternd: »Ich werde nicht zulassen, dass sie dir etwas tun, *Bredu.«*

Damons Eisesstarre zerbrach, und der innerliche Aufruhr

überwältigte sie beide. Damon schluchzte krampfhaft; die letzten Reste seiner Selbstbeherrschung waren verschwunden. Erschüttert wollte Andrew sich zurückziehen, denn er meinte, Damon sei es nicht recht, wenn er ihn in diesem Zustand sah. Doch dann wurde ihm klar, dass das immer noch terranisches Denken war. Er *konnte* sich nicht vor Damons Schmerz zurückziehen, weil es sein eigener Schmerz war, und eine Bedrohung Damons war eine Bedrohung seiner selbst. Er musste Damons Schwäche und Furcht akzeptieren, wie er alles andere an ihm akzeptierte, seine Liebe und seine Fürsorge.

Ja, Liebe. Andrew drückte den schluchzenden Damon an sich, und Damons Entsetzen schlug über ihm zusammen wie eine Springflut. Jetzt erkannte er, dass er Damon liebte wie sich selbst, wie er Callista und Ellemir liebte – er war ebenso Teil von ihnen. Von allem Anfang an hatte *Damon* das gewusst und richtig gefunden, aber er, Andrew, hatte sich immer zurückgehalten, hatte sich gesagt, ja, Damon sei sein Freund, aber die Freundschaft habe ihre Grenzen, und gewisse Dinge seien eben ungehörig.

Er hatte es übel genommen, als Damon und Ellemir sich in seinen Versuch einmischten, seine Ehe zu vollziehen. Er hatte versucht, sich mit Callista zu isolieren, weil sein Gefühl ihm sagte, seine Liebe zu ihr könne und wolle er nicht teilen. Er hatte sich über Damons enge Verbundenheit mit Callista geärgert, und nie, das erkannte er jetzt, hatte er richtig verstanden, aus welchem Grund Ellemir sich ihm angeboten hatte. Er hatte sich geschämt und vor Verlegenheit gewunden, als Damon ihn mit Ellemir fand, obwohl er sein Einverständnis vorausgesetzt hatte. Er hatte seine Beziehung zu Ellemir als etwas betrachtet, das mit Damon ebenso wenig zu tun hatte wie mit Callista. Und als Damon seine Euphorie, seine überfließende Liebe für sie alle teilen, Andrews eigenen unausgesprochen Wunsch ausdrücken wollte – *Ich wünschte, ich könnte euch alle gleichzeitig lieben* –, da hatte er ihn mit unvorstellbarer Grausamkeit zurückgestoßen und die zerbrechliche Verbindung zerrissen.

Er hatte sich sogar darüber Gedanken gemacht, ob sie beide die falsche Frau geheiratet hätten. Aber er, Andrew, war derjenige, der Unrecht hatte, das wusste er jetzt.

Sie waren nicht zwei Paare, die die Partner tauschten. Sie gehörten alle vier zusammen, und das Band zwischen Damon und ihm war ebenso stark wie zwischen dem einen oder anderen von ihnen und den Frauen.

In diesem Augenblick drang Andrew in Tiefen der Selbsterkenntnis vor, in die er sich noch nie gewagt hatte. Vielleicht war das Band zwischen Damon und ihm sogar stärker. Denn jeder konnte im anderen sein Spiegelbild sehen, eine Art Bestätigung der eigenen Mannheit finden. Er verstand jetzt, was Damon gemeint hatte, als er sagte, er liebe Andrews Männlichkeit ebenso wie die Weiblichkeit der Frauen. Und es war nicht das, was Andrew gefürchtet hatte.

Jetzt kam es ihm unglaublich vor, dass er in Damons Berührung jemals eine Bedrohung seiner Männlichkeit gesehen hatte. Sie bestätigte vielmehr etwas, das sie teilten, es war eine Art, sich gegenseitig zu versichern, was sie *waren*. Er hätte sich darüber freuen sollen als ein Mittel, den Kreis zu schließen, sich bewusst zu machen, was sie alle sich gegenseitig bedeuteten. Aber er hatte ihn zurückgestoßen, und jetzt konnte Damon in seiner Qual, die er nicht mit den Frauen zu teilen vermochte, sich ihm nicht einmal zuwenden, um Kraft zu finden. Und wohin sollte er sich wenden, wenn nicht an seinen geschworenen Bruder?

»Bredu«, flüsterte Andrew noch einmal und drückte Damon an sich. Vom Anfang an hatte er sich als Damons Beschützer gefühlt, nur hatte er nie gewusst, wie er dies Gefühl ausdrücken sollte. Seine eigenen Augen waren blind vor Tränen.

Die Ungeheuerlichkeit dessen, was er tat, ängstigte ihn, aber er wollte nicht mehr zurück.

Bredin. Auf der Erde gab es nichts dieser Beziehung Ähnliches. Einmal hatte er, nach einer Analogie suchend, Damon gegenüber den Ritus der Blutsbrüderschaft erwähnt. Damon hatte sich vor Abscheu geschüttelt und gesagt: »Die bei uns am strengsten zwischen Brüdern verbotene Tat ist es, des anderen Blut zu vergießen. Manchmal tauschen *Bredin* ihre Messer aus als Gelübde, dass sie niemals gegeneinander kämpfen werden, weil das Messer, das der eine Bruder trägt, dem anderen Bruder gehört.« Trotzdem hatte er sich bemüht zu verstehen, was Andrew mit einer Blutsbrüderschaft meinte, und er hatte eingeräumt, ja die emotionale Bedeutung sei die gleiche. Andrew, der in seinen eigenen Symbolen dachte, weil er sich Damons Symbole noch nicht zu Eigen gemacht hatte, sagte sich jetzt, er würde seinen letzten Blutstropfen für Damon geben, und das würde Damon ebenso entsetzen, wie Andrew sich vor dem gefürchtet hatte, was Damon ihm hatte geben wollen.

Ganz langsam sickerte alles, was in Andrews Gedanken vor sich ging, in Damons Geist. Andrew verstand jetzt, er war endlich einer von ihnen geworden. Und während Andrews Barrieren sich langsam auflösten, wich das Entsetzen in Damon zurück.

Er war nicht allein. Er war Bewahrer seines eigenen Turmkreises, und er lieh sich Selbstvertrauen von Andrew und fand seine eigene Kraft und Mannheit wieder. Nicht länger trug er die Bürde aller anderen, sondern *teilte* das Gewicht dessen, was sie waren.

Nun konnte er alles vollbringen, doch im Gefühl von Andrews Nähe berichtigte er sich und sagte laut: »*Wir* können alles vollbringen.«

Er holte tief Atem, stand auf, zog Andrew in der unter Verwandten üblichen Umarmung an sich und küsste ihn auf die Wange. Er sagte weich: »Bruder.«

Andrew klopfte ihm grinsend auf den Rücken. »Du hast ganz Recht«, sagte er. Die Worte waren sinnlos, aber Damon spürte, was hinter ihnen stand.

»Was ich einmal über Blutsbrüderschaft gesagt habe ...« – Andrew rang nach Worten – »... es ist ... das gleiche Blut, wie von Brüdern ... das Blut, das jeder für den anderen vergießen würde.«

Damon nickte verstehend. »Brüder aus dem gleichen Blut. Blutsbrüder, wenn du möchtest. *Bredu*. Nur teilen wir das Leben, nicht das Blut. Verstehst du?« Aber es kam weder auf die Worte noch auf die jeweiligen Symbole an. Sie wussten, was sie einander bedeuteten, und brauchten keine Worte dafür.

»Wir müssen die Frauen darauf vorbereiten«, sagte Damon. »Wenn diese Anklagen – und Drohungen – dem Rat vorgetragen werden und Ellemir nicht vorgewarnt ist, könnte sie eine Fehlgeburt haben oder Schlimmeres. Wir müssen uns entscheiden, wie wir uns verhalten sollen. Aber vor allem wichtig ist ...« – er ergriff von neuem Andrews Hand – »... dass wir uns dieser Sache zusammen stellen. Wir alle.«

21

Drei Tage lang schwebte Esteban Lanart zwischen Leben und Tod. Callista blieb bei ihm – Ferrika hatte Ellemir verboten, im Krankenzimmer zu sitzen – und überwachte den offenbar sterbenden Mann, überzeugt, dass die große Arterie vom Herzen teilweise blockiert war.

Es musste einen Weg geben, den Schaden zu beheben, aber sie fürchtete sich, es zu versuchen.

Spät am Abend des dritten Tages öffnete er seine Augen und sah sie an seiner Seite. Er versuchte, sich zu bewegen, und sie streckte warnend die Hand aus.

»Lieg still, lieber Vater. Wir sind bei dir.«

»Ich habe ... Domenics Beerdigung versäumt«, flüsterte er. Dann kehrte die Erinnerung zurück, und sein Gesicht verkrampfte sich vor Leid. »Dezi«, flüsterte er, »wo ich auch gewesen sein mag, ich ... ich fühlte ihn sterben, den armen Jungen. Ich bin nicht schuldlos ...«

Callista löste seine zur Faust geballte raue Hand mit ihren schlanken Fingern. »Vater, was er auch Schlechtes getan haben mag, er hat jetzt Frieden. Nun darfst du nur noch an dich selbst denken, Valdir braucht dich.« Sie sah, dass ihn das bisschen Reden schon erschöpft hatte. Er sagte: »Damon ...«, und sie verstand, was er wollte. Schnell versicherte sie ihm: »Die Domäne ist sicher in seinen Händen, und es ist alles gut.«

Befriedigt sank er wieder in Schlaf, und Callista dachte, der Rat müsse Damon als Regenten bestätigen. Es war sonst niemand da, der auch nur den geringsten Anspruch hatte. Andrew war ein Terraner; selbst wenn er etwas von Regierungsgeschäften verstanden hätte, würden sie ihn nicht akzeptieren. Dorians junger Ehemann war ein *Nedestro* von Ardais und wusste nichts von Armida, während es Damons zweite Heimat war. Aber Damons Regentschaft war beschattet von Leonies Drohungen. Gerade als Callista sich fragte, wann wohl die Verhandlung im Rat stattfinden werde, öffnete Damon die Tür und winkte ihr.

»Lass Ferrika bei ihm und komm.«

Im Vorderzimmer sagte er: »Wir sollen in einer Stunde in der Kristallkammer sein, Andrew und ich. Ich denke, wir sollten alle gehen, Callista.«

In dem gedämpften Licht wurden ihre Augen hart. Sie waren nicht mehr blau, sondern von einem kalten, blitzenden Grau. »Bin ich als Eidesbrecherin angeklagt?«

Er nickte. »Aber als Regent von Alton bin ich dein Vormund, und dein Gatte ist mein geschworener Mann. Du brauchst dich der Anklage nicht zu stellen, wenn du es nicht selbst möchtest.« Er fasste mit beiden Händen ihre Schultern. »Verstehst du, Callista? Ich werde mich ihnen widersetzen! Hast du den Mut, es ebenfalls zu tun? Bist du stark genug, an meiner Seite zu stehen, oder wirst du wie ein nasser Lumpen zusammenbrechen und damit der Sache unserer Ankläger dienen?«

Seine Stimme klang unerbittlich, und seine Hände auf ihren Schultern taten ihr weh. »Wir können uns mutig zu dem bekennen, was wir getan haben, und uns ihnen widersetzen. Aber wenn du es nicht tust, wirst du Andrew verlieren, und mich auch, das mache dir klar. Willst du zurück nach Arilinn, Callista?« Er hob eine Hand zu ihrem Gesicht und fuhr mit leichtem Finger die roten Male auf ihrer Wange nach. »Du hast immer noch die Wahl, du bist immer noch Jungfrau. Diese Tür bleibt offen, bis du sie selbst schließt.«

Ihre Hand wanderte zu der Matrix an ihrer Kehle. »Ich habe meinen Eid aus freiem Willen zurückgegeben; ich habe nie daran gedacht, ihn zu brechen.«

»Es wäre leicht gewesen, ein für alle Mal eine klare Entscheidung zu treffen«, sagte Damon. »Was du jetzt tun musst, ist schwerer. Aber du bist eine Frau und stehst unter Vormundschaft. Ist es dein Wille, dass ich im Rat für dich antworte, Callista?«

Sie schüttelte seine Hand ab. »Ich bin *Comynara*, und ich war Callista von Arilinn. Ich brauche keinen Mann, der für mich antwortet!« Sie drehte sich um und ging auf das Zimmer zu, das sie mit Andrew teilte. »Ich werde bereit sein!«

Damon begab sich in sein eigenes Zimmer. Er hatte absichtlich ihren Widerspruch hervorgerufen, aber er musste damit rechnen, dass er sich ebenso gut gegen ihn richten konnte.

Er selbst war ganz auf Herausforderung eingestimmt. Er würde seinen Anklägern nicht wie ein vor Gericht gezerrter Dieb gegenübertreten! Damon legte seine besten Kleider an, Jacke und Breeches aus Leder in den Farben seiner Domäne. Am Gürtel trug er einen juwelenbesetzten Dolch. Er suchte in seinen Sachen nach einem Halsschmuck mit Feuersteinen, und dabei fiel ihm in einer Schublade ein in ein Tuch gewickeltes Päckchen in die Hände.

Es war der Vorrat an *Kireseth*-Blüten, den er, ohne zu wissen, warum, aus Callistas Destillierraum mitgenommen hatte.

Ihn hatte ein Impuls getrieben, den er immer noch nicht verstand. Es mochte eine Vorausschau von der Dauer eines Blitzes gewesen sein oder etwas noch Undeutlicheres. Weder Callista noch sonst jemandem hatte er erklären können, warum er es getan hatte.

Aber jetzt, als er die *Kireseth*-Blüten in der Hand hielt, wusste er es. Er konnte nicht entscheiden, ob es der leise Duft nach den Ölen war, der aus dem Tuch aufstieg – allgemein bekannt war, dass er Hellsichtigkeit stimulierte –, oder ob sein Verstand, nun er alle Informationen besaß, ohne bewusste

Anstrengung plötzlich zu einer Synthese gelangt war. Jedenfalls *wusste* er mit einem Mal, was Varzil ihm mitzuteilen versucht hatte und um was es sich bei dem Jahresende-Ritual gehandelt haben musste.

Anders als Callista wusste er genau, *warum* der Gebrauch des *Kireseth* verboten war, solange er nicht zu der als *Kirian* bekannten flüchtigen Essenz destilliert und aufgespalten war. Dom Estebans Erzählung hatte die Erinnerung wachgerufen. *Kireseth,* die blaue Sternblume, die Cassilda in der Legende Hastur darbot, und die die Goldene Glocke genannt wurde, wenn die Pollen die Blütenblätter bedeckten, war unter anderem ein starkes Aphrodisiakum. Es beseitigte Hemmungen und Kontrollen, und jetzt fügten sich alle Glieder der Kette zusammen.

Die Gemälde in der Kapelle. Dom Estebans Erzählung, über die sich Ferrika entrüstet hatte. Denn Ferrika hatte ihren Eid bei den Freien Amazonen abgelegt, die nicht heirateten und die Ehe als eine Form der Sklaverei betrachteten. Die einzigartige Illusion, die Andrew und Callista zur Zeit der Winterblüte geteilt hatten – nur wusste Damon jetzt, dass es *keine* Illusion gewesen war, obwohl Callista unmittelbar danach ganz saubere Kanäle gehabt hatte. Und Varzils Rat ...

Der Schlüssel war das Tabu. *Kireseth* war nicht verboten, weil sich damit Unsauberkeit und Lüsternheit verbanden, wie er immer geglaubt hatte, sondern wegen seiner Heiligkeit.

Hinter ihm sagte Ellemir nervös: »Es ist Zeit. Was hast du da, Liebster?«

Die Erinnerung an das Tabu, das seit seiner Kindheit schwer auf ihm gelegen hatte, ließ ihn sich schuldig fühlen. Schnell warf er die Blüten, noch in das Tuch eingewickelt, in die Schublade zurück. Er freute sich zu sehen, dass Ellemir sich ebenso wie er entschieden hatte, seinen Anklägern in ihren besten Kleidern gegenüberzutreten. Sie trug ein Gewand, das für ein Fest geeignet war, über den Brüsten tief ausgeschnitten. Ihr Haar ging ihr in schweren, schimmernden Schlingen in den Nacken. Ihre Schwangerschaft fiel jetzt auch dem flüchtigen Beobachter auf, aber sie entstellte sie nicht. Sie war schön, eine stolze Comyn-Lady.

Als er im Vorderzimmer der Suite mit Andrew und Callista zusammentraf, sah er, dass sie sich alle von dem gleichen Instinkt hatten leiten lassen. Andrew trug seinen Feiertagsanzug aus dunkelgrauem Satin, aber Callista überstrahlte sie alle.

Damon hatte immer gedacht, dass das offizielle Karminrot einer Bewahrerin ihr nicht stand. Dazu war sie zu blass, und die leuchtende Farbe ließ sie verwaschen, wie ein trüberes Spiegelbild ihrer schönen Zwillingsschwester erscheinen. Er hatte Callista nie für schön gehalten; es verwirrte ihn, dass Andrew es tat. Sie war zu dünn, zu sehr dem steifen Kind gleich, das er im Turm gekannt hatte, und ihre jungfräuliche Sprödigkeit machte sie in Damons Augen unattraktiv. Auf Armida hatte sie wenig Sorgfalt auf die Wahl ihrer Kleider verwendet; dort trug sie dicke, alte karierte Röcke und schwere Schals. Manchmal hatte er sich gefragt, ob sie Ellemirs abgelegte Sachen auftrug.

Aber für den Rat hatte sie ein Kleid in Graublau angelegt, dazu einen Schleier von derselben Farbe, aber dünnerem Material. Metallfäden waren darin verwoben, die schimmerten und glitzerten, wenn sie sich bewegte, und ihr Haar flammte wie Feuer. Sie hatte irgendetwas mit ihrem Gesicht angestellt, um die langen roten Kratzer zu verbergen, und auf ihren Wangen lag eine ungewöhnlich lebhafte Farbe. Hatte Eitelkeit oder Trotz sie veranlasst, ihr Gesicht zu schminken, damit niemand ihre bleiche Hautfarbe für die Blässe der Angst halten konnte? Sternsaphire leuchteten an ihrem Hals, und sie trug ihre Matrix unverhüllt, so dass sie zwischen den Saphiren hindurch Strahlen verschoss. Als sie in die Ratskammer schritten, war Damon auf sie alle stolz und bereit, ganz Darkover Widerstand zu leisten, wenn es sein musste.

Lorill Hastur eröffnete die Sitzung.

Er sagte: »Schwere Anklagen sind gegen euch alle vorgebracht worden. Damon, bist du bereit, auf diese Anklagen zu antworten?«

Damon sandte einen Blick zu den Hastur-Plätzen und Leonies unerbittlichem Gesicht hinauf. Er erkannte, dass es nur Zeitverschwendung war, wenn er, wie er beabsichtigt hatte, Erklärungen gab und sich rechtfertigte. Seine einzige Chance war, die Initiative zu ergreifen und sie sich nicht wieder nehmen zu lassen.

»Würde mich irgendwer anhören, wenn ich es täte?«

Leonie rief: »Für das, was du getan hast, gibt es keine Entschuldigung. Aber wir sind geneigt, nachsichtig zu sein, wenn du dich unserem Urteil unterwirfst, du und diese anderen, die du zur Rebellion gegen die heiligsten Gesetze der Comyn verführt hast.« Sie blickte Callista an, als habe sie sie nie zuvor gesehen.

In dem Schweigen, das nun entstand, dachte Andrew: *Angeklagter, haben Sie noch etwas zu sagen, bevor das Urteil über Sie verkündet wird?*

Er war es, auf den Lorill zuerst die Augen richtete.

»Andrew Carr, du hast dich schwer vergangen, aber du hast in Unwissenheit unserer Gesetze gehandelt. Du sollst deinen eigenen Leuten übergeben werden, und wenn du keins *ihrer* Gesetze gebrochen hast, wirst du frei sein. Aber wir verlangen, dass du sofort von unserer Welt weggeschickt wirst.

Callista Lanart, du hast ein ebenso hartes Urteil wie Damon verdient. Aber Leonie hat sich für dich eingesetzt. Deine beabsichtigte Ehe hat, da sie nicht vollzogen wurde ...« – woher wusste Lorill das?, fragte sich Damon – »... keine gesetzliche

Gültigkeit. Wir erklären sie für null und nichtig. Du sollst nach Arilinn zurückkehren, und Leonie übernimmt persönlich die Verantwortung für dein gutes Betragen.

Damon Ridenow, nach den alten Gesetzen hättest du für deine eigenen Verbrechen und die Verbrechen dieser anderen, die du zum Ungehorsam verführt hast, den Tod oder die Verstümmelung verdient. Wir hier lassen dir die Wahl: Du kannst uns sofort deine Matrix übergeben, wobei eine Bewahrerin dein Leben und deinen Verstand schützen wird, und danach dein Leben als Regent von Alton und Vormund des Alton-Erben, den deine Frau trägt, weiterführen. Oder, wenn du dich weigerst, wird dir die Matrix mit Gewalt genommen. Solltest du das überleben, werden die *Laran*-Zentren deines Gehirns ausgebrannt, um jeden künftigen Missbrauch zu verhindern.«

Ellemir gab einen leisen Entsetzensschrei von sich. Lorill sah sie mit etwas wie Mitleid an. »Ellemir Lanart, da du von deinem Gatten missleitet worden bist, verhängen wir über dich nichts anderes als dies: Du sollst aufhören, dich mit Dingen zu befassen, die außerhalb der weiblichen Sphäre liegen, und deine Gedanken auf die einzige Pflicht richten, die du im Augenblick hast. Das ist, dein ungeborenes Kind zu schützen, das der Erbe von Alton ist. Da dein Vater krank und dein einziger überlebender Bruder ein minderjähriges Kind ist und dein Mann unter unserm Urteilsspruch steht, geben wir dich in die Vormundschaft von Lord Serrais, und du sollst nach Serrais gehen und dein Kind dort gebären. Für diese Zeit habe ich drei ehrenwerte verheiratete Comyn-Frauen ausgewählt, die sich um dich kümmern werden, bis das Urteil an deinem Gatten vollzogen ist: Lady Rohana Ardais, Jerana, Prinzessin von Elhalyn, und Lady Cassilda Hastur, die Frau meines eigenen Sohns. Erlaubt ihnen, Euch aus dieser Kammer zu führen, Lady Ellemir.«

Lady Cassilda, eine hübsche, dunkelhaarige Frau in ungefähr Ellemirs Alter und selbst hochschwanger, hielt Ellemir die Hand hin. »Komm mit mir, Liebes.«

Ellemir blickte zu Cassilda Hastur und zurück zu Damon. »Darf ich sprechen, Lord Hastur?«

Lorill nickte.

Ellemirs Stimme klang so hell und kindlich wie immer, aber entschlossen. »Ich danke den Damen für ihre Freundlichkeit, kann ihr Angebot jedoch nicht annehmen. Ich will bei meinem Mann bleiben.«

»Meine Liebe«, sagte Cassilda Hastur, »deine Loyalität macht dir Ehre. Aber du musst an dein Kind denken.«

»Ich denke ja an mein Kind«, erwiderte Ellemir, »an unser aller Kinder, Cassilda, deine und meine, und das Leben, das wir uns für sie wünschen. Hat jemand von euch sich die Mühe gemacht, darüber nachzudenken, im Ernst nachzudenken, was Damon tut?«

Damon hörte ihr ungläubig zu. Es war lange her, dass er die Männer mit den Erfrierungen geheilt hatte. In jener Nacht hatte er ihr sein Herz ausgeschüttet, aber er hatte nicht geglaubt, dass sie ihn richtig verstanden habe. Jetzt hörte er sie sagen: »Ihr wisst und ich weiß, wie schwer es heutzutage ist, Telepathen für die Türme zu finden. Selbst denjenigen, die *Laran* besitzen, widerstrebt es, hinter Mauern zu leben und auf die Welt draußen zu verzichten, und wer kann ihnen daraus einen Vorwurf machen? Ich würde es selbst nicht wollen. Ich möchte auf Armida leben und Kinder haben, die dort nach mir leben werden. Und ich will nicht, dass *ihr* Leben durch diese folgenschwere Wahl zerstört wird, und ebenso wenig sollen sie darunter leiden müssen, dass sie die eine oder andere Pflicht gegenüber ihrer Domäne versäumen. Es gibt so viel für Telepathen zu tun, und niemand tut es! Nicht alle diese Arbeiten müssen hinter den Mauern eines Turms verrichtet werden, tatsächlich ist es bei einigen unmöglich. Nur weil so viele Leute glauben, die Turmarbeit sei der einzige Weg, *Laran* zu benutzen, werden diese Arbeiten nicht getan, und das Volk der Domänen hat darunter zu leiden. Damon hat eine Möglichkeit gefunden, wie jeder von Psi-Wissenschaften profitieren kann. *Laran* braucht keine Art von ... von geheimnisvoller Zauberei zu sein, die im Verborgenen ausgeübt wird. Wenn ich, die ich eine Frau und ungebildet und die geringere von Zwillingen bin, lernen kann, *Laran* einzusetzen – und ich habe es ein wenig gelernt –, dann muss es viele, viele geben, denen es möglich ist. Und ...«

Margwenn Elhalyn erhob sich an ihrem Platz. Sie war sehr blass. »Müssen wir hier sitzen und uns diese ... diese Blasphemie anhören? Müssen wir, die wir unser Leben den Türmen geweiht haben, unsere Wahl in den Schmutz gezogen hören von dieser ... dieser unwissenden Frau, die zu Hause an ihrem Kamin sitzen und Babysachen nähen sollte, statt vor uns zu stehen und wie ein törichtes Kind von Dingen zu schwätzen, die sie nicht versteht?«

»Warte«, fiel Rohana Ardais ein, »warte, Margwenn. Auch ich wurde im Turm ausgebildet, und dann wurde mir die Entscheidung aufgezwungen, die Arbeit, die ich liebte, aufzugeben, damit ich heiraten und dem Clan meines Mannes Söhne schenken konnte. Es liegt einige Weisheit in dem, was Lady Ellemir sagt. Lass uns sie anhören, ohne sie zu unterbrechen.«

Rohana wurde durch allgemeines Gebrüll zum Schweigen gebracht. Lorill Hastur rief die Anwesenden zur Ordnung.

Damon erinnerte sich mit sinkendem Mut, dass auch Lorill im Dalereuth-Turm ausgebildet und gezwungen worden war, sein Wissen zu verleugnen, als er das Amt des Ratsregenten erbte. »Ihr habt keine Stimme im Rat, Lady Ellemir. Ihr könnt mit den Frauen gehen, die wir bestimmt haben, für Euch zu sorgen, oder hier bleiben. Eine andere Wahl habt Ihr nicht.«

Ellemir klammerte sich an Damons Arm. »Ich bleibe bei meinem Mann.«

»Sir«, wandte Cassilda Hastur besorgt ein, »hat sie das Recht, sich selbst zu entscheiden, wenn diese Entscheidung das Kind, das sie trägt, gefährden kann? Sie hat schon einmal eine Fehlgeburt gehabt, und dies Kind ist Erbe von Alton. Ist die Sicherheit des Kindes nicht wichtiger als ihr vom Gefühl diktierter Wunsch, bei Damon zu bleiben?«

»Im Namen aller Götter, Cassilda!«, protestierte Rohana. »Sie ist kein Kind mehr! Sie weiß, um was es hier geht! Meinst du, sie ist eine Milchkuh, der das Schicksal des Vaters ihres Kindes gleichgültig wird, sobald du sie von ihm weggeführt hast? Setz dich und lass sie in Ruhe!«

Gekränkt nahm die junge Lady Hastur wieder Platz.

»Damon Ridenow, entscheide dich. Willst du deine Matrix ohne Widerstand ausliefern, oder müssen wir sie dir nehmen?«

Damon blickte auf Ellemir, die seinen Arm hielt, auf Callista, die juwelenflammenden Widerstand verkörperte, auf Andrew, der einen Schritt hinter ihm stand. Zu ihnen, nicht zu Lorill, sagte er: »Darf ich für euch alle sprechen? Callista, ist es dein Wille, nach Arilinn und in Leonies Obhut zurückzukehren?«

Leonie betrachtete Callista mit hungriger Erwartung, und plötzlich verstand Damon.

Leonie hatte sich selbst nie erlaubt zu lieben. Aber ohne Gefahr, mit aller Heftigkeit ihrer ausgehungerten Gefühle konnte sie Callista lieben, die wie sie auf lebenslängliche Jungfräulichkeit eingeschworen war.

Kein Wunder, dass sie Callista nicht gehen lassen wollte, dass sie es ihr unmöglich gemacht hatte, den Turm zu verlassen. Ihre Liebe für das Mädchen hatte nicht den leisesten Anhauch von Sexualität, aber trotzdem war es Liebe und ebenso wirklich wie seine eigene hoffnungslose Liebe zu Leonie.

Callista schwieg, und Damon fragte sich, welche Wahl sie treffen werde. Kam ihr Arilinn begehrenswerter, weniger beunruhigend, weniger schmerzlich vor als das, was sie ihr boten? Und dann erkannte er, dass Callistas Schweigen nur Mitleid war. Es widerstrebte ihr, Leonies Liebe und Schutz zurückzuweisen, die Frau zu verletzen, die das einsame Kind im Turm geliebt und beschützt hatte. Als sie sprach, standen Tränen in ihren Augen.

»Ich habe meinen Eid zurückgegeben. Ich will ihn nicht wiederhaben. Auch ich will bei meinem Mann bleiben.«

Jetzt waren sie alle vier eins! Damons Stimme klang herausfordernd:

»So hört mich an.« Er zog Ellemir an sich. »Im Namen meiner Frau danke ich den edlen Damen der Comyn, aber niemand außer mir soll für sie sorgen, solange ich lebe. Was Andrew betrifft, so ist er mein geschworener Mann, und Ihr selbst, Lorill Hastur, habt während der Errichtung des Raumhafens dekretiert, dass Terraner private Vereinbarungen mit Darkovanern treffen dürfen und umgekehrt und dass diese Verträge wie alle nach dem Gesetz der Domänen abgeschlossenen behandelt werden sollen. Ich habe den Eid der *Bredin* mit Andrew geschworen, und ich muss für seine Ehre ebenso einstehen wie für meine eigene. Das bedeutet: Als Regent von Alton bezeichne ich seine Ehe mit Callista für ebenso gültig wie meine eigene. Nun zu meiner Person.« Er sah Leonie an und richtete die Worte mit voller Absicht an sie. »Ich bin Bewahrer und nur meinem eigenen Gewissen verantwortlich.«

»Du? Bewahrer?«, fragte sie geringschätzig. »Du, Damon?«

»Du selbst hast mich bei der Zeitforschung geführt, und es war Varzil der Gute, der mich *Tenerézu* nannte.«

Lorill sagte: »Du kannst keinen Mann als Zeugen aufrufen, der seit hunderten von Jahren tot ist.«

»Ihr habt mich nach Gesetzen, die seit jenen Tagen bestehen, vor Gericht gefordert«, erwiderte Damon, »und das Bauwerk, das ich in der Überwelt errichtet habe, ist ein Zeugnis für alle, die sie betreten können. Und das war in jenen Tagen das Gesetz und die Probe. Ich bin Bewahrer. Ich habe meinen Turm errichtet. Ich stelle mich der Herausforderung.«

Leonies Gesicht war bleich. »Dieses Gesetz ist seit dem Zeitalter des Chaos tot.«

Du lebst nach Gesetzen, die ebenfalls seit langem tot sein sollten.

Er sprach die Worte nicht laut, aber Leonie hörte sie und ebenso jeder andere mit *Laran* in der Kristallkammer. Totenblass erklärte sie: »So sei es. Du hast dich der alten Probe auf das Recht und die Verantwortung einer Bewahrerin gestellt. Du und Callista, ihr seid Renegaten von Arilinn. Deshalb ist es Sache von Arilinn, der Herausforderung zu begegnen. Wir werden ein Duell ausfechten, Damon, und du kennst die Strafe, wenn du unterliegst. Sollte einer von euch die Tortur überleben, was unwahrscheinlich ist, wird nicht nur dir und Callista, sondern auch euren Mitläufern die Matrix abgenommen, und die *Laran*-Zentren im Gehirn werden ausgebrannt. Dann mögt ihr jedem, der unrechtmäßig die Hand nach dem Amt und der Macht einer Bewahrerin ausstreckt, als warnendes Beispiel dienen.«

»Ich sehe, du kennst die Konsequenzen, Leonie«, sagte Callista. »Ich wünschte, du hättest sie ebenso gut gekannt, als ich zur Bewahrerin gemacht wurde.«

Leonie ignorierte sie. Sie starrte Damon unverwandt in die Augen.

»Ich stelle mich der Prüfung und ihren Folgen, Leonie«, sagte Damon. »Aber machst du dir klar, Leonie, dass du diese

Folgen auf dich selbst und alle in Arilinn herabbeschwörst, wenn du nicht siegst?«

Wütend erwiderte sie: »Wir würden alle mehr als das wagen, um die Unverschämtheit derer zu bestrafen, die einen verbotenen Turm auf unserer Schwelle bauen!«

»*Genug*!« Lorill hob Schweigen gebietend die Hände. »Ich genehmige das Duell zwischen dem Arilinn-Turm und seiner Bewahrerin Leonie Hastur einerseits und ...« – er zögerte einen Augenblick – »... und dem verbotenen Turm und Damon Ridenow, der sich selbst zum Bewahrer ernannt hat, andererseits. Es soll morgen bei Sonnenaufgang beginnen.«

Leonies Gesicht war steinern. »Ich werde bereit sein.«

»Ich ebenfalls«, sagte Damon. »Bis Sonnenaufgang, Leonie.«

Er reichte eine Hand Ellemir, die andere Callista. Andrew ging einen Schritt hinter ihnen. Ohne zurückzublicken, verließen sie die Kristallkammer.

Bis Sonnenaufgang. Er hatte mutig gesprochen. Aber konnten sie Leonie und der gesammelten Macht von Arilinn standhalten?

Sie mussten es – oder sterben.

Sobald sie in die Alton-Suite zurückgekehrt waren, stellte Damon als Erstes telepathische Dämpfer auf und isolierte Dom Estebans Zimmer. Leise erklärte er Ferrika, was er tat.

»Bei Sonnenaufgang mag es eine ... eine telepathische Störung geben«, warnte er sie. »Die Dämpfer sorgen dafür, dass er nicht hineingezogen wird, denn dazu ist er zu schwach.«

Er wünschte, er könne auch Ellemir und ihr ungeborenes Kind hinter einer solchen sicheren Barriere isolieren. Das sagte er ihr, als er in die Zimmer zurückkehrte, die sie beide mit Callista und Andrew teilten. Sie lächelte bleich.

»Du bist ja nicht besser als die Damen im Comyn-Rat, mein

Gatte, wenn du glaubst, ich müsse abgeschirmt und ausgeschlossen werden, weil ich eine Frau und schwanger bin! Weißt du nicht, dass wir alle gemeinsam kämpfen müssen? Wir kämpfen für das Recht, zusammen zu leben und unsere Kinder für ein besseres Leben zu erziehen, als es den meisten Comyn-Söhnen und -Töchtern zuteil wird! Glaubst du, ich möchte, dass *er* …« – sie legte die Hand mit dieser ausdrucksvollen Geste auf ihren schwangeren Körper – »… die gleiche verkrüppelnde Entscheidung zu fällen hat, die dir und Callista und Leonie aufgezwungen wurde? Ich will ebenso kämpfen wie du!«

Er zog sie an sich. Ihre Einstellung war gesünder als seine. »Mein Liebling, alle Götter mögen verhüten, dass ich der eine sein sollte, der dir dies Recht verweigert.«

Aber als sie mit Callista und Andrew zusammentrafen, sagte er sich, bei dem kommenden Kampf gehe es um mehr als um Leben und Tod. Wenn sie verloren – und überlebten – war ihnen ein schlimmeres Schicksal als der Tod beschieden.

»Das Duell wird in der Überwelt ausgefochten werden«, warnte er, »wie die letzte Schlacht gegen die Große Katze. Wir müssen sehr viel Selbstvertrauen haben, denn nur unsere eigenen Gedanken können uns schlagen.«

Ellemir ließ Speisen und Wein kommen, und sie aßen zusammen. Dabei versuchten sie, es zu einer festlichen Gelegenheit zu machen und zu vergessen, dass sie sich für die schwerste Prüfung ihres Lebens stärkten. Callista sah blass aus, aber es erleichterte Damon, dass sie herzhaft aß.

Zwei von ihnen hatten die Ausbildung und die Kraft einer Bewahrerin, dachte er. Doch gerade das weckte einen quälenden Gedanken. Wenn sie verloren, war es gleichgültig, aber wenn sie siegten, gab es immer noch eine Sache, die nicht geregelt war.

»Wenn wir siegen«, sagte er, »habe ich das Recht gewonnen, mit meinem erwählten Kreis zu arbeiten, wie ich will. Denn Ellemir als meine Frau und Andrew als mein geschworener Mann sind außer Reichweite einer Einmischung des Rats. Aber du, Callista, stehst weit vorn in der Comyn-Erbfolge, vor dir sind nur die beiden Kinder, von denen eins noch ungeboren ist. Der Rat wird geltend machen, meine Pflicht als Regent von Alton sei es, dich mit einem passenden Mann zu verheiraten, mit einem aus Comyn-Blut. Eine Frau in deinem Alter, Callista, ist für gewöhnlich verheiratet, falls sie nicht in einem Turm arbeitet.«

»Ich bin verheiratet!«, flammte sie auf.

»*Breda,* wenn irgendwer die Gültigkeit dieser Ehe bestreitet, wird er Recht bekommen. Verlässt du dich wirklich darauf, der Rat werde diesen Schritt nicht unternehmen? Der alte Dom Gabriel von Ardais hat mich bereits darauf angesprochen, ich solle dich mit seinem Sohn Kyril verheiraten ...«

»Kyril Ardais?« Ihre Nüstern bebten vor Ekel. »Ebenso gut könnte ich einen Räuber aus den Hellers heiraten! Ich habe nicht mehr mit ihm gesprochen, seit er uns alle bei Kinderfesten einschüchterte und tyrannisierte, aber ich glaube nicht, dass er sich mit zunehmendem Alter gebessert hat!«

»Trotzdem wäre es eine Heirat, die der Rat billigen würde. Oder sie könnten auf Vaters Wunsch zurückkommen und dich, wie er es mit Ellemir vorhatte, Cathal geben. Aber verheiraten werden sie dich ganz bestimmt. Du weißt ebenso gut wie ich, was das Gesetz über Freipartner-Ehe sagt, Callista.«

Sie wusste es. Freipartner-Ehen wurden durch den Vollzug legal und konnten, solange sie kinderlos blieben, vom Rat annulliert werden.

»Avarra sei uns gnädig!« Sie blickte von einem Gesicht zum anderen. »Das ist schlimmer, als vor den Augen der halben Alton-Domäne ins Bett gesteckt zu werden, und ich habe *das* schon für peinlich gehalten!«

Sie lachte, aber es war kein fröhlicher Klang. Ellemir sagte leise: »Warum, glaubst du wohl, wird eine Frau so öffentlich ins Bett gelegt? Damit alle sehen und wissen, dass die Ehe eine Tatsache ist. Aber in deinem Fall bleibt eine Frage offen. Ich zweifle nicht daran, dass Dezi sich keinen Zwang angetan hat, über die Sache zu reden. Verdammt soll er sein!«

»Ich zweifle nicht daran, dass er bereits verdammt ist«, sagte Damon, »aber der Schaden ist nun einmal angerichtet.«

»Willst du damit sagen ...« – Andrew legte seine Hand auf die Callistas – »... dass Dezi in seiner Bosheit die Wahrheit gesagt hat und unsere Ehe nicht gültig ist?«

Widerstrebend nickte Damon. »Solange Domenic lebte und Dom Esteban gesund war, hätte niemand danach gefragt, was seine Töchter fern in den Kilghardbergen tun. Aber die Situation hat sich verändert. Die Domäne ist in den Händen eines Kindes und eines sterbenden Mannes. Auch wenn Callista noch Bewahrerin wäre, könnte man sie zwar dem Gesetz nach nicht zu einer Heirat zwingen, aber die Mittel, mit denen man sie zu überreden versuchte, würden sich von Zwang kaum noch unterscheiden. Und da sie ihren Eid bereits zurückgegeben und sich öffentlich geweigert hat, nach Arilinn zurückzukehren, ist ihre Heirat tatsächlich eine Sache, die den Rat angeht.«

»Habe ich dabei nicht mehr Rechte als ein Pferd, das man zu Markte führt?«, fragte Callista.

»Callie, ich habe die Gesetze nicht gemacht«, antwortete Damon liebevoll. »Ich werde einige von ihnen außer Kraft setzen, wenn ich kann, aber über Nacht ist das nicht möglich. Das Gesetz ist, was es ist.«

»Callistas Vater war mit unserer Heirat einverstanden. Hat das keine gesetzliche Bedeutung?«, wollte Andrew wissen.

»Er liegt im Sterben, Andrew! Er kann noch heute Nacht sterben, und ich bin nur Regent von Alton unter dem Rat, sonst nichts.« Er sah tief beunruhigt aus. »Nur wenn wir mit einer nach dem Gesetz von Valeron geschlossenen Ehe vor den Rat treten könnten ...«

»Was ist das?«, fragte Andrew, und Callista erklärte mit tonloser Stimme: »Eine Frau von der Aillard-Domäne aus den Ebenen von Valeron errang einmal eine Ratsentscheidung zu ihren Gunsten, die seitdem als Präzedenzfall dient. Ob es sich nun um eine Freipartner- oder eine andere Ehe handelt, keine Frau kann gegen ihren Willen von dem Vater ihres Kindes getrennt werden. Damon meint, wenn du mit mir ins Bett gehen und mich am besten gleich schwängern würdest, hätten wir eine Möglichkeit, dem Rat zu trotzen.« Sie verzog das Gesicht. »Ich möchte jetzt noch kein Kind – und noch weniger möchte ich es auf Befehl des Rates – wie eine Stute, die zum Decken geführt wird. Aber immer noch besser das, als dass ich einen Mann heiraten muss, den der Rat aus politischen Gründen wählt, damit ich *seine* Kinder gebäre.« Sie sah kläglich von Damon zu Andrew. »Nur wisst ihr, dass es unmöglich ist.«

Damon erklärte ruhig:

»Nein, Callista. Diese Ehe, das weißt du, steht oder fällt damit, ob du morgen vor den Rat treten und beschwören kannst, dass sie vollzogen worden ist.«

Entsetzt, in die Enge getrieben schrie sie auf: »Willst du, dass ich ihn dieses Mal töte?«, und begrub das Gesicht in den Händen.

Damon kam um den Tisch und drehte Callista sanft zu sich. »Es gibt einen anderen Weg, Callista. Nein, sieh mich an. Andrew und ich sind *Bredin*. Und ich bin stärker als du. Du könntest mich mit allem treffen, was du gegen Andrew geschleudert hast, und mehr, und doch könntest du mich nicht verletzen!«

Schluchzend wandte sie sich ab. »Wenn ich muss. Wenn ich muss. Aber, o gnädige Avarra, ich wollte, dass das in Liebe geschieht, wenn ich bereit war, nicht in einem Kampf auf Leben und Tod!«

Ein langes Schweigen entstand, in dem nur Callistas erstícktes Weinen zu hören war. Diese Laute zerrissen Andrew das Herz, aber er vertraute darauf, dass Damon einen Ausweg für sie fand.

Endlich sagte Damon fest: »Dann gibt es nur einen Weg, Callista. Varzil sagte mir, dein Geist müsse von den Spuren befreit werden, die die Jahre als Bewahrerin auf deinem Körper hinterlassen haben. Ich kann deinen Geist befreien, und dann wird dein Körper frei sein, wie er es bei der Winterblüte war.«

»Du hast behauptet, dass sei nur eine Illusion gewesen«, stammelte sie.

»Ich hatte Unrecht«, gestand Damon. »Erst vor kurzem ist es mir gelungen, alle Steinchen zusammenzusetzen. Um euretwillen wünschte ich, du und Andrew wäret im Stande gewesen, euren Instinkten nachzugeben. Aber jetzt ... ich habe Kireseth-Blüten hier, Callista.«

Sie begriff, und vor Entsetzen flogen ihre Hände an ihren Mund. »Sie sind tabu! Sie sind jeder im Turm ausgebildeten Person verboten!«

»Aber«, entgegnete Damon, und seine Stimme war sehr sanft, »*unser* Turm richtet sich nicht nach den Gesetzen von Arilinn, *Breda*, und ich bin nicht unter *jenen* Gesetzen Bewahrer. Was glaubst du, warum sie tabu wurden, Callista? Weil, wie du erlebt hast, unter dem Einfluss der *Kireseth*-Blüten selbst eine Bewahrerin ihre Immunität gegen menschliche Regungen, gegen Leidenschaft und Begehren nicht aufrechterhalten kann. Die Droge ist ein telepathischer Katalysator, und mehr, noch viel mehr als das. Nach den Lehren der Türme ist es unvorstellbar, dass gar kein Grund besteht, einer Bewahrerin Keuschheit aufzuerlegen, außer für eine begrenzte Zeit, wenn sie anstrengende Arbeit tun muss. Ganz bestimmt sind lebenslängliche Einsamkeit und Abgeschlossenheit unnötig. Die Türme haben ihre Bewahrerinnen mit grausamen und unnötigen Gesetzen geknechtet, schon vom Zeitalter des Chaos an, als das Jahresende-Ritual in Vergessenheit geriet. Ich vermute, damals hat es zur Zeit des Mittsommerfestes stattgefunden. Bei diesem Fest werden heute den Frauen in allen Domänen im Andenken an Cassildas Gabe für Hastur Blumen und Früchte geschenkt. Aber wie wird die Mutter der Domänen immer dargestellt? Mit der goldenen Glocke des *Kireseth* in den Händen! Das war das alte Ritual, damit eine Frau in den Matrix-Kreisen mit sauberen Kanälen als Bewahrerin arbeiten und dann, wenn es ihr Wunsch war, zur normalen Weiblichkeit zurückkehren konnte.«

Er nahm ihre beiden Hände in seine. Auf die alte, automatische Art versuchte sie, sie ihm zu entziehen, aber er hielt sie fest. »Callista, hast du den Mut, Arilinn den Rücken zu kehren und mit uns eine Tradition zu erforschen, die dir erlaubt, gleichzeitig Bewahrerin und Frau zu sein?«

Er hatte den richtigen Ton angeschlagen, als er an ihren Mut appellierte. Sie neigte zustimmend den Kopf. Trotzdem, als er die in ein Tuch eingewickelten *Kireseth*-Blüten brachte, nahm sie das Bündel nur zögernd in die Hände.

»Ich habe jedes Gesetz von Arilinn außer diesem gebrochen. Jetzt bin ich wirklich zur Gesetzlosen geworden.« Von neuem war sie den Tränen nahe.

Damon sagte. »Sie haben uns beide Renegaten genannt. Ich werde von dir nicht verlangen, irgendetwas zu tun, das ich nicht vor dir zu tun bereit bin, Callista.«

Er nahm ihr das Tuch aus der Hand, schlug es auseinander, hob es an sein Gesicht und atmete tief den schwindelig machenden Duft ein. Angst erfasste ihn – das Verbotene, das Tabu –, aber er rief sich Varzils Worte ins Gedächtnis zurück:

»Deshalb haben wir den alten sakramentalen Ritus des Jahresendes zum Brauch gemacht ... Du bist ihr Bewahrer; es ist an dir, die Verantwortung zu übernehmen.«

Callista war blass und zitterte, aber sie nahm die *Kireseth*-Blüten aus Damons Hand entgegen und atmete wie er tief ein. Damon dachte derweilen an den Arilinn-Kreis, der bei Sonnenaufgang zuschlagen würde. Beging er einen tragischen Fehler?

Während seiner Jahre im Turm war vor einer wichtigen Arbeit jede Anstrengung verboten gewesen, und ganz besonders jede sexuelle Aktivität. Die Arilinn-Leute würden die Nacht jeder für sich allein in Meditation verbringen und sich auf die vor ihnen liegende Schlacht vorbereiten.

Aber Damon arbeitete nicht nach diesen Richtlinien. Er wusste, er konnte Arilinn nicht schlagen, indem er tat, was sie taten. Sein Turm, auf ihren vierfachen Rapport aufgebaut, stellte etwas völlig Neues dar. Es war nichts als richtig, wenn sie in dieser Nacht das Band vervollständigten und Callista halfen, voll und ganz Teil der Gemeinschaft zu werden.

Andrew nahm die Blüten aus Callistas Händen. Als er ihren Duft einatmete – trocken, pulverig, aber immer noch an das Feld goldener Glocken unter dem roten Sonnenlicht erinnernd –, sah er von neuem Callista durch das Blütenmeer auf sich zulaufen und wurde von Sehnsucht erfüllt. Ellemir war nun an der Reihe, und er wollte schon Einspruch erheben. War es für sie in ihrem Zustand ungefährlich? Aber sie hatte das Recht, ihre Entscheidung selbst zu treffen. Sie sollte teilhaben an dem, was diese Nacht ihnen bringen würde.

Damons Bewusstsein erweiterte sich schlagartig, seine Wahrnehmungsfähigkeit schärfte sich. Die Matrix an seinem Hals flackerte und pulsierte wie ein lebendiges Wesen. Er umfasste sie mit der Hand, und sie schien mit ihm zu sprechen. In diesem Augenblick fragte er sich, ob die Matrices nicht doch eine Form fremdartigen Lebens seien, das die Zeit als einen auf phantastische Weise anderen Ablauf erfuhr und mit der Menschheit in Symbiose verbunden war.

Dann war ihm, als werde er wie während seiner Zeitforschung durch die Zeit zurückgetragen. Mit merkwürdiger Hellsichtigkeit erinnerte er sich, was er über die Geschichte der Türme zu Arilinn und Nevarsin gehört hatte. Nach dem Zeitalter des Chaos kamen Jahrhunderte der Dekadenz und der Korruption. Kriege wüteten auf der halben Welt und dezimierten die Domänen. Danach waren die Türme wieder aufgebaut und der Vertrag abgeschlossen worden. Er beschränkte die Waffen auf solche, die nicht über die Reichweite ihres Trägers hinausgingen, und zwang jeden, der töten wollte, dem Gegner gleiche Chancen einzuräumen. Matrix-Arbeit wurde nur noch in den Türmen und von Personen aus Comyn-Blut verrichtet, und die Turmarbeiter legten ihren Bewahrerinnen einen Eid ab. Von den Bewahrerinnen, die Keuschheit gelobten und keine Verpflichtungen mehr gegen ihre Familien hatten, verlangte man, dass sie weder politisches noch dynastisches Interesse an der Regierung der Domänen zeigten. Die Ausbildung der Turmarbeiter folgte streng ethischen Prinzipien und setzte das Zerreißen aller anderen Bande voraus. So wurden in einer korrupten, verwüsteten Welt Horte der Kraft und Integrität geschaffen.

Und die Bewahrerinnen wurden darauf eingeschworen, die Domänen gegen weiteren Missbrauch der Matrix-Steine zu schützen. Ohne eigentlichen politischen Einfluss hatten sie doch ungeheure persönliche und charismatische Macht. Sie waren Priesterinnen, Zauberinnen, sie kontrollierten alle Matrix-Arbeiter auf Darkover und gewannen auf spirituellem und religiösem Gebiet die Vorherrschaft.

Und war das jetzt wiederum zu einem Missbrauch geworden?

Damon war, als stehe er über die Jahrhunderte hinweg in telepathischem Kontakt mit seinem fernen Vorfahr Varzil – oder war es eine schwache Rassenerinnerung? Wann hatten die Türme das Jahresende-Ritual aufgegeben, das sie in Verbindung mit ihrer normalen Menschlichkeit hielt? Für eine Bewahrerin war Enthaltsamkeit während ihrer unglaublich schwierigen und anstrengenden Arbeit – und in jener Zeit, der hohen Zeit der Türme, war sie weit anstrengender als heute gewesen – eine zwingende Notwendigkeit. Doch das Ritual hatte ihr erlaubt, sich periodisch ihrer normalen Menschlichkeit wieder bewusst zu werden und die Instinkte und Wünsche ihrer Mitmenschen zu teilen.

Wann hatten sie das Ritual aufgegeben? Und, wichtiger noch: *Warum* hatten sie es aufgegeben? Hatte es irgendwann im Zeitalter des Chaos zu Ausschweifungen geführt? Aber ob aus guten oder schlechten Gründen, es war in Vergessenheit geraten und mit ihm das Wissen, wie für hochgradige Psi-Arbeit blockierte Kanäle wieder befreit werden konnten. Die Bewahrerinnen wurden zwar nicht mehr zu Neutren gemacht, aber gezwungen, sich einer unmenschlichen Konditionierung zu unterziehen. So lag die Macht der Bewahrerinnen in den Händen der Frauen, die im Stande waren, sich von ihren Instinkten und Begierden vollständig zu lösen.

Während Damon durch die Jahre zurückeilte, meinte er, in sich alles Leiden dieser Männer und Frauen zu spüren, die über ihr Versagen verzweifelten, weil sie sich doch nicht völlig von menschlichen Regungen hatten freimachen können. Und diejenigen, die Erfolg hatten, mussten sich unmögliche Maßstäbe setzen, unmenschliche Disziplin halten, sich sogar von ihren eigenen Kreisen absondern. Aber welche Wahl hatten sie gehabt?

Und jetzt würden sie wieder entdecken, was das alte Ritual hätte bewirken können ...

Damon sah Callista nicht an, aber er *fühlte*, wie ihre starre Haltung schmolz, die körperliche Verkrampfung sich lockerte, die Anspannung wie Wasser aus ihr davonfloss. Sie war in einen Sessel gesunken. Damon drehte sich um und sah, dass sie lächelte, sich reckte wie eine Katze und für Andrew ihre Arme ausbreitete. Andrew kam und kniete sich neben sie. Wehmütig dachte Damon an das entzückende Kind im Turm, das Tag um Tag mehr von seiner bezaubernden Spontaneität verlor, die sich langsam in sprödes, angespanntes Schweigen verwandelte. Das Herz tat ihm weh, als er jetzt ein bisschen von diesem Kind in dem süßen Lächeln wieder fand, das Callista Andrew schenkte. Andrew küsste sie, erst zögernd, dann mit wachsender Leidenschaft. Als der vierfache Rapport sich um sie zu weben begann, nahmen sie für einen Augenblick alle an dem Kuss teil. Aber Andrew, dessen eigene Hemmungen von dem *Kireseth* abgebaut waren, ging ein bisschen zu schnell vor. Seine Arme schlossen sich fester um Callista, er drückte sie an sich, und das stärker werdende Fordern seiner Küsse machte ihr Angst. In plötzlicher Panik riss sie sich von ihm los, stieß ihn mit der ganzen Kraft ihrer Arme weg. Ihre Augen waren weit aufgerissen vor Furcht.

Damon spürte die doppelte Struktur ihrer Angst: Teils fürchtete sie, das, was zuvor geschehen war, könne wieder geschehen, der Reflex, den sie nicht zu kontrollieren vermochte, werde Andrew treffen, ihn verletzen, töten; teils fürchtete sie ihre eigene Erregung, die ihr fremd und ungewohnt war. In ihren Augen lag etwas wie Entsetzen, als sie Andrew ansah. Dann wanderte ihr Blick zu Damon hinüber und nahm einen Ausdruck betäubter Hilflosigkeit an.

Ellemirs Gedanken bewegten sich rasch durch den wachsenden Rapport. *Habt ihr vergessen, wie jung sie ist?*

Andrew starrte sie verständnislos an. Schließlich war Callista ihre Zwillingsschwester!

Ja, und nach so vielen Jahren als Bewahrerin ist sie in mancher Beziehung älter als ich, aber all das ist jetzt aus ihrem Geist verschwunden. Sie ist im Grunde das kleine Mädchen von dreizehn, das in den Turm geschickt wurde. Für sie ist Liebe immer noch verbunden mit Schmerz und Entsetzen und dem Wissen, dass sie dich beinahe getötet hätte. Sie hat nichts Schönes, an das sie sich erinnern kann, ausgenommen ein paar Küsse in dem Blumenfeld. Überlass sie ein Weilchen mir, Andrew.

Widerstrebend zog sich Andrew von Callista zurück. Ellemir legte einen Arm um die Schultern ihrer Zwillingsschwester. Sie brauchten nicht laut miteinander zu sprechen, und sie machten sich die Mühe auch nicht.

Komm mit mir, Liebling, es kann ihnen nicht schaden, zu warten, bis du bereit bist. Sie führte Callista in den inneren Raum. *Dies ist deine wirkliche Hochzeitsnacht, Callista, und dabei wird es keine dummen Streiche und schmutzigen Witze geben.*

Gehorsam wie ein Kind – und Ellemir kam sie beinahe wirklich wie ein Kind vor – erlaubte Callista ihrer Zwillingsschwester, sie auszuziehen und die Farbe zu entfernen, mit der sie die roten Male auf ihren Wangen verborgen hatte, ihr das lange Haar auszubürsten und sie in ein Nachtgewand zu stecken. Die Berührung bewirkte, dass ihre Gedanken ganz offen voreinander dalagen. Auch Ellemirs Abschirmung war unter dem Einfluss des *Kireseth* gefallen. Alle die Erinnerungen stiegen in ihr auf, die Callista nicht hatte teilen können, als sie am Abend vor ihrer Hochzeit den zögernden Versuch gemacht hatten, sich gegenseitig ihre Erlebnisse anzuvertrauen.

Ellemir fühlte und *erlebte* mit Callista die Konditionierung, die sie mit eiserner Disziplin auch eine zufällige Berührung einer menschlichen Hand vermeiden ließ. Überwältigt von Entsetzen blickte sie auf die kleinen verheilten Narben an Callistas Händen und Handgelenken und wurde von der körperlichen und seelischen Qual jener ersten furchtbaren Jahre im Turm überflutet. *Und Damon war Teil davon gewesen!* Einen Augenblick lang teilte sie Callistas verborgenen Groll, den Zorn, dem sie niemals Worte oder ein Ventil gegeben hatte und der eine Spannung erzeugte, die sich nur durch die fokussierte Energie in den Matrix-Schirmen und Relais entladen konnte.

Mit Callista durchlitt sie von neuem das langsame, unvermeidliche Absterben normaler körperlicher Reaktionen, die Betäubung physischer Reflexe, die Verhärtung von Geist und Körper zu einem undurchdringlichen Schutzschirm. Nach dem dritten Jahr in Arilinn hatte Callista sich nicht mehr einsam gefühlt, hatte nicht mehr nach menschlichem Kontakt oder emotionaler Nahrung gehungert.

Sie war eine Bewahrerin.

Es war ein Wunder, sagte sich Ellemir, dass ihr noch menschliches Mitleid, überhaupt noch ein echtes Gefühl geblieben war. In ein paar wenigen Jahren wäre es zu spät gewesen; selbst *Kireseth* hätte den harten Panzer, den Abdruck so großer Spannung im Geist nicht mehr auflösen können.

Doch nun hatte der *Kireseth* Callistas Konditionierung abgebaut und sie als zitterndes Kind zurückgelassen. Ihr Geist war frei, und ihr Körper lag nicht mehr in den Banden anerzogener Reflexe, aber damit war auch alles an verstandesmäßiger Einsicht und Reife verschwunden, auf die sich Callista bisher gestützt hatte, und sie war zu einem verängstigten kleinen Mädchen geworden. Mit tiefem Mitleid erkannte Ellemir, dass Callista jünger war als sie selbst zu der Zeit, in der sie ihren ersten Liebhaber hatte.

Nach der Befreiung hätten Callista ein oder zwei Jahre gegönnt sein müssen, in denen sie erwachsen werden und sich erst gefühlsmäßig und dann körperlich der Liebe bewusst hätte werden können. Aber so viel Zeit hatte sie nicht. Sie hatte nur die heutige Nacht, um eine Kluft von Jahren zu überbrücken.

Ellemir nahm das zitternde Mädchen in ihre Arme und wünschte sich, sie könne Callista etwas von ihrer eigenen Bereitwilligkeit abgeben. An Mut fehlte es Callista nicht – niemand, der diese Art von Ausbildung überstanden hatte, konnte feige sein. Sie würde sich hart machen, würde den Vollzug der Ehe über sich ergehen lassen, damit sie morgen vor dem Rat beschwören konnte, es sei geschehen. Aber Ellemir fürchtete, es würde für sie eine Qual, eine Mutprobe sein, nicht die Seligkeit, die es hätte sein sollen.

Es war grausam, entschied Ellemir. Sie forderten von einem Kind, es solle seiner Vergewaltigung zustimmen – denn das würde es im Grunde sein.

Callista war nicht die Erste. So viele Comyn-Frauen wurden fast noch als Kinder mit Männern verheiratet, die sie kaum kannten und nicht liebten. Callista hatte Mut, also würde sie nicht rebellieren. Und sie liebte Andrew wirklich. Und trotzdem, dachte Ellemir, welch eine grauenvolle Hochzeitsnacht für das arme Kind!

Zeit war das Einzige, was Callista brauchte, und das Einzige, was Ellemir ihr nicht geben konnte.

Sie spürte Callistas zögernde gedankliche Berührung, die nach Trost suchte, und plötzlich ging ihr auf, dass es doch eine Möglichkeit gab, ihre eigene Erfahrung mit ihrer Zwillingsschwester zu teilen. Sie waren *beide* Telepathen. Ellemir hatte immer an ihrem eigenen *Laran* gezweifelt, aber unter dem *Kireseth* entdeckte auch sie ein neues Potenzial, ein Wachsen.

Zuversichtlich ergriff sie Callistas Hände und ließ ihre Gedanken zurückwandern in ihr fünfzehntes Jahr, die Zeit von Dorians Schwangerschaft. Da waren ihre wachsende Freundschaft mit Dorians jungem Ehemann, die Übereinkunft der Schwestern, dass Ellemir in seinem Bett Dorians Platz einnahm. Ellemir hatte ein bisschen Angst gehabt, nicht vor dem Erlebnis selbst, sondern davor, dass Mikhail sie für unwissend und kindisch, zu jung, zu unerfahren als geeignete Stellvertreterin Dorians halten würde. Als er das erste Mal zu ihr kam – daran hatte Ellemir seit Jahren nicht mehr gedacht –, war sie gelähmt vor Furcht gewesen, beinahe so schlimm wie Callista jetzt. Würde er sie für unbeholfen, für hässlich halten?

Und doch, wie leicht war es gewesen, wie einfach und angenehm, wie töricht war ihr ihr Bangen vorgekommen! Als Dorians Kind geboren und die Zeit zu Ende war, hatte sie es bedauert.

Langsam bewegte sie sich in der Zeit vorwärts, verschmolz ihr Bewusstsein mit dem Callistas, teilte mit ihr das Wachsen ihrer Liebe zu Damon. Das erste Mal, als sie beim Mittsommerfest in Thendara miteinander getanzt hatten, war er ihr als ein Mann mittleren Alters vorgekommen, nur einer der Offiziere ihres Vaters, schweigsam, zurückhaltend, aus Höflichkeit gegen seine Cousine aufmerksam, aber nicht mehr. Erst als Callista von den Katzenwesen gefangen genommen wurde und sie in ihrer Angst nach ihm geschickt hatte, war ihr aufgegangen, dass Damon durchaus nicht nur ein freundlicher älterer Verwandter und der Freund ihres lange toten Bruders war. Und dann hatte sie entdeckt, was er ihr bedeutete. Wie sie es nie in Worten hätte tun können, teilte sie Callista die zunehmende Enttäuschung des Wartens, die Unzufriedenheit mit den Küssen und keuschen Umarmungen, die Ekstase ihres ersten Zusammenkommens mit. *Wenn ich damals nur gewusst hätte, wie ich das mit dir hätte teilen können, Callie!*

Noch einmal erlebte Ellemir mit einer Mischung aus Freude und Befürchtungen die ersten Vermutungen, dass sie schwanger sei:

Glück, Angst und Übelkeit, der Aufruhr in ihrem Körper, der sich in ein fremdes, feindliches Ding verwandelte, aber bei allem so viel Seligkeit! Wieder konnte sie nicht aufhören zu weinen, als der Tag kam, an dem die zarte Verbindung riss und Damons Tochter tot geboren wurde. Und dann, zögernder – *bist du fähig, es zu akzeptieren? Nimmst du es übel?* – fühlte sie noch einmal, wie ihr Andrews Not immer stärker bewusst wurde und sie ihn in ihr Bett einlud. Kurze Zeit hätte sie beinahe gefürchtet, das könne ihre Verbundenheit mit Damon schmälern, und dann hatte sie mit Entzücken festgestellt, dass es sie verstärkte. Denn weil es nun eine Sache der Wahl und nicht nur der Gewohnheit war, weil sie von Andrew mehr über sich und ihre eigenen Wünsche gelernt hatte, war ihre Beziehung zu Damon noch enger geworden.

Du wolltest, dass ich es tue, Callista, aber ich habe mich doch immerzu gefragt, ob es vielleicht nur daran lag, dass du nicht wusstest, was es mir bedeutete.

Callista setzte sich im Bett auf, legte ihre Arme um Ellemir und küsste sie, sie somit beruhigend. Ihre Augen waren groß vor Verwunderung. Ellemir staunte über ihre Schönheit. Sie wusste, Damon liebte auch Callista und teilte mit ihr etwas, das Ellemir nicht besaß. Aber das akzeptierte sie, ebenso wie Callista akzeptierte, dass Ellemir und nicht sie Andrew das erste Kind schenken würde. Unabhängig von Andrew kam sie zu dem gleichen Schluss wie er: Sie waren nicht zwei Paare, die hin und wieder, wie bei Figuren in einem komplizierten Tanz, die Partner tauschten. Sie waren etwas anderes, und jeder von ihnen hatte den Übrigen etwas Einzigartiges zu schenken.

Ellemir erkannte, dass Callistas Furcht verschwunden war und dass sie darauf brannte, Teil dieses Neuen zu werden, das sie waren. Ohne den Blick zu heben, wusste Ellemir, dass Andrew und Damon eingetreten waren. Einen Augenblick lang überlegte sie, ob sie sich mit Damon zurückziehen und Andrew mit Callista allein lassen solle. Dann hätte sie über die Idee beinahe gelacht. Sie waren alle ein Teil hiervon.

Erst gab es nur den gedanklichen Kontakt. Damon fasste nach ihnen und webte den vierfachen Rapport um sie, so eng verflochten und vollständig, wie er noch nie gewesen war. Ellemir dachte in Vorstellungen, die der Musik entnommen waren, und für sie war es wie ein Verschmelzen von Stimmen. Callistas war klar und golden wie der Klang der Harfe, Andrews ein kräftiger *Basso continuo,* Damons eine merkwürdig vielschichtige Harmonie. Und ihre eigene Stimme verband sie und vereinigte sich mit jeder. Während sie sich diesen Rapport als Musik, als Harmonie vorstellte, nahm sie gleichzeitig an den Visualisierungen der anderen teil: Ein Zusammenfließen strahlender Farben war es in Callistas Gedanken. Bei Andrew war der Tastsinn besonders stark entwickelt, und deshalb war es einige Zeit, als rollten sie sich alle in einer seltsamen Dunkelheit nackt zusammen, sich überall berührend. Damons Bewusstsein stellte sich glitzernde Spinnwebfäden vor, die sie zu einem gemeinsamen Ganzen verwoben. Lange Zeit schienen sie nicht mehr zu brauchen als das. Ein wenig belustigte es Callista, die in ihren glühenden Farben dahintrieb, als sie Damons Berührung spürte und erkannte, dass er sich genug Überlegung bewahrt hatte, um ihre Kanäle zu überwachen. Dann, als er sie berührte, vertiefte sich der gefühlsmäßige Rapport. Sie wurde sich ihres Körpers stärker bewusst, und das war etwas Neues und Seltsames, aber nicht zum Fürchten.

Im Hintergrund ihrer Gedanken erinnerte sie sich vage an die Erzählungen ihres Vaters. *Kireseth* wurde unwilligen Bräuten gegeben. Sie war jetzt nicht mehr unwillig. Wirkte die Droge auf den Körper oder auf den Geist ein? Lag es an der Öffnung ihres Geistes, dass sie frei wurde, sich ihres eigenen Körpers ebenso bewusst zu werden wie Ellemirs? Oder war es der körperliche Hunger nach Nähe, der den Geist für die tiefere Kommunion der Seelen öffnete? Kam es darauf an? Sie merkte, Andrew fürchtete sich immer noch, sie zu berühren. Armer Andrew, sie hatte ihm so wehtun müssen. Sie fasste nach ihm, zog ihn in ihre Arme, und er bedeckte sie mit Küssen. Dieses Mal gab sie sich ihnen hin. Ihr war, als ertrinke sie in ekstatisch leuchtendem Licht und schwebe gleichzeitig in einer zitternden Dunkelheit.

In einem plötzlichen Aufbranden von Sinnlichkeit war es ihr einfach nicht genug, in Andrews Armen zu liegen. Sie rückte nicht von ihm weg, aber sie fasste nach Damon, fühlte seine Berührung, küsste ihn. Und plötzlich leuchtete grell die Erinnerung auf, wie sie sich in ihrem ersten Jahr im Turm gewünscht hatte, das zu tun. Während sie die beiden harten, männlichen Körper berührte, zogen ihre Fingerspitzen die Kurven der weichen Brust ihrer Schwester nach, wanderten zu dem schwangeren Leib hinunter. Sie ließ ihr Bewusstsein einsinken und spürte wie einen Hauch den traumlosen Schlaf des ungeborenen Kindes. Genauso umschlossen kam sie sich vor, sicher, von Liebe umgeben, und jetzt war sie auch für das Übrige bereit.

Andrew, der diese Eindrücke mit ihr teilte, erkannte, dass für Callista der Schlüssel immer Ellemirs bereitwillige Sexualität sein würde, dass Ellemir die Kluft für Callista überbrückt hatte, wie es ihr beinahe schon in jener katastrophalen Nacht gelungen war. Er sagte sich, wenn er sich dem Rapport überlassen hätte, wäre es Ellemir vielleicht damals schon gelungen, sie alle ungefährdet durchzubringen. Aber er hatte mit Callista allein sein wollen, getrennt von den anderen.

Wenn ich Ellemir und Damon damals nur hätte vertrauen können ... Und durch sein Bedauern empfing er Damons Gedanken: *Das war damals, dies ist jetzt. Wir alle haben uns verändert und sind gewachsen.*

Und das war für jeden von ihnen der letzte Augenblick eines eigenen Bewusstseins.

Jetzt war der Rapport, wie es zu Mittwinter beinahe schon einmal geschehen wäre, vollständig. Keiner von ihnen wusste oder wünschte zu wissen, keiner machte auch nur den Versuch, einzelne Empfindungen zu entwirren und abzusondern. Es kam nicht mehr darauf an, wessen Schenkel sich öffneten und wen umschlossen, wessen Arme zufassten, wer sich für einen Augenblick entfernte, nur um noch näher zu kommen, wer küsste, wessen Lippen sich dem Kuss öffneten, wer eindrang oder in wen eindrang. Eine Zeit lang war es, als ob sie alle alles berührten, jede Nähe so intensiv teilten, dass es überhaupt kein Einzelbewusstsein mehr gab.

Callista war sich hinterher niemals sicher, ob sie an Ellemirs Erlebnis des Liebesakts teilgenommen oder ihn selbst erfahren hatte, und als sie sich einmal kurz in Rapport mit einem der Männer fallen ließ, sah und umarmte sie *sich selbst* – oder war es ihre Zwillingsschwester? Sie spürte einen der Männer im Orgasmus explodieren, war sich aber nicht klar darüber, ob sie daran teilgenommen hatte oder nicht. Ihr Bewusstsein hatte sich zu sehr ausgeweitet. Ihr eigener Körper, in dem Damon und Andrew und Ellemir wie festere Stellen waren, nahm den ganzen Raum des Zimmers ein und pulsierte im vielfachen Rhythmus der Erregung und Wahrnehmung. Ob sie selbst Freude erfahren oder nur die intensive Freude der anderen geteilt hatte, wusste sie nicht, und sie wollte es auch nicht wissen. Auch konnte keiner der anderen sich später erinnern, wer zuerst Callistas Körper besessen hatte. Es kam nicht darauf an; keiner von ihnen dachte darüber nach. Sie trieben dahin, sie schwammen in Ekstase, sie verschmolzen so sehr in Sinnlichkeit und leidenschaftlicher Liebe, dass diese Dinge ohne Bedeutung waren. Die Zeit war völlig aus dem Brennpunkt geraten. Scheinbar dauerte es jahrelang.

Sehr viel später merkte Callista, dass sie halb schlief, außerordentlich zufrieden, immer noch von ihnen allen umgeben. Ellemir schlief mit dem Kopf auf Andrews Schulter. Callista fühlte sich müde, seltsam und selig. Bald ließ sie sich in Damons Bewusstsein einsinken, bald in Andrews, dann wieder tauchte sie minutenlang in Ellemirs Schlaf unter. Zwischen Vergangenheit und Zukunft treibend, sich ihres eigenen Körpers bewusst, wie sie es seit ihrer Kindheit nicht mehr gewesen war, gewann sie die Sicherheit, dass sie im Stande war, vor dem Rat zu schwören, ihre Ehe sei vollzogen worden, und dann – mit einem Widerstreben, das sie tatsächlich leise auflachen ließ –, dass sie in dieser Nacht schwanger geworden war. Im Grunde wollte sie kein Kind, nicht schon jetzt. Sie hätte gern ein bisschen Zeit gehabt, sich selbst kennen zu lernen, auf die gleiche Art zu wachsen wie Ellemir, all die neuen und noch unverstandenen Dimensionen ihres Lebens zu erforschen.

Aber ich werde es überstehen, das tun die Frauen, dachte sie mit heimlichem Lachen, und das Lachen sprudelte zu Damon hinüber. Er fasste nach ihrer Hand und hielt sie fest.

Den Göttern sei Dank, dass du darüber lachen kannst, Callie!

Es ist gar nicht so, wie ich gefürchtet hatte, dass ich meine eigenen besonderen Fähigkeiten nie wieder einsetzen kann. Es ist eine Erweiterung dessen, was ich bin, keine Einengung.

Sie ärgerte sich immer noch darüber, dass der Rat, nicht sie selbst, den Zeitpunkt für ihr Kind bestimmt hatte – das würde sie dem Rat nie verzeihen! –, aber sie sah die Notwendigkeit ein. Es würde ihr leicht gelingen, das nicht gewünschte Kind zu lieben, und sie hoffte, ihre künftige Tochter werde nicht erfahren, bis sie alt genug war, es zu verstehen, wie *sehr* unerwünscht sie gewesen war.

Aber ich möchte nie wissen, wer sie gezeugt hat ... Bitte, El-

lie, lass es mich selbst beim Überwachen nie, nie erfahren. Und sie versprachen sich stumm, dass sie nie versuchen würden zu erforschen, ob das in dieser Nacht empfangene Kind Damons oder Andrews Tochter war. Es mochten ihnen Vermutungen kommen, aber sicher wissen würden sie es nie.

Stundenlang lagen sie halb schlafend, ruhten sich aus, teilten den vierfachen Rapport, spürten ihn kommen und gehen. Als gegen Morgen alle anderen fest einschliefen, blieb Damon wach. Er hatte ein bisschen Angst. Hatte er sie oder sich selbst für die kommende Schlacht geschwächt? Konnte Callista ihre Kanäle schnell genug reinigen?

Und dann ließ er sich in Callistas Bewusstsein sinken und stellte fest, dass die Kanäle immer völlig sauber sein würden, wie sie es für die eine oder andere Funktion haben wollte. Sie brauchte keinen *Kireseth* mehr. Jetzt hatte sie gelernt, wie sie die Kanäle von sexuellen Botschaften umschalten musste zur vollen Kraft des *Laran*. In Damon wuchs die Zuversicht, dass sie mit allem fertig werden konnten, was auf sie zukam.

Widerstrebend gestand er sich ein, warum der Gebrauch des *Kireseth* aufgegeben worden war. Als seltener und sakramentaler Ritus war er ungefährlich und notwendig. Er half den Bewahrerinnen, sich ihrer normalen Menschlichkeit zu vergewissern, und er festigte die engen Bande der alten Turmkreise, jener Bande, die enger waren als die der Verwandtschaft und des sexuellen Begehrens.

Aber die Droge konnte zu leicht zur Flucht und zur Sucht werden. Würden Männer, wenn dies Mittel zur Verfügung stand, je die gelegentlichen Zeiten der Impotenz nach anstrengender Arbeit in Kauf nehmen? Würden Frauen die Disziplin aufbringen zu lernen, wie sie die Kanäle rein hielten? Bei übermäßigem Gebrauch war *Kireseth* gefährlich. Tausend Geschichten über die Geisterwinde in den Hellers machten das klar. Und die Versuchung zum übermäßigen Gebrauch würde beinahe unwiderstehlich sein.

So hatte sich das Tabu zuerst darauf bezogen, dass *Kireseth* nur selten und im sakramentalen Ritus gebraucht werden durfte. Später war ein absolutes Verbot daraus geworden. Diese Nacht würde immer zu den schönsten Erinnerungen seines Lebens gehören. Und doch sagte sich Damon bedauernd, dass schon das Jahresende-Ritual eine zu große Versuchung darstellen mochte. Es hatte sie unbeschadet über die letzte Barriere zu ihrer vollständigen Vereinigung gebracht, aber in Zukunft mussten sie sich auf Disziplin und Entsagung verlassen.

Entsagung? Niemals, wenn sie einander hatten!

Und doch, wenn alle Zeiten gleichzeitig existierten, würde diese magische Stunde ihnen immer so gegenwärtig und wirklich bleiben, wie sie jetzt war.

Voller Liebe fühlte er die Anwesenheit aller um sich und war traurig, weil sie sich trennen mussten. Er seufzte. Dann weckte er einen nach dem anderen.

»Die Sonne geht bald auf«, erklärte er nüchtern. »Sie werden die Bedingungen genau einhalten, aber sie werden uns auch keinen Augenblick schenken. Deshalb müssen wir auf sie gefasst sein. Es ist Zeit, uns auf das Duell vorzubereiten.«

22

Es war die tiefe Dunkelheit, die der Morgendämmerung vorausgeht.

Damon stand am Fenster, das noch nicht einmal einen Grauschimmer des kommenden Lichts zeigte, und fühlte sich unbehaglich. Der Freudentaumel war immer noch in ihm, aber gleichzeitig machte sich eine bohrende Unsicherheit breit.

War es doch falsch gewesen, das zu tun? Nach allem, was er in Arilinn gelernt hatte, müsste es ihn schwächen, ihn für den bevorstehenden Kampf untauglich machen. Hatte er den tragischsten und unwiderruflichsten aller Fehler begangen? Hatte er, der er sie alle liebte, sie zum Tod und Schlimmerem verdammt?

Nein. Er hatte ihrer aller Leben auf die Richtigkeit dessen gesetzt, was sie taten. Wenn die alten Regeln von Arilinn nun trotzdem richtig waren, dann verdienten sie alle zu sterben, und er würde den Tod hinnehmen, zwar nicht freudig, aber zumindest mit einem Gefühl, Gerechtigkeit zu erfahren. Sie arbeiten für eine neue Tradition, weniger grausam und verkrüppelt als die, von der er sich losgesagt hatte, und sein Glauben, dass sie auf dem rechten Weg waren, musste triumphieren.

Er hatte sich gegen die Kälte der Überwelt in eine warme Robe gehüllt. Callista hatte sich ebenso gekleidet und einen wolligen Schal um Ellemirs Schultern gelegt. Andrew, der in seinen Reitmantel aus Pelz schlüpfte, fragte: »Was genau wird geschehen, Damon?«

»*Genau?* Es gibt keine Möglichkeit, es dir zu erzählen«, antwortete Damon. »Es ist die alte Prüfung für einen Bewahrer. Wir wollen unsern Turm in der Überwelt bauen, und sie werden versuchen, ihn zu zerstören, und uns mit ihm. Wenn sie ihn nicht zerstören können, müssen sie anerkennen, dass er gesetzlich ist und ein Recht hat, da zu sein. Wenn sie ihn zerstören ... nun, du weißt, was dann passieren wird. Deshalb dürfen wir es ihnen nicht erlauben.«

Callista sah blass und ängstlich aus. Er nahm ihr Gesicht behutsam zwischen seine Hände.

»Nichts kann uns in der Überwelt verletzen, außer du glaubst es.« Dann erkannte er, was sie beunruhigte: Ihr ganzes Leben lang war ihr eingehämmert worden, dass ihre Kraft auf ihrer rituellen Jungfräulichkeit beruhte.

»Nimm deine Matrix«, befahl er sanft.

Zögernd gehorchte sie.

»Konzentriere dich darauf. Siehst du?«, fragte er, als sich die Lichter langsam in dem Stein sammelten. »Und du weißt, deine Kanäle sind sauber.«

Das waren sie. Und das lag nicht nur am *Kireseth*. Von dem ungeheuren Druck ihrer Konditionierung befreit, waren die Kanäle nicht mehr blockiert. Callista hatte Kontrolle über die natürliche selektive Funktion. Aber warum hatte ihr das kein Instinkt gesagt?

»Damon, wie und warum konnte man ein Geheimnis wie dies in Vergessenheit geraten lassen?«

Seine Wiederentdeckung bedeutete, dass niemand mehr die schreckliche Entscheidung zu treffen hatte, die ihr als Kind von Leonie aufgezwungen war, die andere Bewahrerinnen seit Jahrhunderten in selbstloser Loyalität gegen Comyn und Turm hingenommen hatten.

»Wie konnte man *dies* ...« – all die wundervollen Entdeckungen der jüngst vergangenen Nacht waren damit gemeint – »... für *das* aufgeben?«

»Ich weiß es nicht«, sagte Damon traurig, »und ich weiß auch nicht, ob sie es jetzt akzeptieren werden. Es bedroht die

Lehren, die sie immer verteidigt haben, macht ihre Opfer und ihr Leiden sinnlos und zu einer Torheit.«

Sein Herz verkrampfte sich vor Schmerz. Mit dem, was er tat, legte er die Saat zu erbitterten Zwisten, wie es bei allen großen Entdeckungen geht. Männer und Frauen würden sterben, um der einen oder anderen Seite in diesem Kampf zum Sieg zu verhelfen. Wie ein Stich durchfuhr ihn die Erkenntnis: Seine eigene Tochter, die den Namen und das Gesicht einer Blume hatte, eine Tochter, ihm von keiner der beiden Frauen in diesem Zimmer geboren, würde grausam ermordet werden, weil sie es wagte, dies Wissen nach Arilinn selbst hineinzutragen.

Gnädigerweise verschwamm die Vision sofort wieder. Er lebte *jetzt,* und die Entscheidung fiel *jetzt,* und er durfte sich weder von der Vergangenheit noch von der Zukunft ablenken lassen.

»Arilinn ist wie alle anderen Türme gefesselt von einer Entscheidung, die unsere Vorväter trafen. Sie mögen von Überlegungen geleitet worden sein, die für die damalige Zeit richtig waren, für die heutige aber nicht mehr. Ich zwinge die Turmkreise nicht, ihre Regeln zu ändern, solange sie sich aus freiem Willen dazu bekennen und ihre Wahl in dem Wissen treffen, dass es jetzt eine Alternative gibt. Doch ich will sie wissen lassen, dass ein anderer Weg vorhanden ist. Und wenn ich, der ich ausgestoßen bin und allein arbeite, den einen Weg gefunden habe, kann es auch noch andere geben, dutzende, und einige dieser anderen Wege mögen ihnen mehr zusagen als meiner. Aber ich beanspruche für mich und meinen Kreis das Recht, auf meine eigene Weise zu arbeiten und nach solchen Regeln, wie sie uns richtig und zweckmäßig erscheinen.«

Es schien so einfach und vernünftig zu sein. Wie konnte man ihn dafür mit Tod oder Verstümmelung bedrohen?

Callista war es jedoch klar, dass die Drohung, wenn sie unterlagen, ausgeführt werden würde.

Andrew sagte zu Ellemir: »Ich mache mir keine Sorgen um dich, aber ich wünschte, ich wäre sicher, dass es keine Gefahr für dein Kind bedeutet.«

Damit hatte er Ellemirs eigene Ängste angesprochen. Aber sie erklärte fest: »Vertraust du Damon oder nicht? Wenn er Gefahr sähe, hätte er es mir gesagt und mich meine Entscheidung in dem vollen Wissen treffen lassen.«

»Ich vertraue ihm.« Doch konnte Damon nicht einfach davon ausgehen, dass das Leben nach einer verlorenen Schlacht für sie alle, Ellemir und das Ungeborene eingeschlossen, sinnlos wäre? Entschlossen schnitt er diese Gedankenkette ab. Damon war ihr Bewahrer. Andrew trug keine andere Verantwortung, als sich zu entscheiden, ob Damon seines Vertrauens würdig war und, wenn ja, ihm zu vertrauen und seinen Anweisungen ohne inneren Vorbehalt zu gehorchen. So fragte er: »Was tun wir zuerst?«

»Wir bauen den Turm und verstärken ihn mit allen unseren Kräften. Er ist schon lange Zeit vorhanden, aber er ist, was wir uns unter ihm vorstellen.« An Ellemir gewandt, setzte er hinzu: »Du bist noch nie in der Überwelt gewesen; du hast bisher nur hier für mich Wache gehalten. Schließe dich mit mir zusammen, und ich werde dich hinbringen.«

Mit einem starken gedanklichen Schub war er in der Überwelt, und Ellemir war neben ihm in der formlosen Gräue. Zuerst undeutlich, aber von Augenblick zu Augenblick klarer erkannte er im Überlicht die schützenden Mauern ihrer Landmarke.

Anfangs war sie nichts als ein einfaches Obdach ähnlich der Hütte eines Hirten gewesen, flüchtig visualisiert. Aber bei jeder Benutzung war sie größer und fester geworden, und jetzt erhob sich um sie ein echter Turm mit hohen, durchscheinenden blauen Mauern, ebenso wirklich unter der Berührung von Hand und Fuß wie das Zimmer in der Comyn-Burg, wo sie ihre vierfache Vereinigung vollzogen hatten. Tatsächlich hatten sie vieles aus jener Welt mitgenommen, denn, so dachte Damon, diese vierfache Vereinigung und ihre Folgen war auf gewisse Weise das Wichtigste, was jedem von ihnen je widerfahren war.

Wie immer in der Überwelt kam er sich größer und stärker und demzufolge selbstbewusster vor. Ellemir an seiner Seite ähnelte Callista längst nicht so sehr wie in der stofflichen Welt. Rein äußerlich hatten sie und Callista die gleichen Züge, aber hier, wo der Geist die körperliche Erscheinung bestimmte, glichen sich die Zwillingsschwestern überhaupt nicht. Damon verstand genug von Genetik, um sich kurz zu fragen, ob sie schließlich doch keine identischen Zwillinge seien. Waren sie es nicht, dann konnte Callista ihm unter Umständen ein Kind gebären, ohne ein so großes Risiko wie Ellemir einzugehen. Aber das war ein Gedanke für eine andere Zeit und eine andere Bewusstseinsebene.

Einen Augenblick später schlossen sich ihnen Callista und Andrew in der Überwelt an. Damon bemerkte, dass Callista sich nicht in die karminrote Robe einer Bewahrerin gekleidet hatte. Als der Gedanke sie erreichte, meinte sie lächelnd: »Dies Amt überlasse ich dir, Damon.«

Für ein Duell zwischen Bewahrern sollte er vielleicht tatsächlich das rituelle Karminrot tragen, aber er war davor zurückgeschreckt, und plötzlich wusste er auch, warum.

Er würde diesen Kampf nicht nach den Gesetzen von Arilinn führen! Er war kein Bewahrer nach Arilinns grausamen, das Leben verleugnenden Gesetzen, sondern ein *Tenerézu* nach einer älteren Tradition, und er verteidigte sein Recht, dies zu sein! Er würde die Farben seiner Domäne tragen und kein anderes Abzeichen.

Andrew nahm die Haltung eines Friedensmannes oder Leibwächters ein, zwei Schritte hinter Damon. Damon fasste Ellemirs Hand mit seiner rechten, Callistas mit seiner linken. Die Berührung ihrer Fingerspitzen war leicht, wie immer in der Überwelt. Er sagte mit leiser Stimme: »Die Sonne geht über unserm Turm auf. Fühlt ihr seine Stärke rings um uns? Wir haben ihn hier als Obdach gebaut. Jetzt muss er stehen bleiben, nicht nur für uns, sondern als Symbol für alle Matrix-Mechaniker, die die grausamen Einschränkungen der Türme ablehnen, als Zufluchtsort und Leuchtfeuer für alle, die nach uns kommen werden.«

Andrew wunderte sich, dass er, obwohl die schimmernden blauen Mauern des Turms sich auf allen Seiten um ihn erhoben, die Sonne *durch* die Mauern sehen konnte. Callista hatte es ihm einmal so erklärt:

In der Welt des Überlichts, in der sie sich jetzt befanden, gab es so etwas wie Dunkelheit nicht, weil das Licht nicht von einer stofflichen Sonne gespendet wurde. Es kam von dem Energienetz-Körper der Sonne und konnte durch jeden Energienetz-Körper des Planeten scheinen. In Andrews Augen war die rote Sonne von ungeheurer Größe. Als blasser Rand erhob sie sich gleichzeitig am Horizont und *im* Turm, versandte rotes Licht, das von blutigen Wolken tropfte.

Blitze zuckten um sie auf, blendeten sie, und einen Augenblick lang war es, als zittere und wanke der Turm, als gehe die Struktur der Überwelt selbst in Gräue unter. *Das ist der Angriff, auf den wir gewartet haben,* dachte Damon. In enger Verbindung miteinander fühlten sie die Wände des Turms als starken Schutz um sich. Damon ließ Andrew und Ellemir, die weniger erfahren waren als er, ganz schnell eine Erklärung zufließen.

Sie werden versuchen, den Turm zu zerstören. Aber da es unsere Visualisierung des Turms ist, die ihn fest an seinem

Platz hält, können sie nichts erreichen, solange wir uns in unsrer Vorstellung von ihm nicht beirren lassen.

Während der Ausbildung fochten die Techniker im Spiel Duelle in der Überwelt aus, wo der Gedankenstoff grenzenlos verformbar war und sie alle ihre Konstruktionen mit einem Gedanken ebenso schnell auslöschen konnten, wie sie sie erzeugt hatten.

Obwohl Damon wusste, es war nur eine Illusion, wenn ein Blitz nach dem anderen in den Turm einschlug und ohrenbetäubendes Donnern ihn erschütterte, zuckte er doch jedes Mal ein bisschen zusammen. Das war gefährlich, denn alles, was dem Astralkörper zustieß, konnte auf das physische Selbst übergreifen. Aber hinter den Mauern ihres Turms waren sie geschützt.

Sie können uns nichts antun. Und ich möchte ihnen nichts antun, ich möchte nur mit meinen Freunden sicher sein ... Früher oder später mussten die unaufhörlichen Angriffe von draußen seinen Kreis schwächen. Seine einzige Verteidigung war der Gegenangriff.

Mit Gedankenschnelle wechselten sie auf die höchste Zinne ihres Turms über. Andrew meinte, Fels unter seinen Füßen zu spüren. Wie immer in der Überwelt trug er die silbergraue Uniform des Terranischen Imperiums, doch als er sich dessen bewusst wurde, änderte sich seine Kleidung. *Nein, im Grunde bin ich hier kein Terraner.* Ganz kurz nahm er wahr, dass er nun die vom Sattel abgeschabten Reithosen und die Reitjacke aus Pelz anhatte, die er bei der Arbeit auf dem Gut zu tragen pflegte. Das war seine echteste Verwirklichung; er *gehörte* jetzt zu Armida.

Von ihrem Platz oben auf dem Turm konnten sie Arilinn als flammenden Lichtstrahl erkennen. Wie hatte Arilinn ihnen so nahe kommen können, fragte sich Damon. Dann machte er sich klar, dass dies die Visualisierung Leonies und ihres Kreises war. Leonie hatte gesagt, der verbotene Turm sei auf ihrer Schwelle gebaut worden. Damon hatte die Türme immer als sehr weit voneinander entfernt, durch Welten getrennt gesehen. Aber jetzt standen sie nahe beieinander, so nahe, dass er Leonie *sehen* konnte, eine Statue in karminroten Schleiern. Sie griff sich Hände voll plastischen Gedankenstoffs und schleuderte einen Blitz. Damon traf ihn mitten in der Luft mit seinem eigenen. Die Explosion erfolgte über dem Kreis, der auf der Spitze des Arilinn-Turms stand; die Mauern der Festung zeigten einen Riss.

Sie sehen uns als Bedrohung an! Warum?

Gleich darauf krachte wieder Donner, zuckten Blitze und kreuzten sich. Ein nebensächlicher Gedanke tauchte auf – er musste von Andrew stammen: *Ich komme mir vor wie Zeus, der seine Blitze schleudert.* Mit einem winzigen Bruchteil seines Bewusstseins fragte sich Damon, wer oder was Zeus sein mochte.

Ich kann den Turm von Arilinn in Stücke schlagen, weil sie sich aus irgendeinem Grund vor uns fürchten. Doch da änderte Leonie ihre Taktik. Die Blitze erstarben, und plötzlich fiel ein Regen aus Übelkeit erregendem Schleim auf sie nieder, erstickte sie, drehte ihnen den Magen um vor Ekel. Wie Dung, Samen, Pferdemist, wie die Spuren der Schnecken, die bei feuchtem Wetter in die Gewächshäuser eindrangen ... sie ertranken in Gestank. *So sehen sie das, was wir getan haben?* Damon kämpfte, seinen Verstand von der Widerwärtigkeit zu befreien. Er wischte sein Gesicht ab – Nein! Damit gab er der Illusion Realität. Schnell verstärkte er mit Händen und Gedanken seinen Kreis. Er verdickte den Schleim, machte ihn zu fruchtbarem, gut gedüngtem Boden, ließ ihn von ihren Körpern fallen. Aus der nahrhaften Krume sprossen Blumen und grüne Gewächse auf. Sie bedeckten das Dach des Turm und umgaben sie mit dem überquellenden Leben des Frühlings.

Triumphierend standen sie darin, Schönheit aus Hässlichkeit schaffend.

Ich habe außerhalb eines Turms gegen die Große Katze gekämpft und sie besiegt. Diese Tat hatte Damon zum Bewusstsein gebracht, dass die Jahre, die er außerhalb eines Turms verlebt hatte, seine Psi-Kräfte nicht hatten schmälern können. Wie zur Bestätigung dieser Tatsache beschwor er die Große Katze herauf. Das vereinigte Bewusstsein floss in das Abbild ein und ließ es über den Höhen von Arilinn schweben. *Während die Große Katze die Kilghardberge verwüstete und allen unseren Leuten Dunkelheit und Terror und Hunger brachte, habt ihr sicher in Arilinn gesessen und nichts getan, um ihnen zu helfen!*

Die beiden Türme waren sich jetzt so nahe gerückt, dass Damon Leonies Gesicht hinter ihrem Schleier erkennen konnte. Es leuchtete vor Zorn und Verzweiflung. In der Überwelt, so fuhr es Damon durch den Kopf, war sie immer noch so schön, wie sie einmal gewesen war. Aber er sah sie nur für einen Augenblick, denn ihr Gesicht verschwand in der wirbelnden Dunkelheit, die ihren Kreis vor ihm verbarg. Wo Leonie gestanden hatte, bäumte sich ein Drache auf, brüllend und Feuer schnaubend. Goldene Schuppen hatte er und goldene Klauen. Er ragte in den Himmel über Arilinn empor, und sein Feuer ergoss sich auf den verbotenen Turm. Damon spürte die sengende Hitze. Ihm war, als verschmore sein Körper in der Glut. Er hörte Callista vor Qual aufschreien, fühlte Ellemirs Entsetzen, und einen Augenblick lang fragte er sich, ob es Leonie schließlich doch gelingen werde, sie aus der Überwelt zu vertreiben und zurück in ihre stofflichen Körper zu zwingen ...

Aber die Flammen riefen in Andrews Geist auch die Erinnerung an eine alte Sage wach: *Verbrenne uns, und wir werden uns wie der Phönix wieder aus der Asche erheben ...*

Durch die Flammen, die sie zu verbrennen und aus der Überwelt zu vertreiben drohten, zog Damon mit seiner letzten Kraft die sie umschlingenden Bande noch enger. Zusammen ergossen sie ihre ganze psychische Stärke in den ständig wechselnden Stoff der Überwelt. Sie schufen einen gigantischen Vogel. Seine Federn flammten, er verbrannte in der ekstatischen Vereinigung, die sie verzehrte. Andrews Vorstellung, dass sie sich alle im Dunkeln, innerhalb eines nicht ausgebrüteten Eis nackt zusammendrängten, übertrug sich auf Damon. Die Flammen verwandelten sie völlig in Asche. Doch dann barst die Schale in einer noch größeren Ekstase, und sie stiegen aus der Asche empor, spreizten mächtige Schwingen in einem einzigen, gemeinsamen Ausbruch flammender Energie, schwebten triumphierend über Arilinn ... Aus dem Schnabel des Phönix schossen Blitz und Donner nieder, die den Turm von Arilinn erschütterten und wanken ließen. Ganz weit unten erkannte Damon die kleinen Gestalten Leonies und ihres Kreises, die voll Angst und Verzweiflung nach oben blickten.

Leonie! Du kannst uns nicht vernichten! Ich biete dir einen Waffenstillstand an.

Damon wollte Arilinn nicht zerstören. Es war seine Heimat gewesen. Er hatte dort unendlich gelitten, wie Callista gelitten hatte, aber er war dort auch ausgebildet worden, er hatte gelernt, gewaltige Energien unter Kontrolle zu halten. Seine Arilinn-Schulung war die Basis dessen, was er jetzt war, was er noch werden konnte.

Arilinn sollte in der Überwelt und in der realen Welt für immer stehen bleiben, eine Heimat für Telepathen, ein Symbol für das, was die Turmausbildung einmal gewesen war und eines Tages wieder sein mochte. Die Kraft und Stärke der Domänen.

Leonies zitternde Stimme war fast unhörbar.

»Nein, Damon, schlag zu! Vernichte uns vollständig, so wie du alles vernichtet hast, für das wir eintreten.«

»Nein, Leonie.« Und nun standen sie sich plötzlich auf der grauen Ebene der Überwelt von Angesicht zu Angesicht gegenüber. Damon erkannte – und er wusste, Leonie nahm seinen Gedanken wahr –, dass er ihr nie etwas antun konnte. Er liebte sie, er hatte sie immer geliebt, er würde sie immer lieben.

»Und ich liebe dich auch«, sagte Callista neben ihm zärtlich. Sie streckte Leonie ihre Hände entgegen, und dann, wie sie es in der realen Welt niemals getan hatte, nahm sie Leonie in ihre Arme und zog sie liebevoll an sich. »Leonie, meine geliebte Pflegemutter, siehst du denn nicht, was es ist, das Damon getan hat?«

Zitternd erwiderte Leonie: »Er hat die Türme zerstört. Und du, Callista, du hast uns alle verraten!« Sie wich vor der jungen Frau zurück und starrte sie voller Entsetzen an. Damon, der jetzt mit Leonie in Verbindung stand, *sah* mit ihr, was mit Callista geschehen war, dass sie eine Frau war, liebend, geliebt, erfüllt – ganz und gar keine Bewahrerin im alten Sinne und doch im Vollbesitz ihrer Kraft und ihrer Fähigkeiten. »Callista, Callista, was hast du getan?«

Damon antwortete ihr sanft, aber unnachgiebig. »Wir haben die alte Arbeitsweise wieder entdeckt, bei der eine Bewahrerin ihr Leben und alle Lebensfreude nicht zu opfern braucht.«

Dann war mein Leben sinnlos, mein Opfer sinnlos. Und mit einer Verzweiflung, die Damon weder ausloten noch ertragen konnte: *Lass mich jetzt sterben.*

Mit der neuen Wahrnehmungsfähigkeit eines Bewahrers konnte er in sie hineinsehen, und er erkannte das Entsetzen darüber, was sie sich selbst angetan hatte. Warum hatte er das nie erahnt? Sie hatte ihn aus dem Turm weggeschickt, damit er nicht in Versuchung kommen konnte, die Beherrschung zu verlieren und sein Verlangen nach ihr zu enthüllen. Aber wie konnte sie ihre eigene Versuchung entfernen? Die Gesetze verboten es, eine Comyn-Frau zum Neutrum zu machen, und bei Callista war sie bis hart an die Grenze einer Neutrierung gegangen.

Aber was hatte sie für sich selbst tun können?

Mit qualvollem Mitleid sagte er: »Nicht sinnlos, Leonie. Du und jene, die dir gleich sind, ihr habt die Tradition am Leben erhalten, ihr habt die Matrix-Wissenschaften von Darkover am Leben erhalten, damit eines Tages diese Wiederentdeckung erfolgen konnte. Euer Heldentum hat es unsern Kindern und Enkeln möglich gemacht, die alten Wissenschaften ohne so viel Leid und Qual anzuwenden. Ich will die Türme nicht zerstören, ich will euch nur etwas von eurer Bürde abnehmen. Es sollen Menschen außerhalb der Türme ausgebildet werden, damit ihr euer Leben nicht völlig zu opfern, damit der Preis nicht so grausam hoch zu sein braucht. Du und wir alle, die wir von Arilinn und den anderen Türmen gekommen sind, haben die Flamme am Leben erhalten, auch wenn du sie mit deinem eigenen Fleisch und Blut genährt hast.«

Jetzt stand er entwaffnet vor ihnen und wusste, sie konnten ihn niederstrecken. Aber jetzt hatten sie gehört, was er zu sagen hatte.

»Nun kann die lebende Flamme aufleuchten, und sie braucht nicht mehr mit eurem Leben selbst gespeist zu werden. Leonie ...«

Er wandte sich ihr wieder zu und streckte bittend die Hände aus.

»... wenn du unter dem Druck zusammenbrechen konntest, du, eine Hastur und Lady von Arilinn, dann ist die Bürde bestimmt für jeden sterblichen Mann und jede Frau zu schwer.

Niemand kann sie tragen, ohne zusammenzubrechen. Lass uns arbeiten, Leonie, lass uns fortsetzen, was wir begonnen haben, damit einst ein Tag kommen wird, an dem Männer und Frauen durch die Arbeit im Turm Freude finden, nicht endlose Opfer und einen lebenden Tod!«

Langsam neigte Leonie den Kopf. »Ich erkenne dich als Bewahrer an, Damon. Du bist außer Reichweite unseres Angriffs und unserer Rache. Wir verdienen jede Strafe, die du uns auferlegen willst.«

Das Herz tat ihm weh, als er sagte: »Ich kann dir keine größere Strafe auferlegen als die, die du dir selbst auferlegt hast, Leonie, und du musst deine Last weiterschleppen, bis eine neue Generation stark genug ist, sie dir abzunehmen. Avarras Gnade möge es geben, dass du die letzte Bewahrerin von Arilinn bist, die den lebenden Tod zu ertragen hat. Aber Bewahrerin von Arilinn musst du bleiben, bis Janine die Bürde allein tragen kann.«

Und deine einzige Strafe wird das Wissen sein, dass es für dich zu spät ist.

Zerrissen von Leonies Leid, erkannte er, dass es für sie immer zu spät gewesen war.

Es war zu spät gewesen, als sie mit fünfzehn im Turm von Dalereuth den Eid als Bewahrerin ablegte. Er sah sie weiter und weiter zurückweichen wie einen im Morgenlicht verblassenden Stern. Er sah den Turm von Arilinn selbst am fließenden Horizont der Überwelt zurückweichen, bis er in der Ferne nur noch ein schwaches blaues Licht war, und auch das verschwand. Damon und Andrew, Ellemir und Callista waren allein im verbotenen Turm.

Und dann erkannte er mit plötzlichem Schock, dass auch die Überwelt verschwunden war und sie sich in ihrer Suite der Comyn-Burg befanden.

Die Berggipfel vor dem Fenster waren von Sonnenlicht

übergossen, und doch hatte die große rote Sonne sich noch kaum über den Horizont erhoben.

Sonnenaufgang. Und das Schicksal von vier Menschen und vielleicht das Schicksal aller Telepathen auf Darkover war in einer astralen Schlacht entschieden worden, die nicht einmal eine Viertelstunde gedauert hatte.

Epilog

Du bist ein Narr, Damon«, sagte Lorenz, Lord von Serrais, angewidert. »Du bist immer ein Narr gewesen und wirst immer einer bleiben! Du hättest Regent von Alton sein und den Befehl über die Garde lange genug ausüben können, um das Recht der Altons auf dies Amt der Domäne von Serrais zu übertragen!«

Damon lachte gutmütig. »Aber ich will nicht Kommandant der Garde sein, und das ist ja auch gar nicht mehr nötig. Dom Esteban wird wahrscheinlich am Leben bleiben, bis Valdir zum Mann herangewachsen ist, und vielleicht noch länger.«

Lorenz sah ihn misstrauisch und argwöhnisch an. »Wie hast du das geschafft? Wir hatten gehört, er stehe an der Schwelle des Todes!«

»Eine Übertreibung.« Damon zuckte die Schultern. Das war jetzt zu seinem Lebenswerk geworden, das Studium der Möglichkeiten, mit Matrix und Überwachung zu heilen.

Als das Prinzip einmal entdeckt war, hatte es keine Schwierigkeiten mehr gemacht, in das beschädigte Herz einzudringen, die Blockierung zu beseitigen und die volle Funktion wiederherzustellen. Esteban Lanart, Lord Alton, würde für den Rest seines Lebens gelähmt bleiben, aber ein Mann konnte die Garde auch von einem Rollstuhl aus befehligen. Wenn es nötig war, konnte der junge Danvan Hastur oder Kieran Ridenow ihn vertreten. Damon war nur dem Namen nach Regent der Domäne, als Rückversicherung gegen ein Missgeschick oder einen Unfall. Weder bei den Altons noch bei den Ridenows war die Vorausschau die Hauptbegabung, aber gerade jetzt erhaschte Damon einen Blick auf die Zukunft. Valdir würde als erwachsener Mann Herr von Alton werden und dazu einer der

Neuerungen aufgeschlossensten Altons, die je die Domäne regiert hatten.

Angeekelt fragte Lorenz: »Hast du überhaupt keinen Ehrgeiz, Damon?«

»Mehr, als du dir vorstellen kannst«, antwortete Damon, »aber mein Ehrgeiz ist ganz anders geartet als deiner, Lorenz. Und jetzt fürchte ich, wir müssen uns verabschieden, denn wir haben noch einen langen Ritt vor uns. Wir kehren nach Armida zurück. Ellemirs Sohn ist der zweite Erbe der Domäne, und er muss dort geboren werden.«

Lorenz verbeugte sich ohne besondere Anmut. Er ignorierte Andrew, der gleich hinter Damon ritt, aber er grüßte Ellemir höflich und Callista mit etwas wie echtem Respekt. Damon drehte sich um und umarmte seinen Bruder Kieran.

»Wirst du uns im Herbst, wenn du nach Serrais zurückkehrst, in Armida besuchen?«

»Das werde ich«, versprach Kieran, »und ich hoffe, dann Ellemirs Sohn zu sehen. Wer weiß, vielleicht kommandiert er eines Tages die Garde!« Er ließ die Gardisten, die Damon und seine Gesellschaft auf dem Rückweg begleiten sollten, an sich vorbeireiten. Damon wollte schon den Übrigen das Zeichen zum Aufbruch geben, als er eine schlanke Frau die Treppe herunterschreiten sah, die vor dem Hof der Comyn-Burg lag. Wie es für eine *Comynara* vor so vielen Männern schicklich war, hatte sie sich mit einem Kapuzenmantel verhüllt. Der Instinkt sagte ihm, wer sie war. Oder lag es daran, dass Leonie von Arilinn sich hinter nichts mehr vor ihm verstecken konnte?

So stieg er noch nicht in den Sattel, gab aber seinem Reitknecht ein Zeichen, das Pferd bereitzuhalten. Er ging der Frau entgegen.

Am Fuß der Treppe trafen sie zusammen.

»Leonie.« Er beugte sich über ihre Hand.

»Ich bin gekommen, um Lebewohl zu sagen und Callista meinen Segen zu geben«, sagte sie ruhig.

Andrew verbeugte sich tief, als Damon sie an ihm vorbei zu Callista führte, die gerade ihre graue Stute besteigen wollte. Leonie hob den Kopf, und Andrew hatte den Eindruck, aus den Augen der alten Frau brenne ihm wie aus den Höhlen eines Totenkopfes Groll entgegen. Aber sie neigte höflich den Kopf und sagte: »Das Glück möge Euch begleiten.« Dann streckte sie die Hände aus, und Callista berührte ihre Fingerspitzen in der federleichten Geste von Telepathin zu Telepathin.

Leonie sagte leise: »Nimm meinen Segen, Kind. Du weißt jetzt, wie ehrlich ich das meine und wie viel Glück ich dir wünsche.«

»Ich weiß«, flüsterte Callista. Aller Groll war verschwunden. Was Leonie ihr angetan hatte, war schwer zu ertragen gewesen, aber es hatte diesen stärkeren Durchbruch möglich gemacht, hatte ihr die höchste mögliche Erfüllung geschenkt. Sie und Andrew hätten ohne Kämpfe zusammenkommen und glücklich miteinander leben können. Aber dann hätte sie ihr *Laran* für immer aufgegeben, wie man es von einer ehemaligen Bewahrerin erwartete. Jetzt wusste sie, dass dann ihr ganzes Leben nur noch halb gewesen wäre. Sie zog Leonies Fingerspitzen an ihre Lippen und küsste sie, ehrerbietig und mit tiefer Liebe.

Es war zu spät für Leonie, aber jetzt missgönnte sie Callista ihr Glück nicht mehr.

Leonie wandte sich Ellemir zu und machte das Zeichen des Segens. Ellemir neigte den Kopf und nahm den Gruß an, ohne ihn zu erwidern. Nun standen sich Leonie und Damon gegenüber. Wieder beugte er sich stumm über ihre Hand, ohne die Augen zu ihr zu erheben. Es war alles gesagt worden; zwischen ihnen gab es nichts mehr zu sagen oder zu tun. Er wusste, sie würden sich niemals wieder sehen. Eine ungeheure, nicht zu überbrückende Entfernung lag zwischen Arilinn und dem verbotenen Turm, und so musste es bleiben. Damons Arbeit würde eine ganz neue Matrix-Wissenschaft ins Leben rufen, und die jungen Matrix-Mechaniker würden den Türmen ihre schreckliche Bürde abnehmen. Noch einmal machte Leonie das Zeichen des Segens und wandte sich ab.

Stumm bestieg Damon sein Pferd, und sie ritten durch die Tore. Andrew hatte sich mit Callista an die Spitze des Zuges gesetzt. Dann kamen die Diener, Gefolgsleute und Bannerträger. Den Schluss machte Damon mit Ellemir an seiner Seite. Ihm war, als müsse sein Herz brechen. Er hatte sich ein Glück erobert, wie er es nie für möglich gehalten hätte. Aber sein Glück war auf den Opfern Leonies und anderer wie ihr aufgebaut, die das Wissen am Leben erhalten hatten. Cassilda, Mutter der Domänen, betete er, gib, dass wir das nie vergessen und ihrer immer in Ehrfurcht gedenken ...

Er ritt mit gesenktem Kopf und trauerte, bis er Ellemirs besorgten Blick auf sich ruhen fühlte und erkannte, dass er sich seinem Gram nicht hingeben durfte.

Sein ganzes Leben lang würde er sich voll Kummer erinnern, aber das musste ein privater Kummer bleiben, beinahe ein geheimer Luxus. Jetzt musste er sein Gesicht entschlossen der Zukunft zuwenden.

Es gab Arbeit zu tun. Für die Türme mochte sie zu trivial sein, und doch war sie wichtig: Arbeit wie die Reparatur von Dom Estebans Herzen, wie die Rettung der Hände und Füße bei den Männern mit den Erfrierungen. Und noch wichtiger war es, festzustellen, wo die äußersten Grenzen der Möglichkeit einer Matrix-Schulung lagen. Callista hatte Ferrika bereits wie versprochen im Überwachen unterrichtet. Ferrika war eine gute Schülerin und würde mehr lernen. Und in den kommenden Jahren würde es andere geben.

Ellemir verlagerte ihr Gewicht im Sattel, und Damon sagte besorgt: »Du darfst dich nicht übermüden, mein Liebes. Ob du jetzt wirklich noch reiten solltest?«

Ellemir lachte fröhlich. »Ferrika steht schon auf dem Sprung, mich in die Pferdesänfte zu befehlen, aber im Augenblick möchte ich durch den Sonnenschein reiten.«

Zusammen ritten sie nach vorn, vorbei an den Dienern und Packtieren, bis zu Callista und Andrew.

Als sie im Pass ankamen, warf Andrew einen letzten flüchtigen Blick auf den terranischen Raumhafen. Vielleicht sah er ihn nie wieder, aber bestimmt würden die Terraner während seines ganzen Lebens dableiben. Möglich, dass Valdir eine neue Haltung gegenüber den Terranern entwickelte, weil er Andrew gut kannte – nicht als fremdes Wesen, sondern als einen Menschen wie sie alle, als Gatten seiner Schwester.

Aber all das lag in der Zukunft. Er sah nicht mehr zurück. Seine Welt lag jetzt anderswo.

Sie ritten von dem Pass hinunter, und der Raumhafen war verschwunden. Doch Callista hörte das Donnern eines der großen Schiffe und zitterte ein bisschen. Sie musste dabei zu sehr an die Veränderungen denken, die über Darkover gekommen waren und noch kommen würden, ob sie davon erfuhr oder nicht. Aber sie sagte sich, wenn sie die Veränderungen hatte ertragen können, die das letzte Jahr mit sich gebracht hatte, dann sollte sie auch getrost dem entgegenblicken, was die Zukunft bringen würde. Auch sie hatte an Damons Seite Arbeit zu tun, und außerdem musste sie an ihr ungeborenes Kind denken.

Auch sie betritt eine Welt, die sie nicht will, ebenso wie ich ...

Aber die Zukunft blieb ihren Kindern überlassen. Sie konnte sich nur bemühen, sie darauf vorzubereiten und ihnen eine bessere Welt zu hinterlassen. Sie hatte bereits damit begonnen. Callista fasste nach Andrews Hand und war glücklich, dass sie ihre Hand in seiner ruhen lassen konnte, ohne den Wunsch zu verspüren, sie wegzuziehen. Als Damon und Ellemir sich ihnen anschlossen, lächelte sie. Was an Veränderungen auch kommen mochte, sie würden sich ihnen gemeinsam stellen.

Darkover – Die Romane

Eine Liste aller Darkover-Romane
in chronologischer Reihenfolge

Die Entdeckung des Planeten: Ein vom Kurs abgekommenes und in einen noch unbekannten Sektor des Weltraums verschlagenes terranisches Siedlerschiff muss auf dem Planeten Cottman IV notlanden; die Besatzung nennt ihre neue Heimat Darkover.

Die Landung

Das Zeitalter des Chaos: 1000 Jahre sind seit der Landung auf dem Planeten vergangen. Die Nachfahren der Siedler haben jedes Wissen über ihre Herkunft verloren und leben in einer mittelalterlichen Welt.

Herrin der Stürme
Herrin der Falken

Knaur

Ein Darkover-Roman

Die Zeit der Hundert Königreiche: Das Land ist in unzählige kleine Königreiche geteilt, deren Herrscher sich erbittert bekämpfen. Furchtbare Waffen verwüsten den Planeten – und nur ein Mann kann Darkover den Frieden bringen ...

Die Zeit der Hundert Königreiche
Die Erben von Hammerfell

Die Entsagenden: Frauen haben auf Darkover nur wenig Rechte – es sei denn, sie werden zu Entsagenden, zu Frauen, die bewusst auf den Schutz durch einen Mann verzichten und selbstbewusst ihr eigenes Leben führen.

Die zerbrochene Kette
Gildenhaus Thendara
Die schwarze Schwesternschaft

Die Wiederentdeckung: Das terranische Imperium entdeckt den Planeten Darkover wieder und meldet Rechte auf ihn als ehemalige Kolonie an. Gleichzeitig wächst auf Darkover aber auch die Unzufriedenheit mit den althergebrachten Traditionen. Ein Bürgerkrieg scheint unausweichlich, als sich eine der Domänen mit den Terranern verbünden will ...

An den Feuern von Hastur
Das Zauberschwert
Der verbotene Turm
Die Kräfte der Comyn
Sturmwind

Knaur

Ein Darkover-Roman

Nach den Comyn: Obwohl die Terraner mittlerweile einen festen Raumhafen auf dem Planeten eingerichtet haben, bleibt Darkover weitestgehend vom restlichen Universum abgeschnitten. Der Kampf zwischen Alt und Neu, zwischen Tradition und Aufbruch führt zu immer neuen Kämpfen und Auseinandersetzungen ...

Die blutige Sonne
Hasturs Erbe
Retter des Planeten
Sharras Exil
Die Weltenzerstörer

Der Marguerida-Alton-Zyklus: Eigentlich denkt Margaret Alton, sie würde den Planet ihrer Eltern zum ersten Mal betreten, als sie nach Darkover kommt. Bald schon aber häufen sich die Beweise dafür, dass ihre Erinnerungen manipuliert wurden – und schneller, als Margaret lieb ist, wird sie nicht nur in das Machtspiel der herrschenden Familien verwickelt, sondern muss sich auch einer unheimlichen Bedrohung aus Darkovers tiefster Vergangenheit stellen ...

Asharas Rückkehr
Die Schattenmatrix
Der Sohn des Verräters

Knaur

Ein Darkover-Roman

Anthologien: Die Darkover-Anthologien wurden von Marion Zimmer Bradley gemeinsam mit dem amerikanischen Fanclub, den »Friends of Darkover«, herausgegeben. Die Kurzgeschichten beschäftigen sich mit neuen oder auch bekannten (Neben-)Figuren des Zyklus, schlagen Brücken zwischen den einzelnen Romanen oder vertiefen die große Geschichte des Planeten und seiner Bewohner weiter.

Der Preis des Bewahrers
Schwert des Chaos
Rote Sonne
Die sechs Monde
Die freien Amazonen
Die Schwesternschaft des Schwertes
Planet der blutigen Sonne
Die Domänen
Die andere Seite des Spiegels

Knaur

Ein Darkover-Roman